Extraños en la cama

MEGAN HART

Más profundo

Editado por Harlequin Ibérica.
Una división de HarperCollins Ibérica, S.A.
Núñez de Balboa, 56
28001 Madrid

© 2016 Harlequin Ibérica, una división de HarperCollins Ibérica, S.A.
Nº. 6 - 25.10.16

© 2009 Megan Hart
Extraños en la cama
Título original: Stranger

© 2009 Megan Hart
Más profundo
Título original: Deeper
Publicadas originalmente por Harlequin Enterprises, Ltd.
Estos títulos fueron publicados originalmente en español en 2011 y 2012

I.S.B.N.: 978-84-687-9074-9
Depósito legal: M-28533-2016
Impresión en CPI (Barcelona)
Fecha impresión Argentina: 23.4.17
Distribuidor exclusivo para España: LOGISTA
Distribuidores para México: CODIPLYRSA y Despacho Flores
Distribuidores para Argentina: Interior, DGP, S.A. Alvarado 2118.
Cap. Fed./Buenos Aires y Gran Buenos Aires, VACCARO HNOS.

ÍNDICE

EXTRAÑOS EN LA CAMA

MEGAN HART

A Bootsquad por sus críticas y locuras.
A Maverick Authors por lo mismo.
A Jared por gustarme cada vez más.

Y como siempre, a DPF,
porque aunque podría hacerlo sin ti,
estoy encantada por no tener que hacerlo.

Agradecimientos

Quiero dar las gracias a Steve Kreamer, director del Kreamer Funeral Home en Annville, Pensilvania, por la reveladora charla que dio en mi instituto sobre los servicios funerarios,
descubriéndome una profesión fascinante y ayudándome a entender lo que realmente significa.

He procurado que la ambientación de la novela sea lo más
fiel posible a la realidad, y asumo toda responsabilidad por los
fallos que haya podido cometer.

Capítulo 1

Buscaba a un desconocido.

El Fishtank no era mi local habitual, aunque ya había estado un par de veces. Sus recientes reformas buscaban competir con los nuevos bares y restaurantes del centro de Harrisburg, pero no era la decoración tropical, los acuarios ni los precios razonablemente baratos de las bebidas lo que atraía a una clientela masiva. Su rasgo característico y mayor aliciente, del que carecían los locales más exclusivos, era el hotel adjunto. El Fishtank era el sitio ideal «para pescar» a los jóvenes solteros del centro de Pennsylvania. O al menos eso era para mí, joven y soltera.

Tras observar a la multitud que abarrotaba el local, me abrí camino hacia la barra. El Fishtank estaba lleno de desconocidos, y uno de ellos sería el perfecto desconocido que yo buscaba. «Perfecto» era la palabra.

Hasta el momento no lo había encontrado, pero aún había tiempo. Me senté junto a la barra y la falda se elevó con un susurro sobre mis muslos, desnudos por encima de las medias sujetas por un fino liguero de encaje. Las bragas se frotaron contra mis partes íntimas al moverme sobre el taburete forrado de cuero.

—Tröegs Pale Ale —le pedí al camarero, quien rápidamente me sirvió una botella y asintió con la cabeza.

Comparada con las mujeres que frecuentaban el Fishtank, mi atuendo era bastante conservador. La falda negra me llegaba elegantemente por encima de la rodilla y la blusa de seda realzaba mi busto. Pero en aquel mar de pantalones vaqueros de cintura baja, camisetas que dejaban el ombligo al descubierto, tirantes finos y tacones de veinte centímetros mi presencia destacaba de manera singular. Justo como yo quería.

Le di un trago a la cerveza y miré a mi alrededor. ¿Quién sería aquella vez? ¿Quién me llevaría arriba esa noche? ¿Cuánto tiempo tendría que esperar?

Todo parecía indicar que no demasiado. El taburete junto al mío estaba vacío cuando me senté, pero un hombre lo había ocupado. Por desgracia, no era el desconocido al que estaba buscando. Tenía el pelo rubio y los dientes ligeramente separados. Era mono, pero ni mucho menos lo que yo quería.

—No, gracias —le dije cuando me invitó a una copa—. Estoy esperando a mi novio.

—No es verdad —respondió él con una inquebrantable seguridad—. No estás esperando a nadie. Deja que te invite a una copa.

—Ya tengo una —su insistencia le habría hecho ganar puntos en otra ocasión, pero yo no estaba allí para irme a la cama con un niñato universitario que se tomaba las negativas a guasa.

—Vale, te dejo en paz —una pausa—. ¡O no! —se echó a reír mientras se palmeaba el muslo—. Vamos, deja que te invite a un trago.

—He dicho que…

—¿Qué haces molestando a mi chica?

El universitario y yo nos giramos al mismo tiempo y los dos nos quedamos con la boca abierta, aunque por razones muy distintas. Él, sorprendido al descubrir que se había equivocado. Yo, encantada.

El hombre que estaba ante mí tenía el pelo negro y los ojos azules que había estado buscando. Un pendiente en la oreja. Unos vaqueros desgastados, una camiseta blanca y una chaqueta de cuero. El taburete en el que yo estaba sentada era bastante alto, y sin embargo su estatura me sobrepasaba con creces. Debía de medir un metro noventa y cinco, por lo menos.

Era perfecto.

Mi desconocido agitó una mano como si estuviera espantando una mosca.

–Largo de aquí.

El universitario ni siquiera intentó buscar una excusa. Se limitó a sonreír y se bajó del taburete.

–Lo siento, tío. Pero tenía que intentarlo, ¿no?

Mi desconocido se giró hacia mí y sus ojos azules me recorrieron de arriba abajo.

–Supongo –respondió tranquilamente.

Se sentó en el taburete vacío y extendió la mano con la que no sostenía un vaso de cerveza negra.

–Hola. Soy Sam. Un solo chiste con mi nombre y te devuelvo con ese imbécil.

Sam. El nombre le sentaba bien. Antes de que me lo dijera me lo hubiera imaginado con cualquier otro nombre, pero al saberlo ya no pude pensar en ningún otro.

–Grace –me presenté, estrechándole la mano–. Mucho gusto.

–¿Qué estás bebiendo, Grace?

Le enseñé la botella.

–Tröegs Pale Ale.

–¿Qué clase de cerveza es?

–Rubia.

Sam levantó su vaso.

–Yo tomo Guinness. Deja que te invite a una.

–Todavía no he acabado ésta –le dije, pero con una sonrisa que no le había ofrecido al universitario.

Sam llamó al camarero y le pidió dos botellas más de Pale Ale.

–Para cuando acabes.

–No puedo, en serio –respondí–. Estoy de guardia.

–¿Eres médico? –apuró su Guinness y agarró una de las dos botellas.

–No.

Sam esperó a que dijera algo más, pero yo no le ofrecí más explicaciones y él tomó un trago directamente de la botella. Hizo el típico chasquido que hacen los hombres cuando beben cerveza de la botella y tratan de impresionar a una mujer. Yo me limité a mirarlo en silencio y también bebí de la botella, preguntándome cómo lograría seducirme y deseando que supiera hacerlo.

–Entonces ¿no has venido a beber? –me miró fijamente y se giró en el taburete de tal modo que nuestras rodillas se rozaron.

Sonreí por el tono desafiante de su voz.

–La verdad es que no.

–Entonces… –volvió a quedarse pensativo. Se le daba muy bien aquello, había que admitirlo–. Si un hombre se ofrece a invitarte a un trago… –me clavó una vez más su intensa mirada azul–, ¿lo habría echado todo a perder o le darías una oportunidad para compensarte?

Empujé hacia él la botella que había comprado para mí.

–Depende.

La sonrisa de Sam fue como un misil infrarrojo disparado hacia el calor de mi entrepierna.

–¿De qué?

–De si es guapo o no.

Él giró lentamente la cabeza para mostrarme sus dos perfiles, antes de volver a mirarme de frente.

–¿Qué te parece?

Lo miré de arriba abajo. Su pelo era del color del regaliz, en punta por la coronilla y ligeramente largo sobre las orejas y la nuca. Los vaqueros estaban descoloridos en los lugares más interesantes y calzaba unas botas negras y raspadas en las que no me había fijado antes. Volví a mirarle la cara, los labios torcidos en una mueca maliciosa, la nariz a la que el resto de rasgos proporcionados salvaban de ser demasiado aguileña, las cejas oscuras que se arqueaban sobre los ojos azules.

–Sí –le dije–. Eres lo bastante guapo.

Sam golpeó la barra con los nudillos y soltó una exclamación de júbilo que giró varias cabezas en el local. No se percató, o fingió no percatarse, de la atención suscitada.

–Mi madre tenía razón. Soy muy mono.

En realidad no lo era. Atractivo sí, pero no «mono». Aun así, no pude evitar reírme. No era precisamente lo que estaba buscando, pero… ¿no era ésa la gracia de conocer a un extraño?

Él no perdió más tiempo. Se acabó la cerveza en un tiempo récord y se inclinó para susurrarme un halago al oído.

–Tú también eres muy bonita.

Sus labios acariciaron la piel ultrasensible de mi cuello, justo debajo del lóbulo de la oreja. Mi cuerpo reaccionó al instante. Los pezones se me endurecieron contra el sujetador y despuntaron a través de la blusa de seda. Mi clítoris empezó a palpitar y tuve que juntar los muslos con fuerza.

Yo también me incliné hacia él. Olía a cerveza y jabón, una mezcla deliciosa que me hizo querer lamerlo.

Volvimos cada uno a nuestro taburete. Los dos sonriendo. Crucé las piernas y vi que seguía con la mirada el movimiento de mi falda al elevarse sobre el muslo. Los ojos se le abrieron como platos y su lengua recorrió el labio inferior, dejándolo reluciente y apetitoso.

–Supongo que no serás la clase de chica que se acuesta con un hombre nada más conocerlo aunque sea monísimo, ¿verdad?

–La verdad es que… –le dije, imitando su voz baja y entrecortada– sí lo soy.

Sam pagó la cuenta, dejó una propina tan generosa que hizo sonreír al camarero y me agarró de la mano para ayudarme a bajar del taburete. Me sostuvo cuando mis pies tocaron el suelo, como si hubiera sabido que iba a perder el equilibrio. Incluso con mis tacones de veinte centímetros tenía que echar la cabeza hacia atrás para mirarlo a la cara.

–Gracias.

–¿Qué puedo decir? –replicó él–. Soy un caballero.

Su estatura y su corpulencia destacaban sobre el gentío, mucho más numeroso desde que entré en el local. Con paso firme y decidido, me llevó entre el laberinto de mesas y cuerpos hacia la puerta del vestíbulo.

Nadie se hubiera imaginado que acabábamos de conocernos. Nadie podía saber que iba a subir a la habitación de un desconocido. Solo lo sabía yo, y el corazón me latía con más fuerza a medida que nos acercábamos al ascensor.

Las paredes del interior reflejaron nuestros rostros, difusos en la tenue iluminación y el diseño dorado de los espejos. La camiseta de Sam se había salido de los vaqueros. Yo no podía apartar la mirada de la hebilla ni de la franja de piel desnuda que atisbaba por encima del cinturón. Cuando volví a levantar la vista me encontré con la sonrisa de Sam en el espejo del ascensor.

Vi que llevaba la mano hacia mi nuca antes de sentir su tacto. El espejo creaba aquella sensación de distancia y breve demora, como estar viendo una película que sin embargo parecía extremadamente real.

Sam apartó la mano de mi nuca al llegar a la puerta de su habitación y buscó la tarjeta en los bolsillos delanteros del pantalón. Lo único que encontró fueron unas cuantas monedas, lo que avivó su nerviosismo y por tanto también el mío. Finalmente encontró la tarjeta en la cartera, metida en el bolsillo trasero.

Su risa me pareció deliciosa mientras introducía la tarjeta en la ranura. Se encendió una luz roja y Sam masculló una obscenidad que solo pude descifrar por el tono. Volvió a intentarlo y la tarjeta de plástico desapareció en sus manos, grandes y fuertes, que yo no podía dejar de mirar.

–Maldita sea –dijo, dándome la tarjeta–. No puedo abrirla.

Nuestras manos se tocaron cuando me dispuse a agarrar la tarjeta. Un segundo después, él me había rodeado la cintura con un brazo y me tenía presionada contra la puerta cerrada. Se apretó contra mí y buscó mi boca, que lo estaba esperando abierta y hambrienta, así como mi pierna ya lo había rodeado por detrás de la rodilla. Se colocó entre mis piernas, encajando a la perfección igual que tendría que haber hecho la tarjeta en la ranura. Sus dedos se deslizaron bajo mi falda y subieron hasta el borde de las medias, donde empezaba la piel desnuda.

Su débil siseo se perdió en mi boca abierta al tiempo que me aferraba con fuerza la cintura y levantaba el otro brazo sobre mi cabeza, aprisionándome entre la puerta y su cuerpo. Allí, en el pasillo, me besó por primera vez. Y no fue un beso vacilante ni delicado. Ni muchísimo menos.

Su lengua danzaba frenéticamente con la mía mientras la hebilla de su cinturón empujaba acuciantemente a través de mi blusa de seda, con la misma urgencia con que el bulto de su entrepierna pugnaba por atravesar los vaqueros.

–Abre tú la puerta –me ordenó sin apenas separar la boca de la mía.

Llevé la mano hacia atrás e introduje la tarjeta sin mirar. La puerta se abrió con la presión de nuestros cuerpos, pero ninguno de los dos tropezó ni perdió el equilibrio. Sam me tenía demasiado agarrada para eso.

Sin dejar de besarme, me metió en la habitación y cerró con el pie. El portazo reverberó entre mis piernas y Sam se apartó para mirarme a los ojos.

–¿Es esto lo que quieres? –me preguntó con la voz entrecortada y sin aliento.

–Sí –respondí con una voz igualmente jadeante.

Él asintió y volvió a besarme con una voracidad salvaje. Sin el apoyo de la puerta a mis espaldas, tuve que confiar en que los brazos de Sam me sujetaran. Deslizó uno de ellos por detrás de mis hombros y con el otro me rodeó el trasero. Me hizo andar de espaldas, paso a paso, hasta la cama. Mis piernas chocaron con el colchón y él interrumpió el beso.

–Espera un momento –alargó el brazo y tiró del edredón para arrojarlo al suelo.

Me sonrió, con las mejillas enrojecidas y los ojos medio cerrados, y me tendió los brazos. Yo le eché los míos al cuello y él me abrazó por la cintura.

Conseguimos llegar a la cama en una maraña de miembros y risas. Sam era tan largo tendido como de pie, pero en la cama yo podía besarlo sin tener que echar la cabeza hacia atrás. Ataqué su cuello y acaricié con los labios los pelos erizados de su barba incipiente.

La falda se me había subido, ayudada por las manos de Sam. Una de sus grandes manos me agarró el muslo y yo ahogué un gemido cuando la punta de sus dedos me rozó las bragas.

Lo miré y vi una expresión divertida en sus ojos. Regocijo y algo más que no conseguí descifrar. Aparté la boca de su piel salada y me incorporé ligeramente, sin llegar a retirarme del todo.

–¿Qué?

La mano continuó su ascenso por el muslo mientras se llevaba la otra detrás de la cabeza. Parecía muy cómodo en aquella postura, con la ropa torcida y nuestros miembros entrelazados. Era típico de los hombres, esa aparente seguridad en sí mismos con la que se rociaban como si fuera colonia. La de Sam, en cambio, parecía más natural, más innata, tan propia de él como el color de sus ojos o sus largas piernas.

–Nada –respondió él, sacudiendo la cabeza.

–Me estás mirando con una cara muy rara.

–¿En serio? –se incorporó un poco, sin apartar la mano de mi muslo, y puso una mueca absurda al tiempo que sacaba la lengua–. ¿Como ésta?

–Como ésa precisamente no –respondí, riendo.

–Menos mal –asintió y volvió a besarme–. Porque habría sido muy embarazoso…

Me tumbó de espaldas en la cama y siguió besándome con pasión. En ningún momento despegó la mano de mi muslo, y aunque a veces la acercaba a la rodilla y me rozaba las bragas al volver a subirla, no llegó a tocarme directamente. Tampoco se colocó encima de mí, sino que se mantuvo de costado. Nada era como lo había imaginado, aunque en realidad aquello era lo que quería. Que mi amante me sorprendiera.

Me besó con frenesí y también con dulzura. Me mordisqueó y lamí los labios, y todo sin mover la mano de su enervante posición, muy cerca de donde yo quería, pero sin llevarla hasta allí.

–Sam –susurré con voz ronca, incapaz de resistirlo más.

Él dejó de besarme y me miró a los ojos.

–¿Sí, Grace?

–Me estás matando.

–¿En serio? –preguntó con una sonrisa.

Asentí y deslice una mano hacia la hebilla de su cinturón.

–Sí.

La mano de Sam avanzó un centímetro hacia arriba.

–¿Puedo compensarte de alguna manera?

–Tal vez –respondí mientras le desabrochaba la hebilla.

Giró la mano al tiempo que cubría los últimos centímetros y

presionó la palma contra mi sexo. Un grito ahogado escapó de mi garganta y ni siquiera intenté sofocarlo.

–¿Cómo lo estoy haciendo hasta ahora? –me preguntó, acariciándome la mejilla con los labios.

–Muy bien… –hablar me resultaba casi imposible, y eso que Sam no había hecho otra cosa que apretar la mano, sin frotarme siquiera. Pero los últimos minutos que habíamos pasado besándonos, más las largas horas de preliminares mentales, habían dejado mi cuerpo más que listo para recibirlo.

Descendió con sus labios por mi cuello y me atrapó la piel entre los dientes. El mordisco no dolió, pero sí provocó una sensación tan intensa que me arqueé inconscientemente hacia él. Llevé las manos a su cabeza y entrelacé los dedos en sus sedosos cabellos para apretarlo contra mí. Quería tener su boca pegada a mi piel, sin importarme las marcas que pudiera dejarme.

–Me gusta cómo pronuncias mi nombre –murmuró él, lamiendo la marca que supuestamente me había hecho–. Dímelo otra vez.

–Sam.

–Ese soy yo.

Nos volvimos a reír, hasta que él retiró la mano de mi entrepierna y empezó a desabrocharme los botones de la blusa, uno a uno. Yo también dejé de reír, pues no tenía aliento casi ni para suspirar. Abierta mi blusa, Sam se apoyó en el codo y apartó el tejido para revelar mi sujetador. Con los dedos acarició suavemente el borde del encaje.

Mis pezones estaban duros como piedras, y cuando el pulgar pasó sobre uno de ellos solté un gemido entrecortado. Él me miró desde arriba por unos segundos, antes de inclinarse a morderme el labio inferior. Todo mi cuerpo se estremeció bajo el suyo.

Sam volvió a incorporarse, se despojó de la chaqueta y se quitó la camiseta sobre la cabeza. Su torso era tan esbelto y musculoso como sus piernas. Se arrodilló junto a mí mientras se frotaba el pecho distraídamente. Con la otra mano se desabrochó el cinturón y el pantalón, pero no se bajó la cremallera.

Yo contemplaba con fascinación todos sus movimientos.

–¿Vas a quitarte el pantalón?

El asintió, muy serio.

–Por supuesto.

–¿Esta noche? –le pregunté con una ceja arqueada.

–Sí –respondió, riendo.

Levanté un pie, todavía enfundado en las medias, y le toqué la entrepierna.

–¿Eres tímido?

Él empujó las caderas hacia delante y detuvo la mano sobre el corazón.

–Quizá un poco…

Estaba mintiendo, naturalmente. No se había comportado con timidez en ningún momento.

–¿Quieres que me desnude yo primero?

Su sonrisa me derritió.

–Por favor.

Me levanté de la cama y, al estar sin los tacones, me encontré a la altura de su pecho. No era una mala vista, en absoluto. Sus músculos estaban bien definidos, pero sin exagerar. Di un par de pasos hacia atrás y, muy despacio, deslicé mi blusa sobre un brazo y después sobre el otro. La arrojé sobre la silla, pero los ojos de Sam ni se molestaron en seguirla. Permanecieron fijos en mí.

Había elegido la falda negra por lo fácil que resultaba quitármela, pero necesité mucho más que el segundo previsto para ello. Sin apartar los ojos de los de Sam, desabroché el botón de la cadera y fui bajando centímetro a centímetro. A continuación, deslicé la falda sobre mis piernas y la dejé caer a mis pies. La aparté con un puntapié y me quedé delante de Sam con el sujetador blanco, las bragas a juego, el liguero y las medias transparentes.

Mi cuerpo jamás ganaría un concurso de belleza. Demasiadas protuberancias y curvas mal repartidas. Pero a los hombres les gustaba, y la cara de Sam lo decía todo. Los ojos casi se le salían de las órbitas y los labios le brillaban por la humedad que había dejado su lengua.

–Qué maravilla…

El cumplido tal vez no fuera muy original, pero sonaba tan sincero que a mí me pareció encantador.

–Gracias.

Él no se movió. Seguía teniendo una mano apretada sobre el corazón y la otra enganchada en los vaqueros.

–¿Me toca?

–Te toca, Sam.

–Me encanta cómo suena…

–Sam –susurré mientras me acercaba a él–. Sam, Sam, Sam…

Podía resultar algo morboso, pero la verdad era que parecía gustarle. Y a mí también, qué demonios. Había algo dulce y sensual en su nombre. En él. En la forma que sonreía cada vez que su nombre salía de mis labios.

Alargué la mano hacia sus vaqueros. El botón metálico y la cremallera estaban muy fríos comparados con el calor que se filtraba por la tela. El corazón me dio un vuelco cuando mis dedos trazaron el contorno de su erección. Él gimió y yo estuve a punto de ponerme de rodillas, pero no lo hice.

En vez de eso, lo miré fijamente mientras le bajaba la cremallera. No aparté la mirada de sus ojos en ningún momento, y él no retiró la mano de su pecho. El pulso le latía en el cuello, los músculos de su cara se endurecieron y su sonrisa se transformó en una fina línea mientras levantaba una mano para apartarme el pelo de la cara.

Enganché los dedos en la cintura y tiré del pantalón hacia abajo. La prenda cedió con facilidad. El cinturón obedecía a motivos estéticos más que puramente prácticos y no tuve ningún problema en deslizar los holgados vaqueros por sus piernas. Él se movió ligeramente para ayudarme. Nos mantuvimos la mirada mientras le bajaba los pantalones hasta los tobillos y él levantaba un pie y luego el otro para librarse de ellos. Entonces me levanté rápidamente, recorriéndole las piernas con las manos. Pero seguí sin mirarle la entrepierna.

No sabía por qué me había vuelto tan tímida de repente. No era la primera vez, ni mucho menos, que me encontraba ante los calzoncillos abultados de un hombre. Pero había algo en su cara que me detenía, como esperando al momento adecuado.

–¿Sam?

Él asintió. Apartó la mano de su corazón y se inclinó al tiempo que yo me estiraba hacia arriba. Nuestras bocas se encontraron a mitad de camino.

Esa vez me cubrió por completo al tumbarme en la cama, pero no me aplastó bajo su peso. Más bien era una sensación de estar abrazada, rodeada, envuelta por su cuerpo.

Quizá debería haber tenido miedo al sentirme atrapada. Pero estaba demasiado ocupada con su boca como para pensar en nada que no fueran sus manos en mi ropa interior y las mías en sus calzoncillos de algodón, pugnando por liberar su erección.

Sam emitió un ruidito cuando lo toqué y recorrí su longitud con la mano. Sus dedos se cerraron sobre los míos y me dejaron sin espacio para acariciarlo.

Enterró la cara en mi cuello y estuvimos unos momentos pegados, hasta que empezó a bajar por mi cuerpo, besándome los pechos, el vientre, la cadera y el muslo.

Me abandoné al delicioso placer de sus besos, pero el movimiento de su cabeza era tan extraño que lo miré.

–¿Qué haces?

–Escribir mi nombre –respondió, demostrándolo con la lengua sobre mi piel–. S… A… M… S… T…

Me retorcí por las cosquillas, y él me miró brevemente con una sonrisa antes de llevar la cabeza más abajo. Sentí su aliento sobre mi vello púbico y apreté todo el cuerpo. Siempre lo hacía en aquel instante, esperando el primer roce de la lengua en mi sexo.

Sam debió de percibir la tensión de mis músculos como una muestra de desagrado, porque volvió a subir y alargó el brazo hacia el cajón de la mesilla. El movimiento dejó su pecho al alcance de mi lengua y no desaproveché la ocasión. Él se estremeció un momento y abrió la mano.

–Tú eliges.

Al mirar la variedad de preservativos que me ofrecía, pensé lo estupendo que era no tener que preocuparme por sacar el tema de la protección.

–Vaya… Estriados, extralubricados, que brillan en la oscuridad… –me eché a reír con el último.

Él también se rio y lo tiró al suelo.

–¿Este te parece bien? –preguntó, sosteniendo uno de los estriados.

–Perfecto.

Me tendió el envoltorio y se tumbó de espaldas con los brazos detrás de la cabeza. Se había acabado la timidez para ambos. No tenía sentido volver a avergonzarse.

El cuerpo de Sam parecía una obra escultórica minuciosamente esculpida en fibra y carne. Todos sus músculos parecían exquisitamente labrados y proporcionados. Vestido ofrecía un aspecto ligeramente desgarbado, pero desnudo se acercaba a la perfección.

Me pilló mirándolo y volvió a esbozar aquella sonrisa torcida e indescifrable. Me arrodillé junto a su muslo, desnuda, y le acaricié la erección. Él respondió empujando las caderas hacia arriba y deslizando una mano entre mis piernas. Me apretó el clítoris con el pulgar y fue mi turno para estremecerme.

Nos masturbamos mutuamente hasta que los dos estuvimos jadeando. Sam introdujo un dedo entre mis labios vaginales y encontró mi sexo empapado, preparado para recibirlo.

–Grace –susurró en voz baja y gutural–. Espero que estés lista, porque no puedo esperar más.

Yo tampoco podía esperar más.

–Lo estoy –hice una pausa y añadí–: Sam.

Me giré para que pudiera retirar la mano y le puse rápidamente el preservativo. Un momento después, lo tenía dentro de mí. Me agarró por las caderas y se echó hacia delante mientras yo le ponía las manos en los hombros.

Nos miramos fijamente el uno al otro.

Él empezó a moverme, al principio con sacudidas lentas y constantes, y casi enseguida encontramos nuestro ritmo. Mi clítoris lo rozaba con cada embestida, pero la presión no llegaba a ser suficiente. Sam se ocupó de solventar el problema al volver a tocarme con el dedo pulgar.

Una retahíla de palabras sin sentido escapó de mis labios, a medias entre una oración y una maldición. De lo que sí estuve segura fue de que había pronunciado su nombre.

Los orgasmos son como las olas del mar. No hay dos iguales. Se van formando poco a poco, elevándose cada vez más, fluyendo de manera imparable hasta alcanzar su cresta y entonces rompen con una fuerza devastadora. La ola de placer me sacudió tan rápido que me pilló por sorpresa mientras me movía sobre la verga de Sam. Él retiró el dedo en el momento preciso, pero al momento siguiente empezó a tocarme de nuevo. El segundo clímax me sacudió sin darme tiempo a respirar y me dejó exhausta y sin aliento. Puse mi mano sobre la de Sam para impedir que la retirara.

No sabía lo cerca que podría estar Sam del orgasmo, pero cuando abrí los ojos vi que tenía los suyos cerrados mientras volvía a agarrarme por las caderas. Sus embestidas cobraron más fuerza. El sudor le empapaba la frente, y el ávido deseo por lamerlo me sorprendió tanto como la intensidad del orgasmo.

–Sam… –susurré, viendo cómo desencajaba el rostro–. Sam…

Y entonces se corrió. Con el rostro desencajado y todos sus músculos apretados, se vació por completo mientras me clavaba los dedos con la fuerza suficiente para dejarme las marcas en la piel. Se arqueó, cayó de espaldas sobre la almohada y expulsó una última y prolongada exhalación.

Un momento después abrió los ojos y me sonrió. Entrelazó una mano en mis cabellos y tiró de mí para besarme con dulzura. Sus pupilas seguían dilatadas y oscuras, sin reflejar nada.

Me separé para ir al baño, pero aún no había reunido las fuerzas necesarias para levantarme de la cama cuando mi teléfono móvil empezó a sonar en el bolso.

–¿Smoke on the Water? –preguntó Sam, reconociendo la canción.

–Sí –sabía que debía responder, pero a mi cuerpo no le interesaba en esos momentos una llamada telefónica.

La risa de Sam sacudió la cama.

–Impresionante –dijo él, haciendo los cuernos con los dedos como homenaje al heavy metal.

Yo también me reí. Sam parecía más joven con el pelo alborotado y esa expresión somnolienta, pero no perdía ni un ápice de su atractivo. Soltó un enorme bostezo, contagiándomelo, y me besó en el hombro antes de volver a tumbarse boca arriba, con las manos bajo la almohada y la vista fija en el techo.

–Ya lo decía mi galleta de la suerte –dijo, sin mirarme–. «Vas a conocer a alguien muy interesante».

–Mi última galleta de la suerte me predijo una fortuna –dije yo–. Y hasta ahora nada de nada.

–Aún te queda tiempo.

–Me vendría bien tenerla ya.

La expresión de Sam cambió casi imperceptiblemente mientras nos mirábamos. Mi móvil volvió a sonar, esa vez con un tono mucho más discreto, indicando la recepción de un mensaje. No podía seguir ignorándolo, pues seguramente procedía del buzón de voz. Alguien debía de haber muerto.

–Tengo que responder –dije, sin moverme.

–Muy bien –respondió él, sonriendo.

Lo besé rápidamente en la mejilla y sentí su mirada fija en mí mientras recogía la ropa y el bolso del suelo y entraba en el cuarto de baño. Me sujeté el móvil entre el hombro y la oreja mientras me ponía las bragas y el sujetador. En cuanto a las medias y el liguero, no me pareció necesario volver a ponérmelos y los metí en el bolso.

Tras atender la llamada y terminar de vestirme, me mojé la cara con agua fría y me retoqué el maquillaje. Mientras me hacía una coleta baja eché un vistazo al cuarto de baño de Sam. Había una toalla arrugada en el suelo y una bolsa de aseo sobre el lavabo. Me fijé en que usaba una maquinilla de afeitar y la misma pasta de dientes que yo, pero no quise hurgar más en su intimidad y dejé de mirar.

Al salir del baño vi que Sam ya se había puesto los calzoncillos y que estaba tendido en la cama con el mando a distancia junto a él, pero sin encender la televisión. Se incorporó en cuanto me vio.

–Hola.

El teléfono volvió a pitar con un mensaje entrante. Alguien había llamado mientras yo atendía la llamada anterior. Saqué el móvil del bolso, pero no llegué a abrirlo.

–Ha sido genial, pero ahora tengo que irme.

Sam se levantó de la cama, elevándose sobre mí incluso después de haberme puesto los tacones.

–Te acompaño al coche.

–No, no es necesario.

–Claro que sí.

–De verdad que no.

Nos sonreímos y él me acompañó hasta la puerta, donde se inclinó para besarme de una manera mucho más torpe que antes.

–Buenas noches –me despedí tras cruzar el umbral–. Gracias.

Él parpadeó con asombro y no sonrió.

–¿De… nada?

Levanté una mano para tocarle la mejilla.

–Ha sido genial.

Él volvió a parpadear y frunció el ceño.

–Vale.

Me despedí con la mano y eché a andar hacia el ascensor. Oí que Sam cerraba la puerta y encendía la televisión un segundo después.

Una vez en el coche, sentada al volante y con el cinturón de seguridad abrochado, introduje la contraseña en el móvil para acceder al buzón de voz. Esperaba oír la voz de mi hermana, o quizá la de Mo, mi mejor amiga.

–Hola –dijo una voz desconocida y titubeante–. Soy Jack y había quedado esta noche con… la señorita Underfire.

Se me revolvió el estómago al oír el nombre. Señorita Underfire era el pseudónimo que usaba en la agencia para mantener mi anonimato.

–El caso es que estoy en el Fishtank y… bueno… usted no

aparece. Llámeme si quiere concertar otra cita –guardó un silencio tan largo que yo pensé que había acabado la llamada, pero entonces volvió a hablar–. En fin… lo siento. Supongo que habrá ocurrido algún imprevisto.

Un clic anunció el final del mensaje grabado, seguido por la voz robótica indicándome cómo borrarlo.

Cerré el móvil, lo devolví con cuidado al bolso y agarré el volante con las dos manos. Quería gritar, o reír, o llorar, pero lo único que hice fue girar la llave en el contacto y marcharme a casa.

Quería acostarme con un desconocido y eso era lo que había hecho.

Capítulo 2

–Tierra llamando a Grace –Jared chasqueó con los dedos delante de mi cara–. ¿Dónde están los guantes?

Sacudí la cabeza e intenté no darle importancia a mi falta de concentración. Jared Shanholtz, mi interino, sostenía la caja vacía de guantes de látex.

–Lo siento. Creo que están en el trastero. En el estante de la pared.

Jared arrojó la carta de cartón a la basura y señaló con la cabeza el cuerpo que yacía en la mesa.

–¿Necesitas que te traiga alguna otra cosa?

Miré el cadáver del señor Dennison.

–No, creo que no –le aparté el pelo de la frente y sentí una fina capa de polvos en su piel fría–. Pensándolo bien, tráeme la crema, ¿quieres? Voy a retocarlo un poco.

Jared asintió sin decir nada, aunque yo ya me había pasado una hora ocupándome del cuerpo. Ni al difunto señor Dennison ni a su familia les importaría el maquillaje, pero a mí sí.

Pero el orgullo profesional no me servía para controlar la inusual torpeza de mis dedos mientras manejaba los frascos y los pinceles. Antes había hecho una chapuza al embalsamar el cuerpo, pero enmendé el error al concederle a Jared la «oportunidad» de hacerlo él bajo mi supervisión. Jared era el primer trabajador en prácticas que tenía conmigo y estaba muy contenta con él, a pesar de lo mucho que me costaba ceder el control de mi negocio para que él pudiera aprender. Gracias a Dios era muy bueno en lo que hacía. De haber sido un chapucero, habríamos estado jodidos.

Jodidos…

Giré rápidamente la cabeza y tomé pequeñas bocanadas de aire para no ponerme a reír como una histérica. Sería muy embarazoso tener que explicarle a Jared el motivo de una risa tan inoportuna, pero la garganta me escocía por la carcajada contenida y pensé que tal vez el café me aliviara.

No, no me serviría de nada. La noche anterior me había acostado con un desconocido, pero no había sido con el desconocido al que previamente había pagado para hacerlo. No solo había corrido un riesgo enorme, sino que había perdido un montón de dinero.

–¿Grace?

Me sacudí las divagaciones y agarré los frascos y botes que Jared me tendía.

–Lo siento, tenía la cabeza en otra parte.

–¿Quieres que me ocupe yo y tú te tomas un descanso? –le ofreció Jared.

Miré el cuerpo del señor Dennison y luego a Jared.

–No, gracias.

–¿Quieres hablar de ello?

La expresión de Jared me hizo ver que mi actitud no era todo lo despreocupada que debería ser. Pero… ¿cómo iba a hablar con Jared?

–¿De qué?

–De lo que te preocupa.

–¿Quién ha dicho que algo me preocupa? –pregunté mientras pasaba la esponja sobre la mejilla del señor Dennison.

Jared no dijo nada hasta que volví a mirarlo.

–Llevo aquí seis meses, Grace. Sé que te pasa algo.

Interrumpí el maquillaje para dedicarle toda mi atención.

–¿Quieres hacerte cargo de esto? Si de verdad quieres que te dé algo que hacer, hay que lavar el coche. O también podrías ayudar a Shelly a pasar la aspiradora por la capilla.

A Jared le encantaba lavar el coche fúnebre, algo que yo

odiaba. Si creía que estaba siendo amable con él al dejar que se ocupara de tan ingrata tarea en vez de encomendarle otra labor más importante, yo no iba a hacerle pensar lo contrario.

Él sonrió e hizo un saludo militar.

—A la orden, jefa. Solo estaba ofreciendo mi ayuda.

—Y prepara también más café. Ya sabes que Shelly no tiene ni idea de cómo hacerlo.

—Una noche muy larga, ¿eh?

—Lo normal —me limité a responder yo.

—Estaría encantado de trabajar más horas, Grace.

Aparté los frascos de maquillaje y me lavé las manos.

—Lo sé. Y te lo agradezco.

—Piensa en ello —insistió Jared, antes de marcharse.

Siempre dispuesto a aprender, Jared tenía un trato exquisito con los clientes y no temía asumir nuevas tareas. Yo había pensado seriamente en contratarlo después de que se graduara, pero desgraciadamente aún no podía permitirme pagar a otro empleado a jornada completa. Frawley e Hijos no había dejado de crecer desde que me hice cargo de la empresa tres años antes, pero aún era pronto para delegar más responsabilidades en un subalterno y confiar en que pudiera ofrecer la misma calidad que yo. Al fin y al cabo, llevaba una enorme responsabilidad sobre mis hombros. Mi padre y su hermano Chuck, ambos jubilados, habían recibido el negocio de mi abuelo. Durante cincuenta años Frawley e Hijos fue la única funeraria en Annville, y era mi obligación mantener su nivel y prestigio.

Me puse a recoger las cosas, contenta de poder trabajar en silencio. No podía dejar de pensar en Sam, mi desconocido. Su pelo, sus ojos, su sonrisa, sus piernas, su forma de excitarse cada vez que pronunciaba su nombre… Ni siquiera le había pedido su número.

Y él tampoco me había pedido el mío. No me ruborizo con facilidad, pero sentí que me ardían las mejillas al pensar en lo que Sam debería de haber pensado sobre mí. Era lógico que se hubiera quedado tan perplejo cuando le di las gracias, sin sospechar que todo había sido por error.

La primera vez que pagué por tener sexo también fue un accidente, aunque la cita sí fue a propósito. Durante muchos años mis padres habían apoyado actos benéficos en el pueblo, y al hacerme cargo de la empresa tenía que cumplir también con las obligaciones sociales. Sin novio ni deseo de tener uno, hice lo que cualquier mujer organizada hubiera hecho: contratar a un hombre para que me acompañara.

Podría haber ido sola. No me importaba que me vieran sin pareja. De hecho, no había vuelto a tener una relación estable desde que estaba en la universidad, y no podía decir que lo lamentara. Pero también era cierto que sería mucho más entretenido bailar y cenar con alguien en el club de campo. Y si pagaba a alguien para que me arreglara el coche y me limpiara el jardín, ¿por qué no pagar para que me retirasen la silla de la mesa y me sirvieran bebidas? Podría ser tratada como una diosa sin tener que soportar las tonterías del ego masculino.

Lo más fácil del mundo era encontrar acompañantes femeninas de pago, pero costaba un poco dar con una agencia que ofreciera un servicio similar a las mujeres. Como directora de una funeraria tenía que ser discreta, aunque gracias a mi trabajo tenía muchos contactos. La gente consumida por el dolor y la desgracia no siempre se mordía la lengua, y yo había aprendido muchas cosas mientras ofrecía pañuelos y condolencias a los familiares de luto. Dónde conseguir drogas, quién se acostaba con quién, dónde había comprado el señor Jones las ligas que llevaba puestas al morir... La señora Andrews, una viuda, me había deslizado una tarjeta antes de ponerse a llorar. Era de una agencia de gigolós, dirigida por una tal señora Smith, que ofrecía masajes, acompañantes y «otros servicios».

Llamé al número que figuraba en la tarjeta, lo concerté todo y pagué por adelantado. Mark se presentó a la hora convenida, arrebatadoramente atractivo y perfectamente ataviado con un esmoquin que parecía hecho a medida. Fue emocionante entrar en una sala llena de amigos y conocidos. Todas las cabezas se giraron hacia mí y los rumores se propagaron como la pólvora.

Fue, sin lugar a dudas, la mejor cita que tuve en mi vida. Mark era una compañía encantadora, atento y buen conversador. Sus respuestas tal vez fueran un poco estudiadas y artificiales, pero sus intensos ojos azules compensaban cualquier atisbo de actuación. Naturalmente, no me creí que las promesas que despedía su mirada fueran reales. No me las creía de los tipos que intentaban ligar conmigo en los bares y supermercados, mucho menos de un hombre que solo lo hacía porque para eso le pagaba.

Sin embargo, me sentí halagada por la mano que mantuvo en todo momento en mi hombro, en mi codo o en mi trasero. Al final de la velada ya me había hecho una idea de lo que significaban los «otros servicios» ofrecidos en la tarjeta. Por motivos de seguridad, y siguiendo las recomendaciones de la anónima señora Smith, había quedado con Mark en el aparcamiento de un centro comercial y de allí habíamos ido en mi coche al club de campo. De camino de regreso al coche de Mark se respiraba una tensión deliciosa.

–La noche no tiene por qué acabar aún –dijo él cuando aparqué junto a su coche–. Si tú no quieres que acabe.

Fuimos a un cochambroso motel en el pueblo vecino. Mi novio de la universidad, Ben, también era muy guapo y apuesto, pero no podía compararse con Mark. Las manos me temblaban cuando le desaté la pajarita y le desabroché la camisa, muy despacio, sin que él me apremiara. Palmo a palmo fui revelando un cuerpo fibroso y musculado, tan apetitoso desnudo como enfundado en el esmoquin. Lo toqué por todas partes, desde los marcados abdominales hasta su enorme miembro. Su débil gruñido me sobresaltó, y al mirarlo vi que sus ojos ardían de deseo. Levantó una mano para tocarme el pelo y deshacer el recogido.

Le había pagado para que me hiciera sentir sexy y me tratara como a una reina. Y al hacerlo descubrí mi potencial erótico. Podía excitar a un hombre contoneando las caderas o lamiéndome los labios. El dinero puede comprar muchas cosas, pero a una buena erección le da igual lo abultada que sea una cuenta bancaria. Mark había cobrado por pasar tiempo conmigo, sí, pero una vez desnudos quiso follarme tanto como yo quería que lo hiciera.

No fue el mejor sexo que había tenido nunca; los nervios y la inseguridad me impedían dar rienda suelta a todos mis impulsos. Pero Mark era un amante muy experimentado y los dos acabamos jadeando bajo las sábanas. El orgasmo valió hasta el último centavo.

Mark no se quedó. En la puerta me estrechó formalmente la mano y se la llevó a los labios para besarla con una sonrisa cálida y sincera.

–Llámame cuando quieras –murmuró contra la piel de mi mano, sin apartar sus ojos de los míos.

En aquel momento comprendí por qué el precio era tan elevado.

La señora Smith habíaz perfeccionado un sistema de emparejamiento que respondía a las necesidades de sus clientas, y en los tres años que estuve usando sus servicios no quedé insatisfecha ni una sola vez. Ya fuera para ir a un concierto o a un museo, o para que me ataran en la cama con una cinta de terciopelo rojo, la señora Smith siempre me ofrecía los mejores acompañantes posibles.

Contrariamente a mis amigas, quienes siempre se estaban quejando de sus novios o de no tenerlos, yo era la mujer más satisfecha y realizada que conocía. Nunca tenía que ir a ningún sitio sola a menos que ese fuera mi deseo. Nunca tenía que preocuparme por las ataduras emocionales ni por lo que mi amante pudiera sentir por mí, ya que todo estaba negociado y pagado de antemano. Los gigolós me ofrecían la libertad para explorar esa parte de mi sexualidad que nunca había conocido, sin el menor riesgo para mi seguridad personal o para mi estabilidad emocional.

Y además, todos eran tan discretos como yo. Mi negocio estaba sometido a un escrutinio constante y eran muchos los que pensaban que una mujer no podía ocuparse de una funeraria. Los servicios funerarios no se limitaban a publicar obituarios en los periódicos y embalsamar cadáveres. Un buen director de pompas fúnebres ofrecía apoyo y consuelo a las familias en lo que a menudo era el momento más difícil de sus vidas. A mí me encanta mi trabajo y se me da muy bien. Me gusta ayudar a que las personas se despidan de sus seres queridos y hacer que el trauma sea lo más fácil y llevadero posible. Pero no se me puede olvidar que una persona jamás confiaría el cuerpo de un ser querido a alguien cuya moralidad no fuera intachable… y en un pueblo pequeño como Annville es muy fácil convertirse en el centro de todas las críticas.

—¿Grace?

De nuevo me había quedado absorta en mis pensamientos. Levanté la mirada y vi a Shelly Winber, la gerente de la oficina. Parecía sentirse culpable por haberme interrumpido, cuando en realidad me había rescatado del limbo.

—¿Mmm?

—Tu padre al teléfono —señaló hacia el piso superior—. Arriba.

Obviamente me había llamado a la oficina, puesto que el teléfono móvil no había sonado desde su posición permanente en mi cadera.

—Gracias.

Mi padre me llamaba al menos una vez al día. Viendo el interés con que seguía mis pasos, nadie supondría que se había jubilado.

Me senté en mi despacho y me llevé el auricular a la oreja mientras revisaba el presupuesto publicitario en el ordenador, fingiendo que escuchaba con eventuales murmullos inarticulados.

—Grace, ¿me estás escuchando?

—Sí, papá.

—¿Qué acabo de decir?

—Que vaya a comer el domingo y que te lleve los libros de contabilidad para que me ayudes a hacer las cuentas.

Un silencio sepulcral al otro lado de la línea indicó que había metido la pata hasta el fondo.

—¿Cómo esperas llevar adelante el negocio si no escuchas?

—Lo siento, papá, pero estoy ocupada con algunas cosas —acerqué el teléfono al ratón e hice doble clic—. ¿Lo oyes?

—Pasas demasiado tiempo con el ordenador.

–Son cosas del trabajo.

–Nosotros nunca tuvimos e-mail ni página web y nos fue de maravilla. Este negocio es algo más que marketing y contabilidad, Grace.

–Entonces ¿por qué siempre me estás dando la lata con el presupuesto?

Ajá... Lo había pillado. Esperé con interés su respuesta, pero lo que dijo no me animó precisamente.

–Llevar una funeraria es algo más que un trabajo. Tiene que ser tu vida.

Pensé en todos los recitales, graduaciones y fiestas de cumpleaños que mi padre se había perdido desde que yo era niña.

–¿Crees que no lo sé?

–Dímelo tú.

–Tengo que dejarte, papá. Te veré el domingo, a menos que tenga trabajo.

Colgué y me recosté en la silla. Pues claro que sabía que al funeraria era algo más que un trabajo. ¿Acaso no pasaba en ella casi todo mi tiempo, empleándome al máximo? Pero mi padre solo veía los nuevos artilugios, los logotipos y los anuncios en los medios de comunicación. No valoraba mi sacrificio, porque, en su opinión, mi vida personal no valía nada si no tenía a nadie con quien compartirla.

–Estás muy guapa hoy –observó mi hermana Hannah.

Me toqué uno de los pendientes. Hacían juego con la túnica azul turquesa que había adquirido en una subasta online.

–Muchas gracias... por cortesía de eBay.

–No me refería a los pendientes, aunque la verdad es que son muy bonitos. La túnica es un poco...

–¿Qué? –la tela era diáfana, por lo que debajo llevaba una camiseta sin mangas y la había combinado con un sencillo pantalón negro de corte vaquero. No me parecía que fuese un atuendo demasiado atrevido, y menos con la chaqueta negra.

–Diferente –dijo Hannah–. Pero bonita.

Observe la camisa de recatado escote y la rebeca a juego de Hannah, a quien solo le faltaba un collar de perlas y un sombrero con velo para parecer una matrona de los años cincuenta. El cambio era ligeramente mejor que la sudadera de dibujos animados que llevaba la última vez, pero tampoco mucho.

–A mí me gusta –declaré a la defensiva. Odiaba la facilidad que tenía mi hermana para ponerme siempre en guardia–. Es llamativa.

–Desde luego –corroboró Hannah, cortando su ensalada en trozos meticulosamente simétricos–. He dicho que es bonita, ¿no?

–Sí –aunque más que «bonita» parecía estar insinuando «inadecuada».

–Pero no me refería a la ropa –Hannah nunca hablaba con la boca llena–. ¿Tuviste anoche una cita?

El recuerdo de la mano de Sam entre mis muslos me arrancó una sonrisa.

–Anoche, no.

Hannah sacudió la cabeza.

–Grace… –empezó, pero levanté una mano para interrumpirla.

–No.

–Soy tu hermana mayor. Tengo el derecho y el deber de aconsejarte.

La miré con una ceja arqueada.

–¿En qué manual viene eso escrito?

–En serio, Grace. ¿Cuándo vamos a conocer a ese hombre? Mamá y papa ni siquiera creen que exista.

–Tal vez mamá y papá pasan demasiado tiempo preocupándose por mi vida amorosa, Hannah.

Cuanto más negaba tener novio, más convencida estaba mi familia de que mantenía una relación secreta. Normalmente me hacía gracia su obcecación, pero aquel día, por alguna razón desconocida, me resultaba irritante.

Me levanté para servirme otra taza de café, confiando en que mi hermana cambiaría de tema cuando volviera a la mesa. Ingenua de mí. Hannah nunca dejaba un sermón a medias, y lo único que le impedía reprenderme a gusto era que estábamos en un lugar público.

–Solo quiero saber cuál es el secreto, nada más –me clavó la mirada con la que años atrás conseguía traspasar mis barreras.

Seguía siendo muy efectiva, pero afortunadamente yo había ganado experiencia.

–No hay ningún secreto. Ya te lo he dicho. No tengo nada serio con nadie.

–Si es lo bastante serio para que tengas esta cara, también debería serlo para presentarlo a tu familia.

La velada referencia al sexo me sorprendió. Hannah era siete años mayor que yo, pero nunca me había hablado de chicos ni ropa interior, como solían hacer las hermanas mayores. El sexo siempre había sido tema tabú para ella, y yo no iba a sacarlo ahora.

–No sé de qué estás hablando.

–Claro que lo sabes.

–No, de verdad que no, Hannah –sonreí, intentando desmentir su insistencia.

Hannah apretó los labios en una fina línea.

–Muy bien. Como quieras. Pero que sepas que todos nos estamos haciendo preguntas.

Suspiré y me calenté las manos con la taza.

–¿Preguntas sobre qué?

Hannah se encogió de hombros y apartó la mirada.

–Bueno… Siempre pones una excusa para no presentarnos a tu amigo, y nos preguntamos si…

–¿Si qué? –la acucié. No era propio de ella guardarse las opiniones.

–Si es… un amigo –murmuró Hannah, y se puso a pinchar la ensalada como si hubiera hecho algo malo.

Volví a quedarme sorprendida y me eché hacia atrás en el asiento.

–Oh, por amor de Dios…

–¿Lo es?

–¿Te refieres a si es un hombre? ¿Quieres saber si estoy saliendo con un hombre en vez de con una mujer? –sentí ganas de echarme a reír, no porque el asunto tuviera gracia, sino porque quizá la risa me ayudara a entenderlo–. Tienes que estar de broma…

Hannah me miró con un mohín en los labios.

–Mamá y papá no te lo dirían, pero yo sí.

Por un momento de locura pensé en contárselo todo. ¿Qué sería peor, admitir que pagaba por tener sexo o que salía con mujeres? Pagar para acostarme con mujeres, eso sería lo peor. Merecería la pena decírselo a Hannah con tal de ver su cara, pero me contuve. Mi hermana no lo encontraría tan divertido como yo. Si me lo hubiera preguntado cualquier otra persona me habría echado a reír, pero al ser mi hermana me limité a negar con la cabeza.

–No, Hannah. No es una mujer, te lo prometo.

Hannah asintió, muy rígida.

–Podrías decírmelo, ¿sabes? Yo lo aceptaría.

Yo no estaba tan segura. Hannah tenía una mentalidad muy conservadora en la que no había lugar para hermanas lesbianas o que pagaran por tener sexo.

–Simplemente salgo y me divierto, nada más. No estoy saliendo con nadie en serio, pero si alguna vez lo hago, serás la primera en saberlo.

Por nada del mundo le hablaría a mi familia de mis citas. Ni siquiera se lo había contado a mis amistades más íntimas, pues no estaba segura de que entendieran el placer de vivir una experiencia sin ataduras ni complicaciones.

–Los novios dan mucho trabajo, Hannah.

–Prueba con un marido.

–Tampoco quiero un marido.

Su bufido dejó claro lo que pensaba al respecto. Ella podía quejarse de su marido, pero si yo decía que no quería casarme era como si estuviera criticando su matrimonio.

–Me gusta mi vida.

–Tú lo has dicho… «Tu» vida –lo dijo como si fuera una obscenidad–. Tu vida independiente, solitaria y soltera.

Nos miramos fijamente durante un largo rato, hasta que ella bajó la mirada a mi cuello. Tuve que contenerme para no tocar la marca que me había dejado Sam en la piel.

Hannah cambió de tema finalmente y para mí fue un gran alivio. Al separarnos, casi habíamos recuperado nuestra relación fraternal.

Digo «casi» porque la conversación me dejó un amargo sabor de boca y pasé el resto del día despistada y olvidadiza, a pesar de que tenía una cita con un cliente.

–¿En qué puedo ayudarlo, señor Stewart? –sentada en mi despacho, con un cuaderno a mi izquierda y un bolígrafo a la derecha, crucé las manos sobre la misma mesa que mi padre y mi abuelo habían usado antes que yo.

–Se trata de mi padre.

Asentí, expectante. Dan Stewart tenía unos rasgos normales y el pelo rubio rojizo. Lucía un traje y una corbata demasiado elegantes para ir al trabajo o acudir a una funeraria. Debía de tratarse de un pez gordo, o de un abogado.

–Ha sufrido otro ataque. Se está muriendo…

–Lo lamento –le dije sinceramente.

El señor Stewart asintió y murmuró un agradecimiento. Algunos clientes necesitaban un pequeño empujón para seguir hablando, pero no parecía ser su caso.

–Mi madre se niega a ver la gravedad de su estado. Está convencida de que acabará recuperándose.

–Pero usted prefiere estar preparado –dije, sin separar las manos ni agarrar el bolígrafo.

–Eso es. Mi padre siempre fue un hombre que sabía lo que quería. Mi madre, en cambio… –soltó una amarga carcajada y se encogió de hombros–. Hace lo que mi padre quiere. Si no tomamos medidas ahora, mi padre morirá y ella no sabrá qué hacer. Será un desastre.

–¿Quiere preparar el velatorio por su cuenta? –podría ser muy embarazoso planificar un funeral sin el cónyuge.

–No, solo quiero discutir las opciones con mi madre, hablar con mi hermano… –hizo una pausa y bajó la voz, dando a entender que lo hacía básicamente por él–. Solo quiero estar preparado.

Abrí un cajón de la mesa y saqué el paquete estándar. Lo había revisado yo misma en cuanto me hice cargo de la empresa. Impreso en papel color marfil y metido en una sencilla carpeta azul marino, el paquete contenía todas las listas, sugerencias y opciones posibles para ayudar a superar la pérdida de un ser querido.

–Lo comprendo, señor Stewart. Estar preparado puede reportar tranquilidad y consuelo.

La sonrisa transformó su anodino rostro en una expresión radiante.

–Mi hermano dice que me obsesiono con los detalles sin importancia. Y por favor, llámeme Dan.

Le devolví la sonrisa.

–No me parece que sean detalles sin importancia. Los preparativos de un funeral pueden ser agotadores. Cuanto antes se deje resuelto, más tiempo tendrá después para ocuparse de sus necesidades.

–¿Ha organizado muchos funerales con antelación?

–Se sorprendería de saber cuántos –señalé el armario de los archivadores–. Casi todos mis clientes han hecho algún tipo de preparativo, aunque solo sea el tipo de ceremonia religiosa.

Dan miró brevemente el armario antes de volver a mirarme a los ojos. La intensidad de su mirada me habría desconcertado si su sonrisa no hubiera sido tan agradable.

–¿Se ocupa de muchos funerales judíos, señorita Frawley?

–Puede llamarme Grace. De muy pocos, pero podemos brindarle el servicio que necesita. Conozco al rabino Levine de la sinagoga Lebanon.

–¿Y el chevra kadisha? –me miró fijamente mientras farfullaba aquellas palabras que seguramente nunca antes había dicho.

Yo conocía el chevra kadisha, aunque nunca había estado presente en la preparación de los cuerpos según la costumbre judía. Tradicionalmente, los cuerpos judíos no se embalsamaban y descansaban en una simple y austera caja de pino.

–No tenemos muchos funerales judíos –admití–. Casi todos en la comunidad judía acuden a Rohrbach.

–No me gusta ese tipo.

A mí tampoco me gustaba, pero no iba a decírselo.

–Estoy segura de que podremos ofrecerle a su familia todo lo que necesite.

Dan miró la carpeta y la sonrisa se borró de su cara, pero la huella permaneció en sus rasgos.

–Sí –dijo, apretando el papel con los dedos, sin llegar a arrugarlo–. Seguro que puede hacerlo.

Me ofreció la mano y la sentí firme y cálida al estrecharla. Nos levantamos a la vez y lo acompañé hasta la puerta.

–¿No le resulta duro trabajar con el dolor de la muerte? –me preguntó antes de salir.

No era la primera vez que me lo preguntaban, y respondí como siempre hacía.

–No. La muerte es parte de la vida, y me alegra poder ayudar a la gente a aceptarlo.

–Tiene que ser muy deprimente…

–No, no lo es. A veces es triste, no lo niego, pero no es lo mismo, ¿verdad?

–Supongo que no –una nueva sonrisa volvió a iluminar su rostro, invitándome a sonreír también a mí.

–Llámeme si necesita cualquier cosa. Estaré encantada de hablar con usted y con su familia sobre su padre.

–Gracias.

Cerré la puerta y volví a mi mesa. El cuaderno seguía sin abrir y el bolígrafo seguía encapuchado. Tenía un montón de papeleo pendiente y muchas llamadas que devolver, pero por unos momentos permanecí sentada sin hacer nada.

La línea que separaba la compasión de la empatía era muy delgada. Aquel era mi trabajo y quizá también mi vida. Pero eso no significaba que fuera también mi desgracia.

***

El correo electrónico de la señora Smith venía encabezado por un asunto escueto e inocuo: Información. Podría haber especificado «información sobre tus gigolós» y no habría importado. Los correos de la señora Smith y de sus caballeros se recibían en una cuenta privada a la que solo tenía acceso desde mi ordenador portátil.

La información enviada mostraba un saldo. Normalmente, faltar a una cita suponía la pérdida del dinero. Las clientas pagaban por anticipado y el importe no se reembolsaba en caso de que no acudieran, a menos que el gigoló tuviera que cancelar la cita. Pero Jack no la había cancelado y tampoco había conseguido localizarme. Resultado: trescientos dólares tirados a la basura.

Afortunadamente la señora Smith no pensaba igual, y con su exquisito tono y frases cuidadosamente elaboradas que siempre me recordaban a Judi Dench con pintalabios rojo, me ofrecía recuperar la cita perdida cuando a mí me resultara conveniente.

Miré a mi alrededor. El apartamento estaba a oscuras y la única luz procedía de la pantalla del portátil, que sostenía en mi regazo sentada en el sofá. Mis canciones favoritas sonaban por los altavoces. ¿De verdad quería recuperar la cita?

Había pasado una semana desde que conocí a Sam, el desconocido. Una semana en la que había intentado por todos los medios olvidarme de él, sin éxito.

Dejé el portátil en la mesa y fui al baño, donde me metí en la ducha antes de que el agua se hubiera calentado. El chorro helado me aguijoneó la piel, pero contrariamente a la creencia popular, no hizo nada por apagar mi libido.

Solo podía pensar en Sam. En sus manos, su boca, sus larguísimas piernas, los ruidos que emitía…

¿Estaría pensando en mí? ¿Se dedicaría a ligar con mujeres en los bares y llevárselas a la cama? ¿Se acostaría con ellas hasta dejarlas sin aliento igual que había hecho conmigo?

¿Volvería a encontrármelo si volviera al Fishtank?

Ya no era un desconocido. ¿Qué pasaría si volviera a verlo? Y lo que era aún más importante… ¿qué haría él?

Cuando el agua se calentó lo suficiente para provocar una

nube de vapor, yo ya tenía la mano entre mis piernas. El gel cubría mi piel, pero tampoco necesitaba lubricación adicional. Llevaba húmeda y excitada toda la semana, pensando en Sam.

Me toqué el clítoris con dos dedos y apoyé la otra mano en los azulejos de la ducha. Cerré los ojos e imaginé el rostro de Sam. Recordé la sensación de tenerlo dentro de mí. Su olor. Su sabor. El tamaño de su miembro. Quería volver a sentirlo en mi mano y en mi sexo. En mi boca. Quería engullirlo hasta el fondo de mi garganta…

Los muslos se me estremecieron a medida que la tensión crecía por todo mi cuerpo.

Podía llegar al orgasmo de esa manera, bajo el chorro ardiente, rodeada de vapor, con el sonido del agua resonando en mis oídos. Quería llegar al clímax. Y lo iba a hacer.

Deslicé la mano sobre los viejos azulejos, que necesitaban una reforma urgentemente. El clítoris me palpitaba. El placer aumentaba de manera imparable. Iba a correrme en cuestión de segundos… De repente, una punzada de dolor me traspasó la palma de la mano derecha. Abrí los ojos, medio cegada por el placer, y vi la sangre manando a borbotones justo debajo del meñique. El agua la limpió, pero enseguida volvió a manar. Una mezcla de placer y dolor se apoderó de mí al sufrir las convulsiones del orgasmo.

Dejé la mano bajo el chorro mientras recuperaba el aliento. El corte no parecía muy profundo, pero me escocía bajo el agua y el estómago se me revolvió al ver la carne roja que revelaban los bordes. Salí de la ducha y agarré rápidamente una toalla, pero para entonces la hemorragia había disminuido lo suficiente para que solo hiciera falta una venda.

Cerré el grifo y busqué el azulejo roto, pero no encontré ninguna grieta ni esquirla. No me atrevía a buscarla con los dedos, así que no palpé la pared con las manos. Tendría que ser más cuidadosa, pensé mientras me secaba y me ponía una camiseta holgada. No era la primera vez que me corría ni que sangraba en la ducha, aunque no sabía qué explicaciones podría dar si alguien me preguntaba por el corte.

Volví al salón y pulsé una tecla del ordenador para sacarlo del estado de hibernación. El e-mail de la señora Smith volvió a aparecer en la pantalla.

–Hola. Ha contactado con la agencia de la señora Smith –la voz de la señora Smith recordaba realmente a la de Judi Dench–. Si llama para pedir una cita, por favor deje su nombre y número de teléfono y uno de nuestros caballeros se pondrá en contacto con usted a la mayor brevedad posible.

–Hola –respondí animadamente–. Soy la señorita Underfire. Querría volver a concertar la cita que se canceló el jueves pasado, pero me gustaría cambiar los servicios. Por favor, que alguien me llame para los detalles.

Plantada la semilla, me quedé sentada a esperar. La espera no fue larga. Los caballeros de la señora Smith estaban acostumbrados a que los llamaran con poca antelación. Jack me devolvió la llamada a la media hora.

–Hola, ¿señorita Underfire?

–Sí, soy yo.

–Soy Jack.

–Hola, Jack –lo saludé mientras observaba el vendaje. Se había arrugado por los lados y se apreciaba un atisbo rosado bajo el adhesivo beige–. ¿Qué ocurrió la semana pasada?

–Lo siento –se disculpó él de inmediato, aunque la única culpable era yo–. Me retrasé un poco y…

–Un simple error, nada más –lo interrumpí yo. No iba a decirle que me había confundido de persona en el bar–. ¿Podemos quedar otra vez?

–¡Sí! Por supuesto. Genial –parecía ansioso por concertar una nueva cita. Pensé en la descripción que me había facilitado la señora Smith. Pelo negro. Pendiente en la oreja. Delgado… Maldita sea. Estaba pensando en Sam otra vez–. Esto… ¿quieres que quedemos en el mismo…?

–La verdad es que no. Estoy un poco harta de amargarles la velada a todos los que se me acercan.

Él soltó una risita vacilante, como si no supiera si estaba bromeando.

–De acuerdo. ¿Qué propones, entonces?

Había pagado un montón de dinero por su tiempo y conversación, y ya que no podía recuperarlo al menos debería aprovecharlo.

–¿Te gusta bailar, Jack?

Una pausa. Oí una especie de inhalación seguida de un débil suspiro. Estaba fumando.

–Sí, me gusta.

¿La señora Smith me había asignado a un fumador? Curioso… Aunque en cierto modo era lógico. Yo había pedido a alguien diferente, y aunque no me gustaba fumar, me parecía sexy.

–Estupendo. Me apetece ir a bailar. ¿Te viene bien el viernes por la noche?

Otra pausa. Se oyó el crujido de unos papeles.

–Sí.

–Nos veremos en el aparcamiento de Second Street a las nueve en punto –no tenía necesidad de comprobar mi agenda–. Oye, Jack… ¿te importaría decirme qué aspecto tienes?

Una risita.

–Claro. Tengo el pelo negro y los ojos azules. Dos pendientes en la oreja derecha y uno en la izquierda, y un aro en la ceja izquierda –debí de emitir algún ruido raro, porque él volvió a reírse–. ¿Te parece bien?

–Muy bien –si hubiera sabido esos detalles antes de la primera cita, no habría confundido a Sam con el caballero al que había contratado. Pero, claro, la idea era citarse con un completo desconocido–. ¿Puedo hacerte otra pregunta?

Volví a oír cómo daba otra calada al cigarro.

–Claro.

–¿Cuánto mides?

–Un metro ochenta, ¿qué tal?

–Perfecto –respondí, ya que cualquier otra respuesta habría sonado bastante grosera.

Definitivamente, no podría ser Sam.

Capítulo 3

–¿Dónde tienes la cabeza, Grace? –como de costumbre, mi padre no se andaba con rodeos–. Vamos, habla.

Lógicamente, no podía decirle que me había ligado a un tío en un bar, que me había pasado horas follando en la habitación de un hotel, y que era incapaz de concentrarme en nada porque solo podía pensar en volver a hacerlo.

–Lo siento, papá.

–¿Que lo sientes? –mi padre agitó la carpeta con los extractos bancarios delante de mí–. ¿Crees que no tengo nada mejor que hacer que examinar tus cuentas?

Conseguí esbozar una sonrisa.

–No lo sé… ¿Qué harías si no?

–Estaría pescando –me miró por encima de sus gafas–. Eso es lo que me gustaría estar haciendo.

–¿Desde cuándo vas a pescar? –me incliné sobre la mesa para recuperar la carpeta, pero mi padre la alejó de mi alcance.

–Desde que me jubilé y tu madre me dijo que buscase algo que hacer para no pasarme todo el día encerrado en casa.

Volví a sentarme y me eché a reír.

Tres años después, aún me sentía extraña estando sentada a ese lado de la mesa mientras mi padre ocupaba la silla reservada para los clientes. Tampoco a él debía de gustarle mucho, viendo cómo agitaba la carpeta. La verdad era que no necesitaba su ayuda para revisar la contabilidad, como tampoco necesitaba que me preguntara si mi coche tenía gasolina o si necesitaba a alguien para arreglarme el lavabo. Mi padre se resistía a verme como una mujer independiente, cosa que a mí no me gustaba en absoluto.

Se empujó las gafas sobre la nariz y soltó un gruñido de disgusto al tiempo que ponía un dedo sobre un informe.

–¿Qué son estos gastos?

Dos clics del ratón abrieron el programa de contabilidad, una herramienta jamás empleada por mi padre.

–Material de oficina.

–Ya sé que es material de oficina, aquí lo pone bien claro. ¡Lo que quiero saber es por qué te has gastado cien dólares!

–Papá… –intenté mantener la calma–. Había que comprar tinta para la impresora, folios y esas cosas. Compruébalo.

Mi padre le echó un vistazo fugaz al monitor antes de volver al montón de papeles.

–¿Y qué hace aquí una factura de Internet por cable?

–Es mía –dije, arrebatándosela de la mano.

Mi padre no me acusaría de deslizar mis facturas personales en las cuentas de la funeraria. Me había repetido tantas veces que los gastos domésticos tenían que separarse de la empresa que yo nunca podría olvidarlo. Teniendo en cuenta que debería reducirme el sueldo si así lo exigía la marcha del negocio, no veía ningún problema en pasar la factura de Internet por cable en la misma cuenta bancaria, sobre todo porque era absurdo mantener dos cuentas de Internet en un solo lugar. Yo vivía en el piso de arriba y podía usar la conexión inalámbrica en la oficina.

–Tendré que hablar con Shelly para que no mezcle las facturas –dijo mi padre–. Y quizá hable también con Bob la próxima vez que vaya a la oficina de correos, a ver si puede separar la correspondencia como es debido.

–No tiene importancia, papá.

Mi padre me fulminó con la mirada.

–Claro que sí, Grace. Lo sabes muy bien.

Tal vez fuese aquella su manera de hacer las cosas cuando estaba al frente del negocio, pero ahora estaba yo al mando.

–Yo hablaré con Shelly. Tú solo conseguirías hacerla llorar.

Shelly acababa de salir de la facultad de Empresariales cuando la contraté para el puesto de gerente. Era joven y no tenía ninguna experiencia laboral, pero trabajaba muy duro y se le daban bien las personas. Mi padre, naturalmente, no tenía muy buena opinión sobre ella.

–Eso no es verdad.

No costaba mucho hacer llorar a Shelly, pero no quise discutir con él. Metí la factura de Internet en el cajón donde guardaba mis efectos personales y volví a mirarlo.

–¿Algo más sobre lo que me quieras preguntar?

Mi padre miró por encima las facturas y los informes.

–No. Me llevaré todo esto a casa para revisarlo.

Yo no tenía ningún problema con las cuentas, pero era casi seguro que mi padre volvería con una lista de preguntas sobre gastos sin justificación. A veces daba la impresión de que yo estaba arruinando el negocio.

–Aún no has respondido a mi pregunta –dijo él mientras cerraba la carpeta–. ¿Dónde tienes la cabeza?

–Creo que la tengo sobre los hombros, ¿dónde la ves tú?

–No te hagas la tonta, Grace.

Imité su expresión con una ceja arqueada.

–¿Prefieres que me haga la lista?

Mi padre no estaba para bromas. De hecho, parecía realmente furioso.

–Tu hermana dice que estás viendo a alguien y que no quieres traerlo a casa para que conozca a la familia.

Intenté ahogar un gemido de frustración.

–Hannah habla mucho.

–Eso no te lo discuto, pero ¿es verdad lo que dice? ¿Tienes un novio del que no quieres decir nada? ¿Es que te avergüenzas de nosotros?

–Claro que no, papá.

–¿No te avergüenzas o no tienes novio?

Era imposible despistar a mi padre con juegos de palabras.

–No a ambas preguntas.

Mi padre me miró con desconfianza.

–¿Es Jared?

–¿Cómo?

–Jared –repitió él, apuntando con el dedo pulgar hacia la puerta del despacho.

–Por Dios, papá… Claro que no. Jared es mi empleado.

Mi padre siguió enfurruñado.

–La gente habla.

–¿La gente como tú?

–Solo digo que eres una mujer joven y guapa, y que él también es joven…

Solté un exagerado suspiro a propósito.

–Y mi empleado –repetí–. Déjalo ya, ¿quieres?

Mi padre se limitó a mirarme de arriba abajo. No pidió disculpas, como haría mi madre, y tampoco me atosigó en busca de respuestas como haría mi hermana. Tan solo sacudió lentamente la cabeza.

–¿Qué dice el letrero de la puerta? –me preguntó.

–Frawley e Hijos.

Él asintió, se guardó las gafas en el bolsillo de la pechera y se levantó.

–Piensa en ello.

Agarró la carpeta de las facturas y se giró para marcharse, sin intención de decir nada más.

–¡Papá! –lo llamé, levantándome rápidamente.

Mi padre se detuvo en la puerta, pero no me miró.

–¿Qué has querido decir con eso? –le pregunté, casi gritando.

Entonces me miró con la misma expresión que ponía cuando me saltaba algún castigo de niña o cuando traía malas notas a casa. La mirada de reproche y decepción con la que me conminaba a portarme mejor, a hacerlo mejor, a ser mejor.

–Tu hermana no dejaría que sus hijos se acercaran a este lugar. Y tu hermano… –hizo una brevísima pausa– Craig tampoco, si alguna vez los tiene.

–¿Quieres decir que depende de mí? –parpadeé con fuerza para intentar aliviar el escozor de mis ojos.

–Te estás haciendo vieja, Grace. Es todo lo que digo.

Si me estaba haciendo vieja, ¿por qué seguía haciéndome sentir como una cría?

–No estarás insinuando que me case y tenga hijos solo por un ridículo letrero, ¿verdad, papá?

Mi padre volvió a irritarse.

–¡Ese letrero no es ridículo!

–¡No, salvo por el detalle de que yo no soy un hijo! –mi grito resonó en la estancia y su eco permaneció un instante entre las paredes, hasta disolverse en el silencio.

Todo el mundo había dado por hecho que mi hermano se haría cargo de la empresa. Todo el mundo, salvo Craig. El enfrentamiento estalló un día de Acción de Gracias. Mi padre le exigía que ocupara su lugar en Frawley e Hijos, pero Craig quería ir a la universidad. Mi hermano acabó por levantarse airadamente de la mesa y no regresó en mucho tiempo. Vivía en Nueva York, frecuentaba la compañía de actrices cada vez más jóvenes y se dedicaba a hacer anuncios y vídeos musicales. Uno de sus documentales había sido nominado para los premios Emmy.

–Te devolveré las facturas dentro de unos días –dijo mi padre, antes de marcharse.

Sola, me dejé caer de nuevo en la silla. Mi silla. Mi mesa. Mi despacho. Mi negocio…

Aunque no fuera un hijo varón.

Nunca había pensado en Jared como algo más que un empleado, pero las insinuaciones de mi padre me hicieron verlo de otra manera. Era algo que me sacaba de quicio. Hasta ese momento habíamos mantenido una perfecta relación profesional, tan simple como mis citas con los caballeros de la señora Smith.

Me parecía un joven atractivo, afable y divertido con el que era muy fácil bromear y llevarse bien, pero nunca me había dado la impresión de que estuviera tonteando conmigo, ni yo con él. ¿Por qué los hombres y las mujeres no podían ser amigos sin que hubiera connotaciones eróticas por medio? ¿Y por qué todo el mundo pensaba que para acostarse con alguien había que estar enamorado?

–Hola, Grace. ¿Quieres que le dé un baño a Betty?

–He notado que tienes una grave obsesión con los coches, Jared –agarré el último montón de folletos de la impresora y los coloqué en la mesa de Shelly para que los plegara–. Pero si quieres hacerlo, adelante.

–Genial –Jared sonrió y salió por la puerta trasera hacia el aparcamiento.

Betty era mi coche. Un Camaro de 1981 que primero fue de Craig, quien lo compró en honor del grupo de música The Dead Milkmen y que me lo dejó al marcharse a Nueva York. Solo lo conducía cuando no quería usar la furgoneta con el logo de Frawley e Hijos. No corría mucho, pero el motor retumbaba poderosamente y a Jared le encantaba.

Lo seguí al garaje, una antigua cochera reformada con apenas espacio para el coche fúnebre, la furgoneta que usábamos para transportar los cadáveres y Betty. Las grandes funerarias tenían más vehículos, y algún día esperaba tener yo también un coche para transportar las flores o a los parientes del difunto. Todo llegaría.

–¿Vas a ayudarme? –me preguntó Jared mientras llenaba un cubo de agua y agarraba una esponja de gran tamaño. Ya había sacado el coche fúnebre al camino de entrada–. Creía que odiabas lavar el coche.

–Sí. Mi padre nos obligaba a hacerlo a Craig y a mí todos los sábados –me mantuve a una distancia prudente de las salpicaduras. Aún llevaba el uniforme de trabajo y tenía una cita dentro de una hora.

–¿Tienes miedo de que le cause algún desperfecto a Betty?

–No –miré con cariño el coche que me había acompañado en dos bailes del instituto, las fiestas de la universidad y muchas otras escapadas–. Betty sabe cuidarse sola.

Jared mojó la esponja en el agua con jabón y se arrodilló junto al coche para empezar por las ruedas.

–Mientras no cobre vida y empiece a asesinar a los peatones… Aunque tampoco estaría tan mal, ¿no te parece? Sería bueno para el negocio.

–No se te ocurra decírselo a mi padre.

–Ni que estuviera loco… Tu padre ya me da bastante miedo –frotó con ahínco y me miró por encima del hombro–. ¿Quieres hablarme de algo, jefa?

En realidad no. No podía decirle a Jared que mi padre y seguramente la mitad del pueblo pensaba que estábamos liados.

–Solo quería decirte que estás haciendo un gran trabajo, eso es todo.

Jared dejó de limpiar las ruedas y se levantó con las manos cubiertas de espuma.

–Gracias, Grace.

Su sonrisa era muy sexy, pero no me despertaba la menor excitación. Y el hecho de estar comprobándolo me irritaba.

–No hay de qué.

Él siguió mirándome con curiosidad.

–¿Algo más?

–No, puedes seguir –lo ahuyenté afectuosamente con las manos y volví a la oficina, donde Shelly estaba doblando folletos y atendiendo llamadas.

Fui a mi despacho y me senté en mi silla para contemplar mis dominios, pero extrañamente no sentí la satisfacción habitual. Por mucho que me esforzara, siempre habría personas como mi padre y mi hermana que midieran mi éxito según su escala de valores. Yo no quería que me afectara su visión de lo que debería ser mi vida…

Pero por desgracia, me afectaba.

Jack no me había engañado con su descripción. Me estaba esperando en el lugar indicado y ni siquiera olía a tabaco, a pesar de ser un fumador reconocido. Era muy joven, no más de veintidós o veintitrés años, y muy atractivo, incluso con los aros metálicos. Había dicho que tenía el pelo negro, pero era imposible saberlo con la gorra de béisbol que casi le cubría los ojos.

Llevaba una camiseta negra de un grupo de rock sobre otra camiseta blanca de manga larga, arremangada por los codos y revelando los intricados tatuajes que le cubrían todo el antebrazo izquierdo, y unos vaqueros descoloridos y caídos con un cinturón negro de cuero.

—¿Jack? —pregunté, extendiendo la mano.

Él me la estrechó con la fuerza adecuada y durante el tiempo adecuado.

—Sí.

—Soy la señorita Underfire, pero puedes llamarme Grace.

—Bonito nombre —dijo él con una sonrisa.

Habría dicho lo mismo aunque mi nombre hubiera sido Hepzibah. Como si el nombre importara… Una vez más, me sorprendí pensando en Sam.

—Gracias. Jack también lo es.

Volvió a sonreír y yo me quedé asombrada con la transformación que experimentó su rostro. Estando serio era guapísimo. Pero sonriendo era… arrebatador.

O no entendía mi reacción, o hacía tiempo que sabía cómo tratar a las mujeres boquiabiertas, porque no pareció sorprendido en absoluto.

—Claro, si te gustan los apodos…

Murmuré algo incomprensible, incapaz de articular un sonido coherente bajo el efecto de aquella sonrisa.

—¿Apodos?

Él se echó ligeramente hacia atrás para dejar que yo abriera el paso. Había mucha gente en la calle y aún habría más a medida que avanzara la noche. Escuchar la risa de Jack era como sorber una capa de chocolate derretido. Cálido, pecaminosamente delicioso.

—Jackrabbit. Jackhammer. Jack Sprat. Jackass…

Me reí con él mientras nos dirigíamos hacia La Farmacia. Alguien había comprado la antigua farmacia en la planta baja y la había transformado en un local donde tocaban las jóvenes promesas del pop. En el piso de arriba había una discoteca, con paredes plateadas y jaulas en la pista de baile.

–No te llamaré Jackass, lo prometo.

Jack me dedicó una media sonrisa, afortunadamente, porque no quería volver a quedarme embobada.

–Gracias. Intentaré no comportarme como uno.

Aún era temprano y no tuvimos que esperar mucho en la cola. Intenté ver el carné de conducir de Jack cuando se lo mostró al gorila de la puerta, pero solo alcancé a ver un atisbo de la foto. Al menos era lo bastante mayor para entrar en el club.

–Jacko –lo saludó el portero. Apenas miró el carné mientras lo introducía en un aparato para comprobar que era auténtico–. ¿Sigues en el Lamb?

Jack volvió a guardarse el carné en la cartera negra que había sacado del bolsillo trasero.

–Sí, a media jornada.

–¿Ah, sí? –el portero agarró mi carné sin ni mirarme siquiera y también lo introdujo en la máquina. Seguramente no aparentaba ser menor de edad–. ¿Y qué más haces?

–Estudio –respondió Jack sin mirarme.

–No jodas –el portero abrió los ojos como platos–. ¿El qué?

–Diseño gráfico –se encogió ligeramente de hombros y zanjó la conversación con una sonrisa.

Dejé que me condujera al interior. Se le daba bien captar mis indirectas, pero no tanto como para hacerlo sin fisuras. Aun así obtuvo un sobresaliente en esfuerzo cuando me preguntó qué quería beber y pidió en la barra por mí, junto a otra cerveza para él.

La mezcla de hip-hop y rock clásico atronaba por los altavoces mientras la gente se agolpaba frente al pequeño escenario donde tocaría el grupo. El local estaba mucho menos abarrotado de lo que lo estaría la discoteca del piso superior, y por el momento yo me conformaba con tomar mi cerveza y observar a la multitud.

–Así que estudias diseño gráfico –dije a modo de charla–. Interesante.

Él sonrió y se encogió de hombros como había hecho con el gorila de la puerta.

–Sí, supongo.

–¿Lo supones? Debe de parecerte interesante para estudiarlo.

Jack tardó un momento en responder.

–Sí, lo es. Creo que se me dará bien. Y es mejor que ser camarero.

También debía de ser mejor que follar por dinero, pero no lo dije.

–¿Eres camarero?

–En el Slaughtered Lamb.

–Nunca he estado.

–Deberías pasarte algún día –dijo él, pero no me pareció que lo dijera muy convencido.

Dos chicas vestidas con camisetas ceñidas y faldas cortísimas se acercaron y miraron descaradamente a Jack.

–Hola, Jack –lo saludó la más alta.

–Hola –respondió él, asintiendo con la cabeza.

Las chicas se fijaron entonces en mí. Yo sonreí y levanté la botella, esperando una provocación, pero la más baja de las dos tiró del codo de su compañera y se la llevó antes de que pudiera decir nada.

–Lo siento mucho –se disculpó Jack, visiblemente apesadumbrado.

–¿Una antigua novia?

Él se encogió de hombros, asintió y volvió a encogerse de hombros.

–Eso piensa ella.

–Ah –tomé un trago de cerveza. Quería acabarla antes de que se calentara–. ¿Es la que te llamaba Jackass?

De nuevo aquella maldita sonrisa. Radiante y letal, conseguía borrar todos los momentos embarazosos que se producían.

–Puede –dijo él.

No era la mejor cita que había tenido, pero tampoco la peor. Jack parecía nuevo en todo aquello, lo cual se le podía perdonar. Yo no era una clienta tan exigente como algunas mujeres, aunque en honor a la verdad, los acompañantes no debían hablar de sus estudios.

–¿Puedes hacerme un favor, Jack?

–¿Cuál?

Me acerqué a él. Aquella noche me había puesto unas botas de tacón que me permitían llegar fácilmente a su oreja.

–Quítate la gorra.

Él obedeció de inmediato. Se la enganchó con un dedo y se sacudió el pelo.

No creo en el amor a primera vista, pero mi cuerpo reacciona siempre ante la belleza. El pelo negro de Jack, corto por detrás y largo por delante, invitaba a entrelazar los dedos entre sus relucientes mechones. Se lo apartó de la frente con dedos temblorosos, como si no estuviera seguro de lo que hacer con su mano.

–Eres muy guapo –le dije yo.

Estaba nervioso. Mucho más nervioso que yo. Sentí un arrebato de ternura… y también de excitación.

Acabé la cerveza y dejé la botella en la barra, antes de volver a acercarme a él. Jack giró la cabeza al mismo tiempo y su aliento me acarició el rostro. Olía a una mezcla de cerveza y colonia, sin el menor atisbo de tabaco. El calor llenó el reducido espacio que separaba nuestras caras.

Lo agarré de la mano.

–Vamos a bailar.

Tiré de él y lo llevé al centro de la pista de baile, donde las luces estroboscópicas amenazaban con provocarles una apoplejía a los bailarines y donde la música sonaba tan fuerte que el bajo retumbaba en mi estómago como un redoble de tambores. Era imposible mantener una conversación allí, por lo que ninguno de los dos sentía la obligación de hablar. Solo teníamos que movernos.

Me encanta bailar. Desde siempre. Nunca he tomado clases de baile, ni siquiera de ballet como muchas chicas. Simplemente me gusta moverme al ritmo de la música y sudar. Trabajar los músculos de mi cuerpo. El baile es como el sexo, pero con ropa.

Jack sabía moverse. No lo hacía con mucho estilo, pero tenía sentido del ritmo y llamó la atención de varias chicas. En todo momento mantuvo la vista fija en mí, con la gorra metida en el bolsillo trasero y el pelo cayéndole sobre el rostro como una cortina de seda. Continuamente se lo apartaba de la cara, como si le molestara.

Bailamos con frenesí, los dos al mismo ritmo, hasta que empezó a sonar una canción lenta y la pista se llenó al momento de parejas para abrazarse y frotarse. Jack me miró. Yo lo miré y esperé a que me tomara en sus brazos. Al no hacerlo, suspiré para mis adentros y lo llamé con el dedo. De nuevo aquella sonrisa que me estremecía los muslos y le iluminaba el rostro. Se amoldó a mi cuerpo sin dudarlo. Y si antes me había parecido un bailarín decente, en ese momento descubrí que era condenadamente bueno.

Solo había estado esperando a recibir permiso, y en cuanto lo tuvo ya no paró. Bailamos deprisa y despacio, sin separar nuestros cuerpos, con sus manos en mis caderas y en mi trasero, y de vez en cuando me regalaba su sonrisa. Se estaba divirtiendo. Y yo también.

Lo mejor de todo era saber que, pasara lo que pasara en la pista de baile, no pasaría nada más a menos que yo lo quisiera. Y tampoco si él no lo deseaba, naturalmente. Desde un punto de vista legal, yo solo había pagado por su tiempo y compañía, no por sexo. Aunque ninguna cita me había rechazado jamás, y no creía que Jack fuera a ser el primero.

Si lo deseaba, sería mío. Pero por muy buen bailarín que fuera, no estaba del todo segura de querer llevármelo a la cama. El recuerdo de Sam seguía bailando en mi cabeza, y aunque a Jack no le importara que me acostara con él mientras pensaba en otro hombre, a mí sí que me importaba. De momento, bastaba con bailar y beber, sentir sus manos en mi cuerpo y deleitarme con aquella sonrisa. El sudor empapaba nuestros cuerpos y sujetaba el pelo de Jack cuando se lo echaba hacia atrás. Al pegar mi mejilla a la suya tuve que resistir la tentación de lamerlo para comprobar si sabía a sal.

Esperaba recibir alguna llamada o mensaje, pero la noche transcurrió sin una sola alerta en el móvil. Sin embargo, mi presupuesto tenía un límite. Señalé las escaleras y Jack asintió, y esa vez no esperó a que llevara yo la iniciativa. Me agarró de la mano y me sacó de la discoteca con la misma seguridad que había demostrado en la pista de baile.

Los oídos seguían zumbándome por la música cuando salimos a la calle. Jack seguía sin soltarme la mano.

—¡Cerdo asqueroso!

La chica alta de antes, con bastante más alcohol en el cuerpo, apareció tambaleándose en la puerta con el maquillaje corrido.

Jack se giró con el rostro desencajado. Me apretó la mano, pero yo se la solté. Él me miró con una expresión de disculpa y yo respondí con un gesto de indiferencia mientras echábamos a andar.

—¡Jack! ¡Jackass! ¡No me ignores!

—Vamos, Kira, no merece la pena —le dijo su amiga, mucho menos bebida.

Escenas como aquella eran habituales a la una de la mañana, pero normalmente yo no participaba en ellas. Uno de los privilegios por los que pagaba era no verme implicada en una discusión de fulanas borrachas enseñando sus tangas.

—¡Que te jodan, Jack! —al parecer, Kira no estaba dispuesta a olvidarlo tan fácilmente.

Jack puso una mueca, se sacó la gorra del bolsillo y se la caló sin mirar a Kira. No habíamos dado más que unos pasos cuando ella se lanzó hacia él por detrás y empezó a darle puñetazos y patadas mientras profería los insultos más incoherentes. Estaba tan borracha que apenas consiguió alcanzarlo un par de veces, pero la pelea atrajo a un montón de curiosos.

Jack la apartó y la agarró del brazo para que no se cayera al suelo. Ella intentó golpearlo de nuevo. El espectáculo era tan patético que tuve que contenerme para no reír.

—Ya basta —le ordenó Jack, sacudiéndole el brazo antes de soltarla. Ella volvió a arremeter contra él y en esa ocasión llegó a quitarle la gorra. El rostro de Jack se contrajo por la ira y la inmovilizó con un brazo mientras ella luchaba por clavarle las uñas en la cara.

–¡Espero que te haga otro agujero en el coño con sus piercings! –me chilló a mí.

–Vamos, Kira –le rogó su amiga, intentando separarla.

Finalmente, Kira dejó que se la llevara, pero sin dejar de escupir insultos.

Jack recogió la gorra del suelo y la sacudió, pero no volvió a ponérsela. El sentido común demostrado le hizo ganar bastantes puntos, aunque había perdido unos cuantos por haber salido con una histérica como Kira.

–Lo siento –murmuró al cabo de un minuto.

Respiraba agitadamente y tenía los puños apretados a los costados. Estaba temblando. Se metió la mano en el bolsillo como si fuera un acto reflejo, pero enseguida volvió a sacarla.

–No pasa nada –en realidad era un asunto bastante grave, pero no iba a ponérselo aún más difícil.

Me acompañó al garaje en incómodo silencio. Al llegar a mi coche parecía habérsele pasado el enfado, pero ya no servía de nada. Abrí la puerta de Betty y me giré hacia él.

–Bueno, Jack, ha sido una cita muy interesante.

Se pasó la mano por el pelo.

–Espero que... te hayas divertido.

Por una diversión como aquella no se me ocurriría pagar trescientos dólares.

–Claro –dije de todos modos.

–No te has divertido.

–No, no...

–Grace –me interrumpió él–. Sé que no te has divertido. Y lo siento de veras.

Me apoyé en el coche para mirarlo. Él volvió a llevarse la mano al bolsillo y de nuevo la retiró. Recordé entonces las bocanadas que oí por teléfono.

–Si necesitas fumar, hazlo. No me importa.

Y menos cuando ya no tendría que soportar el sabor a tabaco en su lengua.

Su expresión de alivio fue tan cómica que me eché a reír. Sacó un paquete de cigarrillos y encendió uno con un mechero que tenía el símbolo de riesgo tóxico. Me ofreció uno, que yo rechacé.

Un metro nos separaba, yo aún apoyada en mi coche y él en el que estaba aparcado al lado. Expulsó el humo lejos de mi cara y dejó de temblar. Ninguno de los dos dijo nada hasta que dio unas cuantas caladas.

–Bonito coche –comentó, recorriendo a Betty con la mirada. Seguramente se estaba imaginando cómo debería ser en vez de cómo era realmente, lleno de abolladuras y ralladuras y con los parachoques oxidados. Si no había acabado en el desguace era por su reputación, más que por los cuidados que yo le dedicaba.

–Es mi Camaro –le dije con una sonrisa al tiempo que abría la puerta. A los hombres les gustan los coches tanto como el sexo femenino–. De momento me sigue llevando de un lado para otro.

Jack le dio otra calada al cigarro.

–No era mi novia. Solo nos enrollamos un par de veces.

–No tienes que darme explicaciones.

–Ya lo sé, pero quiero hacerlo, ¿de acuerdo?

La luz del aparcamiento no era la más favorecedora, pero Jack no perdía ni un ápice de su atractivo juvenil. Con el cigarro en la boca y los ojos entornados por el humo debería parecer más curtido, o al menos más viejo.

–Te devolveré el dinero –dijo cuando yo no respondí.

–La señora Smith no ofrece reembolso.

–Lo sé –tiró la colilla al suelo y la apagó con la bota–. Pero esta cita ha sido un desastre, y lo siento.

–No ha estado tan mal. Eres buen bailarín.

Sus labios se curvaron en una pequeña sonrisa.

–Gracias. Tú también. Pero lo de Kira lo ha echado todo a perder… Lo siento.

–No puedes evitar que sea una histérica –le dije.

Jack pareció sorprendido un instante, antes de soltar una carcajada.

–¿Puedo darte un consejo? –le pregunté.

–Claro.

–¿Tienes intención de seguir dedicándote a esto?

No hacía falta explicar a qué me refería con «esto».

–Eh… sí.

–Y quieres hacerlo bien, supongo.

–Claro.

Lo miré fijamente a los ojos.

–Lo primero, no aceptes una cita en la que no puedas fumar.

La sorpresa se reflejó en su rostro.

–¿No?

–No. Ver cómo chupabas el cigarro es como ver a un bebé con un biberón.

Él volvió a reírse, avergonzado.

–Lo siento.

–No lo sientas. Simplemente, no aceptes una cita donde no puedas ser tú mismo. Porque, déjame que te diga, Jack, si intentas ser otra persona no saldrá bien.

Él asintió muy despacio.

–Lo he hecho fatal, ¿no?

–No, no es eso. Pero… –pensé en la mejor manera de decírselo–. De acuerdo, míralo de este modo. ¿Para qué te pago?

–Por mi tiempo y mi compañía –respondió él automáticamente mientras encendía otro cigarro.

Al menos tenía claro aquel punto.

–Exacto. Pero tienes que comportarte como si fuera una cita real, Jack. Tienes que ir preparado. Leer la información que te envía la señora Smith, prestar atención a todos los detalles, estar más seguro de ti mismo y no esperar a que se te dé permiso para actuar. Simplemente, hazlo.

–¿Y si me equivoco?

–Si haces todo lo que te he dicho, no te equivocarás.

Suspiró.

–Genial.

Me reí y alargué una mano para apartarle el pelo de la cara.

–Y sobre todo, no lleves a tu cita a un sitio lleno de fulanas psicóticas.

–Eso limitará mis opciones.

Nos reímos los dos juntos. Miré al interior de mi coche, pero no me senté al volante. Jack se acercó a mí y me rodeó la cintura con un brazo para apretarme contra su cuerpo.

Otra vez me quedé embobada con sus cejas negras y sus intensos ojos azules.

Me apretó aún más contra él.

–¿Esto es una despedida?

–Sí, Jack –suavicé mi respuesta con una sonrisa.

En vez de soltarme, él extendió la mano sobre mis caderas.

–¿Es por lo que ha pasado esta noche?

–No –respondí con sinceridad.

–¿Por el tabaco?

–Oh, no –eso también lo decía en serio.

Jack guardó un momento de silencio.

–¿Crees que… podrías volver a llamarme?

–Claro –tal vez lo hiciera. O tal vez no.

–¡Genial!

Me soltó y se apartó para dejar que me subiera al coche. Un estremecimiento volvió a recorrerme cuando me dedicó su radiante sonrisa. Esa sonrisa que me acuciaba a untarlo de mantequilla y zampármelo enterito.

Se alejó y entonces me di cuenta de algo. Aquella sonrisa casi me había hecho olvidar a Sam el desconocido.

Definitivamente, volvería a llamar a Jack.

Capítulo 4

Durante los próximos días no tuve tiempo de pensar en sonrisas ni en desconocidos, pues tenía muchos funerales que atender y muchas familias que consolar. Sé que mucha gente piensa que lo que hago es morboso, e incluso espeluznante. Muy pocos entienden que el objetivo de un director funerario no es ocuparse de los muertos, aunque también, sino de los vivos que se quedan destrozados por la pérdida. Mi trabajo consiste en que la traumática despedida de un ser querido sea lo menos amarga posible.

Con tres funerales el mismo día, agradecí más que nunca tener a Jared. Mi padre y mi tío siempre habían contado con ayudantes, pero cuando me hice cargo de la funeraria tuve que despedirlos porque el negocio empezó a caer. Al poco tiempo conseguí que volviera a crecer, en parte porque era yo quien se ocupaba de todo el trabajo. No era una tarea imposible, pero sí extremadamente difícil. Tener a Jared conmigo era un lujo al que no había querido acostumbrarme.

Cuando alguien muere en un hospital o en un asilo, siempre hay personal y material disponibles para que el traslado sea fácil y rápido. Pero cuando hay que recoger el cuerpo en un domicilio particular nunca voy yo sola. La gente no suele morir junto a la salida más próxima, y para mí es imposible transportar un cuerpo por las escaleras sin ayuda.

El martes por la mañana recibimos un aviso muy temprano. La mujer, de treinta y pocos años, había muerto en casa, pero el cuerpo había sido trasladado al hospital. Su marido iría a la funeraria a organizarlo todo mientras Jared iba a recoger el cuerpo. Con algunas personas es más fácil que con otras, por ejemplo, cuando el difunto ha fallecido tras una larga enfermedad o a una edad avanzada. En esos casos la muerte no sorprende a nadie.

—Es horrible —el hombre sentado delante de mí acunaba a un niño pequeño contra su pecho. No lloraba, pero parecía haberlo hecho. Una niña pequeña jugaba a sus pies con los bloques de colores que teníamos en la funeraria para los niños—. Nadie se lo esperaba.

—Lo siento —le dije, y esperé pacientemente a que siguiera.

He oído muchas historias de horror sobre familias a las que una funeraria las obliga a tomar decisiones a toda prisa o a elegir los mejores ataúdes y criptas. Otras funerarias operan como puertas giratorias, recibiendo y despidiendo a los clientes a la mayor celeridad posible. Pero el señor Davis se merecía mi tiempo y podría disponer del mismo tanto como necesitara.

—Odiaba esa furgoneta —siguió él. El bebé se agitó en sus brazos y se lo cambió de postura. Era un niño, como se adivinaba por el bate de béisbol estampado en su ropa—. ¿Por qué querría morir en ella?

Era una pregunta sin respuesta, pero me miró como si creyera que yo podía dársela. Intenté no mirar a la niña que jugaba en el suelo ni al bebé que tenía en brazos y clavé la mirada en su rostro.

—No lo sé, señor Davis.

El señor Davis miró a sus hijos antes de volver a mirarme.

—Yo tampoco lo sé.

Juntos decidimos un funeral sencillo y discreto. Él me entregó la ropa que quería que llevara su difunta esposa, así como su maquillaje favorito. Su hijo empezó a protestar por hambre y él sacó un biberón para dárselo mientras hablábamos. Le pedí a Shelly que se llevara a la niña a darle zumo y galletas.

Para mí era un proceso rutinario, pero para él suponía el final de la vida tal y como la había conocido. Hice todo lo que pude por él, pero el señor Davis se marchó con la misma mirada vacía con la que había llegado. Al marcharse, bajé a la sala de embalsamado a ver si Jared había regresado con el cuerpo de la señora Davis. Ya estaba allí, pero al no tener licencia no podía hacer nada hasta que yo estuviera presente. En cambio sí lo había preparado todo y había puesto algo de música.

Se quedó muy callado cuando destapamos el cuerpo. Jared siempre estaba de buen humor y haciendo bromas, aunque nunca faltaba el respeto a los muertos ni nada por el estilo. Aquel día, sin embargo, ni siquiera sonreía.

–Es muy joven.

Miré a la señora Davis. Los ojos cerrados, el rostro sereno, la piel pálida... Ya había perdido el resplandor rosado por la intoxicación de monóxido de carbono con que la encontraron.

–Sí. Tiene la edad de mi hermana.

Jared pareció asustarse.

–La misma edad que la mía también...

Se volvió hacia el fregadero y se lavó vigorosamente las manos. Estaba encorvado y tenso. Llevaba trabajando conmigo seis meses y había presenciado muchos casos, desde muerte por enfermedad a accidentes, pero nunca habíamos tenido ningún suicidio. Ni siquiera habíamos embalsamado a nadie menor de cuarenta y cinco años.

Al girarse de nuevo hacia mí parecía haber recuperado el control.

–¿Lista?

–¿Lo estás tú? –no había ninguna prisa por empezar.

–Sí.

–¿Qué tal si me dices lo primero que debemos hacer? –le pregunté. Tenía que recordarle que, por inquietante que fuera, seguía siendo un trabajo.

Jared empezó a enumerar los pasos que debíamos seguir, pero continuamente miraba el rostro de la señora Davis y en muchas ocasiones tuvo que darse la vuelta. Finalmente le puse una mano en el brazo.

–¿Necesitas tomarte un descanso?

Jared soltó una profunda exhalación y asintió.

–Sí. ¿Un refresco?

–Muy bien –yo no necesitaba descansar, pero lo acompañé a la vieja nevera que siempre tenía bien provista en la sala de personal. Era una habitación de muebles desvencijados y suelo rayado que usábamos para comer y descansar.

Jared abrió su lata y se estiró en el roído sofá mientras yo hacía lo mismo en un sillón con estampado florido y cojines a juego. Bebimos en silencio, oyendo los tacones de Shelly en el piso superior.

–Habría que insonorizar esto –dije, mirando al techo.

Él asintió, mirando fijamente su lata.

–Sí.

–Con el ruido no se puede trabajar a gusto.

Él siguió mirando la lata, como si fuera a arrancarle algún secreto.

–Sí… –me miró–. Maldita sea, Grace, no tendría que…

–No pasa nada, Jared. Una gran parte de nuestro trabajo se basa en la compasión.

–A ti no parece afectarte que sea tan…

–¿Tan joven? –las burbujas del refresco me hicieron toser. Un café me habría sentado mejor, pero para eso había que subir a la oficina.

–Sí. Y encima los niños… Vi a la niña cuando estaba con Shelly, mientras tú seguías hablando con el marido. Subí después de haber traído a la señora Davis y la vi en la oficina. ¿Cuántos años puede tener? ¿Tres?

–Sí, eso creo.

–No parece afectarte –repitió Jared.

–Forma parte del trabajo, Jared. Mi labor es ocuparme del cuerpo y hacer que sea lo más fácil posible para su marido y su familia.

Jared se frotó los ojos y tomó un trago de refresco.

–Lo sé. Tienes razón. Pero a veces es duro.

Pensé en la conversación que había tenido recientemente con Dan Stewart.

–Es triste, desde luego.

Jared negó con la cabeza.

–No solo triste.

–¿Quieres que acabe yo sola? –le ofrecí.

–No. Necesito experiencia y no será la primera vez que me enfrente a algo así –volvió a mirarme–. Pero… ¿cómo lo haces, Grace? ¿Cómo consigues que no te afecte tanto como para dejar de hacerlo?

–Al final de la jornada me lo saco de la cabeza.

–¿Pero cómo?

–Recordando que es solo un trabajo. Hay que dejar de pensar de ello cuando lo acabas.

–¿Aunque recibas una llamada dos horas antes de acabar?

–Aun así –acabé el refresco y tiré la lata al cubo de reciclaje.

–¿Y qué haces para distraerte? –me preguntó de camino a la sala de embalsamamiento.

¿Que qué hacía? Me dedicaba a pagar por satisfacer mis fantasías sexuales.

–Leo.

Jared soltó una risita.

–Quizá debería probar a hacer ganchillo.

–¿Por qué no? A lo mejor se te da bien –estuvimos trabajando juntos un rato más, y afortunadamente no tuve que darle muchas instrucciones a Jared–. Vas a ser un buen director funerario, Jared. ¿Te lo he dicho alguna vez?

Él levantó la mirada de lo que estaba haciendo.

–Gracias.

Acabamos el trabajo sin más discusiones filosóficas, pero cuando Jared se marchó yo me quedé pensando en lo que le había dicho. Mi turbulenta relación con Ben había acabado de la forma más espantosa posible. Él quería que nos casáramos y yo no. Mi rechazo no se debía a que no lo amase. Era muy fácil querer a alguien como Ben, y los dos dábamos por hecho que algún día nos casaríamos y tendríamos hijos.

Yo creía en el amor y en el matrimonio. Mis padres llevaban cuarenta y tres años felizmente casados, y en mi trabajo veía a muchas familias fuertemente unidas.

Toda mi vida la había pasado cerca de los muertos, pero no llegué a sentir la muerte hasta que empecé a trabajar con mi padre. Me encargaba de organizar los actos y hablaba con curas, sacerdotes y rabinos para ayudar a las familias a despedirse de sus seres queridos. Las pompas fúnebres no eran para los muertos; eran para los vivos. Asistía a las discusiones entre miembros de una familia por discrepancias religiosas y también preparaba exequias aconfesionales. Escuchaba plegarias de todo tipo a una u otra deidad, pero una cosa permanecía común a todas ellas: la gente quería creer que sus seres queridos iban a un lugar mejor que este.

Pero se equivocaban. El féretro siempre quedaba oculto bajo la tierra, ya fuera una simple caja de pino o un ataúd de miles de dólares, y el cuerpo que contenía siempre acababa convertido en polvo, al igual que su memoria. Había presenciado cientos de funerales y nunca había visto a los ángeles subiendo el alma al Cielo ni a los demonios bajándola al Infierno. La muerte era el final y después no había nada. Ni la felicidad ni la condenación eterna. Un cuerpo inerte bajo tierra o quemado hasta las cenizas.

Ben me responsabilizaba de nuestra ruptura, pero yo culpaba al primer verano que estuve trabajando con mi padre a jornada completa. Para mí la culpa la tuvieron las mujeres que venían a la funeraria destrozadas por la muerte de sus maridos. Habían pasado sus vidas tan unidas a ellos que no sabían distinguirse a sí mismas. La culpa la tenían esas viudas tan angustiadas que no sabían cómo salir adelante, y esos hijos que lloraban desconsoladamente por haber perdido a sus padres.

Al principio de la relación yo había estado tan atada a Ben que no se me ocurría pensar en el final. La muerte era la muerte y nada más. Todo el mundo moría, todo pasaba, ¿por qué lamentarse por ello?

Yo no tenía miedo de morir.

Tenía miedo de quedarme sola.

***

No había duda de que las citas me ayudaban a olvidarme del trabajo. Podría tener a un poli, un bombero, un profesor… y yo podía hacer de enfermera, de secretaria o de cualquier otra cosa que quisiera. Los únicos límites los ponían la imaginación y el presupuesto.

Cité a Jack en el hotel que había usado durante meses. Era un motel recientemente reformado situado en las afueras de Harrisburg. Tenía sábanas limpias, tarifas económicas y estaba a cuarenta minutos en coche de mi casa, lo que anulaba la posibilidad de un encuentro accidental con alguien del pueblo, o con el tío o el hermano de algún conocido, o con algún ex compañero del instituto que hubiera vuelto a casa por vacaciones, o con alguien cuyo hermano o hermana hubiera estudiado conmigo.

Tampoco me preocupaba tropezarme con algún cliente. No solo porque las familias a las que atendía eran también del pueblo o alrededores, lo que apenas abarcaba un radio de quince kilómetros. La razón era aún más simple. La gente que me conocía en la oficina no me veía a mí, sino a una funeraria. Las emociones y las circunstancias les impedían reconocer en cualquier otro ámbito a la mujer que les preparaba los funerales.

En el último año había estado por lo menos una docena de veces en aquel motel, pero el recepcionista tampoco me reconoció. Era el tipo de establecimiento donde el personal cobraba por respetar el anonimato.

Pagué la habitación y abandoné la pequeña recepción con la llave colgando de la mano. A pesar de las reformas, el Dukum Inn no había cambiado las llaves por tarjetas, y a mí me encantaba el peso del llavero negro con el número inscrito e introducir y girar la llave en la cerradura. Ninguna tarjeta podría proporcionar aquella sensación incomparablemente táctil.

Jack apareció mientras abría la puerta, guapísimo con una desgastada chaqueta de cuero negro. La habitación distaba mucho de ser espectacular, y no sabría decir si había estado ya en ella a pesar de mis numerosas visitas al motel.

–Parece que han hecho algunos cambios –dijo él mientras se quitaba la chaqueta y la dejaba sobre la silla.

Cerré la puerta y dejé la llave en el aparador antes de girarme hacia él.

–¿Has estado aquí antes?

Me dedicó una sonrisa de soslayo.

–Un par de veces, hace tiempo.

Me acerqué y le toqué la pechera de la camisa.

–No me lo digas… ¿Sueles frecuentar lugares como este?

Su risa me provocó un hormigueo en mis partes íntimas. Dejó que tirase de él y agachó ligeramente la cabeza para mirarme. El viento lo había despeinado, pero no mucho.

–No –fue lo bastante listo para no dar detalles.

Me puse las manos en las caderas y nuestros cuerpos se pegaron. Me apreté contra él para olerlo, esperando recibir el olor a tabaco y a gases de tubo de escape, pero me sorprendió una fragancia de noche primaveral.

–Hola –murmuró él cuando lo miré.

–Hola –respondí.

Se inclinó para besarme, muy despacio, dándome tiempo para apartarme si eso era lo que quería. No me aparté. Quería su boca. Me gustan los besos, y a veces es lo único que quiero hacer. Besar. Devorar la boca de mi amante con una voracidad desenfrenada o rozar suavemente sus labios con los míos.

Le había dado un permiso tácito para besarme, y Jack lo aprovechó. Su boca tomó posesión de la mía al tiempo que tiraba de mí. Sabía a menta. No usó la lengua de inmediato, pero cuando lo hizo me arrancó un gemido ahogado que pareció asustarlo.

–¿Estás bien?

Volví a tirar de él hacia mi boca.

–Cállate y bésame.

Jack sonrió contra mis labios.

–Sí, señorita.

Metí las manos bajo su camisa abotonada y encontré una camiseta de algodón. Tiré de ella hacia arriba para que mis dedos tuvieran acceso a su piel desnuda. Deslicé la palma sobre sus abdominales, por encima de los vaqueros. Él se apretó contra mi mano y acercó la boca a mi oído.

–Gracias por salir conmigo esta noche.

Giré la cabeza para que me besara en el cuello.

–De nada.

–No tengo que estar en casa hasta medianoche.

Había sido muy específica con mis exigencias, pero tardé unos segundos en asimilar sus palabras por culpa de sus besos.

–¿Medianoche? Pero…

Lo comprendí y lo mordí en el labio para reprimir una sonrisa.

–Sí…. Mis padres me han dado permiso para volver una hora más tarde porque he entrado en la sociedad de honor. Pero puedo volver más tarde.

Le puse una mano en el pecho y me aparté para mirarlo.

–¿En serio?

Jack asintió, muy serio a pesar del brillo de sus ojos.

–Sí.

Me di la vuelta, porque formaba parte del juego y también para recobrar mi compostura. Le había dicho a Jack que hiciera los deberes y había cumplido. Buen chico.

–Debes de haber estudiado mucho –dije con una voz aparentemente tranquila, sin girarme.

–Muchísimo.

Nunca había tenido la ocasión de jugar a aquel juego, y el corazón me latía desbocado por los nervios.

–En ese caso… –me giré lentamente hacia él–, supongo que te mereces un premio.

Jack puso la cara de un adolescente entusiasmado.

–Esperaba que dijeras eso.

–No sé… –fingí escepticismo–. No creo que sea buena idea llegar tarde a casa. Tus padres…

–¡Soy estudiante universitario! –exclamó Jack con indignación–. ¡No pueden decirme siempre lo que tengo que hacer!

Reprimí una risita ante la convincente respuesta. Aquel era mi juego, y si yo no podía atenerme a las reglas, ¿cómo podría esperar que él lo hiciera?

–¡Esto es muy serio! –agité el dedo, como una advertencia para mí misma y como parte de mi papel.

Jack se cruzó de brazos sobre el pecho.

—No pienso estar en casa a medianoche.

—Eso tendría malas consecuencias...

—Ya lo sé —respondió él con una media sonrisa.

Me acerqué a él con un contoneo de caderas más exagerado de lo habitual y subí un dedo por los botones de su camisa, hasta detenerme debajo de la barbilla.

—¿Es eso lo que quieres, Jack? ¿Quieres ser un chico malo?

Él negó con la cabeza y me apartó la mano de su barbilla.

—No... así que no me hagas serlo.

Su improvisación me sorprendió. Miré la mano con la que me agarraba la muñeca y vi su expresión intensa y decidida. A diferencia de las dudas que había mostrado en La Farmacia y cuando me besó por primera vez, ahora iba a por todas. Tal y como yo le había aconsejado.

Una parte de mí nunca podía abandonarse al juego. Por muy bien que me imaginase el escenario o por muy buenos que fueran los actores, había algo en mi interior que se negaba a colaborar e impedía que me creyera ser otra persona aunque solo fuese durante una hora. Por eso nunca había llevado a cabo aquella fantasía en concreto, la de una mujer mayor ofreciéndole a un joven su primera vez.

Pero realmente yo era mayor que Jack, y aquella era nuestra primera vez...

—¿Quieres tocarme? —me salió una voz ronca y áspera, pero no intenté aclararme la garganta.

Él asintió, y durante un largo rato nos quedamos así, mirándonos el uno al otro en silencio, hasta que Jack me soltó la muñeca y yo bajé las manos a mis costados.

—Pues hazlo.

Me recorrió de arriba abajo con la mirada. Por un momento lamenté no haberme puesto algo más sexy, como una minifalda con liguero. Pero cuando me puso las manos en la cintura y me subió un poco la camiseta, me alegré de llevar vaqueros y una camiseta de manga larga. El atuendo era mucho más natural, lo que hacía el juego más real.

Jack me apretó el vientre con los pulgares mientras me rodeaba el tronco con los dedos. Esperó un momento, respiró hondo y clavó la mirada donde sus manos desaparecían bajo mi camiseta.

Se suponía que yo debía creer que era virgen y que nunca había tocado a una mujer. Y viendo su expresión no era muy difícil creérselo.

No teníamos ningún guion estudiado ni habíamos preparado nada. Tan solo unas cuantas palabras marcadas en una lista y unas pocas frases garabateadas en el recuadro reservado a los comentarios de un cuestionario casi olvidado.

Con eso era suficiente.

Jack tiró de mi camiseta y yo levanté los brazos para permitir que me la quitara por la cabeza. La arrojó al suelo y volvió a posar las manos en mi cintura. Con la mirada me recorrió las curvas antes de mirarme a los ojos.

–¿Estás segura? –me preguntó en voz baja y profunda–. ¿De verdad puedo tocarte?

Le agarré la mano derecha y me la puse justo debajo del pecho. Los dos teníamos la respiración jadeante. Mis pezones estaban duros como clavos de hierro y mi sexo palpitaba furiosamente.

Entonces me tocó y yo ahogué un gemido. Tomó el pecho en su mano y dejó escapar un lento siseo. Permanecimos así un momento, hasta que él levantó la mano izquierda para hacer lo mismo y agachó la cabeza para rozarme con los labios la parte de los senos que asomaba por el sujetador. Volvió a enderezarse y me miró a los ojos.

–Vamos a la cama –dije, dándome la vuelta. No me molesté en ver si me seguía–. Quítate la camisa –le ordené al llegar a la cama.

Él obedeció. Yo contemplé un momento su torso desnudo y le toqué el aro plateado del pezón izquierdo. No encajaba muy bien con la imagen de un empollón universitario miembro de la sociedad de honor.

A Jack se le puso la piel de gallina, pero no por el frío. Sonreí. Le tocé el pezón con el dedo, pasé al otro y luego bajé por el torso hasta el ombligo.

—Quítate el pantalón.

En cuestión de segundos se había desabrochado el botón y bajado la cremallera. Se quitó el pantalón de un puntapié y ninguno de los dos nos molestamos en ver dónde aterrizaba.

Los bóxer negros de Jack revelaban un atisbo de vello oscuro y un bulto de considerables dimensiones. Pero aún no estaba del todo erecto.

—Eso también —le exigí.

Tenía que admitir que se le daba bien aquel juego. Mucho mejor que a mí, de hecho, ya que yo tenía que pensar con cuidado en mis reacciones para hacerlas creíbles. El rostro de Jack, en cambio, era el vivo reflejo de sus emociones. Una mezcla de orgullo, excitación y ansiedad.

Se llevó los pulgares al elástico, pero antes de tirar hacia abajo lo detuve con mis manos.

—Espera.

Él me miró extrañado.

—¿Hay algo que deba saber? —pensé en los insultos y gritos de Kira en la puerta de la discoteca. Le miré los piercings de la ceja y el pezón y bajé la mirada al bulto de los calzoncillos. No quería romper el ambiente, pero no me seducía la idea de encontrarme con un piercing en su polla. Había visto algunos, pero nunca en un hombre con quien me disponía a follar.

—No —respondió él con el ceño fruncido.

Volví a soltarle las manos.

—Quítatelos.

No me di cuenta de que estaba conteniendo la respiración hasta que se quedó desnudo ante mí. No había piercings genitales. Dejé escapar el aire de golpe y volví a mirarlo a la cara. La confusión se había unido al resto de emociones.

Más tarde le explicaría el motivo de mis dudas. De momento, tenía que desvirgar a un joven muy bien dotado.

—Dime qué quieres, Jack.

—Quiero… quiero quitarte la ropa —tragó saliva y se lamió

los labios. Los ojos le brillaban y su polla crecía en longitud y grosor.

–Adelante –alargó los brazos hacia mí al momento, pero levanté una mano para detenerlo–. Con calma.

Consiguió refrenar su impaciencia y me quitó lentamente los vaqueros, dejándome las bragas. No lo previne contra mis botas, pero cuando llegó a las rodillas se dio cuenta de que no podría quitarme el pantalón a menos que antes me descalzara.

Me resultaba deliciosa su indecisión, fruto de la impaciencia, el cuidado y el control que yo le había exigido. Me quitó las botas una a una y luego me liberó de los vaqueros. Arrodillado ante mí, me levantó los pies para quitarme los calcetines y me sonrió cuando su roce me hizo cosquillas.

Se irguió y llevó las manos al cierre del sujetador, un mecanismo que cualquier mujer puede manipular con una sola mano pero que supone un suplicio para los hombres más diestros. Le costó un poco más de lo que yo esperaba, pero la torpeza encajaba a la perfección con la escena.

Cuando por fin consiguió desabrocharlo, se echó hacia atrás para deslizar los tirantes por mis brazos y se detuvo antes de retirar el encaje de los pechos. Tomó aire unas cuantas veces y agachó la cabeza. Yo le toqué la mejilla y le hice girar la cara hasta mirarme.

–Quítamelo.

Los dedos le temblaban de impaciencia, o quizá solo estaba actuando. No importaba. El sujetador cayó al suelo y Jack se llenó las manos con mis pechos. Se acercó tanto que sus pestañas me rozaron la piel antes de besármelos.

Le puse una mano en el pelo y gemí débilmente cuando me lamió los pezones. Llevó las manos a mis caderas y tiró de las bragas hacia abajo mientras sorbía con delicadeza. No era el único que temblaba de impaciencia. Entre los dos quitamos las bragas de en medio y él se irguió para ir al encuentro de mi boca. Nuestros dientes chocaron por el ímpetu del beso, pero no bastó para detenernos.

–Lo siento –murmuró él sin despegar la boca.

Yo no dije nada. Me apreté contra él, ambos desnudos y excitados. Su miembro estaba plenamente erecto, mucho más grueso de lo que había imaginado, y se frotó contra mi vientre mientras movía las caderas.

—Tócame, Jack.

Él así lo hizo, por todas partes. La pasión nos mantenía pegados mientras caminábamos hacia la cama, donde acabamos tumbados en una maraña de miembros desnudos.

La erección presionaba mi cadera con la misma urgencia con que sus manos me recorrían y su boca me devoraba. Me hizo levantar la cabeza para tener acceso a mi cuello y luego bajó de nuevo hasta los pezones mientras me acariciaba el vientre y los muslos.

Deslizó una mano entre mis piernas, que ya estaban abiertas. Con el dedo pulgar me frotó la piel ultrasensible de la cara interna del muslo. Todo el cuerpo se me tensó con anticipación. Había olvidado que la maestra era yo.

Jack enterró la cara en mi cuello. Me apretó el clítoris y mis caderas se estremecieron involuntariamente, acercando mi sexo a su mano. Cerré los ojos y escuché el sonido de nuestras respiraciones mezcladas.

Conozco a muchas mujeres que se han acostado con muchos más hombres que yo, pero a ninguna que pague por tener lo que pueden conseguir gratis. Y si bien hay diferencias considerables entre sus elecciones y las mías, hay algo que siempre es igual: la emoción de lo inesperado la primera vez que te vas a la cama con un desconocido.

Era sorprendente la facilidad con la que Jack se metía en su personaje. Su actuación resultaba de lo más convincente y tentadora.

—Jack —abrí los ojos y conseguí enfocar el techo y el perfil de Jack, que estaba besándome el hombro.

Me miró y se tocó el pelo que le caía sobre un ojo.

—No me apetece seguir jugando a este juego —le dije.

Cuando estaba en el instituto las pulseras metálicas causaban furor. Eran finas tiras de metal flexible cubiertas de tela que se curvaban al pegarse a la muñeca y que volvían a quedar rígidas al estirarlas.

Jack se quedó tan rígido como una de esas pulseras. La tensión irradiaba de sus brazos y piernas. Se apoyó en los brazos y se apartó el pelo de los ojos.

–¿Por qué?

–Porque no quiero enseñarte a follar. Quiero ver si ya sabes hacerlo.

Volvió a sonreír, acompañando la radiante sonrisa con una carcajada que me derritió por completo.

–¿Estás segura? –me preguntó, colocándose de costado con una mano en mi vientre.

Yo también me puse de costado. Su mano se desplazó hasta mi cadera y yo deslicé el muslo entre sus piernas.

–Lo estoy.

–Vale –frunció el ceño, pensativo–. Pero… No lo estaba haciendo mal, ¿verdad?

–Claro que no –le respondí sinceramente. Había seguido mis indicaciones al pie de la letra y eso me gustaba–. Todo lo contrario.

–Bien –me dedicó una versión reducida de su arrebatadora sonrisa y volvió a llevar la mano entre mis piernas–. Entonces… ¿no tengo que fingir que nunca lo he hecho?

–Hoy no.

Apretó suavemente en el lugar exacto.

–Bien…

Estuvimos callados e inmóviles un par de minutos. Los ojos de Jack eran del color de un cielo veraniego sin nubes, ensombrecidos por sus espesas pestañas negras cuando parpadeaba. Me besó otra vez, de una manera dulce y pausada, al tiempo que me frotaba el clítoris en círculos. Sonrió al arrancarme un gemido. Sabía lo que hacía y cómo se hacía, sin prisas ni ansiedad. Y lo mejor de todo era que no aprovechó mi sosegada respuesta para probar toda clase de posturas sexuales destinadas a acabar cuanto antes. Me besó y me frotó lentamente el clítoris hasta que no pude aguantar más y lo agarré del brazo.

–Ahora.

Sin perder un segundo, se puso el preservativo y se colocó entre mis piernas. Pero la penetración fue lenta, y también sus movimientos dentro de mí. El breve aplazamiento había aplacado ligeramente mis ansias, pero no mucho. Nuestros cuerpos encontraron su ritmo y se movieron a la par, sincronizándose a la perfección con cada embestida y retirada.

La tensión crecía de manera imparable. Emití un sonido inarticulado y él aceleró el ritmo. Le recorrí la espalda con las manos, desde la pronunciada curva de sus omoplatos a sus firmes glúteos.

El orgasmo me sacudió con una explosión silenciosa. Apreté todo el cuerpo y Jack levantó la cabeza para mirarme con ojos entornados, un segundo antes de cerrarlos con fuerza y empujar una última vez con todo el cuerpo contraído. Un minuto después, se tumbó a mi lado, se sentó en el borde de la cama, sin mirarme, y se quitó el preservativo.

Yo bostecé y me estiré perezosamente, saciada y satisfecha, pero al cabo de un momento también me incorporé, me levanté de la cama y fui al cuarto de baño.

Cuando volví a salir, Jack se había puesto los vaqueros. Sentí una corriente de aire frío en la habitación y me pareció oler a humo.

–Hola –me saludó con una tímida sonrisa.

–Hola –le respondí con otra sonrisa y me puse a recoger la ropa. Sentí la mirada de Jack mientras me ponía las bragas y el sujetador, pero no me giré para mirarlo hasta que me senté en la silla para ponerme los calcetines y las botas. Hasta ese momento no me había sentido incómoda, pero parecía que él sí lo estaba.

Saqué un sobre de mi bolso y me senté en la cama, junto a él. Jack miró el sobre y después a mí.

–Para ti –se lo puse en la mano.

Jack se quedó mirando el sobre abultado y sellado, girándolo una y otra vez en sus dedos.

–Es una propina –no había pensado que fuera necesario explicárselo.

Él frunció el ceño un momento, antes de volver a mirarme.

–De acuerdo.

–¿Tus otras clientas no te dan propinas?

–No como ésta.

–¿Qué te dan, entonces?

–Veinte dólares, más o menos.

Yo no sabía la formación que la señora Smith les daba a sus caballeros, pero sí sabía que eran ellos quienes fijaban las tarifas y las citas, y que le entregaban a la señora Smith un porcentaje de las ganancias por suministrarles la clientela. Las dos veces que había llamado para pedir la compañía de Jack había tenido que especificar lo que quería, quedando claro que cualquier servicio adicional sería pagado en metálico y al momento. Así era como funcionaba.

–Bueno… no soy quién para decirte cómo debes hacer tu trabajo, pero…

Él protestó con un gemido y se tumbó boca arriba en la cama, extendiendo los brazos.

–¿Más errores?

Me reí y le froté el muslo.

–No, si para ti está bien.

Me miró a través del largo flequillo.

–Este trabajo no viene con un manual de instrucciones, ¿sabes?

–Supongo que no.

Volvió a gemir, se incorporó y trató de devolverme el sobre.

–No tienes que darme nada.

–¡Claro que sí!

Estuvimos forcejeando en broma hasta que el sobre cayó al suelo. Los dos lo miramos y yo lo empujé con el pie.

–¿Ni siquiera quieres saber cuánto hay? –le pregunté.

Jack negó con la cabeza, asintió y volvió a negar. Nos echamos a reír de nuevo. Él estaba desnudo de cintura para arriba y el calor de su hombro contra el mío me provocaba una sensación deliciosa. Se lo besé, saboreando el sudor salado, y me levanté para recoger el sobre y guardármelo en el bolsillo.

–Levántate –le dije.

Él obedeció al momento.

–Muy bien. Veo que las leído mi ficha.

–Sí –afirmó con una sonrisa.

–¿Qué cosas me gusta hacer, Jack?

Apenas tuvo que pensarlo.

–Ir al cine. Bailar.

–¿Qué más?

–¿Los juegos? –preguntó, vacilante–. Como el que hemos intentado esta noche.

–Sí, me gustan los juegos. Así que vamos a jugar a uno ahora mismo. Se llama «concertar una cita».

Jack arqueó las cejas.

–De acuerdo.

–Yo te llamo por teléfono –me llevé la mano a la oreja–. Hola, ¿Jack?

–Sí.

–Jack, me gustaría salir contigo… Ir al cine y después a cenar.

–Muy bien.

Los dos intentamos no reírnos.

–Y si todo sale bien, me gustaría pasar más tiempo contigo después.

–¡Vale! –me hizo un gesto de aprobación con el pulgar–. Genial.

–No digas «genial».

–¿Por qué no?

–Porque no suena profesional.

–Ah. De acuerdo. Esto… Muy bien, señorita, creo que podré complacerla en todo.

Nos reímos de nuevo.

–Eso está mejor. Bueno, ¿y cómo debo compensarte por tu compañía? –le pregunté.

–Por Dios, Grace, nadie lo dice nunca así.

–Tú sígueme el juego.

–De acuerdo. Pues… Doscientos dólares.

–¿Y por el… tiempo extra?

Jack barrió la alfombra con el pie.

–Siempre es más directo. Ya sabes… Nos encontramos en algún sitio y vamos a la cama, así de simple.

–¿Y nunca pides más dinero?

–No –sonrió–. Para mí es como un plus.

Solté otra carcajada.

–¡Jack!

–¿Qué te puedo decir? Tengo veinticuatro años. Me gustan las chicas.

Cada vez le tenía más cariño a aquel muchacho.

–Eso es evidente.

Él también se rio y se pasó la mano por el pelo.

–¿Quieres que te diga algo?

–Claro.

–Creía que sería más fácil.

Me reí de nuevo.

–Te creo.

–No soy un inútil, Grace. Sé cómo tratar a las mujeres en una cita.

–No me cabe la menor duda. Eres muy mono.

Puso una mueca.

–Pero esto es distinto. Quiero hacer un buen trabajo, ¿entiendes?

Asentí.

–Lo sé. Y déjame que te diga que no lo estás haciendo nada mal. En serio –lo besé en el hombro y saqué el sobre del bolsillo para dárselo–. Esto es para ti. No lo abras ahora. Sería un gesto muy feo.

–Ya lo sé –murmuró él en tono ofendido.

–Y la próxima vez tienes que negociar el tiempo adicional –le dije mientras me dirigía a la puerta–. Ese tiempo también se cobra, y acuérdate de excusarte para ir al baño a contar el dinero, no vaya a ser que intenten estafarte.

–¿No les parecerá una grosería?

–Las mujeres que acostumbran a hacer esto esperarán que lo hagas. Y las que son novatas no verán ninguna diferencia. No debes bajar la guardia, Jack. Las mujeres podemos ser muy malas.

–Ya... Vale. Hasta la próxima, entonces.

Me dispuse a salir cuando él volvió a llamarme.

–¿Grace?

–¿Sí?

–¿Habrá una próxima vez?

Le hice un gesto con el pulgar y él respondió con su sonrisa.

Genial.

Capítulo 5

Nada más llegar a casa, recibí un mensaje en el móvil indicando que tenía una llamada en el buzón de voz. La devolví de inmediato.

–Hola, señorita Frawley. Es mi padre… Ha muerto –oí que Dan Stewart tragaba saliva, intentando contener las lágrimas–. Siento llamarla a estas horas, pero su mensaje decía que podía hacerlo en cualquier momento, y tenemos que preparar muchas cosas.

Nunca dejaba de conmoverme y asombrarme la cortesía que mostraban aquellas personas que acababan de perder a un ser querido. Cuando se está sumido en la pena y la autocompasión es muy fácil perder las formas. Pero Dan Stewart se estaba esforzando por mantener unos modales exquisitos, a pesar de las circunstancias.

–No hay ningún problema. Para eso estoy aquí. ¿Dónde falleció su padre?

–En el hospital. Mi madre estaba con él, pero yo no. Yo estaba en casa.

Reconocí el sentimiento de culpa y la necesidad de explicarse. Mi trabajo consiste en ser comprensiva con aquellos a los que el trauma de una pérdida los vuelve temporalmente estúpidos, de modo que lo ayudé a organizarse y concertamos una cita para el día siguiente por la mañana.

Como ya estaba en casa, llamé a Jared para que se encargara de recoger el cuerpo en el hospital mientras yo recibía a los integrantes del chevra kadisha. Ellos serían los responsables de preparar el cuerpo para el funeral según la ley judía. Lo lavarían, vestirían y al menos uno de ellos permanecería velándolo.

Una hora más tarde, Jared ya había vuelto con el cuerpo y Syd Kadushin llamaba a la puerta trasera. Me estrechó la mano y me ofreció una pastilla de menta como siempre hacía, pero no quiso perder tiempo y se dirigió directamente hacia la sala de embalsamamiento.

La puerta se cerró automáticamente detrás de mí mientras lo veía bajar por la escalera. Las medidas de seguridad siempre me reportaban tranquilidad y confianza. Frawley e Hijos nunca había sufrido problemas de vandalismo, pero en Halloween eran muchos los que llamaban a la puerta y se daban a la fuga. Afortunadamente, el sótano permanecería sellado después de que el chevra kadisha hubiera terminado. De esa forma podría estar tranquila en mi apartamento, situado en la tercera planta.

Subí por la estrecha escalera trasera que en su día estuvo destinada a los criados, pues la escalera frontal era para los clientes y para acceder a las oficinas. La tercera planta constaba de una serie de habitaciones que daban a un largo pasillo en el centro del ático. Mis padres habían vivido en la tercera planta con Craig y con Hannah hasta que yo nací, pero mi madre decidió entonces que no era un lugar adecuado para una familia, con sus pequeñas habitaciones de techos inclinados y su minúscula cocina. En consecuencia, el apartamento permaneció desocupado durante años.

El verano de mis prácticas en la funeraria, antes de que Ben y yo rompiéramos, estuvimos reformando el ático con la ayuda de algunos amigos y un montón de pizzas. Echamos abajo los tabiques y ampliamos las habitaciones. El dormitorio principal pasó a ser tan grande que había espacio para una cama de matrimonio y un sofá, y también se amplió el cuarto de baño.

Por desgracia, el final del verano trajo mi ruptura con Ben y consecuentemente se interrumpieron las reformas del ático.

La vivienda era muy acogedora, pero estaba sin acabar. Cada vez que pensaba en comprar electrodomésticos nuevos para reemplazar las reliquias de los años setenta, recordaba que sería mejor emplear el dinero en el resto de la casa o en mi vida social. Todo era cuestión de prioridades.

A pesar de su falta de lujos, el apartamento era mío. Tenía habitaciones de sobra para recibir visitas, aunque no muchas sillas, y era muy tranquilo. De la funeraria no llegaba ningún ruido, como era lógico, ni el más débil murmullo por los conductos de ventilación.

Mucha gente tiene miedo de los lugares donde reposan los muertos. A mis amigos les cuesta creer que yo pueda dormir tranquilamente teniendo cadáveres en mi sótano, y cada vez que conozco a alguien he de soportar las inevitables preguntas sobre sucesos de ultratumba. Lo que nadie se para a pensar es que las personas no mueren en una funeraria. Cuando un cuerpo llega a mis manos ya está muerto y bien muerto, sin el menor resto de su alma en el caso de que exista. Un espíritu no tiene ningún motivo para vagar por una funeraria ni por un cementerio, porque lo único que llega a esos lugares son restos vacíos a los que ya nada importan las circunstancias de su muerte.

Aun así, a la gente le cuesta creer que los muertos sean realmente tan inofensivos. Y a pesar de no poder hacer nada y de no emitir el menor sonido, se los evita como si fueran espeluznantes criaturas del Más Allá.

Después de mi cita con Jack, me di una larga ducha caliente y me arreglé el pelo. Me exfolié la piel con una esponja vegetal y me apliqué una crema hidratante. Al acabar, me puse un pantalón de pijama de franela y una camiseta descolorida de los Dead Milkmen y me acurruqué en el sofá con el mando a distancia, la novela que me estaba leyendo y una taza de té. Yo sola conmigo misma.

Me encantaba esa sensación.

¿O no?

Apagué el televisor y fui al baño. Había bebido demasiado té. Me examiné las cejas en el espejo y decidí depilármelas, por lo que me pasé los siguientes diez minutos con unas pinzas, contrayendo la cara cada vez que arrancaba un pelo.

Era demasiado tarde para llamar a nadie. Estaba sola, sin nadie con quien hablar ni a quien dar explicaciones. Era una ventaja comparado con tener novio, pero también tenía su precio, y mucho más elevado de lo que me cobraría Jack por hacerme feliz.

Estaba sola, sí. Como siempre. Pero por primera vez en mucho tiempo, me… sentía sola.

La novela que había sacado de la biblioteca prometía acción, aventuras y amor. Pero después de cien páginas solo había dramatismo y suspense. Siempre he pensado que a las cien páginas ya debería haber muertes o sexo, así que dejé el libro y me puse a ver la tele. Pero mis criterios para la televisión son los mismos que para la lectura: si nadie ha muerto ni está follando tras probar con cien canales, no sigo insistiendo.

Me detuve en un programa de sucesos paranormales del que había oído hablar pero que nunca había visto. Un equipo de médiums y escépticos visitaba casas y lugares supuestamente encantados, unos en busca de pruebas y otros intentando desmitificar las teorías sobrenaturales. Siempre iban a los sitios de noche, naturalmente, como si los espíritus no pudieran hacer el tonto a la luz del día.

Yo no creo en el destino, pero sí en las coincidencias. El programa se grababa por todo el país, pero aquella noche, la primera vez que yo lo veía, el equipo se había trasladado al antiguo hospital psiquiátrico de Harrisburg, donde se rodó la película Inocencia interrumpida, protagonizada por Angelina Jolie. Muchas de mis amigas y yo habíamos intentado ver a las estrellas durante el rodaje.

Quizá fuera porque el lugar me resultaba muy familiar, o tal vez porque aquel episodio en concreto era especialmente aterrador, pero mientras veía la pantalla, sentada sola en casa y a oscuras, sentí un escalofrío por la columna. Aquello no era como ver una película de miedo en un cine abarrotado. Pensé en apagar la televisión, pero lo que hice fue pegar las rodillas al pecho y cubrirme la cara con un cojín, como un niño que no se atreve a ir al baño por la noche por miedo a que el monstruo que se ocul-

ta bajo la cama lo agarre por los tobillos. Los agujeros del ganchillo de los bordes del cojín me permitían seguir viendo todo
lo que acontecía en la pantalla, y no pude apartar la mirada hasta que acabó el programa. Al final del mismo, a la luz del día,
cada equipo presentaba sus pruebas y conclusiones. El programa de aquella noche acabó con una definición precisa de «pa-
ranormal» que ni siquiera los escépticos pudieron rebatir. Habían ocurrido demasiadas cosas, y todo quedaba grabado en mi
cabeza.

Estaba sola, de noche, sobre un sótano con cadáveres. Nunca
me había dejado impresionar y no iba a hacerlo en ese momento.
Apagué la televisión y encendí las luces. Recogí el libro e intenté retomar la lectura, pero apenas había leído un par de páginas
cuando tuve que ir de nuevo al cuarto de baño. No iba a hacerme
las necesidades encima por culpa del miedo.

Me estaba lavando las manos cuando lo oí. Una especie de
tintineo musical, muy suave. La sangre se me congeló en las venas a pesar del agua hirviendo que me achicharraba las manos.
Cerré el grifo y escuché con atención.

Durante un largo rato no oí nada, pero justo cuando me estaba convenciendo de que solo lo había imaginado, llego a mis
oídos el inconfundible sonido de notas musicales. Me acerqué
al ventanuco del baño, pensando que tal vez sería el ruido del
tráfico, pero no pasaba ni un coche por la calle. Eran más de las
doce y las calles del pueblo se quedaban desiertas a las diez de
la noche.

El televisor estaba apagado. Y también la radio del dormitorio. Comprobé además el ordenador portátil, el teléfono móvil
y cualquier otro aparato electrónico que pudiera haberse vuelto
loco. Todo estaba en silencio.

Agudicé al máximo mis oídos. No me di cuenta de que estaba apretando los puños hasta que me clavé las uñas en las palmas. Me obligué a calmarme. Era ridículo tener miedo de una
música fantasmal. Los muertos no cantaban ni tocaban la guitarra. Y eso fue precisamente lo que oí.

Había visto demasiadas películas de miedo como para atreverme a buscar el origen del ruido. Por nada del mundo iba a bajar las escaleras en pijama sin más arma que mis manos para enfrentarme a un psicópata asesino con un hacha y la cabeza de su madre en una bolsa.

Un maníaco dispuesto a profanar cadáveres… No podía permitirlo. Agarré un viejo palo de golf de mi padre y bajé la escalera dispuesta a impedirlo.

La música seguía sonando, pero cesó cuando llegué al segundo piso. Me detuve en la puerta que comunicaba la escalera con el pasillo y escuché. No salía ningún ruido de mi despacho ni del de Shelly, pero volví a oír unas notas y un susurro que subían desde abajo. En la primera planta volví a detenerme, aunque ya sabía que la música no procedía de allí. Quienquiera que estuviese tocando se encontraba en el sótano.

La mano me sudaba tanto que tuve que secármela para que no se me resbalara el palo de golf. Pensé en lo que iba a decir y hacer cuando viera al intruso. Me di cuenta, demasiado tarde, de que estaba siendo tan idiota como la protagonista de cualquier película que se empeñaba en hacerse la heroína en vez de llamar a la policía.

El último tramo de escalones era aún más estrecho y oscuro. Salí al pasillo que conducía a la sala de embalsamamiento, a la despensa y a la sala de descanso, y volví a escuchar.

Música. El suave rasgueo de una guitarra y una voz masculina murmurando palabras incomprensibles. Agarré fuertemente el palo con las dos manos.

¿Quién demonios estaba cantando y tocando la guitarra junto a un cadáver a la una de la mañana?

En una docena de pasos había llegado hasta la puerta. La abrí de una patada y haciendo todo el ruido posible, pero algo aún más fuerte sonó en la pequeña habitación.

Tres cosas ocurrieron. La primera, recordé que el cuerpo del difunto señor Stewart se encontraba en aquella sala. La segunda, recordé que un miembro de su comunidad religiosa estaba allí para velarlo de acuerdo a sus tradiciones. Y la tercera, que el hombre sentado junto al ataúd, el hombre con la guitarra en las manos, se levantó de un salto y se giró hacia mí con el rostro desencajado.

Era el desconocido.

Sam.

—¡Maldita sea!

Una cuerda de la guitarra emitió un tañido de protesta por la fuerza con la que Sam la agarraba. Estaba pálido como la cera y se tambaleó hacia atrás, se tropezó con el respaldo de la silla donde había estado sentado y cayó al suelo con gran estrépito. La guitarra también cayó con un par de notas discordantes, que no fueron ni mucho menos tan desafinadas como el ruido de la cabeza de Sam al golpearse contra las baldosas.

Ahogué un grito de horror, y quizá se me escapara también una exclamación del todo impropia en una directora funeraria. Pero en esos momentos solo podía pensar en el desconocido del Fishtank que estaba despatarrado junto a un ataúd a punto de volcarse.

Solté el palo de golf y salté sobre la guitarra de Sam y el propio Sam para sujetar el ataúd justo a tiempo. Solo necesité un pequeño empujón para devolverlo a la camilla y evitar un desastre mayor, pero las piernas y brazos me temblaban como si hubiera tenido que levantarlo yo sola. El corazón me latía ensordecedoramente en los oídos. Me aferré al respaldo de la silla, convencida de que iba a desplomarme igual que el hombre que seguía en el suelo.

Finalmente conseguí controlar la respiración y me senté, incapaz de hacer otra cosa con mis rodillas de gelatina. Parpadeé con fuerza para aclarar la visión y respiré hondo mientras me apretaba el pulgar entre los ojos cerrados. Cuando volví a abrirlos Sam seguía tirado a mis pies.

Me arrodillé junto a él y levanté su mano. Sentí el pulso bajo mis dedos inexpertos. No sabía cómo estaba, porque aunque tenía los ojos abiertos y no parecía sangrar, no parpadeaba y su expresión era de aturdimiento.

—¿Estás bien? —le pregunté con voz ronca. ¿Qué clase de grito debía de haber soltado para quedarme sin voz?

Sam gimió. Tenía las manos frías, aunque la temperatura de la sala se mantenía muy baja a propósito. También noté algunos callos que no había visto la primera vez.

Parpadeó rápidamente y volvió a gemir. La luz fluorescente se reflejaba en sus intensos ojos azules.

–¿Sam? –le agarré la mano–. ¿Estás bien?

–¿He bebido? –preguntó con voz espesa.

–No lo creo. Te has golpeado la cabeza.

Masculló una palabrota y se llevó la mano a la nuca con una mueca de dolor.

–Sí que he bebido… Un poco.

Le solté la mano y me senté sobre los talones.

–Lo siento mucho. Oí música y…

Me estaba mirando los pechos a través de la camiseta. No llevaba sujetador, y el frío de la habitación me había endurecido los pezones. Me incliné hacia delante para intentar disimularlos, pero la mirada de Sam me recorrió todo el cuerpo, desde la camiseta hasta el pantalón de franela y los pies descalzos. Sin dudarlo, me agarró por los hombros y me besó en la boca.

Desconcertada por el repentino asalto, me quedé inmóvil mientras él introducía la lengua entre mis labios. Pero no tardé en recuperarme. Me zafé de su agarre y le di una bofetada en la cara que lo hizo caer de nuevo al suelo.

–Vaya… –murmuró él, llevándose una mano a la mejilla–. Ahora ya sé que no estaba soñando.

Me levanté e intenté llenarme de aire los pulmones vacíos.

–¿Cómo te has atrevido?

Sam también se levantó y me tendió las manos en un gesto de súplica, pero no intentó acercarse a mí.

–Solo comprobaba si estaba despierto o no… ¿Tanto te extraña?

Las manos y el cuerpo me temblaban, pero no tanto de indignación como de otra emoción completamente distinta.

–¡Este no es el lugar ni el momento! –protesté, limpiándome la boca.

–Estoy de acuerdo –admitió él. Volvió a mirarme la ropa y

se frotó la mandíbula mientras movía la lengua en el interior de la boca. Una gota de sangre apareció en la comisura de sus labios–. Pero ¿qué esperabas? Estoy velando el cuerpo de mi padre y de pronto aparece la mujer a la que conocí hace un par de semanas en un bar, vestida para una fiesta de pijama, ¿y se supone que no estoy viendo alucinaciones? Tal vez siga inconsciente por ese golpe en la cabeza…

Me crucé de brazos sobre el pecho.

–No estás soñando.

–En ese caso, ¿qué haces aquí? –preguntó Sam–. Mis oraciones han tenido respuesta, pero no creí que fuera a ser de este modo.

–Trabajo aquí –miré el ataúd de su padre–. Será mejor que hablemos en otra parte.

Sam también miró la sencilla caja de pino.

–El viejo no puede oírnos.

–¡Es una falta de respeto!

Sam se encogió de hombros.

–Como quieras. Vamos fuera.

Intenté no pensar en sus ojos fijos en mi trasero mientras me seguía, pero cuando me di la vuelta en el pasillo los encontré precisamente clavados en esa parte de mi cuerpo.

–¿Puedes ausentarte?

–En teoría no, pero dadas las circunstancias creo que Dios será comprensivo.

–¿Y tu padre?

Sam se lamió la sangre del labio.

–Él también tendrá que aguantarse.

Lo llevé arriba y preparé un poco de café, procurando mantener las manos firmes mientras llenaba la cafetera y añadía agua. Saqué dos tazas del aparador y las puse en la encimera junto a unos sobres de azúcar y leche en polvo. Por más que lo intentaba, no podía dejar de preguntarme qué clase de coincidencia había llevado a Sam hasta mi sótano. Y hasta mí.

–Gracias –dijo él cuando le llené la taza de café. Se lo tomó solo y amargo.

Por mi parte, añadí azúcar y leche al mío hasta que el brebaje negro adquirió un tono castaño claro. Soplé para enfriarlo, pero no lo bebí. El primer sorbo me impregnaría la boca con el sabor de café y productos químicos y barrería el sabor de Sam.

–Bueno –dijo él al cabo de unos momentos de silencio–. Así que trabajas aquí.

–Sí. Soy directora funeraria.

Sam arqueó una ceja.

–Caramba…

Nos quedamos mirando nuestras tazas unos segundos más.

–¿Qué haces aquí? –le pregunté finalmente.

–Velar el cuerpo de mi padre.

–¿Tocando la guitarra? No sabía que estuviera permitido.

–Me gusta más que rezar.

Sacudí un poco la cabeza. Afortunadamente el corazón se me había calmado.

–Casi me matas del susto.

–¿Yo a ti? –abrió los ojos como platos–. Cuando entraste en la habitación con ese palo de golf… –hizo una demostración, levantando los brazos sobre la cabeza y emitiendo un horrible grito gutural–. Casi me lo hago encima. Es más, creo que me lo he hecho.

Lo último que quería era reírme, pero me suele dar la risa en los momentos más inoportunos. Tuve que beber para disimularla, y comprobé entonces que el café me había salido demasiado cargado.

–Lo siento.

–Me llevé una sorpresa. No me dijeron que iba a haber alguien aquí.

–Yo sí sabía que iba a haber alguien, y aun así me sorprendí.

Sam tomó un sorbo de café.

–¿Vives aquí?

Asentí y él también asintió. Una sonrisa curvó el lado de su boca que no sangraba. Tenía el labio hinchado.

–Muy apropiado.

–A casi todo el mundo le parece espeluznante.

–Qué va –dijo él con una sonrisa–. Los muertos están muertos.

–Sí –agarré la taza con las dos manos–. Lamento lo de tu padre.

La sonrisa de Sam se esfumó de su rostro.

–Sí… Igual que todo el mundo.

No dije nada más. Una parte de mi trabajo consiste en ofrecer consuelo, pero también en saber cuándo parar.

–Siento haberte asustado –dijo él.

–Y yo haberte golpeado. Por cierto, ¿quieres un poco de hielo para la cabeza?

Sam se llevó la mano a la nuca y puso otra mueca de dolor.

–Estaría bien. Y una aspirina, si tienes alguna… O mejor, una botella de Smirnov.

–Puedo darte el hielo y la aspirina, pero me temo que no tengo vodka a mano –y para las otras cosas tendría que subir a casa–. ¿Vas a volver con tu padre o te lo traigo aquí?

Sam negó con la cabeza.

–Prefiero ir contigo, si no le dices nada a mi madre ni a mi hermano. Ya he cantado bastante por esta noche.

Dudé un momento. No quería llevarlo a mi apartamento, pero no se me ocurría ninguna razón para negarme.

–¿Estás seguro?

Él asintió con otra mueca.

–Sí. Si te digo la verdad, mi padre no había pisado una sinagoga en los últimos quince años y su comida favorita eran gambas con beicon. No creo que le importara quedarse solo hasta que lo entierren.

No sabía mucho sobre las leyes judías, pero asentí como si lo entendiera a la perfección.

–De acuerdo. Si estás seguro… Acompáñame arriba.

Sam me siguió por la escalera, y de nuevo tuve que fingir que no sentía el calor de su mirada en mi trasero. También ignoré el detalle de que nunca antes había llevado a un hombre a mi casa. Podía ser una locura tan insensata como no haber llamado a la policía, aunque en el fondo me alegraba de no haberlo hecho. La situación habría sido realmente embarazosa si un par de agentes se hubieran presentado en el velatorio.

—Bonita casa —dijo Sam al entrar detrás de mí.

—Gracias. Siéntate.

Como si estuviéramos en una fiesta o algo así. La situación no podía ser más absurda, sobre todo porque la primera vez que lo vi no hicieron falta más de veinte minutos para acabar en su cama. Mi cabeza intentó bloquear el recuerdo, pero mi cuerpo se negaba a colaborar. Y en cuanto a mi corazón, seguía latiéndome a un ritmo desbocado.

Agarré una sudadera de la percha del baño y me la puse rápidamente sobre la cabeza, antes de sacar una bolsa de coles de Bruselas congeladas y el frasco de aspirinas. Se lo lleve todo junto a un vaso de agua a Sam, quien se había puesto cómodo en el sofá.

Se tomó las aspirinas y se colocó la bolsa en la cabeza. Me devolvió el vaso de agua, ya vacío, y se recostó en los cojines con las piernas estiradas, como si estuviera en su casa.

Y realmente parecía estar en su casa… El sofá parecía hecho expresamente para él, así como la bolsa de coles.

Me sacudí mentalmente y llevé el vaso a la cocina. La boca de Sam había dejado una marca en el borde y la toqué con el dedo antes de meterlo en el viejo lavavajillas.

Al volverme, vi que se había tumbado cuan largo era en el sofá y que tenía los ojos cerrados. Parecía más pálido de lo que recordaba y tenía ojeras, y un cardenal se estaba formando en su mandíbula.

—Sam.

Abrió los ojos a medias y a mí se me formó un nudo en el estómago. Las personas con heridas en la cabeza tenían que esforzarse por mantenerse despiertas.

—Creo que no deberías dormirte.

—¿No? —preguntó con una sonrisa perezosa.

—Te has dado un golpe muy fuerte en la cabeza. Tienes que mantenerte despierto. ¿Cuántos dedos tengo levantados?

—Las dos estáis levantando dos.

El estómago volvió a darme un vuelco, hasta que vi su sonrisa y supe que estaba bromeando.

–No tiene gracia.

–Lo siento –murmuró, sin parecer arrepentido en absoluto–. Estoy bien, de verdad. Tan solo un poco cansado –sus ojos se cerraron lentamente.

–¡Sam!

Volvió a abrirlos de golpe.

–Grace, te prometo que estoy bien.

–Si estás bien, también lo estarás abajo. No puedes quedarte en mi sofá.

Sam suspiró y cambió de postura, pero sin llegar a levantarse.

–Así que tengo que permanecer despierto… –hizo una pausa, respiró y sonrió–. ¿Se te ocurre qué podríamos hacer para conseguirlo?

Yo no estaba de humor para tonterías. Ni allí, ni con él.

–Tienes que marcharte.

Sam se incorporó.

–Lo siento. Solo pensé que…

–¿Qué?

Se encogió de hombros y dejó la bolsa en la mesa.

–Bueno, no se puede decir que seamos unos desconocidos.

–Lo siento, Sam, pero eso es lo que somos.

Desconocidos. El corazón me golpeó las costillas y la garganta se me quedó más seca que un trozo de cecina en una secadora. Me mantuve lo más impasible que pude, pero mi cara debió de delatarme.

–¿Hablas en serio? –me preguntó él en voz baja y profunda. Provocándome más de lo que a mí me gustaría.

–Sí.

Sam se puso en pie, irguiéndose ante en mí en toda su estatura. Su imponente tamaño debería haberme intimidado, pero lo único que sentí fue una intimidad aún mayor.

–Tienes que irte, Sam. Ahora.

Él me tocó el hombro con la punta de un dedo. A pesar de

la camiseta que lo cubría, el contacto me provocó una descarga eléctrica por toda la piel. Siguió por el brazo hasta el codo y giró para llegar a la muñeca, donde ya no pudo seguir al estar mi mano metida bajo el otro brazo. Me clavó sus ojos azules y me sostuvo la mirada.

—¿No crees que significa algo que estés aquí? —me preguntó en voz baja.

—No creo en «algo» —respondí.

—Lástima.

Le indiqué la puerta con la mirada, pero por dentro era un manojo de nervios. Me imaginaba comiéndosela a Sam y follando con él hasta que los dos nos corriéramos diez veces, por lo menos. Pero conseguí mantener la compostura y apuntar hacia la puerta con un dedo no del todo firme.

—Baja con tu padre o márchate a casa.

—No puedo. Vivo lejos de aquí y llevo un mes hospedándome en un hotel… esperando a que muriera el viejo. Pero eso ya lo sabes, ¿no?

Me puse como un tomate al recordar la noche del hotel.

—¡Fuera!

—¿Tratas así a todos tus clientes? —se tocó la nuca y la comisura de los labios—. ¿O solo soy yo el afortunado?

—Nunca invito a mis clientes a mi casa —le dije entre dientes.

Sam asintió. No se había movido ni un centímetro, y el calor que emanaba de su cuerpo me estaba haciendo sudar bajo la sudadera. Ninguno de los dos apartó la mirada.

—Entonces no solo soy afortunado… También soy especial.

Intenté no sonreír, pero fracasé estrepitosamente.

—Mañana tienes que acudir a un funeral y se supone que esta noche debes velar a tu padre. Ya sé que es un momento difícil para ti y…

Sam volvió a besarme. Apenas fue un ligero y brevísimo roce de sus labios, pero aun así cerré los ojos como la colegiala de una de mis fantasías y me pareció que duraba una eternidad.

—¿Qué decías? —me preguntó.

Aquello no era una fantasía ni tampoco era el lugar ni el momento. Con los ojos todavía cerrados, me lamí los labios para saborearlo.

—Tienes que irte.

—Dilo.

Sabía lo que me estaba pidiendo y sonreí con los ojos cerrados.

—Tienes que irte… Sam.

Su suspiro me acarició la piel como una suave brisa. Esperé que volviera a besarme, pero solo sentí un escalofrío cuando él se apartó. Abrí los ojos y lo vi en la puerta, casi rozando el marco con la cabeza.

—¿Ves como no somos unos desconocidos? —me dijo antes de salir.

Y desapareció de mi vista.

Capítulo 6

Cuando era niña, la mañana del día de Navidad parecía no llegar nunca. Me despertaba de noche y prestaba atención por si oía a los renos en el tejado o las botas de Santa Claus acercándose a la chimenea. Me acercaba sin hacer ruido a la cama de mi hermana y la sacudía, aunque ella también estaba despierta, y las dos apremiábamos en voz baja al sol para que saliera cuanto antes. Nunca amaneció más temprano por mucho que lo implorábamos, y tampoco iba a hacerlo en ese momento.

No sabía si Sam había conseguido dormir durante el velatorio de su padre. No debería hacerlo, pero tampoco debería haber tocado la guitarra ni haber abandonado la sala. Hiciera lo que hiciera lo hizo en silencio, porque no oí nada más el resto de la noche.

Tres plantas nos separaban, y aun así seguía sintiendo su presencia a mi lado, en mi cama solitaria. Sabía cómo lo sentiría acostado junto a mí, su cabeza en un extremo y sus pies en el otro, el bulto de su cuerpo estirando las sábanas y su calor rodeándome.

Fue una noche muy larga, pero finalmente me convencí de que era una buena hora para levantarse. Tambaleándome por no haber pegado ojo, estuve un rato bajo la ducha y luego me puse mi traje negro favorito con una blusa blanca de amplias solapas. Era un atuendo profesional y al mismo tiempo femenino con el que, además de representar mi negocio, iba vestida para Sam.

Lo primero que hice el lunes por la mañana fue recibir a la

familia Stewart. A Dan ya lo conocía pero aquella era la primera vez que veía a su madre. Los hice pasar a mi despacho y los dos se sentaron frente a la mesa.

—Mi hermano no va a venir —dijo Dan, cuya expresión revelaba mucho más que sus palabras.

El alma se me cayó a los pies.

—Sí vendrá —dijo la señora Stewart, secándose los ojos con un pañuelo a pesar de que no soltó ni una lágrima.

Dan tampoco lloraba, aunque sus ojos estaban tan rojos que parecía haber estado conteniendo las lágrimas durante horas. No se había afeitado y tenía el pelo alborotado, pero llevaba el mismo traje azul marino que vestía en nuestra primera cita. Sacó del maletín la carpeta que yo le había entregado, pero no la abrió.

—Sam no va a venir, mamá.

La señora Stewart sacudió la cabeza y respondió con voz temblorosa.

—Claro que sí.

Dan me miró fugazmente y también sacudió la cabeza.

—Yo le dije que no viniera.

La mayoría de las familias tienen trapos sucios que siempre evitan airear, pero todas, incluso las más impasibles, pueden sucumbir a la presión que supone un fallecimiento. Yo había presenciado de todo, desde acusaciones a voz en grito hasta peleas a puñetazos junto a un ataúd abierto.

Hubo un momento de incómodo silencio mientras la señora Stewart se giraba hacia su hijo.

—¿Por qué?

Dan se frotó la cara con la mano y miró a su madre.

—No es necesario hablarlo ahora.

—Muy bien —dijo ella. Volvió a mirar al frente y apretó las manos en su regazo. El labio inferior le temblaba, como si estuviera reprimiendo las lágrimas—. Muy bien, Daniel, muy bien. Tú lo has decidido todo, ¿no?

Dan me lanzó una mirada de disculpa y yo le devolví lo que esperaba que fuera una expresión compasiva.

—Sí, mamá, lo que tú digas. ¿Podemos acabar con esto?

Esperé la respuesta de la señora Stewart, pero ella se limitó a sorber por la nariz y se negó a mirar a su hijo. Tendí la mano hacia la carpeta azul marino que Dan sostenía y él me la entregó. Ya habíamos hecho los preparativos y habíamos hablado con el rabino que se ocuparía del acto, de modo que no quedaba mucho por discutir. De acuerdo a la tradición judía, se celebraría lo antes posible. Aquella misma mañana, como muy tarde.

La señora Stewart emitió un sonido ahogado y levantó la mirada.

–¡Tantas cosas que pensar! ¡Tantas cosas que hacer!

Por un momento pareció que Dan iba a tocarla en el hombro, pero no lo hizo.

–Por eso lo arreglé todo con tiempo, mamá. No tienes que preocuparte por nada. Papá recibirá la mejor atención posible –me miró–. ¿Verdad?

–Por supuesto, señora Stewart –en los funerales judíos no había mucho que hacer, salvo ofrecer un lugar para el velatorio y llevar el cuerpo al cementerio–. Estaré encantada de ayudar en todo lo que pueda.

La señora Stewart suspiró y me ofreció una débil sonrisa antes de mirar a Dan.

–Ojalá tu hermano estuviera aquí…

–Asistirá al funeral –dijo Dan con el rostro inexpresivo–. Al menos eso me dijo. No tiene por qué estar aquí ahora.

–Pero quizá podría aportar algunas ideas…

–Mamá –la interrumpió Dan con impaciencia–. Todo está bajo control. ¿Qué podría hacer él? ¿Tocar la guitarra?

Se produjo otro incómodo silencio. Dan volvió a mirarme, pero la señora Stewart bajó la mirada a las manos entrelazadas en su regazo.

–Mi hermano no es muy responsable –explicó Dan.

La señora Stewart volvió a sorber por la nariz, pero esa vez Dan llegó a darle una palmadita en el hombro en vez de retirar la mano. A continuación, se inclinó sobre la mesa para estrecharme la mía.

–Gracias, señorita Frawley.

Su cortesía volvió a conmoverme.

–No hay de qué.

–Volveremos dentro de un par de horas para el funeral –dijo Dan–. Vamos, mamá. Te vendrá bien descansar hasta que sea la hora.

Los acompañé a la puerta del despacho. Una mujer con el pelo largo y negro sujeto con una cinta negra levantó la mirada desde la silla que ocupaba en el pasillo y se puso en pie, aferrando un puñado de pañuelos. Podría ser una hermana o una prima, o quizá una amiga de la familia, pero el brillo que apareció en los ojos de Dan me dijo que era algo más.

–Hola, Elle –la saludó él.

–Hola, cariño. Hola, Dotty –esbozó una media sonrisa cuando la señora Stewart la abrazó.

–Mi mujer –me dijo Dan.

Ella alargó la mano y él se la tomó, en un gesto que me pareció mucho más íntimo que un beso, y los tres se marcharon.

Sam no había aparecido, tal y como su hermano había dicho.

Desde la ventana de mi despacho vi a Dan y a su mujer en el aparcamiento, junto a un Volvo gris marengo. Él la abrazó por la cintura y ella hundió el rostro en su hombro mientras le acariciaba la espalda.

Tal vez fuera una morbosa por estar espiándolos, pero no podía dejar de mirarlos. La mano de ella se desplazaba por la espalda a un ritmo constante. Tres caricias. Pausa. Tres caricias. Pausa. Me invadió una sensación muy agradable, sin el menor atisbo de disgusto o envidia. No niego que muchas veces había deseado que alguien me mirase como Dan había mirado a su mujer en la oficina. Pero ¿y si fuera ella la que estuviera en la caja de pino? ¿Cómo sería enfrentarse a la pérdida del ser al que adoraba?

Dan elevó ligeramente los hombros y ella volvió a acariciarle la espalda. Le murmuró algo al oído y él asintió. Entonces se besaron y yo me aparté de la ventana.

Aquella tarde ya tenía previsto otro velatorio, pero el credo religioso de los Stewart exigía que el señor Stewart fuera enterrado lo antes posible. Me puse a preparar la capilla, aunque comparado con otros funerales aquel iba a ser bastante rápido y austero. El rabino se encargaría de proporcionar los libros de salmos en hebreo, ya que yo no disponía de ninguno. Se me cayó el libro de visitas y las páginas quedaron dobladas, por lo que tuve que sacar uno nuevo. También se me cayeron los folletos de un funeral anterior y tuve que recogerlos a toda prisa, mirando la hora cada dos minutos.

Terminados los preparativos, lo contemplé todo y respiré hondo. Sam estaría allí con su familia para honrar la memoria de su padre, nada más. Sería absurdo por mi parte pensar en otra cosa. De hecho, lo mejor sería no estar presente. Supondría una incómoda distracción para Sam, y mi papel era totalmente prescindible. Shelly y Jared podrían ocuparse de los asistentes a medida que fueran llegando, y el rabino se encargaría de todo lo demás.

Realmente no tenía por qué estar allí, y sin embargo allí seguía, ataviada con mi bonito traje negro, sintiéndome como una estúpida mientras los familiares y amigos de Morty Stewart iban entrando uno a uno en la capilla y ocupaban las sillas que yo había tapizado de verde y malva. Uno a uno, y ninguno de ellos era Sam.

No debería estar pensando en él. No mientras ponía los vehículos en fila y les colocaba las correspondientes banderitas moradas. No mientras recogía los salmos para el rabino y me aseguraba de que todo el mundo supiera adónde dirigirse. No mientras estaba haciendo mi trabajo.

Me subí al coche fúnebre y dejé que Jared condujera. Jared tenía la costumbre de tararear en voz baja y tamborilear con los dedos sobre el volante. Normalmente no me importaba, pero aquel día me sacaba de mis casillas y alargué una mano para detener el irritante sonido. Él me miró con extrañeza.

–¿Estás bien?

–Sí, muy bien. No olvides girar a la izquierda.

Jared no había ido muchas veces al cementerio judío, pero era muy bueno en su trabajo y no necesitaba mis indicaciones.

Pero no hizo ningún comentario y giró obedientemente a la izquierda.

Los dolientes se congregaron alrededor del agujero en la tierra. Tiempo atrás hacían falta días para cavar las sepulturas; hoy se hace en media hora con una excavadora. Me mantuve apartada de la multitud, mientras el rabino abría el cortejo hasta la tumba recitando el Salmo 91.

–No se debería enterrar a nadie en un día tan bonito como este –oí que decía una mujer aferrada al brazo de un anciano, quien se mostró de acuerdo asintiendo con la cabeza. Me alegré de que no me lo dijera a mí. Había estado en más funerales de los que podía recordar y siempre era mejor celebrarlos con buen tiempo. La lluvia, la oscuridad y la nieve solo conseguían hacerlo aún más deprimente.

Muchas de las lápidas tenían guijarros colocados en la superficie. Leí los nombres tallados en la piedra mientras esperaba a que acabase el funeral para darles las indicaciones precisas a los asistentes. Casi todos se dirigirían a casa de la señora Stewart para la shiva, los siete días de luto, y en mi carpeta azul marino tenía las direcciones y explicaciones necesarias.

Por el rabillo del ojo vi una figura vestida de negro que no se unía al resto de personas alrededor de la tumba. Era un hombre y estaba hablando con el rabino. No entendí lo que decía… «Yitgadal v'yitkadash sh'mei rabbah», pero sí reconocí «amén».

Me giré hacia él y vi que se trataba de Sam. Llevaba una camisa blanca abierta por el cuello y el traje no era de etiqueta, pero se había afeitado y tenía el pelo peinado hacia atrás. El pendiente de la oreja destellaba bajo el sol mientras farfullaba las oraciones con la vista al frente.

No le dije nada y él no me miró. El entierro acabó y me aseguré de que todo el mundo supiera adónde tenía que ir.

La discusión se produjo cuando la gente empezó a subirse a los coches. Yo había recogido todas las banderas y había repartido las instrucciones, y me disponía a cerrar la puerta del coche de los Stewart cuando Dan salió del asiento del conductor.

A diferencia de su hermano, no se había afeitado y tenía el

pelo despeinado. Su chaqueta tenía un desgarrón en el bolsillo izquierdo de la pechera, como parte de la tradición judía en el duelo de un pariente. Su mujer salió inmediatamente detrás de él, intentando agarrarlo de la mano.

–Danny, cálmate –le dijo Sam detrás de mí–. Le he dicho a mamá que iré en mi coche. Nos veremos en casa.

Me aparté rápidamente un par de pasos. Dan no me miró, pero Sam sí. Y también la mujer de Dan, quien lo agarró fuertemente de la manga para que no siguiera avanzando.

–¿Para qué? –Dan se pasó una mano por el pelo–. ¿Para qué molestarse?

–Porque es lo que quiere mamá –respondió fríamente Sam.

–¿Desde cuándo haces lo que los demás quieren?

Sam miró a su hermano sin inmutarse.

–Desde que papá murió.

–Vamos, Dan –le dijo Elle–. No pasa nada. Se reunirá con nosotros en casa.

Dan masculló algo entre dientes, pero dejó que su esposa tirase de él hacia el coche.

Elle y Sam intercambiaron una mirada que no supe cómo interpretar, antes de que ella se subiera también al coche y se alejaran.

A nadie le gusta permanecer en un cementerio más tiempo del necesario. Todo el mundo se había marchado y yo también debía hacerlo, pues tenía otros funerales que atender. Jared me hizo un gesto desde el asiento del coche y yo asentí con la cabeza, pero permanecí sin moverme.

–Será mejor que te vayas –me dijo Sam–. Te está esperando.

–Ya lo sé.

La distancia que nos separaba no era grande. Incluso se podría considerar corta entre dos personas que no se hubieran acostado juntas. Yo había estado tan cerca de Sam, tan pegada a él que podía contar sus pestañas.

–Mi hermano me va a matar –dijo él en tono despreocupado.

–Lo siento. La muerte de un ser querido es siempre un golpe muy duro…

Sam negó con la cabeza, haciendo que el pelo volviera a caerle sobre la frente.

–Es una buena excusa, pero no tiene nada que ver con la muerte de mi padre.

–¿Qué vas a hacer?

Él sonrió.

–Tendré que soportar la ira de mi hermano.

–Te deseo suerte –le dije, y di un paso atrás.

–Grace –él dio un paso adelante–. Sobre lo de anoche…

Levanté una mano rápidamente.

–Como ya he dicho, la muerte de un ser querido es un golpe muy duro y la gente hace cosas sin sentido. No te preocupes por ello.

–No me preocupo. Bueno, un poco sí, pero no por haberte besado –hizo ademán de agarrarme, pero no lo hizo. El gesto, sin embargo, bastó para que me detuviera–. Sino por no tener otra oportunidad.

Le di la espalda a pesar del vuelco que me dio el corazón. O mejor dicho, debido a ello.

–Siento la muerte de tu padre, Sam. Ahora será mejor que te vayas. Y yo también, si no quiero llegar tarde.

–¡Grace!

No me volví y seguí caminando hacia el coche fúnebre. Jared estaba dentro, probablemente tamborileando con los dedos en el volante y tarareando alguna canción. Debía de tener la radio encendida, como solíamos hacer cuando no llevábamos ningún muerto atrás.

—¡Quiero volver a verte!

Me detuve y me giré hacia él, agradecida de que no hubiera nadie más en el cementerio.

–No creo que sea buena idea.

–¿Por qué no?

–No es el mejor momento para hablar de ello.

–¡Te llamaré!

–¡No, Sam! –casi había llegado al coche cuando me detuve de nuevo–. No lo hagas.

Él sacudió la cabeza para apartarse el pelo de la frente y el sol arrancó un destello del pendiente. Su sonrisa, en cambio, era el doble de brillante que el diamante.

—Voy a llamarte.

Negué con la cabeza, pero no dije nada. Discutir en aquel lugar sería muy indecoroso. Rodeé el coche y me senté junto a Jared, quien me miró y se dispuso a bajar la música.

—Déjala —le dije—. Me gusta esta canción.

—¿En serio?

Habíamos discutido tantas veces sobre nuestros gustos musicales que no se lo creía, pero yo solo quería salir de allí cuanto antes.

—Claro. Ahora soy una fanática del emo.

Jared se echó a reír y miró con curiosidad por la ventana. Sam se dirigía hacia el aparcamiento sobre la colina cubierta de hierba.

—¿Sabe ese tipo adónde va?

—¿Lo sabe alguien?

Jared volvió a reírse y arrancó el coche.

—Estás muy filosófica hoy, Grace.

Que Jared pensara lo que quisiera, pero mientras veía alejarse el coche de Sam me pregunté lo mismo.

Acabado el funeral de los Stewart y el otro que tenía por la tarde, no quedaba más trabajo por aquel día. Necesitaba un café desesperadamente, aunque Shelly no lo hubiera hecho tan cargado como a mí me gustaba.

La falta de sueño y el trabajo acumulado hicieron que el día pareciera interminable. Estaba soltando un largo bostezo cuando Shelly volvió a asomar la cabeza por la puerta, esa vez con un plato de galletas.

—Acabo de hacerlas. ¿Te apetecen?

—Claro.

Llevó el plato a la mesa.

—Son de chocolate y mantequilla de cacahuete.

Di un mordisco y puse una mueca de éxtasis.

–Deliciosa…

Shelly sonrió, complacida.

–Saqué la recete de mi revista culinaria. Haré las próximas de nueces con queso, ¿qué te parece?

–Que voy a tener que comprarme unos pantalones nuevos si sigues así.

Shelly soltó una risita tonta. Era una chica encantadora, aunque muy propensa al llanto y los ataques de nervios. También ella se comió una galleta, pero parecía estar analizándola en vez de saboreándola.

–La próxima vez usaré chocolate blanco.

–Así están perfectas. ¿Por qué cambiarlas?

–¿Cómo sabes que algo es perfecto si no pruebas algo que podría ser mejor?

–Lo mismo podría decirse con otras muchas cosas aparte de las galletas.

Shelly agarró otra galleta y la partió en pedacitos para comérselos uno a uno.

–¿Los hombres, por ejemplo?

Me recosté en la silla. Shelly llevaba saliendo con el mismo chico desde que empezó a trabajar en la funeraria. Duane Emerich había heredado la granja de su familia y, según Shelly, empezaba a hablar de matrimonio. Yo no sabía si Shelly quería casarse o no, pero de momento no llevaba ningún anillo en el dedo.

–Depende –respondí.

–¿De qué?

–Del hombre en cuestión –tomé otra galleta, pero solo la mordisqueé ligeramente–. ¿Qué ocurre, Shelly?

Ella se encogió brevemente de hombros.

–Nada. Solo estaba pensando en lo que sería vivir en una granja el resto de mi vida.

La idea no me seducía en absoluto, pero no iba a decírselo.

–Querrás decir que estás pensando en Duane… Es un buen tipo.

–Sí, pero…

Esperé a que continuara, pero se quedó callada.

—¿Pero?

—Bueno. Es un poco…

Duane era muchas cosas sobre las que yo prefería no opinar.

—Es un buen hombre, Shelly —repetí.

—Con los zapatos llenos de estiércol.

No supe qué responder a eso. Lo que hice fue llenarme la boca de galleta para no tener que hablar.

—Tú has salido con muchos hombres, ¿verdad?

Tragué rápidamente y tomé un sorbo de café para aclarar la boca.

—No tantos.

—Yo llevo con Duane desde que estábamos en el instituto. Es el único novio que he tenido.

—No hay nada malo en eso.

—Ya, pero él es… es demasiado… bueno.

—¿Y eso te desagrada?

—Quiero decir que es muy soso.

—Eso ya es otra cosa.

Las dos nos reímos.

—No sé qué pensar —dijo Shelly—. Siempre estamos haciendo las mismas cosas. Ir al cine, tomar pizza los domingos por la noche… Te podría decir sin temor a equivocarme lo que me regalará por mi cumpleaños y qué camisa se pondrá el jueves.

—No me parece que sea algo tan grave —repuse tranquilamente.

Shelly asintió, pensativa. Era evidente que se cuestionaba la relación con Duane, porque de lo contrario no me habría sacado el tema. No teníamos una relación tan íntima como para que yo le ofreciera consejo, en caso de tenerlo, así que seguimos comiendo galletas en silencio hasta que ella fue a atender una llamada.

Me quedé pensando en lo que había dicho. Tomé otra galleta y me giré en la silla hacia la ventana con vistas al aparcamiento.

Un rato después, intentando convencerme de que el dolor de estómago me lo había producido el empacho de galletas y no el recuerdo de mi anterior arrebato de envidia, apagué el ordenador y salí del despacho.

—Voy a hacer unos recados —le dije a Shelly—. No tengo más citas para hoy, pero si surge algo llámame al móvil.

No sabía adónde quería ir, tan solo necesitaba alejarme un rato de Frawley e Hijos. El tráfico se encargó de decidir por mí al facilitarme el giro a la derecha en vez de a la izquierda, y cinco minutos después me encontré frente a la casa de mi hermana. Permanecí unos momentos en el coche, viendo el extraño aspecto que presentaba el jardín salpicado de juguetes. ¿Qué razón podría darle a mi hermana para ir a verla?

No tuve tiempo para pensarlo, porque la puerta se abrió y Hannah me vio a través de la mosquitera. Aquello era Annville… Seguramente también me estaban espiando el resto de vecinos.

—¿Grace? —abrió la puerta mosquitera mientras yo salía del coche.

—Hola.

—¿Qué haces aquí?

—Se me ocurrió pasarme por aquí, si no es molestia.

Hannah cerró la puerta detrás de mí. Al igual que el jardín, el salón estaba lleno de bloques de colores y muñecos. Aquel desorden era muy raro en mi hermana, quien había heredado de nuestra madre la obsesión por el orden.

—¿Dónde está Simon? —la pregunta era innecesaria, pues desde el sótano subía el murmullo de los dibujos animados.

—Abajo, atrofiándose el cerebro. Vamos a la cocina.

También la cocina estaba hecha un desastre. Los platos se apilaban en el fregadero y la encimera y había restos de comida en la mesa. La puerta corredera que normalmente ocultaba la lavadora y la secadora estaba abierta y dejaba a la vista dos cestas de colada.

—No he tenido mucho tiempo para limpiar —explicó Hannah.

—Ya veo.

—¿Café?

—Sí, gracias.

La observé con detenimiento mientras llenaba la taza. Hannah no solía maquillarse mucho, pero aquel día presentaba un aspecto cansado y deteriorado. Se había recogido el pelo en lo alto de la cabeza y llevaba un pantalón de algodón y una camiseta holgada que le llegaba a los muslos.

–¿Leche, azúcar? –me preguntó al ofrecerme la taza, pero lo llevó todo a la mesa antes de que yo pudiera responder.

–Gracias.

Nos sentamos con un plato de galletas deformes entre las dos. Mi hermana tomó una y la partió en dos, se comió los dos trozos con rapidez y agarró otra.

–Simon quería hacer galletas –dijo mientras se limpiaba las migas de la boca–. ¿Verdad que soy la mejor madre del mundo?

–Desde luego.

Ella soltó una breve carcajada.

–Claro… Por eso está en el sótano, pegado al televisor.

–Un poco de televisión no le hará daño. Y las galletas tampoco.

Hannah y su marido siempre se habían mostrado reacios a que Simon y Melanie tomaran azúcar y vieran dibujos animados. Yo no tenía hijos y no podía opinar, pero aunque a veces me parecían demasiado estrictos también era verdad que esas restricciones no eran dañinas para los niños.

–Estoy harta –dijo ella de repente.

La lavadora emitió un pitido que indicaba el final del lavado. Hannah miró hacia la máquina y agarró otra galleta.

–Estoy harta de todo.

–¿A qué te refieres? –nunca la había oído hablar así.

–A todo esto –dijo ella haciendo un gesto con la mano–. A la casa. A los niños. A mi marido. Estoy harta de pasarme todo el día limpiando la suciedad de otros. Harta de no acabar nunca –se llevó la mano a la cara con una mueca de angustia mientras yo la miraba en silencio, sin saber qué decir. Apartó la mano y se comió otra galleta sin el menor deleite–. Harta de que todo acabe destrozado –añadió mirando hacia el porche. Seguí la dirección de su mirada y vi una maceta de espatifilos hecha pedazos en el suelo.

–No te culpo –le dije.

Volvió a reírse y me echó una mirada de hermana mayor.

–¿Qué sabrás tú? Eres joven y soltera y sales con un tío distinto cada semana. No tienes ni idea de lo que es esto.

Abrí la boca para protestar, pero conseguí refrenarme a tiempo.

–Las cosas no siempre son fáciles, Hannah.

Ella arqueó una ceja en un gesto que yo misma hacía muchas veces. Hannah y yo apenas nos parecíamos, ella con el pelo rubio y arreglado y yo con mi melena negra y lisa. Pero aquella expresión demostraba que éramos hermanas.

–¿Quieres cambiarte por mí? –se levantó y empezó a transferir la ropa de la lavadora a la secadora, parándose de vez en cuando para estirar con violencia las camisas de Jerry y colgarlas aparte–. ¿Quieres poner cuatro o cinco lavadoras al día, acordándote de separar la ropa por colores y de no meter las camisas en la secadora porque se arrugan? ¿Quieres pasarte horas doblando la ropa limpia para ver que el cesto vuelve a estar lleno antes de que hayas acabado?

–No. Pero te recuerdo que yo también tengo que hacer la colada, Hannah.

–¡Para ti sola! Hay una gran diferencia, ¿sabes? ¡Todo lo que haces es para ti sola!

Permanecí sentada y en silencio mientras ella cerraba con fuerza la secadora y la ponía en marcha. A continuación, recogió el plato con los restos de galletas, lo metió en el lavaplatos y empezó a hacer lo mismo con los platos que llenaban el fregadero.

–Tú solo tienes que pensar en ti –insistió, sin molestarse siquiera en enjuagar los platos antes de meterlos en el lavavajillas. Más tarde se arrepentiría de no haberlo hecho, cuando los restos de macarrones con queso se quedaran pegados en la porcelana, pero no me atreví a advertírselo.

–Así es –dije–. Pero yo no estoy casada ni tengo hijos.

La risa de mi hermana sonó a película de terror.

–No jodas.

Me quedé boquiabierta al oírla. Hannah jamás decía palabrotas.

–¿Qué? –me preguntó en tono desafiante. Los ojos le brillaban de furia, o quizá de lágrimas–. ¿No puedo decir «joder»? ¡Joder, joder, joder!

La puerta del sótano se abrió y apareció Simon con un puñado de figuras en su manita.

–¡Eso no se dice!

Nos quedamos en silencio. Hannah reanudó la carga del lavavajillas y yo le hice un gesto a mi sobrino.

–Eh, campeón. ¿Qué te parece si vamos al McDonald's?

El rostro de Simon se iluminó como solo el de un niño podía hacerlo.

–¡Tita Grace! –exclamó lleno de gozo, echándome los brazos al cuello–. ¡Eres la mejor tía del mundo!

Miré a Hannah, que seguía metiendo platos y vasos en el lavavajillas.

–Voy a llevármelo un rato.

Pensé que iba a negarse, sobre todo en lo referente al McDonald's, pero se limitó a mover la mano sin darse la vuelta.

–Su sillita está en la furgoneta. Asegúrate de que va bien sujeto.

–¿Y si recojo a Melanie de la escuela? –sugerí, mirando el reloj. Mi sobrina saldría del colegio en media hora–. Me los llevaré a cenar fuera y luego los traeré a casa.

Hannah asintió sin mirarme, pero dejó de cargar el lavaplatos y se aferró al borde del fregadero.

–Estupendo –dijo con voz tensa–. Gracias.

–No hay de qué –respondí con el tono más ligero y despreocupado que pude–. Vamos a buscar tus zapatos, Simon.

Un rato después recogimos a Melanie del colegio y una vez más fui nombrada «la mejor tía del mundo», título al que no renunciaría voluntariamente.

Llevé a mis sobrinos a la tienda de todo a un dólar y también a la tienda de animales. Luego fuimos a la hamburguesería, donde les regalaron un par de juguetes con la comida basura.

Al volver a casa no vi la furgoneta de Hannah en la puerta, pero sí el coche de Jerry. Fue él quien me abrió al llamar. Los niños entraron corriendo en casa, contando historias asombrosas sobre animales exóticos y patatas fritas. La casa había sufrido un cambio radical mientras estábamos fuera. La cocina estaba limpia, la ropa sucia había desaparecido así como la maceta rota y el suelo del porche había sido barrido.

–¿Y Hannah?

–No lo sé –respondió Jerry.

No iba a meterme donde no me llamaban. Si mi hermana se había largado sin decírselo a su marido, era problema de ellos. Yo había devuelto a los niños sanos y salvos y nada más tenía que hacer allí.

–No ha dejado nada para cenar –dijo Jerry, claramente ofuscado.

–Los niños ya han comido. Le dije que me los llevaría a cenar fuera. No tienes que darles nada.

Jerry miró alrededor.

–¿No te dijo que me trajeras nada?

–No, Jerry, no me ha dicho nada –respondí con el rostro más inexpresivo que pude.

Mi cuñado me caía bien. Era un buen tipo que nunca hacía chistes obscenos ni daba malos consejos. Casi siempre me dejaba en paz y no me incordiaba con nada. Pero en aquel momento me habría gustado zarandearlo por tener el cerebro de una nutria.

–No me ha dejado nada preparado –dijo.

–Menos mal que hay mantequilla de cacahuete y mermelada.

Me miró con la misma expresión de desconcierto. Si me hubiera pedido que le preparase algo tal vez le hubiese dado una bofetada. Pero por suerte para ambos se limitó a asentir con la cabeza.

–Sí, supongo.

–¿Lo tienes todo bajo control? –le pregunté mientras miraba a los niños, que se estaban peleando en el suelo del salón.

–Desde luego –repuso él.

No lo creí, aunque tampoco era probable que ocurriera algún desastre. Pobre de Jerry si algo más se rompía mientras Hannah estaba fuera, pero ese tampoco era mi problema. Les di un abrazo a mis sobrinos y volví a casa.

Llegué justo cuando Jared se marchaba.

–¿Alguna novedad?

Jared negó con la cabeza.

–Ya lo he cerrado todo.

–Estupendo. Gracias.

–Esta noche estoy de guardia, ¿no?

–Tú mismo lo pediste, ¿recuerdas?

–Ya, ya lo sé.

Nos sonreímos y él se subió a su destartalada camioneta mientras yo abría la puerta. Me disponía a entrar cuando una jadeante Shelly salió de la oficina, con un ligero rubor en las mejillas y algunos mechones sueltos. Parecía haberse aplicado brillo de labios.

Jared se giró y le hizo un gesto con el brazo. Shelly me murmuró una despedida sin mirarme.

–Tengo el coche en el taller –explicó por encima del hombro–. Jared va a llevarme a casa.

–Muy bien –dije. Como si alguno de ellos necesitara mi permiso o yo necesitara alguna explicación…

Me quedé en la puerta hasta que Shelly se subió a la camioneta y se pegaba a la puerta lo más posible, mirando al frente. Jared sonrió y le dijo algo, pero Shelly se limitó a asentir rígidamente con la cabeza mientras salían del aparcamiento.

Interesante…

Capítulo 7

Los golpes en la puerta no me sobresaltaron, pero fingí estar sorprendida al abrir.

—No he pedido ninguna pizza.

El hombre que esperaba en la puerta llevaba una camisa azul y una gorra de beisbol, y la caja que sostenía en la mano contenía indudablemente una pizza.

—¿Está segura?

—Completamente. Creo que sabría si he pedido una pizza, ¿no?

Él frunció el ceño y miró el número de la puerta.

—Es la habitación que me han dicho. ¿De verdad está segura?

Puse los brazos en jarras, arrugando mi camisón de seda.

—¡Claro que estoy segura!

El repartidor pasó de la confusión al disgusto.

—Mire, ésta es la tercera pizza que tengo que devolver esta semana, y ya me estoy hartando.

—¿Insinúa que le estoy gastando una broma?

Entró en la habitación y dejó la pizza en la mesa.

—Han pedido una pizza para esta habitación, y usted es la única persona que hay aquí.

El corazón se me aceleró. Parecía muy enfadado. Miré la puerta a sus espaldas, entreabierta. Él se giró para mirarla y la cerró con un rápido empujón.

—Págueme.

—¡Pero si no tengo dinero! —protesté.

Di un paso atrás y él avanzó. Bajo la camisa azul, desabotonada, llevaba una camiseta blanca ceñida a su piel. Sus ojos despedían llamas azules bajo la gorra de béisbol, y aunque no podía ver su pelo sabía que era negro. Él me recorrió con la mirada de arriba abajo, fijándose en mi camisón de seda negro y en el brillo de la crema hidratante sobre los pechos.

—En ese caso, tendremos que pensar en una solución —dijo en voz baja.

—Si cree que… —empecé yo, pero la voz me temblaba y tenía la garganta seca.

—Dese la vuelta y ponga las manos sobre la mesa.

Obedecí y coloqué las manos a ambos lados de la caja, aún caliente y oliendo a queso. No me atreví a girarme, ni siquiera a mirar por encima del hombro. Cerré los ojos para no ver mis dedos apretados contra la reluciente superficie de la mesa y esperé con todo el cuerpo en tensión.

Pero él no me tocó y la espera se convirtió en una tortura. Sentía el calor de su cuerpo detrás de mí y podía oler a algo más delicioso que el queso fundido. Oí el chasquido de la cremallera y el susurro del tejido al deslizarse sobre sus muslos. Cambié de postura y me incliné hacia delante para separar más las piernas. La seda se elevó sobre mis muslos desnudos. Pero él seguía sin tocarme.

El sonido de nuestras respiraciones se mezcló y aumentó de intensidad en el silencio de la habitación. Conté los segundos como gotas de lluvia en un tejado. Los dedos se me habían agarrotado e intenté relajarlos. Abrí los ojos, empecé a darme la vuelta para formular la pregunta que tenía en la punta de la lengua…

Y entonces me tocó.

Me agarró por los tobillos y subió las manos por mis pantorrillas y muslos, las dos al mismo tiempo, hasta llegar a mis glúteos. Los agarró por un instante y al momento siguiente sentí la caricia de su aliento en todos los sitios que acababa de tocar.

Se había arrodillado detrás de mí.

Recorrió con la lengua el rastro invisible que habían dejado sus manos. Se detuvo a lamer la corva de la rodilla y a morder la otra. Si la mesa no hubiera sido tan resbaladiza, habría hecho saltar las astillas con las uñas. Abrí la boca, pero ahogué el grito cuando su lengua llegó a la parte inferior de mis nalgas. Nadie me había besado ni lamido jamás en aquel punto, y las rodillas me temblaron tanto que habría caído al suelo de no ser por la mesa. Su lengua siguió su ascenso imparable entre los glúteos, y cuando llegó a la base de mi columna, aquel punto mágico y secretamente erógeno, nada pudo hacer que contuviera el grito.

El labio inferior me ardió de dolor y me di cuenta de lo que me lo había mordido. El pelo me caía sobre la cara y volví a cerrar los ojos. No quería estar mirando una caja de pizza cuando me invadía una sensación semejante. Su mano se movió entre mis piernas mientras su boca subía por la espalda. Los dedos encontraron el clítoris al tiempo que me hincaba los dientes en el hombro. Volví a gritar. El suave tejido de su camiseta me acarició la espalda cuando se inclinó hacia delante y los fríos y pequeños botones presionaron mi cadera. Estuvo jugueteando con mi clítoris unos segundos, muy poco tiempo, pero cuando se retiró para abrirme más las piernas con la misma mano no pude emitir la menor protesta y me conformé con lamer la sangre que manaba del labio.

Su mano volvió a mi sexo y sus dedos recorrieron brevemente los labios vaginales, antes de separarlos y provocarme otra sacudida. Su aliento me abrasaba el hombro, mojado por su boca. Con la otra mano me agarró con fuerza la cadera y yo esperé en tensión a que reemplazara los dedos con la polla.

Lo sentía a mi espalda, cerniéndose sobre mí. Su boca volvió a encontrar la piel desnuda que rodeaba los tirantes del camisón y me dejó el sello de sus labios y dientes. La seda del camisón se arrugó en su puño y se agitó alrededor de mis caderas.

Sustituyó la boca por la mano y me empujó hacia delante. Me doblé por la cintura y deslicé las manos sobre la superficie de la mesa. Abrí los ojos a tiempo para ver la caja de pizza tambaleándose al borde y luego cayendo al suelo, al tiempo que la mano que me había sujetado la cadera guiaba su polla entre mis piernas.

Encontró mi entrada con una eficacia certera y veloz, pero se tomó su tiempo para penetrarme. Se movió ligeramente, empujó un poco, se retiró y volvió a meterla mientras sus manos impedían que me moviera.

Su gemido me recorrió la nuca como si me hubiera tocado con la mano. Por un momento interminable ninguno se movió, los dos quietos y rígidos como la superficie de un río congelado sobre el torrente de aguas turbulentas.

–Por favor –le supliqué, con una voz tan débil y agónica que no creí que me hubiera oído.

La primera embestida de verdad me pilló desprevenida aun estando preparada e impaciente por recibirla. Me penetró con un ímpetu que no había demostrado hasta entonces, y aún con más fuerza la segunda vez. Tan fuerte que me desplazó sobre la superficie e incluso llegó a mover la mesa.

La mano regresó a mi hombro y el pulgar apretó el punto donde a los ángeles les brotaban las alas. Pero allí no había ángeles. Los dedos se clavaron en mi carne mientras empujaba en mi interior a su propio ritmo, sin el menor esfuerzo por mi parte. Yo quería apretarme contra él o agacharme más para poder levantar el trasero, pero él me mantenía inmóvil por mucho que intentaba retorcerme. Su miembro se deslizaba entre las elásticas paredes de mi sexo, rozando e impactando contra unos puntos que nunca antes habían recibido una atención semejante.

Estaba atrapada entre el placer y el dolor. El goce era demasiado intenso para protestar, aunque después pudiera arrepentirme. El sexo salvaje tenía un precio, pero en aquel momento estaba tan excitada que todo lo demás me daba igual. Cada empujón, cada pellizco de sus dedos me acercaba más y más al orgasmo que anhelaba más que ninguna otra cosa.

Un gemido escapó de mis labios. Cerré los ojos para perderme en el torbellino de sensaciones que se desataba en mi interior. El avance y el retroceso de otro cuerpo dentro del mío. El choque de nuestros cuerpos, el incremento de sus jadeos, el murmullo de unas voces que llegaban del pasillo… Dos personas que hablaban de ir a comer a alguna parte mientras allí dentro estábamos follando como animales.

Llevé la mano entre mis muslos y me apreté el clítoris con todas mis fuerzas. No tenía que frotarme porque de eso ya se encargaban sus embestidas. Solo necesita un poco más de…

–Quiero que te corras –sus palabras, pronunciadas con una voz ronca, autoritaria, cargada de deseo, me desataron otra oleada de temblores y gemidos–. Quiero que te corras, Grace.

El sonido de mi nombre destruyó la ilusión que había intentado mantener, pero no me importaba. Él quería que me corriera y no esperaba que le diese ninguna respuesta, aunque tampoco habría podido articular palabra. Dejé que mi cuerpo respondiera y me abandoné al aluvión de placer que me transportaba en imparable espiral hacia el éxtasis. La sensación de liberación era tan intensa y plena que todos mis pensamientos y emociones quedaban anegados bajo el goce desbordado.

Tras la explosión del clímax me quedé flotando en una nube de satisfacción y delicia, con la mejilla apoyada en la mesa, todavía cálida por la caja de pizza. Jack empujó un par de veces más y eyaculó con un suspiro ronco y prolongado. Entonces me soltó y fue en ese momento cuando me di cuenta de la fuerza con la que me había estado agarrando.

Durante unos momentos permanecimos quietos. Yo fui la primera en moverse; meneé ligeramente las caderas y Jack se retiró. Me di unos segundos más para recuperar el aliento y que las piernas dejaran de temblarme, apoyada en la mesa de la que tanto partido habíamos sacado. Me di la vuelta y apoyé el trasero en el borde. El tirante del camisón se había caído del hombro, por lo que volví a colocarlo en su sitio y dejé que la prenda cayera hasta mis muslos. Jack se había girado para quitarse el preservativo, y cuando se volvió de nuevo hacia mí ya se había subido la cremallera.

Nos miramos en silencio.

Y entonces me sonrió.

–Ha sido alucinante –dijo.

Me reí y lo corroboré con un suave murmullo.

Jack se sacudió como un cachorro que saliera del agua y se

quitó la gorra para arrojarla sobre el aparador. El pelo le cayó sobre un ojo y se lo apartó con impaciencia.

–A mi amigo Damien le daría un ataque si viera lo que le he hecho a su uniforme –se quitó la camisa y la dejó sobre la gorra.

–Me preguntaba de dónde lo habrías sacado –el corazón se me había calmado y las piernas ya no me temblaban. Estaba demasiado cansada y satisfecha para moverme, pero la mesa se me empezaba a clavar en el trasero y me agaché para recoger la caja–. Y has traído una pizza de verdad…

–Claro –dijo él, riendo.

–Ha sido un bonito detalle.

–Temía equivocarme de equivocación, y pensé que si llevaba una pizza sería más convincente.

Levanté la tapa. Un poco de queso se había pegado a la caja, pero por lo demás tenía un aspecto exquisito.

–¿Doble de queso?

–Sí –se acercó y aceptó el trozo que separé para él–. Gracias.

Sin platos ni servilletas solo teníamos nuestras manos para sostenerla, pero ya se había enfriado lo suficiente.

–Me muero de hambre. Siéntate.

Jack acercó una silla a la mesa y yo me senté en la otra.

–El tío de mi amigo Ricky Scorza es el dueño de la pizzería. Hacen la mejor pizza de todo el condado.

Le di un mordisco a mi porción y corroboré su opinión, aunque cuando se está hambriento cualquier cosa sabe a gloria.

–¿La pizzería Scorza's?

–La misma –dijo él mientras masticaba–. ¿La conoces?

–He pasado por delante muchas veces, pero nunca he entrado –estaba situada en Third Street, entre un centro de masajes y un bloque de apartamentos.

Comimos en silencio. Jack se zampó tres porciones y yo dos, pero fui yo la que disimuló un eructo con la mano. Él se echó a reír y me imitó.

Después de comer, los dos nos recostamos en nuestras respectivas sillas.

–No eres como me imaginaba.

Un comentario como aquel podría ser un cumplido o un insulto dependiendo de quién lo dijera, pero viniendo de Jack no creí que fuera nada despectivo.

–¿Cómo te imaginabas que sería?

Se encogió de hombros y se inclinó hacia delante para apoyar los codos en las rodillas.

–Las otras mujeres no son…

Parecía costarle encontrar las palabras, y yo no estaba segura de querer oírlo hablar sobre sus otras clientas. Me levanté y fui a lavarme las manos al cuarto de baño. En el espejo vi su reflejo. Me estaba mirando sin saber que yo lo podía ver.

Concretamente me estaba mirando el trasero, con esa expresión infantil y al mismo tiempo lasciva tan típica de los hombres. Para ellos el cuerpo de una mujer es como un coche nuevo o una sofisticada herramienta que merece ser examinada a fondo. Igual que levantar el capó de un Lamborghini y alabar hasta la última pieza del motor.

Cuando me giré hacia él, sin embargo, ya no me miraba. Al menos no de forma tan descarada.

–Ha sido divertido –dijo.

–¿Divertido? –repetí con una sonrisa, sorprendida por el inesperado comentario.

–Sí, el juego del repartidor. A nadie le gusta hacer esas cosas.

Me puse las bragas y me levanté el camisón sobre la cabeza para ponerme el sujetador. Volví a sentir la mirada de Jack, pero cuando lo miré ya estaba mirando hacia otra parte.

–Cada persona tiene su propia manera de divertirse, Jack.

–Sí –se levantó y estiró antes de entrar en el baño. A diferencia de mí, él sí cerró la puerta. Al cabo de un minuto oí el vaciado de la cisterna y el agua del lavabo. Cuando volvió a salir, yo ya había acabado de vestirme.

–Tengo que irme. Tengo una cita a las tres y media –busqué algo de dinero en mi cartera–. ¿Cuánto te debo por la pizza?

No respondió.

–¿Jack?

–Nada –murmuró–. Invito yo.

En teoría tenía que ser yo quien corriera con todos los gastos, pero en la cartera solo llevaba unos cuantos dólares y la tarjeta mi cartera solo contenía unos pocos dólares y la tarjeta de puntos de una gasolinera.

–Gracias.

–No hay de qué –me cautivó otra vez con su sonrisa–. Ha sido divertido.

–Sí, lo ha sido –no podía moverme. Sabía que debería ponerme en marcha si no quería llegar tarde, pero la sonrisa y el brillo de los ojos de Jack me tenían paralizada.

Afortunadamente, él me salvó de mí misma al girarse hacia los restos de pizza.

–¿Te importa si me la llevo a casa?

–Claro que no –el momento se había roto. Me colgué el bolso al hombro y agarré la llave que tenía que dejar en recepción–. No te olvides del uniforme.

–Damien me mataría –se rio y sostuvo la caja con una mano mientras agarraba la camisa y la gorra con la otra.

Nos chocamos en la puerta como si estuviéramos en una máquina de pinball. Jack se apartó para dejarme salir, los dos riendo, y cerró la puerta detrás de nosotros. El cielo se había cubierto mientras estábamos dentro y el aire olía a lluvia. Una ligera brisa sacudió el pelo de Jack y agitó los bordes de su camisa prestada. Su moto estaba aparcada a pocos metros.

–¿Cómo vas a conducir con la pizza?

Jack miró el cielo.

–No hay problema. Ataré la caja al portabultos de la moto.

Yo también miré al cielo. Se había oscurecido aún más en el poco tiempo que llevábamos fuera.

–Va a llover, Jack –no había acabado de decirlo cuando se oyó un trueno–. ¿Lo ves?

–Mejor. Así no me derretiré.

–La pizza se va a mojar.

–¿Te estás ofreciendo para llevarme?

–No me gusta que tengas que ir en moto con lluvia, eso es todo –en realidad, estaba deseando volver a ver su sonrisa.

Y lo conseguí.

–Claro, claro…

–¿Me estás diciendo que prefieres empaparte y tomarte una pizza mojada? –le pregunté, fingiendo una actitud inocente–. Muy bien, como quieras. Olvida lo que te he dicho.

No me había alejado ni dos pasos cuando él me agarró de la manga.

–Espera.

Me detuve al tiempo que un relámpago iluminaba el cielo. Un segundo después retumbó el trueno como un creciente redoble de tambores.

–Puedes llevarme. Le pediré a un colega que me traiga después a recoger la moto. Gracias.

Volvimos a mirarnos fijamente, pero esa vez fui yo la primera en apartar la mirada.

Mi ofrecimiento había sido fruto del momento y seguramente no era buena idea, pero ya era demasiado tarde para echarse atrás. Además, no me quedaría tranquila si tuviera que irse en moto, lloviendo y con una pizza. Tenía demasiada experiencia con los accidentes de moto y sus trágicas consecuencias. Si algo le pasaba a Jack, yo jamás podría perdonármelo.

Solo me llevó unos minutos dejar la llave y pagar la habitación. El recepcionista apenas me dedicó una mirada fugaz, como siempre hacía. La discreción era una costumbre por la que yo me sentía agradecida, pero aquel día me hizo sentir que había hecho algo malo, como hacía mucho tiempo que no me sentía. Cuando llegué al coche me encontré a Jack con el casco sobre la caja de pizza, la camisa sobre un brazo y la gorra de béisbol colgándole de un dedo. Estaba contemplando mi coche igual que había estado comiéndome el trasero con los ojos.

Nos subimos al coche justo cuando empezaban a caer las primeras gotas de lluvia. Un trueno acompañó el portazo de Jack, quien se giró para dejar la pizza y la ropa en el asiento trasero antes de abrocharse el cinturón. Betty rugió como una leona cuando arranqué el motor, si bien parecía una leona con bronquitis. Dejé que el motor sonara durante unos segundos antes de meter marcha atrás. Aún no habíamos salido del aparcamiento cuando los cielos se abrieron y descargaron un torrente de agua contra el que los limpiaparabrisas apenas podían hacer nada.

—Vaya... —dijo Jack, estirando el cuello para mirar por la ventanilla—. Me alegro de haberte hecho caso.

Me arriesgué a mirarlo brevemente, antes de fijar la vista en la carretera.

—¿Por dónde?

Jack me dio la dirección de una zona de Harrisburg que no acogía precisamente a las clases más acomodadas. No estaba a más de diez minutos en coche, pero con la lluvia tardamos casi el doble. Yo no hacía más que mirar el reloj. La hora de mi cita estaba cada vez más próxima y aún tenía otros cuarenta y cinco minutos de coche por delante. Cuando aparqué frente al edificio que me indicó Jack, solo me quedaba una hora y media para llegar a casa y prepararme para la cita. Confiaba en no llegar tarde, pero había pasado casi todo el día fuera de la oficina y temía lo que pudiera encontrarme a mi regreso.

Mi intención era dejar a Jack y seguir mi camino sin aparcar siquiera, pero cuando detuve el coche junto a la acera vi una furgoneta de reparto que se acercaba lentamente a nosotros.

—Pero ¿qué demonios...? ¿Ésta no es una calle de una sola dirección?

—Sí. Ese tío es un imbécil —dijo Jack—. Es la tercera vez que lo hace.

Miré por el espejo retrovisor. Dar marcha atrás por aquella calle tan estrecha exigiría una habilidad al volante que yo no tenía.

—Espero que se dé prisa. No puedo perder más tiempo.

—Espera un momento. Voy a comprobarlo.

Antes de que pudiera detenerlo, Jack salió del coche y corrió bajo la lluvia hacia la furgoneta. Llamó a la puerta unas cuantas veces hasta que el conductor abrió. Los dos intercambiaron algunos gestos y palabras con cara de pocos amigos, pero no conseguí oír lo que decían. Al poco rato Jack volvía a sentarse junto a mí, calado hasta los huesos.

–Dice que solo tardará diez minutos.

–Genial –golpeé el volante con la palma y volví a mirar el reloj–. Espero que se dé prisa.

–¿Vas a llegar tarde?

–Espero que no.

–¿Por qué no llamas a tu oficina y retrasas la cita?

–Gracias por la sugerencia, pero no puedo –lo único que podía hacer era llamar a Jared y decirle que iniciara los trámites con la familia, pero esa familia no había acudido a Frawley e Hijos para que Jared se ocupara de su difunta madre. Habían solicitado los servicios de la funeraria por mí, o más bien por mi padre. Confiaba en Jared para ocuparse del papeleo, pero si yo faltaba a la cita perdería a aquellos clientes.

–Lo siento –dijo Jack.

Abandoné mis divagaciones y lo miré.

–¿Por qué?

–No deberías haberme traído. Así no te habrías retrasado.

–Tranquilo, Jack. No te preocupes por eso –le dije, aunque él tenía razón–. No podía dejar que fueras en moto con la que está cayendo. Mira cómo te has puesto al salir.

Alargué el brazo hacia el asiento trasero y agarré una vieja sudadera con el emblema de mi universidad.

–Sécate.

Él se secó la cara y el pelo, antes de mirar la prenda.

–¿Tu sudadera? Vaya, gracias…

Me reí.

–Tranquilo. La tengo en el coche desde hace meses y no recuerdo cuándo me la puse por última vez. No le pasará nada por mojarse un poco.

Jack sonrió. El pelo mojado se le pegaba a las mejillas, y siguiendo un impulso le aparté un mechón. Él giró la cara y pegó la boca a mi mano.

No sé cómo conseguí llegar a su regazo sin clavarme la palanca de cambios, pero unos segundos después estaba sentada a horcajadas sobre él, sujetándole la cara y devorándole la boca. Sabía a pizza y a lluvia y la humedad de sus cabellos me mojaba el dorso de las manos, así como su camisa empapada me mojaba la piel desnuda de los muslos.

Jack me agarró el trasero para apretarme más contra él. Mi entrepierna chocó con la hebilla del cinturón y el frío metálico traspasó el tenue satén de mis bragas. Los pezones se me endurecieron y casi atravesaron el sujetador. Jack me desabrochó la blusa y me atrapó un pezón con los dientes. El calor de su boca contrastaba con la frialdad de su piel mojada.

El claxon de la furgoneta de reparto me sobresaltó de tal manera que me golpeé la cabeza contra el techo. Mis pechos, desnudos y desprotegidos sin la boca de Jack, quedaron al descubierto en mi blusa abierta. Rápidamente me los cubrí con la mano mientras con la otra me frotaba la cabeza. Por suerte, nuestra improvisada sesión erótica había empañado los cristales y nadie desde fuera podría haber visto nada embarazoso.

Miré a Jack y él me miró a mí. La furgoneta pasó junto a nosotros con otro bocinazo, dejando la calle libre. Me lamí los labios, impregnados con el sabor de Jack, a quien también podía sentir entre mis piernas, en el trasero y en uno de mis pezones, todavía rígidos bajo su mano.

—Tengo que irme —dije en voz baja.

Él asintió y volvió a acariciarme el trasero. La hebilla del cinturón se había calentado por el roce, y bajo ella podía sentir el bulto de la erección. Un estremecimiento me recorrió al recordar cómo lo había sentido dentro de mí, pero cuando él se inclinó para volver a besarme no se lo permití.

—De verdad tengo que irme, Jack.

Se detuvo, con la espalda arqueada y la boca entreabierta para el beso que acababa de negarle, y se echó hacia atrás en el asiento. Retiró las manos de mi trasero y las posó sobre mis muslos.

—De acuerdo.

Había conseguido subirme a su regazo sin hacerme daño, pero volver a mi asiento resultó ser mucho más difícil e incómodo, sobre todo porque la falda se me había enredado y el asiento estaba helado bajo mis muslos desnudos.

Me valí de la excusa de arreglarme la ropa para no mirar a Jack, ni siquiera cuando recogió sus cosas del asiento trasero y se quedó tan cerca de mí que pude olerme a mí misma en su piel. Ni cuando volvió a sentarse con la caja en las manos y me miró.

Mantuve la vista fija en el parabrisas mientras esperaba a que dijera algo. Cualquier cosa, para que yo no tuviera que hablar. Y gracias a Dios, lo hizo.

–Gracias por el paseo –lo dijo en un tono demasiado formal. Esperó a que yo murmurara una respuesta y entonces salió del coche. Las puertas del Camaro eran pesadas y la lluvia caía con fuerza, pero no creí que fueran ésas las razones por las que cerró con un portazo y desapareció en su portal sin despedirse siquiera.

¿Qué esperaba? No estábamos saliendo ni éramos pareja. Yo le pagaba para que fuera mi acompañante y me follara. Esperar de él cualquier otra cosa sería pedir algo que yo me insistía en rechazar.

Capítulo 8

Cuando volví a la funeraria ya había escampado. No llegaba tarde, pero solo tuve tiempo para usar el aseo, peinarme rápidamente y maquillarme un poco para mi cita de las tres y media. Shelly me llevó todos los mensajes que había recibido en mi ausencia, pulcramente ordenados y anotados con su elegante caligrafía.

–¿Algo importante? –le pregunté mientras me quitaba la blusa empapada y me ponía la otra que tenía colgada en la puerta. No combinaba muy bien con la falda, pero con la chaqueta encima no desentonaba mucho.

–Ha llamado el nuevo reverendo de St. Anne. Dijo que quería comentarte las normas del cementerio.

Me ahuequé el pelo y me limpié el carmín sobrante antes de volverme hacia ella.

–¿Cómo?

Shelly se encogió de hombros y puso una mueca, dando a entender lo que pensaba del nuevo reverendo de St. Anne.

–El comité celebró una reunión y quieren implantar algunas normas en el cementerio, o algo así.

–Pero yo no tengo nada que ver con eso –protesté–. ¿Cuándo quiere verme?

–Mañana por la mañana.

Suspiré y encendí la pantalla del ordenador. Un rápido vistazo al calendario me confirmó que no tenía ningún compromiso para el día siguiente.

–¿Puedes llamarlo y confirmárselo?

–Claro. ¿Quieres que haga pasar a los Heilman cuando lleguen?

–Por supuesto. Gracias, Shelly… Estoy un poco alterada.

–Ya lo veo –dijo ella, pero no me preguntó el motivo. Nunca me preguntaba adónde iba cuando abandonaba la funeraria en mi Camaro y estaba ausente durante varias horas–. ¿Quieres un café? He hecho galletas de nueces.

–Café sí, pero galletas no.

Se echó a reír y salió del despacho.

–¡Pero seguro que a Jared sí le apetecerían algunas! –le grité.

Lo dije en broma, pero su risita nerviosa me confirmó lo que ya sospechaba. Shelly estaba enamorándose de Jared. No podía culparla por ello. Al fin y al cabo Jared era una monada, encantador y muy divertido. Pero Shelly tenía un novio que la adoraba y que quería casarse con ella.

En cualquier caso, no era asunto mío.

–Hola, señora Heilman –saludé a mi clienta pocos minutos después.

Evy Heilman entró en el despacho seguida por su hijo Gordon.

–Grace, cariño, me alegro de volver a verte.

La señora Heilman ya me había visitado tres veces para discutir los preparativos de su funeral. Su hijo siempre la acompañaba y permanecía en silencio mientras ella examinaba las listas de féretros y coronas.

–¿Qué tienes para mí? –se acomodó en una silla y le hizo un gesto a Gordon–. Ve a buscarme un café, cariño.

Gordon, soltero y obediente, asintió y salió presto del despacho.

Evy se volvió hacia mí.

–Gordon cree que debería quedarme con el ataúd blanco con acolchado rosa y rosas incrustadas, pero si te soy sincera, no sé si quiero pasarme la eternidad como si fuera una Barbie.

–La entiendo –dije, riendo–. He recibido un nuevo catálogo, por si quiere echarle un vistazo.

Evy abrió el catálogo de ataúdes con el mismo entusiasmo que si se tratara de una colección de zapatos de diseño. Los ojos se le iluminaron y extendió la mano.

–¡Ooooh! ¡Maravilloso!

Cuando Gordon volvió con el café, su madre ya había marcado varias páginas con el dedo. Siguió profesando exclamaciones de asombro y alabando los detalles de cada ataúd, mientras su hijo mordisqueaba las galletas de Shelly y manifestaba su opinión solo cuando se le preguntaba.

A mí no me importaba que Evy Heilman viniera cada pocos meses y me robara una hora o más de mi tiempo. No estaba enferma ni era anciana, pero a menudo me recordaba que nadie sabía cuándo le llegaba su hora.

–Tampoco hay razón que impida despedirse a lo grande –añadió mientras anotaba el código del ataúd que quería–. ¿Verdad, Gordon?

–Si tú lo dices, madre.

Evy se echó a reír.

–Este es mi chico.

Acabadas sus elecciones mortuorias, se despidió de mí con un efusivo abrazo y se llevó a su hijo. Dejé escapar un suspiro cuando salieron del despacho. Las visitas de Evy siempre me dejaban agotada, aunque disfrutara mucho con ellas.

Solo me quedaba media hora de jornada laboral y pensé en emplearla en la contabilidad, pero Shelly volvió a llamar a mi puerta. Seguramente quería ofrecerme más galletas o café, o quizá preguntarme si ella y Jared podían salir antes. Pero al ver su expresión me asusté.

–¿Qué pasa?

–Hay alguien que quiere verte.

–¿Algún cliente?

Shelly negó con la cabeza y se mordió el labio.

–No ha pedido cita previa.

–No pasa nada. ¿Es una emergencia?

Volvió a sacudir la cabeza.

–No lo creo. Ha dicho que quería verte, eso es todo.

–Pues hazlo pasar.

Shelly asintió y desapareció. Dos minutos después, volvieron a llamar a la puerta. Levanté la mirada y a punto estuve de caerme de la silla.

–¿Sam?

Él sonrió y se apoyó en el marco de la puerta.

–Hola.

–¿Qué…? –empecé a decir, pero decidí adoptar una actitud despreocupada. Me eché el pelo hacia atrás e intenté no pensar si necesitaba volver a pintarme los labios–. Hola. Pasa.

Él entró en el despacho, tan alto e imponente como siempre.

–Ya sé que debería haber llamado antes, pero pensé que a lo mejor no aceptabas la llamada…

–Oh… –me mordí brevemente el labio mientras él se sentaba frente a la mesa–. Claro que la habría aceptado.

Él respondió con una risita, y yo tuve que apartar la mirada unos segundos para intentar que la cabeza dejara de darme vueltas. Cuando volví a mirarlo él seguía sonriendo.

–¿Qué te trae por aquí?

–Tengo hambre.

Me recosté en la silla y deslicé las manos por los brazos de madera.

–¿Y?

–Y como es casi la hora de cenar, pensé que a lo mejor tú también tenías hambre.

–No suelo cenar a las cinco de la tarde, Sam.

–Podemos esperar a las cinco y media…

Miré el reloj y pensé a toda prisa en una respuesta.

–No sé.

–¿Qué hay que saber? –se cruzó de piernas–. Se trata de comer juntos, nada más. No pienses que voy a ponerme de rodillas para declararme ni nada por el estilo.

–¡Yo no pienso eso! –protesté.

Él me apuntó con un dedo.

–Tu cara dice lo contrario, pero tranquila. Solo he venido a comer.

–No tengo comida aquí.

–Grace –me llamó Shelly desde la puerta–. Han traído un pedido para ti.

Sam se levantó tan rápido que Shelly retrocedió con temor.

–Voy yo… Espero que te guste la comida china –me dijo por encima del hombro mientras se dirigía a la puerta trasera, junto a la mesa de Shelly.

Ignoré las miradas que me echaba Shelly mientras Sam pagaba al repartidor. Al volver al despacho con las bolsas de comida, Shelly me dio un codazo.

–Ya puedes irte –le dije–. Te veré mañana.

–Pero…

–Largo de aquí –le ordené con una sonrisa–. Es tarde.

No era tarde, tan solo habían pasado unos minutos de las cinco, pero Shelly asintió y recogió rápidamente sus cosas de la mesa. Sam había hundido la nariz en una de las bolsas y olfateaba ruidosamente.

–Hasta mañana –se despidió Shelly.

Ni Sam ni yo la miramos al decirle adiós al mismo tiempo. Shelly se marchó y Sam se quedó. Y yo aún no salía de mi asombro.

–¿Vamos a tu casa? –me preguntó él, apuntando al techo–. Allí tendremos mesa, sillas y platos.

–¿Siempre te autoinvitas a cenar?

–Sí, pero no irás a rechazarme, ¿verdad? No con un recipiente lleno de pollo General Tso…

Mi favorito. El estómago me rugió y me lo cubrí rápidamente con las manos, segura de que Sam lo había oído.

–Maldito seas.

Sam me echó el aroma del pollo.

–Está diciendo tu nombre, Grace. ¿No lo oyes? Cómemeeeee.

–Mientras sea el pollo el que lo diga y no tú…

Sam se llevó una mano al corazón y frunció el ceño.

–Tus acusaciones son tan injustas como dolorosas. Me parece que me llevaré la comida a casa.

–Adelante.

Sam miró el pasillo, vacío, y después a mí.

–Pero si lo hiciera, la comida se enfriaría. Además, he pedido demasiado. No querrás que engorde, ¿verdad?

Lo miré de arriba abajo. No parecía tener ni un gramo de grasa.

–Dudo que eso fuera un problema para ti.

Sam volvió a tentarme con las bolsas.

–Vale, quizá puedas resistirte a mí, pero… ¿y a una cena gratis?

Me di la vuelta y lo llamé con el dedo por encima del hombro mientras me dirigía hacía la escalera.

–Visto así, no puedo negarme.

Sam me alcanzó en la escalera y los dos nos detuvimos. Las bolsas de plástico llenaban el reducido espacio que nos separaba, pero aun así me sentía pegada a él. Me miró desde arriba hasta que subí los primeros escalones y quedé a la altura de sus ojos.

–Puedes considerarlo una muestra de agradecimiento por lo que hiciste con mi padre –dijo él.

Después de eso, toda resistencia por mi parte sería inútil.

Entramos en mi apartamento y saqué los cubiertos que regalaban en las promociones de la hamburguesería mientras Sam colocaba los recipientes y los sobres de salsa.

–Muy acogedor –dijo, sentado en la silla más cercana a la pared de la cocina. Apenas tenía un par de centímetros libres a cada lado.

Me eché a reír mientras me sentaba en la única silla disponible. Yo tampoco tenía mucho espacio.

–Mis invitados no son tan grandes como tú.

Sam dejó de echar salsa de pato en su plato de arroz y me miró con una ceja arqueada.

–Ya…

Imité su expresión.

–Altos, Sam. Me refiero a que no son tan altos.

–Claro –me dedicó una sonrisa y estiró sus largas piernas. Con las botas llegaba a tocar las puertas de madera de los armarios.

Era ridículo fingir que no había pasado nada entre nosotros. Removí mis fideos con los palillos y pensé en qué podía decir sin que sonara insinuante ni ofensivo.

–Oye…

–Grace… –dijo él al mismo tiempo.

Los dos nos callamos y él asintió con la cabeza para animarme a seguir. Yo quería apartar la mirada, pero me obligué a mirarlo.

–Sobre lo de aquella noche… –volvió a empezar.

Él esperó. Sus cejas eran tan perfectas que quería recorrerlas con la punta de mis dedos. Y besarlo.

–No quiero que pienses que yo suelo hacer esas… cosas –mentí. Claro que las hacía. Y mucho.

La boca de Sam se curvó ligeramente.

–Yo tampoco quiero que pienses eso de mí.

Nos miramos fijamente hasta que él volvió a su comida, como si hubiéramos llegado a una conclusión tras mantener una larga discusión. Yo no estaba tan convencida, pero no sabía qué decir y también me puse a comer. La comida estaba tan deliciosa que no pude reprimir un suspiro.

–Hacía siglos que no tomaba comida china.

–Eso es un sacrilegio. ¿Cómo puedes vivir sin tomar comida china al menos una vez por semana? –me ofreció un rollito de primavera.

–¿Por el dinero, tal vez? –acepté el rollito y lo partí para ver la salsa de pato en el relleno de verduras.

–Ah, claro… el dinero.

–Es muy fácil tomárselo a la ligera cuando te sobra.

–Si me sobrara el dinero, ¿te gustaría más o menos?

Lo miré pensando que debía de estar bromeando, pero parecía hablar en serio.

–Ninguna de las dos cosas.

Sam agarró un trozo de pollo con los palillos y me apuntó con él.

–¿Estás segura?

–¿Por qué lo preguntas, Sam? ¿Acaso eres un millonario disfrazado? –miré su ropa y sus botas–. Porque si lo eres, lo disimulas muy bien.

Se echó a reír y recogió las piernas.

–No. En realidad soy bastante pobre. Un artista muerto de hambre.

–¿En serio?

–Soy como el papel de las paredes.

Estuve masticando un minuto entero hasta darme cuenta de que no sabía a qué se refería.

–¿Cómo?

–Como el papel de las paredes –las señaló con la mano–. Cuando la gente va a cenar no presta atención al empapelado, ni al tipo que toca Killing me softly a la guitarra.

–Creo que si oyera a alguien tocar Killing me softly a la guitarra le dedicaría toda mi atención –sobre todo si el que la tocaba fuera Sam, quien de ninguna manera podría pasar desapercibido.

Sam sacudió tristemente la cabeza.

–Me temo que no. Nadie advierte nunca que cambio la letra, así que nadie me escucha.

Me eché a reír al imaginarme a Sam inclinado sobre su guitarra, entonando versiones personalizadas de una canción mientras todo el mundo a su alrededor se dedicaba a beber vino y tontear.

Sam sonrió y se llevó la cerveza a los labios.

–¿Te ganas la vida tocando la guitarra? –le pregunté mientras veía cómo tragaba.

–No da para vivir, pero sí gano algo de dinero.

–Estoy impresionada…

–Sí –se rio–. Mi familia está muy orgullosa.

Por la manera en que lo dijo resultaba evidente que no era cierto.

–¿Crees que llegarás a grabar un disco o algo así? –al no ser una persona especialmente creativa, me parecía fascinante conocer a un artista.

Sam volvió a reírse.

–Por supuesto… Aunque me conformaría con que me pagaran por tocar para gente que me escuchara.

–Quizá algún día –dije, porque era lo que se le decía a alguien que compartía un sueño.

–Sí –respondió él–. Quizá algún día.

Bebimos en silencio.

–Sobre lo de aquella noche –dijo él, sorprendiéndome mirándolo–. Si tú no lo haces y yo tampoco, ¿cómo es que ambos lo hicimos?

No podía decirle que lo había confundido con mi acompañante de alquiler.

–No lo sé.

–¿El destino, tal vez? –tomó otro trago de cerveza sin apartar los ojos de mí.

–No creo en el destino.

–¿La suerte? –sonrió y se lamió los labios mientras dejaba la botella en la mesa.

–Tal vez. Pero, Sam…

Levantó una mano para detenerme. Se levantó muy despacio de la silla y se puso a recoger los restos de la comida mientras hablaba.

–No es necesario que lo digas. Ni quieres un novio ni un amante. Solo quieres que seamos amigos.

No me levanté para ayudarlo, pero tampoco parecía necesitar ayuda. Incluso encontró por sí mismo el cubo de basura.

–¿Por qué crees que iba a decir eso?

Se lavó las manos en el fregadero y se volvió hacia mí.

–¿Ibas a decir otra cosa?

–No –admití. También yo me puse en pie–. Pero no me gusta que des por hecho lo que iba a decir.

Nos sonreímos y Sam miró el reloj.

–Podemos ser amigos –dijo.

–¿Podemos? –su respuesta me había sorprendido. Incluso… decepcionado.

–Claro –sonrió–. Hasta que no podamos seguir negando esa pasión imposible de sofocar que sentimos el uno por el otro.

Me reí.

–¿No es hora de irte?

–Sí, creo que sí.

Bajé con él hasta la puerta trasera de la funeraria. Se quedó un momento pensativo en el porche y yo tuve que fingir que el corazón no se me subía a la garganta.

–Esto es un fastidio –dijo.

–¿El qué?

–Tener que usar esta puerta. ¿No tienes otra entrada?

–Claro que sí, pero no la uso. Cuando empecé las reformas del apartamento la tapié con las estanterías de la cocina. Así es más seguro.

Sam asintió, muy serio.

–Supongo que tienes razón. Buenas noches, Grace. Y gracias por dejar que me autoinvitara a cenar.

–De nada. Tenemos que repetirlo algún día.

–Por supuesto. Los amigos cenan juntos de vez en cuando, ¿no?

Asentí, y sin poder reprimirme le pasé un dedo por los botones de la camisa.

–Sam…

–¿Sí? –se movió ligeramente cuando detuve el dedo en mitad del pecho y me apresuré a retirarlo.

–Sobre lo de esa pasión imposible de sofocar…

Sonrió y bajó de un salto los escalones del porche.

–Piensa en ello –me dijo.

Suspiré mientras lo veía alejarse.

–Ya estoy pensando en ello.

–¡Pues sigue haciéndolo! –me dijo por encima del hombro.

Volví a entrar y cerré la puerta.

Desde luego que pensé en ello. Y mucho. Durante la semana siguiente casi no pensé en otra cosa, pero Sam no me llamó ni una sola vez. No había prometido que lo haría, pero después de haberse presentado en la oficina con la cena yo esperaba que lo hiciera. Es más... deseaba que lo hiciera, y no saber de él me sacaba de mis casillas.

Podría haber contactado con él fácilmente, pero me negaba en redondo. No necesitaba sus largas piernas, ni su pelo alborotado, ni sus manos grandes y fuertes, ni su sonrisa.

No necesitaba a Sam, punto.

La cena del domingo no fue ni mejor ni peor de lo que esperaba. Mis sobrinos retozaban con Reba, el cocker spaniel que mis padres habían adoptado unos años antes. Mi hermana ayudaba a mi madre en la cocina mientras mi padre y Jerry veían la televisión. Mi ayuda no era necesaria en la cocina, donde las dos asistentas egipcias se compenetraban en el lavado de platos con una precisión y eficacia digna de un ejército.

Sin nada que hacer, subí a la habitación que había compartido en mi infancia con Hannah para mirar los viejos álbumes de fotos. Mi mejor amiga, Mo, se casaba el año próximo y yo quería regalarle algo distinto a un juego de copas de vino o una salsera de porcelana. Recorrí la habitación con la mirada. Las paredes que una vez estuvieron cubiertas con pósters de estrellas de rock y unicornios solo lucían ahora un discreto empapelado verde con flores estampadas. Las camas seguían siendo las mismas, cubiertas con colchas a juego y con una desvencijada mesilla de noche entre ellas. Allí dormían mis sobrinos cuando se quedaban a pasar la noche.

Aún conservaba muchas cosas en aquella habitación, en el compartimento oculto tras la pared. Craig y Hannah solían burlarse de mí diciendo que allí vivía el Hombre del Saco, y que me llevaría si no hacía lo que ellos querían. Una noche me escondí en el compartimento y empecé a gemir y a hacer ruidos hasta que los dos acabaron llamando a la policía, muertos de miedo. Estaba convencida de que Hannah nunca me lo había perdonado.

En el pequeño cubículo hacía un frío mortal en invierno y un calor abrasador en verano, por lo que no era el lugar más adecuado para guardar objetos preciosos, y menos en cajas de cartón. Saqué tres cajas con mi nombre escrito en ellas, donde había guardado mis recuerdos de la infancia y del instituto antes de ir a la universidad. Exámenes, notas intercambiadas en clase, un diario en el que había escrito el nombre de mi primer amor...

Todo había dejado de tener valor para mí, incluso la colección de pitufos de plástico que se amontonaban en una caja de zapatos. Los puse en fila. Filósofo, Gruñón, Pitufina, Papá Pitufo... Mi favorito era el pitufo que sostenía una jarra de cerveza con una amplia sonrisa. Me lo guardé en el bolsillo y dividí el resto en dos montones para dárselos a Simon y a Melanie.

Encontré los álbumes en otra caja. Mucho tiempo atrás había adornado las tapas con pegatinas, la mayoría de las cuales estaban descoloridas o se habían despegado. Me pasé un rato hojeando los álbumes y maravillándome con la ropa y los peinados que estuvieron de moda en su día. También encontré un álbum más reciente lleno de fotos mías y de Ben. Los dos parecíamos jóvenes y felices, y realmente habíamos sido felices.

No tenía tiempo para ahondar en los recuerdos y decidí llevármelo conmigo. Tal vez algún día sintiera la imperiosa necesidad de ponerme a leer las notas de mis ex novios a las tres de la mañana.

Llevé las cajas abajo y las dejé junto a la puerta trasera, antes de llamar a mis sobrinos. Estos dejaron de atormentar al perro y acudieron a toda prisa.

—Elegid uno —les dije, mostrándoles los pitufos.

Los dos eligieron el mismo, naturalmente. Para evitar una pelea, le ofrecí Pitufina a Melanie y el otro a Simon, quien lo miró con el ceño fruncido.

—¿Qué son?

—Duendes, tonto —dijo su hermana en tono severo.

—Pitufos —corregí yo.

Simon se rio y sostuvo el suyo en alto.

—Son muy raros.

A Simon todo le parecía «raro», por lo que no podía sentirme ofendida. Al momento siguiente los dos estaban prodigándome abrazos y sonrisas de agradecimiento.

–¡Mamá! ¡Mira lo que nos ha regalado la tía Grace! –exclamó Melanie.

–¿De dónde los has sacado? –me preguntó mi hermana.

–Del trastero.

Mi hermana puso una mueca de desagrado.

–Espero que los hayas lavado antes.

Naturalmente no lo había hecho, y así se lo hicieron saber mis sobrinos. Hubo más discusiones cuando los pitufos fueron declarados no aptos para su uso hasta que hubieran sido desinfectados. Simon no quería desprenderse del suyo, pero su madre le dijo que el fregadero era como una piscina para pitufos y entonces se pasó media hora sumergiéndolos en el agua enjabonada. Por su parte, Melanie perdió rápidamente el interés.

–¿Estás segura de que quieres regalárselos? –me preguntó Hannah.

–Claro. ¿Por qué no? –levanté las cajas–. ¿Puedes abrirme la puerta?

Hannah me abrió y me siguió al coche.

–Quizá quieras quedártelos. A lo mejor valen dinero.

–Dudo mucho que se pueda sacar algo por ellos, ni siquiera en eBay. Y a los niños les gustan –metí las cajas en el maletero y cerré el coche.

–Pero podrías quedártelos por si algún día tienes hijos.

Miré la expresión de cansancio de mi hermana, que apenas había abierto la boca durante la cena.

–Eso no me preocupa, Hannah.

–¿Seguro? Porque…

–Seguro.

Nos miramos la una a la otra. Hannah se removió con inquietud y reconocí la expresión desafiante en sus ojos, pero el motivo se me escapaba.

–Bueno. Cuando tengas hijos te los devolveremos.

–Maldita sea, Hannah, ¿quieres dejarlo de una vez? Falta mucho para que yo tenga hijos, si es que decido tenerlos.

Hannah frunció el ceño.

–¿Qué quieres decir con eso de que si decides tenerlos?

–Nada –intenté quitarle importancia al tema–. Primero debería casarme, ¿no te parece? Deja que antes encuentre a un hombre.

–Creía que conocías a muchos.

Volvimos a mirarnos fijamente. No lograba entender su actitud. ¿Estaba criticando mi estilo de vida o simplemente buscaba más información?

–Sí, pero no voy a casarme con ninguno de ellos.

Hannah endureció visiblemente la mandíbula.

–Eso está claro.

–¿Y a ti qué te importa lo que yo haga? –grité.

–¡Nada!

–Eso es. Nada.

En ese momento se abrió la puerta y Jerry asomó la cabeza. Ninguna de las dos lo miramos.

–¿Lista para marcharte? –le preguntó a Hannah, en el mismo tono cansado y aburrido de siempre.

Hannah lo miró y adoptó una expresión vacía.

–Sí. ¿Los niños están listos?

Jerry se encogió de hombros.

–No sé.

Hannah se puso rígida de la cabeza a los pies.

–¿Y no podrías encargarte de ello? Simon tiene que ponerse los calcetines y hay que buscar los zapatos de los dos.

Jerry no se movió de la puerta.

–¿Dónde están?

–No lo sé. Por eso hay que buscarlos.

Jerry permaneció inmóvil, hasta que Hannah dejó escapar un suspiro de irritación y pasó junto a él.

–Déjalo. Ya voy yo.

Entró en la casa y su marido la siguió un momento después. Mi padre apareció en la puerta casi enseguida.

–Tu coche necesita una revisión.

–Ya lo sé, papá. La semana que viene lo llevaré al taller.

–¿La semana que viene? ¿Y qué vas a hacer si se avería antes?

–Intentaré que eso no me ocurra –odiaba defenderme ante mi padre, sobre todo cuando él tenía razón–. Quería llevarlo a Reager's, y no tenían un hueco libre hasta la semana que viene.

–¿Por qué no lo llevas a Joe's?

–Porque en Reager's me hacen un descuento y Joe no.

–Lo llamaré.

–¡No, papá! Lo tengo todo controlado.

–Necesitas neumáticos nuevos –se acercó y empezó a dar vueltas en torno al coche–. ¿Cuándo comprobaste el aceite por última vez? Este coche tiene muchos kilómetros, Grace.

Me mordí la lengua para no responder como se merecía.

–No tiene ningún problema, ¿vale?

–Mira –señaló las marcas en el neumático derecho delantero–. Las ruedas se están desgastando.

–Tu cabeza también.

Se irguió y se palpó la calvicie. No parecía ofendido, pero tampoco se rio.

–Tienes que ocuparte tú misma de estas cosas. Has de ser responsable.

Apreté los dientes. Se me estaba agotando la poca paciencia que me quedaba.

–¿Lo dices porque no lo soy o porque no tengo un hombre que lo haga por mí?

Mi padre no se molestó en parecer avergonzado.

–¿Acaso no tengo razón?

–No, papá. No la tienes. El coche tiene muchos kilómetros, de acuerdo, pero le cambié las ruedas hace un par de meses y me dijeron que me durarían varios miles de kilómetros.

–Tal vez si gastaras menos dinero en tonterías no tendrías que preocuparte en cosas como ésta.

Mi padre no sabía en qué me gastaba la mayor parte de mis ingresos, y de ninguna manera iba a dejar que lo adivinara.

–Eso es asunto mío.

–La funeraria sigue siendo asunto mío, Grace. Y lo será hasta que yo también yazca en ella.

–¡Papá!

Los dos nos cruzamos de brazos y nos miramos con la misma expresión obstinada.

–La funeraria no tiene ningún problema. Y yo tampoco.

–Ni a mi mujer ni a mis tres hijos les faltó de nada cuando yo dirigía el negocio. No hay nada que te impida llegar a fin de mes.

Pensé en responderle como merecía.

–Llego sobradamente a fin de mes –fue lo único que dije.

Seguimos mirándonos fijamente. Mi padre quería más detalles y yo no iba a dárselos. La funeraria tal vez siguiera siendo suya, pero mi dinero no.

–Ya has visto los libros –le dije–. Sabes que no tengo números rojos y que haré lo que tenga que hacer para que siga siendo así. Las reformas y todo eso cuestan mucho dinero, pero lo estamos haciendo bien, papá. No tienes nada de qué preocuparte.

–Soy tu padre. Mi obligación es preocuparme.

–Estoy bien, te lo prometo.

El escepticismo de mi padre impedía que pudiera perdonarlo por su preocupación paternal.

–Tienes que confiar en mí, papá.

Volvió a mirar mis ruedas.

–Te pagaré unas ruedas nuevas.

–No tienes que hacerlo.

–Gracie…

Levanté las manos en un gesto de rendición.

–Está bien, está bien. Puedes comprarme ruedas nuevas. Genial.

–Feliz cumpleaños y feliz Navidad.

–Gracias –respondí con un tono sarcástico que él ignoró.

–De nada. No olvides despedirte de tu madre –añadió mientras volvía al interior de la casa.

«Que te den».

Tanto me afectó la conversación con mi padre que lo primero que hice al llegar a casa fue abrir el programa de contabilidad.

En el portátil tenía la información de todas mis cuentas, mientras que en el ordenador de la oficina solo guardaba los extractos de la funeraria.

Frawley e Hijos no había tenido números rojos en toda su existencia, aunque las cifras no siempre habían sido buenas. Recordaba los años de Navidades y cumpleaños austeros. Cuando me hice cargo del negocio mi padre me advirtió que sería un mal año, pero asumí el reto y me las arreglé para salir adelante. Para ello tuve que hacer algunos sacrificios, como irme a vivir a la funeraria, y apañármelas para conseguir algunas excepciones fiscales. Afortunadamente conté con la inestimable ayuda de mi mejor amiga, que era contable.

Mi cuenta bancaria no estaba precisamente a rebosar, pero tampoco provocaba escalofríos. Al no tener que pagar alquiler y al cargar a la empresa las facturas de electricidad, Internet y la letra del coche, mis gastos eran mínimos. Pagaba a mis empleados un sueldo decente, el mismo que me pagaba a mí. Y todos sabíamos que yo sería la primera en recortarme el salario si la situación lo requería.

Por todo ello me sobraba más dinero que a mis amigas. Pero a diferencia de ellas no me lo gastaba en ropa cara, televisores de plasma o equipos de alta fidelidad, no hacía viajes y siempre compraba en tiendas económicas como Amish-run Bangs o Bumps. Mi único capricho eran los caballeros de la señora Smith.

Examiné los movimientos de todo el año. Mi padre había insinuado que no sabía organizarme con el dinero, pero mantenía un control exhaustivo de todos mis gastos e ingresos, incluyendo el importe que dedicaba a mis citas y todo lo que hacía con ellas. Las cantidades oscilaban entre los veinte dólares que me gastaba en un primer café para examinar a mi acompañante hasta los cientos de dólares en una serie de citas con un tipo llamado Armando, que era especialmente habilidoso con las manos.

Parpadeé por el brillo de la pantalla y me recosté en el sofá que había comprado en la universidad al Ejército de Salvación. Con Armando me había gastado exactamente novecientos setenta y nueve dólares y cuarenta y tres centavos. Habíamos ido a cenar, al cine, a bailar, al museo, y había pagado cuatro noches en el Dukum Inn. Cuatro noches en un solo mes. No era nada si se comparaba con la cantidad de veces que una pareja estable hacía el amor. Yo solo lo veía una vez por semana y me costaba menos de lo que hubiera pagado en alquiler, servicios y coche.

Hasta la fecha había sido mi mayor desembolso, y seguía pareciéndome un dinero muy bien invertido. Las mujeres pagaban cantidades desorbitadas por un corte de pelo, una sesión de manicura o los cosméticos más exclusivos. Un buen masaje costaba casi tanto como una hora con Jack, y con él, al menos, tenía garantizado un final feliz que ni siquiera se encontraba en las películas de Disney.

Paseé la mirada por mi apartamento. La verdad era que le vendrían bien algunos cuadros, una mano de pintura y muebles nuevos. Pero los cojines bordados y las pinturas enmarcadas no tenían el mismo atractivo que ser penetrada contra una pared desnuda hasta deshacerme en gritos de placer.

Ni eso ni ninguna otra cosa, pensé con una sonrisa mientras marcaba un número muy familiar.

Capítulo 9

El móvil empezó a sonar dos minutos después de que Jack hubiera enterrado la cara entre mis muslos. Lo agarré con un gemido de frustración para ver la pantalla mientras Jack se detenía y levantaba la vista. Era una llamada procedente de mi buzón de voz. Por primera vez en mi vida lamenté no haber dejado a Jared a cargo de los recados.

Jack se colocó entre mis piernas, desnudo y con una mano en el pene. Yo estaba sentada en la silla de respaldo alto, con la falda subida hasta las caderas y las bragas en el suelo.

–¿Vas a responder?

–Enseguida –solo necesitaba unos minutos más para correrme. Había acudido bastante excitada a la cita, después de haberme pasado media hora teniendo sexo telefónico con Jack mientras iba en el coche. Pero de todos modos su mágica lengua me habría llevado al orgasmo enseguida.

Me sonrió y me besó en el muslo, antes de seguir lamiéndome. Le agarré el pelo y sentí sus convulsiones mientras se frotaba la polla, más y más rápido, hasta que los dos nos corrimos al mismo tiempo. Me mordí la mano para sofocar el grito, pero Jack no se contuvo y al oler su eyaculación yo tampoco pude reprimirme. El uso de preservativos era una condición innegociable para el sexo, pero en esos momentos no llevaba puesto ninguno y mi orgasmo fue aún más intenso al imaginármelo bombeando frenéticamente su semen sin ninguna barrera por medio.

Me besó el coño, sorprendiéndome con aquel gesto tan tierno, y se echó hacia atrás. La erección se había perdido y su miembro colgaba flácidamente contra el muslo. Tenía la mano mojada y brillante.

—Tengo que responder —dije, incorporándome y estirando la falda a pesar de las vueltas que me daba la cabeza.

Jack asintió y entró en el baño mientras yo introducía la contraseña en mi buzón de voz. Oí el grifo de la ducha y para cuando dejé el móvil Jack había salido del baño envuelto en una nube de vapor. Llevaba una toalla anudada a la cintura y el pelo hacia atrás.

—Tengo que irme —le dije. Me sacudí la ropa y recogí las bragas del suelo. Al levantarme, vi que no se había movido de donde estaba, mojado y con la piel enrojecida por la ducha.

—Muy bien —respondió, y me ofreció un brazo para apoyarme mientras me ponía las bragas.

Me eché un rápido vistazo en el espejo que había sobre la cómoda y me giré de nuevo hacia él.

—Gracias, Jack.

—De nada —esbozó una ligera sonrisa—. Lástima que no haya tiempo para arrumacos.

—En otro momento —dije, riendo.

Asintió y me siguió hasta la puerta, donde saqué un sobre del bolso.

—Se te ha vuelto a olvidar pedir el dinero por adelantado.

—Grace… Me dijiste que te esperase desnudo y de rodillas —me recordó él mientras agarraba el sobre—. ¿Cómo iba a pedírtelo así?

—Tienes razón —solo de recordarlo volvía a estar empapada.

—Además, confío en ti.

Nos miramos un momento más y empezamos a acercarnos, pero yo me detuve y le toqué la mejilla en vez de besarlo. Él giró la cara para besarme la palma.

—Gracias otra vez.

—No hay de qué —respondió Jack—. Estoy aquí para satisfacerte.

–Pues lo haces muy bien…

No podía perder más tiempo. Tenía un negocio que atender y una familia a la que ayudar. Sin embargo permanecí inmóvil en la puerta y lo mismo hizo él. Era evidente que no tenía que ver con el dinero, pero una parte de mí se atrevió a pensar que quizá tuviera que ver conmigo…

Fue aquella posibilidad la que me hizo ponerme en marcha, dejándolo en la puerta de un motel barato sin otra cosa que una toalla anudada a la cintura.

Hacía años que conocía a los Johnson. No éramos íntimos, pero Beth había sido compañera de clase en la escuela y su hermano mayor, Jim, había sido amigo de mi hermano Craig. Sus padres, Peggy y Ron, habían participado activamente con la banda de música del colegio y con frecuencia me llevaban a casa después de las actividades extraescolares. Por desgracia, Ron había fallecido tras una larga batalla contra el cáncer.

Peggy Johnson estaba mucho más pálida y demacrada que la última vez que la vi, aunque se había pintado los labios y se había arreglado el pelo. Me sonrió al entrar y aceptó la mano que yo le ofrecía, antes de darme un efusivo abrazo que pilló por sorpresa.

–Mírate… –me dijo–. Por Dios, Grace, te has hecho toda una mujer.

–Tiene la misma edad que yo, mamá –protestó Beth.

–Lo sé, lo sé, pero es que… –se giró hacia su hija y le pellizcó la camiseta–, tú siempre serás mi pequeña.

Jim puso una mueca.

–¿Y yo qué soy, un trozo de carne con patas?

–Claro que no. Tú también eres mi pequeño –le tiró del nudo de la corbata y se volvió hacia mí. La única prueba de su angustia era el brillo de sus ojos–. Vamos a acabar con esto cuanto antes, ¿de acuerdo? Han venido visitas de fuera del pueblo y tengo que ir a comprar.

Sus hijos se miraron entre ellos mientras se sentaban frente a la mesa. Yo también me senté y puse la ficha de Ron Johnson en lo alto del escritorio, agradeciendo en silencio a Shelly que la hubiera sacado antes de que llegaran los Johnson. Ron lo había preparado todo con antelación, y lo único que teníamos que hacer era repasar los detalles.

Debajo de la carpeta estaba el montón de papelitos rosas con mensajes que Shelly me había dejado en la mesa. Había mantenido aquella conversación con tantas familias que no necesitaba pensar en lo que debía decir, pero cuando vi el nombre escrito en el primer papel las palabras murieron en mi garganta.

Sam Stewart.

El mismo nombre en el papel siguiente, y en el otro también. Hojeé rápidamente el montón de mensajes y conté al menos cuatro llamadas de Sam.

Cuatro veces entre que me fui y volví aquella mañana. O me estaba acosando o se había vuelto loco.

–Como sabéis, Ron ya había elegido el féretro –conseguí decir sin parecer una idiota.

Cubrí los mensajes de Sam con la carpeta y miré a los tres Johnson, quienes me miraban con expectación. Tenía que concentrarme en mi trabajo enseguida. Saqué la lista que había confeccionado con Ron meses antes de su muerte, cuando fui a verlo a su casa por estar él demasiado enfermo para venir a la oficina. Peggy nos había servido té helado y bizcochos mientras examinábamos los folletos de ataúdes y hablábamos de los precios.

–¿Queréis verlo? –les pregunté a Beth y a Jim.

–No es necesario –respondió Peggy antes de que sus hijos pudieran hablar–. Quiero hacer algunos cambios.

Devolví la lista a la carpeta y le dediqué toda mi atención.

–De acuerdo.

Beth y Jim no parecían estar conformes, pero solo lo manifestaron intercambiándose miradas y gestos silenciosos por detrás de su madre. Si Peggy se percató de algo no lo dijo, y mantuvo sus ojos fijos en los míos.

–Olvida ese ataúd con tantos adornos.

Siendo un gran aficionado a la pesca, Ron había elegido un ataúd con las esquinas hermosamente ornamentadas.

—¿En qué otra cosa ha pensado?

Peggy respiró hondo y mantuvo un tono de voz frío y sereno, sin separar las manos de su regazo.

—Quiero la caja de cerezo de la que nos hablaste. La más sencilla y económica, sin acolchados ni adornos. Y en cuanto a la bóveda, quiero la más barata que acepte el cementerio.

Actualmente casi ningún cementerio permitía que se enterrara un cuerpo sin una bóveda o revestimiento de sepultura. El propósito no solo era retrasar la descomposición del cuerpo, sino impedir que la tierra cediera y se deteriorara el ataúd. Los modelos variaban desde simples bloques de granito a estructuras de cobre y acero galvanizado que preservaban de la humedad y retrasaban mucho tiempo la descomposición. Yo no había presenciado ninguna exhumación, pero mi padre afirmaba haber visto cuerpos que presentaban el mismo aspecto que tenían al ser enterrados.

—Mamá… —empezó Beth.

—Silencio —le ordenó su madre.

No era raro que la gente cambiase de opinión en el último minuto sobre un funeral preparado de antemano. Yo había visto de todo, desde familias que decidían que el difunto se merecía el mejor ataúd posible y al diablo con el precio a aquellas otras que reducían el coste al máximo para que se les devolviera el pago por adelantado. A Peggy se le reembolsaría una cantidad considerable con los cambios que acababa de plantear, pues la política de Frawley e Hijos era ofrecer siempre lo que el cliente pedía. Si eso implicaba devolver dinero, lo hacíamos sin rechistar, aun sabiendo que otras muchas funerarias no eran tan generosas.

—No quiero libro de visitas —siguió Peggy, sin apartar la mirada de mí—. Ni esas ridículas tarjetas de defunción.

—¡Mamá! —exclamó Jim, horrorizado.

Beth estaba boquiabierta y con los ojos llenos de lágrimas, pero su madre seguía mirándome a mí y acalló a Jim como había hecho antes con su hija.

—Silencio. Esto es decisión mía. Era mi marido.

—¡Era nuestro padre! —arguyó Jim.

Peggy parpadeó finalmente.

–Y era yo la que tenía que limpiarlo cuando vomitaba o se orinaba en la cama. La que se pasaba horas escuchando sus gemidos de dolor. La que lo agarraba de la mano mientras le leía y la que me despertaba en mitad de la noche para comprobar si seguía respirando. ¡Soy yo la única que tiene derecho a elegir!

Soltó su discurso de golpe, sin detenerse a respirar, elevando el tono de tal manera que a todos nos estremeció. Beth rompió a llorar y Jim se derrumbó en su silla, incapaz de articular palabra.

–La decisión me corresponde a mí –declaró Peggy en tono más tranquilo, pero con la voz entrecortada–. No quiero malgastar todo ese dinero en algo que no sirve para nada.

–¿Para nada? ¿Cómo puedes decir eso? –preguntó Beth.

–Lo que digo es que está muerto, Beth. Se ha ido. Lo único que queda es un cadáver que se pudrirá bajo tierra. ¡Eso es lo que digo! Vuestro padre ya no está. Solo es un cuerpo. Y no voy a tirar nuestro dinero… ¡mi dinero!... en un recipiente de lujo para que los gusanos se den un festín.

Beth se levantó de la silla con un gemido ahogado, agarró un puñado de pañuelos de la caja que había en mi mesa y salió corriendo del despacho. Su hermano dudó un momento, pero también se levantó.

–Voy con ella –dijo con la voz trabada–. Ya que pareces tenerlo todo bajo control, mamá.

Peggy se limitó a asentir, sin levantar la vista de su regazo. Jim me lanzó una mirada de disculpa, del todo innecesaria pero que seguramente lo hacía sentirse mejor, y salió del despacho cerrando la puerta tras él.

Esperé en silencio a que Peggy volviera a hablar.

–Me ha dejado –murmuró con voz profunda, y cuando volvió a mirarme lo hizo con unos ojos apagados e inexpresivos–. Me ha dejado…

Pensé que tal vez la ayudase derramar lágrimas, pero Peggy Johnson optó por ocultar sus sentimientos y esbozar una sonrisa forzada. Respiró profundamente y sacudió la cabeza, cayendo sus cabellos sobre los hombros. Me di cuenta de que tenía la misma edad que mi madre, igual que Ron tenía la de mi padre. Peggy siempre me había parecido muy mayor, pero en aquellos momentos vi a la chica que debió de haber sido. La joven que se enamoró de un muchacho y se casó con él, tuvo hijos y compartió su vida hasta el final.

Hasta que él la dejó.

–Lo entiendo –le dije. Mis palabras eran sinceras, aunque sonaban vacías.

–No, no lo entiendes. Verlo desde fuera no es lo mismo que vivirlo, Grace.

–Tal vez no, pero lamento su pérdida, señora Johnson. Su marido era un buen hombre.

–Sí –retorció los dedos en su regazo y apretó los labios–. Sí que lo era.

–Con mucho gusto haré los cambios que usted quiera. Pero… ¿me permite una sugerencia?

Una amarga carcajada brotó de su garganta.

–Claro. Es lo único que recibo desde que él murió. Sugerencias y más sugerencias, todas igualmente bienintencionadas.

Asentí lentamente.

–Cambiaremos el ataúd por otro más barato y le devolveré el dinero sin problemas. También prescindiremos del libro de visitas. Pero en cuanto a las tarjetas… –hice una pausa, hasta que ella me miró–. No son para usted ni para él. Son para otras muchas personas a las que seguramente les gustaría tenerlas.

Sus labios se separaron en un débil suspiro, y al cabo de unos segundos cedió en su rígida postura.

–De acuerdo. Nos quedaremos con las malditas tarjetas. Y también con el velatorio, aunque no logro entender por qué la gente se empeña en verlo si ya no hay nada que ver.

–Lo haré lo mejor que pueda, señora Johnson. La despedida de un ser querido es más fácil si se le puede ver una última vez.

Peggy soltó otra seca risotada.

–Para mí no. Yo solo quiero recordarlo como era antes de caer enfermo. ¿Puedes hacer que tenga ese aspecto, Grace? ¿Puedes devolver el brillo a sus ojos y hacerlo sonreír como sonreía cuando me contaba un chiste verde?

–No, lo siento –respondí honestamente.

–Claro que no. No puedes hacerlo porque está muerto.

Alargué la mano sobre la mesa y ella la agarró y apretó con fuerza.

–Lo siento –volví a decir.

Ella asintió y me soltó la mano. La conversación derivó hacia el velatorio y las pompas fúnebres, así como los ocupantes de los vehículos y el destino posterior de las flores. Cuando Peggy se levantó finalmente, parecía más relajada aunque sus ojos seguían secos.

–He decidido hacer un crucero –me dijo desde la puerta–. Con el dinero que me ahorraré del funeral. Ron me lo había prometido antes de su enfermedad.

–Seguro que él lo entendería.

Peggy se encogió de hombros.

–Ya nada tiene que entender, ¿no te parece?

Salió y cerró con más fuerza de la necesaria.

No llamé a Sam enseguida. De hecho, no estuve segura de querer hacerlo hasta que me acurruqué en el sofá, con el teléfono pegado a la oreja y el álbum de fotos en mi regazo.

–¿Diga?

¿Desde cuándo su voz me sonaba tan familiar?

–He recibido tus mensajes. Todos.

–Tu secretaria es muy eficiente.

–Es mi gerente. Y sí, es muy buena en su trabajo.

–Vaya… Menos mal que llevo un jersey, porque ese tono de voz bastaría para congelarme la sangre.

No dije nada.

–Vamos, Grace, no te enfades conmigo.

–¿Por qué habría de enfadarme contigo?

–Cuando una mujer hace esa pregunta lo que está preguntando realmente es: «¿Por qué no debería enfadarme contigo?».

Me empeñé en no reír con la misma determinación con que había decidido no llamarlo, lo cual no era mucho. Conseguí sofocar la carcajada con la mano, pero él debió de oírla.

—¿Quieres saber por qué no te he llamado en dos semanas?

—La verdad es que me da igual.

—Me partes el corazón, Grace.

Pensé en la lengua de Jack entre mis piernas. Abrí el álbum y acaricié la sonrisa de Ben en una foto. Pensé en los ojos de Peggy Johnson y su desafortunado carmín.

—¿Qué quieres, Sam?

—Hablar contigo.

—¿De qué?

—¿Hace falta un tema?

—¿Por qué no me has llamado en dos semanas? —le pregunté mientras hojeaba el álbum.

—Tenía que volver a casa a arreglar unas cosas.

—¿Ah, sí? ¿Y dónde está tu casa?

—En Nueva York.

—¿No tienen teléfonos en Nueva York? —suspiré—. Olvídalo, Sam, ¿vale? Todo esto es ridículo.

—Grace… ¿cómo ibas a echarme de menos si no te daba motivos?

Aparté el teléfono de la oreja y lo miré fijamente antes de volver a acercármelo.

—¿No me has llamado porque querías que te echara de menos?

—¿No te parece una buena idea?

—Claro que no. Adiós.

—¡Espera! No cuelgues, Grace. Lo siento.

Cerré el álbum en las narices de alguien a quien había amado.

—Yo también lo siento, Sam. Adiós.

Colgué y él no volvió a llamar.

***

–No creí que volverías a llamarme tan pronto –dijo Jack, despatarrado en la cama del motel. Ocupaba casi todo el espacio, dejando muy poco para mí.

No me importaba. Acurrucada de lado, mi trasero le tocaba el muslo mientras le rozaba uno de los brazos con la cabeza. Si quisiera, podría darme la vuelta y quedar a la altura de su cintura. Pero no me moví.

–¿Grace? –sus dedos juguetearon con mis cabellos–. ¿Estás despierta?

–Sí.

Cerré los ojos. Debería empezar a moverme, pero me resistía a hacerlo. Si me duchaba en el motel no tendría que conducir de regreso a casa oliendo a sexo. Me olí la muñeca, tan impregnada del olor a Jack que aún no quería lavarme.

Él se giró hacia mí y la cama se hundió ligeramente bajo nuestros cuerpos. El aire acondicionado solo despedía bocanadas intermitentes de aire rancio y templado, por lo que al haber sudado copiosamente nos quedamos pegados cuando se apretó contra mi trasero.

–¿En qué piensas?

La pregunta me sorprendió tanto que me giré a medias hacia él.

–¿Por qué crees que estoy pensando en algo?

Sonrió y amoldó aún más nuestros cuerpos.

–Estás muy callada, y normalmente te marchas en cuanto acabamos. Pensaba que… No sé, que tenía que preguntártelo.

Su ternura me conmovió.

–No tengo que irme a menos que reciba una llamada… o que nuestro tiempo se acabe.

–Nuestro tiempo no se acaba a menos que tú quieras.

Yo no quería. Aún no. Era delicioso estar acostada junto a Jack tras una sesión de sexo salvaje. Me gustaba sentirlo pegado a mi cuerpo y que jugueteara con mi pelo.

–¿Te gusta hacer esto? –le pregunté–. Me refiero a tu trabajo.

–Sí, me gusta –respondió él. Volvió a moverse y nos acoplamos en una maraña de miembros desnudos.

–¿Cómo empezaste? –me apoyé en un codo para mirarlo.

Se rio.

–Un tipo me ofreció doscientos dólares por acostarme con su novia y él.

–¿Con los dos?

Volvió a reírse y se estiró. Contemplé su cuerpo sin disimulo y le tracé sus tatuajes con el dedo.

–Los dos con ella. No yo con él.

–¿Te lo pidió así, de repente?

Sonrió.

–Sí.

–Mmm… ¿Cómo sabías que no era un asesino en serie o algo por el estilo?

–No lo sabía –admitió con una carcajada–. Pero afortunadamente no fue el caso. Doscientos dólares por follarme a su señora, que era zorra de cuidado, por cierto. Se me ocurrió que podría hacerlo de nuevo y fui preguntando por ahí, hasta que me fichó la agencia y… aquí estoy.

–Aquí estás –deslicé una mano por su muslo.

Me agarró el trasero y apretó con fuerza.

–Aquí estamos.

–Debería irme –dije, pero él me sorprendió al hacernos girar rápidamente.

–Todavía no.

Su miembro me presionaba el muslo.

–¿Otra vez?

Él asintió y hundió la cabeza en mi cuello.

–Otra vez…

Era bueno, muy bueno. Y yo estaba más que encantada con que me besara el cuello y los pechos, y que me pasara la lengua por el vientre y las caderas. Ni siquiera nos hacía falta un juego para excitarnos.

–Follas como una taladradora –le dije mientras me recorría el cuerpo con las manos.

–Como a ti te gusta –respondió él en voz baja, con la boca pegada a mi muslo.

Le había pagado para que supiera lo que me gustaba y cómo me gustaba, pero parecía tan seguro de sí mismo que abrí los ojos con asombro. Él no pareció darse cuenta y siguió lamiéndome la piel desnuda. Por un instante temí que mi cabeza fuera a barrer mis emociones y me privara del placer que Jack podía proporcionarme.

«Respira», me ordené a mí misma. «No pienses en ello. No pienses».

—¿Dónde aprendiste a hacer eso? –le pregunté.

—Es cuestión de práctica –murmuró él. Podía imaginarme su sonrisa contra mi piel.

—Háblame de tus mujeres –le ordené mientras ocupaba con la mano el lugar de su boca.

—¿Qué pasa con ellas? –deslizó un dedo en mi interior, seguido de otro.

—Dime cómo te las follabas.

—Cada una era diferente –me tocó el clítoris y me lo frotó un momento antes de retirarse a por un preservativo–. Su olor. Su sabor… –volvió a pasarme la mano por el cuerpo–. Su tacto.

—Dime lo que sentías.

Se arrodilló entre mis piernas abiertas y se puso el preservativo. A continuación, se apoyó con una mano junto a mí y llevó la punta del pene a la entrada de mi sexo. Contuve la respiración, esperando el momento de la penetración, pero Jack se tomó su tiempo.

—Me gusta ver cómo les cambia la piel de color cuando se corren –me penetró de una sola embestida–. Me gustan los sonidos que hacen y que me claven las uñas en la espalda cuando las follo a lo bestia, como a ti te gusta...

No me estaba follando a lo bestia. Lo estaba haciendo despacio, prolongando la penetración al máximo.

—¿Todas se corren? –pregunté, aunque mis gemidos casi hacían incomprensibles mis palabras.

—Sí… siempre –se inclinó para morderme el hombro mientras se movía dentro de mí y deslizó una mano entre nuestros cuerpos para añadir la presión que yo necesitaba.

–Como yo… –estaba llegando al orgasmo a una velocidad endiablada. Le clavé las uñas en la espalda y Jack siseó entre dientes al tiempo que empujaba con más fuerza.

Los espasmos me sacudieron con violencia mientras un gemido gutural acompañaba los estremecimientos de Jack.

Relajé los dedos y le acaricié las marcas que le había dejado en la piel.

–Como tú no –me susurró en la oreja.

Fingí que no lo había oído.

Capítulo 10

Lo que le dije a Peggy sobre su marido era cierto. Ron había sido un buen hombre. El tipo que con mucho gusto llevaba a casa en coche a un grupo de adolescentes después de un baile y que nunca se perdía ni una sola actuación de sus hijos en la banda y el coro. Siempre lucía una pajarita roja, que también llevaría en el funeral junto a un traje azul marino.

A mucha gente le cuesta entender cómo puedo trabajar con los cadáveres de amigos y conocidos. Creo que se sienten avergonzados de su miedo a la muerte, o quizá les resulte demasiado difícil imaginar cómo unas manos desconocidas limpian unos cuerpos desnudos e inertes. La desnudez es un tema tabú para la mayoría de la gente. Nacemos desnudos, y sin embargo al morir nos entierran o incineran con nuestras mejores galas. Esa falta de modestia nada tiene que ver con los sentimientos de la persona que muere, sino con las que se quedan atrás.

Por lo que a mí respecta, preparar un cuerpo es una cuestión de respeto y de honrar la memoria del fallecido. Para ello hay que lavarlo a fondo, embalsamarlo si es necesario, aplicarle los cosméticos apropiados o las técnicas reconstituyentes para recrear lo más posible el rostro en vida. Nunca veo pechos o nalgas. Solo veo a un ser humano que ya no puede valerse por sí mismo.

–¿Me pasas la gasa, por favor? –le pedí a Jared, que estaba metiendo una sábana sucia en la lavadora.

Al haber pasado sus últimos días en una residencia para enfermos terminales, Ron Johnson no tenía tantos tubos como si hubiera estado ingresado en un hospital. Sí tenía una sonda intravenosa que tuvimos que extraerle del brazo mientras escuchábamos a Death Cab for Cutie por los altavoces de mi iPod.

Trabajábamos en silencio, aunque de vez en cuando Jared se ponía a cantar la letra de las canciones, las cuales conocía de memoria a pesar de sus burlas sobre mis gustos musicales. Yo me limitaba a tararearlas en voz baja, y ambos interrumpíamos nuestra tarea cuando las notas de una guitarra acústica iniciaban una nueva canción.

—I Will Follow You Into the Dark.

—¿Tú qué crees? —me preguntó Jared mientras metíamos los brazos de Ron Johnson en las mangas de la chaqueta—. ¿Hay una luz al final del túnel?

Se refería obviamente a la letra de la canción.

—No lo sé.

Até la pajarita mientras él cepillaba las solapas del traje. Ron Johnson estaba listo para descansar en el sencillo ataúd de cerezo que su mujer había elegido. Colocamos el cuerpo en la camilla para llevarlo a la capilla, donde lo colocaríamos en el féretro.

—¿Nunca lo has pensado? —insistió Jared, detrás de la camilla mientras yo empujaba las puertas oscilantes del pasillo.

—La verdad es que no —entre los dos era fácil maniobrar la camilla. Jared era fuerte y la enfermedad había hecho estragos en el cuerpo de Ron Johnson, pero seguía siguiendo un hombre grande y corpulento.

—¿Nunca?

Me resultaba curioso que hasta ese momento nunca me hubiera preguntado lo que pensaba del Más Allá.

—Pues no.

La sala de embalsamamiento estaba en el sótano y la capilla en la planta baja. Muchas veces me había jurado que las primeras reformas que haría en la funeraria serían instalar un ascensor, pero aún no había sido posible. En consecuencia, había que empujar la camilla por la rampa situada en el exterior. Mi padre la había cerrado años atrás para proteger el cuerpo de la lluvia o la nieve, pero el esfuerzo requerido seguía siendo considerable.

Las marcas de la camilla se apreciaban en las paredes blancas y el suelo de madera.

Llegamos a la capilla y colocamos el cuerpo del señor Johnson en el féretro. Aún quedaban algunas horas para el velatorio y me aseguré de que todo estuviera perfecto, colocando las manos del cuerpo y revisando el maquillaje. Cuando me giré para llevarme la camilla, me encontré a Jared mirándome fijamente.

–¿Qué pasa?

–No me puedo creer que nunca te lo hayas preguntado –se ocupó él de empujar la camilla y lo seguí al sótano para acabar de limpiar.

–¿Qué hay que preguntarse?

Cuando mi padre se hizo cargo de la funeraria había muy pocas leyes que cumplir. Hoy, sin embargo, debíamos observar escrupulosamente las normas sobre fluidos y deyecciones si no queríamos arriesgarnos a una inspección de Trabajo y Sanidad. Esa regulación tan estricta era una de las pocas cosas con las que Jared aún no estaba familiarizado.

Me ayudó a retirar las sábanas de la camilla y las dejó en la cesta correspondiente.

–Vamos… ¿Cómo es posible que trabajando a diario con la muerte no te hayas preguntado nunca qué hay después? Una luz brillante, una puerta en las nubes, un pozo de llamas…

–¿Y tú qué crees? –lo reté mientras me ponía unos guantes de látex para empujar el carrito de la colada–. ¿Crees en el Cielo y el Infierno?

–Supongo –repuso Jared.

–¿Lo ves? ¡Tú tampoco estás seguro!

–¡Al menos yo pienso en ello!

El lavadero era la única parte del sótano que estaba sin terminar. Estaba limpia y sin telarañas, pero las bombillas desnudas, las vigas del techo y el suelo y las paredes de cemento le conferían el aspecto más siniestro de todo el edificio.

–No creo que haya nada después de la muerte, ¿de acuerdo? ¿Es eso lo que quieres oír? La mía no es una opinión muy aceptada en este negocio, Jared.

Me ayudó a cargar la lavadora con las sábanas sucias.

–Entonces sí que piensas en ello.

–Tal vez –añadí el detergente especial que exigía la ley para los fluidos corporales y programé el lavado. La máquina emitió un gruñido y Jared y yo nos quedamos mirándola.

–¿La lavadora acaba de… hablar?

No se oyó nada más. Acabé de programarla y salimos de la habitación.

–¿Cuántos años tiene este cacharro? –preguntó Jared.

–Seguramente sea tan vieja como yo.

La máquina volvió a gruñir detrás de nosotros, antes de hacer los ruidos normales al llenarse de agua. Jared empujó el carrito, aunque sin la colada era mucho más ligero, y yo le sostuve la puerta. Desde el pasillo llegaba el eco de las canciones que seguían sonando en la sala de embalsamamiento.

–¿Tan vieja? –dijo Jared con una sonrisa. Yo le respondí con un gesto más grosero–. Qué bonito… Muy propio de una dama.

–Ésa soy yo –dije, riendo–. Una princesa.

–De la que no quedará nada cuando muera –murmuró él. Dejó el carrito en su sitio y me ayudó a limpiar las superficies que habíamos usado.

–¿Por qué te preocupa tanto?

–No es que me preocupe… –se encogió de hombros–. Simplemente me parece un tema interesante.

Desde el lavadero se oyó un rugido inconfundible. Miramos hacia la puerta y Jared se colocó automáticamente detrás de mí, a pesar de ser mucho más alto y fuerte que yo.

–¿Qué ha sido eso?

–No lo sé. Vamos a…

Otro rugido, seguido de un estruendo, un crujido y el ruido del agua desbordada.

Echamos a correr, pero no habíamos dado ni unos pasos cuando el agua sucia empezó a salir por debajo de la puerta del lavadero. Los rugidos se hicieron más fuertes, y cuando entramos en el lavadero el agua ya nos llegaba por los tobillos. Jared se detuvo y me agarró del brazo.

–¡Cuidado! –señaló la vieja lavadora, que se estaba balanceando frenéticamente sobre su base.

La imagen era tan cómica que me habría reído si pudiera, pero lo único que salió de mi garganta fue un gemido de horror. Por detrás de la lavadora empezaban a brotar chispas mientras un torrente de agua salía del tubo de goma negro que se había desconectado. No había que ser muy listo para saber que el agua y la electricidad no hacían una buena combinación, de modo que agarré el brazo de Jared y salimos de allí a toda prisa. Cada chapoteo de nuestros pies en el agua turbia y ascendente me estremecía de pánico, esperando el crujido eléctrico de la descarga mortal.

Por encima de nuestras cabezas las luces fluorescentes parpadeaban y chisporroteaban amenazadoramente. Si se iba la luz nos quedaríamos completamente a oscuras.

–Maldita sea –exclamó Jared cuando conseguimos abrir las puertas de la rampa–. ¿No sería más fácil por la escalera?

Para llegar a la escalera había que cruzar todo el pasillo. El nivel del agua no parecía seguir subiendo, pero el escalofriante gorgoteo no cesaba. Las luces seguían amenazando con apagarse, y un olor a quemado empezaba a impregnar el aire.

–¿Vas a volver a meter los pies en el agua? –le pregunté.

–Ni loco.

–Entonces solo nos queda la rampa.

Con los zapatos chorreando era fácil resbalarse, pero afortunadamente mi padre había colocado unas alfombrillas de caucho para impedir que las camillas rodaran hacia abajo. En poco tiempo llegamos arriba e irrumpimos en la oficina.

–¡Llama a los bomberos! –le grité a una Shelly horrorizada que se había levantado de su silla al oír la puerta de la rampa.

Sin dudar un segundo, agarró el teléfono y marcó el número mientras Jared y yo corríamos por el pasillo. Jared se resbaló en las baldosas de la entrada y cayó al suelo de espaldas.

–¡Jared! –gritó Shelly. Soltó el teléfono y corrió hacia él–. ¿Estás bien?

Jared intentó incorporarse, gimiendo de dolor. Agarró a Shelly de la manga y le dejó la huella de su mano empapada en la camisa.

–Sí. Solo me he roto el trasero…

Dejé que Shelly atendiera a su soldado herido y llamé yo misma a Emergencias. Expliqué rápidamente lo ocurrido y colgué, pero el teléfono volvió a sonar a los pocos segundos.

–Frawley e Hijos, ¿podría esperar un…?

–¿Grace?

–¿Sí? –agarré automáticamente el bolígrafo y el bloc para apuntar el número al que seguramente debería devolver la llamada en cuanto solucionara aquel desastre.

Aún podía oler a humo, y las dantescas imágenes de mi casa y mi negocio en llamas me estremecieron de pavor y casi me hicieron soltar el boli.

–¿Estás bien?

Era lo mismo que Shelly acababa de preguntarle a Jared.

–¿Quién es?

–Sam.

El parque de bomberos solo estaba a una manzana y media de la funeraria, pero los camiones ponían la sirena incluso para una distancia tan corta.

–¿Grace? ¿Eso que se oye son sirenas?

–Lo siento –farfullé mientras veía acercarse al camión por la ventana–. Ahora no puedo hablar.

–¡Espera, Grace! No cuelgues…

–¡Sam, mi lavadora ha explotado y creo que hay fuego en el sótano! –grité–. ¡Ahora no puedo hablar!

El camión se detuvo junto a la puerta y de él descendieron Dave Lentini, Bill Stoner y Jeff Cranford. Dave y Bill habían sido compañeros míos de instituto, mientras que Jeff iba un curso por delante. Tenían un aspecto muy sexy con sus uniformes de bombero, aunque no era probable que fueran a hacer un strip-tease en esos momentos.

–En el sótano –les dije–. Tened cuidado. Se ha soltado un cable y todo el suelo está inundado…

–Tranquila –dijo Jeff, señalándose sus pesadas botas con suela de goma. Llevaba un extintor, y yo me sentí como una imbécil al no haber usado el que teníamos en la sala de embalsamamiento.

–¿Se encuentra bien? –preguntó Bill, paramédico además de bombero, señalando a Jared, que se había incorporado con la ayuda de Shelly.

–Se ha resbalado.

–Le echaré un vistazo.

Dave y Jeff se dirigieron hacia la escalera del sótano mientras Billy apartaba con delicadeza a Shelly de Jared. Me di cuenta entonces de que seguía teniendo el teléfono pegado a la oreja.

–Parece que tienes un día bastante ajetreado –dijo Sam.

–Hemos tenido un accidente. De verdad que ahora no puedo hablar.

–Espera, Grace. ¿Va todo bien? ¿Han llegado los bomberos?

–Sí, ya están aquí –de hecho, Jeff ya había subido del sótano y me hacía un gesto con el pulgar–. Parece que ya se ha solucionado…

Esperé con el corazón desbocado.

–Quiero invitarte a cenar.

–Esta noche estoy ocupada –no era exactamente una mentira. El caos del sótano me tendría ocupada aquella noche y otras muchas más.

–Mañana.

–Sam…

–¿Por qué no? –era una pregunta bastante razonable y merecía una respuesta sensata, o al menos una excusa legítima. Pero yo no tenía ni una cosa ni otra.

–No puedo, ¿de acuerdo? Lo siento, Sam, pero tengo que colgar.

Jared aún no se había puesto en pie, y la preocupación se reflejaba en el bonito rostro de Shelly. Tenía la mano de Jared entre las suyas, sus dedos entrelazados, mientras Bill le palpaba el tobillo. Jeff había vuelto a bajar al sótano y no se oía nada.

–No puedo dejar de pensar en ti.

Mi dedo pulgar se acercaba al botón, pero en el último momento me detuve y volví a apretar el auricular a la oreja. El pendiente se me clavó en el lóbulo, separé los labios y dejé escapar un suspiro.

—Cena conmigo.

Cerré los ojos y la oscuridad me envolvió. Tomé aire, lo expulsé. Volví a tomarlo. Pensé en los ojos azules y el pelo negro de Sam, en su sabor, en cómo lo había sentido dentro de mí…

No creía en una luz blanca al final del túnel, y tampoco creía en el destino.

—Lo siento. He de colgar.

Antes de que pudiera hacerme cambiar de opinión, puse fin a la llamada y volví a la caótica realidad que me aguardaba.

—Qué desastre —mi padre chasqueó con la lengua y recorrió el lavadero con la mirada.

—Y que lo digas —murmuré mientras me frotaba la frente. Afortunadamente se había apagado el fuego antes de que causara daños más graves, salvo chamuscar las vigas del techo. El aire seguía impregnado de humedad y olor a quemado y el agua se había evacuado por el desagüe del suelo, pero había dejado una capa de sedimentos que llevaría mucho tiempo y esfuerzo limpiar a fondo.

No quería que mi padre lo viera, pero naturalmente se presentó en la funeraria tan pronto se enteró de lo ocurrido, muy enfadado por no haber sido informado hasta el día siguiente. Mi excusa fue que había dado por hecho que ya lo sabía, pues las noticias volaban en Annville.

—El servicio de limpieza se ocupará de todo. Y Jared tendrá que guardar reposo uno o dos días por su tobillo —me apreté el entrecejo con el dedo corazón para intentar aliviar la jaqueca.

—¿Servicio de limpieza, dices? ¿Cuánto va a costar?

—Mucho, como es lógico —respondí con irritación.

Me miró con el ceño fruncido.

—Podrías empezar a limpiar y…

—No pienses que lo voy a hacer yo, papá —lo interrumpí tajantemente—. No tengo ni el tiempo ni el material necesario, así que deja que se ocupen los profesionales, ¿de acuerdo?

–Solo estaba pensando en la factura.

–El presupuesto contempla casos como este, papá. No nos vamos a arruinar por esto.

Tal vez tuviera que pasarme varios meses comiendo sopa de fideos y hamburguesas con queso, pero estaba acostumbrada a recortar gastos. Lo malo serían las consecuencias en mi vida social y sexual.

Mi padre suspiró y apoyó las manos en las caderas.

–Puedo limpiar yo.

–¡Ni hablar! –imité su postura–. No necesito que lo hagas.

Volvió a contemplar el desastre antes de mirarme a mí.

–Con Jared de baja necesitarás ayuda, ¿no?

–Me las arreglaré. De todos modos, no voy a ir a ninguna parte –no sin el dinero destinado a pagar mis citas.

La llamada de Sam apareció de repente en mi cabeza, y por más que lo intenté no conseguí borrar el recuerdo.

–¿Cuánto va a costar? –volvió a preguntarme mi padre.

No pude aguantarlo más y salí del lavadero, dejando que mi padre contemplara a solas los daños que su preciosa funeraria había sufrido por mi culpa. Arriba encontré a Shelly junto a la cafetera, tomando rápidos sorbos de una taza. La imagen me extrañó. Shelly no sabía preparar un café en condiciones, y tampoco lo bebía. Ni siquiera tomaba té.

–¿Es descafeinado? –le pregunté.

Ella negó con la cabeza y tomó otro trago. Me serví una taza y añadí leche y edulcorante.

–¿Shelly?

Me ofreció una tímida sonrisa.

–No está tan mal cuando te acostumbras al sabor.

Asentí seriamente mientras sorbía de mi taza.

El tictac del reloj de pared era lo único que rompía el silencio.

–¿Cómo está Jared? –le pregunté.

–Se pondrá bien. Solo es un esguince –la sonrisa desapareció de sus labios y se echó más café en la taza, aunque aún estaba medio llena–. Tiene que guardar reposo.

Fingí que examinaba los folletos que había en la bandeja de la impresora.

—Lo sé.

Shelly farfulló algo ininteligible y bebió más café. La miré de reojo y advertí el rubor de las mejillas y el brillo de los ojos. Demasiada cafeína para quien no estaba acostumbrada.

—Mi padre estará por aquí —le dije—. Ignóralo, ¿de acuerdo?

Ella dejó su taza en la encimera.

—¿Tu padre?

—No dejes que te afecte, Shelly.

Volvió a sonreír, esa vez con más seguridad.

—Mi jefa eres tú, no él.

—Eso es, y que no se te olvide —la apunté con el dedo índice y levanté la taza—. Buen café, por cierto.

—Gracias —respondió ella con una radiante sonrisa.

El teléfono empezó a sonar y fue a responder mientras yo me llevaba el café al despacho. Tenía que empezar a hacer malabarismos con el presupuesto y averiguar qué demonios iba a hacer, aunque la respuesta era muy sencilla: gastar lo menos posible.

La situación estaba lejos de ser crítica. Aparte de mis citas con Jack llevaba un estilo de vida bastante austero, por lo que no me costaría mucho renunciar a un sofá nuevo y a comer fuera durante una larga temporada.

Todo era cuestión de establecer prioridades.

Jack se encontró conmigo en la misma habitación que habíamos usado la última vez. No la reconocí por el número gris de la puerta, sino por el empapelado sobre la cama y la mancha que había dejado un cigarro encendido en el lavabo del baño.

No nos saludamos y él no sonrió. La puerta se cerró detrás de nosotros y Jack me empujó contra ella, levantándome la falda con las manos y pegando la boca a mi cuello. Hincó los dientes en mi carne mientras yo le agarraba el cinturón. Gruñó y me entrelazó los dedos en el pelo cuando introduje la mano en sus vaqueros.

Me tumbó en la moqueta, tan desgastada que no me protegió las rodillas del golpe. Ya me preocuparía más tarde de las magulladuras, porque en esos instantes era mucho más acuciante el tirón que me daba en el pelo.

Se quitó los vaqueros con rapidez y habilidad y le bastaron tres pasadas de su mano para conseguir una erección. Podría zafarme de su agarre si quisiera, pero en eso consistía el juego. Dejé que tirase de mí hacia su polla y me la metí en la boca lo más profundamente posible mientras yo misma me tocaba entre los muslos.

No le había dicho por teléfono que aquello era lo que quería. Tan solo lo que no quería. Nada de conversación, ni tacto, ni suavidad. Quería que me follara de una manera bestial, salvaje, despiadada. No estaba muy segura de que me hubiese entendido, pero Jack demostró haber mejorado mucho en las artes sexuales. Poco importaba si lo había aprendido de mí o de otra mujer con más dinero que gastar. Lo único que importaba era la ansiedad con que empujaba dentro de mi ávida boca.

Para mí casi era mejor dar placer que recibirlo. Me encantaba arrodillarme delante de los hombres y hacerles un homenaje con mis labios, dientes y lengua. Que se corrieran mientras se deshacían en arrebatados gemidos roncos y me tiraban del pelo. Aquel día se lo hacía a Jack, quien a su vez me lo hacía a mí.

Sentí sus temblores y cómo el sabor salado de su semen impregnaba el interior de mi boca, aunque aún sin llegar a eyacular del todo. Lo chupé un poco más y retiré la boca para reemplazarla por la mano.

Lo habría llevado al orgasmo en cuestión de segundos, y a mí también, pero Jack me levantó y me agarró por las muñecas. Jadeando, me soltó una de las manos para acercar una silla de respaldo alto, sacar un preservativo del bolsillo y sentarse en la silla sin soltarme la otra mano.

–Pónmelo –me ordenó.

Levantó el trasero para bajarse los vaqueros y los calzoncillos hasta los tobillos mientras yo rasgaba el envoltorio. Le desenrollé el látex a lo largo del miembro al tiempo que él me metía las manos bajo la falda para tirar de mis bragas. A continuación, me colocó las manos en las caderas y me dio la vuelta, de espaldas a él, para guiar su miembro a mi interior.

Me tambaleé un momento, hasta colocar las manos en sus rodillas y apoyar firmemente los pies en el suelo. Jack no se movió mientras acoplábamos nuestros cuerpos. Aquella postura era nueva, aunque ya me había penetrado otras veces por detrás, y me costó unos segundos habituarme a ella.

–Mírate al espejo –me dijo.

Levanté la mirada y me vi, con el pelo cayéndome sobre los hombros y el rostro encendido. Estaba vestida, con la falda sobre los muslos y la blusa abotonada. De Jack no veía nada, salvo sus manos en mis caderas, pero cuando intenté moverme para verle la cara me clavó los dedos en la falda.

–No.

Me detuve al momento.

–Desabróchate la blusa.

Lo obedecí y él empezó a empujar lentamente. Sentí la tensión de sus muslos bajo mis nalgas y sus dedos subiéndome la falda hasta que mi vello púbico asomó bajo el dobladillo.

Debajo de la blusa llevaba un sencillo sujetador de algodón, sin encaje ni volantes. Los pezones se apreciaban claramente a través del tejido. Jack subió la mano por mi estómago, me agarró un pecho y pellizcó el pezón.

–Quítate el sujetador –su voz era más grave y profunda, y el calor de su aliento traspasaba el tejido de mi blusa–. Mírate las tetas.

«Tetas…». Tampoco hablando íbamos a andarnos con eufemismos. Me relamí al oírlo e hice lo que me ordenaba. El sujetador tenía un cierre frontal y no hizo falta más que una ligera presión con el pulgar para abrirlo. La prenda cayó y dejó al descubierto mi piel de gallina.

Jack me pasó una mano sobre los pechos y con la otra siguió subiéndome la falda.

–¿Te ves el chichi?

Una palabra obscena y al mismo tiempo inocente que yo jamás usaba. Para mí es «la vagina» o «el coño», palabras con más fuerza.

–Sí –tuve que volver a relamerme al hablar. La mano de Jack se deslizó entre mis muslos y encontró el clítoris. Empezó a frotarme en círculos, despacio, siguiendo el ritmo de sus embestidas.

Se detuvo un momento y retiró la mano, y cuando volvió a tocarme tenía el dedo mojado. La idea de que se lo hubiera lamido para conseguir un mejor deslizamiento me provocó un gemido y una fuerte convulsión.

–¿Te gusta?

–Sí… –la palabra se transformó en un susurro de placer cuando los círculos de su dedo desataron una ola de calor por todo mi cuerpo.

Igual que antes podría haber liberado mi pelo de su agarre, ahora podría moverme sobre su erección. Pero había algo delicioso en la dulce tortura de sus pausados movimientos.

–¿Ves cómo te toco?

–Sí.

–Mira.

–Estoy mirando.

Gemí cuando retiró el dedo y volví a gemir, más fuerte, cuando lo introdujo aún más mojado que la primera vez. Cerré los ojos y me lo imaginé probando el sabor de mi excitación…

–Mira –me ordenó, haciendo que me preguntara cómo sabía que tenía los ojos cerrados.

No podía verle la cara en el espejo. Solo las manos; una en mi cadera y la otra entre mis piernas. Pero quizá él podía verme a mí. Mi rostro desencajado en una mueca de placer, mis ojos brillantes, mi boca entreabierta, mis tetas, mis pezones, rojos y endurecidos, la curva de mi vientre, los rizos negros entre los que hurgaba con la punta del dedo…

De repente se detuvo, dejó el dedo sobre el clítoris y en vez de moverlo en círculos empezó a ejercer una presión firme y constante, tan despacio que no podía ver sus movimientos.

Pero sí podía sentirlos. Apretaba y aflojaba. Apretaba y aflojaba. Mucho más lento que mis pulsaciones, que me latían frenéticamente en las muñecas, en la garganta, en el sexo y debajo del clítoris.

El sudor salado me abrasaba los labios, hasta que me los lamí y entonces me abrasó la lengua. En el espejo vi el músculo rosado deslizándose sobre mi boca y el destello de los dientes al morderme el labio para sofocar un grito.

–Te noto cada vez más caliente –dijo Jack contra mi omoplato–. Tu clítoris se hincha bajo mis dedos. Mírate… ¿Estás mirando?

–Sí… –quería preguntarle si él también estaba mirando, pero la excitación me impedía hablar.

Nunca me había visto al correrme, ni siquiera en las pupilas de mi amante. Siempre cerraba los ojos en el último instante, como si el orgasmo pudiera ser más intenso por las luces que explotaban detrás de mis párpados. Pero ahora quería verme.

Me arqueé para que Jack intensificara sus embestidas, pero me negó el ruego tácito. Siguió apretándome con el dedo y luego se detuvo, lo movió en círculos unas cuantas veces hasta llevarme al límite y entonces volvió a detenerse. Moví las caderas e intenté levantarme, desesperada por liberar toda la presión contenida, pero Jack me aferró con fuerza la cadera y me detuve. Podría haberme movido, podría obtener lo que tanto ansiaba, pero no lo hice.

Pegó la cara a mi espalda y reanudó los movimientos con el dedo. La tortura se prolongó lo que pareció una eternidad. Me llevaba hasta el borde del clímax y entonces se detenía. Su polla palpitaba en mi interior, y las paredes de mi sexo eran tan sensibles y mi clítoris estaba tan hinchado, que cada vez que el pene se movía con su respiración era como si me estuviera perforando hasta el fondo.

–¿Sigues mirando?

–Sí.

No podía apartar la mirada. Tenía las mejillas pálidas, pero el rubor cubría mi pecho y ascendía por el cuello. No veía la mano de Jack, pero sentía sus movimientos, tanto como sentía sus palpitaciones dentro de mí.

Las piernas me dolían por la tensión de mantenerlas inmóviles. Los muslos de Jack empujaron ligeramente hacia arriba y su miembro se hundió un centímetro más en mí. Con eso fue suficiente. Puse una mano sobre la suya para aumentar la presión de su dedo. Él no se movió ni volvió a empujar, y yo no cerré los ojos.

Tan violento me resultaba ver mi cara contraída por el éxtasis que tuve que fijar la mirada en un punto de la pared en vez de mirarme a los ojos. Me mordí el labio con tanta fuerza que fue un milagro que no me desgarrara la carne.

Me corrí con una fuerte sacudida, pero en silencio. Era un orgasmo demasiado intenso para gritos o gemidos. Me dejó sin aliento y sin fuerzas, barrida por una ola tras otra de deslumbrante placer que me cegó la vista y me mantuvo pegada a Jack, quien empezó a follarme en cuanto retiró la mano de mi clítoris, aunque la fuerza de sus acometidas lo presionaba igualmente. Iba a correrme otra vez, pero ya no sería en silencio, sino con un grito prolongado que habría sido más fuerte si me hubiera quedado aire en los pulmones.

Detrás de mí, Jack gimió y se reclinó en el respaldo de la silla, de tal modo que su pelvis se elevaba con cada empujón. Yo me incliné hacia delante, apartando la vista del espejo pero abriendo mi cuerpo por completo. No había la menor fricción, tan solo una penetración suave y resbaladiza que subía imparablemente de ritmo. Yo quería correrme otra vez, pero el tercer orgasmo me evitaba. La presión era excesiva o insuficiente.

Jack me agarró por las caderas y me movió al tiempo que empujaba. El nuevo y enloquecido ritmo me hizo daño, pero no me importaba. Con un grito salvaje, me propinó una última embestida que me levantó todo el cuerpo.

Sus manos se aflojaron, igual que su miembro. Conseguí recuperar el aliento y me levanté con piernas temblorosas para ir al baño a rociarme la cara con agua fría. Jack me siguió al cabo de un minuto y yo me aparté para dejarle sitio en el lavabo. Bebió agua con la mano y me miró con una sonrisa en los labios relucientes.

–Hola.

–Hola –le respondí, sonriéndole también.

Bajo luz fluorescente del baño también podíamos ver nuestro reflejo, pero no era lo mismo, ni mucho menos. Me puse el sujetador y me abroché los botones de la blusa. El rubor empezaba a desvanecerse de mi piel.

Jack ya se había quitado el preservativo y se subió los calzoncillos y los vaqueros. Se dejó el cinturón desabrochado, y entre la cintura y la camiseta se veía el pelo del vientre.

–Eres guapísimo –le dije sin pensar.

Jack se había inclinado para beber agua otra vez, tragó y cerró el grifo. Se irguió y se miró al espejo antes de mirarme a mí.

–¿Guapísimo? –repitió, como le costara entender el cumplido.

–Y tanto que sí –me lavé las manos y me las sequé en la toalla pulcramente doblada en el toallero–. Muchísimo.

Volvió a mirarse al espejo y se quitó el pelo de la frente con una mano mojada.

–¿Nadie te lo había dicho nunca? –le di un codazo amistoso y salí del baño.

–No –respondió, saliendo detrás de mí.

–Pues lo eres –me estiré para aliviar los músculos agarrotados, sobre todo los muslos–. Eres realmente guapo.

–De acuerdo –rió–. Gracias. Tú también lo eres.

Fue mi turno para reírme. Encontré mis bragas y me las puse.

–Gracias.

–Lo digo en serio.

Lo miré a los ojos.

–Gracias, Jack.

–De nada.

Sonó un móvil. En esa ocasión era el de Jack, pero yo aproveché para mirar el mío y comprobar que no tenía mensajes. Jack no respondió. Se limitó a mirar el número y cerró el móvil.

–Tengo que irme –le dije–. Gracias por verme habiéndote avisado con tan poco tiempo.

Se encogió de hombros y se metió el teléfono en el bolsillo.

Le di un sonoro beso en la mejilla mientras le agarraba el trasero y me aparté.

–Te llamaré.

–De acuerdo –dijo él.

Al llegar a casa me recibió un fuerte olor a detergente. El personal de limpieza se había tenido que emplear a fondo para limpiar el sótano. Jared volvería al trabajo al día siguiente y yo tenía una cita a una hora muy temprana.

El móvil empezó a sonar cuando estaba subiendo la escalera, y respondí sin mirar siquiera el identificador de llamada. Pero la voz que me saludó no era la de un mensaje grabado.

–Grace –no era una pregunta.

Mi respuesta tampoco lo fue.

–Sam.

Capítulo 11

—Seguro que te estás preguntando cómo he conseguido este número.

—La verdad es que sí –abrí la puerta de mi casa y encendí la luz. Me quité los zapatos y fui a la cocina a por algo de beber y comer.

—Tu gerente se compadeció de mí, después de haber llamado tantas veces, y la convencí para que me diera tu número.

—¿Cómo lograste convencerla de que tu intención no era estrangularme y arrojar mi cadáver al vertedero? –le pregunté en tono muy serio, aunque estaba sonriendo para mí misma.

—No fue necesario… Quizá se merezca un aumento de sueldo.

Intenté ahogar una carcajada, pero se me escapó una risita.

—Tendré que hablar con ella.

—No seas muy dura. La pobre ya no sabía cómo atender mis llamadas. Puedo ser un pelmazo cuando quiero, ¿sabes?

Abrí el frigorífico y encontré una jarra de zumo de naranja y un cuenco de uvas lavadas.

—No me digas…

—No lo digo yo –respondió Sam–. Pero lo he oído tantas veces que supongo que será cierto.

Llené un vaso de zumo y me llevé una uva a los labios.

—Es muy tarde, Sam. Tengo que acostarme.

—¿Sola?

—Sí.

—Qué triste.

Oí un crujido y me lo imaginé tendido en su cama.

–¿Dónde estás?

–En la cama. Solo. Es muy triste, Grace. La cama tiene sábanas de vaqueros.

–¿Cómo?

–Sábanas de vaqueros.

–¿Qué haces en una cama con sábanas de vaqueros? –me tomé otra uva y bebí un poco de zumo mientras me dirigía al dormitorio, donde me esperaba mi cama con sábanas de franela.

–Estoy en casa de mi madre –más crujidos–. Las sábanas son de mi hermano. Las mías tenían dibujos de dinosaurios, pero no las he encontrado en el armario y por eso me he quedado con los vaqueros.

–Qué triste –dije, riendo.

–No tanto como estar solo.

Acostumbrada a desnudarme con una mano mientras hablaba por teléfono, me quité la falda y la blusa y las arrojé al montón de la colada.

–Si te duermes no te darás cuenta de que estás solo.

–Pero soñaré que estoy solo, y cuando me despierte me sentiré muy triste –se oyó otro crujido y un pequeño gemido.

Una sospecha me asaltó de repente.

–¿Qué haces?

–Nada –una pausa–. ¿Qué creías que estaba haciendo?

No iba a decirle que me lo había imaginado masturbándose mientras librábamos un duelo de ingenio.

–Pareces muy contento.

–Gracias. Estaré aquí toda la semana. No olvides darle una propina a tu gerente.

–Tengo que dejarte –necesitaba darme una ducha antes de irme a la cama, pero la idea me daba mucha pereza. Miré la puerta del baño, la cama y el teléfono. Era tarde, estaba cansada y tenía que madrugar.

Debería acabar la llamada, pero no lo hice. Llevé el cuenco vacío y el vaso a la cocina y volví a la habitación, me puse unos pantalones de pijama y una camiseta y me metí en la cama.

–Es muy tarde. Tengo que dormir.

–¿Estás en la cama?

–Sí.

Sam emitió un extraño ruidito que me puso de punta los pelos de la nuca.

–¿Qué llevas puesto?

–Un pijama.

–¿De seda?

–Lamento decepcionarte. De franela.

–Me encantan los pijamas de franela…

Solté una risita.

–Buenas noches, Sam.

Otro gemido y el crujido del colchón.

–Al menos dime que puedo volver a llamarte.

La sonrisa se borró de mi cara. Escuché atentamente el sonido de su respiración, interrumpida momentáneamente por otro crujido y un gemido ahogado. La posibilidad de que se estuviera masturbando mientras hablaba conmigo cada vez parecía más probable.

–Sam, ¿se puede saber qué estás haciendo? ¿Por qué no dejas de gemir y de moverte?

–Mi hermano me ha dado una paliza y me cuesta encontrar una postura cómoda. Les podría echar la culpa a las sábanas de vaqueros, pero el verdadero motivo es el ojo morado y el dolor de costillas.

Me quedé boquiabierta de espanto.

–¿Tu hermano Dan?

–Solo tengo un hermano.

Recordé la expresión de Dan en el cementerio y a su mujer llevándoselo.

–¿De verdad te ha pegado?

–Sí, pero él también recibió, así que no te preocupes por mí, Grace. A menos que… –bajó la voz– quieras venir a ser mi enfermera.

Cerré la boca de golpe.

–¡Ni hablar! ¡Buenas noches!

–¿Puedo volver a llamarte?

–Creo que no –apagué la luz, casi esperando que volviera a pedírmelo. Era lógico acabar cediendo a un pelmazo como él…

–Eso no es un «no» rotundo.

Guardé un largo silencio, mirando al techo a oscuras aunque no podía ver nada.

–No, supongo que no lo es.

–¿En qué piensas?

–¿Te gustan las películas de terror?

–Depende.

–¿De qué?

–De si me estás invitando a ver alguna.

Me arropé hasta la barbilla.

–Más de una. Es un festival de terror al que pensaba ir sola, pero puedes venir conmigo si quieres.

–¿Por ti? Claro que iré.

–De acuerdo. ¿El sábado, entonces?

Fijamos los detalles del sitio y la hora y le di finalmente las buenas noches.

–Que duermas bien –respondió él, y para mi asombro y decepción colgó, dejándome a solas en la cama, mirando algo que sabía que estaba allí pero que no podía ver.

Jared volvió al trabajo tan animado y bromista como siempre, aunque con una ligera cojera, y se quedó impresionado al ver el estado del sótano.

–Buena limpieza.

–Su precio lo valía –además de limpiar a fondo el sótano, había sustituido la lavadora y la secadora por otras nuevas y un poco más pequeñas–. Y mira… puedes ser el primero en usarlo.

Jared miró el carrito lleno de colada y puso una mueca.

–No sé cómo agradecértelo…

Le di una palmadita en el hombro.

–Tranquilo, grandullón. ¿Cómo está tu tobillo?

Se encogió de hombros y agarró la caja de guantes de látex

que yo había dejado en la estantería nueva, junto a la lavadora. Pero donde Jared veía novedades yo veía un montón de dinero esfumándose en el aire. Aparté rápidamente el pensamiento de mi cabeza. El riesgo y los gastos formaban parte del negocio.

–Me duele un poco, pero estoy bien.

–Ajá –no intenté ayudarlo. Tenía una cita dentro de veinte minutos y no podía ponerme a hurgar en la ropa sucia con mi impecable atuendo–. Menos mal que no te golpeaste en la cabeza.

Jared cargó la lavadora y examinó los botones sin mirarme.

–Sí.

Un ligero carraspeo nos hizo volvernos hacia la puerta. Normalmente Shelly vestía con faldas por la rodilla, blusas abotonadas hasta el cuello y rebecas si el tiempo lo pedía. Pero aquel día iba aún más recatada de lo habitual. Se había recogido el pelo de una manera nada favorecedora y su pintalabios era más discreto que de costumbre.

–Tienes una llamada, Grace.

–Gracias –miré a Jared, que estaba absorto con los mandos de la lavadora, y luego a Shelly, que miraba el auricular que tenía en la mano como si estuviera emitiendo una señal en morse. Agarré el teléfono y las dos subimos a la oficina.

La llamada era de mi padre, para preguntarme cómo había ido la limpieza del sótano. Cuando llegué a mi despacho ya me había soltado las quejas y reprimendas de siempre. Apenas le presté atención mientras hojeaba los papelitos rosas con los mensajes. No había ninguno de Sam.

–¿Me estás escuchando, Grace?

–Claro, papá –dejé los papelitos y me recordé a mí misma que no me importaba.

–Te estaba diciendo que quizá me pase a echarles un vistazo a los libros y ver dónde te puedes apretar el cinturón.

Moví el ratón para encender la pantalla del ordenador, pero ésta permaneció apagada. Giré el ratón y vi que la luz roja estaba encendida, de modo que no se había quedado sin pilas.

–Maldita sea.

–¿Cómo?

–No te lo decía a ti. Es el ordenador. Bueno… y también lo decía por ti.

Mi padre protestó con un gruñido.

–Ya sé que no te gusta que me entrometa en tu negocio…

–Tienes razón, no me gusta –la pantalla se encendió finalmente, muy despacio, pero apareció un mensaje de error diciéndome que tenía que reiniciar. Impaciente, presioné el botón en la parte posterior del disco duro.

–Es una lástima –dijo mi padre.

–¿No hemos hablado ya de esto?

Suspiré de frustración mientras esperaba a que el ordenador arrancase. Funcionaba de una manera extraña desde el incidente de la lavadora, como si la subida de tensión lo hubiera averiado. El escritorio apareció en el monitor, pero no conseguí abrir ningún programa. Los iconos brincaban alegremente al ser activados, pero nada más. Entonces apareció el cursor giratorio de colorines y tuve que apagar de nuevo el ordenador.

–Solo quiero ayudar, Grace.

Volví a suspirar mientras el ordenador intentaba arrancar, en vano.

–Tengo que dejarte, papá. Creo que se me ha roto el ordenador.

–Yo jamás necesité un ordenador para dirigir el negocio –se jactó mi padre.

–Gracias por los ánimos, sabelotodo –la pantalla se oscureció y volvió a aparecer el mensaje de error.

–No me gusta ese tono –no añadió «jovencita», aunque estaba implícito.

–¡Papá! –grité, pero enseguida bajé la voz–. Me estás volviendo loca. Si quieres venir a examinar mis libros, adelante. Pero todo marcha perfectamente. No voy a morirme de hambre ni voy a perder el negocio.

De nuevo el discreto carraspeo de Shelly me advirtió de que estaba en la puerta. Me indicó con un gesto que mi cita había llegado.

–Tengo que colgar, papá.

–Solo intento ayudar –repitió él en tono agraviado.

Como era lógico, acabé cediendo.

–Lo sé. Ven esta tarde. Si puedo conseguir que el ordenador funcione, podrás hacer lo que quieras con los libros, ¿de acuerdo?

Apaciguado pero ni mucho menos satisfecho, mi padre accedió y colgó mientras yo me levantaba para saludar a la pareja que había ido a preparar el funeral de una tía solterona. El resto de la jornada transcurrió en un continuo revuelo de citas, llamadas y velatorios. Había días de abundancia y días de escasez, como a mi padre le gustaba decir. El negocio de las pompas fúnebres no era de los más predecibles.

Cuando volví a la oficina después del tercer velatorio del día, el estómago me rugía de hambre y los pies me dolían horrores a pesar de los discretos tacones que llevaba.

Shelly me estaba esperando, aunque era mucho más tarde de lo habitual. El orden de su mesa contrastaba con el caos que me encontraría en la mía. Jared no me había acompañado al velatorio y su coche no estaba en el aparcamiento, lo que significaba que aquel día no iba a llevar a Shelly a casa.

–Es muy tarde –dije mientras colgaba las llaves del coche fúnebre en su gancho correspondiente–. Deberías irte a casa.

–Ya… –me sonrió tímidamente–. Quería asegurarme de que volvías sin problemas.

Era curioso cómo la actitud maternal de Shelly no me irritaba tanto como la de mi propia familia.

–Vamos, vete. No tienes que quedarte por mí. ¿Va a venir a recogerte Duane?

–No, me iré yo sola.

Ordenó por última vez su mesa, algo del todo innecesario, y se levantó para agarrar su rebeca del respaldo de la silla.

–Creía que Jared te llevaba a casa.

Se abrochó los botones de la rebeca hasta el cuello, aunque la temperatura era bastante suave.

–Ya no –agarró el bolso y revolvió su interior.

–¿Shelly?

Detuvo lo que estaba haciendo y me miró.

–¿Quieres hablar de ello?

Fue lo más acertado que podía decirle, y al mismo tiempo lo más inapropiado. Shelly rompió a llorar, se derrumbó en su silla y enterró la cara en los brazos. No era exactamente la reacción que yo esperaba, aunque debería haberlo sospechado. Me quité la chaqueta, la colgué en el perchero y agarré la caja de pañuelos para darle uno tras otro.

–¡Oh, Graaaaace! –gimió desde la cavidad que sus brazos habían creado para ocultar su rostro–. ¡Me siento tan… tan… tan…!

Me senté en el borde de la mesa y le di unas palmaditas en el hombro.

–¿Tan qué?

–¡Tan confundida!

Shelly tenía tendencia al llanto cuando se encontraba sometida a un gran estrés, pero normalmente lo hacía de una manera más reservada. Los pañuelos apenas podían contener el torrente de lágrimas que resbalaba por sus mejillas.

–¿Por Jared?

–¡No!

–¿Por Duane? –le pregunté en el tono más delicado que pude.

–No. Sí –me miró–. ¿En qué estaría pensando?

Le di otro pañuelo.

–No lo sé, Shelly. ¿En que te gustaba, tal vez? ¿En que a él le gustabas tú?

–Sí, pero… –soltó una obscenidad nada propia de ella y se secó la cara. Sin el poco maquillaje que usaba, parecía mucho más joven–. Estoy tan confusa…

Eso ya lo había dicho, pero no podía criticarla por repetirlo.

–¿Te puedo preguntar algo?

Volvió a mirarme con una expresión esperanzada en sus ojos llenos de lágrimas.

–Claro.

–¿Eres… feliz?

Si alguien me lo hubiera preguntado a mí no habría sabido qué responder, pero Shelly negó enérgicamente con la cabeza.

–¡No!

–¿Y eso no te dice algo?

–Mucho –admitió ella sin parar de llorar.

Me hacía falta una ducha y cambiarme de ropa. Y una cerveza también. O quizá dos.

–Sube conmigo a casa, ¿de acuerdo? Tengo que comer algo… que no sean galletas –añadí antes de que me las ofreciera–. Vamos.

Shelly estuvo llorando en mi sofá mientras yo calentaba una pizza y abría dos botellas de Tröegs Pale Ale. Le di una a Shelly y fui a mi dormitorio, donde me cambié el traje por unos vaqueros y una camiseta. Una vez más, la ducha tendría que esperar.

Cuando volví al salón Shelly se había bebido la mitad de la cerveza, había dejado de llorar y había llevado platos y servilletas a la mesa.

El horno emitió un pitido y saqué la pizza para cortarla en trozos. Shelly agarró uno, pero no se lo comió. Por mi parte, devoré el mío en pocos bocados y agarré otro. Saciado el apetito, bebí un poco de cerveza y me recosté en el asiento con un suspiro.

–Es un buen hombre, Shelly –no especifiqué a quién me refería. En realidad no importaba, pues los dos eran buenos tipos. A mí me gustaba más Jared, pero mi opinión no era imparcial.

–Sí –Shelly asintió y se llevó una mano a los ojos, rojos e hinchados–. Lo sé.

–¿Podrías decirme, sin entrar en detalles…? –empecé a preguntarle.

–¡Me he acostado con él! –gritó ella. Los labios le temblaban, pero su voz era firme–. No podía soportarlo más y lo hice.

Tomé rápidamente un trago de cerveza para ocultar mi perplejidad, pero el líquido se fue por el conducto equivocado y me provocó un ataque de tos. Shelly volvió a secarse los ojos y recurrió a la cerveza para contener otro aluvión de lágrimas.

–Estoy…

–¿Sorprendida? –me interrumpió–. ¿Por qué? ¿De que lo hiciera conmigo?

—No, claro que no…

Shelly golpeó la mesa con la palma de la mano.

—Los hombres se acuestan con quien sea, Grace. ¡Además le dije que me estaría haciendo un favor!

—No creo que se acostara contigo sin desearlo, Shelly —dije, intentando elegir bien las palabras—. Espera un momento… ¿has dicho que era un favor?

Levantó el mentón y apretó los labios.

—Sí. Le dije que me haría un favor. ¿Cómo voy a saber si quiero pasar mi vida con Duane si nunca me he acostado con otro hombre? ¿Cómo voy a saber si Duane es bueno en la cama si no tengo con quién compararlo?

—Entonces… la noche en que Jared se lastimó el tobillo…

—Lo hicimos —declaró Shelly, orgullosa y al mismo tiempo vacilante.

Acabé la cerveza mientras ella me miraba con expectación.

—¿Y cómo fue?

Un par de lágrimas más asomaron a sus ojos, pero las apartó rápidamente.

—Maravilloso.

Entendía muy bien cómo debía de sentirse. Mal por haber engañado a su novio… y aún peor porque su aventura hubiera sido mejor de lo que esperaba.

—Puedes olvidarte de una mala experiencia, pero no de una buena.

—Creía que podría superarlo… que podría sacármelo de la cabeza. Estaba segura de que si lo hacíamos me demostraría algo importante a mí misma. Y así fue… ¡pero de la manera equivocada!

Le di otro mordisco a mi pizza mientras pensaba en la mejor respuesta.

—¿Qué vas a hacer?

—¿Qué debo hacer?

—¿Me lo preguntas a mí? —me levanté para llevar el plato al lavavajillas—. Por si no te has dado cuenta, yo no tengo novio, mucho menos dos.

–Jared no es mi novio –respondió de inmediato, pero sin mucha convicción–. Y no soy estúpida, ¿sabes?

Me giré para mirarla.

–Nunca he pensado que lo fueras.

–No puedes decir que no tienes novio o a alguien escondido por ahí. ¿Crees que no sé adónde vas cuando te marchas de la oficina? ¿Qué pasa con Sam?

–No es lo que te imaginas, Shelly.

–¿Ah, no? No irás a decirme que te vas al bingo…

–No, pero tampoco voy a ver a un novio.

–Pero sí vas a ver a alguien –insistió con esperanzada obcecación.

–Sí –no dije nada más, ni detalles ni explicaciones. No tenía por qué hacerlo. ¿Desde cuándo me había convertido en la asesora de Shelly?

–Grace, por favor… Me vendrían muy bien tus consejos.

Volví a sentarme frente a ella.

–¿Quieres a Duane?

Shelly asintió, pero muy despacio.

–Eso creía.

Maldición.

–¿Quieres a Jared?

Negó con la cabeza demasiado rápido.

–No, claro que no.

–¿Por qué no? Jared es guapo, divertido, simpático… No se merece esa cara que has puesto, como si fuera una especie de psicópata o algo peor.

Sonrió.

–Es mono.

–Shelly, ojalá tuviera una respuesta para darte. Pero me temo que…

–¿Qué?

–Que no soy la persona más apropiada para aconsejarte. Nunca he querido casarme ni tener una relación formal con nadie. No soy quién para darte consejo.

–Lo he echado todo a perder –dijo ella–. No puedo decírselo a Duane. Le rompería el corazón y no querría volver a verme nunca más.

–Es posible, pero quizá sea eso lo que tú quieres… –sugerí. Me preparé para sacar el vodka si Shelly empezaba a llorar de nuevo, pero se limitó a sorber por la nariz y ocultar el rostro en las manos. Así permaneció un minuto, hasta que se levantó con un débil suspiro.

–Debería irme a casa.

–¿Estás bien para conducir?

–Ya sé que parezco una girl scout, pero solo he tomado media cerveza.

Se lo preguntaba por su estado mental, no por lo que hubiera bebido, pero de todos modos me reí.

–Solo me estaba asegurando.

–¿Necesitas que te ayude a recoger esto? –señaló la mesa.

–No. Vete a casa. Nos veremos mañana.

Shelly asintió y sonrió, y cuando me levanté para acompañarla a la puerta me sorprendió con un fuerte abrazo.

–Gracias, Grace.

Lo único que yo había hecho era verla llorar, pero no me pareció que debiera protestar y le devolví el abrazo.

–Aquí me tienes para lo que necesites.

Estaba cerrando la puerta cuando Shelly me llamó desde la escalera.

–Oh, se me olvidaba… Tu padre vino cuando estabas fueras.

Suspiré y me apoyé en el marco de la puerta.

–¿Y?

–Le dije que no había tenido tiempo para arreglar tu ordenador, y entonces se llevó tu portátil.

La furia no siempre hierve la sangre. A veces la congela.

–¿Qué?

–Sabía que no estarías de acuerdo –se apresuró a decir–. Pero tu padre…

Mi cara debió de aterrorizarle, porque acabó la frase con un chillido.

–Mi padre. Ya.

–Le dije que no tú no lo permitirías, pero…

–No es culpa tuya –murmuré entre dientes, aunque en el fondo quería estrangularla. De repente había perdido toda simpatía por Shelly y sus problemas amorosos–. Hablaré con él.

–Gracias –dijo ella, y desapareció de mi vista antes de que tuviera tiempo para seguirla.

Mi padre tenía mi portátil. El ordenador donde guardaba la contabilidad de la empresa y también mis propios gastos. Y entre esos gastos figuraban los que por nada del mundo querría compartir con mi padre.

Perra suerte la mía.

Para desahogarme me puse a limpiar el polvo con tanto ahínco que tardé unos segundos en oír el móvil. Solté la mopa y me lancé hacia el aparato, preparada para enfrentarme a mi padre.

–¡No puedo creer lo que has hecho! –grité.

Demasiado tarde me di cuenta de que no podía ser mi padre a esas horas, pues siempre se iba a la cama a las nueve y así poder madrugar a las seis.

–¿Quién es? –pregunté al no recibir respuesta.

–Keanu Reeves.

–Ah, claro… Hola, Kiki, ¿qué te cuentas?

–Poca cosa. Acabo de dar la vuelta al mundo en moto.

El hielo que me congelaba la sangre empezó a derretirse. Pero solo un poco.

–¿Y cómo ha sido?

–Lo más difícil fue cruzar el océano, pero afortunadamente puedo aguantar la respiración mucho tiempo.

–Hola, Sam. ¿Por qué te haces pasar por Keanu Reeves?

–Lo primero que dijiste, antes de que yo pudiera decir nada, fue que no podías creerte lo que había hecho. Así que pensé que tal vez Kiki tuviera más suerte…

–Creía que era mi padre el que llamaba –nada más decirlo recordé que Sam acababa de perder a su padre, y confié en que la mención del mío no le afectara demasiado.

–No, no era tu padre. Solo yo.

Miré el reloj. Eran más de las diez de la noche.

–A ver si lo adivino… ¿Las sábanas de vaqueros te impiden dormir?

Se echó a reír y un escalofrío muy diferente al que había sentido antes me recorrió la columna.

–No estoy en la cama. ¿Debería acostarme ya?

–¿Tienes sueño?

Volvió a reírse.

–No mucho.

–¿No tienes que trabajar por la mañana? –mientras hablaba iba de un lado a otro del apartamento, recogiendo platos y limpiando superficies.

–¿Yo? No, por Dios. Según mi hermano soy un vago sin remedio.

–¿Y lo eres? –escurrí el trapo y lo colgué en el grifo del fregadero, antes de girarme y apoyarme en la encimera.

–No –me pareció advertir cierta tensión en su voz–. Personalmente, creo que él es un obseso del trabajo. Pero… ¿qué sabré yo de eso?

–¿Nada?

Se rio otra vez.

–Dime una cosa. ¿Crees que soy un incordio o… encantadoramente perseverante?

–Es una pregunta compleja, ésa –llegué al dormitorio a oscuras y encendí la luz. Era una lámpara con forma de muñeca y con un gran sombrero haciendo de pantalla. La conservaba desde niña, y su cálido resplandor me hacía olvidar los desperfectos de la habitación.

–Te lo pregunto en serio.

–¿Por qué me sigues llamando?

–Porque quiero volver a verte y sé que saldrías huyendo si me presentara de improviso en tu puerta. Pero te advierto que quizá me plante bajo tu ventana con un equipo de música.

–¿Tan desesperado estás? –me tumbé en la cama y di un par de vueltas hasta encontrar mi postura.

–Sí.

Su respuesta arrancó un suspiro de mis labios. Ni siquiera intenté bromear con él.

–¿Por qué, Sam?

–¿No es evidente?

Me froté la frente y miré las sombras del techo.

–¡No puedo creer lo que dices!

–Fue más o menos así como empezamos la conversación, ¿no?

Me giré de costado para mirar el despertador.

–Y así vamos a acabarla. Tengo que dormir.

–Grace –la voz de Sam se tornó tan sensual que mi cuerpo respondió de manera inconsciente–. Me muero por volver a verte.

–Solo tienes que esperar hasta mañana.

–No quiero esperar.

–No es bueno desear tanto. Podrías llevarte una decepción.

–Ya soy mayorcito.

–Buenas noches, Sam.

Suspiró.

–¿Vas a dejarme así?

–Lo siento.

–No lo sientas. Tendré que consolarme yo solo… –se rio maliciosamente y colgó, dejándome otra vez con una imagen de su cuerpo desnudo y erecto.

Maldito fuera.

Capítulo 12

El festival constaba de ocho películas de terror, pero solo llegamos a tiempo para ver tres. Confié en que realmente fueran terroríficas y no horribles.

–Hola –me saludó Sam junto a la puerta–. Ya he comprado las entradas.

–No tenías por qué hacerlo. Te había invitado yo.

–No quería que nos quedáramos sin ellas. Había mucha gente haciendo cola.

No se veía a nadie más en la entrada del cine, pero no podía discutir con Sam cuando me sonreía de aquel modo.

–Pareces…

–¿Como si mi hermano me hubiera molido a palos?

Tenía un ojo morado y el labio hinchado.

–Más o menos. ¿De verdad llegasteis a las manos?

Se rio y pareció un poco avergonzado.

–Empezó él.

–Seguro –sin poder evitarlo, alargué la mano para tocarle la mejilla–. ¿Te duele?

–No, ya no. Entremos.

Insistió en pagar las bebidas y las palomitas de maíz, servidas en cartones inmensos y con posibilidad de rellenarlos de nuevo.

–Esto es el paraíso –dije.

–Seis horas de películas exigen muchas bebidas y palomitas –comentó Sam, guiñando su ojo bueno.

Era agradable que Sam se ocupara de todo, aunque me resultaba un poco extraño. Entramos en una de las salas, casi vacía, y nos sentamos en el centro de una espaciosa fila por donde podrían circular sillas de ruedas. Sam apoyó los pies en la barandilla, arrojó una palomita al aire y la atrapó con la boca. Yo intenté imitarlo, sin conseguirlo.

–Menos mal que se pueden rellenar –dije tras mi cuarto e infructuoso intento, que acabó con la palomita en mi pelo.

–Sí… Toma –me ofreció una palomita, que yo tomé de su mano tras un breve momento de duda–. ¿Qué vamos a ver? –preguntó mientras abría una bolsa de chocolatinas.

Le eché un vistazo al programa que había recogido en la entrada.

–La zona muerta, Instinto maternal y Nudos deslizantes.

–No me suena ninguna.

Le tendí el programa, pero lo rechazó.

–No, no importa. Hay que ver de todo.

La sala se fue llenando poco a poco. El ambiente era más ruidoso que en una sesión normal, pero seguramente eran muchos los que iban a ver más de una película, igual que nosotros. Casi todos llevaban grandes vasos de refresco y cartones de palomitas.

Las luces se apagaron y Sam se inclinó hacia mí.

–¿Grace?

–¿Sí?

–¿Puedo agarrarte la mano?

Me giré para mirarlo.

–¿Crees que me voy a asustar?

De nuevo aquella maldita sonrisa…

–No, pero yo sí.

Le ofrecí mi mano.

–Está bien. Si insistes…

Sam la agarró y volvió a recostarse en su asiento con una amplia sonrisa de satisfacción. Le apreté los dedos y él me hizo un guiño. A mitad de la exhibición pude comprobar que Sam no hablaba en broma. A pesar de ser la típica película de adolescentes perdidos en el bosque a los que perseguía el psicópata de rigor, Sam daba un brinco en el asiento con cada susto y me agarraba la mano con fuerza.

–¿Quieres que nos vayamos? –le susurré cuando dio un respingo tan violento que derramó las palomitas.

–No, ¿tú sí quieres?

–Creía que tal vez…

–No.

Tal vez estuviera aparentando más valor del que sentía, o tal vez fuera un masoquista. En cualquier caso, ver a Sam era mucho más entretenido que ver la película. Cuando aparecieron los créditos y se encendieron las luces, me soltó la mano y se estiró en el asiento.

–¿Te ha gustado? –le pregunté en tono divertido.

–Sí, no ha estado mal. ¿Y a ti?

–La trama tenía muchos fallos –analizar las películas era parte de la diversión, aunque no esperaba que Sam fuese un crítico cinematográfico.

–Sí, pero tendrás que admitir que el suspense se ha mantenido hasta el final. Se sabía que muchos iban a morir, pero ¿adivinaste quién iba a ser el primero?

La verdad era que no lo había adivinado, y me había sorprendido que se eliminara tan pronto al personaje que parecía ser el héroe de la película.

–Tienes razón.

Había media hora de descanso entre una película y otra, por lo que tuvimos tiempo de sobra para analizarla a fondo. Sam se había perdido bastantes escenas al taparse los ojos con la mano, pero no se le había escapado ningún detalle importante.

–Pero ¿te ha gustado o no? –volví a preguntarle cuando se apagaron las luces–. No quiero que estés a disgusto.

Sam volvió a agarrarme la mano.

–Me dan mucho miedo estas películas, pero me gusta estar aquí contigo.

Acabada la triple sesión, nadie diría que nos habíamos pasado casi ocho horas sentados en el cine de no ser por los cartones y vasos vacíos. Y también por los dolores de vejiga, a punto de reventar por todo el líquido ingerido. El aseo de señoras, como de costumbre, estaba lleno y me tocó esperar un rato. No como Sam, que sonrió al verme salir.

–Pensaba que te habías ido por el desagüe.

–Había mucha gente.

Cuando entramos en el cine era de día, pero al salir ya había oscurecido. Era lo propio, después de pasarse tantas horas pasando miedo.

–Bueno… –dijo él.

–Bueno…. –dije yo.

–¿Te lo has pasado bien?

–Sí –echamos a andar en dirección a mi coche, y en esa ocasión no supe quién dirigía y quién seguía–. ¿Y tú?

–De muerte –respiró hondo y miró al cielo nocturno–. Voy a tener que dormir con la luz encendida, pero ha sido genial. Muchas gracias por invitarme.

–La cara que pusiste cuando el asesino salió del armario con el hacha ha sido lo mejor, sin duda.

Sam se llevó la mano a la cara, pero no ocultó del todo una de sus encantadoras sonrisas.

–Pensarás que soy un idiota.

–No, la verdad es que me pareció algo adorable –no le dije lo mucho que me había gustado analizar las películas con él. Sam había advertido muchos efectos especiales que yo había pasado por alto. Tenía muy buen ojo para los detalles.

–Adorable… Genial –se acercó un poco más a mí–. Eso es como decir que tengo una personalidad arrolladora.

No tuve más remedio que reírme.

–Eso también.

–¡Genial!

Volví a reírme mientras nos aproximábamos a Betty.

–Ese es el mío.

–¿Este es tu coche? –pasó una mano sobre el capó de Betty.

–Sí.

Sacudió la cabeza, riendo, y señaló un vehículo aparcado a poca distancia.

–El mío es ese.

Los dos lo miramos. Su coche también era un Camaro, aunque en bastante mejor estado que Betty.

–El destino... –murmuró, agarrándome de la mano antes de que pudiera apartarme–. O quizá la suerte…

Dejé que se acercara más a mí para que su calor corporal me envolviera, aunque no tenía frío. Él no me tocó con sus manos, pero su mirada me acarició con tal intensidad que tragué saliva.

–¿Quieres que vayamos a algún sitio?

–Desde luego –respondí.

Me llevó a Pancake Place. No era exactamente el lugar que tenía pensado, pero ¿qué se le dice a un hombre cuando crees que va a llevarte al motel más cercano y en vez de eso te lleva a una cafetería abierta las veinticuatro horas?

–Tomaré café.

La camarera nos sonrió cuando Sam le pidió el plato especial.

–Sin beicon –añadió, y se recostó en el asiento de color naranja.

Yo pedí unas tortitas con sirope de chocolate y patatas fritas.

–Y más café –dijo Sam–. Vamos a estar aquí un buen rato.

–¿Ah, sí? –le pregunté cuando la camarera se marchó.

Sam asintió mientras retiraba el envoltorio de una pajita. Hizo un sencillo nudo con ella y me ofreció un extremo.

–Tira.

Obedecí y la pajita no se rompió.

–Alguien está pensando en mí –dejó el envoltorio a un lado–. ¿Serás tú?

–Estoy sentada delante de ti, Sam. Es lógico que fuera yo.

–¿Y piensas algo bueno o algo malo?

Me eché a reír.

–¿Sabes qué? No tengo ni idea.

Estuvimos hablando de las películas hasta que la camarera nos llevó la comida, nos llenó las tazas de café y nos preguntó si queríamos algo más. En ningún momento Sam había apartado la mirada de mí.

Mi móvil empezó a sonar en el bolso.

–¿Don't Fear the Reaper? –preguntó Sam. No había canción que no conociera.

Saqué el móvil y le sonreí.

–Me cansé de Deep Purple.

Sam se llevó una mano al corazón y fingió que se caía hacia atrás mientras yo atendía la llamada. Era un mensaje del buzón de voz, naturalmente, y apunté el número en el pequeño bloc que siempre llevaba conmigo.

–¿Siempre estás de servicio? –me preguntó Sam al dejar el móvil.

–Sí, casi siempre. Tengo a un empleado, Jared, pero…

–¿No es bueno?

–Oh, sí, es fantástico. Pero me gusta asegurarme de que… las cosas se hagan, ya sabes.

–¿Tienes que irte?

–Tal vez. Antes tengo que responder a esta llamada.

Él asintió y yo marqué el número. Era un hombre de voz trabada cuyo suegro había fallecido en una residencia. Concertamos una cita para el día siguiente por la mañana y después llamé a la residencia para organizar la recogida del cuerpo. Mientras hablaba comía y bebía tanto café como me servía la camarera.

–No vas a poder pegar ojo esta noche –observó Sam cuando dejé finalmente el móvil–. Estoy impresionado.

–¿Lo dices por la cafeína? –eché azúcar en otra taza llena y tomé un sorbo.

–No. Por oírte hablar con esas personas. Eres muy buena en tu trabajo, Grace.

–Gracias, gracias…

–Lo digo en serio.

Más tarde, cuando volvíamos a nuestros coches idénticos y aparcados el uno al lado del otro, me detuve y esperé su beso. Fue entonces cuando él se inclinó hacia mí, pero en vez de besarme en los labios lo hizo en la mejilla.

Al apartarse, me toqué el calor que sus labios habían dejado.

–¿A qué ha venido eso?

–No quería que pensaras que no me gustas –dijo él con un guiño.

Abrí la puerta de Betty, pero me quedé mirándolo.

–¿En serio?

Sam había puesto la suficiente distancia entre nosotros para que me fuera fácil formular la pregunta, pero se lo habría preguntado aunque me hubiera estado rozando. No tenía mucha práctica a la hora de adivinar las intenciones de un hombre.

Él abrió la puerta de su coche y movió las llaves en su mano.

–Sí.

Nada más. Esperé un momento, sacudí la cabeza y me senté al volante. Lo vi alejarse y me despedí con la mano en respuesta a su gesto. Cuando llegué a la autopista había decidido no pensar más en ello, pero justo en ese momento sonó mi móvil.

–¿Diga?

–Mucho –dijo Sam.

Colgó inmediatamente. La llamada fue tan breve que podría haber sido fruto de mi imaginación. Pero en cualquier caso estuve sonriendo todo el camino a casa.

Temía que el mundo llegara a su fin cuando mi padre abriera los archivos del portátil y descubriera todo el dinero invertido en mis «sexcapadas», pero hasta el momento no había recibido noticias suyas.

El problema era que sufría síndrome de abstinencia por mi portátil y necesitaba recuperarlo cuanto antes. Sobre todo porque mi ordenador de sobremesa no dejaba de dar problemas. Tras acabar mis citas matinales, me pasé una hora y media intentando que el iMac volviera a funcionar sin cortes ni interrupciones de Shelly, que estaba inusualmente silenciosa, o de Jared, que estaba en el sótano evitándonos a las dos. Afortunadamente, y a pesar de los problemas, mi Mac era como una bestia de carga que no perdía ninguna información. Una vez que conseguí actualizar las licencias y resolver otras cuestiones de las que hasta ese momento no tenía ni idea, todo volvió a funcionar perfectamente. Por si acaso hice una copia de seguridad y me retiré del escritorio henchida de orgullo.

Hacía tres días que Sam no me llamaba, pero no estaba sorprendida en absoluto. Aquel parecía ser su modus operandi, y cada día que pasaba sin oír su voz me recordaba las razones por las que no quería salir con él. ¿Le gustaba o no? ¿Me gustaba o no? Estaba deshojando todo un campo de margaritas mentales y no obtenía una respuesta satisfactoria.

Cuando finalmente me llamó, lo hizo al móvil y no al teléfono de la oficina. Supe que era él antes de responder. ¿Quién si no me llamaría al móvil en horario laboral?

–¿Cómo estás? –me preguntó.

–Muy bien, Sam. ¿Y tú? –oí cómo tragaba algo e imaginé el movimiento de su garganta.

–Bien, bien. Muy bien, de hecho. He conseguido una actuación permanente en el Firehouse. Y no afectará a mis clases.

Dijo aquello como si yo supiera de qué estaba hablando.

–¿Clases?

–Doy clases en Martin's Music. ¿No te lo había dicho? De piano y guitarra. Ah, y también vendo violines a estudiantes de primaria y me llevo comisión. ¿Has aprendido alguna vez a tocar el chelo?

–La verdad es que no –a través de la puerta vi a Shelly y a Jared hablando. Él se inclinaba hacia ella y tenía la mano apoyada en la pared, junto a su cabeza. Interesante…

–Lástima. Podría haberte conseguido un buen precio. Bueno, ¿vas a venir a verme tocar? Luego podemos tomar unas copas y pasar el rato. O tener un poco de sexo salvaje, si nos apetece.

–¿En tus sábanas de vaqueros? Muy sexy…

Siempre hay tensión cuando un hombre y una mujer hablan de sexo. En persona pueden saltar chispas, pero por teléfono se disimula mejor.

–Claro que no. Tendríamos que ir a tu casa. No puedo llevarte a casa de mi madre.

–No llevo hombres a mi casa.

–Pues tenemos un problema –dijo él, riendo–, porque la idea de tener sexo no te ha parecido tan descabellada.

No importa cuántas veces se coma; el cuerpo acaba teniendo hambre otra vez. Con el sexo pasa lo mismo. Por muchas veces que se haga, siempre se quiere volver a hacerlo.

–No quería bajarte los humos.

–De acuerdo, ya lo entiendo. ¿Tienes novio? Puedes traértelo también.

De nuevo me había pillado por sorpresa.

–¿Qué?

–Que te lo traigas. No me importa.

No sabía qué responder. ¿Cómo era posible que me hubiera confundido con él de esa manera? Se me formó un nudo de frustración en la garganta mientras golpeaba la mesa con el bolígrafo.

–¿No te importa que tenga novio?

–No –aunque no podía verlo, sabía que estaba sonriendo.

–Entonces, si me presento con un novio… no te molestaría.

–Nada, en absoluto.

«¿Por qué no?», quise preguntarle.

–A mi novio sí podría molestarle, ¿no te parece?

–Dudo que a tu novio, en caso de tenerlo, le dijeras que quieres acostarte conmigo.

Solté un bufido de desdén.

–No querrás tener otra pelea, ¿verdad?

–Muy sensato por tu parte, Grace. ¿Vas a venir?

–Tal vez.

Se echó a reír. Parecía muy satisfecho consigo mismo.

–Te veré allí.

Me quedé mirando el móvil varios minutos, deshojando más margaritas imaginarias, antes de imprimir los informes de contabilidad. No quería enfrentarme a mi padre, pero necesitaba recuperar mi portátil. La posibilidad de ver la televisión desde la cama mientras navegaba por Internet se había convertido en un hábito irrenunciable.

Llamé a casa de mis padres y me respondió mi madre, que me dijo que mi padre se había ido a pescar.

–¿A pescar? ¿Papá?

–Con Stan Leary. Stan tiene una barca –respondió mi madre como si fuera lo más natural del mundo, aunque era la primera vez en mi vida que mi padre se iba a pescar. O que hacía otra cosa que no fuera trabajar.

–¿Sabes cuándo volverá?

Mi madre no tenía ni idea, pero no pareció importarle que me pasara por su casa a cambiar el portátil por el informe. Le dije a Shelly dónde estaría, me aseguré de que mi móvil tenía batería suficiente y me subí a la furgoneta de la funeraria. Diez minutos después estaba aparcando junto a la casa de mis padres. Sin embargo, nadie me respondió ni salió al encuentro cuando entré en la cocina.

–¿Mamá?

Nada. Miré en el salón, en su dormitorio y en el cuarto que ocupaban mis sobrinos cuando se quedaban a dormir. La casa estaba vacía. Abrí la puerta del sótano y tampoco allí se oía a nadie.

Al final encontré a mi madre en el jardín trasero, sentada en una tumbona con un vaso de té helado. Melanie estaba tendida en una toalla con estampados de muñecas y coloreaba un libro del mismo tema. Simon empujaba un camión de juguete por la hierba mientras imitaba el ruido del motor. Al verme, se levantó de un salto y se abrazó a mi cintura.

–Hola, monito.

–¡Tía Grace! ¿Qué me has traído?

–Nada. ¿Es que siempre tengo que traerte algo?

Simon pareció reflexionar sobre la pregunta.

–Me gusta más cuando me traes algo.

–Seguro que sí. Hola, mamá –le mostré el fajo de papeles–. ¿Dónde dejo esto?

–Déjalos en la mesa de tu padre. No sé lo que querrá hacer con ellos.

–¿Dónde está Hannah?

–Creo que tenía una cita.

–La abuela va a dejarme ver Frankie's Teddy –me susurró Simon como si fuera un secreto.

–¿Otra vez? –miré a mi madre y ella se echó a reír–. Así que papá está de pesca, ¿eh?

–Así es.

–Qué cosas… –agarré un puñado de galletitas saladas del cuenco que había junto a mi sobrina.

Mi madre volvió a reírse.

–Le dije a tu padre que si no se buscaba algo que hacer, lo obligaría a trabajar de nuevo.

Mi padre se había pasado la vida trabajando, incluso las noches y los fines de semana, y el resto de la familia nos habíamos acostumbrado a no esperarlo para cenar o para soplar las velas en los cumpleaños. Siempre había estado allí cuando lo necesitábamos, pero nunca estaba para compartir los momentos especiales.

–Creía que te gustaba tenerlo más en casa.

Mi madre me lanzó una mirada de reproche.

–Es de tu padre de quien estamos hablando, Grace. Se empeña en reordenarme los armarios o criticar todo lo que hago. Lo quiero con toda mi alma, pero a veces es más fácil querer a alguien cuando no lo tienes encima de ti todo el tiempo.

Me tocó reírme a mí.

–Ya veo…. Bueno, os dejo. Tengo que volver a la oficina.

Los besé a todos y entré en la casa para dejar los papeles. El despacho de mi padre estaba en una habitación algo mayor que el cuarto de invitados, y era la única habitación de la casa que mi madre tenía terminantemente prohibido tocar.

Por el aspecto que presentaba era como si alguien hubiera dejado un demonio de Tasmania suelto. Los estantes de la pared contenían libros de historia militar y otros temas de nulo interés para mí, figuritas de la Guerra Civil a medio acabar y reproducciones de armas antiguas. El escritorio, una simple plancha de madera sobre dos caballetes, estaba oculto bajo un montón de periódicos y revistas, desde el New York Times hasta People. Desde su «jubilación» parecía haberse propuesto leer todo lo que se publicara en la prensa. Despejé un hueco en la mesa para dejar el informe y me puse a buscar el portátil. No estaba en la mesa, pero al ser un ordenador pequeño, de doce pulgadas únicamente, no destacaría entre aquel desorden.

Tampoco estaba en el sillón, situado en un rincón del despacho junto a un flexo. Ni en el aparador, también cubierto por una masa de papeles que cayeron al suelo al intentar levantarlos. Miré por todas partes y no encontré ni rastro de mi pequeño portátil.

Maldición.

No tuve tiempo para seguir buscándolo, porque Shelly me llamó para informarme de un fallecimiento y que tenía que recoger un cuerpo. No me sonaba el nombre de la familia. Le pedí a Shelly que le dijera a Jared que dejara cualquier cosa que estuviera haciendo y se reuniera conmigo en el aparcamiento en diez minutos.

Shelly soltó un pequeño chillido.

—¿Algún problema, Shelly?

—No, es que…

A ese paso llegaría a la oficina antes de que ella tuviera el coraje de hablar con Jared.

—Llámalo por el interfono al sótano y dile que suba. Lo has hecho un millón de veces.

Volvió a chillar de pánico. Para entonces yo ya había salido a la calle y solo estaba a unos minutos de la funeraria.

—¡Vamos, Shelly! Dile que salga al aparcamiento. ¡Tenemos que recoger un cuerpo!

—¿No puedes llamarlo al móvil?

Llegué a la calle de la funeraria y entré en el camino semicircular bajo el pórtico.

—No digas tonterías. Ya estoy aquí.

—No quiere hablar conmigo —dijo Shelly—. Me ignora… Está muy enfadado, Grace.

Me costaba imaginarme a Jared enfadado, aunque seguramente tenía sus buenas razones.

—Lo siento, pero ahora tienes que avisarlo. Vamos.

—Está muy furioso conmigo —insistió ella.

No sé cómo, pero en alguna parte encontré la paciencia para ser amable.

–Llámalo, Shelly. Igual que has hecho tantas veces… Es igual que siempre.

Shelly resopló ruidosamente, pero conectó el interfono y oí como balbuceaba.

–¿Ja… Ja… Jared?

La respuesta no llegó del todo clara a mis oídos, por culpa de los crujidos del interfono, de la distancia y de mi móvil. Afortunadamente, Shelly le transmitió el mensaje y un par de minutos después Jared salió a mi encuentro. No apareció por la puerta del vestíbulo, sino por detrás del edificio. Tal vez le pillaba más cerca del sótano o tal vez estaba evitando a Shelly. Se sentó junto a mí y se abrochó el cinturón sin decir una palabra.

Durante todo el trayecto estuvo mirando por la ventana. Yo no intenté romper el silencio, ni siquiera con la radio. En casa de la familia nos ocupamos del cuerpo de la abuela con la mayor rapidez posible, aunque había fallecido en un dormitorio del piso superior cuya puerta era demasiado estrecha para que pasara la camilla… y el voluminoso cuerpo de la abuela. Jared y yo acabamos sudando por el esfuerzo. Para levantar cuerpos era más apropiado vestir ropa deportiva, pero jamás atendíamos una llamada con atuendo informal. Las familias siempre se merecían nuestro máximo respeto en actitud y apariencia, aunque eso hiciera nuestro trabajo mucho más difícil.

Jared llevó el cuerpo a la furgoneta mientras yo hablaba brevemente con la familia, quienes acordaron ir más tarde a la funeraria para hacer los preparativos. Les ofrecí mis condolencias y me reuní con Jared, que ya estaba sentado al volante.

–Jared.

Ligeramente encorvado, sacó las llaves del bolsillo y las metió en el contacto.

–Sí.

Los problemas que tuviera con Shelly no eran de mi incumbencia, salvo en la medida que afectaran al negocio. Hasta el momento no había sido el caso. El comportamiento de Jared con la familia había sido exquisito y a mí me ayudaba igual que siempre. Sin embargo, resultaba obvio que no era el mismo de todos los días.

No estábamos muy lejos de la funeraria, pero yo quería hablar de la situación antes de llegar. Las conversaciones mantenidas en los coches suelen ser más fluidas y reveladoras. Tal vez porque, al tener la mirada fija en la carretera y no en los ojos del interlocutor, resultaba más fácil decir las cosas.

–¿Quieres hablar de ello? –le pregunté.

–Creo que ya lo has hablado bastante con Shelly –puso el intermitente para incorporarse a la carretera, pero el tráfico era denso en ambos sentidos.

De modo que también me estaba evitando a mí…

–Estaba muy preocupada y le pregunté qué le pasaba. Chicos, la verdad es que…

–No soy un chico, Grace. Ni ella tampoco.

Solo lo había dicho en tono jocoso. Tan solo era unos años mayor que ellos.

–Ya lo sé.

Jared tamborileó con los dedos en el volante y mantuvo la vista al frente mientras yo examinaba su perfil. No era raro que a Shelly le gustara tanto. Los rasgos de Jared no eran perfectos, pero sí muy atractivos.

Sin embargo, la adusta mueca de su boca no le favorecía.

Los coches seguían pasando delante de nosotros y Jared esperaba la oportunidad para incorporarse al tráfico.

–Yo no fui a ella –espetó de repente–. Sé que está saliendo con Duane. No fui yo quien lo empezó.

Al fin se produjo un corte en el tráfico y Jared aprovechó para ponerse en marcha. Conducía con mucho cuidado, a pesar de sus nervios.

No avanzamos mucho. Era una carretera secundaria de dos carriles únicamente, llena de curvas y cambios de rasante, donde bastaba que un coche fuera despacio para provocar una fila de un kilómetro.

–Me contó lo ocurrido.

–Ah, sí... –soltó una amarga carcajada–. El favor que le hice, según ella.

El tráfico avanzaba muy lentamente, sin que pudiéramos ver lo que provocaba el atasco.

–Fue lo que me dijo ella, Jared.

Sacudió la cabeza como si le costara creerlo.

–Me pidió que le hiciera un favor, como si yo fuese una especie de gigoló. ¡Y lo hice, Grace!

–No seas tan duro contigo mismo... –le dije, aunque no servía de nada.

–¿Por qué? ¿Porque soy un hombre? –apretó el volante con fuerza y miró al frente cuando la fila de coches cobró velocidad–. Puedo hacerlo porque soy un hombre, y ya se sabe que los hombres pensamos con la polla, ¿no?

–Yo no he dicho eso.

–No, pero ella sí lo dijo –volvió a sacudir la cabeza mientras aceleraba en una curva–. No con esas palabras, pero dijo que teníamos que olvidarnos de lo ocurrido porque no significaba nada.

Me agarré a la manilla de la puerta cuando tomó la curva a más velocidad de la cuenta.

–Jared...

–Pero sí que significó algo. Para mí, al menos.

Pasamos la curva y volvimos a encontrarnos con la fila de coches, detenidos por culpa de un carril que se había cerrado por obras. Solté un grito ahogado y tensé todo el cuerpo, pero Jared frenó con tanta habilidad que la furgoneta ni siquiera se balanceó. Se giró hacia mí, con una mano en el volante y la otra en el borde del asiento.

–Me dijo que tú le habías dicho que no significaba nada. Muchas gracias, Grace. No sabes cuánto te lo agradezco.

Pensé a toda prisa, intentando recordar qué le había dicho exactamente a Shelly.

–Yo nunca le dije que se acostara contigo, Jared.

–Claro que sí. Y aunque no se lo hubieras dicho, ella te tomó a ti como ejemplo.

La acusación me sorprendió y me hizo enfadar.

—¿Qué quieres decir con eso?

Los obreros que controlaban el tráfico en el único carril disponible nos dieron paso y la fila de coches empezó a avanzar, tan despacio que tuvimos que esperar para ponernos en marcha. Jared volvía a mirar al frente y había levantado el pie del freno, pero no agarraba el volante con las dos manos.

Fue entonces cuando un imbécil apareció detrás de nosotros, saliendo de la curva a toda velocidad y sin molestarse en comprobar que, aunque el tráfico se movía, nosotros y los cuatro coches que teníamos delante aún seguíamos parados.

La mejor manera de poner fin a una conversación incómoda.

Capítulo 13

El cinturón de seguridad se me clavó en el hombro y el air bag saltó ante mis ojos, cubriéndolo todo de blanco. Oí gritar a Jared, pero ningún ruido salió de mi garganta. En mi cabeza, sin embargo, resonaban todo tipo de imprecaciones y blasfemias.

Y después, silencio.

Jared me preguntó si estaba bien, pero yo me había desabrochado el cinturón y estaba abriendo la puerta de la furgoneta. Caí en el suelo de grava, desollándome las rodillas y echando a perder mi último par de medias. Me levanté y fui hacia la parte de atrás del vehículo mientras rezaba a todos los dioses del cielo por que no hubiera habido daños graves.

La conductora del otro vehículo estaba saliendo del mismo más lentamente que yo. Al ver el pelo gris y el chándal morado ahogué otra maldición. La abuela de alguien nos había embestido por detrás en su viejo cacharro y por poco nos había mandado a todos al infierno.

–¿Pero se puede saber qué hacía parada en mitad de la carretera? –gritó, fuera de sí.

Hasta ese momento no me había dado cuenta de que el impacto había lanzado nuestra furgoneta hacia delante, golpeando al vehículo que nos precedía. No había sido un golpe muy fuerte, pero sí lo bastante para abollarle el parachoques. El conductor estaba examinando los daños con Jared y los obreros habían soltado las señales y corrían hacia nosotros.

Aturdida, me apoyé con una mano en la furgoneta. Más importante que el vehículo era lo que transportaba. No me atrevía a mirar, pero tenía que hacerlo. Con mucha dificultad conseguí accionar el mecanismo de la puerta trasera, que se abrió despacio y con un fuerte chirrido.

La camilla se había desplazado y el cuerpo estaba descubierto y con un brazo colgando, pero por lo demás no parecía haber sufrido daños.

–¡Dios mío! –gritó la conductora del coche que nos había golpeado–. ¡La he matado!

La situación no tenía gracia, pero tuve que llevarme las manos a la boca para contener una carcajada del todo inapropiada. Ni siquiera pude explicarle a la anciana señora con su chándal morado que no había matado a nadie. No paraba de gritar como una histérica y cada vez se acercaba más gente. Me oculté el rostro con los dedos e intenté sofocar la risa que me provocaba violentas sacudidas.

Jared me rodeó los hombros con un brazo.

–¿Estás bien, Grace?

–¿Sabes cuánto me va a costar esto?

Él no debió de oírme al tener mi cara apretada contra su pecho, pero lo intuyó y me tocó brevemente la nuca antes de abrazarme.

–Tranquila –me dijo–. Todo se arreglará.

–¡No! ¿Cómo va a arreglarse? –intenté tomar aire–. Es horrible… horrible…

–Yo te ayudaré, tranquila –me dijo él–. No tendrás que ocuparte tú sola de todo, ¿de acuerdo?

No me extrañaba que Shelly se hubiera enamorado de él.

Cuando acabamos de resolverlo todo con la policía y los otros conductores, ya era demasiado tarde para reunirse con la familia de la fallecida en la funeraria. Llamé a Shelly para que les comunicara que se había producido un retraso inesperado, pero sabía que la explicación no les satisfaría por mucho tiempo. Después de todo, ¿quién quiere oír que el cuerpo de su querida abuela se

ha visto implicado en un accidente de tráfico de camino a la funeraria?

No fue necesario llevarnos al hospital, aunque tenía el cuello cada vez más rígido y Jared había acabado con algunas costillas lastimadas además del esguince en su tobillo. A la conductora que nos había embestido sí hubo que llevársela en una
ambulancia porque empezó a sufrir taquicardias. Ojalá no tuviera que recogerla a ella también en el coche fúnebre.

A pesar de los desperfectos pudimos volver en la furgoneta a la funeraria, donde Jared se ocupó de descargar el cuerpo
mientras yo hablaba con Shelly sobre el cambio de planes. La
familia había llamado cuatro veces, la última tan solo un minuto antes de que volviéramos a la funeraria. Podía comprender su
preocupación, pues al fin y al cabo habían perdido a un ser querido e ignoraban que habíamos tenido un accidente, pero su insistencia me resultaba muy irritante.

Los llamé desde mi despacho mientras me quitaba las medias destrozadas y me tomaba unos cuantos ibuprofenos.

–Señora Parker, lamento el retraso que...

La señora Parker, que aquella mañana me había parecido una
mujer tranquila, sosegada y razonable, parecía haber sido poseí-
da por un demonio. Sin dejar que le diera una explicación, empezó a atacarme de todas las maneras posibles. No solo puso en
entredicho mi profesionalidad, sino que criticó además mi forma de vestir y me exigió un descuento en el mejor ataúd que tuviera.

¿Y todo porque me había retrasado?

–Señora Parker, entiendo su disgusto y lo lamento, pero surgió un imprevisto que me impidió reunirme con usted a la hora
acordada. Puede estar tranquila de que el cuerpo de su suegra está
en buenas manos y que he anulado todos mis compromisos para
el resto de la tarde. Podemos reunirnos cuando usted...

–¡Imposible! –gritó–. ¡Tenemos planes para la cena!

Después de haberse pasado cinco minutos despotricando y
gritándome al oído sobre lo importante que era resolver el funeral de su suegra lo antes posible, me quedé tan anonada por

su último comentario que no supe cómo responderle durante un larguísimo minuto de silencio.

–Le pido disculpas –le dije finalmente–. Con mucho gusto podré verla cuando a usted le parezca más oportuno.

La señora Parker mantuvo una breve conversación con alguien antes de dirigirse a mí.

–Hoy, a las siete en punto. Y será mejor que la reunión no dure más de una hora. Mi programa favorito es esta noche.

Muchas veces a lo largo de mi carrera había tenido que morderme la lengua, pero en aquella ocasión me dolía demasiado la mandíbula para contenerme.

–Durará el tiempo que usted estime necesario para decidir qué quiere hacer con su suegra, señora Parker.

Otro silencio, más breve que el anterior. Me había colgado.

Maldita bruja loca.

Hundí la cabeza en las manos y esperé a que el ibuprofeno empezara a hacer efecto.

–¿Grace?

Levanté la mirada y vi a Shelly en la puerta, con una taza de café y un plato de sus condenadas galletas.

–¿Estás bien?

La ira es como los piojos. Puede saltar libremente de una persona a otra.

–¿Tengo pinta de estar bien?

Se puso visiblemente tensa por mi tono de voz y me acercó el café a la mesa.

–¿Quieres que llame a la compañía de seguros?

No hice el menor ademán de tomar la taza.

–Muy buena idea… ¿Sabrás hacerlo tú sola?

Shelly se puso aún más rígida, se irguió y se aferró al jersey.

–Claro que sí.

–Pues hazlo, si eres tan amable.

Sin decir nada más, abandonó mi despacho. Lejos de sentirme culpable, estaba cansada, dolorida y enfadada con todo el mundo. Me levanté para cerrar la puerta que Shelly había dejado abierta, seguramente a propósito, y la oí hablando con Jared.

–Estoy ocupada –dijo ella cuando él le pidió que lo ayudara a buscar el quitamanchas–. Búscalo tú solo.

–Muy bien –espetó Jared–. Discúlpame por pedirte un… favor.

Uf.

Había visto a Shelly llorar, ruborizarse e incluso irritada, pero hasta ese momento nunca la había visto enfadada de verdad. Se giró hacia él con la rapidez de un tornado y lo fulminó con la mirada.

–¿Qué has dicho?

Un hombre en su sano juicio habría salido huyendo, pero Jared, que le sacaba a Shelly casi una cabeza, se acercó más a ella.

–He dicho que me disculpes por pedirte un favor.

–¡Eres un cerdo!

–¡Y tú una zorra!

Shelly lo abofeteó con tanta fuerza que lo hizo tambalearse.

La Tercera Guerra Mundial había estallado en mi funeraria y lo único que yo podía hacer era mirar.

Al principio pensé que Jared iba a tumbarla de espaldas, pero lo que hizo fue agarrarla por los brazos para impedir que volviera a golpearlo. La zarandeó un poco antes de soltarla y levantó las manos como si no quisiera ensuciárselas. Shelly gritó de asombro cuando él se apartó y se dio la vuelta. Me vio en la puerta y Shelly siguió la dirección de su mirada hasta verme también.

–¿Se puede saber qué estáis haciendo? –pregunté en voz alta.

Jared se limitó a mirarme en silencio. Y cuando Shelly empezó a hablar levanté una mano para acallarla.

–Ésta es mi oficina, no el patio del recreo. ¿Qué pasaría si hubiera clientes? ¿Es que habéis perdido la cabeza? –tenía una ronquera cada vez mayor, la cabeza me iba a estallar y estaba a punto de echarme a llorar de nuevo–. ¡Haced el favor de comportaos! –chillé como si me fuera la vida en ello. Con más fuerza de lo que le había gritado nunca a mi hermana en nuestras peleas.

Los dos me miraron boquiabiertos. Volví a entrar en mi despacho y cerré con un portazo tan fuerte que tiré una foto enmarcada de la pared. El cristal se hizo añicos y al recogerla del suelo no supe si reír o llorar, de modo que hice las dos cosas.

Nunca había sufrido ataques de histeria, pero no me avergüenza reconocer que sucumbí a los nervios en cuanto me vi yo sola en el despacho. Gasté una caja entera de pañuelos en quince minutos, pero al final me sentía mejor. Necesitaba un trago y no me servía el café templado, así que me sequé la cara y volví a abrir la puerta.

Casi me choqué con Shelly y Jared al salir.

–¿Cuánto tiempo lleváis ahí? –les pregunté.

La expresión avergonzada de sus rostros fue toda la respuesta que necesitaba. Puse los brazos en jarras y los miré con tanta furia que Jared apartó la mirada y se puso rojo como un tomate. Shelly, en cambio, siguió mirándome fijamente a los ojos.

–Aquí tienes el correo –me dijo, tendiéndome un montón de sobres–. ¿Por qué no le echas un vistazo mientras te preparo una taza de café?

Su preocupación me conmovió, pero no estaba dispuesta a perdonar tan fácilmente la escena que habían montado en la oficina.

–Gracias.

–Empezaré a ocuparme de la señora Parker –dijo Jared–. Y de la colada también.

–Muy bien.

Agarré el correo y volví al despacho mientras Shelly y Jared intercambiaban una mirada de culpabilidad y se ponían con sus respectivas tareas. El asunto no estaba resuelto, pero no tenía fuerza para ocuparme de ello en esos momentos. Me senté y apoyé los pies en la mesa para ver el correo mientras esperaba a que Shelly me llevara el café.

Facturas, facturas, facturas, una invitación a colaborar con una obra benéfica, más facturas, la revista de la Asociación de Funerarias, y finalmente un sobre de tamaño comercial, con mi nombre escrito a mano y el matasellos de Lebanon, un pueblo cercano.

Lo abrí y saqué un folleto doblado. Mostraba el dibujo de

un hombre tocando la guitarra y la fecha, hora y lugar de la actuación.

SAM STEWART

Esta noche, 21:00h.

Me quedé mirando el folleto un largo rato, lo cerré cuando Shelly me llevo el café y volví a abrirlo en cuanto se marchó. El dibujo solo constaba de unos trazos elementales, pero bastaba para representar las grandes manos, las largas piernas, el cabello que caía sobre la nuca, el perfil de su boca…

Estaba pisando un terreno resbaladizo. Sam había sido un completo desconocido, pero muy fácilmente dejaría de serlo si yo se lo permitía.

Deseaba volver a verlo, de eso no tenía ninguna duda, pero si iba a verlo tocar le estaría revelando descaradamente mis intenciones. Y si bien tenía que admitir que su interés y su atención eran muy halagadores, algo me decía que Sam dejaría de interesarse por mí en cuanto consiguiera lo que quería, porque así era como funcionaban las cosas. El problema era que yo no quería dejar de gustarle, por mucho que me costara reconocerlo.

Estaba hecha un lio. No podía ir a verlo tocar yo sola y tampoco podía dejar de ir.

Aparté el último y sobrecogedor extracto bancario y agarré el teléfono para marcar el número de siempre. Unas cuantas horas en compañía de Jack me costarían más de lo que podía permitirme, pero a la larga me ahorrarían tener que pagar un precio mucho mayor.

–Estás muy guapa –dijo Jack mientras me rodeaba para admirar mi conjunto.

Seguía llevando el uniforme de trabajo. Gracias a la adicción de la señora Parker a los reality shows, habíamos solucionado rápidamente los detalles del funeral y no me había molestado en cambiarme para salir. Me peiné, lavé los dientes y apliqué un poco de maquillaje, pero ni siquiera me puse unas medias nuevas.

–Gracias. Tú también.

–¿Te gusta? –llevaba una camisa azul abierta sobre una camiseta blanca, unos vaqueros descoloridos con un cinturón negro de cuero y unas botas negras de motorista. Su atuendo era mucho más apropiado para un club nocturno que el mío.

–Estás para chuparse los dedos... Me alegro de que tengas la noche libre.

Me dedicó su arrebatadora sonrisa. ¿Cómo se me podía haber pasado por la cabeza que tan solo iba a pagar por su conversación?

–He tenido que cambiar algunos planes, pero no pasa nada.

Nos habíamos encontrado en el aparcamiento para ir andando hasta el club. Me agarré a su brazo para guardar el equilibrio mientras cruzábamos una zona con bastantes baches en el pavimento.

–¿En serio lo has hecho?

–Claro –me ofreció el codo para un mejor agarre y yo me mantuve asida a él incluso después de dejar atrás los baches–. Solo por ti.

–Claro, Jack –me reí.

–Lo digo en serio, Grace.

Nos detuvimos delante de la cafetería Sandwich Man.

–¿Has cancelado otros compromisos por aceptar el mío?

–Sí –de nuevo aquella sonrisa.

Imposible para cualquier mujer no devolvérsela.

–Me siento halagada.

Se encogió ligeramente de hombros y seguimos caminando.

–Me gustas.

–Tú también me gustas.

Jack caminaba muy despacio para que no me tropezara en otra zona de baches.

–Estupendo.

Era un cumplido que tu acompañante de pago te dijera que prefería estar contigo antes que con otra clienta, pero también inquietante. Al fin y al cabo, la razón por la que pagaba para tener sexo era para evitar líos emocionales.

–Mira, Jack… –volví a detenerme, esa vez en un estrecho callejón.

–Tranquila –me interrumpió él–. Son solo negocios.

Sus palabras me tranquilizaron, pero al mismo tiempo me decepcionaron.

–¿Adónde vamos? –me preguntó para cambiar de tema.

–Al Firehouse.

–¿A cenar? –me rodeó con el brazo mientras caminábamos. Era una postura más informal que ir agarrada a su codo, pero igualmente cómoda.

–Depende. ¿Tienes hambre?

–Eso siempre –se dio unas palmaditas en el estómago.

–Eres un asqueroso… Debe de ser estupendo eso de comer y no engordar.

–Todo es cuestión de hacer ejercicio.

La mirada lasciva con la que acompañó el comentario me hizo reír.

–Bueno, mi presupuesto es muy ajustado, pero creo que me da para un aperitivo.

–No te preocupes.

Claro que me preocupaba, porque aquello no era una cita romántica. No estaba obligada a invitarlo a cenar, pero aun así…

–Yo también tengo hambre.

–En serio, Grace –me apretó suavemente el hombro–. No he salido contigo para que me invites a cenar.

No quise preguntarle por qué había salido entonces conmigo, porque la contracción de mis músculos internos ya lo sabía.

Llegamos al Firehouse, el edificio de tres plantas donde una vez estuvo el cuartel de bomberos. Tenía dinero suelto para la entrada, pero el tipo de la puerta reconoció a Jack de haber trabajado juntos en el Slaughtered Lamb y nos dejó pasar sin pagar.

–Bonito detalle –le dije mientras nos abríamos camino hacia las escaleras. En la segunda planta había un pequeño escenario con una silla en la pared del fondo, pero estaba vacío. Mesas y sillas llenaban el resto de la sala, casi todas ocupadas.

Jack se rio.

–Creo que le gusto a Kent.

–¿En serio?

–Me ha ofrecido hacerme una mamada un par de veces.

–¿Y tú has aceptado?

Volvió a reírse y me rodeó el hombro con el brazo para susurrarme al oído.

–Eso depende.

–¿De qué?

–De lo que te excites si te digo que sí.

El roce de su lengua en la oreja me provocó un escalofrío por la columna y me endureció los pezones bajo la blusa de seda. Estábamos bloqueando las escaleras, pero como nadie subía o bajaba no teníamos por qué movernos.

Intenté responderle, pero lo único que pude hacer fue lamerme los labios.

Jack me condujo hacia una de las pocas mesas vacías, alejada del escenario y semioculta por las puertas oscilantes de la cocina. El grupo que se sentaba a nuestro lado había tomado dos sillas de nuestra mesa al ser seis personas, y aunque Jack y yo solo necesitábamos dos, la forma en que se habían sentado obligaba a uno de nosotros a estar arrinconado contra la pared, sin apenas espacio para moverse. La otra silla estaba en medio del pasillo que usaban los camareros, y Jack insistió en ocuparla él para que a mí no me estuvieran golpeando con la puerta oscilante a cada minuto.

La camarera que se acercó a tomarnos nota nos informó de que la cocina estaba cerrada, pero que en la barra servían comida. Pedí un plato de aperitivos, intentando no horrorizarme por el precio, y cerveza para los dos.

–Me gusta que bebas cerveza –dijo Jack, acercando su silla a la mía de modo que se tocaran nuestros muslos.

–¿Ah, sí? –desde mi sitio tenía una buena vista del escenario, pero si tenía que levantarme por alguna razón no me resultaría tan sencillo. Un foco iluminaba el escenario, todavía vacío, y yo empezaba a preguntarme si había leído bien el folleto–. Es más barato que un cóctel, pero me gusta el sabor.

–Y tienes un aspecto muy sexy cuando bebes de la botella…

–Vaya, vaya, Jack… ¿Has estado ensayando el guion?

–Me dijiste que fuera yo mismo –me recordó él–. Y así soy yo.

Si realmente era así, no me sorprendería que estuviera tan solicitado.

–Me alegra haber sido de ayuda.

–Sí que me has ayudado –tomó un largo trago de cerveza–. Muchísimo. Ya no tengo que trabajar en el bar, y en otoño voy a empezar a estudiar Artes gráficas.

–¡Es genial! Me alegro –le dije sinceramente.

Se encogió de hombros como quitándole importancia, pero parecía muy satisfecho.

–Gracias.

La conversación era deliciosamente sencilla y fluida. Jack parecía sentirse mucho más cómodo en su papel de lo que nunca había estado. La confianza en uno mismo es un rasgo irresistible, y en Jack acentuaba aún más su atractivo natural.

La camarera nos llevó la comida al tiempo que Sam salía al escenario. Me detuve con un aro de cebolla a medio camino de mis labios mientras él se sentaba y apoyaba la guitarra en su regazo. La luz arrancaba destellos en su pendiente y en su sonrisa al dirigirse al público.

–Hola, soy Sam –saludó cuando cesaron los breves aplausos iniciales.

Más aplausos, silbidos y algún que otro comentario que lo hizo reír.

–Gracias a todos. Os advierto que si habéis venido a escuchar a Green Eggs, os vais a llevar un chasco.

La mención de otro grupo de música del pueblo le granjeó más aplausos y comentarios. Se colocó la mano a modo de visera y a mí me dio un vuelco el corazón cuando barrió la sala con la mirada. Era absurdo pensar que pudiera verme, agazapada en un rincón a oscuras. Sin embargo, imaginé que nuestros ojos se encontraban y que su sonrisa iba dirigida a mí y solo a mí.

Aunque lo había oído tocar antes, su actuación me cautivó

por completo. Tenía una voz melódica y natural que recordaba a Simon y Garfunkel, y sus dedos se movían ágilmente sobre las cuerdas de la guitarra mientras interpretaba los grandes clásicos y otras canciones que debían de ser suyas, porque no las reconocí. Canciones que podrían parecer muy simples, a menos que se escuchara con atención.

Se metió al público en el bolsillo, seguramente por las anécdotas subidas de tono que contaba entre una canción y otra. De vez en cuando tomaba un trago de agua, nada de alcohol, y su actuación se me hizo demasiado corta cuando dijo que se tomaría un descanso de quince minutos.

–¿Grace?

No me había dado cuenta de que Jack me estaba hablando hasta que oí mi nombre.

–¿Mmm?

–¿Quieres otra cerveza?

–Un refresco, por favor.

Me dispuse a sacar el dinero de la cartera, pero Jack me lo impidió y se dirigió hacia la barra. Las cabezas se giraban a su paso, tanto hombres como mujeres, y pensé en lo que me había dicho del portero.

Por mucho que me gustara imaginarme a Jack con otro chico, mi vejiga no me permitía quedarme sentada por más tiempo. Me levanté con dificultad de la mesa y seguí la flecha luminosa que apuntaba a los aseos. Esperaba encontrarme una larga cola, pero quienquiera que hubiese reformado el antiguo cuartel de bomberos había hecho un buen trabajo al instalar varios urinarios, porque las mujeres entraban y salían en un tiempo récord.

Sam estaba junto al escenario, con una chica. Mi lado más perverso deseó encontrarle algún defecto repugnante, pero aparte de su brillante pelo rubio y la camiseta superajustada no parecía merecedora de mi desprecio. Lo que sí me provocó una mueca de disgusto fue lo cerca que Sam estaba de ella. No la estaba besando ni abrazando, pero el lenguaje corporal hablaba por sí solo.

Lo llamé antes de saber qué iba a decirle. Él se giró hacia mí y tardó unos segundos en reaccionar.

–¡Hola, Grace! –me saludó con una sonrisa–. ¡Has venido!

–He venido.

La rubia dejó de sonreír y me clavó una mirada asesina, para lo que yo ya estaba preparada. No me dijo nada y devolvió su adoración a Sam.

–Marnie, te presento a Grace –dijo él.

–Hola –la saludé yo.

No nos estrechamos la mano.

Las mujeres sabemos cómo humillarnos entre nosotras sin que los hombres se enteren de nada, y Marnie no era ninguna excepción. Incluso añadió el toque sutil en el hombro de Sam para conseguir que acercara la cabeza mientras ella le hablaba.

–Me ha encantado la canción Captain Backyards.

–¿Captain…? Ah, sí –recordó Sam, riendo.

El título de la canción era Cap on Backwards. Yo lo sabía no solo porque lo había estado escuchando con atención, sino también mirando su boca.

Marine se quedó extrañada al verlo reírse y Sam se rascó la oreja con gesto avergonzado.

Busqué a Jack con la mirada y lo vi escuchando a una chica a la que ya había visto antes. Era difícil que pasara desapercibida con sus mechas azules y moradas, y por su sonrisa no parecía ser una ex novia resentida. Volví a mirar a Sam, quien había seguido la dirección de mi mirada.

–Tengo que volver al escenario –dijo en tono de disculpa.

–Claro.

–¿Te veré después? ¿Vas a quedarte un rato? –miró fugazmente a Jack por encima de mi hombro y negó con la cabeza antes de que yo pudiera responder–. Di que sí.

–Es muy tarde –era una excusa muy vieja, pero legítima–. Mañana tengo que madrugar.

–Yo sí me quedaré –intervino Marnie, ganándose una sonrisa de Sam.

Es curioso lo fácil que resulta bajarle los humos a alguien cuando te niegas a disputarle lo que quiere. Le sonreí tranquilamente a la chica y me despedí de Sam.

—Hasta la vista.

Él me agarró del brazo cuando me disponía a marcharme.

—Espera un momento.

Jack se estaba riendo por algo que le decía la chica del pelo azul. Miré la hora. Mi cita se estaba desinflando. Era lógico, pues solo le había pagado por cuatro horas. La chica lo golpeó en el brazo al retirarse y Jack se lo frotó mientras le dedicaba su sonrisa.

—De verdad que tengo que irme —le dije a Sam.

Él volvió a mirar a Jack, que había agarrado las bebidas y se dirigía hacia nosotros.

—Claro…

Me soltó y yo pasé junto a Marnie para adelantarme a la llegada de Jack. Él me dio el refresco y me pasó un brazo por los hombros.

—Hola. ¿Estás bien?

—Muy bien. Pero estoy un poco cansada. Quizá debería irme —le sonreí mientras me bebía el refresco y Jack miró hacia Sam, que volvía a subir al escenario.

—¿Lo conoces?

—No mucho. Vamos.

El público guardó silencio cuando el foco iluminó a Sam. La luz también lo quería…

Dejé mi refresco a medio terminar.

—Vámonos, Jack.

Jack le dio un largo trago a su cerveza, dejó la botella y, sin cuestionar mis prisas, me rodeó con un brazo y me llevó hacia la puerta. Detrás de nosotros sonaron los primeros acordes de la guitarra.

—Esta canción también la he compuesto yo —toda la sala podía oírlo, pero sentí que sus palabras iban dirigidas a mí—. Se titula Grace en la escalera.

Casi habíamos llegado a la escalera, pero al oírlo me detuve tan bruscamente que Jack avanzó unos pasos más sin darse cuenta. Permanecí inmóvil, sin volverme hacia el escenario cuando Sam empezó a cantar.

–¿Lo has oído? –me preguntó Jack, riendo–. Grace en la escalera.

–Vámonos –dije, muy seria.

Él no protestó, aunque volvió a mirar por encima del hombro mientras salíamos. La brisa nocturna de agosto me puso la piel de gallina y me froté vigorosamente los brazos mientras caminábamos hacia el aparcamiento.

–Gracias por acompañarme esta noche –le dije a Jack cuando me apoyó de espaldas contra el costado de mi coche–. Ha sido una...

Su boca se tragó mis palabras, y su aliento a cerveza y aros de cebolla se filtró entre mis labios hasta que los abrí para recibirlo. Nuestras lenguas se encontraron y con la mano que no sostenía el casco de la moto me agarró por la cintura.

–No te vayas –murmuró contra mi boca–. Aún es pronto...

–No puedo pagar una habitación de hotel –le dije con toda sinceridad.

–Ven a mi casa.

Me aparté para mirarlo.

–Jack.

A aquellas alturas me conocía demasiado bien, porque se valió de su arrebatadora sonrisa sin el menor remordimiento.

–Vamos. Mira lo excitado que estoy...

Me apretó de nuevo contra él, y mi risa nerviosa se transformó en un gemido al sentir el bulto de su entrepierna. De repente, yo también estaba excitada. Muy excitada...

Jack volvió a besarme.

–Nuestra cita acabó hace media hora.

–Lo sé –ladeé ligeramente la cabeza, pero mi lengua seguía buscando su sabor.

Jack me agarró la mano para llevársela a la entrepierna.

–Considéralo una propina.

–¿Follarme es una propina para ti? –pregunté, riendo.

Sonrió y se frotó el bulto con mi mano.

–Sí.

No me parecía buena idea ir a su casa y acostarme con él sin pagar. De hecho, me parecía un poco arriesgado. Pero de todos modos no me quedaba dinero.

Y no quería pasarme la noche pensando en Sam.

–Si tan excitado estás, seguro que no tendrás problemas para encontrar a alguien –era una excusa tan patética que Jack no se la tragó.

–No soy un puto –me susurró al oído, antes de lamerme el cuello y provocarme una descarga de placer que se concentró en mi sexo empapado.

No me quedaban más excusas, pero mientras lo seguía en mi coche por las oscuras calles de Harrisburg casi me dejé dominar por el pánico. En tres ocasiones estuve a punto de darme la vuelta y huir. Jack aparcó la moto en la acera y yo encontré un sitio para Betty entre un Metro abollado y un Accord verde chillón. Me bajé del coche, cerré las puertas y miré el edificio de ladrillo.

–Vamos –Jack me ofreció la mano y yo la acepté.

Capítulo 14

El apartamento de Jack estaba en la tercera planta, y por dentro presentaba un aspecto mucho mejor que por fuera. Limpio y austero, con paredes blancas y suelos de madera, un pequeño cuarto de baño y un dormitorio al fondo. El mobiliario estaba bastante castigado, pero en su fregadero no se apilaban los platos sucios, como en el mío, y la basura no rebosaba en el cubo.

Jack colgó la chaqueta y el casco en un perchero metálico y dejó las llaves en la mesita junto a la puerta, sobre un plato.

–Mi casa –dijo.

–Me gusta –miré alrededor y me fijé en los cuadros–. ¿Los has pintado tú?

–Algunos. Otros son de unos amigos.

No era una experta en arte, ni mucho menos, pero hasta yo podía ver que tenía talento.

–Eres bueno.

Me abrazó por detrás y me apretó contra él.

–Eso ya me lo has dicho…

–Me refería a tus cuadros.

Me giró en sus brazos y se pegó aún más a mí.

–Ya lo sé.

Todo era distinto cuando no se hacía por dinero. Pero no quería pensar en ello, y Jack tampoco parecía tener ningún problema al respecto. Me agarró la nuca por debajo del pelo y me besó mientras me llevaba al dormitorio.

Habíamos interpretado muchas situaciones, pero en aquella

ocasión él no era un repartidor de pizzas o un mal estudiante, ni yo era un ama de casa aburrida o una jefa autoritaria. Se habían acabado los juegos y las lecciones. Jack las había aprendido a la perfección.

Me desnudó con delicadeza, acariciando y besando las partes de mi cuerpo que iba descubriendo. Se entretuvo con la boca en mis pechos mientras recorría con los dedos el elástico de las bragas y los deslizaba por el trasero. Procedía despacio pero sin pausa, y su ansiedad por tenerme desnuda me llenó de emoción.

Sin dejar de besarme, se desabrochó el cinturón, se bajó la cremallera y se quitó los vaqueros. Retiró la boca el tiempo necesario para despojarse de la camiseta, pero lo detuve cuando se disponía a quitarse los calzoncillos.

—Espera.

Me miró con curiosidad.

—Déjame a mí.

Levantó las manos para permitírmelo y yo me senté en el borde de la cama, enganché los dedos en sus calzoncillos y tiré con fuerza hacia abajo.

Habíamos dedicado mucho tiempo a complacerme a mí. A fin de cuentas para eso había pagado. Para que me dieran placer sin preocuparme por nada. Como consecuencia, Jack conocía mi cuerpo mucho mejor que yo el suyo.

También yo me tomé mi tiempo, pero no vacilé a la hora de explorar ese cuerpo que, aunque ya lo había visto muchas veces, aquella noche se me antojaba como un tesoro por descubrir. Tenía el vello púbico pulcramente recortado, su piel bronceada emanaba un olor intenso y varonil y su miembro erecto me acariciaba la mejilla y el pelo mientras le besaba el tatuaje. Clavé las manos en sus nalgas y lamí, besé y mordí la carne de sus muslos y caderas, pero en vez de meterme su erección en la boca lo solté y lo miré desde abajo.

—Dime qué quieres que te haga —era la primera vez en mi vida que pronunciaba aquella frase.

Jack me tocó el pelo y lo usó para acariciarse la erección unas cuantas veces.

–Quiero que lo hagas con la boca… Por favor.

Era una petición razonable, teniendo en cuenta las veces que él me lo había hecho a mí, pero aun así me gustó la manera que tuvo de pedírmelo.

Levanté una mano para desenredar el pelo de su miembro, pero no me lo metí en la boca enseguida. Antes lo miré con detenimiento. Lo había tenido dentro de mí durante horas, pero nunca lo había visto tan cerca.

Examiné su piel suave y venosa bajo la que latía el flujo sanguíneo. Lo recorrí lentamente con la mano, sopesé sus testículos y volví a subir para agarrarlo justo por debajo del glande. Jack me puso la mano en el pelo y su respiración se hizo más agitada, pero esperó pacientemente sin intentar acuciarme.

Eso también me gustó.

–Dime una cosa. ¿Llevabas algo? –le pregunté.

–¿Algo como qué?

–Algo… aquí.

–¿Te refieres a un piercing? –se rio–. Sí, pero me cansé de él y me lo quité. ¿Por qué? ¿Te gustaría que lo llevara?

–Creo que no –examiné su polla con más atención y vi algo que parecía una pequeña cicatriz–. No, definitivamente no. Me gusta mucho cómo eres ahora.

Acerqué la boca a la punta y se me hizo un nudo en la garganta al oír su gemido de placer. Pero cuando pronunció mi nombre cerré los ojos y pensé en Sam. En sus ojos, su boca y sus manos, en sus largas piernas y el destello de su pendiente. En su pelo alborotado que pedía a gritos unas tijeras y un peine. Tenía la polla de otro hombre en la boca y mi mano entre las piernas, pero lo único que llenaba mi cabeza era la imagen de Sam. Su voz, el tañido de su guitarra al interpretar aquella canción que solo podía estar dedicada a mí. Y en aquel momento, mientras le comía la polla a Jack, supe algo que él no sospechaba siquiera. Aquella sería la última vez que folláramos.

No podía seguir permitiéndomelo. El precio era demasiado alto, y no solo en dólares.

Él empujó dentro de mi boca y yo lo agarré por la base para

controlar sus embestidas. Usando la mano y la boca a la vez, lo masturbé y chupé hasta que me agarró el pelo con tanta fuerza que me hizo daño.

Retiré la boca de su sexo empapado y levanté la mirada hacia su rostro. Tenía los ojos entrecerrados y la boca relajada en una mueca de placer, pero sonrió al ver que lo miraba.

No estropeó el momento con palabras absurdas. Se inclinó para besarme y me metió la lengua en la boca. Acabamos tendidos en la cama, piel contra piel y los miembros entrelazados. Sus manos me recorrían todo el cuerpo y se hundían entre mis piernas. Yo ya estaba mojada por mi propia mano y su dedo se deslizó fácilmente en mi sexo, antes de tocarme el clítoris.

Un torrente de intensas sensaciones me invadió, pero mis gemidos se perdieron en la boca de Jack. Su mano se movía contra mí, cada vez más rápido. Estaba a un suspiro del orgasmo, pero Jack me conocía demasiado bien y sabía cuándo parar para torturarme.

Dejé que fuera él quien nos guiara a ambos. Que decidiera cuándo dejábamos de besarnos y tocarnos y cuándo empezábamos a follar. Estuvimos besándonos durante largo rato, mucho más de lo que nunca nos habíamos besado. No recordaba cuándo fue la última vez que un beso duró tanto sin hacer nada más. En el instituto, seguramente. Tanto duró que pensé que podría correrme por la presión de su lengua contra la mía, por las caricias de sus dedos en mi vientre o cuando deslizó una pierna entre las mías y me apretó el coño con el muslo.

En ningún momento miré el reloj. No me importaba la hora ni el tiempo que pasáramos haciéndolo. Aquella era la última vez y quería grabar cada momento en mi memoria. Quería darle a Jack el mismo placer que él me había dado.

No sé cómo, cuándo ni de dónde sacó Jack el preservativo, pero cuando finalmente me lo puso en la mano yo temblaba de tal manera que no conseguía colocárselo. El deseo y la impaciencia hacían que mis manos fueran excesivamente torpes, así como otra emoción que tal vez fuera una triste ternura o una tierna tristeza.

Jack me quitó el envoltorio, lo abrió rápidamente y me besó mientras se lo ponía. Me besó también cuando me tumbó de espaldas y me separó las piernas. Y me siguió besando cuando me penetró de una vez hasta el fondo.

Mi cuerpo se estremeció, retorció y arqueó de manera inconsciente para recibirlo. Todos mis pensamientos se desvanecían en una fogosa incoherencia. Los empujones de Jared se hacían más frenéticos e impetuosos. El placer me cegaba, tensaba mis músculos hasta el límite, me llevaba al orgasmo a una velocidad de vértigo. Jared enterró la cara en mi hombro y me mordió con más fuerza que nunca. El dolor fue tan delicioso que un grito de éxtasis se elevó desde el fondo de mi garganta.

No era la primera vez que nos corríamos juntos, pero sí la última, y por ello me aferré con todo mi ser hasta el último instante de placer compartido.

Saciados, jadeantes, permanecimos pegados por el sudor de nuestros cuerpos hasta que Jack se apartó con un suspiro y yo me quedé mirando al techo mientras escuchaba su respiración. Me besó en el hombro y se levantó de la cama, fue al baño y volvió, y yo seguía sin moverme. Se acostó junto a mí, tocándome con su hombro y su cadera, y entrelazó las manos sobre el pecho con otro profundo suspiro.

–Joder… –murmuró al cabo de un rato.

Sonreí.

–Mmm…

–Puedes quedarte, si quieres –me ofreció, girándose hacia mí.

Yo también me giré hacia él y le toqué la cara.

–Gracias, pero tengo que irme a casa. Es tarde.

–Sí, y mañana tienes que trabajar –dijo él con una sonrisa torcida.

Al día siguiente era sábado y, por primera vez en mucho tiempo, no tenía nada programado. Pero la idea de quedarme dormida allí no era lo bastante tentadora para hacerlo, sobre todo si la comparaba con lo que sentiría al despertar.

Jack miró al techo y bostezó.

–¿Conocías a ese tío?

–Sí –era absurdo fingir ignorancia.

–La canción era sobre ti, ¿no?

–Supongo que sí –me senté y puse los pies en el suelo, pensando en una ducha caliente y en mi cama. Y en la inevitable llamada telefónica que iba a recibir.

Jack guardó silencio mientras yo usaba el baño. Al salir, se había puesto los calzoncillos y había encendido un cigarro. El cenicero reposaba en su estómago.

–No deberías fumar en la cama –busqué mi ropa y empecé a vestirme.

–Ya, ya –expulsó un anillo de humo–. Te gusta mucho, ¿verdad?

Intenté no detenerme, pero mis manos se negaban a colaborar.

–Jack…

–¿Por qué haces esto, Grace?

Me metí la blusa en la falda sin acabar de abrocharla.

–Porque te debía una propina y no tenía dinero.

No era una respuesta sincera ni amable, pero Jack no se lo tomó a mal.

–Vamos…

–Porque lo prefiero así.

–Pero ¿por qué? No lo entiendo. No necesitas pagar para echar un polvo. Muchos hombres matarían por hacerlo contigo. Eres guapa. Y divertida.

–No lo hago porque no pueda gustarle a nadie. Lo hago porque quiero.

Jack le dio otra calada al cigarro y se quedó pensativo unos instantes.

–A ese tío le gustas.

–¿Qué estás diciendo, Jack? ¿Solo porque escribió una canción sobre mí?

El sarcasmo, la patética defensa de los indefensos…

–Solo es un comentario.

–Pues ahórratelo –murmuré mientras me ponía las botas–. No te pago para hacer comentarios, ¿de acuerdo?

–Ahora no me estás pagando.

–¿Y tú? –me giré hacia él con las manos en las caderas–. ¿Crees que no vi cómo te miraba esa chica?

–Las chicas siempre me miran –soltó otra bocanada de humo y me sonrió.

–Tú también la mirabas a ella –me peiné con las manos y me estremecí al ver la hora–. Cielos... tengo que irme.

Jack se incorporó, apagó el cigarro y dejó el cenicero en mesilla para levantarse de la cama.

–Se llama Sarah, y sí, me gusta.

–Y aun así me has traído a tu casa.

–Ella no puede pagarme.

–Yo apenas puedo pagarte.

Sonrió y arqueó una ceja.

–Responde a mi pregunta y yo responderé a la tuya.

–No quiero liarme con nadie en serio para que después se acabe, ¿contento? –espeté de golpe.

–De acuerdo, de acuerdo –dijo él en tono tranquilizador–. ¿Por qué estás tan segura de que se acabará? –mi expresión debió de asustarle, porque enseguida se corrigió–. Quiero decir, es una forma muy pesimista de ver las cosas.

–Todo se acaba, Jack. De un modo u otro.

Me miró fijamente.

–¿Alguien te hizo daño?

Mi risa sonó más amarga que divertida.

–No.

–Es que me pareces tan...

–Guapa y divertida –acabé yo–. Lo sé, Jack. Me lo has dicho.

Finalmente había conseguido herirlo, pero no experimenté la menor satisfacción al ver su cara de dolor.

–Lo siento.

Su expresión me enterneció un poco y le toqué el hombro.

–No pasa nada. Pero creo que esto ha sido un error.

Me dirigí a la puerta, recogiendo mi bolso por el camino. Él me siguió y me agarró por el hombro, pero la mirada que le eché bastó para que retirase la mano.

–No ha sido un error –me dijo.

–Buenas noches, Jack.

–Espera, Grace.

Esperé, pero él no dijo nada aunque parecía estar devanándose los sesos. La cabeza empezaba a dolerme y tal vez tendría que quedarme en la cama al día siguiente.

–¿Me llamarás?

Estuve a punto de mentir, pero no lo hice.

–No, creo que no.

–¿Por él?

–No, Jack –le toqué la piel cálida y desnuda del brazo–. Por ti.

–Porque… ¿no te gusto?

Negué con la cabeza y retrocedí hacia la puerta. Él avanzó con el ceño fruncido y los labios apretados. Alargó un brazo sobre mi hombro, cerró la puerta cuando yo intentaba abrirla y me agarró con fuerza.

–Entonces ¿por qué? ¿Es que no valgo lo que has pagado por mí?

–Déjalo, Jack.

–¿Por qué? ¡Quiero oírtelo decir!

–¡Que me lo estés preguntando debería valerte como respuesta!

Habíamos elevado tanto la voz que por un momento pensé en los vecinos. Afortunadamente, no me tocaría a mí darles explicaciones.

–¡Pues no me vale! –se acercó a mí y yo aparté la cara.

–Apestas a tabaco.

–Tranquila. No voy a besarte.

Dolida por el comentario, le puse una mano en el pecho para apartarlo.

–Te estás comportando como un imbécil.

Jack agarró un paquete de cigarrillos y un encendedor de la misma mesa donde había dejado las llaves. Encendió uno y retrocedió unos pasos para dejarme vía libre.

–Vete, entonces.

No quería que todo acabara así, con una absurda riña emocional.

–¿Ves lo que quiero decir? Todo se acaba.

–No tiene por qué acabar –me apuntó con el cigarro.

–Por desgracia, sí.

–¿Es por el dinero? Creo haber dejado muy claro que no me importa follar contigo gratis.

Las lágrimas contenidas me abrasaban los ojos y la garganta.

–¡Cállate!

Jack se calló.

–Me gustas –mis propias palabras me resultaban tan cortantes como cristales afilados–. Me gustas mucho.

–Pero no lo bastante.

–Esto son negocios, nada más. Yo te pago para que me des lo que quiero, que no es otra cosa que sexo sin complicaciones ni ataduras.

Sus hombros se hundieron brevemente, antes de erguirse.

–Parece que las cosas se han vuelto un poco más complicadas.

–Así es. Y no es lo que quiero.

–No te culpo –dijo él–. Porque es un asco.

Quería tocarlo, pero no lo hice.

–A lo mejor no es el trabajo indicado para ti.

Jack soltó una carcajada envuelta en humo.

–No me digas… ¿Ser el perrito faldero de viejas ricachonas que no se molestan en aprender mi nombre? ¿Ser el acompañante de chicas estiradas y mojigatas que quieren impresionar a sus amigas? ¿Ser la tapadera para las lesbianas que no quieren ser descubiertas por sus familias?

–Es un trabajo –repuse yo, sorprendida por su diatriba.

–Sí, y me pagan muy bien por prostituirme –escupió un resto de tabaco y apagó el cigarro en un plato–. Pero contigo era diferente.

–No –repliqué yo con voz amable–. No lo era.

Jack puso una mueca de desdén y apartó la mirada.

–Sí que lo era. Tú eres la única que se ha tomado la molestia de hablar conmigo como si fuera una persona.

–Eres una persona.

Vi su gesto de desprecio aunque él miraba hacia otro lado.

–Pero prefieres pagarme para que salga contigo antes que salir conmigo simplemente.

–Deberías pedirle salir a esa chica… –le sugerí–. Sarah.

Volvió a mirarme.

–Y tú deberías pedirle salir a ese tío… Sam.

Nos miramos en silencio hasta que él empezó a temblar y agarró una sudadera del respaldo de una silla. Yo llevé la mano al pomo de la puerta, la abrí y en esa ocasión Jack no intentó detenerme.

–Eres perfecto –le dije.

–Sí, claro… Quizá debería hacerme un diploma con ese título y colgarlo en la pared –me sonrió y el nudo que tenía en el pecho se me alivió un poco.

–Adiós, Jack.

Él asintió y levantó una mano, pero no hizo ademán de acercarse a mí. Salí por la puerta, la cerré detrás de mí y solté una temblorosa exhalación.

Todo se acaba.

Las primeras luces del alba empezaban a despuntar en el cielo cuando me metí en la cama, sin quitarme el maquillaje ni lavarme los dientes. Acababa de cerrar los ojos cuando el móvil empezó a sonar en mi bolso, que había dejado sobre la silla de la habitación.

Tenía que responder.

Siguió sonando, pero no podía moverme.

Tenía que responder. Podía ser un fallecimiento. De hecho, no podía tratarse de otra cosa a esas horas.

–Maldita sea, Sam –exclamé cuando finalmente respondí–. ¿Sabes qué hora es?

–Sí, pero pensé que ya estarías levantada.

–¿Me tomas el pelo? Ni siquiera es de día.

–¿Te acabas de acostar?

–¿Es que me estás siguiendo?

–Claro que no. Pero si no acabas de levantarte, es evidente que acabas de acostarte. Porque ya sé que no llevas hombres a tu casa.

–Eres desesperante.

–Y tú te pones encantadora cuando estás cansada.

Me froté los ojos con los dedos.

–¿Qué quieres?

–Hablar contigo.

–Espérate unas horas –murmuré, enterrando la cara en la almohada.

–Grace.

Esperé, pero no dijo nada más.

–¿Qué?

–¿Recuerdas que te dije que no me importaba si tenías novio?

Me quedé callada un momento.

–Sí.

–Mentí.

–No era mi novio –guardé un breve silencio y decidí ser sincera. Estaba demasiado cansada y alterada para mentir–. Solo es alguien con quien me acuesto de vez en cuando.

–Ajá.

–¿Te importa?

–Te mentiría si te dijera que no.

La noche había sido muy movida, y al parecer aún no había acabado.

–¡Maldita sea, Sam!

–¿Lo quieres?

–¡No!

–¿Y él a ti?

Suspiré.

–Espero que no.

–Bien.

Ahogué un grito de rabia al imaginarme su sonrisa.

–Voy a colgar –le espeté.

–Te llamaré después.

–¿Por qué?

–Porque quiero hablar contigo –respondió él tranquilamente–. Y quizá invitarte a comer. ¿Qué te parece?

–¡Lo que me parece es que aún apesto por acostarme con otro hombre! –grité–. ¿Invitarme a comer, dices? ¿De qué puñetas estás hablando?

–De un sándwich, o de una sopa, o…

Solté una carcajada histérica.

–Estás loco.

–Un poco, tal vez.

–Sam… –me costaba hablar sin que me temblara la voz–. Tus atenciones son muy halagadoras, pero dan un poco de miedo.

–¿Solo un poco? Estupendo. Entonces quédate con la parte halagadora.

–Estás loco –repetí en voz baja, antes de bostezar–. ¿Qué clase de hombre dice esas cosas?

–Un hombre paciente.

–El que es paciente siempre está esperando algo.

Sam se rio.

–Así es… Y yo sé muy bien lo que espero.

No lo dijo en tono seductor, pero a mí me sonó increíblemente sexy.

–Te dije que no hago estas cosas.

–Y sin embargo te acuestas de vez en cuando con otros hombres. ¿Por qué no puedo ser uno de ellos?

–Si eso es lo único que quieres, ¿para qué molestarse en comer?

–Porque también me gusta comer y pensé que así podría matar dos pájaros de un tiro.

–Eres… eres… –no se me ocurría la palabra adecuada para describirlo.

–Sí, lo sé, lo sé.

–Tengo que dormir, Sam. En serio.

—Yo también.

—¿Has estado levantado toda la noche?

—Así es. Acabo de llegar a casa.

La confesión me desperezó instantáneamente.

—¿Ah, sí?

—No eres la única que se acuesta con otros de vez en cuando, Grace.

No era exactamente lo que quería oír, aunque tampoco tenía derecho a quejarme.

—Con la rubia.

—¿Era rubia? No lo recuerdo.

—¿Te estás riendo de mí?

—¿Te importaría? Pregúntate a ti misma por qué.

Lancé un gruñido de exasperación.

—No solo estás loco, sino que eres una espina en el trasero.

—Oh, qué va… Mi puntería es más certera.

De nuevo me hizo reír, el muy cretino, aunque la risa dejó pasó a un gemido.

—Tengo que dormir, Sam.

—¿Nos vemos para comer?

—Te estás aprovechando de mi cansancio…

—Es verdad.

—Te llamaré —dije finalmente, arrastrando las palabras—. No me llames. Si te ocurre despertarme, te mataré.

—¿Me prometes que me llamarás?

—Sí, maldito pesado. Te lo prometo.

—Estaré esperando tu llamada.

Se me volvió a formar un nudo en el pecho.

—No vayas a esperar mucho, Sam.

—No tengo nada mejor que hacer, Grace.

—De acuerdo. Te llamaré.

—A Jesús no le gustan las mentiras.

—¿Jesús…? —tosí—. Creía que eras judío.

—Tú no lo eres.

—No soy una persona religiosa.

—Si tú lo dices... Pero a Kiki tampoco le gustan las mentiras.

–¿Kiki? –estaba tan cansada que me costó unos segundos entender la broma–. Oh, Dios…

–Duérmete, Grace. Llámame más tarde. Recuerda que lo has prometido.

–Lo he prometido –murmuré. Dejé el teléfono y me quedé dormida al instante.

El teléfono no me dejó dormir mucho rato, pero la siguiente llamada fue del buzón de voz y no de Sam. Escuché el mensaje medio dormida y volví a hundirme en la almohada, deseando que fuera una pesadilla. Así al menos no sería real.

No conocía al hombre que me había llamado, pero el temblor de su voz sí me resultaba amargamente familiar. Por suerte tenía a mano toda la información que yo necesitaba, lo que aceleró bastante el proceso.

Me duché y vestí a toda prisa y fui en la furgoneta al Hershey Med Center, yo sola. No necesitaba la ayuda de Jared para aquel encargo. No necesitaba la ayuda de nadie para transportar el cuerpo de un niño.

Una pareja joven, los dos de mi edad, me recibió en el vestíbulo del hospital. El dolor había consumido todo el color de sus rostros, pero el apretón de manos del hombre fue firme al saludarme. Querían saber si podían reunirse conmigo enseguida para preparar el funeral de su hijo. No querían esperar, dijo él. Su mujer guardaba silencio pero asentía a su lado. No tenían familiares fuera del pueblo y querían que el entierro fuera lo antes posible.

–Es por mi mujer –me explicó él cuando ella se excusó para ir al lavabo–. Está destrozada. Hace dos días ni siquiera sabíamos que nuestro hijo estaba enfermo. Tenemos que… –la palabra «enterrarlo» se le atragantó, pero logró contener las lágrimas.

–Lo entiendo –le froté el hombro y él ocultó el rostro en las manos antes de recuperar la compostura.

–Tengo que ser fuerte por ella.

Me hablaba a mí, pero las palabras iban dirigidas a él mismo.

Solo hicieron falta unas pocas llamadas para organizar el velatorio y el entierro para el día siguiente. Al jefe de personal del cementerio no le hacía ninguna gracia trabajar en domingo, pero cuando le expliqué la situación guardó un breve silencio por teléfono y acabó aceptando.

La mujer me entregó una bolsa llena de ropa. Ninguno de los dos lloraba cuando los dejé en el vestíbulo y recogí el pequeño cuerpo en la morgue. He hecho cientos de traslados similares y admito que he desarrollado cierto grado de insensibilidad hacia mis silenciosos pasajeros, pero en aquella ocasión era distinto. Nunca me había ocupado de un niño. De algunos jóvenes y adolescentes sí, pero jamás de un niño.

Había muerto con cuatro años, víctima de una fiebre repentina e inexplicable, causada al parecer por un brote de gripe estival.

Mi sobrino Simon tenía cuatro años.

En el hospital habían metido el cuerpo en una bolsa, pero al llevármelo a la funeraria tuve que colocarlo desnudo en la mesa para prepararlo.

Los padres habían decidido que su hijo fuera enterrado con su pijama, su mantita y su osito de peluche. Las manos me temblaban al introducirle algodón en las mejillas para que tuvieran un aspecto rollizo y saludable. No podía dejar de llorar mientras le ponía el pijama y le colocaba la manta azul bajo el brazo, y lloré aún más cuando le peiné los suaves rizos sobre su gélida frente.

Aunque muchas veces he sentido pena y compasión por las familias que me confían a sus seres queridos, nunca la había sentido por el fallecido. Aunque fuera alguien conocido, una parte de mí más poderosa que la tristeza siempre ha entendido que el dolor es por los vivos. A los muertos ya nada les importa. Son los que quedan atrás los que sufren.

Pero por aquel niño pequeño cuyos ojos se habían cerrado demasiado pronto a la vida sí sentí lástima y dolor. Quería que sus padres lo vieran como había sido, no como era en ese momento. No quería que supieran que le había introducido algodón en las mejillas o que el pijama tenía una línea de puntos por

donde los médicos lo habían cortado al intentar salvarle la vida.
Lloré y lloré al colocarlo en el ataúd más pequeño que tenía. Era
un modelo mejor del que sus padres se podían permitir… pero
no iba a decírselo. Lloré en silencio mientras trabajaba, sintiendo el escozor de las lágrimas en los ojos, su calor abrasándome
las mejillas y su sabor salado en la comisura de los labios. Lloré al llamar a Jared para decirle que necesitaría su ayuda al día
siguiente.

Al acabar ya había anochecido. Subí a acostarme sin dejar
de llorar y cuando desperté tenía la almohada empapada por las
lágrimas. El velatorio había sido fijado para las nueve de la mañana, y a petición de la familia el entierro tendría lugar una hora
después.

A las nueve y cuarenta y cinco, diez minutos después de la
hora prevista para dirigirnos al cementerio, la gente seguía llegando para dar su último adiós al pequeño. Los padres estaban
abrumados por las muestras de apoyo y condolencias que les
presentaban tanto conocidos como extraños. No había ni una silla libre en la capilla.

No lloré durante el velatorio. No sería apropiado, y los padres no necesitaban mis lágrimas. Lo que necesitaban era que el
coche fúnebre tuviera gasolina y que el conductor supiera el camino. Necesitaban que rellenase el certificado de defunción para
que la muerte de su hijo fuera oficial, como si hiciera falta plasmarlo en un papel. Necesitaban que recibiera a los dolientes y los
enviara a la capilla, que les indicara dónde estaban los aseos y el
libro de visitas, que me asegurara de que todo el mundo ocupaba su sitio y se levantaba cuando tenía que hacerlo. Aquel hombre y aquella mujer cuyo mundo se había hecho pedazos necesitaban que los ayudara a resistir unas cuantas horas, y eso hice lo
mejor que pude.

Habían decidido que no hubiera panegírico. Al fin y al cabo,
¿qué se podía alabar de un niño de cuatro años? Pero mientras
la sala se llenaba de gente, el padre miró alrededor y me preguntó si podría decir unas palabras antes de salir para el cementerio.

Se puso en pie ante todos los presentes, vestido con un traje azul marino que parecía prestado. Si había llorado, no quedaba el menor rastro de lágrimas en su rostro, aunque brillaban tanto como en el vestíbulo del hospital. Carraspeó un par de veces mientras todos aguardábamos en respetuoso silencio.

–Nunca aprendió a recoger sus juguetes –dijo, y fue entonces cuando el caudal de lágrimas acabó por desbordarse y deslizarse por su rostro hasta mojarle los labios.

Yo conocía muy bien el sabor de aquellas lágrimas.

Su mujer soltó un sollozo y se llevó rápidamente el puño a la boca. No era la única que lloraba. Él volvió a carraspear, sin hacer el menor intento por limpiarse las lágrimas que resbalaban por sus mejillas.

–Era mi hijo. Yo lo quería... y no sé qué vamos a hacer sin él.

Miró alrededor y asintió bruscamente, antes de abrazar a su mujer y llorar los dos juntos. Pero no estaban solos, como habían estado en el hospital o como pensaban que estarían.

El cortejo fúnebre marchó lentamente hacia el cementerio, los coches con las luces encendidas y con banderitas moradas pegadas con imanes a los capós. Acabado el entierro, volví a la funeraria y me encerré en casa. Mi móvil no había sonado en todo el día ni tenía ningún mensaje. Apenas había comido ni dormido, tenía los nervios a flor de piel y todo me daba vueltas.

Me tiré en el sofá y me cubrí el rostro con las manos para llorar. Había contenido las lágrimas durante tanto tiempo que tuve que obligarlas a salir y así poder apartarlas.

Tenía que apartarlas.

Los dedos me temblaban de tal manera que tuve que marcar el número dos veces antes de conseguir señal. El teléfono empezó a sonar, sin respuesta. Empecé a temer que saltaría un buzón de voz y que no tendría las fuerzas necesarias para dejar un mensaje. Conté los tonos y decidí que colgaría al llegar a tres.

Cuatro. Otro más, tan solo uno más...

Y por fin respondió. Una voz que no necesitaba preguntar quién llamaba, porque seguramente ya lo sabía.

–Sam... Te necesito.

Capítulo 15

Me llevó sopa en un recipiente de plástico y me obligó a comer. Después, abrió el agua caliente de la ducha y me puso debajo del chorro mientras yo volvía a llorar. Me puso una camiseta, me ayudó a ponerme el pantalón del pijama y me arropó en la cama, abrazándome por detrás.

La emoción y el cansancio habían hecho estragos en mí y me puse a delirar sobre la muerte, la vida, el destino, la inexistencia de luces blancas al final del túnel, la injusticia de un dios que se llevaba a un niño tan pequeño, el dolor inmerecido...

Sam guardó silencio en todo momento, apretado contra mí y rodeándome con el brazo. La cama se mecía como una barca en el mar y Sam era mi única ancla. Su aliento me acariciaba la nuca.

—Si no existiera el dolor, ¿cómo se podría valorar la felicidad? —murmuró.

Tenía razón. Por supuesto que tenía razón. Y aunque sabía que el dolor no era mío, que la tristeza pasaría y que superaría la muerte del chico mucho antes que sus seres queridos, aquella noche no había consuelo posible para mi rabia y mi angustia.

En algún momento me quedé dormida, incapaz de permanecer despierta por más tiempo. El cuerpo siempre acaba venciendo a la mente. No recuerdo qué soñé, solo que cuando desperté al oír los suaves ronquidos de Sam no quería moverme de allí.

Lo desperté con besos en el cuello y en el pecho, desnudo. Un vistazo bajo las sábanas reveló que se había quitado toda la ropa a excepción de los calzoncillos, cuyo bulto iba aumentando de tamaño a medida que le recorría la piel con la boca.

Tenía que existir el dolor para poder valorar la felicidad. Sam tenía razón. Pero yo también la tenía al decir que todo se acababa y que la pena era para los vivos. La conmovedora imagen de aquellos jóvenes padres enterrando a su hijo pequeño había fortalecido aún más mis convicciones.

–Señorita Grace –murmuró Sam–, ¿está usted tratando de seducirme?

–¿No lo estoy consiguiendo?

–Yo no he dicho eso.

Consciente de mi aspecto y de que seguramente me olía el aliento, no intenté besarlo en la boca. Pero sí volvía a hacerlo en el pecho mientras él me acariciaba el pelo.

–¿A qué hora tienes que bajar a la oficina?

Miré el reloj y maldije en voz baja.

–Hace media hora. Pero no tenía nada previsto para esta mañana.

–Te mereces dormir un poco más después del día que tuviste ayer. Yo, en cambio…

–¿Tienes clases hoy? –me incorporé en la cama y me abracé a las rodillas.

Sam me sonrió y se estiró. Tenía un aspecto irresistible.

–Ya lo sabes.

Se incorporó también y se pasó una mano por el pelo. No es justo que los hombres puedan levantarse y empezar el día sin arreglarse, y en cambio hasta la menos vanidosa de las mujeres necesite al menos darse una ducha.

Allí estábamos los dos, en la cama, tras varios meses de insinuaciones y tonteos, y él ni siquiera intentaba besarme. Mi aspecto debía de ser más horrible de lo que pensaba, y me llevé una mano a los ojos para comprobar disimuladamente si estaban hinchados.

Por su parte, Sam se levantó y empezó a vestirse. Me fijé en que había doblado su ropa en la silla, sin que por la noche me hubiera dado cuenta de que se levantaba.

–Anoche debía de estar fuera de mí.

La cabeza de Sam apareció por el agujero de la camiseta azul.

–Sí que lo estabas.

De repente tuve la incómoda sensación de que seguíamos siendo unos completos desconocidos. Sam parecía actuar con naturalidad mientras se ponía los vaqueros y una camisa que se dejó por fuera. Se comportaba como si hubiéramos pasado juntos miles de noches, pero ni siquiera había intentado follar conmigo.

Lo observé sin decir nada mientras terminaba de vestirse y entraba en el cuarto de baño, y di un respingo en la cama al oír sus gárgaras. ¿Estaba usando mi cepillo de dientes? Compartir saliva era una cosa, pero un cepillo de dientes era demasiado personal.

Sam salió un momento después y su aliento olía a enjuague bucal cuando se inclinó para besarme. En la mejilla.

–Te llamaré después –me dijo–, e iremos a cenar.

Me dio un pellizco en la barbilla. ¡Un simple pellizco como si yo fuera una adolescente enamorada!

–¿No? –insistió.

Tardé unos segundos en darme cuenta de que me había quedado boquiabierta.

–Muy bien.

–Tu cara parece decir lo contrario –observó él mientras se arremangaba la camisa hasta los codos.

–No –me levanté de la cama, consciente de que él tenía la ventaja emocional al estar ya vestido y aseado, aunque todo fueran imaginaciones mías. Me metí en el baño y me cepillé rápidamente los dientes–. ¡He dicho que me parece muy bien! –le aseguré con la boca llena de espuma.

Sam parecía más alto e imponente que nunca en la puerta del baño. Su pelo de punta llegaba a rozar el marco.

–¿Qué ocurre?

¿Qué podía decirle sin parecer una idiota? ¿Que después de haber dormido con él y de haberlo rechazado durante un montón de semanas había descubierto que no podía ni quería seguir negándome el deseo que me provocaba? ¿Que por mucho que le agradeciera el consuelo de la noche anterior ahora quería hacer lo mismo de siempre?

Idiota o no, fue exactamente eso lo que le dije.

–¡Y ya veo que tú no tienes el menor interés! –acabé, sin aliento, y me crucé de brazos.

Sam me había escuchado en silencio y con un atisbo de sonrisa en los labios. Acabado mi discurso, se inclinó para susurrarme algo al oído.

–Claro que tengo interés.

–¿Entonces…?

–Entonces…. –me tocó con la lengua el lóbulo de la oreja, haciéndome temblar de excitación–, estarás pensando en mí… todo… el… día.

Fue sin duda el día más largo de mi vida. Los minutos parecían horas y las horas se alargaban interminablemente, por mucho que intentara llenarlas actualizando la página web y ordenando folletos y formularios.

–¿Más café? –le pregunté a Shelly, que estaba en su mesa leyendo una revista del corazón.

–¿Más? –levantó la mirada del artículo sobre el divorcio de algún famoso–. Estás tomando una sobredosis de cafeína, Grace.

Volví a llenar mi taza.

–¿No quieres?

–No –respondió con una sonrisa–. ¿Estás bien?

–Claro. Muy bien. ¿Por qué no habría de estarlo?

–No sé… Quizá porque es la cuarta vez que me preguntas si quiero más café –parecía disponerse a decir más, pero una llamada de teléfono la interrumpió.

Esperé con todo el cuerpo en tensión a que contestara. ¿Sería un fallecimiento? ¿Me perdería mi cita con Sam? El café caliente se me derramó en los dedos y agarré un pañuelo de la mesa de Shelly para limpiarme. Ella no me hizo ningún gesto y me relajé un poco.

Había días que el trabajo empezaba antes de que saliera el sol y no acababa hasta caer la noche. Otros días, en cambio, me los pasaba sentada en mi mesa, arreglándome las uñas y jugando al solitario en el ordenador. Aquel día parecía ser uno de ellos.

Lo que me daba tiempo, mucho tiempo, para pensar en mi cita con Sam.

Estaba limándome las uñas cuando llamaron a la puerta. Puse una mueca de dolor al hacerme sangre con la lima, pero no fue nada comparado con el vuelco que me dio el estómago al ver a mi padre en la puerta, con mi ordenador portátil en la mano.

–Hola, papá.

–Te devuelto tu ordenador. He oído que has conseguido arreglar el otro.

Me tendió mi PowerBook y yo lo agarré en mis brazos como el niño que nunca había querido tener.

–Sí, así es. ¿Has… sacado todo lo que querías de este?

–He imprimido los informes, pero tu madre me ha tenido tan ocupado que no he tenido ocasión de mirarlos. Pensé que si tenías problemas graves me lo harías saber.

Era lo más cerca que mi padre estaría de desistir, y ambos lo sabíamos.

–Claro que sí.

Asintió sin mirarme y sin moverse de la puerta, cuando normalmente entraba en mi despacho como si estuviera en su casa. Extrañada, me aparté para dejarlo pasar si quería, pero no lo hizo.

–Tengo que irme. Mañana me voy a pescar con Stan y quiero comprar una red nueva.

–¿Otra vez?

Estaba un poco preocupada por la forma en que se comportaba, pero la mirada que me echó confirmó que era realmente mi padre el que estaba en la puerta y no un aficionado a la pesca.

–¿No tengo derecho a divertirme un poco?

–Claro que sí, papá.

Mi padre emitió un familiar gruñido de disgusto y se despidió con la mano mientras se alejaba. Me quedé unos instantes en la puerta, perpleja, pero no tuve tiempo para pensar en su extraño comportamiento porque el teléfono de mi mesa empezó a sonar. Shelly me había pasado una llamada, lo que significaba que se trataba de alguien con quien yo querría hablar. Agarré el auricular e intenté no parecer muy impaciente al imaginar que era Sam quien estaba al otro lado de la línea.

–¿Estás bien, Grace?

Era mi hermana.

¿Por qué todo el mundo me preguntaba lo mismo?

–Sí, muy bien. ¿Qué pasa?

–Ya sé que te lo pido sin tiempo, pero ¿podrías venir después del trabajo a quedarte con los niños hasta que llegue Jerry? Tengo que ir a un sitio.

–No puedo. He hecho planes para ir a cenar.

El silencio sepulcral que siguió a mi respuesta dejó claro que no era la que Hannah esperaba.

–Vaya.

–Sí… Lo siento.

Mi disculpa no debió de sonar muy convincente, a juzgar por el bufido de mi hermana.

–¿Y más tarde? Solo te necesito hasta que Jerry vuelva a casa.

Jerry nunca llegaba a casa a su hora, y nada me hacía pensar que aquel día fuera a cambiar sus hábitos. De hecho, seguramente llegaría más tarde de lo normal al saber que yo necesitaba que se diera prisa.

–No puedo. Tengo… una cita.

Otro silencio, tan largo que llegué a pensar que Hannah había colgado.

–¿En serio?

–Sí.

–Estupendo –al igual que yo no sonaba arrepentida, ella tampoco parecía contenta–. Me alegro por ti.

Miré el reloj con irritación. Solo quedaba una hora para que Sam me recogiera, y aún tenía que ducharme y cambiarme.

–Siento no poder cuidar de los niños, Hannah, pero a lo mejor mamá sí puede.

–No puede. Ya se lo he preguntado.

–Lo siento.

Hannah suspiró. Parecía estar realmente ofendida.

–No importa. Tendré que esperar a que Jerry vuelva a casa.

Siempre se le había dado bien hacerme sentir culpable sobre cosas que nada tenían que ver conmigo, pero en aquella ocasión sí que era culpa mía. No le estaba negando mi ayuda porque tuviera trabajo, como otras veces, sino porque tenía planes personales. Nunca había antepuesto mis planes personales a las cuestiones familiares, y Hannah lo sabía muy bien.

–Lo siento –repetí por cuarta vez, con menos convicción aún que las anteriores.

–Que te diviertas con tu cita –dijo. El énfasis que puso en el «tu» estaba totalmente fuera de lugar, pero la hora de mi cita se acercaba, y como Shelly no había aparecido en la puerta para informarme de algún fallecimiento, decidí aprovechar los veinte minutos extras para depilarme las cejas y que mi aspecto fuera lo más presentable posible.

Apagué el ordenador, amontoné los papeles que tenía desperdigados por la mesa y salí del despacho para decirle a Shelly que cerrara la oficina cuando se fuera. Encontré a Jared apoyado en su mesa, mirando intensamente a Shelly, quien mantenía una expresión inescrutable. Ninguno de los dos me miró hasta que hablé, y solo entonces Shelly se giró hacia mí. Jared se alejó, muy rígido, como si hubiera recibido un golpe en algún punto especialmente sensible.

–Tengo que subir a casa. ¿Puedes encargarte de cerrar antes de irte?

Shelly asintió, parpadeó y vi un atisbo de lágrimas en sus ojos.

–Claro.

–¿Tienes a alguien que te lleve a casa?

Volvió a asentir y esa vez se mordió el labio.

–Jared me llevará.

Por mucho que quería comentar algo al respecto, me limité a despedirme.

–Muy bien. Hasta mañana, entonces.

Asintió una vez más y se puso a ordenar sus papeles y a apagar el ordenador. Se comportaba como cualquier otra secretaria o gerente, pero continuamente miraba hacia el pasillo por donde Jared se había alejado momentos antes.

–Hasta mañana –respondió al cabo de medio minuto, cuando yo ya me iba.

Al mirar por encima del hombro vi que seguía mirando hacia el pasillo.

Sam me dio un susto de muerte al llamar a la puerta exterior de mi apartamento que nunca se usaba. Yo estaba andando de un lado para otro de la cocina, deseando ser una fumadora compulsiva para hacer algo mientras esperaba su llegada. Los golpes en la puerta me provocaron tal sobresalto que derramé el vaso de coca-cola sobre la mesa. El líquido empezó a gotear al suelo antes de que pudiera recuperarme de la conmoción y agarrar un trapo para limpiarlo. Sam volvió a llamar, y entonces deduje que el ruido procedía de la puerta oculta tras las estanterías metálicas que había instalado allí para tener más espacio.

–¡Un momento! –no hacía falta mucho esfuerzo para retirar los estantes, cargados de libros de cocina, cacerolas, sartenes y bolsas de pasta que había olvidado que tenía, pero al hacerlo no quedaba mucho espacio para abrir la puerta.

–Hola –Sam se deslizó por el estrecho hueco que quedaba entre la encimera y los estantes, dejó que la puerta se cerrara tras él y me mostró la mano que llevaba oculta a la espalda.

–¿Flores?

–Para ti.

–Vaya… –no tenían muy buen aspecto después de haber sido removidas y aplastadas al pasar por la puerta, pero me las llevé a la cara para olerlas–. Gracias, Sam.

–¿Eso es todo? –preguntó él, abriendo los brazos–. ¿Un simple «gracias», tan solo?

Dudé. Las flores me hacían sentir extrañamente cohibida. Afortunadamente, Sam salvó la situación mostrándome la me-

jilla y tocándosela con el dedo. Riendo, me acerqué para besarlo, pero en el último instante giró la cara y el beso acabó en sus
labios, al tiempo que me rodeaba con los brazos para sujetarme.

Ninguno de los dos se dio cuenta de que estábamos aplas-
tando las flores.

–Eso ya está mejor –murmuró él. Me apretó un momento
antes de soltarme, y retrocedí con las mejillas encendidas y los
labios entreabiertos.

–Me has dado un susto de muerte –lo acusé, buscando un ja-
rrón para las flores como excusa para ocultar mi rubor–. Nadie
llama nunca a esa puerta.

–Ya me he dado cuenta –sin preguntar, echó el pestillo y
volvió a colocar los estantes delante de la puerta–. Pensé que
sería mejor que llamar al timbre de abajo. Más… emocionante.

–Desde luego que ha sido emocionante –agité los aterciope-
lados pétalos y volví a olerlos–. ¿Cómo has sabido que me gustan las lilas?

Sam también se inclinó para olerlas.

–Bueno, me lo imaginé al oler a lilas en tu cuarto de baño.

No le pregunté cuándo había olido mis artículos de aseo en
el baño. Al oler las flores se le humedecieron los ojos y se le puso la nariz colorada. Tan adorable me pareció su aspecto que me
giré rápidamente para seguir moviendo las flores.

Conocía muy bien aquella sensación. El intenso rubor de mis
mejillas, el vuelco que me daba el corazón… Era como volver a
estar en el instituto, enamorada del capitán del equipo de fútbol.

–¿Lista?

–Sí. ¿Mi atuendo te parece apropiado? –le pregunté. No me
había dicho adónde iríamos, de modo que escogí una falda negra y una blusa rosa. Era un conjunto cómodo e informal sin dejar de ser elegante.

La expresión de Sam me hizo dudar, y aún más cuando me
rodeó y sacudió la cabeza con el ceño fruncido.

–¿No?

–Me va a costar mucho mantener las manos quietas…

–¿Y quién dice que tengas que hacerlo?

–No queremos horrorizar a mi hermano, ¿o sí? –me agarró de la mano–. Bastante enfadado estará ya por nuestro retraso.

–¿Vamos a cenar con tu hermano? –agarré mi bolso y una chaqueta ligera de camino a la puerta–. ¿Y llegamos tarde? –personalmente, no me gustaba llegar tarde a ningún sitio.

–Con él nunca se puede ser lo bastante puntual –respondió Sam mientras yo cerraba la puerta.

–Creía que tu hermano y tú no os llevabais muy bien.

–¿Por qué lo dices? ¿Por la paliza que me dio?

–Si eso te parece poco… –su coche estaba aparcado junto a Betty, y el marcado contraste entre los dos Camaro demostraba lo que podía conseguirse con mi viejo vehículo.

–No es para tanto –me abrió la puerta y esperó a que me hubiera sentado antes de cerrarla.

–¿Habéis resuelto vuestras diferencias? –le pregunté cuando se sentó al volante.

–Totalmente –arrancó el motor y sentí sus vibraciones en el estómago, aunque tal vez se debiera a que Sam había deslizado la mano sobre mi muslo–. De momento.

Dan Stewart vivía en Harrisburg. Yo había hecho el trayecto muchas veces, atravesando Hershey por la carretera 322, pero en el coche de Sam tardamos mucho menos tiempo. Mientras conducía cantaba las canciones que sonaban por la radio, cambiando la letra a su antojo y retándome a que hiciera lo mismo. Mi voz no era tan melódica como la suya, pero la improvisación se me daba mucho mejor que a él. Era un buen conductor, no obstante, y apenas apartaba la vista de la carretera. Eso me permitía mirarlo cuanto quisiera, y realmente me apetecía mucho. Lo malo fue que me pilló mirándolo cuando se detuvo ante una bonita casa en un antiguo barrio, y aún peor que no pareciera en absoluto sorprendido. Parecía saber que había estado mirándolo todo el tiempo.

–Ya hemos llegado –dijo, sin hacer ademán por salir del coche.

Miró por la ventanilla el césped y los setos pulcramente recortados. La casa era pequeña, pero estaba situada en uno de los mejores barrios del pueblo, llena de elegantes residencias y coches de lujo. El Camaro de Sam, por muchas reformas que tuviera, parecía fuera de lugar entre el Mercedes y el Jaguar aparcados junto a la acera.

–Mi hermano es abogado y su mujer se dedica a las finanzas –explicó Sam, inclinándose sobre mí para mirar por la ventanilla a mi derecha–. Muy pronto empezarán a llenar la casa de críos… ¿No te parece algo idílico?

Me giré para mirarlo y él hizo lo mismo. Nuestros labios casi se rozaban, pero no llegaban a tocarse. Sin poder contenerme, le agarré la cara entre mis manos y lo besé en la boca.

–Vaya… ¿A qué ha venido eso?

–¿Hace falta un motivo? –le acaricié el labio con el dedo pulgar.

–No, supongo que no –se dispuso a besarme de nuevo, pero entonces advertimos que se abría la puerta de la casa de Dan–. Acuérdate de esto para más tarde, ¿vale?

Como si pudiera olvidarlo... Llevaba todo el día sin poder pensar en otra cosa, tal y como Sam había vaticinado.

Mientras Sam salía del coche, aproveché para retocarme el maquillaje a toda prisa. Iba excesivamente elegante para cenar en casa de alguien, pero mis inquietudes desaparecieron en cuanto vi a la mujer de Dan, quien seguramente llevaba el mismo impecable conjunto que había llevado al trabajo. El único detalle informal eran las enormes zapatillas peludas por las que se había cambiado los zapatos.

–Bonitas zapatillas, Elle –le dijo Sam al besarla en la mejilla–. Te acuerdas de Grace, ¿verdad?

–Pues claro –me estrechó la mano con una sonrisa–. Me alegro de volver a verte en otras circunstancias. ¡Dan! ¡Sam está aquí!

–¡Dile a ese sinvergüenza que se ha retrasado! –fue la respuesta que llegó del pasillo.

Sam y Elle intercambiaron una mirada.

–Tu hermano está haciendo espaguetis.

–¿Pasta a la Dan? –preguntó él con una mueca.

Elle se tapó la boca para disimular la risa.

–Sí, está preparando su salsa especial… –me miró–. Bueno, Grace, ¿qué te parece si nos tomamos una copa de vino mientras estos dos se revuelcan en su propia testosterona?

Sam se dirigió a la cocina y Elle me llevó al salón, donde me sirvió un vino tino exquisito.

–¿Cuándo tiempo lleváis viviendo aquí? –le pregunté mientras admiraba el elegante mobiliario y las estanterías que cubrían las paredes hasta el techo.

–Un poco más de un año. Tenía una casa junto al mercado de Broad Street y Dan también tenía la suya, pero ésta necesita mucho menos trabajo que las otras dos. Y además es más apropiada para una familia.

–Es muy bonita –le dije sinceramente.

–¡Elle!

–Ya me están reclamando. Vamos a la cocina.

Sam estaba sentado en la encimera, con sus largas piernas colgando y una cerveza en la mano mientras su hermano removía una cacerola en el fuego. Un delicioso olor a salsa de tomate y pan de ajo impregnaba el ambiente… y también a humo.

–¿Te importa sacar el pan, Elle? –le preguntó Dan, señalando a Sam con el dedo–. Sammy vuelve a tener fobia a los hornos.

Elle se echó a reír y dejó su copa de vino en la mesa para abrir el horno y sacar la bandeja de pan.

–Mueve el trasero, Sammy. Tengo que dejarlo ahí.

Sam se bajó de la encimera y se acercó a mí.

–¿Has visto cómo la ha corrompido mi hermano? Me llamo Sam, Elle. Sam.

Elle la miró con escepticismo por encima del hombro y se inclinó a probar la salsa que Dan le ofrecía en una cuchara.

–Muy bien... Sam. Mueve el trasero y pon la mesa.

Sam volvió a mirarme.

–¿Ves cómo abusan de mí?

Me reí y le di un golpecito cariñoso.

–Pobrecito…

Juntos pusimos la mesa del comedor. Al igual que en mi apartamento, Sam parecía sentirse en casa mientras abría los cajones o preguntaba a gritos dónde estaban los manteles, las servilletas y los cubiertos. El candelabro de plata que colocó con una floritura en el centro de la mesa, no obstante, era tan horroroso que no pude evitar una carcajada.

–¡Voilá! –exclamó, besándose la punta de los dedos–. Listo.

–Pero qué demo… –Dan se detuvo en la puerta con una fuente de pasta en las manos–. Por Dios, Sammy, ¿de dónde has sacado eso?

Elle se asomó por encima del hombro de Dan y soltó una carcajada.

–Dios mío… Es la vajilla que me regaló mi madre en mi boda. Quítala de ahí, Sam.

Sam negó con la cabeza.

–¿Por qué? A mí me parece muy… chic.

–Idiota –dijo Dan, dejando la fuente en la mesa.

–Idiota, tú.

Elle se colocó entre ellos y puso un juego de gruesas velas blancas en los candelabros.

–Sentaos y empezad a comer. Grace, tú no les hagas caso.

Ninguno parecía cuestionar mi presencia allí ni me dejaban fuera de lo que, a pesar de las pullas, era una familia unida. Me preguntaba qué les habría contado Sam de mí, porque no me daba la impresión de estar siendo examinada, aprobada ni rechazada.

La cena fue muy agradable, la comida estaba deliciosa y la conversación se hacía más y más animada. Sam y Dan se provocaban continuamente y no parecía haber mucha tensión entre ellos, o al menos no lo manifestaban. Elle era bastante más reservada, aunque tenía un agudo sentido del humor que siempre he admirado en las personas, y con sus mordaces comentarios conseguía mantener a raya a los dos hombres, cuando lo único que podía hacer yo era reírme ante las mohines de Sam y los ostentosos gestos de Dan. Ni ella ni su marido me trataban como a la novia de Sam, lo que me indujo a pensar que era eso precisamente lo que Sam les había dicho.

Sentado frente a mí, Sam no estaba lo bastante cerca para tocarme. Con sus manos, al menos, porque su mirada conseguía acariciarme todo el cuerpo.

—Sammy ha conseguido más actuaciones por aquí —dijo Dan, levantando la copa para que Elle se la llenara—. ¿Lo has oído tocar, Grace?

—Sí —decliné el ofrecimiento de más vino. No quería beber más de la cuenta, a pesar de que por fin había dejado a Jared a cargo de las llamadas.

—El granuja no lo hace mal, ¿eh? —dijo Dan, sonriéndole a su hermano.

Elle se levantó para quitar la mesa y yo la imité, pero detuvo a Dan cuanto él también intentó hacerlo.

—Tú sigue jugando con tu hermano —fuimos a la cocina y abrió el lavavajillas—. La última vez que cenamos juntos acabaron librando una guerra de esponjas en la cocina. Prefiero recoger la mesa yo sola que tener que pasarme toda la noche fregando.

—No te culpo —desde el comedor seguían llegando un insulto tras otro.

—No creo que lleguen a las manos —me tranquilizó Elle con una sonrisa—. Al menos esta noche.

Juntas lo recogimos todo mientras Dan y Sam veían una película de acción en la enorme pantalla de plasma.

Definitivamente, era la novia de Sam.

Elle sacó una tarta de chocolate del frigorífico y la puso en la mesa.

—Podría engordar cinco kilos con solo mirarlo. Rápido, antes de que lo vean. Si Sam lo descubre, se lo zampará de dos bocados antes de que podamos probarlo siquiera.

—Le pirra el dulce —dije, riendo, mientras ella servía los platos y los tenedores limpios. El primer bocado me hizo gemir de placer.

—Delicioso, ¿verdad? —dijo Elle, lamiendo su tenedor con una mueca de goce—. El café estará enseguida. Llamaremos a esos dos cuando esté listo.

Elle no era una persona muy locuaz y no intentó llenar el silencio con una cháchara inútil. Yo lo agradecí, pues no podía hablar con la boca llena de tarta.

–Bueno –dijo al cabo de un largo silencio, tan solo interrumpido por el ruido de los tenedores y nuestros suspiros de satisfacción–. Hablemos de Sam.

La miré mientras me limpiaba la boca con una servilleta.

–¿Ahora es cuando me sueltas el típico discurso de que no debo hacerle daño y tal?

–Claro que no… –parecía sorprendida–. ¿Eso era lo que esperabas?

Metí mi plato en el lavavajillas para no ceder a la tentación de servirme otro trozo.

–La verdad es que no sé qué esperar. Mi relación con Sam es….

–¿Complicada?

–Por decirlo así.

Elle se llevó otro pedazo de tarta a la boca.

–No soy la madre de Sam, Grace. No me corresponde a mí protegerlo.

–No de mí, desde luego –dije, riendo.

Elle llevó a la mesa las tazas, el azúcar y la leche. La cafetera emitió un silbido y un intenso olor a café llenó el aire.

–Sam me parece un buen tipo, aunque tampoco lo conozco mucho. Solo lo he visto después de la muerte de Morty, y no creo que sean las circunstancias más apropiadas para emitir juicios sobre alguien, ¿no crees?

–Cierto –la ayudé a colocar las cucharillas, sin temor a enfrentarme con su mirada–. ¿Te ha contado Sam algo sobre mí?

–No, pero creo que sí le ha dicho algo a Dan, y fue un motivo de pelea entre ambos. Dan cree que Sam piensa con todo menos con su cabeza –sonrió al oírse un grito procedente del salón–. Dan lo ha pasado muy mal por la muerte de su padre. Y creo que está muy disgustado con Sammy por tomárselo de otro modo.

Nunca habría imaginado que Dan tuviera algún problema con Sam por estar saliendo conmigo, y así se lo dije a Elle.

–No es por ti –me dijo mientras servía el café–. Se trata de algo personal entre Sam y Dan. Incluso yo me mantengo al margen. Pero sí quiero decirte algo, Grace. Algo que ninguno de los dos sabe… o admitirían saber.

Esperé en silencio.

–A Sam también le ha afectado mucho la muerte de su padre. Creo que está peor que Dan, incluso. Dan resolvió sus diferencias con Morty antes de que muriera, cosa que Sam no hizo. Y por mucho que Dan quiera compartir la desgracia con su hermano, y aunque nunca admitiría lo celoso que está por verlo tan despreocupado, creo que en el fondo se alegra de ser el único que sufre, pues así tiene un buen motivo para estar furioso con Sammy. Podría culparlo de muchas otras cosas, pero lo concentra todo en esto, ¿entiendes?

Lo dijo todo en un tono tranquilo y pausado, como si hubiera estado dándole vueltas al asunto durante mucho tiempo. Sin duda era el tipo de mujer que se pensaba mucho las cosas.

–Lo sé –dije, removiendo el azúcar y la leche en el café–. La muerte afecta a cada persona de un modo diferente.

Elle asintió. Parecía que iba a decir algo más, pero la cocina se llenó con la presencia de los dos hombretones. Sam le dio un coscorrón en la cabeza a Dan y este respondió con un golpe en el brazo. Parecían dos cachorros peleando por ser el macho alfa.

–Ese es mi Dan –murmuró Elle con una mueca.

Dan se echó hacia atrás el pelo que Sam le había alborotado, fue hacia su mujer y le dio un beso sin que ella protestara demasiado. A Sam debió de parecerle buena idea, porque se acercó a mí y también me besó. Su beso, cálido y con sabor a cerveza, duró unos segundos más que el de Dan. Al soltarme, se tambaleó y estuvo a punto de caer.

–Dale un poco de cafeína, a ver si se despeja un poco –sugirió Dan, frotándose las manos al ver la tarta.

Sam había tomado unas cuantas cervezas, pero no parecía borracho. Me miró después de cortarse un gran trozo de tarta y me dedicó una sonrisa.

–No le hagas caso. Él no aguanta ni media copa.

Dan y Elle intercambiaron una mirada que no logré interpretar. Sam no pareció darse cuenta, o quizá prefirió ignorarlos, pero yo me sentí de repente muy incómoda.

–Se está haciendo tarde, Sam.

Él ni siquiera miró el reloj. Se limitó a asentir y a dejar el plato en la mesa. Le dio a Elle un sonoro beso en la mejilla y a su hermano un manotazo en el brazo.

–Cuando quieras –me dijo.

Di las gracias por la cena y ofrecí mi ayuda para recoger los restos, pero Dan no me lo permitió.

–Como bien has dicho, es tarde y será mejor que os vayáis. Ha sido un placer volver a verte, Grace.

Le devolví el cumplido y en cuestión de minutos Sam y yo estábamos caminando hacia el coche.

–Yo conduzco –dije cuando se disponía a abrirme la puerta.

–No te creas lo que ha dicho mi hermano.

–Yo solo he tomado una copa de vino. Tú te has tomado unas cuantas cervezas. No tiene sentido correr riesgos. Piensa lo que pasará si nos para la policía.

Sam ya no era un desconocido, pero no pude descifrar las emociones que cruzaron su rostro. Afortunadamente, me entregó las llaves sin protestar y estuvo cantando y contando chistes verdes durante todo el trayecto.

Cuando llegamos a la funeraria se había calmado un poco. Había abierto la ventanilla para sacar la cabeza y el viento le había alborotado el pelo, pero la imagen descuidada le sentaba muy bien.

–¿Vas a invitarme a subir?

Saqué las llaves del contacto y se las di.

–¿Tú qué crees?

–Creo que sí –respondió con una sonrisa.

Capítulo 16

Lo llevé de la mano al dormitorio, donde intentó desnudarme mientras yo le quitaba el cinturón. Tan difícil me resultaba que al final tuve que apartarle las manos.

–Espera.

–No puedo esperar –dijo él con voz ronca.

–Siéntate. Eres demasiado alto para mí –mis nervios iniciales se habían sosegado y sabía bien lo que hacía. Obligué a Sam a sentarse en el borde de la cama, quedando su cara a la altura de mi pecho y de esa manera no tener que estirar el cuello para besarlo. En esa postura, además, nos resultaba mucho más fácil quitarnos la ropa el uno al otro.

Las manos le temblaban cuando me abrió la blusa y se echó hacia atrás para contemplar mis pechos. Llevaba mi sujetador favorito, de encaje negro, que aumentaba considerablemente mi talla y que casi dejaba a la vista las aureolas de mis pezones. Sam tocó el botón de satén del centro y llevó el dedo hasta la cintura de mi falda.

–Quítatelo –me pidió, mirándome con ojos muy brillantes.

Me llevé la mano a la espalda para desabrochármelo y dejé que la prenda se deslizara por mis brazos. Sam no tardó un segundo en reemplazar el encaje con sus grandes manos, y yo me estremecí de excitación cuando mis pezones se endurecieron contra sus palmas.

Por mi parte, había conseguido abrirle casi toda la camisa y le recorrí el cuello con los dedos.

–Quítate tú esto.

–Para hacerlo tendré que soltarte –murmuró él, acariciándome los pezones con los pulgares.

–Mmm... Parece una decisión difícil. ¿Y si te prometo que podrás tocarme en otros sitios?

Sam se rio y me besó las curvas del escote, antes de echarse hacia atrás y quitarse la camisa. Me pareció tan curioso volver a ver un pecho y unos brazos sin tatuajes que se me escapó una risita.

–¿Qué pasa? –preguntó Sam, mirándose con extrañeza–. ¿No soy como recuerdas?

–No es eso... –le recorrí la clavícula con el dedo, bajé por el pecho y le pellizqué el pezón. Su pequeño brinco me complació y me incliné para besarlo en la mandíbula y el cuello mientras él me agarraba por la cintura.

Me senté a horcajadas sobre él, rodeándole las caderas con mis piernas. Él me levantó la falda mientras nos besábamos, pero despegó la boca de la mía cuando sus manos llegaron al borde de las medias y las ligas.

–Joder... –masculló–. La primera vez que me masturbé fue viendo una foto de estas cosas.

La imagen de un Sam adolescente con su miembro erecto en la mano me provocó un delicioso hormigueo.

–¿Te gustan las ligas?

–Mucho –metió un dedo bajo una de ellas–. ¿Te las has puesto por mí?

–Sí.

Llevó la mano más arriba, pasó sobre mis bragas y alcanzó la cremallera de la falda. Los siguientes minutos fueron una lucha frenética por despojarnos de la ropa sin separar nuestros cuerpos. Fiel a mi promesa, le ofrecí a Sam muchos más sitios donde tocarme y él no dejó ninguno por palpar hasta que los dos estuvimos completamente desnudos.

Siempre hay unos instantes de inseguridad cuando te desnudas delante de alguien, aunque sea un conocido. De hecho, con los conocidos es aún peor, pues la primera imagen que se tiene de una persona desnuda puede cambiar radicalmente la impresión que se tenga sobre ella.

Desnudo, Sam parecía más joven. Y más grande. Había olvidado la impresión que me causó la primera vez, cuando únicamente tenía ante mis ojos a un desconocido. Ahora podía contemplarlo con otros ojos, fijarme en los callos que la guitarra había dejado en sus dedos, en las cicatrices que le cubrían las rodillas y los codos, en la línea de vello que descendía por su vientre y se iba ensanchando en torno a su miembro, duro e inhiesto.

–¿Llevas pensando en mí todo el día?

Asentí mientras lo acariciaba.

–Sí, Sam.

–Me gusta.

No sabía si se refería a mis caricias o a mis pensamientos. Cerró los ojos y se lamió los labios mientras me recorría el cuerpo con las manos. Meses después, seguía recordando cómo me gustaba que me tocara. O quizá lo hacía por instinto. En cualquier caso, sus caricias me hacían estremecer y avivaban el calor de mi entrepierna. Me tocaba el clítoris con la punta del dedo, moviéndolo en pequeños círculos, y me separaba los labios para introducir un dedo. Yo seguía sentada a horcajadas, con su erección en mi mano, y con la otra tiré de la hebilla en la que me había estado sujetando. El pelo me caía sobre la cara, haciéndome cosquillas en los labios y mejillas y cubriéndome los ojos. Únicamente lo llevo suelto cuando estoy durmiendo o follando. Me encanta sentir cómo se mueve al ritmo de mis movimientos y cómo puedo usarlo para ocultarme cuando no quiero que mi amante me vea los ojos.

No era el caso de Sam. Me apartó el pelo de la cara, me agarró por la nuca y tiró de mí para besarme. Estuvimos un largo rato besándonos y tocándonos, hasta que empezó a empujar acuciantemente con su miembro, cerró la mano sobre la mía para impedir que la apartara y retiró su otra mano de entre mis piernas.

–Hay preservativos en la mesilla –dije. Estaba empapada, ardiendo, y tenía que tragar saliva antes de hablar. Sam alargó el brazo sin problemas y no pude sino admirar los músculos de su cuerpo al estirarse–. ¿Cuánto mides?

–Uno noventa y ocho –abrió el cajón y hurgó en su interior.

Entonces recordé, demasiado tarde, que no solo había preservativos en aquel cajón. Solté una risita nerviosa cuando Sam sacó un objeto de látex, pequeño y rosado. Intenté arrebatárselo, pero él me lo impidió. Sostuvo en alto el anillo vibratorio para el pene y se quedó mirándolo con extrañeza.

Nunca había usado el anillo con nadie. Lo compré al verlo en la fiesta de una amiga porque era el juguete más barato y porque me gustaba el zumbido de sus pequeños vibradores en forma de lengua. Nunca me han gustado los vibradores con luces parpadeantes y varias velocidades. Lo único que quiero es que me ayuden a correrme, no convertir mi vagina en una pista de aterrizaje.

–Deja que te enseñe cómo funciona –agarré el anillo y simulé que lo deslizaba alrededor de un pene erecto, agitando los pequeños colgantes de látex.

–¿Quieres usarlo? –preguntó Sam.

Miré el anillo y luego a Sam.

–¿Y tú?

Él se apoyó en los codos.

–Si a ti te gusta… ¿por qué no?

–Nunca lo he usado con nadie.

Sonrió.

–Tanto mejor. Pónmelo.

Lo hice, bajo la atenta mirada de ambos. El anillo desapareció en el vello púbico en la base del pene, acoplándose a la perfección. El colgante vibratorio me rozaría el clítoris cada vez que Sam empujara.

Le coloqué el preservativo y descendí sobre su miembro erguido. Me mordí el labio y él gimió. Moví el cuerpo hasta encontrar la postura deseada y entonces apreté el botón junto al vibrador.

–Dios… –el juguetito empezó a vibrar y a frotarme el clítoris con las cintas de látex. No era un frotamiento excesivo, pero sí continuo, lo bastante para llevarme hasta el límite sin llegar a cruzarlo.

Me apoyé en los hombros de Sam y solté otra exclamación

ahogada al tiempo que me echaba hacia delante. No intenté hacer más movimientos. El juguete colmaba toda mi atención y un orgasmo empezaba a brotar en la boca del estómago. Me di impulso con las rodillas para levantar el trasero y ofrecerle a Sam el espacio que necesitaba para follarme.

—Es divino —dijo él mientras me agarraba por las caderas.

Sus embestidas me llegaban hasta el fondo, y cada vez que me penetraba el vibrador me rozaba el clítoris. Era muy distinto usarlo de aquella manera a usarlo sola. Tan intenso era el placer que quería acelerar el ritmo, pero Sam mantuvo una velocidad estable y sosegada.

—¿Lo sientes? —le pregunté. El pelo había vuelto a caer sobre mis ojos, sin que Sam hiciera ademán por apartarlo.

—Sí —se lamió los labios y mantuvo los ojos cerrados—. Me gusta…

La primera vez que lo hicimos fue mucho más salvaje, pero no menos placentera. Ahora nos movíamos a la par, perfectamente acompasados, y mi primer orgasmo restalló en mi interior como el fuerte chasquido de un látigo. Solo entonces aceleró Sam el ritmo y empezó a empujar con el frenesí que yo quería. Volví a excitarme sin mucho esfuerzo, ayudada en parte por el mágico vibrador, pero sobre todo porque estaba con Sam. Después de pasarme todo el día pensando en él, al fin podía colmar mis sentidos con su presencia. Podía olerlo, saborearlo, ver cómo apretaba la boca y correrme a la vez que él se corría.

Segundos después de nuestro orgasmo compartido, nuestros cuerpos sudorosos y pegados, Sam me puso la mano en el vientre y giró la cabeza para mirarme.

—¿Siempre te corres más de una vez?

Bostecé, medio dormida ya.

—Casi siempre.

—¿Tres veces?

Abrí un ojo.

—Normalmente solo dos.

—De acuerdo —aparentemente satisfecho, se tumbó boca arriba, mirando al techo.

–¿Por qué lo preguntas? –volví a bostezar.

–Me preguntaba si era por el anillo o por mí... O si únicamente tenías suerte.

–No creo que la suerte influya para nada en los orgasmos de una mujer –agarré una goma de la mesita para recogerme el pelo–. Yo sé cómo llegar. Solo es cuestión de práctica.

Sam volvió a mirarme.

–¿De cuánta práctica estamos hablando?

Nos tapé a los dos con la sábana y me acurruqué sobre la almohada.

–Llevo masturbándome desde que estaba en el instituto, así que imagínate.

–Es la primera vez que estoy con una mujer que admita pajearse.

–Las mujeres no nos pajeamos, Sam.

–Que se toque. O lo que sea.

–Pues o eran unas embusteras o solo has dado con un hatajo de frígidas –volvió a bostezar y apagué la luz.

Mis ojos tardaron un poco en acostumbrarse a la pálida luz de la calle. No había ninguna farola cerca de mi ventana, de modo que todo estaba oscuro y borroso. La misma habitación de siempre, salvo que Sam estaba a mi lado.

–No he estado con muchas mujeres –dijo él. Me besó en el hombro y apoyó la mano en mi vientre mientras me tocaba las pantorrillas con los dedos de los pies, tan fríos que me arrancó un grito de impresión.

Estuvimos unos minutos abrazados y en silencio.

–¿Es cierto? –le pregunté.

–¿Que no he estado con muchas mujeres? –su cuerpo ocupaba casi toda mi cama, y su aliento me acariciaba el costado del cuello–. Sí, es cierto.

–¿Por qué?

–¿No vas a preguntarme con cuántas?

–No –miré al techo, iluminado con una franja plateada–. No me importa con cuántas hayas estado.

–Y sin embargo quieres saber por qué no fueron más...

Esperé un momento antes de responder.

–Sí.

Sam se rio por lo bajo.

–Quizá te sorprenda, Grace, pero no todas las mujeres se rinden a mis encantos y empeño. Solo las que están locas.

–Vaya, muchas gracias –dije, riendo.

–De nada –suspiró y se movió ligeramente–. Oye, ¿te importa que me quede a dormir aquí?

–¿Tú quieres quedarte? –la verdad era que había estado pensando en ello. No sería justo echarlo de mi casa a esas horas, vestido con la misma ropa arrugada del día anterior–. ¿Tu madre no se asustará?

–Ya soy mayorcito. Pero si no quieres, me marcharé.

–No, no me importa… A no ser que quieras irte.

Silencio.

–Quizá debería marcharme.

Me incorporé y encendí la luz. No quise mirar la hora y angustiarme con el poco tiempo que me quedaba de sueño.

–Sam…

–Grace –él también se incorporó y se apoyó en el cabecero–. ¿Qué ocurre?

–Tengo miedo –hasta que las palabras no salieron de mi boca no había sabido lo asustada que estaba.

Sam frunció el ceño.

–¿Miedo de mí?

Asentí. Él me tendió el brazo y apoyé la cara en su pecho.

–Lo siento. No es por ti… Soy yo.

–Oh-oh –me apartó lo suficiente para mirarme a los ojos–. Esto suena a discusión a las tres de la mañana.

–No, no quiero discutir –suspiré y me senté a su lado–. Solo quiero prevenirte.

–Vaya, por Dios… A ver si voy a tener razón con lo que decía de las mujeres locas, aunque no me imagino cuál puede ser tu secreto. A fin de cuentas, ¿qué puede haber más extraño que vivir en una funeraria?

Siempre conseguía hacerme reír, a pesar del nudo que tenía

en el estómago. No quería comprobar si realmente eran las tres de la mañana, teniendo que levantarme a las siete.

–Simplemente digo que tenemos que hablar de ello.

–Ah, entiendo… Se trata de «ese» tipo de conversación a las tres de la mañana.

–No quiero que pienses que soy una mujer dependiente o desesperada. No estoy diciendo que las relaciones estables sean algo malo, simplemente… no son lo mío.

–No te gustan las relaciones estables. De acuerdo.

–No, no me gustan y hace mucho, mucho tiempo que no tengo ninguna.

Sam sonrió y a punto estuve de devolverle la sonrisa.

–¿Y ahora has cambiado de opinión?

Me mordí el labio para no sonreír, pero no pude evitarlo.

–Lo único que digo es que quiero dejar las cosas claras desde el principio, nada más. Si solo te interesa que seamos «follamigos», por mí no hay ningún problema…

–¡Eh! –me interrumpió él, frunciendo el ceño–. No digas eso.

–¿Que no diga qué?

–No digas que solo quiero ser tu amigo con derecho a roce.

Esperé unos segundos antes de continuar.

–¿Y entonces qué quieres?

Sam se levantó de la cama, y en ese momento supe que lo había perdido. No sabía la razón, pero estaba segura de ello. Se puso los calzoncillos y yo me puse el pantalón del pijama. Estaba muy enfadado, lo cual era lógico. Las conversaciones sobre aquel tema solían acabar en disgustos.

Sam volvió a la cama y me agarró por los hombros.

–Lo que quiero –dijo con mucha calma– es seguir haciendo lo que llevamos haciendo en los últimos meses, pero que sea mucho más de lo que hemos hecho en las últimas horas.

El corazón y el estómago me dieron un brinco.

–De acuerdo.

–No, «de acuerdo» no. ¿De acuerdo?

–De… acuerdo –reí–. Es muy tarde, Sam. Los dos estamos cansados.

En vez de reírse, tiró de mí para besarme.

–Me gustas mucho, Grace. Me gusta pasar tiempo contigo, besarte, tocarte…

–A mí también me gusta –le dije, medio derretida por sus palabras.

–No quiero ser únicamente un tipo con el que te acuestas o una simple distracción sexual.

–Claro que no –respondí, a pesar de lo irónico de la situación.

Mi respuesta pareció complacerle.

–Bien. Pues todo solucionado.

En realidad, no había nada solucionado. Estaba hecha un lio, no sabía qué pensar.

–¿A qué te refieres?

–A nosotros. A esto –hizo un gesto con la mano abarcando la habitación.

–Nosotros. ¿Hay un «nosotros»?

Sam clavó una rodilla en el suelo y me agarró de la mano.

–Cuz you're my lady! –cantó en voz alta. Cantó el estribillo entero, mientras yo me moría de risa e intentaba zafarme.

–¡Está bien, está bien! Tú ganas, que sea lo que tú quieras, pero deja de cantar esa canción.

Se levantó, elevándose imponentemente sobre mí, y volvió a besarme.

–Admítelo… Estás loca por mí.

–Estoy loca. Punto.

Sam me levantó en brazos y respondió con una carcajada a mis gritos.

–Era de esperar. A la cama. Ahora. Tú y yo.

Me arrojó sobre las sábanas y me siguió un segundo después. El viejo somier se partió y el colchón acabó en el suelo.

–Esto promete, ¿verdad? –dijo Sam.

Lo único que yo podía hacer era reír.

***

Cuando estaba en la universidad no eran raros los días que iba a clase sin haber dormido lo suficiente, pero desde mi graduación no había habido un solo día en que fuera a trabajar sin haber pegado ojo. Después de romper la cama, Sam y yo decidimos tomar un desayuno tempranero a base de huevos y tostadas, y estuvimos hablando hasta el amanecer. La conversación giraba en torno a nosotros y fue bastante seria, aunque aderezada con risas y bromas.

Sam no profundizó en mis motivos para evitar las relaciones estables ni me preguntó por mi historial sexual. Por mi parte, evité preguntarle lo mismo. Nos concentramos en una discusión que a muchas personas les habría parecido extremadamente fría y analítica, pero a mí me gustó porque sirvió para poner todas las cartas sobre la mesa. No saldríamos con nadie más. Él podría quedarse a dormir siempre que se trajera su cepillo de dientes. No teníamos por qué vernos todos los días, a no ser que a ambos nos apeteciera.

Sam comprendía mi trabajo y me advirtió que el suyo no era mucho más predecible. Con frecuencia le cambiaban el horario de las clases que impartía, y siempre tenía que estar preparado para aceptar las actuaciones que le surgieran.

Cuando llegó la hora de prepararme para trabajar, la cafeína y la determinación habían barrido todo resto de cansancio. Sam tenía que volver a casa de su madre y me sonrió al besarme.

–Te veré después –me dijo, y a mí no me quedó ninguna duda de que así sería.

Por desgracia, aquel día se armó un revuelo de mil demonios. Y es que en el negocio de las pompas fúnebres todo puede irse al traste de un momento para otro.

–Oye, Shelly, ¿has visto…? ¿Shelly?

Shelly no estaba. Ni en su mesa, ni en el cuarto de baño ni en la sala donde solían esperarme las familias. Tampoco estaba en el aparcamiento ni en la capilla. La había visto antes con Jared, cada uno ocupándose de sus respectivas tareas. Jared había bajado al sótano para desembalar algunos suministros, pero de eso ya hacía varias horas.

Los llamé a los dos, sin recibir respuesta. Necesitaba unos papeles antes de ponerme a trabajar con el cuerpo de la señora Grenady, que esperaba en la sala de embalsamamiento. A su familia no le haría gracia que no estuviera lista para el velatorio.

–¡Jared! ¡Shelly!

De la sala de embalsamamiento salía el tipo de música que le gustaba a Jared, pero allí solo estaba la señora Grenady, quien no podía decirme si había visto a mi gerente y a mi empleado. Apagué la música y escuché con atención.

La sala donde había sorprendido a Sam tocando la guitarra estaba al fondo del pasillo y tenía la puerta cerrada. Llamé, pero nadie respondió. Algo me decía, sin embargo, que no estaba vacía.

–¿Shelly?

Abrí la puerta y volví a cerrarla enseguida, roja como un tomate y apretando fuertemente los párpados para intentar borrar, sin éxito, la imagen que acababa de presenciar.

Ver a Jared y a Shelly en flagrante delito fue como pillar a mi hermano masturbándose con la revista Playboy. O quizá aún más embarazoso.

Me había alejado hasta el otro extremo del pasillo cuando la puerta se abrió y salió Jared, enteramente vestido, gracias a Dios, aunque despeinado y con la camisa arrugada y mal abotonada. Se había olvidado de subirse la cremallera.

–Grace, no es lo…

Levanté una mano para hacerlo callar.

–No me interesa.

–¡Espera! –su tono suplicante consiguió que me detuviera, pero no me di la vuelta. No tenía el menor interés en ver el aparato de Jared.

–Piensa muy bien lo que vas a decir, Jared. No estoy de humor.

–Ya lo sé, pero no es lo que tú piensas. Y no es culpa de Shelly.

–¡Eso no es cierto!

Casi me giré al oír la voz de Shelly, pero seguí con la vista fija en la puerta de la sala de embalsamamiento. Tampoco me apetecía ver los atributos de Shelly.

–Quiero que os vistáis ahora mismo y subáis a la oficina.

Ninguno de los dos respondió y me los imaginé intercambiando una mirada avergonzada. Odiaba comportarme como una bruja, pero… por el amor de Dios, ¿cómo se les ocurría hacerlo en la funeraria y en horas de trabajo? Yo había tenido sexo en situaciones bastante comprometidas, de acuerdo, ¡pero nunca en mi horario laboral!

Aunque sí que había tenido sexo en la funeraria, pensé con una sonrisa mientras los dejaba para que se vistieran. La sonrisa, no obstante, se me desvaneció cuando subieron a mi despacho. Jared parecía profundamente avergonzado, pero Shelly mantenía una expresión orgullosa y desafiante.

Para entonces ya había encontrado los papeles que necesitaba, aunque no por ello iba a mostrarme más indulgente. No se podía consentir un comportamiento semejante. Los fulminé a ambos con la mirada. Jared no se atrevió a mirarme a los ojos, pero Shelly lo agarró de la mano y él miró sus dedos entrelazados con expresión agradecida.

–Te dije que tus asuntos personales no debían interferir en tu trabajo ni en mi negocio –empecé por Shelly.

–No interfieren en el trabajo –replicó ella.

Jared fue lo bastante listo para no buscar excusas absurdas.

–Lo siento, Grace. No volverá a pasar. Pero te repito que Shelly no tiene la culpa.

–¡Deja de decir eso! –exclamó ella. Le soltó la mano y me miró a mí–. No le hagas caso.

–¿Quieres decir que la culpa es tuya? –me esforcé por no bostezar delante de ellos, aunque estaba muerta de cansancio.

–No. Lo que quiero decir es que ninguno de los dos tiene la culpa.

–Vamos a ver, Shelly, ¿estás diciendo que follarte a Jared en el sótano de mi funeraria cuando se supone que los dos deberíais estar trabajando es algo que pasa así, sin más, sin que sea responsabilidad de nadie?

Nos miramos fijamente, hasta que las mejillas de Shelly se cubrieron de rubor.

–Nos dejamos llevar un poco, pero…. pero no estábamos haciendo lo que has dicho.

–Lo habríais acabado haciendo si yo no os hubiera interrumpido.

–Si tú no nos hubieras interrumpido, no te habrías enterado –declaró Shelly con vehemencia.

Tanto Jared como yo la miramos boquiabiertos.

–Oh, no, no, de ningún modo –le advertí al recuperarme de mi asombro–. Ni se te ocurra echarme la culpa a mí.

Shelly se cruzó de brazos y no dijo nada más. ¿Qué le había pasado a la chica tímida y apocada que me hacía galletas y lloraba cuando mi padre la miraba de malos modos? Miré a Jared de reojo. Debía de tener una varita mágica en sus pantalones, porque había transformado a Shelly en una mujer irreconocible.

–¡Shelly! –exclamó él, quien también parecía atónito por el cambio.

Shelly rompió a llorar, salió corriendo del despacho y cerró con un portazo. Jared y yo nos quedamos mirándonos, hasta que él se sentó delante de mi mesa y se frotó la cara al tiempo que suspiraba.

–Lo siento. La situación se nos fue de las manos.

–Jared, sabes que no puedo tolerar algo así en mi empresa –yo también suspiré. Necesitaba una taza de café. O mejor un vodka. Y una buena siesta.

–Sí, lo sé, pero Shelly me dijo que había roto con Duane, yo la besé y a partir de ahí… –me miró–. ¿Alguna vez has empezado a hacer algo y has sido incapaz de parar, aun sabiendo que te podría traer problemas?

–Eh… sí, alguna vez, ¡pero nunca en el trabajo!

Jared me ofreció una tímida sonrisa.

–No volverá a pasar.

–Más te vale. Y tenéis suerte de que esté cansada y de que no pueda llevar yo sola la funeraria, porque de lo contrario os pondría a los dos en la calle ahora mismo.

Jared volvió a sonreír, como si supiera que no hablaba en serio, y se levantó.

–Gracias, Grace. Será mejor que vaya a hablar con ella.

–Dile que se ponga a trabajar enseguida, y tú vuelve en cinco minutos para ocuparnos de la señor Grenady o sabrás lo que es bueno –el cansancio me impedía pronunciar una amenaza más creíble.

–A la orden –respondió él, haciendo el saludo militar.

–¡Largo!

Las próximas horas nos las pasamos trabajando y con Jared hablando sin parar. Sobre música, sobre el fin de semana, sobre lo que iba a cenar aquella noche… Estaba tan abstraído en su nube particular que me sorprendió que se percatara de mi propio estado.

–¿Quién es él? –me preguntó mientras recogía el material empleado en el cuerpo de la señora Grenady.

–No olvides que tenemos que encargar más quitamanchas.

–Sí, jefa –se colocó delante de mí para que no me quedase más remedio que mirarlo–. No te hagas la tonta. Creía que ya no teníamos secretos entre nosotros.

Lo miré con una ceja arqueada.

–No creo que lo que haya visto esta mañana me obligue a hablarte de mi vida privada.

Jared me sonrió.

–Vamos, no seas así…

Yo también sonreí. La cabeza me daba vueltas por la falta de sueño y por el torbellino emocional que estaba viviendo.

–Es Sam.

Fue el turno de Jared para arquear las cejas.

–¿Sam Stewart? ¿El tío del pendiente?

–Sí.

–¿El que trajo comida china?

–Sí.

–¿El hijo del señor que tuvimos aquí?

–Sí, Jared. ¿Hay algún problema? –no tenía fuerzas para seguir hablando–. Necesito un café.

Juntos llevamos el cuerpo de la señora Grenady a la capilla ardiente, donde aquella tarde tendrían lugar las exequias. Jared no siguió atosigándome sobre Sam, aunque volvió a sonreírme mientras yo servía café para ambos. Decidí ignorarlo y le dije a Shelly que pidiera más quitamanchas. Ella se limitó a abrir el catálogo de productos sin dirigirme la palabra.

–Sam Stewart... –dijo Jared–. Qué cosas.

–¿Qué pasa con Sam? –le pregunté.

Shelly levantó la mirada del catálogo.

–¿Grace está saliendo con Sam?

–No es asunto tuyo –le dije.

–Sí, está saliendo con Sam –respondió Jared.

–Podría ser un poco más comprensiva con los demás –murmuró Shelly.

Opté por no responder a la provocación. En el fondo no quería despedir a Shelly. ¿Quién me haría entonces las galletas?

–Y que lo digas –corroboró Jared

–¿Habéis acabado con los comentarios? –les pregunté de mala manera.

Shelly agarró el teléfono para hacer el pedido, y Jared se echó a reír y dijo que tenía que acabar de limpiar el sótano. Yo me quedé en mi despacho, tomándome el café. Estaba pensando en echar una cabezada cuando Hannah entró en la oficina con sus hijos.

Hannah nunca ponía un pie en la funeraria, donde había vivido hasta los cuatro años, y por la forma en que irrumpió por la puerta trasera no parecía que fuera a quedarse mucho rato.

–Necesito que te quedes con los niños media hora, hasta que venga mamá a recogerlos –no perdió tiempo en saludos ni explicaciones.

Mis dos sobrinos se arrojaron sobre mí para abrazarme y colgarse de mis piernas, chillando como locos. Conseguí despegármelos y les dije que fueran a mi despacho a buscar el bote de caramelos, lo que hicieron al momento.

Hannah llevaba unos pantalones negros y una blusa azul celeste. Se había maquillado y arreglado el pelo. Su aspecto seguía siendo tan discreto como siempre, pero era evidente que se había esforzado por llamar un poco más la atención.

—¿Adónde vas? –le pregunté.

—Tengo una cita. Mamá vendrá a por ellos dentro de media hora. Tengo que irme.

—¡Espera, Hannah!

Mi hermana se detuvo y se giró hacia mí con todo el cuerpo en tensión.

—Voy a llegar tarde, Grace. ¿Puedes hacerme este favor o no?

Lo dijo como si nunca hubiera accedido a quedarme con ellos.

—¡Esto no es una guardería! ¡Es mi funeraria! Y tengo que trabajar.

—A los niños no les importa quedarse aquí. Pueden ver la televisión sin molestar a nadie –me miraba fijamente, sin apartar la vista de mis ojos, como si temiera encontrarse con algún cadáver–. Media hora, tan solo.

Sin decir nada más, y sin darme tiempo a protestar, salió por la puerta y me dejó con la boca abierta.

—¿Estás cazando moscas? –me preguntó Jared, que acababa de subir del sótano.

Cerré la boca y murmuré una respuesta entre dientes mientras entraba en mi despacho a ver qué hacían Melanie y Simon. Podría entretenerlos durante media hora, aunque tuviera que pegarlos a la televisión. Lo más preocupante, sin embargo, era la urgencia de mi hermana por dejármelos en la funeraria. ¿Qué cita podía ser tan importante para ella?

De repente lo comprendí, y la certeza me golpeó con tanta fuerza que me dejó completamente anonadada. Era tan evidente que me costaba creer no haberlo sospechado antes.

Hannah tenía una aventura.

Capítulo 17

No sabía qué hacer con lo de Hannah, así que no hice nada. Tampoco le dije nada a mi madre cuando se presentó para recoger a sus nietos. Tardó media hora más de lo previsto, pero afortunadamente no recibí ningún encargo en ese tiempo y los niños se entretuvieron con los caramelos y los dibujos animados.

A medida que pasaban los días, sin embargo, seguí pensando en ello. Contrariamente a los valores puritanos que nos inculcan, no creo que la monogamia sea el estado natural de la sexualidad humana. Una persona se puede atar a otra de por vida y confiar en que vaya a serle fiel. Incluso puede ser más feliz engañándose a sí misma. Pero no me parece que la monogamia sea algo sencillo ni natural; al contrario, casi todos los que la profesan viven con la obsesión permanente de que su pareja los engaña.

Siempre que observaba la vida de mi hermana me alegraba de permanecer soltera, pero mi percepción empezó a cambiar desde que conocí a Sam. De pronto me veía con un hombre al que no había pagado para disfrutar de su compañía. Tenía un novio, y como las películas malas de terror, la idea de que Sam Stewart fuese mi pareja me asustaba y emocionaba por igual. Pasaba de sonreír como una tonta a temblar de miedo y preguntarme dónde diablos me había metido.

Sam lo hacía todo muy fácil, lo cual era de agradecer. Durante muchos años había soportado las quejas de mis amigas sobre la incapacidad de los chicos para expresar sus sentimientos. Con Sam no tenía ninguna duda, aunque en ningún momento me había declarado su amor eterno ni nada parecido. Poco a poco habíamos construido una amistad a la que ahora le añadíamos, o mejor dicho, le devolvíamos, el sexo. Sam no tenía ningún problema en demostrarme su afecto. Me besaba y abrazaba sin importarle quién estuviera delante y me agarraba de la mano siempre que era posible. Me llevaba flores a la oficina y cuando se quedaba a dormir conmigo me dejaba notas de despedida por la mañana, antes de irse a sus clases.

Esas mañanas se hacían cada vez más frecuentes, sobre todo porque dormir en su casa era impensable. Había conocido a su madre, una mujer tan menuda que costaba creer que hubiese parido a un hijo tan grande. Dotty Stewart era un encanto. Había aceptado a Elle como si fuera su propia hija, de modo que yo no temía causarle una mala impresión. Aunque la verdad era que tampoco la veíamos mucho. Dotty siempre estaba ocupada con sus amistades y hermanas y casi nunca estaba en casa cuando do yo iba a ver a Sam.

Sam había conocido a Jared, a Shelly y a algunos de mis amigos con los que nos habíamos tropezado en el cine o en algún restaurante, pero aún no conocía a mi familia. No porque yo quisiera mantenerlo en secreto, cosa prácticamente imposible en Annville, especialmente con la señora Zook, mi vecina, percatándose del coche aparcado frente a mi casa varias noches a la semana. Los días del party line quedaron muy atrás, y aunque hoy disponemos del e-mail y el Messenger, seguimos cotilleando cuando nos encontramos con algún conocido en la panadería.

Mi padre debía de estar muy enfadado conmigo por no hablarle de Sam, y yo estaba encantada de que hubieran acabado sus visitas a la funeraria para controlarme. Echaba de menos que me invitara a comer por ahí de vez en cuando, pero no las constantes intromisiones en mi vida personal y laboral. No obstante, también he de admitir que me habría gustado verlo para jactarme de lo bien que iba el negocio. Por primera vez desde que me hice cargo de la empresa todo iba viento en popa. Al fin podría contratar a Jared a jornada completa cuando acabaran sus prácticas. Incluso podría contratar a otro ayudante. Y también podría pagar un acompañante todas las semanas en vez de una vez al mes, si no tuviera ya todo el sexo gratis que podría desear.

Mi esfuerzo y dedicación empezaban a dar su fruto y la gente ya me veía como la digna sucesora de mi padre. Me reconfortaba saber que le estaba prestando un gran servicio a la comunidad y que se me daba bien. Tenía un buen trabajo, buenos amigos y un novio maravilloso que me llevaba flores y me componía canciones de amor con su guitarra. Y gracias al dinero ahorrado en acompañantes de pago, podía replantearme acabar las reformas de mi casa.

—A mí me gusta como está ahora —me dijo Sam cuando se lo comenté—. Su estado decadente y mediocre me parece muy... chic.

Le di un manotazo en el brazo y le arrebaté la fuente de palomitas de maíz. Recostada en el sofá, con los pies en el regazo de Sam, disfrutaba a la vez de una película y de un masaje gratis en los pies.

—Te recuerdo que yo al menos tengo una casa propia... con mis propias sábanas —era una broma común entre nosotros. Sam no tenía planes para irse de casa de su madre. Decía que ella lo necesitaba ahora que su padre ya no estaba, pero yo sospechaba que también se debía en gran parte a la pereza.

—Eh, yo también tengo mi casa. Y mis sábanas. Lo que pasa es que están en Nueva York.

—Por lo que pagas para guardar unas sábanas en Nueva York podrías alquilarte una casa entera para ti solo en Annville, Sammy.

—Ya he tenido una casa para mí solo... Gracie. Y puedo decir que es mucho mejor vivir con mi madre.

—¿Por qué? —le arrojé una palomita—. ¿Porque así tienes a alguien que cocine y te lave la ropa?

Sam atrapó la palomita con la boca.

—Eso mismo.

De Sam me gustaba todo menos aquella actitud. No sabía si hablaba en serio al exponer las razones por las que seguía viviendo con su madre. Tal vez temía dejarla sola, a pesar de que ella parecía haber superado la muerte de su marido. O quizá no podía permitirse vivir por cuenta propia y le avergonzaba reconocerlo. En cualquier caso, era extraño. Sam siempre cumplía escrupulosamente con las tareas domésticas, ya fuera lavando los platos, haciendo la cama o bajando la tapa del retrete. Me invitaba a cenar sin hacerme sentir incómoda por ello y sin embargo me permitía pagar el taxi. Me costaba creer que siguiera en casa de su madre porque no quisiera vivir solo.

Como era típico en mí, me puse a husmear.

–¿No dijo tu madre que estaba pensando en hacer un crucero con tu tía?

–Sí –respondió él, llenándose la boca de palomitas y con los ojos pegados a la televisión–. El mes que viene.

–¿Y cómo te las vas a arreglar? –le pregunté de broma–. ¿Quién va a lavarte la ropa y hacerte la comida?

Esbozó una sonrisa irónica.

–¿Alguien que me quiere, tal vez?

Le di un puntapié para disimular mi reacción.

–¿Tu hermano?

Me miró con una expresión tristona y con un mohín en los labios.

–No me mires así… –le advertí–. Yo no le hago la comida a nadie.

–¿No? ¿Ni siquiera a mí? –frunció aún más los labios y se inclinó para hacerme cosquillas.

–¡Esto no vale! –grité. Intenté librarme, pero el deseo por frotarme la planta de los pies fue mi perdición. Sam me había atrapado con un brazo mientras con la otra mano recorría mis zonas más sensibles y me provocaba un ataque de risa histérica. La fuente se volcó y las palomitas cayeron al suelo mientras Sam me aprisionaba con su enorme cuerpo.

Me agarró las muñecas por encima de la cabeza y se sentó a horcajadas sobre mí, pegando las rodillas a mis muslos. Los cojines del sofá se hundieron bajo nuestro peso. Las cosquillas en el costado me estaban volviendo loca, pero por mucho que intentaba soltarme no podía hacer nada.

Sam respiraba agitadamente, igual que yo. Se agachó y dejó la boca a un centímetro de la mía, con los labios impregnados de sal y mantequilla. Tardé casi un minuto en darme cuenta de que había dejado de hacerme cosquillas, porque el beso me dejó sin aliento.

Sam era muy grande, pero sabía cómo cubrirme sin aplastarme. Sabía cómo mover nuestros cuerpos mientras descargaba el peso en el codo, la rodilla o la palma de la mano. Me soltó las muñecas y me hizo levantar la cabeza para llegar a mi cuello. Bajó con la boca hasta la camiseta, y cuando me lamió la base del cuello me arqueé instintivamente y los pezones se me endurecieron al momento.

Regresó a mi boca para besarme. Sus besos eran como sus canciones, distintas y únicas cada vez aunque la letra y la melodía fuera la misma. Sabía hacer algo muy especial con los dientes y la lengua que me parecía un inesperado cambio de tono en una canción conocida de memoria.

Me estremecí de placer y pegué la entrepierna a la hebilla de su cinturón. No iba a rechazar lo que se me ofrecía. Le agarré el trasero con las dos manos y clavé los talones en sus muslos para sujetarlo. Sam solo tenía que moverse mínimamente para ejercer la presión que todo mi cuerpo anhelaba.

Me sonrió mientras me besaba, sabedor de mis intenciones, y apretó para darme lo que quería, aunque la postura debía de resultarle muy incómoda. Llevó la mano bajo mi camiseta y me desabrochó hábilmente el sujetador. Acto seguido cubrió mi pecho con la mano, lo amasó con delicadeza y me pellizcó suavemente el pezón. Repitió el procedimiento con el otro, antes de apoyarse en la mano y tirar de mi camiseta hacia abajo. La tela se estiró sobre mis pechos y definió la forma de los pezones.

–Me encanta… –dijo él–. Ojalá nunca llevaras sujetador.

La prueba visible de mi excitación también me excitó a mí.

–Estaría bien… –dije–. Tenga, aquí tiene mi tarjeta de visita, y oh, disculpe si le he saltado un ojo.

Sam me acarició las cintura hasta que me puso la piel de gallina.

–No lo lleves cuando estemos a solas. Ponte camisetas ceñidas, sin sujetador… solo para mí.

–¿Para ti? –fingí que lo pensaba, aunque mi mente era un torbellino por culpa de su boca, sus manos y su cinturón apretándome en mis zonas erógenas–. A lo mejor puedes convencerme.

–¿Ah, sí? ¿Cómo? –tiró con los labios de un pezón a través de la camiseta.

–Pues… –le agarré el bulto de la entrepierna–. Tendrás que darme esto siempre que yo quiera.

El calor me abrasó los dedos a través de la tela vaquera, y Sam apretó la erección contra mi mano.

–Trato hecho. ¿Y qué tengo que hacer para conseguir que me prepares la comida?

–De eso nada –respondí, riendo.

–¿Qué tal un día de cocina por cada orgasmo?

–Los orgasmos no son una moneda de cambio, Sam –le dije sin poder evitar sonreír, porque había empezado a bajar por mi cuerpo hasta el dobladillo de la camiseta. Tiró con los dientes para llegar a la piel que ocultaba.

–¿Cuál ha sido el mayor número de orgasmos que has tenido?

–¿Con cualquiera?

Sam se detuvo y se apoyó en las manos para mirarme.

–Con quien sea. Ya sé que eres multiorgásmica con la persona adecuada, así que deja de acomplejarme, ¿eh?

–Lo siento.

–No creo que lo sientas…

Me dispuse a protestar, pero Sam me desabrochó los vaqueros con los dientes y ya no pude pensar en nada. Deslizó las manos bajo mi trasero para levantarme y quitarme el pantalón y las bragas. Las prendas se enredaron con los calcetines alrededor de los tobillos, y no pude menos que reírme al ver la cara que ponía Sam mientras intentaba desenmarañar el lio de ropa.

–¿Por qué las mujeres os vestís de una manera tan complicada? –se quejó a mis pies, y sin esperar respuesta arrojó el montón de ropa al suelo.

Me quedé desnuda de cintura para abajo mientras él seguía totalmente vestido, lo cual era del todo inaceptable.

—Desnúdate —le ordené, pero él se limitó a levantarse y ver cómo me quitaba la camiseta y la añadía al montón de ropa—. Vamos, Sammy… Desnúdate.

—Me llamo Sam —protestó él mientras se desabotonaba la camisa.

Se despojó de la prenda y se desabrochó el cinturón. Los vaqueros se abrieron, pero la camiseta lo cubría todo. Se dobló por la cintura para quitarse los calcetines, uno a uno, provocándome a propósito. Un striptease torpe y precipitado me habría hecho reír, mientras que de aquella manera se hacía mucho más erótico y natural. No era un acompañante de alquiler. Era Sam. Y poco a poco se desnudaba ante mí como si fuera lo más natural del mundo.

Apretó el abdomen mientras se quitaba la camiseta sobre la cabeza. Acto seguido, enganchó el pulgar en la cintura y tiró lo suficiente para mostrarme la mata de vello púbico.

Un gemido inarticulado escapó de mi garganta. Sam tiró un poco más, arrastrando consigo los calzoncillos. Poco a poco, más y más abajo, hasta quedar desnudo en toda su gloria y llevarse la mano a su creciente erección.

—¿Vas a follarme en el sofá? —le pregunté, recostándome sobre los cojines.

—No —el pene de Sam no paraba de crecer.

—¿No? —su respuesta me sorprendió e hice ademán de levantarme, pero Sam me lo impidió.

—No. No voy a follarte en el sofá. Voy a comértelo en el sofá. Échate hacia atrás.

Obedecí en silencio. Sam me besó en la boca mientras llevaba la mano entre mis piernas. No perdió el tiempo besándome por todo el cuerpo ni se entretuvo en mis muslos. Pasó directamente de mi boca a la entrepierna y me separó los labios con los dedos para lamerme el clítoris.

La sensación me arrancó otro gemido ahogado y me arqueé instintivamente a la vez que me envolvía los dedos con el pelo de

Sam. Quería mirarlo, verlo entre mis piernas, pero el placer era tan intenso que me impedía abrir los ojos.

Sam se detuvo un momento, elogió en voz baja mi sabor y me separó más las piernas para una mejor lametada. El calor y la humedad de su boca eran perfectos. No me devoraba el clítoris ni me perforaba con su lengua, sino que mantenía la presión exacta y se valía de los estremecimientos de mi carne para avivar la excitación. Una llamarada de placer prendió en mi estómago y estalló.

Me corrí por primera vez.

Sam se retiró, pero no demasiado. Seguía acariciándome con su aliento, y sin darme tiempo a jadear y estremecerme por el orgasmo introdujo un dedo dentro de mí, lo curvó y encontró el punto G detrás de la pelvis. A mí nunca me había parecido especialmente excitante, pues a menudo me distraía del clímax o, peor aún, hacía que me entrasen ganas de orinar. Pero Sam no lo frotó con fuerza; únicamente ejerció la presión necesaria para acompañar los barridos de su lengua. Si me había parecido bueno besando, con el sexo oral era divino.

Volví a correrme, tan intensamente como la primera vez. Abrí los ojos, parpadeé para enfocar la vista entre los destellos del orgasmo y vi a Sam con la cara pegada a mi sexo.

–Sam…

–Shhh.

Dejó de lamerme, de morderme y de apretar, y simplemente me tocó con sus labios y su aliento. Aún tenía el dedo en mi interior, pero también lo dejó inmóvil.

–Me gusta cómo te mueves cuando te corres –dijo. El movimiento de sus labios al hablar era el único que hacía–. Aún siento tus palpitaciones…

Así era. Las sacudidas habían dejado paso a unos leves espasmos, cada vez más distanciados a medida que recuperaba el aliento. Sam seguía sin moverse. Pensé en cambiar de postura, pero estaba demasiado satisfecha, demasiado saciada, para hacer nada.

Al cabo de unos segundos, Sam empezó a lamerme de nuevo y a mover el dedo. Lo hacía de un modo distinto, más suave, pero en absoluto vacilante.

—No puedo, Sam —la protesta fue tan débil como mi intento por detenerlo.

Él no dijo nada y continuó con lo que estaba haciendo. Yo conocía mi cuerpo a la perfección y sabía dónde estaban sus límites. En muchas ocasiones había tenido tres orgasmos seguidos e incluso había llegado a cuatro, aunque con mucho trabajo y no siendo el último gran cosa.

—Sam…

—Shhh.

No volví a protestar. Me gustaba lo que estaba haciendo, aunque no pudiera correrme otra vez, y si a él también le gustaba, ¿quién era yo para negarme? Con gusto le habría devuelto el favor, ya fuera con sexo oral o haciendo el amor con él sin preocuparme por mis orgasmos, pero había aprendido a no oponer mucha resistencia ante su empeño.

Estaba segura de que se cansaría pronto, pero sorprendentemente siguió lamiéndome y acariciándome mucho después de que yo dejara de resistirme. No solo usaba las manos y la lengua, sino también las palabras, y las cosas que me decía, aunque pudieran parecer ridículas, resultaban deliciosas en el momento.

«Me encanta tu sabor. Me encantan los sonidos que haces. Me encanta cómo te mueves. Me encanta cómo dices mi nombre».

«Te quiero».

Y yo, atrapada en aquel éxtasis prolongado, no tuve que hacer ni decir nada.

Un rato después me lo llevé a la cama y le hice el amor rápidamente. Me habría gustado hacerlo más tiempo, pero no quería torturarlo después de que hubiera sido tan generoso conmigo. Sam tuvo su orgasmo con los ojos cerrados y yo contemplé la mueca de placer en su rostro contraído, maravillándome por todo lo que estábamos viviendo.

Más tarde, a oscuras, Sam se giró de espaldas a mí y dijo algo en voz tan baja que casi no pude oírlo.

—Lo hago porque así es más fácil fingir.

–¿A qué te refieres? –mi voz era tan débil y adormilada como la suya, pero tenía los ojos muy abiertos y el corazón me latía con fuerza.

–A quedarme en casa de mi madre. Por la noche, en mi habitación, es más fácil fingir que vuelvo a ser un niño y que mi padre sigue vivo.

No supe qué responder, de modo que me pegué a su espalda y lo abracé por la cintura. Su hombro oscilaba bajo mis labios al respirar profundamente.

Me he pasado la vida consolando a las personas y nunca conoceré el dolor en todas sus formas. La pena, al igual que las canciones, nunca es la misma.

–Nunca me vio tocar –dijo él–. Me dijo que fracasaría si me iba a Nueva York a intentar vivir de la música. Discutimos y estuve mucho tiempo sin volver a casa. Cuando lo hice, él ni siquiera me preguntó cómo me iba. Ni una maldita vez, Grace. Le enviaba los recortes que aparecían en la prensa, y no me preguntó nada… ni una maldita vez.

Apretó los músculos y dobló las piernas para hacer un ovillo con su cuerpo, atrapándome el brazo entre las rodillas y el vientre. Un hombre grande haciéndose pequeño.

–Y entonces murió y yo seguí siendo el mal hijo, el que no había ido a verlo –la voz se le quebró–. Pero si no lo hice no fue porque estuviera furioso con él, Grace.

Las personas no siempre necesitan una respuesta. A veces solo necesitan que se las ayude a decir lo que quieren decir.

–Entonces ¿por qué fue?

–No quería que me siguiera viendo como un fracasado. No quería que mi padre muriera pensando que su hijo había fracasado en la vida… Pero eso fue lo que pasó. Él murió y yo volví a joderlo todo. Ahora es mi madre la que piensa que soy un fracasado. Y también lo piensa mi hermano. Y yo también. ¡Joder, joder, joder!

Su cuerpo dio una sacudida y la voz quedó ahogada por la almohada. Se me hizo un nudo en la garganta al sentir el movimiento rítmico de sus hombros.

–Sam…

No tuve que buscar las palabras adecuadas, porque él se giró hacia mí y enterró la cara en mi pecho. Sus lágrimas mojaron mi piel desnuda mientras yo le acariciaba el pelo. Permaneció un largo rato en tensión y sollozando en silencio. Cuando finalmente se relajó y volvió a respirar con tranquilidad, lo besé en la cabeza.

–Todo va a salir bien.

Creía que se había dormido, pero entonces me apretó con sus brazos.

–¿En serio?

–Sí, Sam.

Me había dicho que me quería y yo a él no. Curiosamente, todo siguió siendo igual, al menos por fuera, porque por dentro me imaginaba pasando el resto de mi vida con Sam. Me lo imaginaba con canas y con arrugas en el rostro, y me imaginaba unos hijos de pelo negro y ojos claros.

Como era lógico, no compartía esas visiones con nadie. Apenas me permitía compartirlas conmigo misma. Los viejos temores salían a la superficie cada vez que recibía a una viuda azotada por la tragedia y angustiada ante un futuro en solitario. También me resultaba más fácil ver a las parejas que hablaban de los buenos tiempos que habían pasado juntos. O de lo maravillosas que habían sido sus vidas por tenerse los unos a los otros. Afirmaban que ni siquiera la muerte podría arrebatarles esos recuerdos, y no se arrepentían de nada.

Shelly había vuelto a dirigirme la palabra, aunque no era tan comunicativa como antes. Había cambiado de peinado y de ropa, y se dirigía a los clientes con mucha más seguridad en sí misma. Antes tenía que preguntarme por todo para asegurarse de que hacía bien las cosas. Era un alivio inmenso no tener que estar encima de ella continuamente, aunque me entristecía saber que su repentina independencia se debía en gran parte a que no quería hablar conmigo.

Las prácticas de Jared llegaban a su fin y recibido ofertas de otras funerarias. Me sorprendió que me hablara de ellas, y de momento solo me dijo que se lo estaba pensando. Yo quería suplicarle que se quedara, pero no podría echarle en cara que aceptase un trabajo mejor pagado y con mejores horarios.

La posible marcha de Jared, sin embargo, me acució a revisar el presupuesto. Jamás se lo habría confesado a mi padre, pero echaba de menos su cabeza para los números. Tenía más dinero que nunca y me iría muy bien algún consejo para invertirlo. Al mirar atrás me costaba creer el dinero que había gastado en los caballeros de la señora Smith, pero no me arrepentía de un solo centavo.

Unos golpes en la puerta me hicieron olvidar los quinientos dólares que se me fueron en una noche de sexo con plumajes y cuerpos untados de chocolate.

—¿Shelly?

Entró en mi despacho sin esperar y cerró la puerta tras ella. Se sentó frente a mi mesa y el corazón se me encogió al ver la carpeta que colocó en su regazo.

Iba a presentarme su dimisión.

—Quiero hablar contigo de Jared.

Cerré los informes y le dediqué toda mi atención.

—¿Qué pasa con él?

Shelly carraspeó y por un momento volví a ver a la chica tímida e insegura que había entrado a trabajar en la funeraria.

—Lo quiero.

—Me alegro por ti —no estaba segura de lo que quería decirme. Su declaración de amor no era precisamente una novedad.

—Queremos casarnos.

—Enhorabuena.

Un atisbo de sonrisa asomó en la fría expresión de Shelly.

—¡Estoy tan contenta...!

—Ya ve. ¿Cómo se lo ha tomado Duane?

La sonrisa dejó paso a una mueca de dolor.

—No me cree.

—¿Cómo que no te cree?

–No se cree que no quiera volver con él cuando me canse de Jared.

–Entiendo –francamente, no sabía lo que Duane podía ver en una mujer que lo engañaba con otro, pero tenía que admitir que mi opinión sobre Shelly estaba influida por su reciente actitud hacía mí–. Supongo que acabará aceptándolo.

–Tal vez, pero no es eso de lo que quería hablarte –levantó la carpeta–. Éstas son las ofertas que Jared ha recibido. Una es de Rohrbach, y la otra de Kindt and Spencer.

Mis mayores rivales. Había estudiado con Steve Rohrbach, quien se hizo cargo del negocio de su tío. En cuanto a Kindt, había comprado la antigua funeraria de los hermanos Spencer hacía cinco años. Ambos trabajaban en ciudades vecinas.

–Jared me dijo que había recibido algunas ofertas –le dije–. Es hora de tomar decisiones importantes, sobre todo si quiere casarse.

Jared casado con Shelly… Unos meses antes me habría reído de un disparate semejante. Ahora sentía envidia. Y eso me enfadaba.

–Sí –asintió–. Yo quiero que se quede aquí. Contigo.

–¿En serio? –me recosté en la silla–. Pensaba que lo animarías a irse a otra parte.

Shelly pareció ligeramente avergonzada.

–Yo también quiero quedarme. Jared puede ganar más dinero en otro sitio, pero tú lo necesitas más. Y sé que vas a triunfar.

–Creía que ya había triunfado.

Ella sacudió la cabeza.

–No. Quiero decir que vas a triunfar de verdad. A la gente le gustas. Todos hablan de ti y del servicio tan estupendo que ofreces. Sobre todo ahora que la señorita Grace Frawley parece haber sentado la cabeza.

–Vaya… ¿quién dice eso?

Shelly se encogió de hombros y volvió a sonreír.

–Ya sabes cómo es la gente. Necesitaban los cotilleos para vivir.

–Shelly… ¿estás difundiendo rumores sobre mí?

Ella sonrió aún más.

–¿Si es cierto es un rumor?

Fruncí el ceño.

–¿Adónde quieres llegar con esto? Porque hasta ahora no me hace ninguna gracia que hables de mí por ahí.

Shelly volvió a asentir.

–Frawley e Hijos va muy bien y sé que irá aún mejor. Me gusta trabajar aquí, y a Jared también. Queremos seguir trabajando para ti.

–Ya le dije a Jared lo que podía ofrecerle. Él sabe que me encantaría que se quedara, pero ahora mismo no puedo ofrecerle más dinero.

–Lo sé. Pero me gustaría sugerirte otra cosa.

La cabeza empezaba a dolerme.

–¿Te importaría ir al grano? ¿Vas a hacerme galletas de por vida o qué?

–Creía que no te gustaban las galletas.

–¡Shelly!

–Quiero que conviertas a Jared en tu socio.

–¿Cómo dices?

Shelly me expuso rápidamente su plan. Jared podía convertirse en socio de la empresa a cambio de basar sus bonificaciones en el rendimiento laboral.

–¿Cuánto te costaría? –me preguntó.

Le di una cifra desorbitada para ver su reacción, pero extrañamente no se inmutó.

–¿Nos lo descontarás de nuestra paga?

–¡Estás loca, Shelly! ¿Por qué iba a querer tener a Jared como socio en vez de como empleado? Esto ha sido siempre un negocio familiar.

–¿Piensas tener hijos?

Aquella misma mañana me había estado preguntando lo mismo.

–No lo sé. ¿Qué tiene que ver?

–Si no piensas tener hijos, ¿quién se hará cargo de la funeraria cuando mueras?

—Melanie o Simon.

Shelly respondió con un bufido.

—¿Y si ninguno de los dos quiere?

—Me va a estallar la cabeza.

Sonrió.

—Si al final decides tener hijos, se quedan ellos con la empresa y punto.

La verdad era que tenía que admirar sus dotes negociadoras.

—¿Qué piensa Jared de todo esto?

Su expresión cambió al instante.

—Aún no lo he hablado con él.

—Shelly, Shelly, Shelly… —alcé los brazos al cielo—. ¿Por qué lo hablas conmigo?

—Tenía que saber si estarías dispuesta a considerarlo antes de sacarle el tema. No me gustaría ilusionarlo antes de tiempo.

La miré fijamente.

—Dios mío, lo que has cambiado…

—¿Para mejor?

—No lo sé —respondí con sinceridad—. En parte echo de menos a la dulce e ingenua Shelly que vestía cuellos Peter Pan y que no se tiraba a su novio en mi sótano.

Shelly resopló con delicadeza.

—En parte echo de menos a la Grace que se marchaba de la oficina cada vez que tenía ocasión y que no se metía en mis asuntos.

Yo también resoplé, con mucha menos delicadeza.

—Pensaré en ello, ¿de acuerdo? No es una decisión que pueda tomar a la ligera.

—Perfecto —se levantó y me tendió la carpeta—. ¿Quieres quedarte con esto?

—No lo necesito. Si voy a ofrecerle a Jared ser socio de la empresa no será por lo que piensen de él los demás.

Shelly se quedó un momento en silencio y asintió.

—Bien. Porque Jared vale mucho.

—Ya lo sé, Shelly.

Se detuvo en la puerta y giró la cabeza.

–Y aunque no te importe lo que yo piense... Sam también vale mucho.

Eso también lo sabía.

Le estuve dando vueltas a la sugerencia de Shelly, abrumada por todo lo que implicaría. Había trabajado muy duro para levantar el negocio y llevarlo a donde estaba ahora. Tener un socio supondría compartir la carga, pero también las decisiones. Aún estaba acostumbrándome a tener un compañero sentimental. No creía estar preparada para tener un compañero empresarial, por mucho que respetara y apreciara a Jared. La única persona que podía ayudarme a tomar una decisión era mi padre, y estaba convencida de que se pondría hecho una furia ante la mera sugerencia.

Casi era razón suficiente para hacer socio a Jared enseguida.

Capítulo 18

El beso con el que Sam me saludó hizo que el día entero fuese maravilloso, y eso que no había empezado tan mal. Lo puse al corriente de todo mientras él preparaba el escenario para su actuación. Llevaba dos meses tocando en el Firehouse los jueves por la noche, y el dueño estaba tan satisfecho que le había ofrecido un contrato indefinido. Yo no iba a escucharlo todas las semanas, pero sí tanto como podía.

–¿Puedes traerme una cerveza? –me preguntó mientras colocaba la silla debajo del foco. Al tocar la guitarra acústica no necesitaba muchos preparativos, pero siempre llevaba un ritual de preparación casi obsesivo.

La cerveza era un elemento indispensable en ese ritual. Le llevé una y yo también tomé otra. No le pregunté cuántas se había tomado ya, aunque su beso sabía a cebada. Se acabó la que le había llevado en dos tragos y le pidió otra al camarero.

–A este paso vas a beberte toda tu nómina –le dije en broma.

–Es parte de mi nómina –replicó él, mirándome muy serio.

–Lo siento –me disculpé de mala gana. No tengo ningún problema en pedir disculpas cuando son necesarias, pero me dejan un mal sabor de boca cuando no he hecho nada malo.

Sam se encogió de hombros y se puso a ajustar la altura del micro. El local abriría sus puertas dentro de media hora y la actuación estaba prevista a las ocho. Eso nos dejaba una hora y media para estar juntos. Pensaba que iríamos a comer algo a cualquier sitio de Second Street, pero Sam tenía otros planes.

MEGAN HART

–Ven conmigo a la parte de atrás –me dijo, meneando las cejas.

Miré la parte trasera del local, donde se almacenaban las mesas y sillas sobrantes y demás trastos.

–Creo que no.

–Vamos –me agarró la mano y la besó en la palma–. Será algo rápido.

–Ya, eso es lo que temo –retiré la mano y miré alrededor, convencida de que el camarero nos estaba escuchando–. Lo rápido tal vez te guste a ti, pero a mí no.

–Mentirosa... –se inclinó para morderme la oreja–. Eres como una traca de feria.

Me reí y me aparté de sus cosquillas.

–No me compares con un petardo.

–Entonces ¿no quieres ir atrás conmigo porque temes no excitarte lo suficiente? –frunció el ceño–. De acuerdo. Olvídalo.

Aquello no era propio del Sam que yo conocía, encantadoramente obstinado.

–No es el lugar ni el momento apropiados, Sam. Más tarde, quizá.

–Lo que tú digas –me dio la espalda.

Oh, no, no, no. No iba a consentirle aquella actitud solo porque no me lo follara en el trastero.

–¡Eh!

Se giró de nuevo hacia mí, todavía con el ceño fruncido.

–Deja que acabe esto e iremos a donde tú quieras.

–¿Con esa cara de perro? –le pregunté, con los brazos en jarras–. Antes dime si estás enfadado conmigo.

Nos miramos en silencio unos segundos, hasta que suavizó la expresión y me besó.

–No estoy enfadado. Tan solo un poco nervioso.

–¿Por la actuación? –miré el escenario con asombro–. Pero si lo has hecho un millón de veces.

–Sí. Y siempre me pongo nervioso antes de empezar –volvió a besarme y se acabó la cerveza. Llevó la botella a la barra y pidió otra–. ¿Quieres una?

–No –vi cómo le daba un pequeño sorbo a la suya–. ¿De verdad estás nervioso?

Se limitó a encogerse de hombros, sin mirarme. Me senté a su lado en el escenario y nos tomamos las cervezas en silencio. Él se acabó la tercera mientras yo seguía con la primera. Finalmente se levantó y me tendió la mano.

–Vamos. Podemos ir al Sandwich Man, por ejemplo –dijo–. A no ser que prefieras comer aquí.

Me gustaba la comida del Firehouse, pero los precios no tanto.

–Me apetece un sándwich.

En el Sandwich Man, Sam se pidió un sándwich de carne y yo uno de atún. Sam estaba de mejor humor que antes, pero yo no dejaba de pensar que habíamos estado a punto de tener nuestra primera discusión. Era un momento crucial en toda relación, un momento al que yo no estaba segura de querer llegar.

De regreso al Firehouse agarré a Sam de la mano y lo besé con una pasión adicional antes de entrar.

–¿Y eso? –me preguntó él.

–Para los nervios.

Me sonrió y me besó otra vez.

–Gracias, cariño.

La palabra me hizo estremecer de emoción.

–Esta noche vas a estar genial.

Sam meneó las cejas y me tocó la nariz con el dedo.

–Lo haré lo mejor que pueda.

–Me refiero ahí dentro, tonto.

–Eso también.

Me abrazó con fuerza. Al apretar la cara contra su chaqueta y verme envuelta por su olor, me vi invadida por una emoción inesperada y estuve a punto de echarme a llorar.

Lo amaba. Amaba a Sam. Amaba a aquel hombre de largas piernas que tocaba la guitarra y que siempre sabía hacerme reír.

–Es la hora –dijo él, besándome en el pelo–. No olvides de aplaudirme.

–Siempre lo hago.

Subimos juntos por la escalera y Sam subió al escenario, recibiendo un montón de aplausos del público. Yo no quería ocupar una mesa para mí sola, de modo que me acomodé en la barra y pedí una cerveza. Sam tenía otra y tomaba un sorbo entre canción y canción.

Llevaba media hora tocando cuando alguien me dio unos golpecitos en el hombro. La sala estaba abarrotada y yo solo tenía ojos para Sam, por lo que no me di cuenta de quién estaba a mi lado. Al principio me asusté, pero cuando vi de quién se trataba esbocé una amplia sonrisa.

−¡Jack!

Me bajé del taburete para abrazarlo y retrocedí para mirarlo bien. Tenía muy buen aspecto, igual que siempre. Entonces me percaté, demasiado tarde, de que no estaba solo. La chica que lo acompañaba, sin embargo, no me fulminó con la mirada. Me ofreció la mano y yo se la estreché.

−Sarah −se presentó ella misma.

La reconocí de inmediato, naturalmente. Era imposible olvidar el pelo azul y los piercings. Era la chica a la que vi hablando con Jack cuando estuvimos juntos en el Firehouse. Lo interrogué con la mirada y él respondió abrazando a Sarah por los hombros. Ella sonrió y metió la mano en el bolsillo trasero de Jack.

−Me he puesto a estudiar en serio −me dijo él.

−Me alegro por ti −le respondí con sinceridad.

Oí que Sam estaba hablando en el escenario y que el público se reía.

−¿Veis? Me está ignorando.

Al escuchar eso me di la vuelta y vi que todo el mundo me estaba mirando. Muerta de vergüenza, saludé con la mano y le hice un gesto de advertencia a Sam para que dejara de hablar de mí. Él debió de entenderlo, porque empezó a tocar otra canción y me dejó con la duda de qué había dicho por el micro para convertirme en el centro de todas las miradas.

Sarah me invitó a que me sentara con ellos e insistió al verme dudar. No sabía cómo negarme sin parecer descortés, de modo que los acompañé a su mesa. Jack se excusó para ir al lavabo y yo me preparé para la inevitable tensión que reinaría hasta que volviera.

Curiosamente, Sarah no parecía sentirse incómoda en absoluto.

—Me parece genial que hables con él —dijo alegremente.

—¿Por qué no iba a hacerlo?

Se rio.

—Bueno… a muchas mujeres les molesta encontrarse en un bar al tío que se las ha follado. Primero se lo tiran a gusto y después se ponen en plan puritano, ya sabes, «cómo se atreve a venir aquí» y toda esa basura moralista. Se olvidan de que estamos en un país libre y de que él no tiene la culpa de que sean unas resentidas avergonzadas por habérsela comido.

El torrente de palabras no daba lugar a la réplica, pero sí a una carcajada.

—No sé…

—Tranquila. Me pareció que te alegrabas de verlo, eso es todo.

—Claro que me alegro de verlo. Jack me gusta mucho —bebí un poco de cerveza.

Sarah asintió.

—A mí también.

Nos sonreímos la una a la otra.

—Me dijo que lo animaste a que me pidiera salir —dijo ella—. Gracias.

—No hay de qué —la conversación era bastante surrealista, y no por el alcohol.

—Y gracias también por haberle enseñado buenos modales y esas cosas… Hace mucho que conozco a Jack y nunca lo había visto comportarse así. Es increíble. Muchas gracias, en serio.

—Para mí fue un placer.

Sarah soltó una fuerte carcajada.

—Me lo imagino.

Nos estuvimos riendo hasta que Jack volvió a la mesa. Intentamos parar, pero bastaba con intercambiar una mirada para volver a empezar. Jack sacudió la cabeza y se sentó entre nosotras.

La voz de Sam sonaba un poco ronca, pero al público parecía encantarle. Cantó algunos temas clásicos y otros que había compuesto él mismo, canciones que yo ya me sabía de memoria. No lo estaba ignorando, pero la conversación con Jack y Sarah era muy divertida y… bueno, la música de Sam era casi ambiental.

El tiempo pasó volando y antes de que me diera cuenta había acabado la actuación. Jack y Sarah me abrazaron los dos a la vez, aplastándome entre sus cuerpos. Me despedí de ellos, riendo, y esperé en la barra a que Sam acabara de guardar su guitarra.

Cuando se acercó a mí pidió una cerveza, pero le impedí agarrar la botella.

—Tienes que conducir.

Sam retiró mis dedos de su muñeca y agarró la cerveza.

—Estoy bien. Me tomo esta última y nos vamos. Es tarde.

Tenía razón, era tarde. Y seguramente recibiría un aviso de defunción a altas horas de la madrugada, como merecido castigo por no haberme acostado temprano. Aun así, la actitud de Sam me inquietaba.

—Creo que no deberías beber más, Sam.

—Por desgracia para ti, no eres mi dueña.

Parpadeé con asombro y me eché hacia atrás, abriendo un espacio entre los dos taburetes. Sam se apoyó en los codos y se llevó la cerveza a los labios.

—¿Cuántas te has tomado?

No me miró ni respondió. Esperé en silencio a que dijera algo, pero él siguió ignorándome. Se me ocurrieron unas cuantas formas de increparlo, pero no merecía la pena montar una escena. Dejé en la barra el dinero de mi cuenta más la propina y abandoné rápidamente el local.

Sam me alcanzó en la acera. Estábamos a finales de septiembre y el aire era frío, pero Sam no llevaba abrigo. Tiritó y me golpeó la pierna con la funda de la guitarra.

—¿Voy a tu casa? —me preguntó.

—No lo sé —respondí—. ¿Vas a venir?

—Si tú quieres.

—Puedes venir, si quieres —eché a andar hacia el aparcamiento, con un nudo en la garganta y otro en el estómago. Íbamos a tener una discusión y no había manera de impedirlo. La tensión se palpaba en el aire.

Sam me besó en la mejilla y me apretó brevemente con el brazo libre.

–Te veré allí.

Asentí rígidamente.

–Estaré acostada. Acuérdate de cerrar con llave cuando entres.

–De acuerdo –dudó un momento, volvió a besarme y echó a andar en dirección contraria. Había aparcado su coche en State Street.

La ansiedad me acompañó durante todo el camino a casa. Todas las parejas tenían sus diferencias, y era inevitable que en una relación se produjeran roces y enfrentamientos. Lo cual era bueno, pues demostraba hasta qué punto dos personas se sentían cómodas en compañía para expresarse mutuamente sus opiniones y sentimientos.

Pero yo no quería pelearme con Sam. No quería que la magia de la relación se desvaneciera. No quería que nos convirtiéramos en una pareja como cualquier otra. Todavía no.

Nunca.

Me duché y me metí en la cama, pero no podía dormir sin Sam. No hacía más que mirar el reloj, por mucho que intentaba no hacerlo. Solo había cuarenta minutos en coche desde Harrisburg, y aunque hubiera salido unos minutos después que yo ya tendría que haber llegado.

Intenté contar las cervezas que se había tomado. Cuatro o cinco, tal vez. Suficiente para salirse de la carretera…

Me incorporé bruscamente en la cama y me tapé la boca con la mano para contener las náuseas.

Sam podía estar muerto.

Me levanté y me puse a andar por la habitación. Una vez más lamenté que no me gustara fumar, o coser, o hacer abdominales. Cualquier cosa que no me hiciera pensar en un parabrisas roto y el asfalto manchado de sangre.

Entonces oí que se giraba el pomo de la puerta. Lancé un grito ahogado y abrí de golpe antes de que pudiera hacerlo él.

–¡Sam!

Me miró con sorpresa.

–La última vez que me miré al espejo, seguía siéndolo –el aliento a cerveza me impactó en los ojos, llenándomelos de lágrimas.

–¿Se puede saber dónde has estado?

–Tuve que hacer una parada –levantó un pack de seis cervezas al que le faltaba una lata.

Una furia ciega barrió mi ansiedad por completo. Cerré de un portazo y apreté la mandíbula para que no me castañearan los dientes.

–¡Estaba muy preocupada! ¿Estás borracho?

Sam agitó una mano en el aire.

–Que te jodan –le espeté, dándome la vuelta–. Acuéstate en el puñetero sofá.

Cerré con tanta fuerza la puerta del dormitorio que un cuadro se descolgó de la pared. Las piernas me temblaban y respiraba con agitación. Sabía que a Sam le gustaba beber, pero esa vez se había pasado de la raya.

De repente me asaltó una duda. ¿Qué derecho tenía yo a enfadarme con él? Al fin y al cabo era un adulto y no tenía por qué justificarse ante mí.

¡Pero era mi novio! ¿Acaso eso no me daba derecho a esperar algo de él?

Tonterías.

No quería ser el tipo de chica que controlaba a su novio y que apenas lo dejaba respirar. Sam me gustaba tal y como era. No quería cambiarlo, ni dominarlo, ni decirle qué podía o qué debía hacer.

Sin embargo, desde que estábamos juntos había hecho todo lo que yo había querido…

Me senté en la cama. Sam ni siquiera había llamado a la puerta de la habitación. Quizá se hubiera marchado. Quizá estuviera conduciendo, bebido, haciendo eses por la carretera, invadiendo el carril por donde un tráiler se acercaba en sentido contrario…

—¡Sam!

Abrí la puerta y el corazón me dio un vuelco al ver el salón vacío. Pero entonces oí un ronquido y vi las piernas que colgaban del sofá.

Se había quedado dormido con la ropa puesta y la boca se le abría con cada respiración. Me senté frente al sofá e intenté sofocar las sensaciones que me abrasaban el estómago. ¿Y si le entraban arcadas estando dormido y se atragantaba con su propio vómito? ¿Y si sufría un coma etílico? ¿Y si enfermaba de neumonía? ¿De tuberculosis? ¿De cáncer? ¿De gripe, de lepra, de peste…?

¿Y si Sam, mi Sam, moría y me dejaba para siempre? ¿Y si yo tenía que ser una de esas mujeres que se veían obligadas a elegir el féretro, el traje, la esquela…?

No, yo no tenía derecho a elegir nada de eso, pues yo no era la mujer de Sam. Solo era su novia. Si Sam moría, yo sería la que más lo echaría de menos, pero no la que guardase luto por él.

Me había enamorado y no podía hacer nada por evitarlo.

Mis sollozos debieron de despertarlo. Una sombra se cernió sobre mí y unas grandes manos me llevaron a un regazo con espacio de sobra para acurrucarme. Lloré con la cara pegada al pecho de Sam, envuelta por el olor a cerveza y a colonia. Aspiré a fondo aquel olor para grabarlo en mis sentidos y en mi memoria. Quería recordarlo todo. Su fragancia, el tacto de sus manos, la textura de sus cabellos, su altura, su grosor, su peso…

Quería recordarlo todo de Sam. El hombre a quien no soportaría perder.

A pesar de su brevedad, había sido nuestra primera discusión. Y las consecuencias se alargaron durante varios días, en los que Sam se esforzaba por hacerme reír y yo me esforzaba por permitírselo. Las cosas no tardaron en ser como antes, pero yo me seguía angustiando al pensar en todas las cosas horribles que podrían ocurrirle a Sam. En todos los cuerpos que me llegaban a la funeraria, ya fuera por un ataque al corazón, por un suicidio o por haber fallecido tranquilamente mientras dormían, veía el rostro de Sam mientras los preparaba para el funeral.

–Estoy deseando tener el título –dijo Jared mientras embalsamábamos el cuerpo del señor Rombaugh–, y poder hacer esto sin supervisión.

Levanté la mirada del cuerpo, agradecida por la conversación que me distraía de mi melancólico estado.

–¿Has pensado en mi oferta?

–Sí, Grace –respondió él–. He pensado mucho en ello.

No quería presionarlo.

–Tu periodo de prácticas acaba a final de mes. Ya sabes que me encantaría tenerte aquí cuando hayas pasado los exámenes.

–Lo sé.

–Lógicamente también tienes que pensar en tus otras ofertas y hacer lo que creas que es mejor para ti. Quiero que sepas que respetaré tu decisión, sea cual sea, y que no me enfadaré ni nada si decides trabajar en otro lado.

Jared me dedicó una sonrisa.

–Lo sé, lo sé. Me gustaría trabajar aquí, pero estoy preocupado por el examen.

–No tendrás ningún problema para pasarlo. Esto se te da muy bien.

Yo también estaba impaciente porque Jared recibiera su título, pues así podría tomarme un descanso de vez en cuando. Los altibajos emocionales de mi trabajo podían ser agotadores.

–Eso espero.

–Escucha, Jared, sobre lo de hacerte socio… Todavía no he tenido tiempo para pensarlo, pero no vayas a creer que me he olvidado.

Estaba lavándome las manos después de quitarme los guantes de látex, sin recibir respuesta de Jared. Al principio pensé que el sonido del agua había ahogado mis palabras, pero al girarme y ver su expresión deseé haberme mordido la lengua.

–¿Qué has dicho? –me preguntó él.

Maldición.

–Creí…. Creí que Shelly ya había hablado contigo de… –no pude continuar.

–¿De hacerme socio? –por un momento pareció complacido, antes de fruncir el ceño–. ¿Shelly te ha pedido que me hagas socio?

Doble maldición.

–Eh… sí, así es. Me lo sugirió la semana pasada y yo le dije que pensaría en ello. Pero aún no he tomado una decisión al respecto –añadí rápidamente.

Jared sacudió la cabeza. Acabó lo que estaba haciendo y se quitó el delantal.

–No te preocupes. Me cuesta creer que Shelly te dijera algo así sin consultarlo conmigo.

–Siento habértelo dicho yo…

Él volvió a sacudir enérgicamente la cabeza.

–No, tranquila. Me alegro de que me lo hayas dicho –levantó la mirada hacia el techo, seguramente buscando la mesa de Shelly sobre nuestras cabezas–. Si hemos acabado aquí, ¿te importa si me llevo a Shelly a comer?

–Claro –era mejor que tuvieran la discusión en cualquier otro sitio que no fuera la oficina–. Vete tranquilo. Te llamaré si te necesito.

Asintió y salió de la sala sin decir palabra.

Una prueba más de lo complicadas que podían ser las relaciones.

La ocasión para que Sam conociera a mi familia se presentó a comienzos de octubre, cuando mi hermano Craig vino a casa para celebrar el cumpleaños de mi madre. Tan poco frecuentes eran sus visitas que la fiesta sería más para él que para mi madre, pero de todos modos habría regalos y tarta de cumpleaños. Hannah lo había planeado todo y me había dado una lista con las tareas pendientes, de las cuales yo me encargaría con mucho gusto y así mantendría la cabeza ocupada.

—Supongo que traerás a tu novio, ¿no? —me preguntó por teléfono.

No había visto a mi hermana desde el día que me dejó a los niños en la funeraria. Siempre estaba demasiado ocupada para almorzar conmigo, y yo no quería profundizar mucho en sus motivos.

—Sí. Mi novio... —esperé a oír su reacción. Admitir que Sam era mi novio significaba mucho para mí, pero a Hannah parecía resultarle indiferente—. Sam.

—Sam, eso es —oí que escribía algo en un papel.

—No estarás haciendo tarjetas de mesa, ¿verdad, Hannah? Por favor, dime que no.

—Tranquilízate. Solo estoy haciendo la lista de la compra. Por Dios, Grace, ¿desde cuándo eres tan nerviosa?

—Le dijo la sartén al cazo...

Sorprendentemente, mi hermana se echó a reír.

—Qué graciosa. ¿Lo has leído en el envoltorio de un chicle, Grace?

—Te noto muy animada —le dije. Algo extraño en ella, mientras planificaba una fiesta.

—Digamos que estoy aprendiendo a no preocuparme tanto... Ah, asegúrate de que Sam lleve traje y corbata.

—¡Hannah!

—Solo estaba bromeando —aclaró ella, y colgó con una carcajada.

Le hablé a Sam de la fiesta en casa de mis padres mientras él me enjabonaba la espalda en la ducha. La espalda, los pechos y los costados. Tan meticulosamente me recorría la piel con las manos que no prestaba atención a lo que le decía.

—No me estás escuchando —le reproché, colocando mi mano sobre la suya.

Él apartó la vista de mis pechos cubiertos de espuma y me miró a los ojos.

—Claro que sí. Quieres que te acompañe a una fiesta en casa de tus padres.

—Eso es. ¿Vendrás?

–Por supuesto –el agua caía entre nosotros. A mí me empapaba el pelo, pero a Sam solo le mojaba el pecho–. Si tú quieres que vaya.

–¿Por qué no iba a querer? –agarré la esponja e hice que Sam se girara para frotarle la espalda.

–Porque en los dos meses que llevamos juntos aún no me has presentado a nadie de tu familia. Creía que te avergonzabas de mí.

Le di un manotazo en el costado.

–No digas tonterías.

Él se rio y se inclinó hacia delante para apoyar una mano en los azulejos.

–Me gusta… El golpe no, sino lo otro.

Froté con más fuerza.

–¿Esto?

–Sí… Así… Qué gusto…

Descendí con la esponja por su espalda y deslicé la otra mano entre sus piernas.

–¿Y esto?

–También… –emitió un débil murmullo de placer y separó más las piernas, pero un instante después dio un respingo y soltó un grito de dolor–. ¡Joder!

Solté la esponja y di un paso atrás antes de que pudiera darme un codazo en la cara. Sam se giró, con la mano en alto. Un corte atravesaba la palma.

–Pon la mano bajo el agua –le ordené mientras agarraba la toalla de la percha. Cerré el grifo y Sam me tendió la mano para que se la envolviera, pero el suelo de la ducha estaba manchado de sangre, así como sus piernas y su estómago. Apreté con fuerza en la herida y salimos con cuidado a la alfombrilla.

Lo hice sentarse en la tapa del inodoro y busqué algunas gasas en el botiquín.

–A mí me pasó lo mismo hace unos meses. Debe de haber una grieta en el azulejo.

Sam puso una mueca cuando le quité la toalla, pero la herida casi había dejado de sangrar. Se la limpié con agua oxigenada e intenté no reírme con sus gritos. Le soplé en la palma para aliviar el picor y se la vendé.

Al acabar, le di un beso en la mano.

–Ya está.

Mi cuarto de baño era minúsculo y Sam lo ocupaba casi por completo. Sentado en el inodoro, sus rodillas casi tocaban la pared de enfrente y sus hombros apenas cabían en el rincón. Desnudo y mojado, con la piel de gallina y la mano vendada en la rodilla con la palma hacia arriba, como si temiera rozársela, parecía estar en su propia casa.

–Nunca me he avergonzado de ti, Sam. Espero que me creas.

Él me tocó la mejilla con su mano buena.

–Tiempo al tiempo.

Capítulo 19

La sentencia de Sam me hizo reír, aunque se me quedó grabada en la cabeza. Cierto era que nunca me había avergonzado de él; tan solo temía presentárselo a la gente que me importa por si las cosas no salían bien.

Estábamos sentados en el coche de Sam, con el motor en marcha, frente a la casa de mis padres. Sam llevaba una camisa que nunca le había visto y un pantalón caqui en vez de sus vaqueros de siempre. Tenía un aspecto bastante presentable, incluso con el pendiente y el pelo de punta. A mí me gustaba mucho más con sus anticuados zapatos de cordones, sus camisetas superpuestas y su cinturón de cuero negro, pero agradecí sus esfuerzos con un beso en la mejilla.

—¿Listo?

Sonrió.

—Parece que vamos al encuentro de una tribu de caníbales o algo así.

—No, no es para tanto —me reí y le revolví el pelo con la mano—. Lo que pasa es que no están acostumbrados a que lleve a nadie. Creo que vas a recibir mucha más atención que mis sobrinos pequeños.

—Mientras tu padre no me lleve al cuarto donde guarda las escopetas...

Le di un manotazo y puse los ojos en blanco.

—Mi padre no tiene armas en casa, Sam.

Volvió a sonreír y me besó.

–¿Ni una garrocha para el ganado?

–Vamos, entremos antes de que se pregunten qué estamos haciendo –suspiré–. Para que lo sepas, ahora mismo nos están espiando desde la ventana.

Sam le echó un vistazo a la casa por encima de mi hombro.

–¿Puedo preguntarte algo antes de entrar?

–Claro.

–¿Por qué no has traído a nadie antes que a mí?

No era el lugar ni el momento para responder a una pregunta tan compleja.

–Supongo que no he conocido a nadie con quien mantener una relación lo bastante larga como para molestarme en presentárselo a mi familia.

–Y… ¿te alegras de que sea yo el primero?

Parecía tan serio y honesto que no quise bromear.

–Sí, Sam. Me alegro.

Asintió a medias.

–Yo también. Vamos.

Para demostrarle que no me avergonzaba, lo agarré de la mano mientras le presentaba a mis padres, a Craig, a Hannah, a Jerry y a Melanie y Simon. Los pequeños echaron la cabeza hacia atrás para mirarlo con ojos como platos y con la boca abierta.

–¿Eres un gigante? –le preguntó Simon.

Sam se echó a reír y se agachó para que sus ojos quedaran a la altura de los de mi sobrino.

–No, pero sé hacer magia.

Los ojos de Sam se iluminaron.

–¿Como Criss Angel?

Sam me miró de reojo.

–No exactamente.

Se sacó una moneda del bolsillo y simuló que la sacaba de la oreja de Simon. El niño intentó repetir el truco con Melanie, y cuando agarraron a Sam uno de cada mano y lo llevaron al cuarto para enseñarle el fuerte que habían levantado con cojines, supe que Sam había hecho dos nuevos amigos.

Mi hermana fue a la cocina a preparar unos sándwiches.

–¿Puedes sacar la mayonesa y los pepinillos en vinagre?

–Te has cortado el pelo.

Hannah se detuvo y se giró hacia mí, llevándose una mano a su nuevo peinado. Siempre había llevado el pelo largo y peinado hacia atrás. Ahora le caía en suaves ondulaciones sobre los hombros y se había puesto mechas. También había cambiado de pintalabios por un color más brillante.

–¿Te gusta?

–Mucho. Te queda muy bien.

–Gracias –me sonrió–. Ya era hora de cambiar un poco.

Saqué la mayonesa y los encurtidos del frigorífico.

–¿Ha habido más cambios últimamente?

Cerré el frigorífico y me encontré a mi hermana mirándome fijamente.

–¿Qué quieres decir?

–Solo es una pregunta.

Una extraña expresión cruzó su rostro, tan rápido que no me dio tiempo a interpretarla.

–No olvides la mostaza.

La comida fue un caos, como era de prever. Los niños no dejaban de incordiar a Sam, quien demostró una paciencia infinita jugando con ellos al «toc, toc, ¿quién es?». Craig, Jerry y mi padre discutían sobre los valores de la Bolsa, un tema al que yo debería prestar atención pero que me resultaba imposible seguir. Hannah y mi madre hablaban de los asuntos del pueblo y continuamente me pedían mi aportación, aunque yo nunca tenía casi nada que contar. Tenía muchas historias jugosas, sí, pero formaban parte de mis secretos inconfesables.

Terminamos de comer y, como era costumbre en la familia Frawley, las mujeres nos encargamos de quitar la mesa mientras los hombres se iban a ver la televisión. Le apreté la mano a Sam antes de que siguiera a los demás y también lo besé para darle ánimos. Me apresuré a acabar las tareas en la cocina mientras esquivaba las preguntas de mi hermana y los comentarios de mi madre sobre si Sam había comido suficiente.

–Un hombre tan grande debe de tener un apetito voraz.

–No se ha quedado con hambre, mamá. De verdad que no –llené el lavavajillas de detergente y lo puse en marcha–. No te preocupes más por eso.

–Bueno, si estás segura…

Hannah y yo intercambiamos una mirada. Era una de esas raras ocasiones en las que hacíamos un frente común contra mi madre, en vez de ser ellas contra mí.

–Mamá, deja que Grace vaya a rescatar a Sam de papá y de Craig.

Mi madre asintió.

–Claro… Date prisa, Grace, antes de que empiecen a interrogarlo. ¿Te acuerdas, Hannah, de cuando trajiste a Jerry a casa por primera vez?

–Joder –mascullé, ganándome una mirada severa de mi madre–. Será mejor que vaya a por él.

Cuando fui al salón, sin embargo, encontré a Craig y a Sam hablando de Nueva York y a mi padre y a Jerry viendo la televisión. Los niños habían echado abajo la fortaleza de cojines y estaban peleándose por una antigua partida de Cluedo.

–¿Qué tal? –me senté en el sillón de Sam y él me abrazó por la cintura–. ¿Mi hermano te está dando mucho la lata?

Sam se rio.

–Vive encima del restaurante donde yo trabajaba la primera vez que fui a la ciudad.

–La mayor ciudad del mundo y resulta que vamos a la misma lavandería –Craig sacudió la cabeza–. ¿Vas a volver a Nueva York, Sam?

–Aún no lo he decidido –respondió él, sin mirarme.

Su respuesta me provocó un nudo en el estómago. Muchas veces había bromeado con él sobre su posible regreso a Nueva York, pero nunca pensé que lo fuera a hacer. Y ahora menos que nunca, estando juntos.

La conversación derivó a otros temas. Los niños convencieron a Sam para que jugase al Cluedo con ellos, y también a mí. Tomamos la tarta y mi madre abrió los regalos, asegurando que todos le encantaban y que no se merecía ninguno.

Yo no podía dejar de mirar a Sam. Al igual que en mi sofá, mi cama y mi cuarto de baño, parecía encajar perfectamente entre mi familia. Cuando se levantó para ayudar a mi hermana a recoger los envoltorios de los regalos, ella le permitió que se hiciera cargo de la bolsa de basura sin darle un montón de instrucciones específicas al respecto. Lo cual, en Hannah, era poco menos que un milagro.

Después de mis dudas iniciales, era un gran alivio que todo hubiera salido tan bien. Tan solo mi padre se mantuvo al margen, y en más de una ocasión lo sorprendí mirándome.

La fiesta aún no había acabado cuando decidimos marcharnos. A la mañana siguiente tenía que atender un funeral.

—Los condenados no descansan... —bromeé mientras se prodigaban los besos y abrazos de despedida.

Mi madre me dio una palmadita en la espalda.

—Y que lo digas… No sabes lo encantada que estoy de tener a tu padre en casa los fines de semana.

Mi padre bufó con desdén.

—¿Por eso no paras de decirme que me busque algo que hacer y así dejarte en paz?

—Durante la semana —aclaró mi madre—. Los fines de semana te quiero para mí. Y también estoy encantada de que se hayan acabado las llamadas a todas horas del día y de la noche.

—Sí —corroboró Sam—. Es como dormir con un médico que siempre está de guardia.

Mi familia debía de saber que Sam y yo dormíamos juntos. Algún vecino debía de haberles contado que el coche de Sam se quedaba aparcado frente a mi casa toda la noche. Aun así, el comentario provocó un silencio sepulcral en el salón.

—¿Duermes con mi tía Grace, Sam? —preguntó Simon inocentemente.

Más silencio.

—Seguramente no duerman mucho... —murmuró Jerry, ganándose un manotazo de Hannah en el brazo.

—Nos vamos —dije lo más animadamente posible, agarrando a Sam de la mano.

Hubo más besos y abrazos, aunque volvería a verlos a todos en pocos días. Mi madre también abrazó y besó a Sam, y le insistió que volviera para darle mejor de comer. Las muestras de afecto se sucedían y yo estaba deseando llegar a casa, ponerme unos pantalones de chándal y tumbarme frente al televisor.

—Espera un momento, Grace —me llamó mi padre cuando nos disponíamos a salir.

Sam y yo nos detuvimos, pero tras recibir una elocuente mirada de mi padre, Sam se disculpó y fue a esperarme en el coche. Mi padre sacó entonces un sobre del bolsillo y me lo tendió.

—¿Qué es esto? —pregunté, sin agarrarlo.

—Tómalo —insistió él.

Obedecí y en su interior encontré dinero. Mucho dinero.

—¿Para qué es esto?

—Porque creo que lo necesitas —dijo, y levantó las manos en gesto de rechazo cuando intenté devolvérselo.

—No necesito tu dinero, papá. De verdad.

—Quédatelo, Grace —insistió él con el mismo tono severo que empleaba conmigo de niña—. Sé que tienes… muchos gastos.

—El negocio va bien —repliqué.

—Me refiero a gastos personales —dijo él con gesto incómodo—. Gastos por hora.

Por si no me quedara claro, apuntó con la barbilla hacia la puerta. Aplasté el sobre en la mano e intenté reírme, pero solo me salió un ruido ahogado.

—Sam es mi… —empecé, pero él levantó una mano para interrumpirme.

—Por favor, Grace. No quiero saber más de lo que ya sé.

—¿Por qué has mirado mis cuentas personales? No tienen nada que ver con la empresa.

—Las cuentas no cuadraban y quería asegurarme de que no tenías problemas. Y cuando vi los e-mails…

—¿Has leído mis e-mails? —chillé.

—Soy tu padre, Grace.

—¿Ah, sí? ¡Pues yo ya no soy una niña! ¡No tenías derecho a

llevarte mi ordenador sin pedirlo, ni a mirar mis cuentas, y mucho menos a leer mis e-mails!

—¡Quería asegurarme de que no tenías problemas! —repitió él, levantando la voz.

—¡Lo que querías era controlarme! —di un paso hacia él, aferrando el sobre en la mano—. ¡Solo querías meter las narices en mi vida privada!

—¡Sí! —gritó—. ¿Y qué hay de malo en eso? Soy tu padre, Grace. Tengo derecho a saber lo que haces. ¡Sobre todo cuando estás cometiendo estupideces!

La furia me cegó y pensé que la cabeza me iba a estallar. Arrojé el sobre a los pies de mi padre y el dinero se esparció por el suelo. Ninguno de los dos hizo ademán de recogerlo.

—Es un poco tarde para cuidar de mí, papá —tragué saliva y respiré rápidamente para intentar calmarme, sin conseguirlo—. No necesito tu dinero. Ni tus consejos —añadí en tono despectivo.

—No me hables así.

—No, no me hables tú así —repliqué entre dientes—. Me diste la funeraria porque yo era la única que la quería. Ha sido muy duro, pero he conseguido que la gente alabe mi trabajo y la forma que tengo de hacerlo. ¿Qué es lo que tanto te molesta? ¿Que me gaste el dinero en algo que no apruebas, o que haya conseguido salir adelante sin ti?

Mi padre se puso rojo y abrió la boca, pero no le di tiempo a responder.

—Lo imaginaba —dije—. Siento haberte decepcionado, papá, pero, por si aún no te has enterado, lo que haga con mi dinero y con mi empresa es solo asunto mío.

Me fui y no miré atrás cuando él me llamó.

Estuve callada durante todo el camino a la funeraria. Al llegar, subí rápidamente a mi casa sin esperar a Sam, quien me siguió unos momentos después y sacó una cerveza del frigorífico. Pensé en tomar una yo también, pero el estómago se me había cerrado de tal manera que temía vomitar si intentaba tragar algo.

Sam observó en silencio cómo me paseaba por el salón reordenándolo todo, desde los cojines hasta las revistas desperdigadas y el mando a distancia.

–Lo siento –me dijo al cabo de un rato–. Lo dije sin pensar.

Me detuve y lo miré desde el otro extremo del salón. Sam estaba apoyado en la encimera de la cocina e iba por su segunda cerveza.

–¿El qué? –tan consumida estaba por la ira que no podía pensar con claridad.

–Lo de dormir contigo. Fue una estupidez decirlo delante de tu madre.

–Sam… si mis padres quieren fingir que soy virgen es su problema, no el mío.

Obviamente mi padre sabía que practicaba el sexo. Peor aún; daba por hecho que había llevado a un acompañante de pago al cumpleaños de mi madre. Un gigoló jugando con mis sobrinos pequeños… Cuanto más lo pensaba, más me enfurecía.

–¡Maldita sea! –arrojé un cojín contra la pared. Afortunadamente no produjo ningún daño.

–¿Qué ocurre? –me preguntó Sam.

Quería que fuera hacia mí y me consolara entre sus brazos como solo él sabía hacerlo, pero no se movió de donde estaba. Bebió un trago de cerveza, la dejó en la encimera y se cruzó de brazos.

–Se trata de mi padre –dije–. Siempre está metiendo las narices donde no lo llaman.

–Ya… –la cara que puso hizo que deseara tragarme mis palabras. Los padres eran un tema delicado para él, habiendo perdido recientemente al suyo–. ¿Qué ha hecho?

–Ha intentado darme dinero.

–¿Y eso es malo?

Suspiré.

–Cree que me hace falta.

–Me temo que no te sigo.

–Cree que estoy arruinando su negocio, lo que no es así.

Sam asintió como si le pareciera lógico.

–Es tu padre, Grace. Solo se preocupa por ti.

– Esta vez se ha pasado de la raya. Ha leído mis e-mails y ha hurgado en mis cuentas del banco.

–Seguro que no es tan grave.

–Disculpa, pero no creo que seas el más adecuado para darme consejos sobre mi padre.

Sam no dijo nada y de nuevo me arrepentí de mis palabras. Nos miramos en silencio, separados por el salón. Yo seguía necesitando que me abrazara y me hiciera sentir mejor, pero él se limitó a sacar otra cerveza del frigorífico.

–Tu padre solo quería darte dinero –dijo mientras abría la botella–. No me parece que sea para tanto.

–Quería darme dinero para que te pagara a ti.

Sam se detuvo con la botella a medio camino de su boca.

–¿Cómo dices?

–Mi padre piensa que te he contratado.

–¿Para qué? –dejó la botella sin llegar a beber.

Suspiré y fui hacia él.

–Porque encontró información en mi ordenador que le hizo pensar que eras un gigoló.

Sam se echó a reír.

–¿Un gigoló? ¿De dónde sacó esa idea?

Volví a suspirar.

–Descubrió que me había gastado una fortuna en acompañantes de alquiler y dio por hecho que tú eras uno de ellos.

–¿Te has gastado una fortuna en acompañantes de alquiler? –repitió con una media sonrisa.

–Sí.

Volvió a beber de su cerveza. Yo me apoyé en la mesa de la cocina, justo delante de él.

–¿Y eso qué significa, exactamente? –me preguntó, moviendo las piernas para que no nos tocáramos.

–Significa que contrataba a hombres para que salieran conmigo.

Sam tomó un largo y silencio trago y se secó la boca con la mano.

—¿Para salir, tan solo?

—A veces —me llevé las manos al estómago, intentando contener las ganas de vomitar y de llorar.

—¿Y las otras veces?

—¿Por qué no me preguntas lo que quieres saber, Sam?

—¿Por qué no me lo dices, Grace?

—Sí, a veces también me acostaba con ellos. No, a veces no. Casi siempre.

Sam sacó otra cerveza. La última que debía de quedar en el frigorífico. La giró en sus manos antes de abrirla. Deseé que no lo hiciera, pero la abrió.

—¿Con ese joven que te acompañaba en el Firehouse...?

—Jack. Sí. Con él.

—Joder —puso una mueca de asco—. ¿Cuánto tiempo estuviste con él?

—Unos meses.

Se quedó unos minutos pensando en ello mientras bebía en silencio. Yo saqué una coca-cola del frigorífico para intentar sofocar las náuseas.

—¿Has estado acostándose con él desde que nos conocimos?

—Empecé con él después de conocerte a ti. Antes hubo otros. Pero desde que estamos juntos no he vuelto a hacerlo con nadie más —intenté tocarlo, pero él apartó el brazo.

—Acabas de decir que empezaste con él después de conocernos.

—Pero al principio tú y yo no estábamos juntos...

—¡Estuvimos juntos la primera noche que nos conocimos! —gritó él.

Sam era un hombre grande. Furioso, parecía aún más alto e imponente. Aun sabiendo que no me haría daño me encogí instintivamente ante su amenazadora estatura.

—O sea que aquella noche no fue cuestión de suerte.

No solo era alto y fuerte, sino también muy listo.

—No. Había ido a encontrarme con uno de esos acompañantes. Un desconocido.

Sam masculló algo y me dio la espalda.

–Maldita sea, Grace. ¿Por qué?

–¡Porque era más seguro que ligarme a un desconocido de verdad!

–¿Más seguro que tener un novio de verdad?

Me estremecí con una mezcla de miedo y rabia.

–Sí.

–¿Y entonces por qué quisiste seguir viéndome? –me preguntó en tono desafiante.

–Ya está bien, Sam.

Acabó la última cerveza y dejó la botella en el fregadero.

–Dime por qué.

–Porque tú seguías llamándome… Y me gustaba hablar contigo.

–Ah, ya lo entiendo. Yo te salía más barato, ¿es eso?

–¡No! No me escuchas. Has bebido demasiado.

–¿No crees que fue el destino lo que nos unió? Nos conocemos en un bar, nos acostamos y luego resultas ser la persona que entierra a mi padre. ¿No te parece demasiada coincidencia?

–No creo en el destino.

–No, claro –murmuró él–. ¿Cómo ibas a creer?

Horrorizada, vi cómo se dirigía hacia la puerta.

–¿Adónde vas?

–Afuera.

–Sam, por favor, no te vayas –intenté tirarle de la manga, pero él volvió a apartar el brazo.

–Me confundiste con un gigoló… Y luego no me dijiste nada.

–No te dije nada porque no era asunto tuyo –nada más decirlo quise tragarme las palabras.

–Te estuve llamando durante meses –dijo él sin volverse–. Sabías que quería salir contigo.

–¡Pero no hacías nada! –grité–. Me llamabas para tontear conmigo y luego te pasabas una semana sin dar señales de vida. ¡No tenía ni idea de lo que pretendías!

–Durante meses, Grace –repitió él–. Y en ese tiempo estabas pagándole a un niñato para que te follara…

–¡No lo hacía para engañarte!

–Pues así es como lo siento –giró el pomo de la puerta.

–Ni siquiera me conocías, Sam.

Finalmente se giró hacia mí, al tiempo que abría la puerta.

–Y sigo sin conocerte.

No le supliqué que se quedara y él no lo hizo. Salió sin cerrar tras él y yo vi cómo se alejaba sin seguirlo. Masculé una maldición en el salón vacío y cerré la puerta.

Llamé al móvil de Sam y al de su madre, pero nadie respondió. Lo estuve intentando durante tres días hasta que cesé en mi empeño. Y al cuarto día fue él quien me llamó.

–Estoy en la comisaría.

Eran las ocho de la noche. Yo acababa de ponerme el pijama y de hacer palomitas de maíz para ver una peli romántica.

–¿Qué ha pasado? ¿Estás bien?

–Me han detenido por conducir borracho… ¿Puedes venir a recogerme y pagar la fianza?

Las palomitas se me cayeron al suelo.

–Sí, por supuesto. Pero, Sam….

–No, ahora no. Ven enseguida, por favor.

En una ocasión Sam había acudido de inmediato a mi llamada de auxilio. Ahora era él quien necesitaba mi ayuda, y yo no iba a negársela.

–Voy para allá –le dije mientras me buscaba unos vaqueros y una camiseta–. Dime qué tengo que hacer.

Sam me dio la dirección y el importe de la fianza, tan alto que necesitaría todos mis ahorros y los de mis hijos no nacidos. Podría llegar a la comisaría en media hora, y confié en no recibir ningún aviso de defunción mientras tanto.

La imagen ligeramente descuidada de Sam siempre me resultaba muy sensual, especialmente al levantarse de la cama. Pero el hombre al que saqué de la comisaría tras pagar la fianza presentaba un aspecto lamentable. Sucio y maloliente, despeinado, con ojeras y sin afeitar. Se subió al coche en silencio y se encorvó en el asiento, con los brazos cruzados y el cuello de la camisa levantado.

–¿Quieres que ponga la calefacción?

Negó con la cabeza. Habíamos recorrido unos cuantos kilómetros cuando me pidió que parase en el arcén para vomitar. El ruido del vómito me provocó arcadas a mí también y no quise bajarme del coche para ayudarlo.

Lo llevé a casa de su madre en vez de a la mía. La encontré cerrada y a oscuras y entonces me acordé de que Dotty Stewart se había ido de crucero con su hermana.

Sam no me invitó a pasar. Salió con dificultad del coche y entró tambaleándose en la casa, y yo lo seguí. Subió directamente al cuarto de baño y se metió en la ducha, donde estuvo un largo rato. Cuando bajó a la cocina tomó un poco del café que yo había preparado. Lo bebió con rapidez, como si pudiera aliviarle las náuseas.

–La policía me paró cuando iba de camino al Firehouse –me explicó, aunque yo no le había preguntado–. Y no pasé la prueba de alcoholemia.

Me aferré al borde de la mesa con todas mis fuerzas, para no caer al abismo que se había abierto entre nosotros.

–¿Por qué, Sam?

Su risa me hizo daño en los oídos.

–Porque había bebido.

–No me refiero a eso.

Me miró fijamente a los ojos y no dijo nada.

–¿Por qué no puedes decírmelo? –lo apremié con la voz quebrada.

–Perdí mi apartamento de Nueva York porque no podía pagar el alquiler. Tuve que pedirle dinero a mi padre. Él me dijo que volviera a casa si quería, pero yo no lo hice hasta que murió. Cuando ya era demasiado tarde.

Le puse la mano en el hombro y él no intentó apartarse. Las puntas de sus cabellos me acariciaban el dorso.

–No es culpa tuya.

–Sí lo es –dijo con una triste sonrisa.

Pronuncié su nombre como si fuera un talismán, pero en aquella ocasión no funcionó. Sam se levantó y tiró el resto del café al fregadero.

–Lo he hecho todo mal –murmuró con la cabeza gacha sobre la encimera–. Nunca conseguí demostrarle a mi padre lo que valía, y nunca le dije que sentía haberlo decepcionado.

Yo sabía que estaba afectado por la muerte de su padre, pero no hasta qué punto.

–A lo mejor necesitas hablar con alguien de esto.

–¿Para qué? Eso no va a devolvérmelo.

–Tal vez te ayude más que la bebida.

–Sin riesgo de acabar en la cárcel, ¿no?

Ignoré el comentario, pues no quería discutir otra vez con él.

–Sé lo duro que debe de ser para ti.

–Oh, claro… ¿Porque lo ves todos los días en tu trabajo?

–Porque tú me importas, Sam.

Él sacudió la cabeza.

–No quiero seguir hablando. Vete a casa.

–No.

–He dicho que te vayas. No quiero volver a verte.

De todas las cosas que me había imaginado, aquella era la única que no me esperaba.

–¿Por qué?

–Porque no soportaría defraudarte –dijo, completamente serio.

–¿Y por qué ibas a defraudarme? –grité, a punto de echarme a llorar.

–¡Porque es lo que mejor sé hacer! –volvió a darme la espalda.

–Sam, por favor, no me hagas esto… Te quiero.

Era la primera vez que se lo decía, aun sabiendo que ya era demasiado tarde.

Él negó con la cabeza, sin girarse.

–Tú tampoco me conoces.

–¿Por qué me llamaste a mí en vez de a Dan?

–¿Cómo sabes que no lo llame a él antes?

Fruncí el ceño.

–Porque por muy mal que os llevéis, sé que te ayudaría en una situación como ésta. Respóndeme, ¿por qué me llamaste a mí?

–Porque si le pedía ayuda a mi hermano tendría que devolverle el dinero de la fianza. Pero pensé que si la pagabas tú a lo mejor podía saldar mi deuda de otra manera. ¿No es eso lo que haces? ¿Pagar por los hombres?

–Que te jodan, Sam.

–¿Has recortado el cupón que venía en el periódico del domingo? Tengo una oferta especial.

–No tiene gracia.

–Qué lástima… Se acabó mi sueño de ser humorista.

–¿Preferirías que me hubiera acostado con ellos sin pagar?

–Sí –respondió él–. No sé por qué, pero lo hubiera preferido, sí.

–Lamento que te haya afectado tanto.

–Pero no lamentas haberlo hecho.

Solté un suspiro de exasperación.

–No, Sam. No lamento haberlo hecho.

Él también suspiró y se dobló sobre el fregadero para echarse agua en la cara. Bebió un poco antes de cerrar el grifo y se volvió hacia mí con el rostro chorreando.

–¿Por qué lo hiciste? ¿Por qué pagabas por tener compañía?

–Porque he visto el dolor de muchas personas al perder a sus seres queridos, y no quería lo mismo para mí.

–Entiendo. Ya puedes marcharte… Maldita sea, voy a necesitar dinero. Quizá pueda usarte como referencia para buscar trabajo.

Sus palabras dolieron, pero intenté que no se me notara.

–¿Por qué te has tomado tantas molestias conmigo? –se lo pregunté aunque no quería saber la respuesta–. ¿Era una especie de reto o algo así? ¿Por qué te empeñabas en seguir?

–Pensé que merecía la pena.

Tragué saliva antes de responder.

–¿Y ya no lo piensas? ¿Por culpa de lo que hice antes de conocerte?

Había algo más, de eso estaba segura. Más acerca de su padre y de su música. Pero mi dulce Sam no compartía sus secretos.

–Míralo de este modo –dijo él–. Te estoy ofreciendo lo que querías. Ya no tendrás que preocuparte por llorar mi pérdida.

–Ya lo estoy haciendo, Sam.

Por un momento pensé que iba a abrazarme y que todo se arreglaría. Superaríamos el bache y la relación se haría aún más fuerte.

–Piensa que sigo siendo un desconocido –dijo él.

Me marché sin decir nada más.

Capítulo 20

Sería exagerado decir que el mundo se detuvo o que el sol dejó de brillar. Tampoco podría decir que me hundí en una depresión y que no podía levantarme de la cama, porque la verdad era que no tenía tiempo para revolcarme en la miseria. Tras acabar las prácticas y pasar con éxito los exámenes, Jared aceptó el empleo que le ofrecí, pero se tomaría un mes de vacaciones antes de empezar. Se lo merecía con creces, pero para mí supondría mucho más trabajo. Aún no había decidido convertirlo en mi socio.

Shelly, en cambio, había dejado la funeraria. Tuvo una terrible discusión con Jared por el asunto de ser socio de la empresa y terminó rompiendo con él. No sabía si había vuelto con Duane, pero seguro que acabaría enterándome tarde o temprano.

Al cabo de la segunda semana dejé de esperar que cada llamada que recibía fuera de Sam. No porque no quisiera oírlo, sino porque tenía que seguir con mi vida. A veces lloraba, pero también las lágrimas se iban secando con los días.

Con Jared de vacaciones y una secretaría temporal que ignoraba el funcionamiento de la empresa, tenía que hacer verdaderos malabarismos para atender todos los compromisos, preparar cuerpos y organizar funerales. Al menos cuando llegaba a la cama estaba tan cansada que no soñaba con Sam.

Lo que más temía era que me avisaran de una muerte acaecida en un domicilio particular. Casi todas las llamadas procedían de hospitales y asilos, y yo cruzaba los dedos porque siguiera siendo así hasta que Jared volviera al trabajo.

No tuve tanta suerte.

La llamada se produjo a primera hora de la tarde. Era de una familia que me había visitado un mes antes para organizar los preparativos. La esposa estaba muriendo de cáncer de páncreas y recibía atención médica en casa. Todos esperaban que muriera en pocos días, pero aguantó todo un mes.

Prometí que me ocuparía de ella en cuanto el médico firmara los papeles correspondientes y colgué el teléfono para hundir el rostro en las manos.

–¿Señorita Frawley?

Levanté la mirada. Por muchas veces que le dijera a Susie que me llamara Grace, ella seguía manteniendo un trato excesivamente formal. Y aún cerraba los ojos al ver un cadáver.

–¿Sí?

–Tiene un par de mensajes.

Le di las gracias y los leí por encima. Ninguno era de Sam, ni tampoco de Jared diciéndome que volvería al trabajo antes de lo previsto.

¿Qué iba a hacer? No podía ir sola a por el cuerpo, y menos decirle a la familia que no podía hacerme cargo de ella.

Solo tenía una solución, y era llamar a mi padre.

Apenas nos hablábamos desde la fiesta de cumpleaños de mi madre, pero sabía que no me negaría su ayuda. Por muy mala que fuera su opinión sobre mí, mi padre jamás le fallaría a un cliente.

Había trabajado a su lado el tiempo suficiente para saber cómo hacía las cosas. Sus palabras de consuelo a las familias, su manera de cubrir los cuerpos, ese tipo de detalles. Pero en aquella ocasión lo vi con otros ojos. Era como verme a mí misma mientras ataba las correas de la camilla o entrelazaba las manos del muerto.

En la funeraria me ayudó a prepararlo todo, pero en vez de corregirme cada vez que yo hacía algo de una forma diferente se limitaba a imitarme.

–Las cosas han cambiado –fue su único comentario.

Había pensado mucho en hacer socio a Jared. Trabajaba muy

bien y yo tendría mucho más tiempo libre. Convertir la funeraria en una sociedad supondría muchos cambios, pero casi todos a mejor. Sin embargo, no podía tomar la decisión por mí misma. Tenía que consultarlo con mi padre y respetar su opinión, por muy poco que le gustara la idea.

Saqué el tema y estuvimos hablando durante largo rato, primero en el sótano y luego en mi apartamento con donuts y café. Mi padre me expuso su punto de vista y me dio algunos consejos, pero también me escuchó y no intentó decirme lo que debía hacer.

–Hace mucho que no te pasas por casa –me dijo cuando me levanté para darle otro donut–. ¿Por qué no vienes a cenar el domingo y te traes a Sam?

Volví a dejar el plato en la mesita.

–Ya no estoy con Sam, papá. Hemos roto.

Empecé a llorar. Mi padre alargó el brazo y me hizo sitio para apretarme contra su hombro.

–Duele, lo sé –murmuró, dándome palmaditas en la espalda.

Fue todo lo que dijo, pero era suficiente. Más tarde, cuando dejé de llorar, me ofreció el pañuelo que siempre llevaba en el bolsillo. Lo rechacé con una mueca y los dos nos echamos a reír.

–Siento mucho no haberte prestado más atención cuando eras joven –me dijo–. Ahora ya no tengo derecho a decirte lo que debes hacer.

–Sé que tus intenciones son buenas. Pero… deja que sea yo quien te lo pida, ¿vale?

Mi padre asintió con un suspiro.

–Por supuesto. Y, Gracie… siento lo de tu novio.

–Yo también, papá.

–Creo que es buena hacer socio a Jared. Una persona sola no puede hacerse cargo de la funeraria. Yo tuve a tu tío Chuck y aun así no paraba de trabajar. Has de tener tiempo para ti, para tu familia, para tus hijos…

–Yo no tengo hijos.

–Algún día.

Creía que había acabado de llorar, pero estaba equivocada.

***

El funeral fue sencillo y asistió mucha gente, pues la señora Hoover había sido una persona muy querida en la comunidad. Yo me quedé atrás para asegurarme de que la capilla estuviera vacía antes de dirigirme al cementerio, y me encontré con
el señor Hoover sentado frente a la foto de su difunta esposa.

–Señor Hoover, es hora de marcharse.

Me miró con una sonrisa.

–Lo sé. Solo quería descansar unos minutos. Últimamente
duermo mal, ¿sabe? La cama no es la misma sin ella.

–Lo entiendo –le dije, y hablaba en serio.

–Hacía meses que ya no dormíamos juntos, pero mientras
estaba en casa me podía imaginar que algún día volveríamos a
hacerlo.

Asentí. El tiempo apremiaba, pero ni siquiera miré el reloj.
Me senté a su lado y los dos miramos la foto de la señora Hoover.

–Es su foto de graduación –me dijo él–. Por aquel entonces
yo ya sabía que quería casarme con ella, pero me hizo esperar
hasta acabar sus estudios de Enfermería.

–Era preciosa.

–Y terca como una mula. Nunca he conocido a una mujer más
mandona que ella.

Le ofrecí un pañuelo, pero lo rechazó y usó el suyo propio
para secarse los ojos. Le di una palmadita en la mano y seguimos mirando la foto un poco más.

–Si hubiera sabido que algún día estaría sentado frente a su
foto, preparándose para enterrarla… ¿se habría casado con ella?
–me atreví a preguntarle.

–Por supuesto –respondió él con un suspiro.

–¿A pesar del dolor de su pérdida? –intenté que no me temblara la voz.

–Pues claro –fue su turno para darme una palmadita en la mano–. Con ella he tenido una vida maravillosa, y estoy firmemente
convencido de que volveré a verla. No cambiaría ni un solo mi-

nuto de los que pasamos juntos, a pesar de lo que ahora estoy sufriendo –me dio otro golpecito y se levantó–. Mi hijo me está haciendo señales desde la puerta.

Miré hacia la puerta y efectivamente el joven señor Hoover nos estaba esperando.

–Voy enseguida.

Le eché un último vistazo a la foto de aquella mujer mandona y testaruda con la que el señor Hoover había compartido una vida maravillosa y fui a ayudarlos a darle su último adiós.

Siempre respondía al teléfono cuando sonaba en mitad de la noche, aunque no siempre fuera yo la que estaba de guardia desde que Jared era mi socio.

–¿Estabas durmiendo?

No quise mirar la hora.

–No, si te parece estoy en coma.

Una risita.

–¿Cómo estás?

–Cansada, Sammy. ¿Y tú?

–Un poco bebido, Grace.

–¿En serio?

–Sí –más risas.

–¿Y qué razones tenías para despertarme?

–Ninguna. Simplemente estaba pensando en ti.

–Pues yo estoy pensando en colgar.

–¡No, por favor!

Suspiré y mantuve el teléfono pegado a la oreja, oyendo su respiración. Cerré los ojos e imaginé que su aliento me acariciaba la piel, pero lo único que sentía era el frío plástico del teléfono.

–Me ha llamado Phil, mi agente –dijo él–. Dice que puede conseguirme algunas actuaciones en Nueva York, y que a lo mejor puedo tocar en la radio y grabar en un estudio.

La forma en que lo dijo, como si no tuviera importancia, demostraba que hablaba en serio.

Muy en serio.

–Me alegro por ti.

–Me voy la semana que viene.

–Estupendo –con los ojos cerrados no importaba que se me llenaran de lágrimas.

–¿Puedo ir a tu casa, Grace? –hablaba en voz tan baja que cualquier interferencia se habría tragado sus palabras. Pero el sonido era limpio y claro.

–Sí. ¿Vas a venir?

La respiración de Sam cambió. Parecía estar bebiendo, o quizá llorando. No quería imaginármelo haciendo ninguna de las dos cosas.

–No, creo que no. Es tarde.

–Mándame una copia del disco cuando lo hayas acabado.

–No llores –me suplicó él–. No llores, por favor.

–No entiendo –le dije, enterrando la cara en la almohada para ahogar las lágrimas–. De verdad que no entiendo, Sam. ¿Te dejo venir y no quieres?

–Lo siento... Ya sé que me odias.

–¡Maldita sea, Sam! Yo no te odio. Ese es el problema –golpeé la almohada con frustración–. Ojalá pudiera odiarte.

–Ojalá pudieras...

Sonreí contra la maltratada almohada.

–¿Sabes que me has llegado al corazón?

La risita de Sam me provocó un hormigueo por la espalda, como siempre hacía.

–No querías un novio.

–No –suspiré, pensando en lo que me había dicho el señor Hoover. Aseguraba no arrepentirse de nada y que gracias a su mujer su vida había sido maravillosa. Lo mismo que yo sentía por Sam.

–Tendría que haberte dejado en paz –dijo él–. Era lo que querías.

Finalmente abrí los ojos a la luz del amanecer que entraba por la ventana.

–No. Me arriesgué contigo porque quería, Sam. No me arrepiento de nada. Me has alegrado la vida, y quizá la próxima vez no permita que el miedo a la pérdida me impida apreciar lo que tengo.

–¿La próxima vez? –preguntó con voz ronca.

–Siempre pensé que quería estar sola, pero ya no.

–Entonces… –respiró profundamente–. ¿Se acabaron los gigolós?

–Uno o dos, tal vez.

–Vas a acabar conmigo, Grace.

–Tendrás teléfono en Nueva York, ¿no? Llámame.

Colgué sin darle tiempo a decir nada más.

Sam no me llamó desde Nueva York.

Solo una parte de mí deseaba que lo hiciera, y a medida que pasaban los días esa parte se fue haciendo más y más pequeña. Como pareja habíamos durado menos tiempo del que habíamos pasado juntos. La próxima vez tendría más cuidado para que el amor no me sorprendiera de repente.

Sin embargo, no parecía que fuera a haber una próxima vez. Coqueteaba con los hombres cuando salía con mis amigas, en el gimnasio o en las citas a ciegas que mi madre me concertaba con los hijos, sobrinos y nietos de sus amistades. Me lo pasaba muy bien y se me ofrecían un sinfín de posibilidades, pero ninguno de esos hombres podía compararse con Sam.

Jared y yo nos turnábamos para estar de guardia los fines de semana y así ambos disfrutábamos de tiempo libre. A menudos nos referíamos en broma el uno al otro como un matrimonio bien avenido, y eran muchos los que daban por hecho que estábamos saliendo, algo del todo impensable. Compartir el negocio con él tenía sus pros y contras, pero no me arrepentía de haberlo hecho socio. El sentido del humor de Jared y su firme compromiso con Frawley e Hijos, ahora Frawley y Shanholtz, contribuían a la prosperidad de la funeraria y a que mi vida fuera mejor.

A pesar de lo que le había dicho a Sam, no volví a contactar con la agencia de la señora Smith. Las fantasías sexuales con los gigolós perdían su atractivo cuando se comparaban con el recuerdo de algo real, y Sam tenía la culpa de eso. No me llamó, pero de vez en cuando leía información en Internet sobre sus actuaciones y el disco que había sacado. Las críticas eran buenas, aunque solo aparecieran en las revistas independientes, y si bien no parecía estar ganando mucho dinero, al menos hacía lo que más le gustaba hacer.

Quería que fuera feliz, y a medida que pasaba el tiempo también intenté serlo yo.

Mi trabajo no me permitía ser una niñera de confianza, pero mi disponibilidad me convertía en una mejor alternativa a la joven que vivía en la misma calle que mi hermana. Además, se trataba de mis sobrinos. Hannah podía dejármelos sin darme una larga lista de instrucciones y marcharse sin preocuparse por nada, aunque a veces ella o Jerry tuvieran que volver a casa más temprano de lo previsto porque yo había recibido un aviso de defunción.

Aquella tarde Melanie y Simon se pusieron locos de alegría cuando les dije que iba a llevarlos al Mocha Madness, una cafetería con una zona de juegos en el interior donde los niños podían escalar paredes y tirarse por los toboganes mientras los adultos tomaban café y pasteles y leían el periódico. El local estaba siempre limpio y vigilado, por lo que merecía la pena ir hasta allí y pagar los cinco dólares por cabeza.

–¡Eres la mejor tía del mundo, tita Grace! –exclamó Simon, aferrándose a mis piernas.

Su hermana me abrazó por el otro lado.

–¡Te queremos!

–Y yo a vosotros –les dije mientras colgaba la chaqueta y el bolso en el respaldo de una silla–. Y ahora a jugar.

Se alejaron corriendo y riendo y yo me quedé con mi taza de café y la última novela que tenía en mi montón de libros pendientes. En los últimos meses había leído más que en toda mi vida.

Simon volvió a la mesa un rato después para beber de su limonada.

—Tienes la cara roja, tita Grace.

—Tú también, campeón —sujeté la página con un dedo mientras con la otra mano le apartaba el pelo de la sudorosa frente—. ¿Te lo estás pasando bien, cariño?

—Sí. Ese niño de ahí es mi amigo.

Señaló con el dedo a un niño pequeño que tenía un volante alrededor de la cintura y que corría por un circuito.

—¿Ah, sí? ¿Cómo se llama?

—No sé —se encogió de hombros con indiferencia y volvió a la zona de juegos.

Viéndolo divertirse con un amigo cuyo nombre no importaba, intenté recordar cómo era aquella confianza ciega que surgía instantáneamente entre los niños. Melanie también parecía estar disfrutando mucho, de manera que volví a mi libro.

Estaba enfrascada en la lectura, pero mi adicción al café me hizo levantar la cabeza al poco rato. Aparté la mirada del libro un instante… y me encontré con la mirada de un hombre sentado a una pequeña mesa para dos.

Sam.

Me había visto, no había duda, pero apartó la mirada en cuanto nuestros ojos se encontraron. Un momento después se le unió una mujer joven y rubia. No me hizo falta verle la cara, pues los vaqueros de cintura baja y la camiseta ceñida ya hablaban por sí solos. Le entregó a Sam una taza y se colocó otra frente a ella. Le dijo algo y él respondió al tiempo que miraba por encima de su hombro hacia mí.

Bajé rápidamente la mirada al libro. Lo que más me disgustaba no era que Sam no fuese a saludarme, sino que me resultara imposible concentrarme en la lectura. ¿Acaso ya no sentía nada?

Claro que sí. Nos habíamos encontrado de casualidad y ninguno de los dos hacía el menor gesto, como si nunca nos hubiéramos conocido. Habíamos bailado juntos, habíamos comido juntos, habíamos ido al cine juntos, nuestros cuerpos habían estado abrazados, desnudos y sudorosos. Conocía el sabor de su piel, el tacto de su mano en mi pelo y la expresión de su cara cuando eyaculaba dentro de mí. Nos conocíamos de la forma más íntima posible y sin embargo apartábamos la mirada, como si los ojos despidieran dardos envenenados.

Por más que lo intentaba no podía abstraerme en el libro. No podía leer sobre dos enamorados que conseguían estar juntos a pesar de las dificultades. Las pequeñas letras negras bailaban en las páginas blancas y no conseguía formar dos palabras seguidas.

Melanie llegó para beber de su botella de agua y se puso a hablar conmigo sobre lo que estaba haciendo con otra niña. Asentí e intenté sonreír.

—Tengo que ir al baño —le dije con la voz más natural posible—. Quedaos ahí y no vayáis a ninguna aparte.

—Vale —respondió ella alegremente, y volvió corriendo a la zona de juegos.

En los aseos, pintados con motivos selváticos, me eché agua en el rostro acalorado sin importarme el pintalabios. Me sequé con toallas de papel y me miré al espejo. Aún tenía las mejillas coloradas y los ojos brillantes, casi rayando el pánico. Parpadeé unas cuantas veces hasta borrar toda expresión de mi cara. No estaba lista para volver a la cafetería, pero no podía desocuparme por más tiempo de mis sobrinos, de modo que hice acopio de valor y salí al pasillo.

Él estaba allí.

Al fondo de la sala se veía la zona de juegos, abarrotada de críos. Vi a Melanie y a Simon y también mi mesa, con el libro apoyado sobre el servilletero. Y a través de las ventanas una mujer rubia y bonita con un niño de la mano.

Por un instante nos miramos el uno al otro, hasta que me obligué a sonreír.

—Hola.

—Hola, Grace —parecía dubitativo, aunque esa vez no apartó los ojos de mi cara—. ¿Cómo estás?

—Muy bien, ¿y tú?

La puerta de los aseos no era el mejor lugar para hablar, pero era el único sitio que teníamos.

–Me alegro –dijo él.

La situación me resultaba tremendamente embarazosa, pues aunque yo no fuera nada para él, él sí seguía siendo algo para mí. Mi sonrisa forzada se transformó en un ceño fruncido.

Él también frunció el ceño.

–Y…

Rápidamente levanté una mano para hacerlo calla. Permanecimos frente a frente en el estrecho pasillo que olía a lejía y con el griterío de los niños de fondo. Sam solo tuvo que dar un paso y rodearme con su brazo para pegar mi cara a su hombro. Cerré los ojos, con todo el cuerpo rígido, y aspiré su olor.

Era igual que siempre. El mismo olor, el mismo aliento acariciándome la oreja, la misma mano posada en mi espalda, la misma rodilla chocando con la mía. Todo era igual y al mismo tiempo todo era distinto. Había demasiadas cosas que decir y demasiadas que no podían decirse.

Fui yo la que se apartó. El abrazo no había durado más que unos segundos, ni siquiera el tiempo suficiente para que su tacto dejara una huella de calor en mi piel. Di un paso atrás y pasé junto a él en dirección a la cafetería. Él se quedó donde estaba.

–Tengo que irme –le dije–. Simon y Melanie…

–Sí, por supuesto –asintió y me siguió.

Al llegar a mi mesa volvió a dudar, pero yo ya estaba ocupando mi silla y agarrando mi libro. Lo miré con una breve sonrisa y reanudé la lectura. Él permaneció frente a mí unos segundos más de lo necesario.

–Me ha alegrado volver a verte, Grace.

–Adiós, Sam.

No quise ver cómo se alejaba.

Al volver a casa de mi hermana, Melanie y Simon bajaron corriendo al sótano para luchar con unas espadas de plástico. Hannah me ofreció café y no sé cuál de las dos se sorprendió más cuando rompí a llorar.

Nos sirvió una taza a cada una mientras yo le contaba entre

sollozos lo ocurrido en la cafetería. Mi encuentro de Sam con la rubia. Su olor. Las sensaciones que me despertó nuestro breve abrazo. Lo mucho que quería odiarlo… Hannah me escuchó en silencio, y fue la falta de sus acostumbrados consejos lo que me hizo dejar de llorar y sorber el café, ya frío.

–¿No vas a decirme nada? – le pregunté.

–¿Qué quieres que te diga? ¿Que el amor es un asco?

–Eso no me ayuda –apoyé la barbilla en la mano–. Creía que lo había superado.

Hannah se rio.

–Llevas meses como un alma en pena. Si creías que lo habías superado, te estabas engañando a ti misma.

–Pero no estoy triste todo el tiempo –protesté–. Ya ni siquiera lloro. Hasta hoy, al menos.

–No tienes que estar triste para añorar a alguien y desear que siguiera contigo.

Los niños subieron del sótano, cada uno con un puñado del relleno del cojín que habían destripado. Me preparé para la explosión de Hannah, pero lo que hizo fue poner una mueca de resignación, quitarles el relleno y darles a cada uno un flan de chocolate.

La miré boquiabierta de asombro hasta que arqueó una ceja.

–¿Qué?

Decidí arriesgarme a sacar el tema:

–Te está haciendo un gran favor.

–¿Quién? –la había pillado, pero mi hermana no iba a admitirlo tan fácilmente.

–Él. Quienquiera que sea –me serví más café y me calenté las manos con la taza, sin beber–. No creas que te estoy juzgando.

Hannah volvió a reírse.

–¿Juzgándome por qué?

–Por lo que estás haciendo. Entiendo tus motivos. Lo único que te digo es que tengas cuidado.

Mi hermana respiró hondo y soltó otra carcajada.

–¿Crees que tengo una aventura?

–¿No es así?

–No, Grace, claro que no –respondió, sin parar de reír–. Estoy yendo a terapia.

Me quedé mirándola sin decir nada, aunque se me ocurrían muchas respuestas posibles.

–¿Lo sabe Jerry? –volví a mirarla con atención. Me había equivocado al suponer los motivos de su cambio, pero lo importante era que había cambiado.

–Ahora sí. Al principio no lo sabía. Y te puedes imaginar la diferencia…

–Sí –me fijé en cómo colocaba las bolsitas de azúcar que había en la cesta de la mesa. Por mucho que la terapia la hubiese cambiado, seguía siendo una fanática del orden.

–Creo que deberías llamarlo, Grace.

–¿A tu terapeuta?

–No, idiota. A Sam.

–¿Qué dices?

–Que lo llames.

A pesar de la insistencia de mi hermana, no pude llamarlo. Y la razón fue que él me llamó primero. Lo hizo como siempre, a altas horas de la noche.

–¿Diga? –pregunté medio dormida.

–¿Grace?

–¿Qué hora es? –la pantalla azul del móvil me traspasaba los párpados, pero se apagó al cabo de diez segundos y me devolvió a la oscuridad.

–No me hagas decírtelo.

–No, prefiero no saberlo. Hola, Sam.

–¿Vas a colgar?

Lo pensé un momento.

–Creo que no.

Poco a poco me iba despejando. No sabía si prefería seguir durmiendo o asumir que iba a ser otra noche en vela.

–Estupendo.

—¿Has bebido? –le pregunté.

—No, nada de nada. ¿Tengo que beber para llamarte a las…?

—Que no me digas la hora, te he dicho.

—No he bebido. Te doy mi palabra de honor. De hecho, hace más de un mes que no bebo.

Lo creí.

—Te echo de menos, Sam.

—¿Me abrirías si llamase a la puerta?

El corazón me dio un brinco y me incorporé de un salto en la cama, tan bruscamente que el teléfono casi se me cayó al suelo.

—¿Por qué no lo compruebas tú mismo?

En cinco pasos salí del dormitorio, en otros seis llegué a la cocina. Allí esperé, sin el menor rastro de sueño, hecha un manojo de nervios.

Llamaron a la puerta.

Tiré el móvil a la mesa y retiré las estanterías a toda prisa, sin preocuparme por las bolsas de pasta y las cacerolas que caían al suelo con gran estrépito. Tras varios intentos y maldiciones, conseguí abrir la puerta. Y allí estaba Sam, con su móvil todavía pegado a la oreja, mirándome fijamente.

—No quería asustarte –dijo.

—Ven aquí –le ordené, y lo agarré yo misma sin esperar a que me obedeciera.

Su boca seguía sabiendo igual. También su piel. Y el tacto de su pecho y su cara bajo mis manos. Y sus larguísimas piernas, sus férreos músculos, su barba incipiente, su pelo en punta, su camiseta superpuesta, la hebilla del cinturón… Todo era igual que siempre. El tiempo no lo había convertido en un desconocido.

Me llevó en brazos al dormitorio y los dos caímos sobre la cama. Por un momento temí que se rompiera, pero la vieja madera aguantó sólidamente los envites de una pasión insaciable. Sam me besó todo el cuerpo, desde los dedos de los pies hasta el lóbulo de la oreja, y cuando me tocó a mí le dediqué una atención especial a todos los puntos que más había echado de menos. La corva de sus rodillas, el ángulo del codo, el hueco junto al hueso de la cadera, el bulto de sus omoplatos… Y cuando Sam me penetró finalmente los dos gemimos a la vez. En esa ocasión no hubo juegos eróticos, ni vibradores ni posturas obscenas. Tan solo él y yo. Hicimos el amor muy despacio, aumentando poco a poco la intensidad y el placer hasta que el orgasmo me hizo gritar su nombre. Un segundo después Sam me susurró el mío al oído y su pelo me hizo cosquillas en la mejilla al hundir la cara en mi hombro. Le acaricié la espalda hasta que se giró de costado y nos tapé a ambos con la manta.

—¿Me harás un descuento por ser clienta asidua? —le pregunté.

—Que te jodan, Grace.

—¿Tan pronto? —le retorcí un pezón.

—¿No tendríamos que hablar de algo?

—Mejor por la mañana, ¿vale? —murmuré, medio dormida ya.

Sam se giró para abrazarme por detrás.

—Te sigo queriendo.

—Lo sé —sonreí—. Y me seguirás queriendo por la mañana. Duérmete.

Pero Sam no se durmió.

—Lo siento.

Me giré hacia él. Estaba guapísimo, con la luna arrancando destellos plateados en su barba de tres días.

—¿Has vuelto conmigo, o solo has venido para un revolcón?

Me besó con tanta vehemencia que me hizo daño en los labios.

—He vuelto. No me preguntes ahora por la música. Te lo contaré más tarde.

—Está bien —le acaricié el pelo y la cara y aspiré su calor varonil. Acabábamos de hacer el amor, y sin embargo noté cómo volvía a excitarse.

—¿Sigues sin querer tener novio?

—Depende de quién sea, Sam —lo besé en la base del cuello.

—Yo, Grace. Te estoy preguntando si me quieres a mí como novio.

—¿De verdad tenemos que hablar de esto ahora?

Ni siquiera mi bostezo lo hizo desistir.

–Sí.

–Oh, Sam… Sí, te quiero a ti como novio. ¿Y ahora podemos dormir?

Me concedió otros cinco minutos antes de volver a hablar.

–¿Me perdonas?

–No tengo nada que perdonarte. Las cosas pasan y ya está, y me has enseñado algo muy importante.

–Supongo que no te referirás a eso que haces con la lengua –dijo él–. Porque ya sabías hacerlo cuando te conocí.

–No es eso –respondí, riendo–. He aprendido que no quiero vivir sin ti, aunque podría hacerlo.

–¿Y eso es bueno?

–Claro que sí. Es muy bueno. Porque hasta ahora tenía tanto miedo de quedarme sola que no podía comprometerme con nadie.

A las tres de la mañana es más fácil decir ciertas cosas y también entenderlas, aunque no tengan mucho sentido. Sam lo sabía, al ser un experto en filosofía nocturna. Me abrazó con fuerza y esa vez se quedó en silencio.

–Duérmete –le dije, por si acaso.

Ya habría tiempo para seguir hablando. Y para escuchar, razonar y negociar. Tal vez volviera a estar furiosa con él por la mañana, pero todo formaría parte de la reconciliación. Porque, pasara lo que pasara, nunca me arrepentiría de lo que estaba viviendo. Como Sam me había dicho una vez, sin dolor no se podía valorar la felicidad.

Por primera vez en mi vida, me parecía un trato justo.

MÁS PROFUNDO

MEGAN HART

Este libro es por un abrazo a oscuras en la cama inferior de una litera, por una puerta abierta, unos zapatos en el suelo y una mesa de cocina.

Y, como siempre, por un albornoz azul, unas piernas kilométricas y una mata de pelo.

Todo lo que vino antes que tú es un recuerdo, pero tú eres real, y permaneces.

Agradecimientos

Quiero darles las gracias a esos artistas cuyas canciones me acompañaban mientras escribía este libro. Podría escribir sin música, pero es mucho más entretenido hacerlo mientras tarareo *Without You*, de Jason Manns, *Ocean-Size Love*, de Leigh Nash, *Wish*, de Kevin Steinman y *Reach You*, de Justin King.

Gracias también a Jennifer Blackwell Yale por su acertada lectura de runas.

Capítulo 1

Ahora

El mar seguía siendo el mismo. Su sonido y su olor eran los mismos, y también el flujo y reflujo de la marea. Veinte años atrás, Bess Walsh estaba en aquella playa y contemplaba la vida que tenía por delante. Y sin embargo ahora…

Ahora ya no estaba segura de lo que tenía por delante.

Ahora estaba de pie en la orilla, con la fría arena arañándole los dedos y el aire salado enredándole el pelo. Aspiró profundamente y cerró los ojos para sumergirse en el pasado y no tener que pensar en el futuro.

A finales de mayo aún hacía fresco por la noche, especialmente tan cerca del agua, y la camiseta y falda vaquera de Bess no proporcionaban mucho calor. Los pezones se le endurecieron y cruzó los brazos para calentarse un poco, pero no solo se estremecía por el frío, sino también por los recuerdos del aquel lejano verano. Durante veinte años había intentado olvidar, y sin embargo allí volvía a estar, incapaz de dejar atrás el pasado.

Levantó el rostro para que el viento le apartase el pelo de los ojos y abrió la boca para saborearlo como si fuera un dulce esponjoso. La fragancia marina le hacía cosquillas en la lengua y le impregnaba el olfato, y la transportó al pasado más eficazmente que un simple recuerdo.

Se reprendió a sí misma por su ingenuidad. Era demasiado mayor para albergar fantasías absurdas. No se podía volver atrás.

Ni siquiera se podía permanecer en el mismo sitio. La única opción para ella, y para todo el mundo, era seguir adelante.

Dio un paso adelante y luego otro. Sus pies se hundieron en la arena y miró por encima del hombro a la terraza, donde seguía ardiendo la vela. El viento agitaba la llama, pero esta permaneció encendida en el interior del candelero.

Tiempo atrás aquella casa había estado aislada en la playa. Pero ahora los vecinos estaban tan cerca que no se podía ni escupir a los lados sin darle a alguien, como habría dicho su abuela. Una mansión de cuatro pisos se elevaba detrás de la suya. Dunas salpicadas de algas secas que no habían estado allí veinte años atrás se interponían entre las casas y la playa. En algunas ventanas se veían luces encendidas, próximas a la plaza de Bethany Beach, pero la temporada aún no había comenzado y la mayor parte de las casas estaban a oscuras.

El agua estaría demasiado fría para darse un baño. Podría haber tiburones al acecho y la corriente marina sería demasiado fuerte. Pero de todos modos, Bess se dejó arrastrar por el deseo y los recuerdos.

El océano siempre la había hecho tomar conciencia de su cuerpo y de sus ciclos biológicos. El flujo y reflujo de la marea le parecía algo femenino, vinculado a la luna. Bess jamás se sumergía, pero estar junto al mar la hacía sentirse sensual y viva, como una gata queriendo frotarse contra una mano cariñosa. Las cálidas aguas de las Bahamas, las frías olas de Maine, la suave corriente del Golfo de México, la reluciente superficie del Pacífico… Todos los mares del mundo la hechizaban con su llamada irresistible, pero ninguno como aquel trozo de agua y arena.

Aquel lugar que, veinte años antes, la había seducido con más fuerza que nunca.

Sus pies encontraron la arena apelmazada que la última ola había dejado a su paso e introdujo los dedos. De vez en cuando aparecía un destello de espuma, pero nada la tocó. Respiró hondo y dejó que sus pies la guiaran para no tropezar con alguna piedra afilada o venera. A cada paso la arena estaba más húmeda y fangosa. El bramido del mar se hacía más y más fuerte, y Bess abrió la boca para saborear la espuma que levantaban las olas.

Cuando sus pies tocaron finalmente el agua, descubrió con sorpresa que no estaba fría. Antes de que pudiera seguir avanzando, otra ola le rodeó los tobillos y el agua cálida le subió por las piernas desnudas. La ola se retiró y dejó a Bess con los pies enterrados en la arena. Siguió avanzando sin pensar, paso a paso, hasta que el agua, tan cálida como un relajante baño de espuma, le bañó los muslos y le empapó el bajo de la falda.

Bess se echó a reír y se dobló por la cintura para que el agua le mojase las manos, las muñecas y los codos. Las gotas se deslizaban entre sus dedos, escapando a su agarre. Se arrodilló y se sumergió en las olas, que la cubrieron como un millar de labios y lenguas líquidas. Se sentó hasta cubrirse por la cintura y se echó hacia atrás. El agua le cubrió la cara y Bess contuvo la respiración hasta que la ola se retirara.

El pelo se le soltó, pero Bess no se preocupó de recuperar la horquilla. Los cabellos se arremolinaron alrededor como un bosque de algas. Le hacían cosquillas en los brazos desnudos y le cubrían la cara, antes de ser barridos por la ola siguiente. La sal y la arena le impregnaron los labios como los cálidos besos de un amante. Extendió los brazos, aunque el agua no podía ser abrazada. Los ojos le escocieron, pero no por la sal del mar, sino por las lágrimas que resbalaban por sus mejillas.

Se abrió al agua, a las olas y al pasado. Cada vez que se acercaba una ola contenía la respiración y se preguntaba si la siguiente sería la que la tomara por sorpresa y le llenase los pulmones de agua o la que la arrastrara hacia el fondo.

¿Qué haría si eso ocurriera? ¿Se resistiría o dejaría que el mar se la llevara? ¿Se perdería en las olas igual que una vez se perdió en él?

Habían hecho el amor en aquella misma playa con el sonido del océano ahogando sus gritos. Él la había hecho estremecer con su boca y sus manos, y ella se había introducido su verga para anclar sus cuerpos. Pero no importaba cuántas veces lo

hubieran hecho. El placer no duraba para siempre, y todo tenía un final.

Las manos eran un pobre sustituto, pero Bess las usó de todos modos. La arena le arañaba la piel al deslizar los dedos bajo
la camisa para tocarse los pechos. Recordó la boca de Nick en
aquel mismo sitio y sus manos entre los muslos. Separó las
piernas para que el mar la acariciara cómo él había hecho y levantó las caderas en busca de una presión inexistente. El agua
retrocedió y la dejó expuesta al frío aire de la noche.

Más olas llegaron para abrazarla mientras se acariciaba a sí
misma. Había pasado tanto tiempo sin masturbarse en solitario
que sus manos parecían las de otra persona.

Él no había sido su primer amante ni el primer hombre que
le hizo tener un orgasmo. Ni siquiera había sido el primero al
que ella había amado. Pero sí había sido el primero en hacerla temblar de emoción con algo tan sencillo como una sonrisa. Había sido el primero en hacerla dudar de sí misma y el que
más hondo la había hecho sumergirse, pero sin llegar a ahogarse. La aventura fue corta, una página más en el libro de su vida,
apenas un breve capítulo, una simple estrofa de la canción. Se
había pasado más tiempo sin él que con él. Aunque nada de eso
importaba.

Cuando se tocaba, era la sonrisa de Nick lo que imaginaba.
Su voz llamándola en susurros. Sus dedos entrelazados con los
suyos. Su cuerpo. Su tacto. Su nombre…

–Nick –la palabra brotó de sus labios por primera vez en veinte años, liberada por el mar. Por aquel mar. Por aquella arena. Por
aquella playa. Por aquel lugar.

«Nick».

La mano que le agarró el tobillo era tan cálida como el agua,
y por un momento pensó que era una madeja de algas. Un segundo después otra mano le tocó el otro pie y ambas empezaron a
subir por sus pantorrillas. El peso de un cuerpo sólido y compac-
to la cubrió. Bess abrió la boca para aceptar el beso de las olas,
pero fueron unos labios reales y una lengua de verdad lo que invadió su boca.

Debería haber gritado ante aquella repentina violación, pero no se trataba de un desconocido. Conocía la forma y sabor de aquel cuerpo mejor de lo que se conocía a sí misma.

Todo era una fantasía, pero a Bess no le importó y se rindió al recuerdo igual que se rendía al agua. Al día siguiente, cuando el sol pusiera de manifiesto la piel irritada por la arena, se reprocharía a sí misma su estupidez. Pero en aquel momento y lugar no podía ignorar el deseo. Y no quería ignorarlo. Quería volver a ser tan imprudente como lo fue entonces.

Una mano se deslizó bajo su cabeza y unos dientes le mordisquearon suavemente el labio, antes de que la lengua volviera a saquear los rincones de su boca. El gemido de Nick vibró en sus labios mientras entrelazaba los dedos en sus cabellos.

–Bess… –dijo él, antes de susurrarle las cosas que se decían los amantes al calor del momento. Palabras alocadas que no soportarían el escrutinio de la razón.

Pero a ella no le importaba. Deslizó las manos por la espalda de Nick hasta las familiares curvas de su trasero. Llevaba unos pantalones vaqueros y ella tiró de ellos hacia abajo para exponer su piel desnuda y ardiente. Volvió a trazar la línea de su columna con los dedos mientras él la besaba. El agua los rodeaba y se retiraba, sin subir lo suficiente para cubrirlos.

Él llevó la mano a su entrepierna y tiró de sus bragas. La minúscula prenda cedió al instante. Le subió la falda hasta las caderas. La camiseta era tan fina y estaba tan empapada que era como si no llevase nada. Cuando la boca de Nick se cerró sobre uno de sus erectos pezones, Bess se arqueó hacia arriba con un gemido. Los dedos encontraron el calor que manaba entre sus piernas y empezó a frotar con ahínco. Estaba preparada.

–¿Qué es esto, Bess? –le preguntó al oído–. ¿Qué hacemos aquí?

–No preguntes –le dijo ella, y volvió a besarlo en la boca. Hincó los talones en la arena mojada e introdujo la mano entre los cuerpos para agarrarle el miembro erecto y palpitante. Su grosor y calor le resultaban tan familiares como todo lo demás–. No preguntes, Nick, o todo se desvanecerá.

Lo acarició con suavidad, demasiado consciente de la sal y la arena como para apremiarlo a que la penetrara. Ni siquiera en sus fantasías podía olvidar el engorro de tener arena en determinadas zonas de su cuerpo. El recuerdo de verse a los dos caminando con las piernas arqueadas le provocó una fuerte carcajada.

Volvió a reírse cuando Nick pegó la boca a su garganta y los dos rodaron por la arena mojada. También él se rio. A la pálida luz de las estrellas parecía igual que siempre.

La mano de Nick se movió lentamente entre sus piernas, pero bastó con aquel roce para que Bess le clavase los dedos en la espalda y ahogase un grito de placer. Nick también gruñó y apretó las caderas contra ella. El calor se desató en su vientre y el olor del mar se hizo más fuerte.

Nick enterró la cara en su hombro y la sujetó con fuerza. El mar le lamía los pies, pero allí se detenía su avance. Era el cuerpo desnudo y fibroso de Nick lo único que la cubría.

El mar lo había llevado hasta ella. Era un hecho incuestionable que Bess aceptaba sin la menor reserva. Nada de aquello sería real a la luz del día. Ni siquiera el momento en que saliera del agua y caminara tambaleándose y chorreando hasta la cama. Nada era real, pero al mismo tiempo lo era, y Bess no se atrevía a ponerlo en duda por miedo a que todo se esfumara.

Capítulo 2

Antes

–¿Seguro que no quieres un poco? –Missy agitó el porro delante de Bess para que le llegara el humo–. Vamos, Bessie, es una fiesta.

–Bessie es nombre de vaca –Bess apartó la mano de la chica y abrió una lata de refresco–. Y no, no quiero probar tu hierba, gracias.

–Tú misma –Missy dio una profunda calada y se puso a toser, acabando con la farsa de que era una especie de reina de las drogas–. ¡Es una buena mierda!

Bess hizo una mueca y se fijó en el cuenco de patatas fritas que había en la mesa.

–¿Cuánto tiempo llevan ahí?

Missy volvió a toser.

–Acabo de sacarlas, zorra. Justo antes de que llegaras.

Bess se acercó el cuenco y examinó el contenido con cuidado. La caravana de Missy era un estercolero y se aseguró de que no hubiera bichos o desperdicios entre las patatas antes de arriesgarse. Se moría de hambre.

–Me comería una pizza entera ahora mismo –dijo Missy. Se tiró en el maltratado sillón y dejó las piernas colgando sobre el costado. Tenía las plantas de los pies completamente negras, y llevaba la falda tan levantada que se veía su ropa interior, de color rosa chillón–. Vamos a pedir una.

–Tengo dos dólares que han de durarme hasta que cobre –Bess engulló un puñado de patatas con un trago de refresco barato al que ya no le quedaban burbujas.

Missy hizo un gesto apático con la mano.

–Llamaré a algunos chicos y les pediré que traigan pizza.

Antes de que Bess tuviera tiempo para protestar, Missy se incorporó con una sonrisa y se echó el pelo teñido de rubio por encima del hombro. El brusco movimiento hizo que uno de sus pechos se le saliera de la camiseta. Missy estaba hecha como una casa de ladrillos, como a ella le gustaba decir, y no le importaba exhibirse.

–Vamos –animó a Bess, aunque ella ni siquiera había abierto la boca–. Será una fiesta. ¿A quién no le gusta una fiesta? Salvo a ti, claro.

–A mí me gustan las fiestas –Bess se recostó en el sofá que Missy había robado del Ejército de Salvación–. Pero mañana tengo que trabajar.

–Yo también, ¿y qué? Vamos a hacer una jodida fiesta, ¿vale? –se levantó de un salto y dejó el porro en el cenicero atestado de colillas–. Será divertido. Tienes que poner un poco de diversión en tu vida, Bess.

–¡Ya la tengo!

Missy puso otra mueca.

–Me refiero a diversión de verdad. Tienes que poner un poco de color en esa piel tan blanca… y no me refiero a tus mejillas.

Bess no pudo evitar reírse, aunque el comentario de Missy no era precisamente halagador. Pero era imposible tomarse en serio a su amiga.

–Así que vas a llamar a unos chicos para que nos traigan unas pizzas… Y ellos lo harán sin rechistar.

Missy se levantó la minifalda y enseñó sus diminutas bragas rosas.

–Pues claro que lo harán.

–No voy a tirarme a un tío para conseguir una pizza, por muy hambrienta que esté –declaró Bess, poniendo los pies sobre la mesa sin quitarse las chancletas En casa jamás lo habría hecho,

ni siquiera descalza, pero a Missy no pareció importarle. Ni siquiera se dio cuenta.

–¿Y a mí qué me importa a quién te tires? –ya estaba mar-
cando un número en el teléfono mientras sacaba una cerveza
del frigorífico–. Además, ¿cuándo has…? ¡Hola, cariño!

Bess escuchó fascinada cómo Missy se las ingeniaba para
conseguir comida gratis. Hizo un par de llamadas y volvió con
una sonrisa triunfal.

–Listo. Ryan y Nick estarán aquí dentro de media hora con
la pizza. Les he dicho a Seth y a Brad que traigan cerveza. Y
también van a venir Heather y Kelly. Las conoces, ¿verdad?

Bess asintió. Ya conocía a Ryan y había visto a las otras chicas unas cuantas veces. Eran camareras en el Fishnet, igual que
Missy. A los otros chicos no los conocía, pero tampoco hacía
falta. Conociendo a Missy, serían unos universitarios que vivían
a lo pobre o unos pueblerinos con el pelo teñido de rubio y un
bronceado permanente.

–Sí.

–No empieces con tus escrúpulos de niña pija. No todo el
mundo se puede permitir una casa en la playa, zorra.

Missy nunca le decía «zorra» en plan ofensivo, por lo que
Bess no se lo tomó como un insulto.

–No he dicho nada.

–No hace falta. Tu cara lo dice todo –le hizo una demostración arrugando la nariz y apretando los labios.

–Yo no he puesto esa cara –protestó Bess, pero volvió a reírse para disimular su vergüenza.

–Lo que tú digas –Missy volvió a agarrar el porro y le dio una
honda calada, lo que le provocó un nuevo ataque de tos–. Pobre
niñita rica… ¿Tus abuelitos no pueden darte un poco de pasta?

Bess acabó su refresco y se levantó para tirar la lata a la basura, aunque Missy no se daría cuenta si la dejara en el suelo.

–Me eximen de pagar alquiler durante el verano. ¿Qué más
puedo pedir?

–Una asignación –dijo Missy, y fue a la cómoda para sacar un estuche de maquillaje del cajón. De la bolsa extrajo más

frascos y pintalabios de los que Bess había visto jamás en el ar-
senal de una mujer. Missy ya llevaba encima una gruesa capa
de cosméticos, pero al parecer no estaba lo bastante presentable
para otra compañía aparte de ella.

–Tengo veinte años. Ya no puedo recibir una asignación.

No añadió que aunque su sueldo semanal era menos de lo que
Missy recibía en propinas, ella estaba ahorrando para la universidad mientras que su amiga se limitaba a vivir la vida.

Missy se retocó las cejas y giró la cara de lado a lado ante el
espejo.

–Voy a teñirme el pelo de negro.

–¿Qué? –Bess estaba acostumbrada a sus extravagancias, pero
aquello era demasiado–. ¿Por qué?

Missy se encogió de hombros y se ajustó la camiseta para en-
señar más escote. Se oscureció los párpados y frunció los labios
para pintárselos con un pincel.

–Vamos, Bess, ¿nunca has querido hacer algo diferente?

–La verdad es que no.

Su amiga se giró hacia ella.

–¿Nunca?

Bess se mordió el interior de la mejilla, pero enseguida recordó que era una fea costumbre y dejó de hacerlo.

–¿Algo diferente como qué?

Missy se acercó y le agarró el cuello de la camiseta de Izod.

–Te puedo prestar algo para ponerte antes de que vengan los
chicos.

Bess se miró su camiseta caqui, sus piernas desnudas y sus
chancletas, antes de mirar la minifalda vaquera y la minúscula
camiseta de Missy.

–¿Qué tiene de malo lo que llevo?

Missy volvió a encogerse de hombros y se giró de nuevo hacia el espejo.

–Nada… para ti, supongo.

Las mujeres tenían un lenguaje especial para dar a entender lo
contrario de lo que estaban diciendo. Bess se puso colorada y volvió a mirarse la ropa. Se tocó el pelo, sujetándolo en lo alto de la

cabeza con una horquilla. Se había duchado después del trabajo y se había maquillado un poco, pero nada más. Pensaba que iban a ver la tele, no a tener una fiesta.

—Creo que tengo un aspecto decente –se defendió–. No vine aquí con la intención de echar un polvo.

—Claro que no –dijo Missy, pero su tono era tan condescendiente que Bess no pudo reprimirse. Apartó a Missy y se colocó ante el espejo.

—¿Qué se supone que significa eso? A quien no le guste como soy, ¡que le den!

—Tranquila, cariño. No folles si no quieres. Resérvate para ese muermo de novio que tienes en casa.

—No me estoy reservando para nadie. Que tú no entiendas el concepto de fidelidad no significa que todo el mundo piense como tú. Y no es un muermo.

Seguramente ya ni siquiera fuese su novio.

Missy puso los ojos en blanco.

—Lo que tú digas. A mí me da igual.

—¿Entonces por qué te empeñas en sacar el tema?

Las dos se miraron en silencio unos instantes, hasta que Missy empezó a reírse y Bess la imitó.

—Eres una reina del drama –le dijo Missy, y la apartó del espejo para recoger el maquillaje.

—Que te jodan, Missy.

—No sabía que supieras hablar así, cariño –batió sus pestañas cargadas de rímel.

A Bess no se le ocurrió ninguna réplica ingeniosa y se conformó con intentar poner un poco de orden en el caótico salón de Missy.

Apenas había despejado de revistas y periódicos el sofá y los sillones antes de que se abriera la puerta y entrasen Heather y Kelly. Las dos parecían haber bebido ya más de la cuenta.

—¡Qué pasa, tía!

—¿Pero qué mierda te has hecho en el pelo?

—¿Dónde está la jodida pizza?

Bess se limitó a presenciar el intercambio de groserías y se

preguntó cómo sería vivir en un sitio donde la gente entrase sin
llamar y se repantigaran en los sillones como si estuvieran en
sus casas. Estaba convencida de que no le gustaría nada. Asintió con la cabeza cuando Kelly la saludó con la mano, pero Heather la ignoró, como era habitual en ella. El sentimiento de desprecio era mutuo, ya que Bess sabía que Heather la veía como
una princesita estirada y altanera.

La gente llegó al cabo de una hora. Eran muchos más de los
que Missy había invitado, pero los rumores de una fiesta siempre se propagaban con rapidez. La pequeña caravana pronto se
llenó de humo, música y el calor de los cuerpos. A Bess le rugía el estómago, esperando la pizza prometida que no llegaba.
Lo que sí abundaban eran las bolsas de patatas y galletas saladas y el alcohol.

Bess no era la única menor de edad, pero sí debía de ser la
única que no bebía. A Missy le habría molestado ver que no se
divertía como el resto, pero estaba demasiado ocupada de regazo en regazo para fijarse en lo que ella hacía o dejaba de hacer.

Una estruendosa ovación recibió la llegada de la pizza. Bess
ya conocía a Ryan, quien se acostaba con Missy cuando estaban borrachos, colocados o aburridos. Sostuvo las cajas de pizza en alto mientras le pedía un par de pavos a cada uno de los
presentes.

Dos dólares. Todo lo que Bess tenía en el bolsillo. Con dos
dólares podría haber ido a comprarse una porción y una bebida, pero en la fiesta podría comer tanto como quisiera, o pudiera, antes de que todo se acabara. Ryan sabía lo que hacía, ya que
había llevado cuatro pizzas. El chico que iba tras él, con el rostro
medio oculto por una gorra de béisbol, llevaba otras tres.

—Bess… —Ryan le hizo un guiño mientras ella hacía sitio para
las cajas entre las latas vacías y los platos de papel, manchados
de pizzas anteriores—. ¿Cómo te va, nena?

—Bien —respondió ella mientras se sacudía las manos. La mesa estaba sucia y pegajosa, pero no merecía la pena limpiarla.
Fue a la cocina a por algunos platos, aunque un enjambre de manos ya estaba saqueando las cajas.

–Este es mi colega, Nick –Ryan señaló por encima del hombro al chico que estaba soltando las otras cajas.

Bess estaba concentrada en servirse unas porciones en su plato y apenas le dedicó una mirada fugaz al recién llegado. El cuerpo empezaba a temblarle por una bajada de azúcar y no tenía intención de ser la primera que se desmayara aquella noche. Cuando volvió a mirar, Nick ya había sido engullido por una masa de cuerpos danzantes.

Ryan se acercó para agarrar una servilleta de la encimera y con el brazo le rozó el pecho. Su aliento le acarició el cuello y la mejilla. Atrapada entre la mesa y la encimera, sin escapatoria posible, Bess se puso colorada más cuando Ryan le sonrió, le guiñó un ojo y bajó brevemente la mirada a sus pechos.

–Bonita fiesta –dijo, antes de apartarse para llenarse el plato de pizza.

No era la primera vez que Ryan tonteaba con ella. A Bess no le importaba, ya que entre él y Missy no parecía haber nada serio. Ryan era muy guapo y lo sabía, pero a ella no la hacía sentirse especial. Tan solo un poco extraña. Hacía tanto tiempo que no les prestaba atención a los hombres que no sabía cómo reaccionar.

–¿Qué bebes? –le preguntó un chico del que Bess no conocía ni el nombre–. ¿Margarita?

Bess buscó una batidora y no encontró ninguna.

–No, gracias.

–Vale –el chico se encogió de hombros y se giró hacia la chica que esperaba junto a él con la boca abierta. Agarró las botellas de tequila y margarita mix y las vertió al mismo tiempo en la boca de la chica, deteniéndose cuando el líquido empezó a derramarse. La chica tragó, se puso a toser y agitar las manos y los dos se rieron.

Bess intentó no poner la mueca de asco que Missy había imitado, pero no lo consiguió. Protegió la pizza con el cuerpo y se abrió camino entre la multitud en busca de algún sitio donde sentarse. No encontró ninguno y se contentó con apoyarse en un rincón. La gente ya empezaba a hacer apuestas con la bebida y más de uno consumía la cerveza mediante una turbolata. Bess se limitó a comer, pero al acabarse la pizza volvió a tener sed, y eso significaba atravesar de nuevo la jungla humana hasta la cocina. En el camino se tuvo que parar a bailar con Brian, quien había trabajado con ella en Sugarland, porque él la agarró de la muñeca y se negó a soltarla hasta que no se frotaran un poco. A Brian le gustaban los chicos, pero insistía en que cualquier cuerpo valía para restregarse.

–¡Estás guapísima esta noche! –le gritó para hacerse oír sobre el bajo de «Rump Shaker»–. ¡Esto sí que son curvas, nena!

Bess puso los ojos en blanco mientras él le agarraba el trasero y se frotaba contra ella.

–Gracias, Brian. Pero a ti te gustan los hombres, ¿recuerdas?

–Cariño –le dijo al oído, con una ligera lametada que la hizo reír y estremecerse–, por eso mi cumplido es del todo sincero.

Su argumentación era irrefutable, de modo que Bess dejó que la magrease un poco mientras bailaban.

–¿A quién tienes en el punto de mira? –le gritó al oí-do.

–A todos estos chicos –dijo él, sacudiendo su flequillo con mechas–. Pero no hay más que heteros. ¿Y tú? ¿Sigues fiel a tu príncipe azul?

Bess intentó no poner una mueca. Brian no necesitaba conocer sus problemas con Andy. Se compadecería de ella o se pondría a darle consejos, y Bess no quería ni una cosa ni otra.

–¿El príncipe se ha convertido en un sapo? –le preguntó Brian.

Bess negó con la cabeza. Si hubiera hablado más de una vez con Andy en las tres últimas semanas tal vez sabría en qué se había convertido.

–Yo no he dicho eso.

–Tu cara lo dice todo –gritó él–. ¿Qué ha hecho ese cerdo?

–¡Nada! –intentó zafarse, pero Brian no la soltó.

–¡No te creo!

–Voy a por algo de beber.

–¡Tienes que trabajar mañana! –exclamó Brian. Fingió estar escandalizado, pero su sonrisa lo delataba.

Bess se rio y volvió a sacudir la cabeza.

–Y tú también. Te veo ahora, Brian.

Antes de que él pudiera protestar, lo besó rápidamente en la mejilla y se libró de sus tentáculos para buscar algo de beber. No quería hablar de Andy con Brian. Ni con Missy. No quería hablar de Andy ni pensar en él, porque si lo hacía tendría que admitir que las cosas se habían puesto muy feas.

Los refrescos habían desaparecido del frigorífico y Bess no se atrevía a abrir las botellas de dos litros repartidas por la encimera y la mesa. De las pizzas no quedaban más que unos hilillos de queso y algunas manchas de salsa en el fondo de las cajas. Bess recogió los cartones vacíos, los metió bajo la mesa y buscó algún vaso de plástico que aún no hubiera sido usado. Lo llenó con agua del grifo, le echó los dos últimos cubitos de hielo y rellenó las cubiteras antes de meterlas en el congelador.

–Esta fiesta no sería lo mismo sin ti, mami –le dijo Missy, echándose sobre su hombro y besándola sonoramente en la mejilla–. Toma… para que luego digas que no has recibido atención esta noche.

–Demasiado tarde. Brian se te ha adelantado –se secó la mejilla y miró a su alrededor. No se habría sorprendido si hubieran volcado la caravana o si la hubieran incendiado por combustión espontánea.

Al otro lado de la sala, de pie y apoyado en la pared, había un chico. Bess reconoció por la camiseta descolorida al amigo de Ryan. Se había quitado la gorra de béisbol.

No estaba haciendo nada destacable, tan solo tomando un sorbo de cerveza, pero en ese instante giró la cabeza y sus miradas se encontraron. O al menos eso le pareció a Bess, pues no había forma de saber si la estaba mirando realmente a ella.

Aquel momento se quedó para siempre grabado en su memoria.

El olor a hierba y cerveza, el sabor de la pizza, el calor de la mano de Missy sobre el brazo, el escalofrío en la pantorrilla cuando alguien derramó una bebida…

El primer momento que se fijó en él.

–Missy… ¿quién es ese?

Missy, que estaba burlándose del chico que había derrama-
do la bebida, tardó casi un minuto en responder, y para entonces Bess ya se estaba imaginando que iba hacia el desconocido
para quitarle la cerveza de las manos, llevársela a la boca y luego llevándoselo a él a la boca.

–¿Quién?

Bess lo señaló con el dedo, sin importarle que él se diera cuenta.

–Ah, es Nick el Polla. ¡Eh, tío, limpia eso ahora mismo! –le
gritó a su invitado, cuya torpeza ya no parecía hacerle tanta gracia–. ¡Esto no es un puñetero bar!

Bess se alejó de allí para que el manazas limpiara el suelo.
Nick ya no la estaba mirando, de lo cual se alegraba, porque así
podría mirar ella todo lo que quisiera. Memorizó hasta el último rasgo de su perfil, aunque a aquella distancia tuvo que imaginarse la longitud de sus pestañas, la profundidad de su hoyue-
lo, el olor de su piel…

–¡Bess! –la llamó Missy, sacudiéndole el brazo.

–¿Tiene novia?

Missy ahogó un gemido y los miró boquiabierta a uno y a otra.

–¿Me tomas el pelo? ¿Nick?

Bess asintió. Agarró el vaso de agua helada, del que se había olvidado momentáneamente, y tomó un trago para aliviar la
repentina sequedad de su garganta.

«Ahora me dirá que tiene novia», pensó. «Que está enamorado de una chica con las tetas grandes y el pelo largo. O peor
aún, va a decirme que se lo ha tirado…».

Missy sopló hacia arriba para apartarse el flequillo de la frente.

–¿Qué quieres saber?

Bess le echó una mirada tan expresiva que Missy volvió a
quedarse boquiabierta antes de soltar una carcajada.

–¿Nick? No olvides que tienes novio, cariño.

Bess no lo había olvidado, aunque ya no pudiera afirmar con
rotundidad que lo siguiera teniendo.

–Si no tuviera novio, me abalanzaría sobre él como una perra en celo.

Missy se rio y le dio un manotazo en el muslo.

–¿Me hablas en serio?

Bess nunca había hablado más en serio en toda su vida.

–¿Tiene novia?

Missy entornó los ojos y miró por encima del hombro de Bess, supuestamente al tema de la conversación.

–No. Le gustan los hombres.

–¿Qué? ¡No! –apretó los puños y se giró para mirarlo. Nick movía la cabeza al ritmo de la música–. ¿Es gay?

–Lo siento…

Bess apretó los dientes y se cruzó de brazos.

–Maldita sea.

–Tómate una copa –le aconsejó Missy, dándole una palmadita en el brazo–. Te ayudará a superarlo.

–No hay nada que superar –Bess sacudió la cabeza y tomó otro trago de agua helada–. Olvida lo que he dicho.

–Tómate una copa de todos modos.

Bess apuró el resto del agua y tiró el vaso vacío al fregadero.

–Tengo que irme a casa.

Le dolía la cabeza y también el estómago, y todo por culpa de un estúpido chico con el que ni siquiera había hablado. La estúpida era ella.

–No te vayas –le pidió Missy, agarrándola de la mano–. La fiesta acaba de empezar.

–Missy, de verdad tengo que irme. Es tarde.

En realidad no era tan tarde, y al día siguiente no tenía el primer turno. Pero no quería quedarse allí, viendo cómo los demás se lo pasaban en grande bebiendo, fumando y enrollándose. Y lo peor de todo era que Nick se había esfumado mientras ella hablaba con Missy.

–¡Llámame mañana! –le gritó Missy, pero Bess no respondió.

Salió de la caravana y recibió agradecida el aire fresco de principios de junio. Algunas personas habían trasladado la fiesta al exterior. Una pareja se besaba ruidosamente contra el costado de la caravana y una chica vomitaba en los arbustos mientras sus amigas le sujetaban el pelo. Bess se agarró a la barandilla de metal, pero tropezó en el último escalón de cemento y se torció el tobillo. El dolor fue tan fuerte que la hizo maldecir en voz alta.

–¿Estás bien?

Levantó la mirada y vio la punta de un cigarro encendido.

–Sí, solo me he tropezado. No estoy borracha –añadió, furiosa consigo misma por sentir la necesidad de explicarse.

–Eres de las pocas que no lo están.

Tenía que ser el destino… Bess supo que se trataba de Nick antes incluso de que él saliera de las sombras y lo iluminase la farola. Le dio otra calada al cigarro y arrojó la colilla al suelo para apagarla con la bota. Los dos se giraron al oír las arcadas de la chica y las salpicaduras del vómito. Nick puso una mueca de asco y, sin darle tiempo a protestar, agarró a Bess del codo y la alejó de la caravana. Volvió a soltarla al llegar a la calle.

–Algunas personas no deberían beber.

Bess se estremeció. La luz de las farolas bañaba su rostro en un resplandor plateado con reflejos morados. A Bess le recordaba a Robert Downey Jr. en *En el fondo del abismo*.

–Hola –le sonrió Nick–. Tú eres Bess.

–Sí –respondió ella con voz ronca. La cabeza le daba vueltas. ¿Sería por el humo de los porros inhalado? ¿O sería por la sonrisa de Nick?–. Tú eres Nick… El amigo de Ryan.

–Sí.

Silencio.

–Me voy a casa –dijo ella. Era gay. ¿Por qué tenía que ser gay? ¿Cómo podía ser gay? ¿Por qué todos los chicos guapos eran gais?–. He venido a dos ruedas.

–¿Sí? –otra sonrisa–. ¿Qué conduces? ¿Una Harley?

Normalmente Bess no era tan lenta, pero el deseo y la decepción habían hecho estragos en su cerebro.

–¿Qué? Oh… No, no. Es una bici de diez cambios.

Nick se echó a reír y Bess no pudo evitar fijarse en las sacudidas de su garganta. El deseo de lamerlo era tan fuerte que llegó a avanzar ligeramente antes de detenerse, muerta de vergüenza. Afortunadamente, él no pareció darse cuenta.

–¿Dónde vives?

La pregunta la hizo dudar. No quería admitir que vivía en una casa en primera línea de playa.

–Tranquila, no soy un asesino en serie… No tienes por qué decírmelo.

Bess se sintió como una completa estúpida.

–Oh, no, no es eso. Me alojo en casa de mis abuelos, en Maplewood Street.

Nick guardó un breve silencio antes de asentir con la cabeza.

–Ajá.

La recorrió con la mirada de arriba abajo y Bess se lamentó de no llevar maquillaje o alguna ropa prestada de Missy. Aunque nada de eso tenía importancia, ya que a él no le gustaban las chicas.

–Ha sido un placer –le sonó frío e impersonal. La clase de despedida que se diría en un cóctel, no en una fiesta improvisada en un camping de caravanas.

–Trabajas en Sugarland, ¿verdad? Te he visto allí –dijo él, metiéndose las manos en los bolsillos de los desgastados vaqueros.

–Sí –Bess buscó su bici, encadenada a la caravana de Missy.

–Con Brian, ¿verdad?

Bess reprimió un suspiro.

–Sí.

–Yo trabajo en Surf Pro –la acompañó hasta la bicicleta y vio cómo ella abría el candado y enrollaba la cadena alrededor de la barra.

Surf Pro era una de las pocas tiendas en las que Bess nunca había estado. Los trajes de baño eran demasiado caros y ella no era aficionada al surf ni a la vela. Subió el soporte con el pie y agarró firmemente el manillar para pasar la pierna sobre el sillín.

–¿Seguro que estás bien? –le preguntó Nick–. ¿Cómo tienes el tobillo? ¿Puedes pedalear?

–Ya te he dicho que no estoy borracha –le respondió con

una voz más cortante de la que pretendía, pero no podía evitarlo. Estaba cansada y le estaba costando mucho trabajo no fijarse en su encantadora sonrisa.

–Vale, pues… hasta la vista –asintió con la cabeza y se despidió con la mano mientras ella se alejaba.

–Adiós –dijo ella por encima del hombro.

No tenía intención de volver a verlo.

Capítulo 3

Ahora

–Creía que no volvería a verte.

Al oír la voz que llegaba desde la puerta, a Bess se le resbaló de las manos la taza que estaba enjuagando y se hizo trizas contra el suelo de la cocina. El agua caliente le salpicó las piernas al darse la vuelta y agarrarse a la encimera con las manos llenas de espuma.

Allí estaba, con el mismo pelo negro, los mismos ojos oscuros, la misma pícara sonrisa…

Permaneció un momento en el umbral, a contraluz, antes de avanzar.

Bess no podía moverse. La noche anterior había soñado que… O quizá no hubiera sido un sueño y estuviera soñando en esos momentos. Buscó a tientas algo donde agarrarse en la porcelana del fregadero, pero no encontró nada.

–¿Nick?

Parecía sentirse inseguro. Tenía el pelo mojado, al igual que el bajo de los vaqueros. Estaba descalzo, y la arena de los dedos rechinó en las baldosas cuando dio un paso hacia ella. Alargó una mano, pero la retiró rápidamente cuando ella se encogió contra la encimera.

–Bess… soy yo.

El estómago le dio un vuelco y por unos instantes fue incapaz de respirar.

–Creía que... que...

–Hey –la tranquilizó él, acercándose un poco más.

Podía olerlo. Olía a agua, sal, arena y sol. Igual que había olido siempre. Bess consiguió abrir de nuevo los pulmones y aspiró profundamente. Nick no la tocó, pero mantuvo la mano a un centímetro de su hombro.

–Soy yo –repitió.

Un débil sollozo se le escapó a Bess de la garganta. Se arrojó hacia delante y se abrazó a su cintura mientras enterraba la cara en su camiseta mojada para inhalar con todas sus fuerzas.

Nick tardó unos segundos en rodearla con sus brazos, pero cuando lo hizo, su abrazo fue cálido y seguro. Le frotó la espalda y subió una mano hasta la base del cráneo.

Bess se estremeció contra él con los ojos cerrados.

–Creía que anoche estaba soñando...

Recordó haber vuelto tambaleándose de la playa, haberse quitado la ropa y haberse metido en la cama sin molestarse en secarse el pelo ni sacudirse la arena. Al despertar se había encontrado con un montón de ropa empapada en la alfombra y la cama hecha un desastre. La pasión de la noche había dejado paso a un terrible dolor de cabeza y un estómago revuelto.

La mano de Nick se movía en pequeños círculos en su espalda.

–Si estabas soñando, yo también lo estaba.

Bess se aferró a él con fuerza.

–Quizá los dos estemos soñando, porque esto no puede ser real, Nick. No puede ser real...

Él le puso las manos en los brazos y la apartó lo suficiente para mirarla a la cara. Bess había olvidado lo pequeña que Nick la hacía sentirse.

–Soy real.

El tacto de sus fuertes y sólidos dedos era real. Bess tenía la mejilla mojada donde la había pegado a su camiseta. Su cuerpo despedía tanto calor como un horno encendido, y el olor de su piel la invadió hasta embargarle todos los sentidos. Las lágrimas le empañaron los ojos. Parpadeó con fuerza y se apartó para mirarlo. El agua salada le había dejado los pelos de punta, pero ya no le resbalaba por las mejillas. También su ropa había empezado a secarse. Ocupaba tanto espacio como siempre y su tacto era igual de cálido. El tiempo no lo había cambiado en absoluto. No tenía arrugas alrededor de los ojos o de la boca ni se le veían canas en el pelo.

—¿Cómo es posible? —le preguntó ella, tocándole la mejilla—. Mírate… Mírame.

Él puso la mano sobre la suya y la giró para darle un beso en la palma. No dijo nada, pero su sonrisa lo dijo todo.

—Oh, no —murmuró Bess—. No, no, no.

Apartó la mano de la suya. Ninguno de los dos se movió, pero la distancia entre ellos pareció aumentar. Una emoción indescifrable brilló fugazmente en los ojos de Nick.

—¿Cuánta gente recibe una segunda oportunidad? —preguntó él—. No me rechaces, Bess. Por favor.

Nunca le había pedido nada. Bess se giró hacia el fregadero y cerró el grifo. Sin el ruido del chorro, los sonidos del océano llenaron el espacio que los separaba y volvió a unirlos.

—¿Cómo? —preguntó ella.

—No lo sé. ¿Qué importa?

—Debería importar.

Él sonrió, despertándole un viejo hormigueo en el estómago y más abajo.

—¿De verdad importa?

Se inclinó para besarla y el sabor de sus labios barrió toda lógica y razón. Igual que siempre.

—No —dijo ella, y volvió a abrir los brazos.

El dormitorio al que lo llevó no era el cuarto minúsculo junto al garaje que Bess había usado entonces. Ahora dormía en el dormitorio principal, con su propio cuarto de baño y su terraza privada. Para Nick no supondría ninguna diferencia, ya que nunca lo había llevado a casa.

Nick pareció dudar en la puerta, hasta que ella lo agarró de la mano y lo llevó a la cama de matrimonio. Aquella mañana había quitado las sábanas mojadas, pero solo había colocado una sábana bajera antes de ceder a la tentación del café y el desayuno. Sin la montaña de cojines decorativos y la colcha bordada con veneras, la sábana blanca y estirada pedía a gritos ser arrugada.

Nick agachó la cabeza para besarla a los pies de la cama, pero ella ya se estaba poniendo de puntillas para alcanzar su boca. Lo empujó y quedó a horcajadas sobre él cuando ambos cayeron a la cama. Sus lenguas se entrelazaron en un baile frenético mientras Nick le agarraba el trasero y la apretaba contra su entrepierna.

Bess interrumpió el beso para desabrocharle los vaqueros y bajarle la cremallera. Metió la mano en el interior y Nick levantó las caderas con un gemido. Mantuvo la mano sumergida en aquel calor masculino unos segundos, antes de bajarle el pantalón mojado por los muslos. La tela vaquera se resistía a ceder, pero Bess estaba resuelta a quitarla de en medio. Consiguió llevarla hasta las rodillas y desde allí fue más fácil quitarle el pantalón y arrojarlo al suelo mientras Nick se incorporaba para quitarse la camiseta. Se quedó tan solo con unos bóxers de algodón que apenas podían cubrir el impresionante bulto de la entrepierna.

Con el corazón desbocado, Bess se llenó la mano con su erección. Al principio a través de la barrera de algodón, y luego piel contra piel cuando Nick la ayudó a que le quitará los calzoncillos. Completamente desnudo, se apoyó en un codo sobre la cama y dobló una pierna por la rodilla mientras dejaba la otra recta. Bess se arrodilló junto a él. El bajo de su camisón corto le rozaba el muslo.

Lo miró y se miró a sí misma. No llevaba nada bajo el fino camisón de nylon y sus pezones ya se adivinaban a través de la tela. Sus muslos se frotaban instintivamente, mojados y resbaladizos por la excitación. Volvió a mirar a Nick y reconoció los rasgos de su cuerpo, desde la depresión del vientre junto al hueso de la cadera a la línea de vello que bajaba hasta el pubis. Entrelazó los dedos entre la mata de pelo y rodeó el miembro por la base para ir subiendo poco a poco.

Su tacto era duro y aterciopelado. Volvió a acariciarlo y pasó

la mano sobre la punta antes de bajar. El pene dio una sacudida y el cuerpo de Bess respondió de igual manera. Los ojos de
Nick ardían de deseo y un ligero rubor empezaba a propagarse
por su pecho y cuello. Abrió la boca y se lamió los labios. Echó
la cabeza hacia atrás y se tumbó de espaldas cuando ella le agarró los testículos con la otra mano. Murmuró lo que parecía su
nombre y ella sonrió.

Volvió a colocarse a horcajadas sobre él, atrapando su verga
entre los muslos. Se movió para provocarlo con el roce de su vello púbico. Nick le puso las manos en las caderas y empujó hacia arriba. Su sexo le rozó el clítoris y Bess entreabrió los labios
con un gemido. Se lamió la boca igual que él había hecho momentos antes.

–Nick –saboreó su nombre con deleite. Creía que su pro-
nunciación le resultaría extraña, pero, al igual que la imagen
de su cuerpo, el sonido de su nombre seguía siendo el mismo.

–Te deseo –dijo él, con una voz tan áspera como la arena que
rechinaba contra las baldosas. Apretó los dedos en torno a sus
caderas mientras deslizaba el pene entre los labios vaginales–.
Quiero estar dentro de ti.

Bess asintió, incapaz de hablar. Cambió de postura y él se
movió para ayudarla. Agachó la cabeza y esperó a que el pelo
le cubriera el rostro antes de guiar la polla de Nick hacia el dila-
tado orificio. Había olvidado que llevaba el pelo recogido para
que no se le enredara mientras se secaba. Con la otra mano se
soltó la horquilla y unos mechones más largos que los que tenía
veinte años atrás cayeron sobre su cara y sus hombros.

Nick emitió un siseo entre dientes al tiempo que empujaba.
Bess no supo si su reacción se debía a la imagen de los cabellos sueltos o a la sensación de entrar en ella, pero no importaba. Dejó escapar un gemido y se colocó en posición, apretándo-
le los costados con los muslos.

No empezó a moverse enseguida. Levantó la mirada a través de la cortina que formaban sus cabellos y se los apartó de
los ojos para poder verlo bien. Nick sonrió. Aflojó las manos
con que le agarraba las caderas y se movió ligeramente. Bess le

puso la mano en el pecho y se inclinó hacia delante para besarlo en los labios.

–Si esto es un sueño, no quiero despertar cuando hayamos acabado…

–No es un sueño –su voz era ronca y profunda, pero era la suya sin lugar a dudas–. Ya te lo he dicho.

Le levantó el camisón para tocarle los muslos y el vientre.

–¿Te parece que esto es un sueño? Te estoy tocando… –empujó hacia arriba–. Estoy dentro de ti.

Bess dejó escapar una risita ahogada.

–Has estado dentro de mí otras veces.

–No como ahora –empujó con más fuerza y ella gritó por la deliciosa mezcla de dolor y placer.

Había estado dentro de ella durante los últimos veinte años. No de aquella manera, aunque había pensado en ello muy a menudo. Pero en estos momentos no tenía que imaginarse nada, porque estaba sucediendo y era real. Dobló los dedos contra el pecho de Nick. Debería haber sentido sus latidos bajo la palma, pero retiró la mano antes de notar alguna ausencia extraña. Volvió a apretarlo con sus muslos y deslizó las manos hasta sus costillas inferiores para montarlo cual caballo desbocado, recordando cuántas veces se habían movido desacompasadamente. Ahora conocía mejor su cuerpo y no le costó ajustarse al ritmo de Nick. Se movía a la par con él, y cuando él empujaba con fuerza, mordiéndose el labio y contrayendo el rostro en una expresión que Bess jamás había olvidado, ella lo tranquilizó con una palabra en voz baja y un ligero cambio de postura. Deslizó una mano entre los dos y se tocó en círculos el clítoris, tal y como necesitaba. Gimió por el roce y abrió los ojos.

Los ojos de Nick destellaron al mirar entre sus cuerpos, donde la mano de Bess se movía. Se mordió el labio y la agarró con fuerza por las caderas para frotarla contra él. Más fuerte y más rápido. Bess cerró los ojos ante la magnitud de las sensaciones. Todo la envolvía en un momento de delirio absoluto. El roce, la respiración acelerada, los dedos de Nick en su piel empapada de sudor. Se acarició lentamente el clítoris y fue aumentando la intensidad al ritmo de las embestidas. El placer creció en su interior hasta que estalló igual que se había hecho pedazos la taza contra el suelo. Bess se corrió con un grito ahogado mientras echaba la cabeza hacia atrás. El clítoris le palpitaba bajo el dedo. Se lo apretó para provocarse otra oleada de placer mientras el cuerpo de Nick se convulsionaba con un último empujón. Bess se desplomó sobre él y encontró el lugar perfecto en la curva de su hombro. Lo besó en el cuello y él le acarició la espalda, antes de apretarla entre sus brazos.

–Te he echado de menos –le susurró al oído.

Los ojos de Bess volvieron a llenarse de lágrimas, pero esa vez no intentó contenerlas y dejó que se mezclaran con el sudor de sus labios y el sabor salado de la piel de Nick.

–Nunca más me echarás de menos –le dijo.

Capítulo 4

Antes

Sugarland no era el peor lugar donde Bess había trabajado. Aquel honor había que concedérselo al campamento de verano donde trabajó como monitora en los últimos años de instituto. El trauma que le causó aquella experiencia bastó para convencerla de que nunca en su vida querría tener hijos.

Servir a los turistas no era tan difícil como conseguir que una veintena de críos se interesaran por tejer cordones, por mucho que los turistas se pusieran impertinentes si su comida tardaba demasiado. Bess se recordaba una y otra vez a sí misma que ningún ser humano había sido criado por simios, aunque las apariencias hicieran pensar lo contrario.

–¿Dónde está mi maldito helado? –gritó un hombre de rostro colorado, golpeando el mostrador con tanta fuerza que hizo saltar el servilletero.

Por su aspecto no parecía necesitar muchos helados, pero Bess le dedicó una encantadora sonrisa de todos modos.

–Tres minutos, señor. La máquina se ha averiado y no hemos podido hacer los cucuruchos. Pero el suyo estará recién hecho.

La mujer que lo acompañaba, que ya tenía su helados pero que no lo había compartido con él, dejó de lamerlo en el acto.

–¿Quieres decir que el mío no está recién hecho?

Bess se mordió la lengua, pero ya era demasiado tarde. La mujer quería que le devolviera el dinero de un helado que ya había consumido casi por completo, y su marido golpeaba el mostrador y exigía dos nuevos helados. La situación se descontrolaba y Eddie, el colega de Bess, no era de mucha ayuda. No era más que un estudiante a punto de acabar el instituto, tan acomplejado por su severo acné que nunca miraba a nadie a los ojos. Además estaba enamorado de Bess, lo que lo convertía en un completo inútil cuando estaba con ella.

Brian había llamado para decir que estaba enfermo, y la otra chica, Tammy, era incluso peor que Eddie. No sabía devolver el cambio sin una calculadora y llevaba las camisetas de Sugarland rasgadas para mostrar su abdomen liso y bronceado. Se pasaba más tiempo pintándose las uñas y tonteando con los socorristas que ocupándose de su trabajo. Si no se acostara con Ronnie, el hijo del jefe, Bess la habría despedido sin pensárselo dos veces.

–¿Me estás escuchando? –chilló el turista con cara de trol.

Tal vez ser monitora en un campamento infantil no hubiera sido tan horrible… Acorralada por el dúo de energúmenos, quienes finalmente pudieron ser aplacados con dos nuevos helados y un cartón de maíz dulce por cortesía de la casa, Bess tardó unos momentos en advertir quién más había entrado en el local. Pero era imposible ignorar a Missy por mucho tiempo. Su amiga se encaramó al mostrador y chocó los cinco con Bess, antes de apuntar hacia la máquina tragaperras.

No estaba sola.

Nick Hamilton estaba con ella. Aquella noche, en vez de una gorra de béisbol, llevaba un pañuelo rojo doblado sobre el pelo y atado a la nuca. Su olor a aire fresco y crema solar se hacía notar entre los olores a caramelo y dulce de leche. La piel le brillaba y una raya rosada le cruzaba las mejillas y el puente de la nariz, prueba de que había pasado todo el día al sol.

–Ponme lo de siempre –dijo Missy–. ¿Quieres algo, Nicky?

Él negó con la cabeza y le sonrió a Bess.

–Hola.

–Hola –respondió ella antes de volverse hacia Missy–. ¿Cómo te va?

Missy se encogió de hombros. La mirada que le echó a Nick

por encima del hombro le dijo a Bess más de lo que necesitaba saber.

–Ya sabes… un poco de esto, un poco de aquello…

Más bien mucho de aquello, pensó Bess. Intentó no fruncir el ceño, pero no pudo evitar mirar a Nick otra vez. Missy lo estaba mirando como si fuera un enorme cuenco de helado que se iba a zampar allí mismo. Una punzada de celos le atravesó el pecho, lo cual era absurdo. Nick era gay y ni ella ni Missy tenían ninguna posibilidad con él. A menos, naturalmente, que Missy le hubiera mentido. No sería la primera vez que le contaba una trola para conseguir lo que quería, y Bess era una estúpida por haberla creído.

Agarró el dinero que Missy había dejado en el mostrador y llenó una tarrina de helado, que sirvió con más brusquedad de la necesaria. Una furia salvaje le agarrotaba los dedos. Devolvió el cambio con tanta violencia que las monedas se desperdigaron por el mostrador y algunas cayeron al suelo.

–¡Eh! –protestó Missy, agachándose para recogerlas–. ¿Qué demonios te pasa?

Bess miró a su alrededor. No habían entrado más clientes, Tammy estaba mascando chicle y Eddie ya había desaparecido en la trastienda.

–Lo siento.

Missy se guardó las monedas en el bolsillo de sus minúsculos shorts.

–No todos podemos ir por ahí tirando el dinero, princesita.

La forma en que lo dijo fue más ofensiva que cuando la llamaba «zorra», pero Bess se esforzó por mantener la calma.

–He dicho que lo siento.

Missy pareció aceptar las disculpas, aunque lo más probable era que no le importase lo más mínimo. Se puso a sorber por la pajita, hundiendo las mejillas y deslizando los labios por el tubito de plástico.

–Mmmm… Nick, ¿seguro que no quieres probarlo?

Nick no había mirado a Missy en ningún momento. Solo miraba a Bess.

–No, gracias. ¿Me das un *pretzel* suave con extra de sal, por favor?

Metió la mano en el bolsillo mientras Bess sacaba un *pretzel* extrasalado y se lo tendía en la misma servilleta que había usado para agarrarlo. Aceptó el dinero y le dio el cambio, con Missy observando la transacción mientras sorbía su helado. Bess sintió su mirada fija en los hombros, hasta que no pudo aguantar más la tensión y se obligó a mirar a su examiga a la cara.

Missy esbozó una sonrisa de suficiencia, y pareció sorprenderse cuando Bess también sonrió.

–Y dime, Nick… –le dijo Bess–. He oído que Pink Porpoise va a cerrar.

El Pink Porpoise era el local gay más popular de la ciudad. Ella había estado allí un par de veces, ya que era uno de los pocos bares donde se permitía bailar a chicos menores de edad. No era el tipo de local al que fueran los hetero, ni siquiera cuando había una buena actuación.

–¿Ah, sí? –arrancó un trozo del *pretzel* con unos dientes blancos y afilados.

–¿No lo sabías? –se puso a limpiar el mostrador con la esperanza de que Missy se bajara–. Creí que te habrías enterado…

Missy le tiró a Nick de la manga.

–Vamos, Nick. Salgamos de aquí.

Nick frunció el ceño mientras retrocedía de espaldas. Missy apuntó a Bess con su helado.

–¡Chao!

Nick levantó la mano con que sostenía el *pretzel* y siguió a Missy a la calle. La campanilla tintineó al cerrarse la puerta. Bess golpeó el mostrador con el trapo mojado y masculló una maldición.

–¿Acabas de decir lo que creo que has dicho? –le preguntó Tammy, haciendo explotar una pompa de chicle.

–Sí.

Tammy hizo una mueca y siguió la mirada de Bess hacia la puerta.

–Está buenísimo…

–Lo mismo parece pensar mi amiga –Bess arrojó el trapo en el fregadero, se lavó las manos y señaló la puerta sin esperar a que se secaran–. Ahora vuelvo.

Antes de que Tammy tuviera tiempo de protestar, Bess fue a la pequeña trastienda donde preparaban la comida y almacenaban los suministros. Eddie estaba hurgando entre los ingredientes de los helados y levantó la mirada al entrar Bess. Se puso rojo como un tomate, pero Bess no estaba de humor para preocuparse por su timidez. Agarró el vaso de agua y sorbió ruidosamente por la pajita. Los cubitos de hielo sonaron en el interior del plástico. Miró a Eddie y el chico se puso aún más colorado.

–¿Qué?

–Na… nada –balbuceó él, y siguió sacando los ingredientes de la caja.

Bess no tenía nada que hacer allí, pero quería desahogarse, romper algo, abofetear a Missy y decirle que era una zorra. Lo cual jamás haría, naturalmente, porque no tenía ningún motivo para ello.

Al fin y al cabo, ella tenía novio.

O tal vez ya no lo tuviera… Pero en cualquier caso no importaba, porque Nick no era el tipo de chico al que le gustaran las chicas como ella. Obviamente prefería a las mujeres como Missy.

Volvió a soltar una palabrota y lamentó no ser fumadora ni tener algún vicio similar. Quería tener algún motivo para salir por la puerta trasera y fingir que no la estaban carcomiendo los celos.

Eddie soltó una risita detrás de ella. Y lo mismo hizo Bess al cabo de un segundo. La risa le sonó como un cristal haciéndose añicos, pero se rio de todos modos. A los pocos segundos los dos se estaban riendo a carcajadas.

–Tu amiga Missy es… interesante –dijo Eddie cuando acabaron de reír–. Nunca había visto venir aquí a Nick Hamilton.

–¿Lo conoces?

–Todo el mundo conoce a Nick –dijo Eddie, muy serio. Sus mejillas volvieron a cubrirse de rubor.

–Yo no.

Eddie la miró a los ojos, algo extraordinariamente raro en él.

–Pu… puede que no sea para tanto.

–Qué estupendo debe de ser tener tiempo para hacer el tonto –los interrumpió Tammy, asomando la cabeza por la puerta–. ¡Aquí fuera no doy abasto!

Bess se levantó y se sacudió las manos en los shorts.

–Voy para allá.

Tammy hizo un gesto de impaciencia con los ojos.

–Más te vale, ¡porque me han pedido tres *sundaes* y un especial jumbo!

Bess era la encargada del turno de tarde y podría haberle dicho a Tammy que se las arreglara ella sola, pero Tammy tardaría el doble de tiempo en hacer las mismas tareas.

–¡Ya voy, ya voy!

No le quedó tiempo para pensar después de eso, porque el local se llenó de niños mugrientos y tostados por el sol y de adultos irritados y hambrientos. El tiempo pasó volando hasta la hora de cerrar, y para entonces a Bess ya se le había pasado el disgusto. Miró el reloj mientras echaba a Tammy y a Eddie y cerró la puerta trasera tras ellos. A continuación, se dispuso a cerrar también la puerta principal para irse a casa. Con un poco de suerte tendría el cuarto de baño para ella sola y tal vez consiguiera que Andy le diese un masaje.

–Lo siento –dijo al oír la campanilla de la puerta–. Ya hemos…

–¿Cerrado? –preguntó Nick con una sonrisa arrebatadora–. Estupendo. He venido por si podía acompañarte a casa.

Capítulo 5

Ahora

La sábana estaba suave y fría bajo su mejilla, en contraste con la cálida piel donde reposaba su mano. El pecho de Nick no oscilaba al respirar, ya que no estaba respirando. Bess extendió los dedos sobre el pezón y no sintió ningún latido.

Pero estaba vivo. Estaba allí. No era un espíritu. Era una presencia tangible y real a la que podía tocar, oler y saborear.

—Dime qué ocurrió —le pidió. Lo besó encima de las costillas y se regaló con el sabor salado de su piel.

Él siguió tanto rato en silencio que Bess pensó que no iba a responderle. Con su mano le acariciaba el pelo, hipnotizándola, hasta que se detuvo. Bess bajó la mano hasta la línea de vello que empezaba bajo el ombligo. Los pelos le hicieron cosquillas en la palma y sintió como su cuerpo se tensaba.

—No lo sé —se movió y volvió a acariciarle el pelo.

Miles de preguntas se agolpaban en la cabeza de Bess, pero no podía formular ninguna. Si Nick no respiraba, si su corazón no latía, ¿cómo podía estar caliente su cuerpo? Si era un fantasma, ¿cómo podía tocarla? ¿Cómo podía follarla?

Los latidos de su propio corazón resonaban con fuerza en sus oídos. Se le formó un nudo en la garganta y un escalofrío le recorrió todo el cuerpo, acuciándola a apretarse contra él en busca de ese calor inexplicable.

¿Hasta qué punto era importante para ella conocer los detalles de aquel milagro? ¿Cambiaría algo si supiera la verdad? ¿Para mejor?

¿O para peor?

—No tienes por qué contármelo —dijo.

Presionó los dedos sobre la cadera, notando la dureza de sus huesos. Había memorizado hasta el último detalle de su cuerpo con la boca y los dedos. No había olvidado nada, pero en aquellos momentos era como si lo tocara por primera vez. Todo en él era viejo y nuevo al mismo tiempo, revestido de recuerdos.

—Me fui —dijo él. Dos simples palabras con un significado mucho más profundo—. Pero he vuelto.

Bess lo besó en el costado y se apoyó en un codo para mirarlo. Nick entrelazó los dedos en sus cabellos antes de soltarla. Ella se inclinó para besarlo en la boca, pero no lo hizo. Esperó a sentir su aliento en la cara. Lo que naturalmente no ocurrió.

—No quiero saberlo. No tiene importancia. Ahora estás aquí, y eso es lo único que importa.

Él la agarró por la nuca y tiró de ella para besarla. Sus dientes chocaron momentáneamente y Bess se apartó para mirarlo otra vez a los ojos. Eran los mismos de siempre. Le trazó la línea de las cejas con la punta del dedo y enterró la cara en su hombro.

—Así es —dijo él al cabo de unos segundos.

La abrazó mientras ella intentaba contener los sollozos, sin éxito.

—¿Por qué lloras?

Bess se abrazó a él con fuerza y la risa se mezcló con las lágrimas.

—Porque… Acabo de descubrir que te fuiste y que ni siquiera lo sabías. Y ahora has vuelto, y los dos estamos aquí, como si…

—Es distinto —la interrumpió él—. Más intenso y profundo.

Bess volvió a reírse y le tocó la cara. Tangible y real.

—Me estoy volviendo loca.

—No te estás volviendo loca —le agarró la mano y se la llevó a la entrepierna. El pene se desperezó al tacto—. ¿Te parece que esto es volverse loca?

Bess puso los ojos en blanco, pero no retiró la mano.

–El mismo Nick de siempre…

–Siempre pensando con la polla –concluyó él–. Hay cosas que nunca cambian.

–Hay cosas que sí –dijo ella. Se levantó y fue a la ventana. La entrepierna le escocía por el tratamiento recibido, pero nada le chorreaba por los muslos a pesar de no haber usado un condón. Al parecer, Nick no respiraba ni tampoco eyaculaba. Podía sentir el calor de su cuerpo y tenía la piel impregnada con su olor, pero no había ninguna otra prueba. Apoyó la cabeza en el cristal y cerró los ojos, para escuchar el sonido del mar que no podía ver.

Oyó los pies descalzos de Nick sobre la alfombra y sintió su calor antes de que su mano la tocara. No rechazó el contacto, pero tampoco lo buscó. Cuando abrió los ojos él también estaba mirando por la ventana. Se giró hacia ella y le pasó una mano por el pelo.

–Lo llevas más largo.

Él seguía siendo el mismo, pero ella no.

–Sí.

–Me gusta –le tiró de las puntas y subió la mano hasta su nuca–. Estás muy guapa.

Nick nunca le había dicho que fuera guapa. El cumplido la emocionó y tardó un momento en recuperarse.

–Gracias.

–Lo digo en serio.

Bess soltó una amarga carcajada.

–Claro. Dos niños y muchos años después sigo siendo la misma.

–Para mí sí lo eres.

Bess levantó el mentón, se quitó el camisón y lo dejó caer al suelo. Su primer impulso fue cubrirse con las manos a la implacable luz de la tarde, pero se irguió en toda su estatura para mostrarle a Nick las cicatrices, las marcas, las estrías y todos los cambios que había sufrido su cuerpo. Se mantenía en forma e incluso pesaba menos que antes, pero… no era la misma.

Se señaló el cuerpo.

–Ya no soy una chica joven, Nick.

Él la recorrió con la mirada de arriba abajo, tan despacio que a Bess le costó no estremecerse. Cuando finalmente volvió a mirarla a los ojos, ella se preparó para la inevitable expresión de desagrado o, peor aún, de burla.

Nick la agarró de la mano y tiró de ella hacia sus brazos. Sus cuerpos encajaron tan bien como siempre. El pene de Nick quedó apretado contra su vientre en un estado semierecto.

–No sé de qué te preocupas –dijo él, agarrándola por los glúteos–. Para mí tienes el mismo aspecto de siempre.

Bess se rio.

–No tienes por qué adularme.

Él hizo un mohín con los labios.

–Es lo que mejor se me da hacer… Adular.

–Tengo canas y patas de gallo… –no quería enumerar todos sus defectos cuando él podía verlos con sus propios ojos–. ¿Es que no ves nada de eso?

Él negó con la cabeza. Andy a menudo le había asegurado lo mismo, pero Andy también fue el primero en recordarle que si comía demasiados bollos de crema se le pondría el trasero como a una vaca.

Bess apoyó brevemente la cabeza en el pecho de Nick antes de volver a mirarlo.

–Dime lo que ves.

–Eres preciosa.

Aquello tampoco se lo había dicho nunca. Y aunque se lo hubiera dicho, ella no lo habría creído.

Pero ahora sí lo creía.

Capítulo 6

Antes

Bess mantuvo la bici entre ella y Nick, como si el pequeño obstáculo supusiera alguna diferencia. Él estaba tan cerca que podía olerlo. Tan cerca que sus brazos se rozaban continuamente. Intento ignorar el hormigueo que le subía por la piel desnuda, pero no era fácil.

–No tienes que acompañarme todo el camino –protestó cuando se acercaron a su casa–. En serio. Es tarde.

–Por eso debo acompañarte –insistió él con una sonrisa.

Se detuvieron bajo una farola. El pañuelo pirata de Nick mantenía el pelo apartado del rostro, pero Bess recordaba muy bien cómo le había caído sobre los ojos la noche de la fiesta.

–De verdad que no tienes por qué hacerlo.

Sería difícil explicarles a sus tíos, a sus primos o a cualquiera de la media docena de personas que estaban en la casa de la playa de sus abuelos por qué aparecía acompañada de un joven que no era Andy. Todos conocían y querían a Andy.

Ella también lo quería.

–Muy bien, como quieras –aceptó Nick. Sacó un paquete de Swisher Sweets del bolsillo y encendió uno con el mechero. El humo los envolvió con una fragancia dulce y penetrante. Normalmente, Bess se habría puesto a toser, pero en esa ocasión lo aspiró con ganas.

El círculo de luz era como una muralla que los protegía de la noche. Bess oyó el murmullo de unas voces y el tintineo de un collar de perro, pero no se giró para ver quién pasaba a su lado. El incesante murmullo de las olas llegaba débilmente a sus oídos. Solo estaban a tres manzanas de la playa. Bess lo había llevado a casa por el camino más largo.

—Es una casa de locos —explicó, aunque Nick no le había pedido ninguna aclaración—. Es de mis abuelos, quienes dejan que la familia la ocupe por turnos. Podrían sacar más dinero si la alquilaran, pero dicen que prefieren saber quién duerme en sus camas.

Y quien usaba sus retretes, habría añadido el abuelo de Bess.

—Es lógico —dijo Nick. Dio otra calada y entornó los ojos.

—Me dejan alojarme ahí —continuó Bess. No le gustaba parecer tan ansiosa en su evidente intento por mantener la conversación—. Me hospedo en la habitación de los chismes, pero al menos puedo ahorrar dinero para los estudios.

Nick volvió a asentir, pero esa vez no dijo nada. Bess esperó, observando el humo para no tener que mirarlo a él y ver si la estaba mirando. O si no lo estaba haciendo.

—Voy a la universidad de Millersville. ¿Tú estás estudiando?

—No —arrojó la colilla al suelo y la apagó con la punta de la zapatilla—. No soy tan inteligente.

Bess se echó a reír, pero la sonrisa de Nick le confirmó que estaba hablando en serio.

—Oh, vamos… Seguro que eso no es cierto.

Él se encogió de hombros.

—Si tú lo dices.

—Además… la inteligencia no lo es todo, ¿no crees?

Nick se metió las manos en los bolsillos y se meció sobre sus pies.

—¿Cuánto hace que conoces a Missy?

—Desde hace cuatro años, cuando empecé a trabajar aquí —se apoyó en el manillar de la bici—. ¿Y tú?

—Acabo de conocerla. Es la chica de Ryan —dejó escapar un bufido jocoso—. A veces.

—Sí… Otras es la chica de todo el mundo —Bess se sorprendió

a sí misma con aquella crítica mordaz a su amiga, pero a Nick no pareció afectarlo en absoluto.

–Sí, bueno –corroboró con otra de sus letales sonrisas–. Pero no la mía.

–Eso no es asunto mío.

Nick no dijo nada y guardó silencio un largo rato, mirándola muy serio.

–¿Te ha dicho que soy marica?

Bess se quedó boquiabierta, sin saber qué decir.

–Sí –respondió finalmente.

–Maldita zorra –murmuró él con el ceño fruncido. Bess se había enamorado de su sonrisa, pero aquel gesto ceñudo hizo que se le desbocara el corazón.

–No sé qué le pasa conmigo. Cuando no va por ahí contando que me estoy tirando a Heather empieza a decirle a todo el mundo que soy marica.

A Bess no le hizo falta pensar mucho para saber a qué se refería.

–No creo que le pase nada contigo –dijo, riendo.

–¿Ah, no? –apoyó las manos en las caderas y frunció aún más el ceño. La luz de la farola proyectaba una sombra sobre sus ojos, pero Bess percibió un destello de ira en su mirada–. ¿Qué le pasa, entonces?

–Bueno… –Bess había estado saliendo con Andy desde que conocía a Missy, pero aún existía una rivalidad que nunca había sido admitida–. A Missy le gusta demostrar que los chicos la prefieren a ella. No sé. Si yo digo que me gusta uno, ella va inmediatamente a por él.

La revelación quedó suspendida entre ambos y Bess lamentó haberla hecho. Nick sonrió lentamente, más pícaro que nunca, y Bess también lo hizo apenas un segundo después. No podría haberlo impedido ni aunque quisiera. Compartieron una mirada y entre ellos se estableció una especie de complicidad silenciosa. Al menos así lo sintió ella. Y cuando Nick volvió a hablar, le demostró que no se había equivocado.

–Creía que era tu amiga –dijo, suavizando el gesto.

–Lo es… Más o menos.

–Mujeres –sacudió la cabeza y la miró de soslayo–. Entonces… ¿no te dijo que yo quería pedirte salir?

A Bess se le atenazó de tal modo la garganta que le costó encontrar su voz.

–No. ¿Te dijo que tengo novio?

–No –la miró fijamente–. ¿Lo tienes?

Bess asintió tras dudarlo un momento. No confiaba en sí misma para hablar.

–Maldita zorra –murmuró Nick.

Bess volvió a encogerse de hombros, aunque Nick solo estaba expresando en voz alta lo que ella misma había pensado.
No debería tener miramientos hacia Missy, quien obviamente
no respetaba las reglas tácitas del ligue.

–Deberíamos darle a probar su propia medicina –sugirió él.

Bess había pensado muchas veces en hacerlo, pero nunca había sabido cómo.

–¿Sí?

Nick asintió.

–Sí.

–¿Y cómo crees que deberíamos hacerlo?

Era como si Nick le hubiese abierto un orificio en la cabeza
y la estuviese llenando de miel cálida y espesa. Su mirada la hacía sentirse atrevida y maliciosa.

–No le digas nada –le dijo él–. Tan solo hazle pensar que hay
algo entre nosotros. Que se vuelva loca pensando, ¿vale?

Bess se estremeció de emoción al pensarlo. Lo que Nick le
proponía era una peligrosa locura, pero no tenía ninguna duda
de cuál iba a ser su respuesta.

–Vale.

Nick extendió la mano.

–Será divertido.

Bess deslizó la palma en la suya y curvó los dedos alrededor de los suyos. Las manos de Nick eran grandes y fuertes, un
poco ásperas.

Sintió que iba a tirar de ella para sellar el trato con un beso.

Bess abrió la boca y tensó todo el cuerpo, pero Nick le soltó la mano y la dejó con el deseo insatisfecho.

–Divertido… –corroboró ella con voz ronca. Carraspeó y dio un paso atrás, colocando otra vez la bici como barrera–. Tengo que irme. Gracias por acompañarme.

–Te veré, ¿verdad? –preguntó él sin moverse.

Bess lo miró por encima del hombro.

–Claro. Ven a la tienda mañana.

–¡Bess!

Ella se detuvo, se dio la vuelta y sonrió.

–¿Sí?

–Buenas noches –le hizo un saludo militar, se giró sobre sus talones y se metió las manos en los bolsillos para alejarse, silbando.

Bess lo estuvo observando hasta que abandonó el círculo de luz y desapareció en la oscuridad.

Capítulo 7

Ahora

—¡Mamá! ¿Me estás escuchando? —la voz de Connor la sacó de sus pensamientos.

—Sí, claro que te escucho. La graduación es el trece de junio. Ya se han enviado las invitaciones para la fiesta, cariño.

Bess se sujetó el auricular en el hombro mientras registraba la nevera. En los dos últimos días se había olvidado de comer y estaba muerta de hambre.

—Y después os vais con papá al Gran Cañón.

—Sí —su hijo mayor no parecía tan entusiasmado por el viaje como cuando lo planearon unos meses antes.

—Lo pasarás muy bien, cariño —Bess se agachó para buscar algo en el fondo del frigorífico—. ¿A qué hora llegarán los invitados?

—No vendrán.

—¿Por qué no?

Connor gruñó con disgusto.

—Papá no ha abierto la piscina.

Bess dejó de hurgar en la nevera.

—¿No?

Andy siempre había abierto la piscina para el Día de los caídos. Celebraba una gran fiesta y los niños invitaban a todos sus amigos para bañarse y tomar perritos calientes.

—No.

Bess no quería seguir indagando, pero la seca respuesta de Connor la obligó a hacerlo.

–Entonces ¿no vais a hacer una fiesta?

–No, mamá. ¿Ves como no estabas escuchando? ¡No va a haber fiesta! ¡Papá no ha abierto la piscina!

–¿Y qué vas a hacer? –le preguntó ella tranquilamente para no irritarlo todavía más.

–Me voy a casa de Jake.

–¿Y Robbie?

–¿Qué pasa con él?

–¿Va a ir contigo? –encontró un tarro de mermelada y otro de aceitunas. Necesitaba hacer una compra urgente, pero últimamente sus prioridades habían cambiado.

–¿Cómo voy a saberlo?

–Podrías preguntárselo.

–Robbie tiene sus amigos –declaró Connor con la mayor frescura, como si un tono sofisticado pudiera disimular que a sus dieciocho años seguía quejándose como un crío de ocho por tener que llevarse a su hermano menor con él.

–Ya lo sé. Pero Jake también es su amigo. Me preguntaba si iba a ir contigo, nada más.

–No lo sé.

Bess suspiró mientras sacaba el pan y el cuchillo.

–¿Dónde está tu padre?

Silencio.

–¿Connor? ¿Ocurre algo?

–No.

Bess dejó de cortar el pan y se sentó para dedicarle toda su atención.

–¿Pasa algo con tu padre?

–¡He dicho que no! Tengo que irme.

–¿Cómo van los preparativos de los exámenes finales?

–Muy bien, mamá. Tengo que irme. Jake está esperando.

–¿Vas a conducir tú o va a llevarte papá? –Connor se había dado unos cuantos golpes desde que se sacó el carné de conducir, y aunque juraba y perjuraba que ahora tenía más cuidado,

Bess no se quedaba tranquila sabiendo que estaba sentado al volante.

–Voy a conducir yo.

Bess se mordió la lengua para no lanzarle una advertencia.

–¿El Chevy?

–Como si papá me dejara llevar el BMW…

–Creía que el Chevy necesitaba frenos nuevos.

–Papá dice que se los cambiará la semana que viene.

A Bess se le heló la sangre al imaginarse un amasijo de metal en la carretera y la sangre derramada por el asfalto.

–Ponte el cinturón. Y que Robbie también se lo ponga.

–Tengo que irme.

Colgó sin darle tiempo a despedirse y Bess se quedó mirando el auricular unos segundos. Connor había sido un niño encantador y cariñoso que nunca dudaba en abrazarla y darle besos, pero en algún momento se había convertido en un joven arisco y rebelde que había echado a su madre de su vida.

–Mmm, sándwich de mermelada –dijo Nick, entrando en la cocina con una toalla alrededor de las caderas–. ¿Va todo bien? –le preguntó al mirar el teléfono.

Bess asintió mientras untaba el pan de mermelada y sacaba algunas aceitunas del tarro con un tenedor.

–Era mi hijo Connor.

No quiso mirarlo mientras lo decía. No habían hablado de su vida, ni de qué hacía en la casa de la playa. Durante los dos últimos días no habían hecho más que follar y dormir. O al menos ella dormía. No sabía lo que él hacía, pero en más de una ocasión se había despertado y no lo había visto a su lado. Siempre pensaba que lo había soñado y que Nick no volvería. Pero hasta el momento, siempre volvía.

–¿Quieres un sándwich?

Nick se puso una mano en el estómago.

–Creo que no.

No dormía ni respiraba, así que probablemente tampoco comía.

Bess no quería pensar en esos detalles. Si le daba demasia-

das vueltas todo le parecería un sueño, y necesitaba con todas
sus fuerzas que fuera real.

Se sentó y mordió el sándwich con un pequeño suspiro. El estómago le rugió y un apetito voraz la invadió. La mermelada nunca le había sabido tan dulce y deliciosa.

Nick apoyó un brazo en la puerta de la terraza y contempló
la playa. A Bess le gustaba observarlo con el sol de la tarde cubriéndolo de oro, ajeno al escrutinio al que estaba siendo sometido. Podía contar sus costillas, aunque no estaba muy delgado.

La mermelada le impregnó la lengua y tragó la saliva que
se le había concentrado en la boca. Quería enterrar la cara en el
vello de la axila, embriagarse con su olor, tirar de la toalla y ex-
ponerlo a sus ávidos ojos. Quería arrodillarse ante él y meterse
su miembro en la boca.

Él se dio la vuelta y la sorprendió mirando. En sus ojos no se
advertía la menor sorpresa, pero sí el mismo calor que ardía en
los de Bess. Sin embargo, no hizo ademán de acercarse a ella.
Permaneció recortado en el umbral, viéndola comer, siguiendo
los movimientos de su mano a la boca, los pequeños mordiscos
que daba, el barrido de su lengua por los labios para relamerse los
restos de mermelada. La veía comer como si él también estuviera comiendo, solo que su comida estaba hecha de un deseo voraz.

Bess se acabó el sándwich y se lamió los dedos. El tacto de
la lengua en la piel le pareció tan sensual como si la hubiera lamido Nick. Agarró una aceituna y se la metió en la boca. El contraste entre el fuerte sabor amargo y el dulzor de la mermelada
le llenó los ojos de lágrimas.

Un bulto apareció en la toalla de Nick, pero siguió sin moverse. Bess se giró de costado en la silla de respaldo alto, separó las piernas y le ofreció un atisbo de los muslos bajo el camisón. Nick tragó saliva, abrió la boca y asomó la lengua. Ella se
subió un poco más el camisón, muy lentamente, doblando los dedos en la tela.

Los muslos le temblaban a medida que el camisón iba subiendo, y el clítoris empezó a palpitarle al separar más las piernas. ¿Qué estaría viendo Nick? ¿La cara interna de los muslos?

¿El vello rubio oscuro del pubis? ¿La sombra de su sexo? Se movió sin hacer ruido en la silla y empujó ligeramente el pubis hacia arriba. Ofreciéndose a él, que seguía sin moverse aunque el bulto de la toalla crecía de tamaño y había apretado los puños a los costados. También apretaba la mandíbula y las mejillas.

Bess siguió tirando del camisón y sintió en la piel desnuda el aire del ventilador del techo. Sin apartar la vista de Nick, se pasó la otra mano por los pechos hasta que los pezones se le endurecieron. No necesitaba mirarse para saber qué aspecto ofrecía; podía verse reflejada en la mirada de Nick. Se lamió los dedos y los deslizó bajo el camisón para tocarse el clítoris.

Nick gimió.

Sonriendo, separó más las piernas para mostrarle lo que estaba haciendo. No quería seguir ocultándose. Se frotó en pequeños círculos hasta que un débil gemido brotó de sus labios.

Al oírlo, las manos de Nick se movieron como si tuvieran voluntad propia. Dio un paso adelante y se detuvo. Se llevó una mano a la toalla, pero no se la desató. El algodón azul claro era demasiado grueso para definir la forma de su polla, pero no había duda de que estaba erecta.

Bess tenía el camisón recogido alrededor de la cintura. Deslizó su desnudo trasero por la fría madera blanca y soltó la prenda para agarrarse a la silla mientras con la otra mano se frotaba más rápidamente. El respaldo se le clavaba entre los hombros. Quería cerrar los ojos, pero no lo hizo.

—Quítate la toalla y ven aquí —ordenó.

Nick obedeció al instante. Con un simple giro de muñeca la toalla cayó al suelo. Sin dejar de tocarse, Bess soltó la silla y lo agarró para tirar de él. Le hincó los dedos en el trasero y lo besó y lamió en el abdomen. Llevó la mano a la base del pene y lo mordió en la cadera mientras seguía masturbándose, cada vez más rápido. Nick la agarró por el pelo para que no se le enredara en la muñeca o en su polla, humedecida por la boca de Bess. Ella la engulló hasta el fondo y se deleitó con su gruñido de placer y sorpresa.

Se metió el dedo índice y corazón y usó la base de la mano

para apretarse el clítoris al mismo ritmo con que chupaba el pene de Nick. Subía y bajaba con la boca y la mano simultáneamente mientras con la otra seguía frotándose entre las piernas. Nick empujó hacia delante y le apretó el pelo, pero ella no se quejó por el tirón. Estaba a punto de correrse, aun después de pasarse dos días de sexo ininterrumpido. Nick la apremiaba en voz baja para que siguiera mientras bombeaba frenéticamente hacia delante, y ella lo frotó, lamió y devoró hasta que una fuerte convulsión la obligó a separarse para respirar.

Le recorrió la erección con una mano mientras iba deteniendo la que tenía entre las piernas. Se apretó contra la palma y volvió a meterse el pene en la boca. Y entonces se corrió. El orgasmo barrió cualquier otra sensación, salvo el sabor de Nick. Él gritó algo incoherente y un torrente de calor impregnó la lengua de Bess. Era el recuerdo de su sabor y su olor, pero nada más. Eyaculó en su boca, pero solo se la llenó de recuerdos.

No importaba. De hecho, era mejor así. Se la chuparía diez veces al día si no tenía que tragar.

Lo besó en el estómago y se llevó la mano a la cabeza para soltarse los cabellos de sus dedos. Lo miró con una sonrisa. Él también la miró, con el rostro desencajado por las secuelas del placer, y masculló una obscenidad.

Bess se rio y volvió a besarlo en el estómago. Lo empujó suavemente para poder levantarse y acercare al lavabo, donde se lavó las manos y la cara. Enjuagarse la boca era un hábito más que una necesidad, pero el agua fresca le supo deliciosa.

Nick seguía mirándola, desnudo, cuando ella se apartó del lavabo.

—Guau.

Bess arqueó las cejas y se apoyó en la encimera.

—¿Guau?

Nick se agachó para recoger la toalla y volvió a colocársela alrededor de la cintura.

—Eres increíble, ¿lo sabías?

Ella sonrió, complacida.

—Gracias.

–No… No quería decir eso.

–¿No?

–No. Quería decir que… antes no eras así.

Aquello era cierto a medias. No había sido así con él.

–No estoy segura de lo que quieres que diga, Nick.

–No quiero que digas nada –la tomó en sus brazos, pero no la besó–. Solo quería que supieras que eres increíble.

–Gracias –le clavó un dedo en el pecho–. ¿Mejor de lo que recuerdas?

Él se rio.

–Solo diferente.

Bess le rodeó el pezón con el dedo y vio cómo se endurecía. En los dos últimos días había comprobado que su polla reaccionaría de igual manera si la tocara, aunque hubieran acabado de hacerlo.

–La edad no pasa en balde, Nick.

Él se llevó su mano a los labios y le besó los dedos. A continuación fue subiendo por el brazo hasta que ella se retorció, riendo.

–Es fabuloso…

Bess hizo una reverencia.

–Voy a ducharme, y luego tengo que ir a comprar.

Nick ya se había duchado, pero la siguió al cuarto de baño. Bess abrió el agua caliente y se recogió el pelo en la coronilla para que se le mojara lo menos posible. Se quitó el camisón y lo arrojó al cesto de la ropa sucia. El olor a sexo había impregnado la prenda, y seguramente toda la casa también.

Nick se apoyó en el lavabo, observándola. Bess comprobó la temperatura del agua con la mano y lo miró por encima del hombro.

–¿Vas a ducharte otra vez?

–Esperaré a que hayas acabado.

Ni siquiera antes, cuando pasaban juntos todos los momentos posibles, era igual. Ella había comido en la mesa de Nick y se había lavado los dientes en su lavabo, había dormido en su cama y había visto la tele en su sofá. Pero no había vivido con él. Nunca habían estado juntos tanto tiempo seguido, como estaban haciendo ahora.

Se metió en la ducha y dejó que el chorro le cayera entre los hombros. Todo el cuerpo le dolía y tenía marcas en los lugares más inverosímiles. El sexo no había llegado a ser violento, pero si continuo y desenfrenado. Se tocó un cardenal amarillento en la cadera y recordó la dentellada de Nick. Se vertió gel en la palma y se frotó la piel. Tendría que comprar una esponja en la tienda. Había estado demasiado ocupada para depilarse y los pelos le pinchaban en las pantorrillas. Agarró la cuchilla y apoyó el pie en el asiento empotrado para pasarse la hija por la piel enjabonada. La mampara se abrió de repente y Bess dio un respingo, cortándose en el tobillo.

–¡Ay! –el corte le escoció con el agua y alzó la mirada con gran irritación.

–¿Estás bien? –le preguntó Nick.

Bess se tocó la herida. Los dedos se le mancharon brevemente de rojo, pero el agua lavó la sangre.

–Sí.

–¿Puedo mirarte?

Bess tuvo la negativa en la punta de la lengua, pero se encogió de hombros.

–Claro.

Continuó con la rutina, sintiéndose cohibida al saberse observada. Llevaba mucho tiempo anhelando una ducha larga, pero acabó mucho antes de lo previsto y cerró el grifo.

Nick le tendió una toalla idéntica a la suya. Bess se la enrolló alrededor del pecho y salió de la ducha.

–Nunca había visto a una chica depilándose las piernas.

Bess pensó en decirle que ya no era una chica, pero no lo hizo.

–¿Ha sido lo que imaginabas?

Nick se rio y se apartó para que Bess se acercara al lavabo.

–Y tanto que sí.

Bess se cepilló los dientes y se aplicó crema hidratante en la piel. Al acabar colgó la toalla, mientras que Nick seguía con la suya puesta.

–¿Piensas vestirte?

–Claro –miró hacia el dormitorio y luego a ella–. Mi ropa…

–Ah, sí. Puedes meterla en la lavadora mientras estoy fuera. Y creo que también deberíamos lavar las sábanas y las toallas –pasó junto a él y fue hacia el montón de ropa que yacía en el suelo desde que ella lo desnudara días antes. Nick entró tras ella.

–Sí… Bueno, no me refiero solamente a eso.

Tocó el montón con los dedos del pie. Bess estaba poniéndose unas bragas que había sacado del cajón y se detuvo antes de sacar un sujetador.

–Ah… –dijo, sintiéndose como una estúpida–. Eso es todo lo que tienes.

Nick asintió. Bess se quedó de repente sin aire y tuvo que sentarse en la cama. El estómago se le revolvió y se lo apretó fuertemente con las manos. Intentó respirar con calma, pero solo consiguió emitir jadeos entrecortados.

Un juego de ropa. De repente aquello adquiría más importancia que el hecho de que Nick no durmiera, comiera ni respirara. Solo tenía aquella ropa. Nada más. ¿Sería la misma que llevase puesta cuando…? Se estremeció al pensarlo y se cubrió los ojos con las manos.

Sintió que la cama se hundía a su lado. Nick la rodeó con un brazo y ella no fue capaz de resistirse. Se giró y enterró la cara en su pecho. Pero no lloró. No era dolor ni congoja lo que crecía en sus entrañas y la dejaba sin aliento. Era algo más. Miedo, tal vez. A estar volviéndose loca. A lo desconocido. A que Nick volviera a marcharse sin decirle nada y que esa vez no la dejase con la esperanza de un regreso.

–Lo siento –dijo él.

Ella lo soltó y lo miró a los ojos.

–No lo sientas.

–Créeme, Bess –la tocó suavemente bajo la barbilla–, a mí también me asusta.

–Te compraré algo de ropa cuando salga –se levantó, necesitada de movimiento para contener las emociones–. Tienes más o menos la misma talla que Connor.

Empezó a ponerse la blusa, pero se detuvo al ver su expresión de desconcierto.

–¿Nick?

–¿Cuántos años tiene tu hijo?

–Connor tiene dieciocho, y Robbie tiene diecisiete. Son lo que mi abuela decía mellizos irlandeses. Con once meses de diferencia –volvió a incurrir en su vieja costumbre de parlotear sin parar, y cuanto más sorprendido parecía Nick, más rápido hablaba–. Pero nadie los tomaría por gemelos. Apenas guardan parecido. Connor es moreno, mientras que Robbie es rubio, como yo…

Se calló al ver que Nick se había levantado para mirar por la ventana. La tensión vibraba en sus músculos.

–¿Nick?

–No había pensado en ello –dijo él–. Ya sé que lo dijiste, pero no había pensado en ello.

El instinto la acuciaba a ir hacia él, pero las viejas costumbres eran difíciles de erradicar. Así que, en lugar de moverse, se imaginó el tacto de su piel bajo los dedos.

–Dime cuánto tiempo ha pasado –le pidió él en voz baja.

¿Cómo era posible que no lo supiera? Ella había contado los días desde la última vez que lo vio, uno a uno, como los ladrillos de una pared. ¿Cómo podía no acordarse? A menos que el paso del tiempo no hubiera significado nada para él…

–Veinte años –le respondió con franqueza. No tenía sentido suavizar la respuesta.

Nick dio un respingo, antes de controlarse y girarse a medias hacia ella con una tensa sonrisa.

–Entonces no es mío.

–¿Tuyo? –a Bess le dio un vuelco el corazón–. Oh, Nick… No, no es hijo tuyo. ¿Creías que podría serlo?

Nick negó con la cabeza.

–No. No lo sé. Cuando dijiste que tenías hijos, pensé que… bueno, que te habías casado y todo eso. Pero no pensé que… Veinte años… –torció la boca y parpadeó rápidamente.

Al verlo tan abatido, a pesar de los valientes esfuerzos de

Nick por sobreponerse, Bess no pudo aguantarlo más y fue hacia él para abrazarlo. Él enterró la cara en su cuello y se aferró a ella con tanta fuerza que a punto estuvo de fracturarle las costillas.

—Tranquilo… —lo consoló mientras él intentaba contener los sollozos—. Ya está…

Nick sacudió la cabeza contra ella. Sus hombros subían y bajaban, pero no parecía que pudiera derramar lágrimas, como tampoco podía sudar o eyacular.

—No sé dónde he estado todo este tiempo —dijo en voz tan baja que ella apenas lo oyó—. ¿Dónde he estado durante veinte jodidos años, Bess?

—No lo sé, cielo —le susurró ella—. Pero ahora estás aquí.

Él se apartó y fue hacia el montón de ropa. Agarró los calzoncillos y se los puso. Al girarse otra vez hacia ella su rostro se había oscurecido ominosamente.

—¿Me buscó alguien? —preguntó—. ¿No te importó saber adónde carajo había ido?

Bess intentó no ofenderse por el súbito reproche.

—Claro que sí. Pero no sabía que te habías… ido.

—¿Por qué no? —avanzó hacia ella y la agarró por los hombros para zarandearla. Los dedos se le clavaban dolorosamente en la piel.

No podía explicarle lo duro que había sido descubrir que se había marchado, o lo fácil que había sido para ella creerse que él no la deseaba.

—Pregunté por ti, pero nadie sabía nada. Te esperé, y cuando no apareciste pensé que no querías volver. No sabía que no podías volver… Nadie lo sabía.

Nick la soltó y se alejó unos pasos. Se giró para mirarla y respondió a su propia pregunta antes de que ella tuviera ocasión.

—Quieres decir que a nadie le importó.

A ella sí le había importado, pero no dijo nada.

—Era un imbécil ¿eh?

—Nunca te olvidé.

—¿Se supone que eso ha de hacerme sentir mejor?

–No. Solo es la verdad.

–¿Querías olvidarme?

Bess suspiró antes de responder.

–Al cabo de un tiempo, sí. Dejé aquel verano atrás.

Nick meneó la cabeza, se tiró en la cama y cruzó los brazos sobre el estómago, como si le doliera. Se meció ligeramente, gimió y levantó la mirada. Su rostro seguía tan bronceado como siempre, pero tenía manchas oscuras bajo los ojos y unas arrugas alrededor de la boca que nada tenían que ver con la edad.

–Quería venir contigo –susurró–. Ahora lo recuerdo. Dije que te encontraría. Quería hacerlo. Pero…

Bess sacudió la cabeza y fue hacia él. Sus rodillas se rozaron al sentarse a su lado. Le agarró las manos y se rodeó con ellas. La cara de Nick encajó a la perfección en la curva del cuello y el hombro. El rostro de Bess también encontró su lugar. Cerró los ojos y aspiró profundamente su olor mientras lo tocaba. Hubo un tiempo en el que no se despertaba sin pensar en la sonrisa de Nick y en el que el viento no soplaba sin susurrar su nombre.

–Ahora estás aquí –le dijo–. Y eso es todo lo que importa.

Capítulo 8

Antes

–¿Qué hay entre tú y Nick? –le preguntó Missy, sin molestarse en fingir que no le importaba.

Bess, en cambio, era lo bastante lista para fingir que no sabía de lo que estaba hablando.

–¿Nick?

–Sabes a quién me refiero –Missy apuntó con el pulgar hacia el salón, donde se desarrollaba la fiesta de costumbre.

Bess siguió la dirección del dedo. Nick estaba apoyado contra la pared del fondo, bebiendo una cerveza mientras hablaba con Ryan. Era la misma postura que tenía la primera vez que Bess lo vio. La impresión fue mucho más fuerte que antes, pero consiguió mantener una expresión neutra al mirar a Missy.

–¿Qué pasa con él?

Missy frunció el entrecejo.

–Di más bien qué pasa con vosotros dos.

Bess se encogió de hombros y volcó la licuadora, solo Dios sabía de dónde había salido, hacia su copa. Brian había preparado margaritas heladas. Tomó un sorbo y los ojos se le llenaron de lágrimas por el ardor del tequila.

–Está muy fuerte –dijo.

–Sobre todo para una señorita que no bebe –observó Missy, apoyándose de espaldas contra la encimera y cruzando los brazos, de manera que se exhibiera su escote–. No me cambies de tema.

–¿Nick? –volvió a mirarlo y esa vez se lo encontró mirándola y sonriendo. Seguro que era aquella sonrisa lo que había atraído a Missy–. Nada.

–Te he visto –la acusó Missy. Ya había bebido más de la cuenta, pero aún no estaba ebria.

Bess se encogió al recibir la saliva mezclada con tequila que salió de los labios de Missy.

–¿Qué has visto?

–Cuando fuiste al baño… ¡Pasaste a su lado!

Bess se echó a reír y se apartó lo suficiente para que no la alcanzaran los escupitajos.

–Oh, vamos… Todo el mundo que va al baño tiene que pasar junto a él. ¡Está ahí en medio!

Missy sacudió la cabeza.

–No. No… Tú… –la apuntó con un dedo acusador–. Tú te acercas sigilosamente a él…

La carcajada de Bess hizo que varias cabezas se volvieran hacia ella, a pesar de la canción de Violent Femmes que atronaba por los altavoces.

Missy no pareció sentirse ofendida y apuró su margarita sin poner ninguna mueca.

–Te he visto tocarlo cuando pasabas a su lado.

En realidad no lo había tocado. Había pensado en hacerlo todos los días de la última semana, cada vez que Nick se pasaba por la tienda, pero hasta el momento no lo había hecho.

–Has bebido demasiado. Yo no he tocado a Nick.

–Te he visto –insistió Missy–. Pensabas hacerlo, Bessie.

–¿Cómo puedes ver lo que alguien está pensando?

–Solo porque te molestó que te dijera que es gay…

–Creo que es él quien está molesto por eso, no yo –no pudo evitar volver a mirarlo y acariciarlo con la mirada. Estaba sumido en una conversación con Brian, quien sacudía frenéticamente las manos. Bess echó de menos el chisporroteo que prendía cuando sus ojos se encontraban, pero también le gustaba observarlo cuando él no estaba mirando. De esa manera podía deleitarse a gusto con su imagen.

–¡Te estoy hablando! –Missy chasqueó con los dedos delante de sus narices.

Suspiró y le dedicó a Missy toda su atención.

–Nick y yo solo somos amigos.

Fue el turno de Missy para echarse a reír.

–Claro… ¿Amigos, tú y Nick el Polla? Él no es amigo de ninguna chica a menos que se la está tirando.

–Lo que tú digas, Missy –intentó fingir que el comentario no la afectaba, pero su amiga no estaba tan bebida como para no saber cuándo había dado en la llaga.

–¿No me crees? –señaló hacia el otro extremo de la habitación–. Pregúntale a Heather. Ella te lo confirmará.

Bess no le pediría a Heather un vaso de agua ni aunque se estuviera muriendo de sed, pero de todas formas la miró y vio que estaba hablando con Nick, sacando la cadera y enrollándose un mechón de sus rubios cabellos en el dedo. Si se acercaba un poco más a él podría sostenerle la cerveza con los pechos.

Missy tenía una expresión triunfal, malamente oculta por una mirada de falsa preocupación que habría engañado a cualquiera que hubiese bebido tanto como ella.

–Solo me preocupaba por ti, Bessie… Nick no es trigo limpio. Y además, tú tienes novio, ¿recuerdas?

Como si pudiera olvidarlo. No le había contado a Missy cómo estaba la situación con Andy. «Nick y yo solo somos amigos»… Intentó quitarse el mal sabor de boca que le habían dejado esas palabras con un trago de margarita. No lo consiguió y se puso a toser.

Al otro lado de la habitación, Heather se inclinó aún más hacia Nick, quien no hizo ademán de apartarse. ¿Por qué iba a hacerlo? La rubia tenía unas tetas enormes, un trasero bien torneado y un vientre liso. Y seguro que la chupaba de muerte.

–Cuidado con esa copa –le aconsejó Missy mientras ella se servía otra.

Por primera vez en su vida, Bess quería emborracharse. Pero lo que hizo fue dejar la copa y abandonar la fiesta. En casa rechazó la invitación de sus primas, mayores y casadas, para una partida de *gin rummy*. Estiró el cordón del teléfono todo lo posible y llamó a Andy aunque no era la hora fijada. El teléfono estuvo sonando un largo rato hasta que respondió su hermano.

—Andy no está.

—¿Sabes cuándo volverá? Soy Bess.

—No lo sé, Bess. Lo siento.

¿Le pareció que Matt dudaba? ¿Le diría la verdad si ella le preguntaba por la otra chica cuyas cartas había encontrado en la mesa de Andy?

Matt parecía lamentarlo sinceramente, pero eso no la aliviaba para nada. Le dio las gracias y colgó. Miró por la ventana hacia el mar, pero no conseguía ver las olas.

No había sido su intención mirar en el cajón de Andy. Él le había pedido que le llevase unas fotos que quería enseñarles a sus padres y ella, que apreciaba al señor y la señora Walsh, pero que no estaba segura de que el aprecio fuese recíproco, se alegró de tener una oportunidad para levantarse de la mesa para ir a buscarlas.

Había estado muchas veces en la habitación de Andy y sabía a qué cajón se refería. Las fotos no estaban allí, pero sí había un fajo de cartas sujetas con una cinta elástica y dirigidas a Andy con una letra desconocida. Era la letra de una chica. Los hombres no adornaban la i con florecitas.

Se había topado con aquellas cartas de pura casualidad, pero habiéndolas encontrado no le quedaba más remedio que leerlas. Sacó la primera del sobre y fue directamente a la firma.

Con cariño, Lisa.

¿Con cariño? ¿Qué demonios hacía una chica enviándole cartas de amor a Andy? No tuvo tiempo de leer nada más, porque oyó pisadas en el pasillo y volvió a colocar la cinta elástica. Si hubiera sido Andy le habría pedido explicaciones sin dudarlo. Pero era Matty, el hermano menor de Andy, que iba en su busca a ver por qué se retrasaba tanto. Por la cara que puso al verla, Bess supo que intuía lo que había encontrado, pero Matt no dijo nada y tampoco lo hizo ella. Al fin y al cabo, solo era una chica que ni siquiera formaba parte de la familia.

Al día siguiente se marchó para la tienda con las promesas de Andy resonando en sus oídos. Le escribiría. La llamaría. Aquel año iría a visitarla...

Hasta el momento no había cumplido ninguna de sus promesas.

Y ella había dejado de esperar que lo hiciera.

Capítulo 9

Ahora

El Surf Pro seguía vendiendo trajes de baño a precios desorbitados, pero los tiempos habían cambiado y el dinero ya no era un problema como antes. Bess buscó entre los percheros, aun sabiendo que no encontraría nada que Nick necesitara, como eran vaqueros, camisetas y ropa interior. Mientras hurgaba entre las bermudas y los trajes de neopreno le pareció curioso que supiera exactamente lo que necesitaba un chico de veintiún años. O alguien que aparentaba esa edad.

Se había pasado por la tienda únicamente por capricho, ya que Nick trabajo una vez allí. No estaba segura de lo que esperaba encontrar. ¿Tal vez una placa o un memorial en su nombre? No creía que ninguno de los que trabajaban allí se acordara de él.

Salió de nuevo a Garfield Street. Había ido a la ciudad a comprar provisiones en Shore Foods, porque era lo único que conocía. Muchas cosas habían cambiado desde la última vez que estuvo en Bethany Beach. Había más comercios, para empezar. Tendría que buscar alguna tienda de saldos para encontrar todo lo que necesitaba, pero de momento, Nick tendría que arreglárselas con los pantalones cortos y las camisetas que había adquirido en el Five and Ten.

Al otro lado de la calle donde había aparcado estaba Sugarland. O más bien, el lugar donde había estado. La fachada había sido engullida casi por completo por tiendas especializadas y una arcada, pero el interior seguía siendo prácticamente el mismo. Más limpio y con otra decoración más moderna, pero no muy distinto a lo que había sido cuando ella era una esclava tras el mostrador.

Siguiendo un impulso, atravesó la plaza y entró en la tienda. La campanilla sonó al abrir la puerta, como siempre, y Bess no pudo evitar una sonrisa. La joven con aspecto aburrido que estaba detrás del mostrador apenas levantó la mirada. Debía de tener unos dieciséis años, llevaba unas gafas rectangulares y el pelo recogido en una cola. Bostezó mientras Bess se acercaba al mostrador.

—¿Qué desea?

—Un cartón grande de palomitas dulces.

No se había molestado en leer el menú, pero sin duda Sugarland seguía vendiendo las mismas palomitas caramelizadas y de receta secreta por las que se había hecho tan popular.

La chica señaló apáticamente una pirámide de cartones pequeños.

—Solo nos quedan pequeños.

Bess no podía olvidar las horas que se había pasado mezclando el azúcar, el sirope y la mantequilla derretida. El señor Swarovsky, el dueño, insistía en tener palomitas recién hechas cada día.

—¿Son recién hechas?

Se mordió la lengua nada más preguntarlo. Era la típica pregunta de los estirados turistas que siempre la sacaban de sus casillas.

La chica se limitó a encogerse de hombros.

—Supongo. ¡Eh, papá! –gritó por encima del hombro–. ¡Papá!

El hombre que salió de la trastienda era alto y corpulento, con una espesa mata de pelo oscuro en punta y unas gafas casi idénticas a las que llevaba la chica. Su sonrisa reveló unos dientes blancos y rectos y le confirió un aspecto interesante y atractivo.

—¿Bess? ¿Bess McNamara? –rodeó el mostrador, ajeno a la mirada sorprendida de su hija, y estrechó fuertemente la mano de Bess.

–¿Sí? Quiero decir… Sí, soy Bess.

–Bess –el hombre le sostuvo la mano unos momentos más de lo necesario–. Soy yo, Eddie Denver.

Era muy descortés ahogar una exclamación de asombro, pero Bess lo hizo de todos modos. Lo miró de arriba abajo mientras él se reía.

–¿Eddie? Oh, Dios mío… ¡Eddie!

–El mismo. Los años cambian, ¿eh?

Bess no lo habría reconocido si no se hubiera presentado. No quedaba ni rastro del acné, ni de los aparatos de los dientes, ni de los hombros permanentemente hundidos.

–¿Cómo has sabido que era yo?

Los ojos de Eddie brillaron de regocijo tras sus gafas de Elvis Costello.

–No has cambiado nada.

Bess se rio y se puso colorada.

–Mentiroso.

–Es verdad. Lo digo en serio.

Ella se tocó el pelo, que aquel día lo llevaba suelto. No iba a señalarse las canas ni los kilos de más en los muslos y el trasero. Miró a su alrededor mientras la hija de Eddie seguía con los ojos abiertos como platos.

–¿Qué haces aquí, Eddie? ¡No me dijiste que siguieras trabajando para el señor Swarovsky!

Eddie volvió a reírse, maravillando a Bess con la seguridad que parecía haber adquirido en sí mismo.

–No. Le compré el local hace cinco años. Ah, y esta es mi hija. Kara.

Kara la saludó con los dedos y volvió a adoptar una expresión aburrida.

–Está encantada de trabajar aquí –dijo Eddie, riendo–. ¿Verdad?

Kara puso los ojos en blanco y Bess le dedicó una sonrisa comprensiva.

–Tu padre y yo trabajamos aquí juntos.

La chica asintió con la cabeza.

–Sí, me lo ha contado todo un millón de veces.

Tanto Bess como Eddie se echaron a reír.

–Cuéntame qué ha sido de ti todo este tiempo –le pidió Eddie–. No te he visto desde el último verano que trabajaste aquí.

Bess empezó a hablar, pero se detuvo y volvió a reírse.

–Ya sabes, lo normal. Me casé, tuve hijos… Nada emocionante.

Eddie recorrió el local vacío con la mirada.

–Te invito a un café y así nos ponemos al día. ¿Qué dices? ¿Tienes tiempo?

Por un instante pareció el Eddie de siempre, aquel muchacho incapaz de mirarla a los ojos. A Bess le resultó entrañable y asintió con la cabeza.

–Claro. Genial.

–Vigila la tienda, Kara. Enseguida vuelvo.

Kara hizo una mueca y los echó con la mano.

–Claro, papá.

Eddie le lanzó a Bess una mirada de disculpa mientras le abría la puerta.

–Siento lo de Kara. No está muy contenta por tener que trabajar aquí.

–No te preocupes –se detuvieron para que pasara un coche antes de cruzar la calle en dirección a la cafetería–. Tengo dos hijos y sé cómo pueden ser los adolescentes.

Eddie también le abrió la puerta de la cafetería, e incluso dejó que eligiese ella la mesa y le preguntó que quería tomar para ir a pedirlo. Sus modales eran un poco anticuados, pero muy halagadores. No se parecía en nada al chico tímido y tartamudo que había trabajado con ella

–Gracias –le dijo cuando le llevó su café moca y un *biscotti* de chocolate. Las tripas le rugieron y le dio un bocado al pastel–. Está delicioso.

Eddie mojó el suyo en el café.

–Sí. Vengo todos los días.

–Podrías llegar a un acuerdo con el dueño… Café a cambio de palomitas.

Eddie le regaló otra de sus contagiosas carcajadas.

–Claro… salvo que a nadie le interesan ya mis palomitas, desde que Swarovsky abrió su local un poco más abajo.

Bess lo miró con confusión.

–Cuando le compré el negocio quise que me vendiera también la receta secreta de las palomitas, ya que no parecía que Ronnie quisiera hacerse cargo de la tienda. El viejo estaba dispuesto a venderme el negocio, pero empezó a ponerme trabas a la hora de vender la receta de su familia. Intenté explicarle que Sugarland no era nada sin las palomitas dulces. Murió mientras estábamos negociando y yo conseguí el negocio por una ganga… pero sin la receta.

–Vaya… ¿Y luego Ronnie abrió otro local?

–Así es. Un poco más abajo –Eddie se encogió de hombros–. Al parecer tenía planes desde hacía tiempo, pero no se ponía de acuerdo con su padre. Entonces el viejo murió, Ronnie se quedó con la receta y yo con esta tienda.

–Lo siento mucho, Eddie –le puso una mano en el brazo instintivamente. Eddie la miró y por un instante fugaz, Eddie pareció el chico tímido que había sido. Bess retiró inmediatamente la mano.

–No pasa nada. Me va bien con los helados y ofrezco dos variedades de palomitas, pero no podemos competir con Swarovsky. Podría usar la receta, pero no sería honesto –golpeó la mesa con los nudillos–. Bueno, ya está bien de hablar de mí. Cuéntame qué es de tu vida. ¿Qué grandes cosas has hecho?

La risa de Bess no fue tan sonora como la de Eddie.

–Ojalá tuviera mucho que contarte, pero por desgracia no es así. Fui a la universidad. Me casé. Tuve dos hijos, Connor y Robbie. Connor tiene dieciocho años y Robbie, diecisiete. Vendrán dentro de dos semanas, en cuanto acaben las clases.

–Si necesitan trabajo que vengan a verme –dijo Eddie, muy serio–. Ahora solo estamos yo y Kara, pero cuando empiece la temporada necesitaré contratar a un par de personas.

Bess sonrió.

–Se lo diré. Gracias.

Eddie tomó un sorbo de café y la miró por encima de la taza.

–¿Y tu trabajo?

Bess giró su taza en las manos.

–Bueno… Estuve trabajando una temporada, pero lo dejé cuando me quedé embarazada de Connor y ya nunca más volví.

–Ibas a ser asesora –dijo Eddie–. Es una lástima que lo dejaras. No es que quedarse en casa para criar a los hijos no sea una tarea importante –añadió rápidamente–. Sabe Dios que alguien debe hacerlo. Solo quería decir que…

–Sé lo que querías decir –lo interrumpió ella tranquilamente–. Quería hacer muchas cosas que no hice. Tener a Connor lo cambió todo.

Se miraron en silencio por encima de los cafés y las migas de biscotti. Él le dedicó otra sonrisa, no tan amplia, pero mucho más dulce.

–La madre de Kara, Kathy, y yo nunca nos casamos. Ni siquiera puedo decir que saliéramos juntos –admitió–. El año después de que te marcharas crecí diez centímetros, me quitaron los aparatos y desapareció el acné. Dejé de ser Quasimodo.

–Oh, Eddie…

–Sé cuál era mi aspecto, Bess. El caso es que la repentina transformación se me subió a la cabeza. Me volví un gallito y un imprudente. Kathy era la hija de una amiga de mi madre de la iglesia. Nuestras madres intentaron comprometernos, pero yo no quería casarme con la hija de un reverendo.

Bess echó las migas en un plato.

–¿Pero tuviste una hija con ella?

No pretendía juzgarlo, y en cualquier caso Eddie no pareció tomárselo como una crítica. Le sonrió tristemente y se zampó los restos de su *biscotti*.

–Ella no quería casarse conmigo. Los dos deberíamos haber tenido más cuidado, pero fue Kathy la que dijo que no iba a pasarse el resto de su vida con la persona equivocada solo por culpa de un error. Se casó con un contable de Nueva Jersey y compartimos la custodia de Kara.

Bess se limpió el chocolate de los dedos con una servilleta.

–¿Y tú?

–Nunca me he casado –se recostó en la silla para observarla con la cabeza ladeada–. Supongo que nunca he encontrado a
la mujer adecuada.

A Bess le ardieron las mejillas.

–Tienes muy buen aspecto, Eddie. Me alegra saber que te van
bien las cosas, en serio, aunque sigas siendo un pueblerino.

Los dos se rieron.

–Ser un pueblerino no está tan mal cuando las casas de la playa se venden por una millonada. Y no es que yo tenga una casa
en la playa... Kara y yo vivimos en Bethany Commons. No está
mal, aunque tengamos que compartir el edificio con vosotros,
los turistas.

–¡Eh! –protestó ella–. ¡Ahora soy oficialmente una pueblerina!

Eddie ladeó la cabeza en un gesto típicamente suyo, pero su
media sonrisa era nueva.

–Estupendo.

–¿Y los demás? –le preguntó ella, apartando la mirada–. ¿Mantienes el contacto con alguno de ellos?

–Bueno, obviamente no me codeo con Ronnie Swarovsky en
el club de campo.

–Obviamente –repitió ella, riendo–. ¿Se casó con Tammy?

–Pues sí –respondió él, y la puso al corriente de los cotilleos
de los últimos veinte años. Bess se sorprendió de cuantos antiguos conocidos seguían viviendo en el pueblo o volvían a pasar
allí las vacaciones–. Melissa Palace vive en Dewey.

Bess le echó una mirada interrogativa, pero unos segundos
después se imaginó de quién estaba hablando.

–¿Missy?

–Ahora es Melissa –rió él–. Tiene cuatro críos y está casada
con un pez gordo de las inmobiliarias.

–Cielos... ¿Cuatro críos? Me cuesta creerlo...

–A veces se pasa por aquí. Si la vieras no la reconocerías.
Para empezar, ya no es rubia.

Bess se enrolló en el dedo un mechón de sus cabellos. Lo lle-

vaba por los hombros y hasta el momento era más rubio que plateado, pero en los próximos años tendría que decidir si empezaba a teñírselo o si lucía las canas con elegancia.

–¿Y quién lo es?

Eddie se pasó una mano por sus negros y espesos cabellos.

–Mi padre tiene más de setenta años y no tiene ni una cana.

–¡Vaya! Eso sí que es una buena genética.

–Es calvo –dijo Eddie, riendo.

–No parece que tú vayas a tener ese problema.

–Esperemos que no. ¿Y tú? ¿Mantienes el contacto con alguien? ¿Con Brian? –hizo una breve pausa, tomó un sorbo de
café y volvió a recostarse en el asiento–. ¿Con Nick?

–Pues… –también ella tomó un poco de café–. Perdí el contacto con Brian después de la universidad. Y tampoco volví a
saber nada de Nick.

–¿No? –el tono de Eddie era de evidente satisfacción, a pesar de su intento por camuflarlo de asombro–. Erais como uña y
carne, ¿no?

Eddie sabía muy bien lo que habían sido.

–Sí, pero… no funcionó.

–Entonces no es él con quien te casaste.

Bess lo miró con ojos muy abiertos, sorprendida de que Eddie lo hubiera pensado.

–¡No, por Dios! ¿Te imaginas?

Ella no podía imaginárselo. Su vida habría sido radicalmente distinta si se hubiera casado con Nick.

–No lo sabía. Nick desapareció sin dejar rastro. Missy dijo
que posiblemente se alistó en el ejército, pero yo creía que se
había ido contigo.

–No. Yo me casé con Andy –Eddie había visto a Andy una sola vez, y por lo que ella recordaba, Andy no fue demasiado amable.

–Ah… –murmuró Eddie, pero no preguntó nada más al respecto–. Parece que también te han ido bien las cosas. Me alegro
por ti –añadió, aunque por su expresión no parecía muy convencido de que a Bess le fuera tan bien como pretendía hacer creer.

–Tengo que irme –dijo ella–. Gracias por el café. Me ha encantado verte.

–Diles a tus hijos lo del trabajo –le recordó Eddie–. Y espero que nos veamos pronto.

–Claro –en esa ocasión fue ella la que sostuvo la puerta.

Eddie se detuvo en la acera.

–¿Te alojas en casa de tus abuelos?

–Ahora es mía.

–¿Tuya? –Eddie silbó por lo bajo y sonrió–. Qué suerte.

–La verdad es que sí. Mis padres no querían complicarse con las escrituras y los impuestos.

–Estuvo en venta una temporada, ¿no?

–Sí, pero al final decidieron no venderla.

–Lo sé –sonrió–. Yo intenté comprarla.

–Eddie Denver –dijo ella, maravillada–. Estás hecho un especulador, ¿eh?

Él se rio e hizo el mismo gesto con la mano con que Kara los había echado de la tienda.

–Ojalá… Puede que algún día.

Bess también se rio y miró hacia su coche, que seguía aparcado junto al mercado.

–Tengo que irme. Debo hacer la compra.

–Sabes que han abierto un Food Lion, ¿no? Es más grande que el Shore Foods.

–Hay muchas más cosas que antes. Me va a costar reconocer el pueblo.

–Si alguna vez necesitas un guía turístico, ya sabes dónde encontrarme.

–Lo tendré en cuenta.

–Hasta la vista –se despidió con la mano y cruzó la calle para volver a su tienda.

Bess lo vio alejarse, intentando relacionar a aquel hombre con el Eddie al que había conocido… y complacida de no poder hacerlo.

Capítulo 10

Antes

Bess quería darse una ducha, quitarse el olor a dulce del pelo y la piel y permanecer bajo el agua caliente hasta que se le aliviara el dolor de cabeza. Una buena ducha y a la cama… en eso pensaba cuando salió de Sugarland y volvió a encontrarse a Nick esperándola.

–Hola –la saludó él como si presentarse allí fuese lo más normal del mundo.

–Hola –Bess se aseguró de que las puertas estuvieran cerradas y se guardó las llaves en la mochila–. ¿Qué pasa?

Aquella noche, Nick volvía a llevar el pañuelo en la cabeza, combinado con una camiseta negra y ajustada con el lema: *Mejor muerto que fuera de onda*. Bess dudaba de que Nick hubiera estado fuera de onda en su vida.

–Bonita camiseta.

Él se la miró y le dedicó una sonrisa.

–Gracias. Las venden en Surf Pro.

–No me extraña –dijo ella, riendo–. Seguro que son muy populares.

Nick se encogió de hombros y los dos se miraron en silencio. Los ojos de Nick parecían más grises que marrones a la luz anaranjada de la farola, y Bess se preguntó cómo se verían los suyos, que eran azules. Seguramente parecerían del mismo color horrible que su piel.

–¿Te vas a casa? –le preguntó él. Se levantó del banco donde había estado repantigado y se metió las manos en los bolsillos.

Bess asintió.

–Eso pensaba hacer.

–¿Quieres dar un paseo por la playa?

–¿Contigo? –la pregunta brotó de sus labios en un tono que podría resultar ofensivo, pero Nick no pareció tomárselo de esa manera. Miró de un lado a otro y extendió las manos.

–Solo te lo he preguntado yo.

Ella se cruzó de brazos.

–¿Y cómo estás tan seguro? Tengo muchas ofertas para pasear por la playa a la luz de la luna.

–Puede ser… pero también tienes novio.

–Algo así –dijo ella sin pensar.

Los ojos de Nick destellaron bajo la farola.

–¿Qué significa «algo así»?

–Nada.

«Nick el Polla no es amigo de ninguna chica a menos que se la esté tirando». La advertencia de Missy no debería preocuparla, pero no podía olvidarla. Nick no se la estaba tirando y tampoco eran amigos…

–¿Quieres decir que te ha dejado embarazada?

Bess se rio.

–No.

Nick volvió a sonreír.

–Vamos. Tienes que irte a casa de todos modos. ¿Por qué no das un paseo conmigo por la playa?

–¿Y mi bicicleta?

–Déjala aquí. Mañana no tienes que venir temprano a trabajar.

–¿Cómo sabes a qué hora entro a trabajar? –le preguntó con desconfianza, pero ya se estaba colgando la mochila a los hombros y girándose hacia el paseo marítimo en vez de la calle.

–Lo sé –respondió él simplemente.

–Ya… –enganchó los dedos en las correas de la mochila, por debajo de las axilas. A pesar de la hora seguía habiendo gente en la calle, pero no mucha y ella y Nick podían caminar codo con codo.

Se detuvo al llegar a la rampa que bajaba hacia el paseo marítimo, junto al hotel Blue Surf. Se quitó las zapatillas y los calcetines y meneó los dedos de los pies en el suelo de madera, que aún conservaba el calor del sol. Suspiró y Nick se echó a reír.

—¿Un día duro?

—Muchas horas de pie. Igual que tú en tu trabajo, ¿no?

Bajaron juntos por los escalones que conducían a la arena. Las farolas iluminaban la playa, pero el mar quedaba a oscuras. Los operarios aún no habían barrido la orilla y la arena seguía revuelta. Se veía más de un castillo medio derruido.

—Sí —respondió Nick. Se inclinó para desatarse los cordones de las botas y perdió el equilibrio.

Bess soltó una carcajada cuando cayó al suelo y él le sonrió. Se levantó y se sacudió la arena del trasero.

—Tienes suerte de que no me ofenda fácilmente.

—Lo siento —dijo ella sin el menor remordimiento.

—Claro… Sé cómo sois las chicas.

—Eso he oído —arrastró un pie por la fría arena para dejar una raya a su paso. Por la mañana se habría borrado.

Nick se giró para mirarla mientras caminaba hacia atrás.

—¿Qué has oído?

—Que lo sabes todo de las chicas. De muchas chicas…

Él volvió a girarse, sin detenerse.

—¿Quién te lo ha dicho?

—¿Tú qué crees?

—¿La misma zorra que te dijo que era marica? No es una fuente muy fiable, me parece a mí.

—Solo te digo lo que ella me dijo —repuso Bess.

—¿Y qué te dijo, exactamente?

Habían llegado al espigón, formado por grandes rocas en la arena como el lomo de un cocodrilo. Las olas rompían allí con más fuerza. Bess se encaramó a las piedras y Nick la siguió.

—Bueno, después de que yo le dijera que sabía que no eres gay…

–Uf… Ryan le echó una bronca, por cierto.

–¿En serio? –saltó a la arena al otro lado de la roca. Las farolas quedaban atrás, y delante de ellos solo tenían la luz que salía de las ventanas de las casas.

–Sí. Estaba muy enfadado.

Aquello se ponía interesante.

–¿Porque ella dijo que eras gay?

–No –se rio–. Porque ella intentó que me la tirara.

–Oh… –ojalá no se lo hubiera preguntado. En el fondo lo sabía, pero no quería oírlo.

–No lo hice –le aseguró Nick. Dejó de caminar y lo mismo hizo ella–. Por si te interesa saberlo.

–¿Por qué habría de interesarme?

El viento agitó los extremos del pañuelo de Nick. Se lo quitó y le sonrió a Bess.

–Dímelo tú.

–Según Missy, te acuestas con muchas chicas.

–Con ella no lo hice.

Bess siguió caminando a paso firme. Tenían la luz atrás y la oscuridad por delante, pero no necesitaba ninguna luz para saber adónde se dirigía.

–No es asunto mío, Nick.

–¿Qué te dijo, que soy una especie de gigoló?

–¿Lo eres? –le preguntó ella sin poder evitar reírse.

–Creía que no era asunto tuyo.

–¡No lo es!

–No soy marica –dijo Nick–, y me he tirado a muchas mujeres. Pero a Missy no.

Se había detenido de nuevo, y Bess también lo hizo. Nick se había atado los cordones de las botas alrededor de una muñeca y se había metido las manos en los bolsillos. Ella se cruzó de brazos y lamentó no haber sacado la sudadera de la mochila.

–Lo siento –dijo al cabo de un largo silencio, tan solo interrumpido por el murmullo de las olas–. No es asunto mío.

–¿Qué más te dijo de mí?

Por la playa se acercaban unos destellos verdes que se agitaban en el aire por manos invisibles, acompañados de risas juveniles.

—Que salías con Heather.

Nick sacó el paquete de Swisher Sweets del bolsillo y encendió uno, protegiendo el encender con las manos para que el viento no apagase la llama.

—A ver si lo adivino… Le puse los cuernos con otra y le rompí el corazón, ¿verdad? Fui un cerdo con ella, ¿no es así?

—¿Fue eso lo que ocurrió?

—Lo que ocurrió fue que los cuernos me los puso ella a mí.

—Lo siento —la verdad era que no la sorprendía.

Nick hizo un gesto de indiferencia. El humo del tabaco le hacía cosquillas a Bess en la nariz.

—En cualquier caso, fue la última vez que salí con alguien en serio.

Bess se detuvo cuando un grupo de jóvenes pasó corriendo junto a ellos, gritando y agitando sus varillas luminosas.

—Lo dices como si fuera algo malo —observó ella cuando se fueron.

Reanudaron la marcha. El cigarro de Nick ardía cuando le daba una calada. Bess observó cómo se encendía y apagaba la punta mientras esperaba la respuesta. Ya casi habían llegado a su casa.

—Sí —respondió él finalmente.

—Entonces… ¿solo te acuestas con ellas? ¿Qué clase de chica acepta que la traten de esa manera?

—¿Las afortunadas? —sonrió, pero su sonrisa se desvaneció cuando ella permaneció seria—. Eh, solo era una broma. No me he acostado con Missy. Es la chica de Ryan. Nunca piso territorio ajeno.

—Ah… es bueno saberlo.

Señaló la terraza de la casa de sus abuelos. Las luces del salón y la cocina estaban encendidas, y había varias velas ardiendo en la barandilla. El viento transportaba el sonido de unas risas, seguramente las de su tía Linda. Los pequeños estarían ya acostados, pero los adultos parecían estar inmersos en una partida nocturna de rummy.

–Esa es mi casa.

–Muy bonita.

–No está mal. Abarrotada, pero… sí, es bonita –estaba cansada de defender el sitio donde vivía. Missy siempre lo convertía en tema de discusión.

Nick miró la casa, luego a ella y finalmente al agua.

–Supongo que será mejor que vuelva.

–Oh… vale.

–A menos que quieras que me quede… –le sonrió.

–Hum…

–No –la cortó él antes de que pudiera responder–. Tengo que irme.

–Gracias por acompañarme a casa –quería explicarle que nunca invitaba a entrar a nadie. No era que tuviese algo en contra de Nick.

–No hay de qué –se agachó para agarrar una piedra y la arrojó a las olas–. Quería decirle a Missy que pasé la noche contigo, pero mi madre no me educó para ser un mentiroso.

Bess soltó una carcajada.

–¡Vaya…!

Él se giró hacia ella y sonrió. La luz de la terraza caía directamente sobre su rostro y tal vez lo cegara un poco. Bess se apartó el pelo de los ojos y vio que él se había acercado lo suficiente para susúrrarle al oído.

–Dime una cosa.

Si Bess volviera la cabeza, sus mejillas se tocarían. Podría rozarle la piel con la boca, igual que podía aspirar su olor a arena y crema solar. El corazón amenazaba con salírsele del pecho. Sentía sus frenéticas pulsaciones en la garganta, las muñecas y la entrepierna.

–¿Qué? –susurró, sin girar la cabeza.

–¿Qué significa que tienes novio o algo así?

Bess tragó saliva con dificultad.

–Significa que… No estoy segura, pero creo que me está engañando.

–¿Pero no lo sabes con certeza?

Ella negó con la cabeza, y el ligero roce de sus mejillas hizo que le temblaran las piernas.

–No.

–Quizá podrías averiguarlo.

La rozó con el brazo y la cadera. Si alguien los estuviera viendo pensaría que se estaban besando. Y si cualquiera de los dos se moviera mínimamente eso sería lo que hicieran.

–Tal vez debería.

Nick se apartó un paso, pero podría haber sido una distancia mucho mayor. Bess parpadeó rápidamente y respiró hondo, intentando atrapar su olor. Pero solo encontró el olor del océano. Sin decir nada más, Nick echó a andar y la dejó allí.

Tuvo que esperar un largo rato hasta que las piernas dejaron de temblarle para poder entrar.

Capítulo 11

Ahora

–¿Dónde estabas? –Nick surgió de las sombras entre el salón y la cocina.

Llevaba únicamente los calzoncillos y tenía el pelo alborotado y puntiagudo.

Su repentina aparición y su fuerte voz asustaron tanto a Bess que dejó caer una de las bolsas. Esperó que no fuera la que contenía los huevos y se agachó para recogerla antes de responder.

–Te dije que iba a comprar comida y algo de ropa para ti. Está en la bolsa que hay sobre la mesa.

–Has estado fuera varias horas –dijo él. No parecía tranquilizado en absoluto.

Bess alzó la vista, vio su mueca de disgusto y se fijó en el reloj de pared.

–Lo siento. Me encontré con Eddie Denver en el pueblo y nos pusimos a hablar.

Nick emitió un bufido desdeñoso.

–¿Eddie Denver, ese cafre?

–¡No es un cafre! –Bess sacó de la bolsa la leche, los huevos, el pan, la mantequilla de cacahuete y la lechuga–. ¡Ni siquiera lo conoces!

Nick se sentó en la encimera, con las piernas colgando, y la agarró de la muñeca cuando ella pasó junto a él para guardar las bolsas de té.

–Trabajabas con él. Sé quién era.

–Tal vez, pero no sabes quién es –recalcó ella, mirándole la mano con que la agarraba–. Y no es un cafre.

Nick no la soltó. Tiró de ella para colocársela entre las piernas y la sujetó contra la encimera.

–Vale, no es un cafre. Pero has estado fuera mucho rato. Te echaba de menos.

La agarró por los hombros y la besó, y ella abrió la boca ante la insistencia de su lengua. La excitación barrió todo resto de irritación.

–Sabes muy bien –le dijo él.

–Puaj… Seguro que me huele el aliento a café.

Nick la apretó por la nuca y le hizo acercar la cara para olisquearla tan ruidosamente que ella se rio e intentó apartarse.

–Hueles deliciosamente bien… Igual que sabes. Todo en ti es delicioso –le agarró una mano y se la llevó a la entrepierna.

–¿Has visto lo que me haces?

Le hizo acariciarlo por toda la longitud de su pene erecto, que asomaba a través de los calzoncillos.

–Dime que yo te provoco lo mismo –le exigió, pegando la boca a su oreja.

–Lo haces.

–Dime que estás mojada por mí.

–Lo estoy, Nick. Lo sabes muy bien –cerró los ojos mientras él la agarraba de la mano y se la hacía subir y bajar por la erección–. Siempre ha sido así.

–¿Siempre? –preguntó en tono divertido. Le lamió el lóbulo de la oreja y la mordió suavemente–. ¿Te gusta cómo te toco?

–Sí –abrió los ojos y se apartó para mirarlo a la cara–. Me gusta cómo me tocas.

–¿Quieres que te toque ahora?

–Sí.

Se olvidó por completo de que tenía que meter el helado en el congelador o de guardar las bolsas de la compra para otra ocasión. En aquel momento lo único que le importaba era la mirada de Nick clavada en sus ojos y el tacto de su polla en la mano.

Se estremeció y se le puso la piel de gallina. A Nick le ardían las manos y de su pecho desnudo también emanaba un intenso calor. Bess lo besó encima del pezón izquierdo, le dejó la mancha del pintalabios y se la limpió con la lengua, sonriendo cuando el pezón se puso duro y él gimió.

Nick subió con la mano y le tiró del pelo, pero ella no se quejó y siguió acariciándolo mientras lo lamía y besaba. El asa del cajón delante de ella se le clavaba sobre el pubis, pero tampoco eso la molestaba en exceso.

—Me encanta tu pelo —dijo él. Le tiró de la cabeza hacia atrás con más fuerza de la necesaria, pero no importaba. La agresividad y brusquedad del gesto dejó a Bess boquiabierta y jadeante.

Nick la apartó y se bajó de un salto. Apenas sus pies tocaron el suelo cuando empezó a besarla. La hizo retroceder hasta que su trasero chocó con el borde de la mesa. Entonces metió la mano bajo la falda larga de algodón y enganchó el pulgar en las bragas para tirar hacia abajo. La prenda se enganchó en los muslos, pero bastó para que Nick pudiera apretar la palma contra su sexo húmedo y expectante.

Le tocó el clítoris con un dedo y presionó. Bess se retorció de placer. No podía abrir las piernas por culpa de las bragas y el borde de la mesa se le clavaba en la carne, a pesar de que la falda le protegía el trasero.

Nick le lamió los labios antes de volver a besarla. Ella le puso una mano en el hombro y le clavó los dedos cuando él le mordió y chupó el cuello. Todo mientras seguía con la mano pegada a su sexo.

—¿Te gusta? —le preguntó él.

Un trueno repentino hizo resonar la casa. Bess dio un respingo, pero Nick ni se inmutó. Sus ojos estaban más oscuros que de costumbre. Como nubes borrascosas.

—Sí —susurró con los labios secos. Se lamió la boca y él fijó brevemente la mirada en su lengua—. Me gusta.

—¿Has pensado en mí mientras estabas fuera?

No sabía si se refería a aquella tarde o al tiempo que habían estado separados, pero la respuesta era la misma en ambos casos.

–Sí, Nick.

Los dedos se detuvieron sobre el clítoris, provocándola con la promesa del placer. En los dos últimos días, Nick había llegado a conocer su cuerpo mejor que nunca.

–¿Me imaginaste tocándote?

–Sí.

–¿Follándote?

–Sí… –la mano de Nick hacía imposible pensar en cualquier otra cosa.

–¿Comiéndote? –subió la mano y se lamió la punta de los dedos.

Bess se estremeció y fue incapaz de responder.

Nick sonrió. Las paredes vibraron con otro trueno. Devolvió la mano a la entrepierna y los dedos se deslizaron con mayor rapidez, impregnados de su saliva y del flujo de Bess.

–Quiero ver tu cara cuando te corras –le dijo Nick–. Quiero ver cómo me miras…

Bess no podría mirar a ningún otro sitio ni aunque quisiera. Se agarró a la mesa y al hombro de Nick con tanta fuerza que le dolieron los dedos.

La mano de Nick se movía más y más rápido. Un relámpago iluminó la estancia, seguido inmediatamente por el trueno. Las primeras gotas de lluvia golpearon el cristal de la ventana como un puñado de canicas vertidas en un bote.

Los pies de Bess resbalaron en el suelo y el elástico de las bragas crujió, pero a Bess no podría importarle menos que se rompieran. Su mundo se había reducido a la mano que Nick movía entre sus piernas. La ola de placer crecía de manera imparable y la anegó por completo. Los párpados pugnaban por cerrarse, pero consiguió mantenerlos abiertos y se mordió fuertemente el labio inferior. El trueno ahogó su grito. Lo único que podía ver era el rostro de Nick, muy serio, hasta que sonrió y sus ojos volvieron a brillar. Bess soltó la mesa y puso la mano sobre la suya para detenerlo. Las palpitaciones de su cuerpo eran más rápidas que los latidos de su corazón. Aflojó la mano con que le agarraba el hombro y palpó las marcas que le había hecho con las uñas.

El teléfono empezó a sonar.

Los dos dieron un respingo y miraron en la dirección del sonido, mucho más molesto e intrusivo que los truenos. Ninguno de los dos se movió. El teléfono seguía sonando, insistentemente. Bess se dispuso a contestar, pero tenía las piernas tan rígidas que le costó moverlas. Cuando finalmente llegó junto al teléfono, tan viejo como la misma casa, estaba convencida de que quienquiera que hubiese llamado ya había colgado.

No hubo tanta suerte.

La falda le cayó a los tobillos y seguía con las bragas a mitad de los muslos cuando levantó el auricular.

–¿Diga?

Tras ella, Nick emitió una larga espiración. Bess se colocó el auricular entre la oreja y el hombro y se subió las bragas.

–¿Bess?

–Andy… –el chirrido de una silla a sus espaldas la distrajo, pero mantuvo la vista fija en los menús de pizzerías y comida china que estaban sujetos con imanes al frigorífico–. ¿Qué pasa?

–Es por los chicos.

Bess reprimió un gemido. Años atrás, cuando hablaba con Andy alargaba el cable del teléfono lo más posible para tener un poco de intimidad. Estuvo tentada de volver a hacerlo.

–¿Qué pasa con ellos?

–Van a tener que irse antes contigo.

–Pero… ¡creía que ibas a llevártelos al Gran Cañón! –se maldijo a sí misma por sonar más irascible de lo que pretendía, lo que daba pie a que Andy empleara con ella su tono paternalista favorito.

–Vamos, Bess. Sabes bien que se lo pasarán mejor en la playa.

–Esa no es la cuestión, Andy.

–¿Cuál es la cuestión? –preguntó él con un largo suspiro.

Bess se clavó las uñas en la palma y contó mentalmente hasta cinco.

–Los chicos van a acabar el año académico contigo y luego te los llevarás dos semanas a hacer ese viaje. Después del Cuatro de Julio se vendrán conmigo. Eso fue lo que acordamos, Andy.

–Sí, bueno, sobre eso quería hablarte…

A Bess empezó a hervirle la sangre en las venas.

–Estaba pensando que podría enviártelos un poco antes. Que se salten los últimos días de clase. Al fin y al cabo solo tienen media jornada.

–¡De ninguna manera! ¿A quién se le ha ocurrido la idea? ¿A ellos o a ti?

El silencio de Andy le confirmó que no había sido idea de ninguno de ellos.

–No importa. La respuesta es no. Los chicos tienen que terminar sus clases. Es la graduación de Connor, Andy, y no le puedes quitar eso. Podría ser la última vez que viera a sus amigos.

Andy suspiró.

–Vale, pero el viaje tendrá que posponerse. Me han ofrecido asistir a una conferencia en Palm Springs, y es muy importante. De verdad tengo que ir.

–¿Tienes que ir? ¿O deseas ir?

–No seas injusta, Bess. ¿A ti qué más te da? Creía que te encantaría tener más tiempo a los chicos.

Bess miró a Nick, quien la observaba con el rostro inexpresivo.

–Están deseando hacer ese viaje, Andy. No puedes darles ese disgusto.

–Ya he hablado con Connor. Le parece bien. Dice que quiere irse para allá y empezar a ganar algo de dinero.

–¿Y Robbie? –era el más sensible de los dos, quien más se esforzaba por conseguir la aprobación de su padre, sin conseguirlo.

–A él también le parecerá bien.

Lógicamente, Andy no había hablado con Robbie sobre la cancelación del viaje. Y no había ninguna duda de que lo cancelaría. Bess conocía demasiado bien a Andy como para esperarse otra cosa de él. Se pegó el auricular a la frente un momento, intentando tranquilizarse.

–Parece que ya has tomado una decisión –dijo al cabo de unos segundos–. De acuerdo. Los chicos pueden venirse conmigo después de la fiesta de graduación de Connor, en vez de esperar a finales de junio. Tienes razón. Me encantará tenerlos.

–Estupendo. Dejaré que se lo digas a Robbie.

Antes de que Bess pudiera protestar oyó a Andy llamando a Robbie. Segundos después su hijo se puso al aparato.

–¿Mamá?

–Hola, cariño.

–¿Qué pasa? –parecía preocupado, como siempre, y a Bess se le encogió el corazón por tener que darle una nueva decepción.

–Cariño, papá acaba de decirme que tiene una conferencia en Palm Springs. Así que tú y Connor os vendréis conmigo cuando acaben las clases.

Silencio. Bess oyó la respiración de Robbie y volvió a tocarse la frente con el teléfono mientras luchaba con la emoción que le oprimía la garganta.

–Lo siento, cariño. Seguro que papá no cancelaría vuestro viaje si esa conferencia no fuese importante.

–Seguro que no lo cancelaría si ella no fuera al otro viaje –añadió Robbie en tono mordaz.

Que su hijo supiera lo de «ella» era mucho más doloroso que si Bess lo hubiera descubierto por sí misma.

–Robbie…

–No importa, mamá –la voz de Robbie flaqueó un poco–. Conn y yo iremos cuando acaben las clases.

Bess se obligó a adoptar un tono más alegre.

–Oye, ¿te acuerdas de Sugarland, el sitio donde trabajaba? Pues conozco al dueño y me ha dicho que le gustaría contrataros a ti y a Connor para este verano. ¿Qué te parece?

Robbie hizo un esfuerzo por parecer complacido, pero no consiguió engañar a su madre.

–Estupendo. Conn temía que no pudiéramos encontrar trabajo para el verano. Ya sabes… para la universidad y esas cosas.

–No te preocupes por la universidad, Robbie. Y Connor tampoco, ¿de acuerdo? –volvió a mirar a Nick, pero él se había marchado. El corazón le dio un vuelco, pero un momento después lo oyó moviéndose por el salón–. Perdona, cariño, ¿qué has dicho? –Robbie le había dicho algo mientras estaba distraída.

–No importa.

–Claro que importa, Robbie. Dímelo. Aquí hay tormenta y no te oigo bien.

–Te he preguntado por qué no puedo ir antes, como quiere papá. ¿No puedo saltarme los últimos días de clase?

–No, Robbie. No puedes –miró hacia el salón y vio la sombra de Nick–. Tienes que acabar los estudios.

Hubo un largo silencio al otro lado de la línea, hasta que se oyó el suspiro de Robbie.

–Está bien.

–Te echo de menos –le dijo Bess–. A ti y a Connor.

–¿Y a papá? –le preguntó él astutamente–. ¿Lo echas de menos?

–Os echo de menos a ti y a Connor –repitió ella, y cuando Robbie colgó se preguntó quién le habría enseñado a ser tan cruel. ¿Lo había aprendido de Andy… o de ella?

Capítulo 12

Antes

Le tocaba a Andy llamarla, pero el teléfono seguía sin sonar. Bess le había dicho a qué hora volvería del trabajo y les había advertido a los parientes que se quedaban en casa aquella semana que estaba esperando una llamada. Se duchó y vistió rápidamente, y Andy seguía sin llamarla. Solo habían transcurrido veinte minutos de la hora fijada, pero el retraso era considerable.

Se unió a la partida de rummy y estuvo jugando sin prestar mucha atención. Solo se apostaban galletitas saladas, pero su tío Ben la acusó de hacer trampas y tuvo que imitar el *sketch* «Land Shark», del viejo programa *Saturday Night Live*, que a su vez llevó a una imitación más reciente de Chris Farley y «in a van down by the river!». Bess se rio tanto que se atragantó y se derramó el refresco encima y tuvo que abandonar la partida.

Tenía una familia maravillosa y era estupendo no tener que pagar alquiler, pensó mientras se lavaba la cara en el fregadero de la cocina. Pero a veces deseaba que no fueran tantos. Al menos aún no había llegado el día en que tuviera que compartir su habitación y su cama por no haber espacio suficiente.

Se fue a dormir cuando todos lo hicieron, incluido tío Ben, quien decía tener insomnio y siempre se quedaba dormido delante de la televisión. Andy seguía sin llamar. Bess le había dejado tres mensajes en las dos últimas semanas, y le había enviado una carta y una postal. Sin respuesta.

Cuando el teléfono sonó, Bess estaba sumida en un sueño tan profundo que le pareció oír unas sirenas aullando en su cabeza. Su primera reacción fue golpear el despertador de la mesilla para intentar apagarlo. Se levantó a oscuras, mascullando en voz baja, y agarró el teléfono antes de que despertara a más gente.

–¿Bess?

–Andy… ¿qué hora es?

–Parece que te falta el aliento… –¿Andy se estaba riendo?

–Y tú pareces haber bebido.

–No, no, qué va –resopló sonoramente en el teléfono.

–Creía que ibas a llamarme más temprano –se enrolló el cable en el dedo y retiró el teléfono de la mesa para salir a la terraza y cerrar la puerta corredera. Tenía frío y se abrigó con la manta de una tumbona, intentando no pensar en la hora que era.

–Me–n–Matty ha cerrado.

–No me digas –bostezó–. ¿Y adónde has ido?

–A Persia's.

–¿Eso es un club o una persona?

Silencio.

–¿Andy?

–Quería ir a Hooligan's. Ya sabes… con billares y todo eso, como Me–n–Matty.

Andy se estaba tirando a una chica llamada Persia. Bess intentó reírse, pero solo le salió un sonido ahogado. ¿Qué padres estaban tan locos para llamar Persia a su hija? ¿Y qué era peor, que Andy la estuviera engañando o que su hermano lo supiera y no le hubiera dicho nada?

–Te he dejado un montón de mensajes. ¿Por qué no me has llamado?

–Te estoy llamando ahora.

Bess escuchó el murmullo de las olas, mucho más relajante que lo que Andy le estaba contando.

–Es muy tarde.

–No podía esperar a mañana. Tenía que hablar contigo.

Bess quería creerlo, pero no lo conseguía.

–Has bebido, Andy.

–¡No he bebido! –protestó él, lo que demostraba que sí lo había hecho.

–Tengo que levantarme para ir a trabajar dentro de unas horas. Voy a colgar…

–¡No!

Se detuvo y volvió a sentarse en la tumbona. Esperó a que Andy siguiera hablando, pero él no dijo nada y ella cerró los ojos. Tenía un nudo en la garganta. Andy iba a decirle la verdad. Todo había acabado…

–Te quiero –le dijo Andy–. ¿Tú me quieres?

Podría decirle que sí, pero sus labios se resistían al saber que no era la única chica a la que Andy amaba.

–Hablaremos mañana.

–No cuelgues –le suplicó él–. Quiero saberlo.

Bess se había enrollado el cable tan fuertemente que tenía los dedos entumecidos. Se deslió el cable y frotó los dedos contra la manta.

–Sí.

Andy se rio. Pero no era su risa franca y vigorosa de siempre, sino una risita maliciosa que a Bess le revolvió el estómago.

–¿Cuándo voy a verte?

–¿Cuándo vas a venir? –le preguntó ella.

–Dijiste que vendrías a casa…

Se lo había dicho, cierto, pero le parecía un disparate.

–Andy, tú eres el que libra los fines de semana.

–Ven durante la semana, a mí no me importa.

–¿Cómo voy a hacerlo? ¿Me quedo en casa de tus padres mientras tú estás trabajando? Ven tú el fin de semana. Al menos puedes ir a la playa.

Andy gruñó.

–Vamos, Bess…

Se sentía tan frustrada que quería gritar, pero se contuvo.

–A ver si lo adivino. Tienes planes para todos los fines de semana.

El silencio se alargó tanto que pensó que Andy se había desmayado.

–Bess, Bess, Bess –dijo él finalmente, arrastrando las palabras–. Me voy a la cama.

–Adelante –lo animó ella–. Saluda a Persia de mi parte.

Más silencio. Tal vez Andy no estaba tan borracho como para ignorar el claro mensaje. Bess lo oyó respirar agitadamente.

–No seas así, Bess.

–¿Así cómo?

–Celosa. Siempre eres muy celosa.

–¿Tengo razones para serlo?

–No, no. No, Bess.

No lo creía. Tenía muchos otros motivos para dudar de él. Las cartas, por ejemplo. Fotos de Andy rodeando con el brazo a una chica a la que Bess no conocía. Tal vez fuese Persia. ¿Cómo no iba a estar celosa?

Pero la verdad era que no lo estaba. Lo había estado en otras ocasiones, sin duda, pero ya no. En esos momentos solo se sentía cansada.

–Vete a la cama, Andy –le dijo, y colgó sin despedirse.

Andy no volvió a llamarla.

Capítulo 13

Ahora

Nick se acercó a ella por detrás sin hacer ruido y la rodeó por la cintura. Bess había estado mirando la oscuridad y escuchando el océano. Él apoyó la barbilla en su hombro y ella se echó hacia atrás.

No quería saberlo, pero las palabras le brotaron sin poder detenerlas.

–¿Cómo era el sitio del que vienes?

Los dedos de Nick se apretaron brevemente.

–Gris.

Ella giró ligeramente la cabeza, pero el rostro de Nick estaba tan cerca que lo veía borroso.

–¿Gris?

Nick la soltó y se colocó junto a ella con los codos apoyados en la barandilla.

–Sí. No era blanco ni negro. Solo era gris.

Bess miró la playa. Había algunas luces desperdigadas, pero la oscuridad lo cubría casi todo. Podía oír, oler y casi saborear las olas, pero no verlas. Nada de aquello le parecía gris. Las preguntas se agolpaban en su cabeza, pero una vez más volvió a acallarlas. La ignorancia era una bendición. Si no sabía dónde había estado Nick o qué había pasado, no tendría que preguntarse cómo podía estar ahora allí.

–Hasta que te oí pronunciar mi nombre –susurró él.

Bess ahogó un gemido y entrelazó los dedos con los de Nick para acercarlo a ella. Él no se resistió y ella volvió a acurrucarse contra su cuerpo.

—Te echaba de menos. No podía pensar en otra cosa.

—¿No volviste aquí en todos estos años? —le preguntó él.

—No.

Nick torció el gesto y la miró con la cara semiiluminada por la luz que salía de la cocina.

—Te casaste con ese imbécil.

Bess asintió.

Nick se pasó la mano por el pelo antes de girarse de nuevo hacia la barandilla.

—¿Por qué?

—Porque lo quería.

Nick se echó a reír.

—Sí, recuerdo que dijiste algo así.

Ella se frotó los brazos desnudos, echando de menos un jersey.

—Era la verdad.

—Algo así —repuso él con una sonrisa burlona.

—Después de aquel verano pasaron muchas cosas. No cambió todo a la vez. Tuvimos que esforzarnos mucho por seguir adelante, Nick. Andy estaba ahí. Pero tú no.

—¡No fue culpa mía! —el grito de Nick fue lo bastante fuerte para atraer la atención de cualquier persona que estuviera en una terraza. Antes de que Bess tuviera tiempo de hacerlo callar, él la agarró fuertemente por los brazos—. No fue culpa mía —repitió con voz ahogada—. Yo quería estar contigo.

—Pero yo no lo sabía —le dijo ella sin disculparse ni suavizar su tono.

Nick la soltó y se puso a andar por la terraza. Metió las manos en los bolsillos de los vaqueros, lavados y secos, pero no sacó nada. Bess le había comprado un cepillo de dientes y ropa, pero no tabaco.

—¿Cuánto tiempo? —le preguntó, de espaldas a ella.

—Ya te lo he dicho. Veinte...

–No –la interrumpió, sin mirarla–. ¿Cuánto tiempo esperaste hasta que decidiste casarte con él?

–Seis meses.

Por aquel entonces le había parecido una eternidad angustiosa, pero ahora no era más que un breve parpadeo en el tiempo.

Nick se giró con una mueca de desagrado.

–Entonces, ¿te casaste con él porque no creíste que yo iría a por ti? ¿No me creíste?

–¿Alguna vez me diste una razón para creerte, Nick? ¿Alguna me diste algo? –las lágrimas le abrasaban los ojos y caían por sus mejillas, pero no se molestó en apartarlas–. Te pregunté si sentías algo por mí y tú…

–¡No lo decía en serio! –volvió a gritar–. Por Dios, Bess, ¿es que no sabías que no lo decía en serio?

–¡No sabía nada! ¡Y ahora tampoco sé nada! Todo esto es una locura, Nick.

Él se acercó en dos zancadas y la tomó en sus brazos. Era el gesto de un hombre, no de un muchacho, y aunque Bess no recordaba que Nick hubiera actuado nunca así, le pareció muy natural y apropiado. Él la miró fijamente y pegó sus cuerpos. Al igual que ocurría desde la primera noche de su regreso, el calor irradiaba de su piel como un pequeño astro. El sol particular de Bess, en torno al cual orbitaba de manera permanente.

–Fui un idiota, Bess. Lo sé, y también sé que me odiabas.

Ella negó con la cabeza.

–No, nunca me pareciste un idiota. Muchas otras cosas sí, pero no un idiota.

Una pequeña sonrisa asomó a los labios de Nick.

–Sé que te mentí, pero no cuando dije que volvería a por ti. Esto no es una locura… ¿Por qué crees que he vuelto? ¿Por qué crees que he podido hacerlo ahora, después de tanto tiempo?

–No lo sé…

–Por ti –la apretó con más fuerza y la besó en la mejilla–. Porque cuando te metiste en el agua y me llamaste, la niebla gris se desvaneció.

La estaba abrasando con sus manos y su boca. Deslizó las

palmas hacia arriba para agarrarle los pechos a través de la camiseta y Bess separó los labios en un gemido silencioso. Los pezones se le endurecieron al instante y el corazón se le desbocó. Nick siempre conseguía que se derritiera con solo tocarla.

Y quizá siempre sería así.

—Es una locura —repitió, pero en realidad no lo sentía como una locura. Sentía que había esperado toda su vida para sentir las manos de Nick, como si solo hubiera nacido para recibir su tacto. Lo único que importaba eran las manos que la sostenían y la boca que le recorría la piel.

—Todo era gris hasta que te oí pronunciar mi nombre —la besó en el cuello y la empujó hacia atrás, guiándola con las manos para que no se cayera—. No sabía dónde estaba, pero no me importaba, porque oí tu voz y supe dónde quería estar.

Bess nunca le había oído palabras tan poéticas, pero tampoco le parecieron fuera de lugar. Dejó que la guiara a través del salón hacia el dormitorio. Al llegar a la cama la besó en la boca y ella tuvo que apartarse para recuperar el aliento.

Se miraron mutuamente, los dos jadeantes. Nick se lamió los labios, le acarició el pelo y la mejilla y posó la mano en su hombro.

—¿Qué? —le preguntó.

—Nunca habías…

Él volvió a besarla en la boca.

—Hay muchas cosas que nunca había hecho.

La mordió en el labio, sin llegar a hacerle daño, y ella abrió la boca para recibir su lengua. El beso volvió a dejarla sin respiración, pero no por su voracidad, sino por una ternura como nunca le había demostrado.

—Deja de pensar en cómo eran las cosas —le dijo en voz baja mientras le quitaba la camiseta y le desabrochaba hábilmente el sujetador—. Piensa solamente en cómo son ahora.

Era mucho más fácil hacerlo cuando tenía la boca de Nick bajando por sus pechos. Le chupó suavemente el pezón y ella se encogió y lo apartó. Nick levantó la cabeza.

—¿No?

Bess negó levemente con la cabeza. No quería explicarle los

cambios que se habían producido desde que dio de mamar a sus hijos. No quería pensar en ello. Quería hacer lo que él le había dicho. Pensar en el presente.

Nick la observó un momento, y siguió besándola por las costillas y el estómago. Su boca dejaba un reguero de fuego que se extinguía lentamente, pero que volvía a prender cuando la recorría de nuevo. Sus dedos jugueteaban con el cierre de la falda vaquera, pero antes de abrirlo se incorporó para quitarse la camiseta. Desnudo de cintura para arriba, se arrodilló junto a ella.

Bess examinó su cuerpo, que se había vuelto más familiar para ella en la última semana de lo que nunca había sido. Le tocó el pezón con la punta del dedo y siguió la línea de vello oscuro que desaparecía en la cintura de los vaqueros. Dejó caer la mano y él la cubrió con su cuerpo, piel contra piel. El botón de sus vaqueros le provocó un pequeño escalofrío en la carne ardiente y se retorció bajo él mientras Nick volvía a besarla y deslizaba una mano bajo la falda.

−¿Por qué te molestas en ponerte las bragas si sabes que voy a volver a quitártelas?

Le acarició la lencería empapada y se arrodilló para levantarle la falda y quitarle las bragas de un solo tirón. A continuación le hizo separar las piernas con la cabeza y se colocó entre sus muslos.

Bess se desabrochó la falda y se bajó la cremallera, pero no creyó que fuera necesario quitársela cuando la tenía enrollada a la cintura. Nick le acarició una rodilla con la boca, luego la otra y después la miró.

−Quítatela −le ordenó−. Quiero verte.

Se quitó los vaqueros mientras ella hacía lo mismo con la falda. No llevaba calzoncillos, y Bess se relamió con deleite al ver cómo su polla se hacía más grande y gruesa. Pensó que iba a penetrarla inmediatamente, y su sexo ya palpitaba con impaciencia. Pero no fue así. Nick la besó en la boca y la miró a los ojos. Deslizó una mano entre ellos y encontró rápidamente el clítoris.

−Podría follarte un millón de veces y nunca me cansaría de hacerlo… Siempre descubro algo nuevo de ti.

Bess no creía que aquello pudiera ser cierto, pero sí que él se lo decía en serio. No supo qué responderla, y de todos modos Nick no parecía esperar ninguna respuesta. La acarició con suavidad hasta que ella movió las caderas y lo agarró del brazo.

Sin dejar de tocarle el clítoris, descendió con la boca por su cuerpo. Su aliento le acarició los pezones, pero no se detuvo ahí. El abdomen le tembló a su paso, pero tampoco se detuvo ahí. Volvió a colocarse entre sus muslos y Bess se incorporó a medias, apoyándose instintivamente en los codos.

–Nick…

No pudo decir más, porque, sin más preámbulo ni indecisión, empezó a devorarla. Con los dedos le separó los labios vaginales y con la boca le atrapó el clítoris. La lengua imitó el ritmo y el movimiento que los dedos habían seguido hasta pocos segundos antes. Empezó a lamerla lentamente y fue acelerando cuando ella levantó las caderas para pegarse a su boca.

Estaba a punto de correrse. No quería hacerlo, pero el placer que manaba entre sus piernas se había convertido en un torrente incontenible. Muchas veces, a lo largo de los últimos veinte años, su cuerpo había dudado o se había paralizado ante la promesa del placer. La mente se apoderaba de las sensaciones y transformaba la simpleza del orgasmo en una complejidad llena de tensa frustración.

Pero aquella noche no.

Nick le metió un dedo y luego otro mientras seguía lamiéndola. Un tercer dedo se añadió a los anteriores. No ocupaban tanto espacio como su polla, pero ella se deshizo en gemidos igualmente y se agarró a las sábanas mientras sacudía frenéticamente las caderas.

El orgasmo se le escapaba. Echó la cabeza hacia atrás, con los ojos cerrados y la mandíbula apretada. Nick fue deteniendo la mano y la lengua. Le echó el aliento sobre el sexo empapado y Bess se preparó para la inminente explosión. Tan solo un suspiro la separaba del clímax. Pero entonces, Nick se retiró, dejándola al borde del placer absoluto, y ella abrió los ojos.

Nick se tumbó boca arriba y tiró de ella para que se sentara encima. Bess pensó que quería penetrarla, y aunque una parte de ella se excitaba al pensarlo otra parte se sintió decepcionada por no haberse corrido con su lengua.

–No –dijo él con voz áspera cuando ella le agarró el pene. Bess lo miró con curiosidad y él tiró de ella hacia delante–. Quiero seguir lamiéndote.

A Bess le ardía todo el cuerpo. Había sido diferente estando tumbada de espaldas y con él entre sus piernas. Más pasiva, como si eso supusiera alguna diferencia. Ahora Nick quería que se colocara sobre él, sentada a horcajadas en su cara. El primer impulso fue negarse y meneó la cabeza, pero él tiró de sus caderas para que se apoyara en las rodillas y se agarrara al cabecero.

Le puso las manos en el trasero y siguió obligándola a avanzar. Cuando la tuvo lo bastante cerca, colocó un brazo y luego otro bajo sus muslos para empujarla hacia su cara. Los segundos que transcurrieron entre que el clítoris le rozó el pecho y las manos de Nick la apretaron contra su cara fueron los más largos y agónicos de su vida. En aquella posición podía moverse con toda libertad y Nick podía guiar sus movimientos agarrándola por las caderas y las nalgas. Esperó sin hacer nada hasta que él la hizo descender hacia su boca.

Se le escapó una especie de sollozo y cerró los ojos. Era absurdo sentir vergüenza en esos momentos, después de todo lo demás. Pero no era el pudor lo que la dominaba, sino el miedo a verse abrumada por toda aquella novedad. Nick le había dicho que no pensara tanto y que se concentrara en el presente, de modo que fue eso lo que hizo.

Al principio, Nick se limitó a mover las manos por sus caderas, pero al cabo de unos instantes le tocó el clítoris con los labios. Bess empezó a moverse a su vez. Conocía bien su cuerpo y se había liberado de muchas de las inhibiciones que la reprimían cuando era joven, pero nunca había tenido el control de aquella manera sobre su propio placer. Podía apartarse o acercarse a voluntad, frotarse el clítoris contra la lengua de Nick o moverse arriba y abajo.

Se agarró con más fuerza al cabecero mientras el deseo se

desataba en su vientre. Todo el cuerpo se le estremecía por la ola de placer. El pelo le cayó sobre la cara y le hizo cosquillas en la piel, pero no le prestó la menor atención. El rugido del océano resonaba en sus oídos, y tan solo fue superado por el grito que acompañó al orgasmo.

La habitación estuvo dando vueltas alrededor de ella hasta que se acordó de respirar. Soltó el cabecero y descendió por el cuerpo de Nick en busca de su boca mientras con la mano lo guiaba a su interior. Se unieron con un gemido compartido. Ella probó su propio sabor en los labios de Nick y por primera vez no le causó rechazo. Le metió la lengua hasta el fondo de la boca al tiempo que su polla se introducía en ella por entero. Se movieron juntos, Nick empujando hacia arriba y ella apretando hacia abajo, hasta encontrar su ritmo.

Le clavó los dedos en los hombros y lo besó con tanta pasión que sintió el sabor de la sangre en la lengua. Se apartó con un gemido, pero agachó la cabeza y lo mordió en el cuello mientras él la penetraba cada vez con más fuerza, manteniéndola sujeta con sus manos.

Ya no importaba quién tuviera el control.

La fuerza de sus arremetidas la llevó a otro orgasmo, aunque menos líquido que el primero. Nick arqueó su cuerpo y se corrió con un grito de placer que colmó a Bess de un alivio tan inmenso que no pudo evitar una risita.

Las embestidas se suavizaron y Nick abrió los ojos. Sonrió y se unió a su risa, y estuvieron riendo juntos hasta que la cama empezó a temblar por las sacudidas.

El Nick que ella había conocido se habría tomado a mal su risa, pero lo que hizo fue besarla y agarrarla por el trasero para girarla de modo que ambos estuvieran de costado.

–¿Por qué te ríes? –le preguntó cuando las persistentes carcajadas de Bess lo obligaron a interrumpir el beso.

–Porque soy muy feliz –Bess no había sabido la respuesta a la pregunta hasta que salió de sus labios.

–Ah… –la besó suavemente en los labios magullados y le acarició el pelo mientras la miraba a los ojos–. Yo también.

Capítulo 14

Antes

Apoyado en el mostrador, Nick se le antojaba como una tentación imposible de resistir, a pesar de los esfuerzos de Bess para ignorarlo. No se lo estaba poniendo fácil. El continuo trasiego de clientes no le había impedido ocupar el único taburete de la tienda ni lo urgía a acabarse su enorme helado.

Sorprendió a Bess mirándolo por encima de una pareja de adolescentes que estaban sumando el contenido de sus bolsillos a ver si les alcanzaba para sus helados. La miró fijamente con sus ojos oscuros y lamió un pegote de helado de la cuchara. Muy, muy despacio. Y al acabar volvió a hacerlo.

–¿Perdón? –volvió a la realidad para atender con las mejillas coloradas al chico que esperaba al otro lado del mostrador–. ¿Me has dicho un batido de frambuesa?

–Dos –empujó hacia ella el montón de monedas y billetes arrugados–. Con cuatro pajitas.

–Mmm… Papi merecería recibir unos azotes por querer ver cómo sorben esas pajitas –murmuró Brian cuando Bess pasó junto a él para sacar una nueva remesa de lacitos salados del horno.

–No sé qué es más inquietante, si que te llames a ti mismo «papi» o que quieras pervertir a un puñado de críos.

Brian soltó una carcajada mientras colocaba las tapas sobre los vasos de plástico e introducía dos pajitas en cada uno.

–Cariño, esos chicos ya son lo bastante mayores. Y yo tengo veintiuno… solo un año más que tú.

Bess respondió con un bufido y empezó a colgar los lacitos en los ganchos rotatorios de la vitrina.

–Puede que tengan más de dieciocho, pero a mí no se me cae la baba con ellos.

Brian le lanzó una significativa mirada a Nick, situado en el extremo del mostrador, lo que no le hizo ninguna gracia a Bess.

–Con ellos no, desde luego.

–Cállate –le ordenó ella, y le dio un codazo en las costillas mientras despachaba a los jóvenes.

–¿Qué? –protestó él con una mueca de inocencia que no engañaría a nadie. Y menos a Bess.

–¡Que te calles!

Por primera vez en una hora dejó de entrar gente en el local. Nick hundía su cuchara en el especial Sugarland, una mezcla de cuatro bolas de helado, dulce de azúcar, crema de cacahuete, nata, fideos de chocolate y una galletita salada. Se la llevó lentamente a la boca y lamió el helado con una sonrisa.

Maldito fuera.

–Mmmm, mmmm, mmm –murmuró Brian con una mano en la cadera–. Si sigues haciendo eso, Nick Hamilton, voy a pensar que estás colado por mí.

Nick se echó a reír, le lanzó un beso con la boca manchada de dulce y Brian soltó una risita tonta. Bess tuvo que girarse para ocultar su sonrisa.

–Puede que no por mí, pero sí que está colado por alguien –le susurró Brian al oído cuando ella intentó pasar a su lado para ir a la trastienda.

Bess no pudo evitarlo y volvió a mirar a Nick. Estaba rebañando los restos del helado con la cuchara de mango largo y recogiendo los pedacitos de chocolate. A Bess se le hizo la boca agua y le rugieron las tripas, pero no estaba segura de que solo fuera por el helado.

–Eh, Bess –le dijo Nick, demostrándole que no había ido allí solo a tomar un helado–. Esta noche voy a dar una fiesta.

–Qué bien –miró a Brian y fue a la trastienda a ver cómo le iba a Eddie con las palomitas. El señor Swarovsky solo permitía que fueran los encargados de Sugarland los que hicieran el sirope, siguiendo la receta secreta de su familia, pero Bess había acabado la última remesa horas antes y había puesto a Eddie a llenar los recipientes de plástico.

–¿Cómo te va? –le preguntó, secándose el sudor de la frente con la mano. La trastienda no tenía aire acondicionado y hacía un calor infernal.

Eddie giró la cabeza hacia ella, pero sin establecer contacto visual.

–Bien. Ya casi he acabado.

Tanto Tammy como Brian habrían tardado el doble en hacer aquella tarea. Brian no porque fuera un incompetente, sino porque le encantaba enterarse de todo lo que acontecía en el local y no soportaba quedarse encerrado en la trastienda. Eddie, en cambio, prefería quedarse allí y Bess se alegró, no por primera vez, de que el señor Swarovsky hubiese contratado un personal tan heterogéneo. Gracias a ellos el trabajo se hacía mucho más fácil.

Exceptuando a Tammy, naturalmente, quien se jactaba de chupársela a Ronnie Swarovsky, el hijo del jefe, y quien no podía ser despedida por muy inútil que fuera.

Bess se dio cuenta de que estaba cambiando el peso de uno a otro pie mientras Eddie trabajaba. Seguramente lo estaba poniendo nervioso y ella no tenía nada que hacer allí. Eddie no necesitaba su supervisión. Brian, en cambio, sí.

Pero no quería volver al mostrador. Una semana antes Nick la había acompañado a casa y desde entonces no había olvidado la conversación que mantuvieron en la playa. Él le había dicho que debería averiguar lo que significaba tener un novio «o algo así».

Y si se basaba en la última conversación que tuvo con Andy, ese «algo así» no significaba absolutamente nada. Bess aún no sabía cómo sentirse al respecto. Llevaba cuatro años con Andy. Cuatro años estupendos, y de repente él parecía empeñado en tirarlo todo por la borda sin que ella supiera por qué. Lo único que sabía era que la perspectiva de quedarse sin novio la inquietaba mucho menos que un mes antes.

–Voy a salir a la puerta unos minutos –le dijo a Eddie, quien asintió sin apartar la mirada de las palomitas.

Fuera no hacía mucho más fresco y apestaba a basura, pero desde que Bess descubrió que la sobreexposición a los olores de los dulces podía tener efectos tóxicos, el hedor de los contenedores se le antojaba un alivio. Se apoyó en la pared y sacó un paquete de chicles del bolsillo. No fumaba, pero le apetecía mascar algo.

Andy había sido una parte fundamental de su vida durante los últimos cuatro años, y Bess no conseguía imaginarse un futuro sin él. Habían empezado a salir cuando ella cursaba el último año en el instituto. Andy se había graduado dos años antes que ella y había vuelto para la fiesta de antiguos alumnos. Él y sus amigos habían sido los héroes en el campo de fútbol y los reyes en el baile de graduación, y exigieron bailar con todas las chicas que componían la corte. Bess nunca olvidaría la sensación de la mano de Andy cuando la ayudó a bajar del escenario a la pista de baile. No recordaba la canción de Richard Marx que estaba sonando ni las flores que llevaba en su ramillete, pero jamás podría olvidar el brillo de los ojos azules de Andy ni su blanca y reluciente sonrisa cuando le preguntó cómo se llamaba.

Ella sabía quién era, lógicamente. Cualquier chica lo habría sabido. Andy Walsh había causado impresión en las chicas de segundo curso cuando ayudó a la señorita Heverling a formar el equipo de fútbol femenino. Nunca antes una clase de educación física había suscitado tanto interés.

Andy no recordaba a Bess de aquel año, y ella no le recordó que él le dijo una vez que había hecho un lanzamiento perfecto con el balón. Nunca le dijo que todo lo que sabía de fútbol lo había aprendido aquel curso. En vez de eso le hizo creer que era una gran aficionada al deporte. Era una mentira inofensiva, pero de gran utilidad. Quería que le gustara lo mismo que le gustaba a Andy. Y quería gustarle a él.

Al acabar los estudios se moría por formar parte de la vida

de Andy. Habían mantenido el contacto mediante el correo, unas pocas llamadas telefónicas y alguna que otra visita durante el último año de instituto.

Al mirar atrás, se daba cuenta de que la distancia había intensificado su anhelo. Cuanto menos lo veía, más importante era verlo.

Barajó media docena de universidades porque sus padres querían que explorase todas las opciones, pero desde el principio sabía que acabaría en la universidad Millersville, donde Andy cursaba su tercer año.

Después de aquello la relación experimentó un rápido avance. Era la primera vez que estaba lejos de casa y descubrió que no era tan terrible como había temido. Perdió la virginidad con Andy en la primera semana de su primer año, en la pequeña cama de Andy mientras su compañero de habitación estudiaba en el pasillo.

Una parte de ella temía que la relación se deteriorara cuando empezaran a verse más a menudo. El primer mes en la universidad pasaron más tiempo juntos del que habían estado en el primer año de relación. Andy la introdujo en su círculo de amistades como si ella siempre hubiera formado parte de su vida. Le dijo que la amaba antes de que ella se lo dijera a él. Y desempeñó el papel de novio enamorado de una manera tan convincente que Bess jamás albergó la menor duda.

¿Cuándo y de qué manera habían empezado a cambiar las cosas?

–¿Bess? –Eddie asomó la cabeza por la puerta–. Brian ne… necesita ayuda.

–Ahora mismo voy –escupió el chicle y volvió adentro con un suspiro.

Brian estaba siendo asediado por las hordas, pero conseguía mantener a las hordas bajo control como la diva que era. Los clientes se agolpaban en el pequeño local, pero sin que nadie armara mucho escándalo. Nick seguía ocupando su sitio en el rincón, aunque ya no quedaba ni resto del helado. No molestaba a nadie, pero de todos modos, Bess frunció el ceño al verlo. Era una distracción para la que no tenía tiempo en esos momentos.

Junto a Brian atendió a los clientes lo más rápidamente posible, pero pasaron otros cuarenta minutos hasta que el último de ellos abandonó el local. Brian se derrumbó entonces contra el mostrador con un suspiro exagerado y suplicó un descanso, y a Bess no le quedó más remedio que concedérselo. Brian se retiró y Bess volvió a quedarse a solas con Nick.

–Como te estaba diciendo… –dijo él con una sonrisa tan deliciosa como el helado que se había tomado–. Fiesta en mi casa esta noche.

Capítulo 15

Ahora

–Hola, Kara, ¿está tu padre? –le preguntó Bess a la hija de Eddie.

–Hola –la saludó Kara, pero sin apenas levantar la vista del periódico sensacionalista que tenía sobre el mostrador–. No. Creo que ha ido a la cafetería. ¿Quieres que lo llame?

Bess no se ofendió por la falta de entusiasmo de la chica.

–Si no te importa…

–Claro –respondió Kara con una breve sonrisa–. Además me dijo que lo avisara enseguida si te pasabas por aquí.

Lejos de incomodarla, la idea de que Eddie Denver pudiera seguir enamorado de ella le resultó muy reconfortante. Se rio y acercó una silla al mostrador.

–Gracias.

Kara se encogió de hombros y sacó un móvil rosa del bolsillo.

–De nada. ¿Papá? Está aquí. ¿Dónde estás? ¿Quieres que le diga que espere? –se apartó el móvil de la oreja para volverse hacia Bess–. No está en la cafetería. Ha ido a comprar cosas para la oficina. ¿Puedes esperarlo? Dice que solo tardará media hora.

–Claro –pensó en Nick, esperándola en casa. Media hora era más de lo que había pensado, pero necesitaba hablar con Eddie.

–Te espera –le dijo Kara a su padre–. Sí, vale –puso los ojos en blanco y volvió a meterse el móvil en el bolsillo–. Dice que va a darse prisa. ¿Quieres tomar algo mientras esperas?

–Una limonada –ya se le hacía la boca agua al pensar en el líquido frío y agrio.

Recorrió el pequeño local con la mirada mientras Kara cortaba los limones, los exprimía y añadía agua y azúcar. Eddie había cambiado la decoración, pero no mucho. La instalación parecía más moderna y el menú era un poco más variado, pero por los demás todo seguía igual y Bess tuvo la sensación de estar sentada en el lado equivocado del mostrador.

La temporada turística aún no había empezado, por lo que la repentina llegada de un tropel de clientes las pilló a ambas por sorpresa. El local se llenó de una muchedumbre que se desgañitaba y gesticulaba en una larga y ruidosa cola ante el mostrador, pero Kara no perdió la compostura. Atendió a los clientes lo más rápida y eficazmente que pudo mientras el jaleo y la temperatura del local alcanzaban niveles asfixiantes.

–El autobús turístico –le explicó una de las mujeres a Bess.

Durante cinco minutos, Bess estuvo sorbiendo su limonada sin que se despejara el local. A pesar de la actitud irritable y desdeñosa de los clientes, Kara conseguía que la situación no se le fuera de las manos. Bess reconoció en ella la profesionalidad de Eddie, pero era evidente que la chica empezaba a sentirse agobiada. Tenía la mandíbula apretada y mostraba los primeros signos de torpeza al intentar moverse con más rapidez de lo que una persona podía hacer sola.

–Necesitas ayuda –observó Bess cuando Kara se acercó a ella para sacar el último *pretzel*.

La chica se detuvo un momento y le lanzó una sonrisa tan parecida a la de Eddie que Bess no pudo sino devolvérsela.

–¿Te ves capaz?

–Creo que me acordaré de cómo se hace –dijo Bess. Levantó la hoja batiente… ¡hasta el chirrido de las bisagras era el mismo!, y se colocó tras el mostrador–. Tú ocúpate de la caja –le dijo a Kara tras comprobar con una rápida mirada que no sabría cómo manejar la caja registradora en los próximos cinco minutos–. Yo atiendo los pedidos.

Estuvieron trabajando juntas sin apenas cometer errores, hasta que la multitud se acabó disolviendo. Bess vio que Eddie las estaba observando desde la calle, pero no entró hasta que el último de los clientes salió con su bebida en la mano.

—¿Cuánto tiempo has estado ahí fuera? —le preguntó, riendo.

—¡Muchas gracias por tu ayuda, papá! —le reprochó Kara.

—Las dos lo teníais todo controlado —dijo él con una sonrisa—. Hay cosas que no se olvidan, ¿eh, Bess?

—Parece que no —respondió ella, sonriendo con nostalgia.

—Lo habéis hecho muy bien.

—No pongas los ojos como platos, ¿vale, papá? —le pidió Kara—. ¡Me están entrando escalofríos!

Eddie se rio.

—¿Te apetece un café, Bess?

—¿Vas a dejarme sola otra vez? —protestó Kara.

Eddie miró la calle, donde apenas se veían coches aparcados.

—Solo vamos al otro lado de la calle. Si te ves con problemas, avísame.

Kara gruñó por lo bajo, pero accedió con un suspiro.

—Por esto te pago una pasta, ¿recuerdas? —le dijo su padre.

La chica soltó una fuerte carcajada.

—Desde luego, papá. Una pasta gansa…

—Enseguida estoy de vuelta —dijo él, lanzándole un beso—. ¿Vamos, Bess?

Le sostuvo la puerta y Bess entornó los ojos al recibir los rayos de sol.

—Parece que el verano ha llegado por fin —comentó ella mientras cruzaban la calle—. Parecía que no iba a llegar nunca, con todas las tormentas que hemos tenido.

—Siempre llega, tarde o temprano —Eddie abrió la puerta de la cafetería y Bess pasó al interior—. Y siempre se acaba.

Ella lo miró por encima del hombro.

—Eso son palabras muy profundas.

—Así soy yo —dijo él, riendo—. Profundo como el océano.

Bess sacudió la cabeza, pero sus palabras la hicieron pensar otra vez en Nick y miró la hora en su reloj. Eddie se dio cuenta, pero no le dijo nada hasta que hubieron pedido los cafés.

–¿Tienes que ir a algún sitio?

–Oh… no, la verdad es que no. Solo lo hago por costumbre.

Eddie levantó las manos para mostrar sus muñecas desnudas.

–Por eso no llevo reloj. Antes siempre estaba pendiente de la hora y me preocupaba más por lo que tenía que hacer que por lo que estaba haciendo.

Bess agarró los cafés antes de que pudiera hacerlo Eddie y los llevó a la mesa.

–¿Ves a lo que me refiero? Lo que dices es muy profundo.

–¿Quién lo hubiera dicho? –separó la espuma del café con su aliento.

–Lo digo en serio –no intentó sorber el café. Se había quemado tantas veces que había aprendido a tener paciencia. Al menos en lo relativo al café.

–¿Sí?

–Sí.

Los labios de Eddie se curvaron con una lenta e intensa sonrisa.

–Gracias.

–No debería de extrañarte. Siempre he sabido que tenías mucho en tu interior.

–Y en mi exterior también… Sobre todo en mi cara.

Bess no intentó desmentirlo.

–Todo el mundo tiene una etapa poco agraciada.

–Sí, la mía duró diecinueve años –se rio y tomó otro sorbo de café.

Bess se atrevió a probar el suyo. No le habían echado demasiada crema y aún quemaba mucho, pero por lo demás estaba aceptable.

–Mírate ahora…

Eddie se quedó callado y Bess temió haber herido sus sentimientos. Se dispuso a disculparse, pero él desvió la mirada hacia la ventana.

–¿Sabes? Pase lo que pase, una parte de mí siempre será aquel chico tímido y apocado con la cara llena de granos.

–Mucha gente se siente así, Eddie.

–¿Tú también?

Bess abrió la boca para decir que no. El tiempo la había cambiado y no compartía las sensaciones de Eddie.

–Sí, yo también. Te juro que hay días en que no me reconozco en el espejo.

–Pero tú no eras precisamente fea –sonrió él–. ¿Qué ves en el espejo?

Fue Eddie el primero que le dijo que Nick no era bueno para ella y que estar con él la hacía dudar de sí misma.

–Sigo viendo a una mujer que duda de sí misma.

–No deberías.

–Y tú tampoco deberías verte como un grandullón acomplejado.

Eddie levantó las manos en un gesto de rendición y Bess miró a una pareja que pasaba por la calle con una ración de churros. La boca se le hizo agua al ver la masa frita con azúcar espolvoreada y crema de chocolate.

–Dios… –suspiró.

–Pídete uno –la animó Eddie–. Los primeros churros de la temporada son los mejores.

Bess negó con la cabeza.

–Ni hablar. Además, solo quiero un bocadito.

–¿Nada más? –preguntó él, riendo.

–Nada más. Tienes razón. El primer bocado es siempre el mejor –dirigió la mirada hacia Sugarland, al otro lado de la calle. Desde allí no podía ver el local de Swarovsky, pero había pasado por delante al ir al pueblo. El letrero de la fachada anunciaba la receta original de las palomitas caramelizadas, y Bess quiso embadurnarlo con algodón dulce para vengarse por lo de Eddie.

–Minichurros –murmuró Eddie pensativamente.

Se miraron el uno al otro y los dos empezaron a hablar a la vez.

–¿Y si vendieras minichurros?

–Podríamos hacer toda clase de dulces en tamaño reducido…

–Barritas de chocolate fritas –Bess se estremeció de deleite al pensarlo–. ¡Y galletas Oreos! Tienen muchas calorías y no hay por qué tomar más de una.

–Si mantienes los precios razonablemente bajos para que la gente no piense que los estás estafando y… –se interrumpió a sí mismo–. ¡Pepinillos fritos!

–Puaj…

–Están deliciosos –insistió él–. ¿Y perritos de maíz?

–¡Huevos *pretzel*! –exclamó Bess, tan alto que todas las cabezas en la cafetería se giraron hacia ellos.

–¿Qué son huevos *pretzel*?

–Es algo que solía hacer para mis hijos. Tomas un *pretzel* y cascas dos huevos en los agujeros. Es como un sándwich de desayuno. A mis hijos les encantaban.

–Es genial… Esta cafetería y el puesto de burritos son los dos únicos lugares del pueblo donde sirven cosas para desayunar. Yo siempre abro temprano… Sería un mercado por explorar.

–¿Tú crees? –preguntó ella mientras tomaba un trago de café, cuya temperatura había descendido considerablemente.

–Estoy seguro. Y ya no necesitaremos las palomitas dulces de Swarovsky. Nos haremos con nuestro propio hueco en el mercado –sonrió y golpeó la mesa con tanta fuerza que hizo saltar el servilletero.

–Podrías llamarlo Bocaditos –sugirió Bess.

–Podríamos.

Al principio, Bess no lo entendió.

–¿Cómo?

–Podríamos –repitió él–. Lo llamaremos Bocaditos. Tú tienes que estar en el proyecto.

Bess levantó las manos y negó con la cabeza.

–Oh, no, no. De ninguna manera.

–Vamos, Bess. ¿Tienes alguna oferta mejor? ¿Vas a volver a trabajar?

–Lo había pensado, pero…

–Lo harías muy bien. Siempre has tenido ideas geniales. Y sabes cómo llevar un negocio como este. Te he visto hoy… Y parecías divertirte mucho.

–Pues claro. Porque sabía que podía irme cuando quisiera.

Eddie le dedicó una sonrisa encantadora.

–Eso es lo mejor de ser el jefe, Bess. Te vas cuando quieres.

Bess sabía que aquello no era del todo cierto. Un negocio como Sugarland exigía muchas horas de duro trabajo. En la industria alimentaria había que dedicarse en cuerpo y alma si se quería prosperar.

–No es lo que había imaginado para mi vida, Eddie.

–¿Y qué habías imaginado? –le preguntó él, mirándola con un brillo en los ojos.

–No lo sé. Todavía no lo he pensado…

–Pues piensa en esto. Si quiero convertir Sugarland en Bocaditos necesitaré a una socia que me nutra de ideas.

Bess sospechó que la estaba halagando.

–Lo que necesitarás es dinero.

–Eso también. Pero el dinero se puede conseguir. Lo difícil es encontrar a alguien con visión creativa y con la habilidad para llevar las ideas a la práctica.

–¿Estás hablando en serio? –le preguntó mientras apuraba el café. Los restos estaban fríos y un poco amargos.

–Completamente.

–¡Pero ser socios supondría mucho trabajo! ¿Y quién nos asegura que no acabaríamos tirándonos los trastos a la cabeza?

–Nunca he tenido problemas trabajando contigo.

Bess tuvo que apartar la mirada ante la intensidad que ardía en los ojos de Eddie.

–Yo tampoco, Eddie. Pero eso fue hace mucho tiempo.

–No olvides que por dentro sigo siendo el mismo chico con acné.

Bess se detuvo antes de morderse el labio, un mal hábito que le había costado mucho erradicar.

–Y yo la chica que duda de sí misma.

Eddie volvió a inclinarse hacia ella, y Bess se alegró de tener la mesa entre ambos. Tenía la sospecha de que si no hubiera ningún obstáculo, Eddie le habría agarrado la mano o el hombro.

–Piensa en ello –le pidió, muy serio–. Prométeme que al menos lo pensarás.

Bess agachó la cabeza y le dedicó una media sonrisa.

–No aceptas un no por respuesta, ¿verdad?

–No suelo aceptarlo.

–¿Lo ves? Ya no eres el mismo de antes.

Eddie se levantó y tiró los vasos de plástico en la papelera que había junto a la mesa.

–Si yo no lo soy, tal vez tú tampoco lo seas.

Bess también se levantó y volvió a mirar el reloj. El tiempo pasaba volando cuando estaba con Eddie.

–Tengo que irme.

Él asintió.

–Y yo tengo que volver a la tienda. Gracias por venir a verme.

Bess ya había salido a la calle cuando recordó que no había tenido ningún motivo en concreto para ir a verlo.

–Oh, casi lo olvidaba… Quería decirte que mi marido no va a llevarse a los chicos al viaje que habían planeado. Estarán aquí el trece de junio y no a principios de julio, como estaba previsto.

–Genial. Voy a necesitar ayuda.

–¿Incluso si decides transformar Sugarland en el paraíso de los minichurros? –bromeó ella.

–Sobre todo si lo hago. Piensa en Bocaditos, ¿de acuerdo?

–De acuerdo.

–¡Genial! Y a ver si tomamos café más a menudo –se despidió y cruzó la calle, pero se quedó junto al parquímetro hasta que ella se montó en el coche y se alejó.

Le gustaba Eddie. Siempre le había gustado. Y disfrutaba mucho hablando con él sin tener que preocuparse por su timidez adolescente ni por el engorro de trabajar juntos. Si se convertía en la socia de Eddie la situación podría ser tan incómoda como antes. Por otro lado, los dos habían cambiado mucho. Ella le había dicho que lo pensaría, nada más, y eso fue lo que hizo en todo el trayecto a casa.

Había pasado un rato agradable con Eddie, pero en cuanto entró en el garaje su mundo volvió a centrarse en Nick. Cada aliento, cada latido, cada paso que daba la acercaba a él. Cuando llegó a la puerta ya podía sentirlo, olerlo y saborearlo, y se preguntó cómo podía haber pasado tanto tiempo sin él.

Capítulo 16

Antes

–Sé que llegó a casa del trabajo hace horas –Bess no esperó a que Matty intentara cubrir a su hermano–. Por favor, Matt.
Tengo que hablar con él.

Andy no esperaría una llamada de Bess aquella noche. Normalmente se llamaban los lunes a las diez, a menos que ella tra-
bajara hasta tarde. A Andy no le gustaba que lo llamase después
de esa hora, alegando que tenía que irse temprano a la cama
para madrugar al día siguiente.

Trabajaba como interino en un bufete de abogados a diez minutos de su casa. Su horario era de nueve a cinco con una hora
para comer, en la que uno de los socios solía invitarlo a almorzar
en un buen restaurante. Ya habían empezado a hablar sobre la
posibilidad de un contrato permanente cuando Andy se graduara oficialmente al final del verano. En el otro extremo se encontraba Bess, con su empleo en Sugarland y sus futuros estudios
en trabajo social. Su vida se parecía tanto a la de Andy como un
champiñón a Mozart.

–Bess… –dijo Matty con un suspiro. Habían sido compañeros de clase, pero no habían congeniado mucho hasta que ella
empezó a salir con Andy–. Se está duchando.

A las nueve en punto, un viernes por la noche, no era muy
probable que Andy se estuviera duchando para irse a la cama.

–¿Te ha dicho que no me pases con él?

Matty dejó escapar otro suspiro.

—¿Matty? ¿Te ha dicho Andy que no quería hablar conmigo? —la necesidad por saberlo la abrasaba por dentro.

—Es mi hermano, Bess.

—¿Y eso te da derecho a tratarme tan mal como él?

Matty pareció sentirse más culpable que ofendido por la acusación.

—Lo siento —le dijo en voz baja—. De verdad que está en la ducha.

—¿Se está preparando para salir?

—Sí, eso creo. No suele consultarme sus planes para que le dé el visto bueno. Últimamente sale mucho, y no siempre sé con quién está.

—Pero a veces sí lo sabes —murmuró Bess. Miró al salón, donde su tía Jamie y su tío Dennis estaban empezando una nueva partida de Monopoly. Acababan de llegar para pasar allí su semana de vacaciones, y siempre estaban con los juegos de mesa. Bess se giró y se enrolló el cordón del teléfono en el dedo—. ¿Ha salido ya de la ducha?

Otro suspiro.

—Sí. Voy a avisarlo.

—Gracias.

Oyó el ruido que hacía Matty al mover el teléfono y cómo se dirigía a su hermano.

—Toma. Estoy harto de ser tu mensajero, Andy.

—Que te jodan, Matty.

—Y a ti.

Normalmente, las pullas entre los dos hermanos habrían hecho sonreír a Bess, ajena a la rivalidad fraternal por ser hija única. Pero aquella noche solo pudo fijarse en las baldosas del suelo mientras esperaba a que Andy se pusiera al teléfono.

—¿Sí? ¿Qué pasa?

—Hola, soy yo.

—Ya sé que eres tú. ¿Qué pasa? —Andy parecía distante y distraído.

—Te echo de menos —la casa estaba llena de gente, como de

costumbre, de modo que tiró del teléfono y se encerró en el armario de las escobas. Se sentó en el suelo y pegó las rodillas al pecho–. Te echo de menos, Andy, eso es todo.

–Hablaste conmigo hace unos días.

–Sí, lo sé, pero aun así te echo de menos. ¿Te parece mal?

–No, claro que no.

Se lo imaginó frunciendo el ceño. Seguramente estaba mirándose al espejo, tocándose el pelo y flexionando los bíceps. Típico de Andy.

–¿Adónde vas?

–Voy a salir.

«No le preguntes con quién. No se lo preguntes. No le de-
muestres los celos que siempre te está reprochando».

–¿Con quién?

–Con algunos de los chicos. Dan, Joe…

Bess nunca había oído hablar de ellos.

–¿Del trabajo?

–Sí.

–Yo también voy a salir –se arañó la cara hasta hacerse sangre–. A una fiesta.

–Que te diviertas –la voz de Andy sonó momentáneamente
más lejana y Bess se lo imaginó apartando el teléfono para ponerse una camiseta.

–Sí. Este chico… Nick, me ha invitado.

–Pues que lo pases muy bien –se oyó un ruido metálico. Un
reloj, tal vez–. Tengo que irme, Bess. Los chicos me están esperando.

–Pero te veré la semana que viene para el concierto, ¿verdad?
Tengo el fin de semana libre –Andy había comprado entradas para
ver a Fast Fashion en el Hershey Stadium. Iba a ser uno de los mayores espectáculos del verano.

–Sí, bueno, sobre eso…

A Bess se le cayó el alma a los pies. Del salón le llegaban las
risas de sus tíos y de la pareja que los acompañaba en sus vacaciones. Parecían estar pasándoselo muy bien.

–¿Qué pasa?

–No tengo entrada para ti.

–¿Qué?

–Que no tengo entrada para ti –repitió Andy. La primera vez había sonado horrible, pero la segunda le revolvió el estómago.

–¿Cómo que no tienes entrada para mí? Lo habíamos hablado. Tengo el fin de semana libre y…

–Solo he podido conseguir cinco entradas, Bess –parecía irritado, pero no a la defensiva–. Me dijiste que no estabas segura de poder venir, así que he invitado a algunas personas del trabajo.

Bess esperó un momento antes de preguntar.

–¿A quién?

–Dan, Joe, Lisa, Matt y yo. Cinco en total.

El mismo nombre que había leído en las cartas se le clavó en el estómago.

–¿Quién es Lisa?

–Trabajamos juntos. Le gusta Fast Fashion y le dije que podía venir.

Bess rumió sus palabras antes de soltarlas.

–¿Me estás diciendo que vas a llevar a una chica al concierto en vez de a mí? ¿A ese concierto del que llevábamos hablando todo el verano? ¿A otra chica en vez de a tu novia?

–Sabía que te pondrías así.

–¿Así cómo?

–Maldita sea, Bess. Solo es un concierto.

–Olvídalo –se levantó, sintiendo un escalofrío a pesar del calor que hacía en el armario–. No importa, Andy. Tengo que ir a mi fiesta.

Él no pareció preocupado en absoluto. Más bien aliviado.

–Veremos a Fast Fashion en otra ocasión…

–No –fue todo lo que pudo decir a través del nudo que le oprimía la garganta.

–Ten cuidado en esa fiesta. Ya sabes que el alcohol no te sienta bien.

Bess no dijo nada.

–Te llamaré mañana, ¿vale?

–Mañana no es lunes, Andy.

Andy soltó un largo suspiro.

–Adiós.

Y colgó.

–Te echó de menos, Andy –volvió a decir ella, y cerró los ojos para intentar contener las lágrimas. Tal vez si lo decía demasiadas veces acabara por ser cierto.

Capítulo 17

Ahora

Bess apoyó una mano en los azulejos de la ducha y suspiró bajo el chorro de agua caliente. Todo el cuerpo le dolía, y aunque era el tipo de tensión que un masaje podría aliviar, la idea de que alguien la tocara en aquellos momentos no era precisamente tentadora.

De niños, sus dos hijos se habían pegado a ella como lapas. Connor seguía tomando el pecho hasta pocas semanas antes de que Robbie naciera, y Bess temía que tuviera que amamantar a los dos a la vez o que se viera obligada a imponerle el biberón a Connor. Por suerte su hijo mayor renunció voluntariamente al pecho, si bien el nacimiento de Robbie fue motivo de celos cuando el pequeño ocupó el lugar de Connor en el regazo de su madre. Bess perdió la noción del tiempo cuando se pasaba las horas en el sofá, dándole de mamar a uno de sus hijos mientras el otro demandaba su atención.

Andy no entendía aquella falta de deseo sexual. Volvía a casa del trabajo esperando encontrarse con la casa limpia, los niños acostados y una esposa solícita y dispuesta a complacerlo en la cama. No se explicaba cómo Bess podía estar tan cansada de no hacer «nada» durante todo el día, ni por qué una mujer tan pasional había perdido todo interés por el sexo.

Mucho tiempo había pasado desde que el cuidado de sus hijos apagara su libido, pero la última semana la había reavivado.

Era más que sexo. Follar con Nick era mucho mejor de lo que había sido. Ahora era una mujer más segura, conocía mejor su cuerpo y no tenía ningún problema en decirle lo que le gustaba y cómo le gustaba. Siempre lo habían pasado bien juntos, pero el deseo se había visto atemperado por una actitud recelosa y retraída. Ninguno de los dos quería admitir que solo era una aventura de verano.

Ahora era completamente diferente.

No podía imaginarse lo que debería de sentir Nick al volver de esa «niebla gris», como él la llamaba. Ya le resultaba bastante difícil aceptarlo sin volverse loca. Se referían a la larga ausencia de Nick como si hubiera estado de viaje. O en coma. Nada de eso explicaba cómo podía tener el mismo aspecto que veinte años antes. Ni por qué su corazón no latía, por qué no respiraba, por qué no dormía…

No podía imaginarse lo que debía de ser para él, así que cuando Nick necesitaba su cuerpo, ella se lo entregaba incondicionalmente. Cuando quería que se durmiera a su lado, los dos pegados y entrelazados, ella se lo permitía aunque odiara que la tocaran mientras dormía. Cuando le preguntaba cuánto lo había echado de menos, se lo decía. Cuando apagaba la televisión o apartaba los periódicos para reclamar toda su atención y olvidarse de los cambios que se habían producido en el mundo, ella lo complacía.

Le daba todo lo que quería porque no podía imaginarse lo que debía de ser regresar de la muerte, y porque entregarse a él era más fácil que pedir una explicación.

El agua aún no se había enfriado cuando decidió salir de la ducha, pero sabía que si se quedaba mucho más tiempo, Nick acabaría yendo en su busca. Cerró el grifo, se secó y se puso una bata de seda. Andy se la había llevado de Japón y le había dicho que era su geisha. La seda se le pegó a la piel húmeda mientras se lavaba los dientes y se aplicaba una carísima crema facial. Se miró las arrugas alrededor de los ojos. Para Andy eran patas de gallo, pero ella prefería verlas como líneas de la risa. Al menos había tenido suficientes risas en su vida para que se le reflejaran en el rostro.

–Hola, nena –Nick la abrazó cuando Bess entró en el salón, dónde él estaba echando un solitario. La sentó en su regazo y deslizó una mano entre sus muslos, pero frunció el ceño al sentir cómo se ponía tensa–. ¿Qué pasa?

Bess lo besó y apoyó la cabeza en su hombro. El cariñoso apelativo seguía sonándole extraño en boca de Nick, pero sumamente delicioso.

–Nada. Solo me escuece un poco.

Nick le acarició ligeramente el muslo.

–¿Por mi culpa?

–No te preocupes por ello –pasó un dedo sobre las letras estampadas en su camiseta.

Él abrió la mano entre sus piernas, pero no intentó frotarla.

–Lo siento si te he hecho daño.

–Lo hemos hecho sin parar –dijo ella, riendo–. Tranquilo, no me pasa nada –se incorporó para mirarlo, y cuando él la besó sintió el mismo placer que con el apelativo–. Pero tengo que ir a comprar algunas cosas.

Pastillas de arándanos, por ejemplo, para prevenir las infecciones urinarias. Ropa para Nick. Y también comida.

Nick volvió a fruncir el ceño.

–Sí.

Ella le puso una mano en la mejilla.

–Te traeré lo que quieras. ¿Qué necesitas?

Nick la apartó de su regazo para levantarse y miró por la puerta cristalera de la terraza.

–Podrías traerme algo de tabaco.

¿No comía ni bebía y sin embargo fumaba?

–¿Algo más?

–Un par de camisetas. Ropa interior. Algún chándal…

–De acuerdo –fue hacia él y lo rodeó por la cintura para apoyar la mejilla en su espalda. Así permanecieron un rato, hasta que él se giró para abrazarla.

–No tardes –le murmuró con voz áspera, y Bess sonrió a pesar de sí misma con la cara enterrada en su pecho.

Lo único que necesitaba era saber que Nick la deseaba. Ninguno de los dos había hablado de lo que pasaría la próxima semana, cuando llegaran los chicos, y tampoco se habían expresado sus mutuos sentimientos.

Levantó la cara para recibir un beso y fue a vestirse. Se puso unas bragas y un sujetador, un vestido vaporoso con una rebeca a juego y unas sandalias. Agarró las gafas de sol y las llaves junto con el bolso y le dio otro beso a Nick antes de bajar al garaje.

No le había pedido que la acompañara ni él lo había sugerido. Seguramente no quisiera ver los cambios que había experimentado el pueblo, como tampoco quería ver la tele ni los periódicos. O quizá no quería tropezarse con algún conocido y tener que explicarle su milagroso regreso.

Mientras giraba en Maplewood Street hacia la Route I, pensó en la familia de Nick. Lo único que sabía era que se crio con unos tíos que vivían en Dewey Beach y a los que ella nunca había conocido. Nick apenas hablaba de ellos, pero lo más probable era que siguieran viviendo allí.

Aunque, ¿de qué serviría que lo vieran?

Tal vez ni siquiera pudieran verlo.

Bess aparcó en el parking del supermercado, pero no se bajó del coche. Un repentino escalofrío la hizo estremecerse y empezaron a castañetearle los dientes, hasta el punto de que tuvo que encender la calefacción a pesar de estar en la primera semana de junio. El estómago se le revolvió y tuvo que tragar saliva para contener las arcadas.

Separarse de Andy había sido decisión suya, igual que volver a la casa de la playa. Pero… ¿y si con ello hubiera desatado alguna especie de crisis? Se había pasado muchos años pensando en Nick Hamilton, dibujándolo en su cabeza y tratando de explicarse por qué no había vuelto con ella como había prometido. Su vida había sufrido un vuelco tan drástico con la separación que quizá se estuviera aferrando a cualquier detalle para intentar ser feliz.

El castañeteo de los dientes cesó por el aire caliente, pero seguía teniendo la piel de gallina. Se subió el bajo del vestido y observó el cardenal que tenía en una rodilla. Se lo podría haber hecho al golpearse con una mesa, no por chupársela a Nick en el suelo de la cocina. Las manchas circulares en la cara interna del muslo podían ser picaduras de mosquitos y no las marcas que Nick había dejado con sus dedos. Se apretó el sexo a través de las bragas. No había manera de ignorar ni disimular las secuelas de una pasión delirante, salvaje, frenética y constante.

Gimió y se bajó la falda hasta las rodillas. Agarró el volante con ambas manos. El sudor le caía por las mejillas y apagó la calefacción, aunque aún sentía frío. Fuera, la gente entraba y salía del supermercado con camisetas y pantalones cortos. El sol brillaba con fuerza.

Era verano, y ella había perdido el juicio.

Sacó del bolso una caja de pastillas de menta para quitarse el amargo sabor de la lengua. El aire en el interior del coche era sofocante y bajó una ventanilla. El ruido del tráfico, el murmullo de las voces y los chirridos de los carritos le asentaron el estómago con más rapidez que la menta, pero de todos modos se tomó otra pastilla y respiró hondamente.

Que no supiera si alguien más podía ver a Nick no significaba que solo existiera en su cabeza. Lo había tocado, olido, probado y sentido. Era real. Cómo, era una pregunta para la que no tenía respuesta, pero la explicación no podía ser que se hubiera vuelto loca.

Nunca lo había olvidado, pero tampoco se había pasado los veinte años sufriendo por él. Su vida con Andy no solo había constado de fracasos y juicios. Se había casado con él con el propósito de amarlo para siempre. Habían tenido dos hijos por los que siempre mantendrían un vínculo aunque el matrimonio hubiera acabado. Volvió a respirar profundamente. Su matrimonio se estaba acabando, pero eso tampoco la hacía enloquecer.

Se obligó a salir del coche. La brisa fue un agradable alivio, y el soplo de aire en las piernas desnudas terminó por convencerla de su cordura.

Entró en el supermercado y empezó con la compra. Toallas, jabón, champú, detergente, una silla de playa plegable, una cometa, cigarrillos y ropa para Nick, unas chancletas para ella, comida...

La factura fue mayor de lo que esperaba, pero en las localidades costeras los precios eran mucho más elevados. Pagó con la tarjeta de crédito y pensó en lo irónico que resultaba comprar la ropa de su amante con el dinero de su marido. Pero no sintió el menor remordimiento. Al fin y al cabo, Andy le pagaba a su amante el viaje a Japón y otras muchas cosas. Y en unos pocos meses estaría pagando sus propias facturas. Tenía dinero de sus abuelos, pero tendría que conseguir un trabajo.

Aquel último pensamiento la convenció aún más de que no estaba perdiendo el juicio. ¿Cómo podía estar loca si pensaba en cuestiones prácticas?

Nick era real. La cuestión no era por qué, ya que para eso sí tenía respuesta. Ella había vuelto a la casa de la playa y él también. Para acabar lo que habían empezado. Después de tantos años seguían atados por una emoción mucho más fuerte que el deseo. Una emoción que ella se negaba a admitir.

La pregunta no era por qué, sino cómo. Y por primera vez desde que Nick surgiera del agua para besarla, creía estar preparada para pensar en cómo había sucedido.

Nunca había entrado en Bethany Magick, pero el letrero le llamó la atención de camino a casa. Aparcó en un estrecho hueco delante de la tienda, con su fachada pintada de rojo y morado y los marcos dorados. Bolas de cristal colgaban en las ventanas sobre juegos de velas, cartas del tarot y otros objetos místicos. También había libros, y eso era lo que interesaba a Bess.

El interior de la tienda olía a romero, gracias a unas pequeñas macetas colocadas en un alfeizar soleado, detrás de la caja registradora. Bess aspiró profundamente y se preguntó si podría cultivar un poco en su salón.

—Es romero —dijo una voz detrás de ella—. Para el recuerdo.

Bess se volvió y vio a una mujer de su misma edad. No iba vestida con faldas de gitana ni lucía aros enormes en las orejas, sino que llevaba unos vaqueros descoloridos, unas chancletas negras y una camiseta ceñida con una calavera estampada. Las cuencas del cráneo eran corazones perfilados con piedras brillantes de imitación.

–Sí –dijo Bess–. Es uno de mis olores favoritos.

La mujer sonrió.

–Soy Alicia Morris. ¿Has estado antes en Bethany Magick?

–Hola. Me llamo Bess Walsh. Y no, no he estado antes aquí –miró alrededor–. ¿Es tuya la tienda?

–Sí –respondió Alicia con una sonrisa de orgullo, y se colocó detrás del mostrador–. Echa un vistazo, y si tienes alguna pregunta no dudes en consultarme.

–Gracias –Bess tenía muchas preguntas, pero no sabía cómo formularlas–. De momento solo quiero mirar.

–Claro. Adelante.

Bess ni siquiera sabía lo que estaba mirando ni lo que debería buscar, pero recorrió lentamente la tienda. Constaba de dos habitaciones separadas por un arco, y parecía tener artículos para todos los gustos. Junto a la caja registradora había estanterías con bolas mágicas, tableros de güija y baratijas como velas con forma de unicornio, gnomos de plástico y gafas de mago.

–Lo más interesante está en la otra sala –le dijo Alicia tras la novela que estaba leyendo–. Esto solo lo tengo para los turistas y curiosos. Pero no es tu caso, ¿verdad?

Bess dejó la pluma de escribir que estaba examinando.

–¿Cómo lo sabes?

Alicia sonrió.

–Tenía un cincuenta por ciento de posibilidades de acertar, ¿no? Si eres del pueblo te alegrarás de que no te haya confundido con uno de esos puñeteros turistas, y si estás aquí de vacaciones te sentirás halagada por parecer una pueblerina.

Bess se echó a reír.

–En realidad soy ambas cosas. De joven pasaba aquí los veranos, y ahora vivo en la vieja casa de mis abuelos. Pero hacía veinte años que no venía.

–Veinte es un bonito número –los ojos de Alicia se entornaron en una mueca que demostraba interés–. ¿Qué casa, si no te importa que te lo pregunte? Supongo que no te referirás a una de esas monstruosas mansiones que se están construyendo por todas partes…

–No. Está en Maplewood. Tiene una terraza y un tejado gris. Desde la calle no puede verse porque la oculta una casa más grande y nueva.

–Creo que sé a qué casa te refieres. Se puede ver desde la playa.

–Sí –Bess tocó el pelo colorido de un troll de plástico. Era muy bonito, pero no le sería de ninguna ayuda–. ¿A qué te referías con las cosas interesantes?

–Te lo enseñaré –dejó el libro, una novela romántica a juzgar por la tapa, y condujo a Bess a la otra sala bajo el arco. La cortina de abalorios resonó con un susurro metálico al atravesarla.

La habitación estaba iluminada por luces de fibra óptica instaladas en el techo. Había estantes y mesitas cubiertas de terciopelo que contenían un amplio surtido de bolsas con piedras, mazos de cartas y cadenas con colgantes. Una pared estaba enteramente cubierta de libros, y en un rincón había una pequeña cascada. Una puerta con una cortina daba acceso a otra habitación que no se veía desde la parte delantera del local.

–Ahí leo el futuro –señaló Alicia–. Tarot, quiromancia, runas… Pero solo previa cita, ya que no puedo desatender la tienda.

–Claro –levantó un saquito de piedras de una mesa–. ¿Runas? –había oído hablar del tarot y de la quiromancia, pero no de las runas.

–Las runas son un sistema de adivinación, como las cartas del tarot –explicó Alicia. Removió una bolsa de terciopelo llena de piedrecitas planas y sacó una marcada con una especie de P–. Esta es la runa de Wynn. Normalmente simboliza la suerte o un final feliz –miró fijamente a Bess–. ¿Te dice algo?

Bess se rio.

–No sé… Ahora mismo estoy en medio de un divorcio. No creo que sea la más acertada.

Alicia frotó la runa entre los dedos.

–¿Estás segura?

Bess volvió a reírse.

–De un modo u otro, se resolverá.

Alicia sonrió y sacó otra runa de la bolsa.

–Wyrd.

–¿Qué significa?

–El destino. Un final desconocido –juntó las piedras en su palma.

Bess tragó saliva.

–Es…

–¿Increíble? –Alicia sacudió la cabeza y volvió a meter las runas en la bolsa–. Deberías dejar que te leyera el futuro… Te haré el descuento para la gente del pueblo.

Fue el turno de Bess para sonreír.

–¿De verdad? Gracias.

Alicia la examinó durante un largo rato en silencio, pero, extrañamente, Bess no se sintió incómoda.

–¿Qué te ha traído hasta aquí? –le preguntó finalmente.

–Nunca había entrado en esta tienda. Me pareció interesante y… –sonrió para suavizar la respuesta–. Se me ocurrió que tal vez pudiera aprender algo sobre los… espíritus.

–¿Espíritus? –la sonrisa de Alicia flaqueó, pero sin llegar a desaparecer del todo–. ¿Por qué?

–Porque… ¿me interesa?

Alicia asintió, fue a la estantería y extrajo un pesado volumen de pasta dura.

–*El otro lado* está bien para empezar. Es un buen manual de referencia sin resultar muy pesado.

–¿Historias de fantasmas? –preguntó Bess con una risita incómoda mientras agarraba el libro.

–Historias, encuentros reales, teorías, testimonios de médiums cualificados que intentan explicar por qué algunas personas no pueden abandonar este mundo.

Bess hojeó las páginas.

–¿Y qué me dices de aquellos que… han vuelto?

Levantó la mirada del libro al no recibir respuesta. Alicia la estaba mirando con la boca ligeramente torcida.

–¿Vuelto?

Bess se encogió de hombros rápidamente.

—¿Alguna vez vuelven del otro lado?

—¿Te refieres a una experiencia cercana a la muerte? ¿La luz al final del túnel y ese tipo de cosas?

—No, me refiero a alguien que haya muerto pero cuyo espíritu no regresa hasta pasado un tiempo —cerró el libro, pero lo sostuvo fuertemente en sus manos.

—No soy una experta en espíritus —respondió Alicia pensativamente—, pero estoy convencida de que muchas manifestaciones se producen al cabo de largos periodos de tiempo, lo que daría la impresión de que el espíritu se ha marchado para luego regresar. No sé si te refieres a eso.

—Oh, solo estoy hablando por hablar —se rio y se apretó el libro contra el pecho—. Me lo llevo. ¿Tienes algo más?

Alicia buscó en la estantería y sacó un libro, pero no se lo tendió a Bess enseguida.

—¿El espíritu es maligno?

—¿Maligno? No, no, en absoluto —sacudió la cabeza con vehemencia—. Simplemente tengo interés. No es que yo tenga... ya sabes, un espíritu en casa.

Alicia no se rio, aunque siguió sonriendo a medias, y le entregó a Bess el libro. Se titulaba *Más allá del sepulcro*.

—Puede que este te resulte interesante.

Un escalofrío recorrió la columna de Bess, igual que le había ocurrido en el coche.

—¿De qué trata?

—De espíritus malignos —esbozó una amplia sonrisa y la tensión se disipó—. Léelo con las luces encendidas.

—Gracias —agarró los dos libros y siguió a Alicia a la caja—. ¿Eres médium?

—¿Yo? —pareció sorprenderse por la pregunta mientras marcaba los precios.

—Has dicho que en el libro *El otro lado* hay testimonios de médiums cualificados. No sabía que uno se podía especializar para ser médium.

Alicia se rio y metió los libros y la factura en una bolsa.

–Puedes especializarte para ser lo que sea. Pero no, no soy una médium exactamente. Llevo quince años profesando la Wicca.

–¿Eres una bruja?

–Sí –se giró hacia el alféizar y partió una ramita de romero. La olió con los ojos cerrados y se la ofreció a Bess con una sonrisa–. Romero. Para…

–El recuerdo –concluyó Bess–. No lo he olvidado.

Las dos se echaron a reír.

–Disfruta con la lectura. Y vuelve cuando quieras.

–Lo haré –prometió Bess, y salió de la tienda con los libros y el romero.

La temperatura en el exterior había descendido bastante y el cielo se había cubierto de nubes grises.

Un cielo gris…

Bess condujo de regreso a casa lo más rápidamente que pudo, pero aun así no llegó a tiempo antes de que el primer trueno resonara en el cielo. La lluvia empezó a caer nada más entrar en el garaje. Apagó el motor y permaneció unos momentos en el coche, viendo cómo el agua transformaba la arena en barro.

El viento le azotaba el vestido mientras abría el maletero y sacaba las bolsas de la compra para llevarlas corriendo una a una al pequeño vestíbulo al pie de las escaleras. Solo cuando lo hubo descargado todo entró en casa, cerró la puerta tras ella y agarró tantas bolsas como podía transportar. Las dejó en lo alto de la escalera, a la entrada del salón, pero no se molestó en bajar a por el resto.

–¿Nick?

No recibió más respuesta que el golpeteo de la lluvia en el suelo de la terraza y el estruendo del trueno. Se acercó a las puertas correderas y pegó la cara al cristal. La lluvia horadaba la arena de la playa y revolvía la superficie del mar. Una sombrilla abandonada daba vueltas por la orilla, empujada por el viento hacia el agua. Bess la vio desaparecer, arrastrada por el oleaje, antes de girarse de nuevo hacia el salón.

–¿Nick? ¿Dónde estás?

«Tranquila».

–Siento haber tardado. Tenía que comprar muchas cosas.

Nick no estaba en la cocina, la cual podía ver desde donde ella estaba. Tampoco estaba en el piso de abajo, en la pequeña despensa o en el diminuto dormitorio que una vez fue el suyo. Solo podía estar en cualquiera de los tres dormitorios del piso superior.

–¡Nick! ¡No tiene gracia!

No tenía gracia, pero si Nick saliera en aquel momento de un armario y gritara: «¡Bu!», ella se pondría a reír como una tonta, aunque solo fuera de puro alivio. Volvió a llamarlo, aunque su voz quedaba ahogada por la lluvia y la tormenta.

Abrió la puerta del más pequeño de los dormitorios. Dos literas, una a cada lado de la ventana, le recordaron las cabañas de los campamentos veraniegos. Abrió el armario, vacío.

–¡Nick!

La segunda habitación tenía una cama de matrimonio y un futón. Nick no estaba acostado y tampoco en el armario de aquel cuarto, aunque a Bess se le detuvo el corazón al abrir la puerta esperando el susto. Empezó a latirle de nuevo cuando abrió la puerta del cuarto de baño. Apenas era lo bastante grande para la bañera, el lavabo y el retrete. El único escondite era la ducha. Retiró la cortina preparándose para gritar. Pero ni rastro de Nick.

Solo quedaba por registrar su habitación y el cuarto de baño privado. Tan desesperada estaba por encontrarlo que al principio creyó verlo. Un relámpago iluminó la cama, deshecha, y le hizo creer que las almohadas y mantas eran un cuerpo. Ya estaba encendiendo la luz y avanzando hacia la cama cuando sus ojos se adaptaron y descubrió la verdad.

Dejó escapar un sollozo, pero se reprendió a sí misma. El cuarto de baño. Tenía que estar allí…

Pero no estaba. No estaba en ninguna parte, y mientras volvía al salón escuchó aquel silencio sepulcral que ni siquiera el fragor de la tormenta podía romper.

Nick no estaba allí.

Capítulo 18

Antes

–¿Quieres un trago?

Bess había estado buscando a Nick por la habitación, pero la mano que sostenía un vaso de plástico lleno de cerveza no era de él. Negó con la cabeza. El chico que le ofrecía la cerveza también sacudió la cabeza y le entregó el vaso a la chica que entró detrás de Bess. Se volvió hacia el barril que había en el suelo, junto a la puerta, y movió la manivela arriba y abajo para llenar otro vaso.

Bess se apartó de la puerta para hacer sitio a los invitados que iban llegando. El apartamento de Nick no era muy grande y no hacían falta muchas personas para abarrotarlo. Aun así, sabía que Nick estaba allí, en algún rincón.

La música estaba tan alta que ahogaba cualquier otro sonido. Bess permaneció en el extremo del salón rectangular. Dos sofás, un escritorio y un banco de pesas se alineaban contra las paredes. Delante de ella vio una mesa con sillas entre la gente, y en la pared de enfrente una puerta abierta que daba a un pequeño cuarto de baño. Seguramente la cocina también estaba en aquella dirección.

–¡Bess! –Brian se separó de un grupo de chicas bebedoras y la agarró de la mano–. ¡Hola, cariño! Le dije a Nick que vendrías.

–¿Te lo ha preguntado él? –dejó que Brian la arrastrara hacia la mesa, donde un grupo de personas observaba a un chico y una chica con las manos en un tablero de güija.

–La estás moviendo tú –se quejó la chica, y apartó las manos mientras su compañero insistía en que él no movía nada.

–Están jugando con los espíritus –dijo Brian–. ¡Ven, siéntate conmigo en el sofá! ¿No quieres beber nada? ¡Eh, que alguien le traiga a Bess algo de beber!

–Me lo serviré yo misma –se soltó de los tentáculos de Brian, quien afortunadamente parecía estar distraído y no resultó difícil librarse de él.

Encontró a Nick en la cocina, rodeado por un grupo de chicas bronceadas y con bebidas en las manos. Alzó la vista cuando entró Bess y levantó su botella.

–¡Has venido! –no se bajó de la encimera, pero señaló el frigorífico–. Tengo refrescos, por si quieres.

Debería haberla complacido que Nick la conociera tan bien, pero de repente no quería ser tan buena y previsible. Miró las botellas de vodka, ron y tequila que llenaban la encimera. Normalmente todo el que iba a esas fiestas llevaba alcohol para compartir. Ella había llevado una caja de galletas con mantequilla, más que nada para asegurarse de tener algo que llevarse a la boca. Dejó la caja en la mesa, entre las bolsas de patata y los vasos vacíos, y se sirvió un refresco de cola al que añadió un generoso chorro de ron.

Levantó la mirada antes de tomar el primer sorbo y vio que Nick la estaba observando. Sus ojos negros brillaban intensamente. Le sonrió y levantó su cerveza hacia ella en un brindis silencioso sobre las cabezas de sus admiradoras.

Bess respondió al brindis y bebió.

El cubata le abrasó la garganta y le llenó los ojos de lágrimas, pero el segundo trago le resultó más suave. El sabor no era gran cosa, teniendo en cuenta que estaba hecho con refresco barato. Pero aunque ella no fuese una bebedora, sí que conocía a muchos aficionados a la bebida y sabía que cuanto más bebiera, mejor le sabría.

No podía acercarse a Nick, pero no importaba. La mirada que

le había echado hablaba por sí sola. Ella había ido a su fiesta; estaba allí, y eso era suficiente. Agarró su bebida y volvió al salón.

El grupo seguía reunido en torno al tablero de güija. La plancha se movía más rápido que antes, a tal velocidad que nadie podría creerse que la estuviera moviendo un espíritu. Bess no podía ver las palabras que deletreaba, pero a juzgar por las expresiones de asombro debía de ser algo interesante.

–Te digo que están jugando con los espíritus –le repitió Brian–. Y eso no está bien, Bess. No está bien.

–Estás borracho –dijo ella, tomando otro sorbo de su cubata.

–¡Lo estoy, cariño, lo estoy! –chasqueó los dedos e intentó besarla.

Bess apartó la cara en el último momento, de modo que recibió el beso en la mejilla, pero no intentó librarse del abrazo. Brian se apretó contra ella y empezó a mover la boca por su cuello, y entonces sí que se apartó.

–¡Brian! –tuvo que contenerse para no reír, pues Brian no se detendría si no le hablaba en serio–. ¡Soy tu jefa, por Dios! ¡Y soy una chica!

–Lo sé, lo sé –no parecía en absoluto arrepentido–. Pero estás tan apetitosa, cariño… y por aquí no hay nadie tan complaciente.

–¿Complaciente? Eso son palabras mayores. Me sorprende que puedas hablar así estando tan bebido.

–¡Mira quién fue hablar! –repuso él, meneando un dedo.

–Eh, tío, ¿qué haces ligando con Bess? –la voz de Nick acarició los oídos y la entrepierna de Bess–. ¿Es que no sabes que tiene novio… o algo así?

Brian se apartó con un bufido.

–¿Ese imbécil?

Bess se encogió de hombros, pero no dijo nada.

–Interesante respuesta –murmuró Nick.

Por una vez, Brian pareció quedarse sin palabras. Los miró a ambos y se fue a la cocina mientras sacudía la cabeza.

Bess se giró hacia Nick. Aquella noche no llevaba una gorra de béisbol ni un pañuelo y el pelo le caía sobre un ojo y formaba greñas sobre las orejas y en la nuca. Bess sintió el deseo de entrelazar las manos en sus cabellos.

–¡Nicky! ¡Ven a jugar! –Missy había aparecido de repente, sin Ryan, y tiraba de Nick hacia el otro lado de la habitación, donde un grupo de chicos y chicas formaba un pequeño círculo–. ¡A verdad o reto!

–Vamos –Nick agarró a Bess de la mano y tiró también de ella.

El círculo se abrió para hacerles sitio. A Bess se le empezaba a nublar la vista, pero el ardor de su estómago lo provocaban los dedos de Nick más que el alcohol. La mantuvo agarrada de la mano mientras se sentaban y alguien le pasaba un vaso de cerveza. Se la apretó un par de veces y luego la soltó, pero sus muslos seguían en íntimo contacto.

El juego ya había empezado cuando se unieron al mismo. Alguien había puesto una botella vacía en el centro del círculo.

–Verdad o reto –le susurró Nick al oído–. Si la botella te señala, tendrás que elegir una cosa u otra.

Bess asintió, aunque hubiera preferido simplemente el juego de la botella. Cuando le llegó su turno, eligió verdad y tuvo que contarles a todos con qué edad perdió la virginidad. Dieciocho años, una respuesta fácil. Le tocó girar la botella y esta señaló a Missy, quien eligió reto. Bess la desafió a que enseñara las tetas, lo que ella hizo incluso antes de que Bess acabara de decirlo. El juego se iba animando, como solía ocurrir con esas cosas. Alguien retó a una chica llamada Jenny a que besara a Bess en la boca, y así lo hicieron ante los clamores y vítores del resto.

Al acabar de besarse, Bess se disculpó, riendo. Tenía que ir al baño y a por otra bebida, aunque esa vez solo pensaba tomar un refresco. No estaba borracha y no quería estarlo, pero un ligero mareo la invadía mientras se lavaba las manos en el lavabo.

¿Por qué había tenido dudas para asistir a la fiesta de Nick? Todo era diversión y nada más que diversión. Andy salía por ahí y se divertía mucho. ¿Por qué no podía hacer ella lo mismo? Era verano, por amor de Dios. ¿Acaso no se merecía un poco de...?

–Diversión –le dijo a su reflejo.

Estaba un poco más borracha de lo que había pensado.

Cuando volvió al salón, el grupo que jugaba con los espíritus había abandonado el tablero de güija y se había unido al círculo de verdad o reto. Bess permaneció un rato en la puerta, observando, pero en vez de volver al juego se sentó junto al tablero abandonado.

–¿Lo has probado alguna vez? –le preguntó una chica sentada en el sofá. Tenía el pelo largo y negro recogido en una cola de caballo–. ¿La güija?

–No. ¿Y tú?

–No.

–Hey, Alicia –Nick saludó con la mano a la chica, quien le devolvió el saludo mientras él se sentaba junto a la mesa–. Pruébalo conmigo, Bess.

–Oh, no sé… –dijo ella, pero ya se estaba sentando. Dejó el refresco a un lado y colocó las manos en la plancha de plástico.

Sus dedos se rozaron y Bess se lamió el labio al imaginarse el hormigueo que le despertaba el contacto. Tenía que ser imaginario. La gente no sentía cosquilleos en la vida real… ¿o sí?

–¿Sabes cómo se hace? –le preguntó a Nick.

–No –le sonrió y se inclinó ligeramente hacia el tablero–. ¿Hay alguien aquí?

–¿No hay que hacerlo en un lugar tranquilo con una vela encendida o algo así? –preguntó la chica llamada Alicia, inclinándose ella también hacia el tablero.

–La gente lo estaba haciendo antes –Bess parpadeó y apartó los dedos un momento antes de volver a bajarlos. Definitivamente sentía un hormigueo.

–Pregunta tú algo –la animó Nick.

–¿Hay alguien aquí? –preguntó Bess.

La plancha se movió hacia el SÍ.

–Joder, esto acojona –Alicia se echó hacia atrás y subió los pies al sofá, como si temiera que algo la agarrase por debajo.

Nick no parecía asustado y volvió a sonreír.

–Pregunta algo más.

–¿Cómo te llamas? –los efectos del alcohol empezaban a disiparse y Bess volvía a recuperar la agudeza en los sentidos.

La plancha se movió de una letra a otra.

C... A... R... E...

–¿Care?

SÍ

–¿Ese es tu nombre?

SÍ

–¿Dónde estás, Care? –Bess miró a Nick, quien miraba fijamente el tablero de güija.

SOY UN FANTASMA

–¡Me estoy acojonando de verdad! –exclamó Alicia–. ¿Lo estáis moviendo vosotros?

–Yo no –dijo Nick, mirando a Bess.

–Yo tampoco.

SOY UN FANTASMA

SOY UN FANTASMA

SOY UN FANTASMA

La plancha se movía más y más rápido, de una letra a otra, repitiendo la misma frase. De repente se detuvo en el centro del tablero. Bess respiraba agitadamente, y también Nick.

–¿Eres un fantasma bueno? –recordó la famosa frase de *El mago de Oz*: «¿eres una bruja buena o una bruja mala?», pero ni ella era Dorothy ni aquel espíritu era Glinda.

La plancha se giró lentamente, entrelazando las muñecas de Bess y Nick.

SÍ

–No parece seguro –dijo Nick–. Tal vez sea un chico malo.

La plancha se movió tan rápidamente que casi se le escapó a Bess de las manos.

NICK

–¿Qué pasa con él? –preguntó Bess.

CHICO MALO

Nick se echó a reír, y al cabo de unos momentos también lo hizo Bess.

–Lo estás moviendo tú, Nick –lo acusó.

NO

SOY UN FANTASMA

–¿Y Nick es un chico malo?

SÍ

PERO TE GUSTA

Nick volvió a reírse, igual que Alicia, pero Bess se limitó a sonreír.

–¿Cuánto le gusto a Bess?

MUY

–¿Muy qué? –preguntó Bess sin poder detenerse.

MUCHO

–Puede que sea un buen fantasma, pero no se le da muy bien el deletreo –Alicia seguía observando la sesión con interés, pero sin bajar los pies del sofá.

CHICO MALO

–¿Eres un chico malo? –preguntó Bess.

FUI

–Ahora es un fantasma –señaló Nick en voz baja.

SÍ

Todos se echaron a reír.

–¿Cómo moriste, tío? –preguntó Nick.

La plancha no se movió, aunque un pequeño temblor la hacía vibrar sobre el tablero, como si estuviera intentando desplazarse. Después de la velocidad con que se había deslizado sobre el elaborado alfabeto para deletrear las respuestas, aquello era como si se hubiera quedado en silencio.

–Pregunta difícil –dijo Nick.

–O tal vez grosera –dijo Bess.

SÍ

–¿Tienes algo que decirnos, Care?

ERROR

Nada más.

–¿Cometiste un error?

NO

–¿Uno de nosotros ha cometido un error?

LO HARÁ

Bess miró a Nick y él la miró a ella. Tragó saliva lentamente antes de formular la siguiente pregunta.

–¿Cuál de los dos?

La plancha la apuntó a ella e inmediatamente a Nick.

–Esto es jodidamente extraño –Alicia se levantó del sofá–. Hasta luego, chicos.

Una carcajada se elevó del grupo que seguía jugando a la botella. La música reverberaba alrededor de la mesa con el tablero. Bess y Nick se miraron el uno al otro.

CHICO MALO

ERROR

SOY UN FANTASMA

–Sí –murmuró Bess cuando la plancha se detuvo–. Ya lo sabemos.

–¿Bess quiere estar conmigo? –preguntó Nick.

SÍ

Nick sonrió.

–¿Es ese su error?

NO

Aquello no era más que un ridículo juego de mesa y ella había estado bebiendo, pero aquellas dos letras le parecieron a Bess más importantes que cualquier explicación racional.

–¿Bess debería romper con su novio?

ERROR

–¿Es un error que rompa con él? –Nick no apartó la vista de los ojos de Bess–. ¿O es un error que se quede conmigo?

Bess retiró las manos de la plancha.

–Esto es absurdo.

Nick siguió con las manos en la plancha.

–¿No quieres saber lo que dicen los espíritus?

–No –se levantó y notó que le temblaban las piernas–. Esto es una estupidez.

Nick también se levantó.

–Eh, no te enfades.

Pero sí que se había enfadado. Incapaz de reprimir las lágrimas, se alejó de Nick, de la fiesta y de todo.

En el porche había más gente, bebiendo y fumando. Se abrió camino a empujones para bajar a la calle, sin importarle ser brusca o maleducada. Sus pies tocaron la acera y luego la calzada. Se había olvidado de su bici, atada a un lateral del edificio. Apretó los puños y se dirigió hacia allí mientras se secaba las lágrimas.

Nick la encontró mientras intentaba abrir el candado.

–Bess…

Se puso muy rígida y dejó de mover las ruedecitas del candado para dar con la combinación correcta.

–Solo es un juego.

Se acercó a ella y Bess se dio la vuelta, pero tenía la pared a sus espaldas y Nick estaba delante de ella. No había escapatoria.

–No quería enfadarte –pareció que se disponía a tocarla en el hombro, pero no lo hizo.

Bess respiró profundamente.

–No es por ti… Soy yo.

–Eso ya lo he oído antes –dijo él, sonriendo.

Más lágrimas amenazaban con afluir a sus ojos. Quería echarle la culpa al alcohol, pero era mucho más que eso. Era por Andy. Por Nick. Por todo.

–No lo entiendo –dijo, empezando a llorar de nuevo–, si lo quiero a él… ¿por qué solo puedo pensar en ti?

Una vez que lo hubo dicho ya no había manera de tragarse las palabras. Y en cierto modo era un alivio. La verdad le retiraba un peso de los hombros.

Nick no dijo nada.

Bess desvió la mirada. Debería haberlo imaginado. Nick solo deseaba lo que estaba fuera de su alcance, y al saber la verdad perdía todo interés en ella.

Era un error desearlo. Se sentía como si estuviera al borde de un acantilado, mirando las aguas revueltas de la ambigüedad moral y deseando que Nick la empujara. Pero él no hizo nada.

De modo que fue ella quien saltó.

Lo besó al tiempo que lo empujaba de espaldas contra la pared. Al principio él no reaccionó, pero entonces llevó una mano a su nuca mientras con la otra la agarraba por la cadera mientras ella lo aprisionaba entre la pared y su cuerpo. Nick le hizo abrir la boca con la suya, pero no le introdujo la lengua. La ligera presión de sus labios le provocaba un hormigueo insoportable. Creyó que iba a decirle algo, pero solo se oía el susurro de sus respiraciones. Incapaz de esperar más, volvió a besarlo. Le metió la lengua en la boca y esa vez él hizo lo mismo.

Se devoraron mutuamente y solo se separaron para tomar aliento. Bess se llenó los pulmones con su olor y sabor. Tenía los pezones endurecidos y una corriente de calor manaba entre sus piernas, y a través de los vaqueros de Nick sentía su bulto contra el vientre.

Fue Nick quien interrumpió finalmente el beso y se apartó para mirarla a los ojos.

–Esto no es un error, Bess.

–No –dijo ella, sorprendida de poder hablar–. No lo es.

Capítulo 19

Ahora

Para Bess era inconcebible dormir en su cama, que aún seguía impregnada con el olor a sexo, de modo que se acostó en el sofá del salón. La funda de tela vaquera ocultaba el viejo tapizado de flores, y aunque favorecía mucho la decoración hacía que los cojines estuvieran rígidos y fríos. Agarró un paño de ganchillo que su abuela había tejido para el respaldo de un sillón y lo usó para envolverse.

Los ojos y la garganta le escocían por las lágrimas contenidas, pero no podía permitirse llorar. Si cedía al llanto y a la histeria tal vez no pudiera parar. Lo que hizo fue acurrucarse de costado y mirar hacia las puertas correderas. La barandilla de la terraza ocultaba casi toda la vista de la playa, pero llegó a atisbar la espuma de las olas al lamer la orilla. Aquella noche habría resaca.

Nunca le había gustado mucho nadar, a pesar de pasar todos los veranos de su infancia en la playa. Prefería hacer castillos de arena o tomar el sol, aunque el recuerdo de aquellas quemaduras le hacía examinarse compulsivamente las pecas y lunares de su pálida piel. Le gustaba llevar la silla hasta la orilla y dejar que el agua le acariciara los pies mientras se perdía en sus fantasías y mundos imaginarios. Si hacía demasiado calor, se daba un rápido chapuzón para refrescarse, pero nunca le gustó nadar en el mar.

Porque una vez estuvo a punto de ahogarse.

Apenas recordaba el incidente. Era muy pequeña y estaba chapoteando en la orilla mientras su abuela la agarraba de una mano y su madre de otra. De pronto, una gran ola la soltó de sus manos y la volteó bajo el agua. Recordaba la arena arañándole la cara y la espalda mientras la marea la arrastraba hacia el fondo. Contuvo la respiración por instinto y cerró los ojos contra el picor de la sal. Pronto empezaron a arderle los pulmones, más dolorosamente que la abrasión en los codos y rodillas. Una concha rota le cortó la mano al buscar desesperadamente algo a lo que aferrarse.

Justo antes de que la sacaran del agua el dolor había cesado. Y había visto…

—La niebla gris —dio un respingo en el sofá. Las palabras sabían a sangre en sus labios, pues se había mordido la lengua.

La sacaron del agua y ella vomitó todo el agua que había tragado, y desde entonces olvidó que el mundo se había vuelto gris. Hasta ahora. Se incorporó, con el paño enredado en sus pies y el corazón desbocado.

Olió a agua salada y algas. Se giró hacia la puerta, parpadeando frenéticamente, y distinguió una silueta oscura. Oyó el goteo del agua en el suelo, el sonido de su propia respiración y el murmullo de las olas.

Abrió los brazos.

Él se arrodilló a sus pies y enterró la cara en su regazo. El pelo mojado le empapó la falda, y su piel estaba húmeda y ardiente. Estaba desnudo. Bess le recorrió la columna y las costillas con los dedos. Siempre había sido delgado, pero en aquellos momentos también parecía frágil.

Emitió un sollozo y le agarró los muslos. El olor del océano barría su sensual fragancia a jabón y colonia. Nick volvió a gemir y a Bess le partió el corazón una vez más.

—No vuelvas a dejarme… —le susurró con voz agónica, como si lo estuvieran torturando.

Su cuerpo irradiaba un calor tan intenso como la arena tostada por el sol, pero de todos modos, Bess lo envolvió con la man-

ta y se colocó en el suelo junto a él. Nick pegó la cara a su cuello, acariciándole la mejilla con el pelo mojado, y ella lo abrazó
fuertemente mientras pensaba qué podía decir.

–Cada vez que te marchas, creo que no volverás –dijo él.

–He vuelto, Nick.

Él la apretó con fuerza y se apartó. Sus ojos destellaban a la
franja de luz que entraba por la ventana. No se veía lágrima alguna.

–Tenía que salir –dijo ella en tono suave. Le apartó el pelo
de la frente y le tocó la mejilla.

Siempre se había imaginado a Nick como un hombre intré-
pido que no le tenía miedo a nada. Era ella la que siempre al-
bergaba los temores y las dudas. Pero al mirar atrás podía ver
que Nick había estado tan asustado como ella. O tal vez más.

–Lo sé –dijo él. Apartó la cara y se sentó con la espalda apoyada en el sofá. La manta cayó a su cintura–. Olvídalo.

–Cuando llegué a casa y vi que no estabas… –dudó un momento–, creí que no volverías. Pensé que te había perdido,
Nick. Esta vez para siempre.

Se giró para mirarla. Los labios que tanto placer le habían
brindado se curvaban hacia abajo en una fea mueca de disgusto.
Al cabo de un momento la agarró por la nuca y Bess pensó que
iba a besarla, a tirar de ella hacia su regazo y a follarla en el suelo del salón. A pesar de las magulladuras y escozores, su cuerpo respondió al instante.

Pero Nick no la besó. Se limitó a mirarla fijamente.

–No quiero irme. Nunca.

Bess sacudió levemente la cabeza, sin soltarse de su mano.

–Y yo no quiero que te vayas.

Un atisbo de sonrisa asomó en sus labios.

–¿No?

–No.

–¿Qué vamos a hacer? –dobló los dedos y presionó el pulgar
contra su pulso. Ella se inclinó hacia él para que su calor la envolviera–. ¿Qué pasará cuando lleguen tus hijos? ¿Les dirás que
soy tu novio? Diles que te estás acostando conmigo y que…

Ella lo besó para hacerlo callar. Él se lo permitió, pero no le devolvió el beso y Bess se apartó a los pocos segundos.

–Ya pensaré en algo.

Nick se levantó y la manta cayó a sus pies. No era la primera vez que Bess estaba de rodillas delante de él, pero en esa ocasión no se sentía cómoda con Nick mirándola desde arriba, de manera que también se levantó.

Nick fue hacia la pared y encendió la luz del techo. Bess se protegió con una mano del resplandor y no vio cómo él se acercaba para agarrarla de la muñeca y tirar de ella hacia el espejo.

–¿Qué ves? –le preguntó.

Bess parpadeó unas cuantas veces.

–A mí. Y a ti.

Nick miró intensamente el espejo.

–Para ti sigo teniendo el mismo aspecto. Y tú lo sigues teniendo para mí. Pero tú no te ves igual.

–No recuerdo cuál era mi aspecto a menos que vea alguna foto –dijo ella–. Este es mi aspecto, Nick. Aparento la edad que tengo.

Él se giró hacia ella.

–Tienes miedo de lo que pueda decir la gente.

–Y con razón –respondió Bess. No pretendía ser cruel, pero la forma con que lo dijo le sonó excesivamente dura.

Nick volvió a mirar sus reflejos.

–¿Crees que alguien podría reconocerme?

–Yo lo hice.

Sonrió.

–Me refiero a alguien con quien no me haya acostado.

–¿Acaso hay alguien con quien no te hayas acostado? –preguntó ella, dolida.

–Eh… –la agarró del brazo cuando ella intentó apartarse–. Lo siento, Bess.

Ella dejó que la apretara contra su pecho y le agarró las nalgas mientras él le rozaba el pelo con la nariz.

–Solo me preguntaba si habría alguien aparte de ti que pudiera recordarme.

—Tu familia.

El cuerpo de Nick se puso momentáneamente rígido, pero enseguida se relajó.

—Casi nadie de mi familia me conocía. Dudo que me reconocieran ahora.

La fragancia marina se había disipado y Bess volvió a aspirar la esencia única y especial de Nick.

—Hay gente en el pueblo que quizás te recuerde, pero la memoria es muy caprichosa, Nick. A menos que tengan una foto tuya dudo que puedan reconocerte. Es posible que les resultes familiar, pero ¿quién podría creerse que no has cambiado nada en veinte años?

—Podrían pensar que soy mi hijo.

—Podrían —corroboró ella—, si pensaran en ello.

Una emoción fugaz cruzó el rostro de Nick.

—Esto es jodidamente complicado. No dejo de temer que sea un error.

«Error».

Bess sacudió la cabeza ante el repentino recuerdo.

—No, no lo es.

Nick la besó en la boca, le introdujo lentamente la lengua y le quitó la camiseta. Le puso las manos en la piel desnuda y volvió a besarla, presionando la erección contra su vientre.

—Quiero follarte otra vez —le pasó una mano sobre las costillas para juguetear con el encaje del sujetador mientras con la otra le agarraba el trasero—. Dime que tú también lo deseas —le ordenó. Sus ojos llameaban al apartarse.

—Te deseo —Bess se lamió los labios y vio como él bajaba la mirada a su lengua—. Lo sabes muy bien.

La penetró allí mismo, en el suelo, y ella se corrió rápidamente, sintiendo el áspero roce de la alfombra en los hombros y el trasero. Nick se corrió un momento después, gritando su nombre a pleno pulmón. Después, la arropó con el paño. El suelo era duro e incómodo, pero Bess estaba demasiado exhausta para levantarse.

—¿No quieres saber dónde he estado? —le preguntó él.

–Si quieres decírmelo…

–Fui a nadar.

–¿No tenías miedo?

–¿Miedo de qué? ¿De ahogarme? –entrelazó los dedos con los de Bess y ella le besó la mano. Quería decir si no había tenido miedo de ser arrastrado a esa niebla gris, lo que quiera que fuese. Pero no le preguntó nada más.

Nick se apretó contra su espalda y la besó en el hombro.

–Nadé con todas mis fuerzas, pero no conseguía alejarme de la orilla. No podía alejarme de ti.

–¿Querías hacerlo?

–Quería saber si podía hacerlo –respondió él.

No era la respuesta a la pregunta que ella le había hecho.

Capítulo 20

Antes

A la mañana siguiente vio una nota clavada en el panel que le había pasado desapercibida la noche anterior. «Andy te ha llamado», había escrito su tía con su letra redonda y clara. Los platos estaban apilados en la cocina y el tablero del Monopoly seguía en la mesa del salón. Ni tía Lori ni tío Carl eran muy madrugadores cuando estaban de vacaciones, y a Bess le encantaría no tener que serlo. La cabeza le dolía horrores mientras se llenaba un vaso de agua y sacaba una porción de pizza del frigorífico. No le gustaba mucho la pizza de jamón y piña, pero no estaba en situación de exigir nada. Una de las pocas ventajas de compartir la casa con la familia era que todos, por acuerdo tácito, le daban de comer de vez en cuando. La comida alivió ligeramente las náuseas, pero para el dolor de cabeza tuvo que permanecer un buen rato bajo el agua caliente de la ducha.

En su pequeño cuarto, mientras se preparaba para ir a trabajar, se miró finalmente al espejo. Tenía el pelo mojado y pegado a las mejillas y al cuello, más oscuro que cuando estaba seco. Le habían aparecido más pecas en la nariz. Lo que le llamó la atención, sin embargo, fue su boca.

Su boca… Los labios que Nick había besado. La lengua que había paladeado. Los dientes que había lamido. Un mareo repentino la invadió, obligándola a apoyar los codos en las rodillas y la cara en las manos, preparándose por si tenía que vomitar.

Afortunadamente, el estómago no se le salió por la boca, a pesar de los brincos. Los ojos le palpitaban, pero no quería llorar. Al contrario. Lo único que podía hacer era sonreír.

Había besado a Nick Hamilton.

Y él la había besado a ella. La había tocado y ella lo había tocado a él. Una risa nerviosa brotó de su garganta y la sofocó llevándose una mano a la boca. Otro vistazo al espejo le reveló la misma imagen de su boca, hinchada por los besos de Nick.

No habían hecho más que enrollarse. El apartamento de Nick estaba lleno de gente y no había espacio para la intimidad. Además, los dos tenían que levantarse temprano y ya era muy tarde. Bess fue la que puso fin al beso para marcharse, aunque él la siguió hasta la bici y volvió a besarla hasta dejarla sin aliento.

Miró el reloj y se dio cuenta de que iba a llegar tarde. Se recogió rápidamente el pelo, se puso el polo blanco y la minifalda caqui del uniforme y agarró su mochila. Al llegar al trabajo, el aire de la mañana le había aliviado la jaqueca. Y aún no podía dejar de sonreír.

–No me mires así –le advirtió Brian. Estaba sentado junto a la puerta trasera, con la cabeza en las manos–. Tengo una resaca de mil demonios… ¿Por qué tú no?

–Porque yo no soy tan estúpida para emborracharme si tengo que trabajar a la mañana siguiente –le dio un suave puntapié–. Arriba, grandullón.

Brian se levantó con dificultad.

–Es muy temprano. ¿Dónde está Tammy?

–Tammy tiene el turno de tarde, con Ronnie –le recordó Bess con mucha paciencia mientras abría la puerta–. Por la mañana solo estamos tú, yo y Eddie.

En ese momento llegó Eddie.

–Bu… buenos días.

Brian lo saludó con la mano.

–Eddie, ¿qué te parece si te ocupas tú hoy del mostrador mientras yo me quedó ahí atrás contando los vasos?

La idea pareció horrorizar tanto a Eddie que Bess se compadeció de él.

–Cállate, Brian. Bebe agua o tómate una aspirina, si te sientes tan mal.

Entraron y Brian desapareció inmediatamente en el aseo.

–¿Qué le pasa? –preguntó Eddie.

–Resaca –su dolor de cabeza parecía una pesadilla lejana, gracias a Dios, y había sido sustituido por el recuerdo de la boca de Nick–. Se recuperará. Anoche estuvimos en una fiesta.

–¿No está siempre de fiesta?

Aquel día Eddie llevaba un polo parecido al de Bess, pero de color azul marino. Tenía el cuello doblado por un lado y levantado por el otro. Sin pensar en lo que hacía, Bess le igualó las dos partes. Eddie se quedó helado cuando lo tocó.

–Tenías el cuello asimétrico –le explicó ella, quitándole importancia al gesto.

–Gra… gracias –el rubor de sus mejillas podría haber horneado las galletitas saladas. Como era natural, no la miró a los ojos.

Bess comprendía al muchacho, pero ser el objeto de adoración la hacía sentirse incómoda.

–Estaré en el mostrador.

Los dos asintieron torpemente y Bess se fue a la parte delantera. Aún faltaba una hora para abrir, pero había mucho que hacer en el local. Bess no entendía cómo alguien podía atiborrarse de helados o palomitas por la mañana, pero en cuanto se colgaba el cartel de *Abierto* los clientes no paraban de entrar.

Lo mejor de empezar a trabajar temprano era que acabaría temprano. Y así podría ver antes a Nick y… ¿Qué harían exactamente?

«Andy te ha llamado».

Su buen humor cayó en picado. En la nota no aparecía ninguna hora, pero como sus tíos permanecían levantados hasta muy tarde podría haber sido en cualquier momento antes de las tres de la mañana, cuando ella volvió a casa. Sonrió con dureza. Andy había llamado y ella no estaba en casa… Bien. Que sufriera un poco, preguntándose adónde había ido y con quién estaba.

Una vez más, el recuerdo de la noche anterior le revolvió las tripas y tuvo que extender un brazo para guardar el equilibrio.

–¿Te encuentras bien? –le preguntó Brian. Tenía el rostro son-rosado y el pelo y el cuello de su polo rosa empapados–. No me digas que tú también tienes resaca… Si vas a vomitar, hazlo atrás.

–No, estoy bien –se irguió e intentó respirar hondo.

Si Andy descubría que había besado a Nick, rompería con ella de inmediato.

¿Y qué?

–No tienes buen aspecto –Brian llenó un vaso en el surtidor de refresco y se lo puso en la mano–. Toma, bébete esto. Puede que necesites algo para el estómago.

–Ya te he dicho que no tengo resaca –dijo ella, pero de to-dos modos se bebió el refresco y le dio el vaso a Brian para que volviera a llenarlo.

Él lo hizo y vio cómo ella se lo tomaba con más calma.

–Oh, oh.

Bess dejó el vaso y empezó a encender la máquina de los ba-tidos y las luces de las vitrinas. No miró a Brian. A pesar de sus extravagancias era muy observador e inteligente. Y extremada-mente descarado.

–¿Te lo has tirado? –le preguntó en voz baja, como si fuera un secreto de estado–. Joder, Bess… te has tirado a Nick Hamilton.

–¡No! –exclamó ella. Vio a Eddie observándolos desde la puerta, pero el muchacho volvió a desaparecer en la trastien-da–. ¡Cierra el pico, Brian!

–¡Oooooh, cariño! –Brian chasqueó con la lengua–. ¿Qué ha pasado con tu novio?

–Nada. No me he acostado con Nick –intentó mantener las manos ocupadas para fingir desinterés.

–Algo has hecho con él. Missy me dijo que había algo entre vosotros.

–Ah, ¿ya aparecemos en las páginas de sociedad?

–Tranquila, pequeña… Missy nunca sabe lo que dice.

–Aunque lo supiera, no es asunto suyo. Ni tuyo.

–Entendido… –por una vez, Brian pareció ponerse serio. Se acercó a ella por detrás y le frotó los hombros para aliviarle la tensión–. Pero ten cuidado, ¿vale, cariño?

Bess intentó relajarse con el masaje.

–Ya soy mayorcita, Brian. No me pasará nada.

Brian se concentró en un lado del cuello.

–Solo te digo que a Nick le gusta jugar.

Bess volvió a ponerse rígida, inutilizando el masaje de Brian. Rodeó el mostrador y se puso a rellenar los servilleteros de las mesas.

–He dicho que no me pasará nada.

Brian tardó un momento en contestar.

–Sí que te ha dado fuerte, ¿eh?

–No es nada.

–A mí no me parece que sea nada… –Brian rodeó el mostrador y le tocó el cuello–. A mí me parece un chupón enorme.

Horrorizada, Bess se llevó la mano al cuello y se palpó la carne irritada.

–Oh, no.

–Tu novio te comerá viva, cariño –dijo Brian, riendo–. Ya sé que puedes manejarlo, pero por si acaso… ten cuidado.

Bess levantó el servilletero metálico y vio el inconfundible reflejo de una marca.

–Maldita sea…

–Tengo un poco de crema base en la mochila. Voy a traértela.

–Te quiero, Brian.

–Es la historia de mi vida, cariño… –suspiró–. Ojalá pudiera encontrar a mi príncipe azul…

Nick no era su príncipe azul, pensó Bess mientras terminaba de rellenar los servilleteros. Pero cuando entró en el pequeño aseo para maquillarse la marca de sus labios, pensó que era… algo.

¿Pero qué?

No tuvo tiempo para pensar en ello, porque los clientes empezaron a llegar en tropel. Entre los tres mantuvieron las cosas bajo control, y si Eddie parecía más callado que de costumbre o Brian se mostraba más descarado, Bess apenas lo notó. Cada vez que sonaba la campanilla de la puerta se le encogía el corazón, pero nunca era Nick.

Ni siquiera tenía su número para llamarlo, pensó al acercarse el final de su jornada y seguir sin noticias suyas. Sí sabía dónde vivía y trabajaba, pero ¿podía ir a verlo sin invitación, igual que él había ido a Sugarland para buscarla a ella? ¿Podía hacerlo? ¿Debería hacerlo?

Aún no se había decidido cuando apareció Ronnie para relevarla. Ni cuando guardó sus cosas y desató la bici. Al final del callejón se le presentaron dos opciones. Podía girar a la izquierda y volver a casa, unirse a la partida de Monopoly, comer pizza y bromear con sus tíos y los amigos de estos, llamar a Andy, soportar otra dolorosa conversación, o hacerlo oficial, decirle la verdad y que fuera él quien rompiera con ella.

Giró a la derecha.

No habían pasado ni veinticuatro horas desde que recorrió aquella misma ruta, pero le pareció mucho más larga que a las tres de la mañana. El valor casi la abandonó por completo cuando ató la bici a la barandilla de la terraza de Nick.

Llamó a su puerta antes de que pudiera arrepentirse. Él tardó un rato en abrir, pero la espera mereció la pena cuando lo vio aparecer con una toalla a la cintura y nada más.

—Bess —pareció sorprenderse de verla.

—Hola.

Nick se apartó el pelo mojado de la frente y se hizo a un lado para dejarla pasar. Un hormigueo recorrió a Bess al verlo semidesnudo, y de repente lamentó no haber ido a casa a ducharse, cambiarse de ropa y maquillarse. Se llevó una mano a la cabeza para quitarse la horquilla, así, al menos, el pelo le caería suelto sobre los hombros.

—Sobre lo de anoche… —empezó sin más preámbulos.

Nick sonrió.

—Ya sé que te gusta andar jodiendo por ahí.

La sonrisa de Nick desapareció al instante. Bess respiró hondo y siguió hablando.

—Y solo quería decirte que… me parece bien. Si es eso lo que quieres.

Nick apretó los labios y frunció el entrecejo mientras se cruzaba de brazos. La toalla se deslizó un par de centímetros sobre sus caderas y Bess se sorprendió deseando que se le cayera.

–¿En serio?

–Sí.

Ninguno de los dos hizo ademán por acercarse. Bess quería que la besara igual que la noche anterior. Quería que la sujetara contra la pared y que la penetrara allí mismo.

–Ya sé que tú no buscas nada serio –la voz le temblaba, lo cual no era extraño, ya que se había olvidado de respirar–. Y me parece bien, porque yo tampoco puedo tener algo serio.

Nick la observaba fijamente. Su respiración era más agitada que unos momentos antes, y Bess se preguntó si sería por ella.

–¿No?

Bess negó con la cabeza y se humedeció los labios. Tenía los puños apretados a los costados y se obligó a abrir y relajar las manos. No había pensado en lo que haría cuando se viera en esa situación, pero ahora que se encontraba ante Nick no podía pensar en otra cosa que en follar con él hasta la extenuación.

–Te deseo –confesó en voz baja–. Ahora.

Nick no la sujetó contra la pared. Ni siquiera se movió. Se limitó a mirarla impasible, hasta que finalmente volvió a sonreír.

–¿Estás segura de que no es un error? Anoche los dos habíamos bebido. Le podría haber pasado a cualquiera.

La frialdad de Nick tendría que haberla desanimado, pero Bess no estaba dispuesta a echarse atrás. Se quitó el polo y se estremeció de emoción al ver el brillo de sus ojos. A Nick se le congeló la sonrisa y apretó las manos que tenía bajo los codos, pero por lo demás no se movió.

–No le ha pasado a cualquiera. Nos ha pasado a nosotros –se desabrochó la falda y dejó que cayera al suelo. Su ropa interior cubría más que algunos de los bikinis más atrevidos que había visto, pero no era lo mismo. Ni mucho menos.

Sabía que a través del encaje se podían ver sus pezones, completamente rígidos, y el vello del pubis. Nick emitió un sonido ahogado y gutural, pero Bess no se atrevió a apartar la vista de su cara, ni siquiera para ver si tenía un bulto en la toalla. Se quitó el sujetador y lo tiró al montón de ropa del suelo. Nick tampoco apartó la mirada de sus ojos.

Permanecieron así unos minutos, y cuando Nick abrió finalmente la boca para hablar sin que ninguna palabra saliera de sus labios, Bess avanzó hacia él.

Le bastaron dos pasos para llegar hasta él y otros dos para llevarlo contra la pared. Le quitó la toalla de un tirón y le besó la clavícula, el punto más alto que podía alcanzar sin que él agachara la cabeza. Desde allí fue bajando imparablemente hasta un pezón de color cobrizo, lo lamió y lo sujetó por la cintura para seguir descendiendo hasta la cadera. Allí lo mordió ligeramente y él masculló algo incomprensible. Bess empezó a subir con la boca hasta que estuvieron vientre contra vientre. Nick estaba duro como una piedra, desnudo y con la polla atrapada entre ellos. Bess aún llevaba las bragas y se frotó la entrepierna con el muslo de Nick.

Le mordió el bíceps y él volvió a maldecir. La rodeó con los brazos y le buscó el cuello con la boca. La tocó entre las piernas y ella gimió y también lo tocó a él. Con sus bocas cubrieron varios palmos de piel expuesta mientras se masturbaban mutuamente.

No habían pasado ni dos minutos desde que lo empujara contra la pared, pero Bess no necesitaba más tiempo. Estaba preparada y no quería detenerse a pensar.

–¿Y los condones? –le preguntó al oído, dando por hecho que tendría algunos.

–En la habitación.

Era la primera vez que pisaba su cuarto. Tenía una cómoda, un viejo televisor y una pared llena de CDs y cintas de vídeo. Pero lo único que le interesaba a Bess era el enorme colchón que había sobre un somier en el suelo.

Nick abrió un cajón y sacó un puñado de paquetitos cuadrados que cayeron como una lluvia multicolor en la cama. Bess lo hizo tumbarse boca arriba y se sentó a horcajadas sobre él para remover el montón de condones.

–¿Black Jack? –agarró uno al azar–. Interesante…

Nick levantó las caderas y se frotó contra ella. El roce de la polla erecta contra las bragas mojadas la hizo estremecerse de placer y anticipación. No debería estar allí, pero le daba igual. Y esa despreocupación era casi tan excitante como el propio Nick. Rasgó el envoltorio y le colocó el preservativo con manos torpes y temblorosas. Él la observó sin moverse mientras ella se levantaba y se quitaba las bragas. Volvió a colocarse a horcajadas y agarró la polla por la base, pero de momento no hizo nada. Respiró profundamente, haciendo acopio de valor.

Nick no dijo nada, pero sus ojos ardían de deseo. Tenía la boca entreabierta y los labios humedecidos, y respiraba agitadamente. No hizo nada para forzarla, ni siquiera el más mínimo gesto. Su miembro palpitaba con fuertes pulsaciones, como los latidos de Bess.

Iba a hacerlo. Iba a hacerlo antes de que pudiera arrepentirse. Se levantó para guiar el miembro de Nick a su interior y volvió a bajar lentamente. Ahogó un grito. Nick cerró los ojos y arqueó la espalda para empujar más profundamente de lo que Bess se había esperado.

No fue perfecto, pero las fantasías siempre excedían la realidad. Puso las manos en los hombros de Nick y colocó el cuerpo para ejercer presión donde más la necesitaba. Estaba empeñada en potenciar al máximo cualquier postura que le diera placer en vez de concentrarse en el orgasmo. No esperaba tener ninguno.

El orgasmo, breve e intenso, la pilló por sorpresa. Se inclinó hacia delante y lo agarró fuertemente por los hombros mientras él le aferraba las caderas. Un pequeño gemido brotó de su garganta ante la corriente de placer.

Lo miró y vio que parecía tan sorprendido como ella, pero entonces Nick cerró los ojos y su rostro se contrajo al tiempo que una última embestida lo llevaba al orgasmo. Pasados unos segundos de inmovilidad absoluta, se lamió los labios y abrió los ojos.

Se miraron el uno al otro en silencio. Bess tragó saliva, sintiendo el sudor que le corría por los muslos. Aflojó los dedos y frotó las marcas que le había dejado en los hombros, antes de apartarse y tumbarse de espaldas.

Nick no dijo nada, y ella no supo qué decir ni qué hacer. Aunque en aquellos momentos no podía hacer otra cosa que intentar recuperar el aliento y el sentido común.

Se preparó para sentir la punzada del remordimiento, pero no fue así.

Al cabo de un rato la respiración de Nick se hizo más suave y regular. Bess se giró para mirarlo. Fuera aún no había oscurecido. El perfil de Nick todavía no le resultaba familiar y se dedicó a estudiar sus facciones. La nariz, el mentón, la sombra de las pestañas en las mejillas, la mata de sedosos cabellos negros cayendo sobre la frente…

Era la imagen más bonita que había visto en su vida.

–¿Bess? –la llamó sin mirarla y sin abrir los ojos siquiera.

–¿Mmm? –exhausta por el sexo, y un poco sobrecogida por unas emociones que no esperaba sentir, se giró de costado hacia él.

–Nunca creas saber lo que yo quiero.

No fue hasta mucho después, cuando se encontraba bajo la ducha e intentaba, sin éxito, sentir algún remordimiento, que se percató de una cosa. Habían recorrido sus cuerpos a conciencia con las manos y las bocas. Se habían tocado, lamido, chupado y mordido…

Pero ni una sola vez se habían besado.

Capítulo 21

Ahora

Bess estaba acostumbrada al sonido de la televisión. Andy tenía la costumbre de quedarse dormido frente al aparato, con el volumen bajo, pero lo bastante alto para que se oyera por toda la casa en el silencio de la noche. Fue la primera señal de que el matrimonio se estaba desmoronando, cuando Andy empezó a preferir los programas nocturnos en vez de irse a la cama con ella.

Se despertó de una pesadilla y al principio no supo dónde estaba. Parpadeó frenéticamente y pasó los dedos por la sábana enrollada a la cintura. La almohada estaba mojada, aunque no supo si era de sudor o de lágrimas. A través de la puerta vio el destello blanco y azulado de la televisión, pero tanto la puerta como la cama estaban en lugares equivocados. Se dio la vuelta para mirar al techo y finalmente supo dónde se encontraba.

En la casa de la playa.

Estaba en la casa de la playa, y el hombre que veía la televisión en el salón no era Andy.

Se apoyó en un codo y sofocó un bostezo con el dorso de la mano. Las pesadillas habían quedado atrás y la única secuela era un estómago ligeramente revuelto. Se levantó y se puso el camisón. Nick estaba sentado con los codos en las rodillas, mirando fijamente la televisión. No miró a Bess cuando ella entró en el salón ni cuando se sentó junto a él, muslo contra muslo. Solo llevaba puestos unos calzoncillos.

–Hola –lo saludó, besándolo en el hombro desnudo.

–Hola –pestañeó y la miró–. Por Dios, Bess…

Ella apoyó la cabeza en su hombro y miró la pantalla. Nick estaba viendo el canal de noticias.

–Apaga eso.

–Cuántas cosas han pasado…

Bess agarró el mando a distancia de la mesa y apagó la televisión. La oscuridad los envolvió y ella cerró los ojos para adaptarlos. Nick seguía inmóvil a su lado.

–Ya sé que ha pasado mucho tiempo, pero aún no puedo hacerme a la idea… –sus hombros oscilaron levemente con un suspiro–. Maldita sea, Bess.

–Tranquilo. Te acostumbrarás –lo tomó de la mano y le apretó los dedos.

Nick no apartó la mano, pero no le devolvió el apretón. Se estremeció ligeramente y Bess lo rodeó con un brazo, sin que él pareciera relajarse lo más mínimo.

–Voy a preparar unas tostadas –dijo ella tras un largo silencio.

Lo besó en el hombro y se levantó. La luz de la cocina le hizo daño en los ojos hasta que estos se adaptaron al cambio. Sacó el pan blanco del congelador, metió dos rebanadas en la tostadora y sacó la mantequilla y la mermelada de frambuesa del frigorífico. Cuando el tostador expulsó el pan, suculentamente dorado, se sirvió un vaso de zumo de naranja.

Nick entró en la cocina mientras ella untaba de mantequilla y mermelada la tostada. Se sentó en la encimera y la observó. Bess permaneció de pie mientras comía; le parecía ridículo sentarse para tomar un trozo de pan.

–El olor a tostada me recuerda al sexo –le dijo él con una sonrisa.

Bess se metió un pedazo de tostada en la boca y se lamió los dedos.

–¿Quieres un poco?

Nick negó con la cabeza.

–¿Para qué?

Tenía razón, pero Bess no retiró inmediatamente la tostada

que le ofrecía. Tampoco se la comió ella, y en vez de eso la tiró al cubo de la basura. Había perdido el apetito.

Nick se bajó de la encimera y le puso una mano en el hombro para girarla hacia él.

—Lo siento.

—No tienes que sentir nada —se encogió de hombros, sin mirarlo—. No debes hacer nada que no quieras solo por...

—¿Por parecer normal? —concluyó él. Flexionó los dedos, arrugando la tela del camisón—. ¿Te sentirías mejor si fingiera comer? A lo mejor podría yacer junto a ti toda la noche, como si estuviera durmiendo, solo para que no creas estar follando con un monstruo.

—¡Yo no creo que seas un monstruo! —protestó ella.

Las llamas siempre ardían entre ellos, ya fuera por el calor que despedía la piel de Nick, por la incontenible pasión sexual o por los ánimos encendidos. El calor de sus dedos la abrasaba a través del camisón. Bess se apartó y recogió las migas de la encimera. Al terminar, Nick seguía donde estaba.

—Lo siento.

Bess lo miró, respirando aceleradamente. No soportaba la mirada inescrutable de Nick. Nunca había soportado que sus ojos la traspasaran sin dar nada a cambio.

—No pongas en mi boca palabras que no son mías.

La mirada de Nick vaciló un poco, al tiempo que esbozaba un atisbo de sonrisa.

—¿Y si pongo otra cosa mejor en tu boca?

Bess se cruzó de brazos y retrocedió unos cuantos pasos.

—No puedes tener las dos cosas, Nick.

—¿Qué se supone que significa eso? —preguntó él, poniéndose serio.

—Significa que puedo fingir que no hay nada extraño en todo esto. En nosotros. En ti. Puedo fingir sin problemas que eres mi amante, mucho más joven que yo. O puedo admitir que toda esta situación es una puta locura y que tú has vuelto de... de alguna parte...

—De la niebla gris —dijo él en voz baja.

–Te fuiste y has vuelto –siguió ella en voz más alta–. Hace veinte años fuiste mi amante, y de repente surges de la nada…

–¡De la nada no! –exclamó él–. Maldita sea, Bess, ¿cómo puedes fingir nada si sabes muy bien dónde estuve y lo que soy? ¿Cómo puedes comportarte como si no importara?

–¡Porque te quiero! –gritó ella.

Las palabras resonaron en el silencio. Fuera, el sol se elevaba en un nuevo amanecer y nuevas olas se mecían en el mismo mar de siempre para romper en la misma arena de siempre.

–Te quiero –repitió, y lo tomó de las manos.

Nunca se lo había dicho. Él tampoco se lo había dicho. Apretó los dedos, pero ninguna palabra salió de sus labios. Mantuvo la boca cerrada. Sus ojos, sin embargo, parecieron abrirse a un caudal de emociones contenidas. No todas eran descifrables, pero al menos ya no eran inalcanzables.

–Te quiero –susurró por tercera vez. Tiró de él y le puso una mano en la mejilla–. Siempre te he querido.

Nick cerró los ojos y giró la cara para besarle la palma. La rodeó con los brazos y la apretó contra él. Así permanecieron un largo rato, aunque Bess no se molestó en contar los minutos transcurridos.

–No me importa lo que seas –le dijo finalmente–. Soy feliz de que estés aquí –se apartó para mirarlo a los ojos y tomó una profunda inspiración–. Pero si tú no…

–No –Nick negó con la cabeza y volvió a tirar de ella para besarla en la boca–. Quiero estar contigo. Solo necesitaba saber que lo tenías claro. No importa qué. Solo que estuvieras segura.

–Lo estoy –lo besó–. Si tenemos que fingir ante el mundo que nos acabamos de conocer, lo haremos. Si tenemos que decir que eres otra cosa, lo haremos.

Nick sonrió.

–¿Qué pasa con tus hijos?

Bess suspiró.

–No necesitan saber que nos acostamos juntos. Aún no.

Confió en que Nick lo entendiera, y fue un gran alivio cuando él asintió con la cabeza.

–Es mejor no asustarlos… Pero ¿quién le diremos que soy?

–Un inquilino –le recorrió las costillas con las manos–. Puedes hospedarte en mi vieja habitación. Tendrás tu propio cuarto de baño y entrada. Si preguntan, les diré la verdad. Hace falta mucho dinero para mantener esta casa, y mi situación económica es más precaria de lo que me gustaría.

Nick inclinó ligeramente las cejas.

–¿Y se lo creerán?

Por la forma en que lo dijo parecía una mentira aborrecible, pero Bess asintió de todos modos.

–Sí. Se lo creerán.

Nick llevó las manos a su trasero y se inclinó para morderle el cuello.

–¿Y qué harás? ¿Te vendrás sigilosamente a mi cuarto por las noches?

Bess se rio cuando los labios y dientes de Nick encontraron un punto especialmente sensible.

–Ya lo veremos.

–¿Y cuando se acabe el verano? –formuló la pregunta en un tono despreocupado, pero los dos eran conscientes de su seriedad–. ¿Qué pasará entonces?

Ella entrelazó los dedos en su pelo.

–No me marcharé al final del verano.

–¿No?

Bess negó lentamente con la cabeza.

–No.

–¿Estás segura?

–No voy a volver con mi marido. Estamos oficialmente separados.

Era la primera vez que lo decía en voz alta, y se sorprendió de que las palabras siguieran doliéndole. Tragó saliva y carraspeó.

–Connor empezará la universidad en otoño. Robbie se quedará aquí, conmigo. Andy se queda en Pensilvania. No lo ha confesado, pero sé que tiene una amante.

Nick frunció el ceño y masculló un insulto. Su indignación alivió un poco el peso que Bess cargaba en los hombros.

–¿Quién soy yo para criticarlo?

Él la miró seriamente, antes de tomar su rostro entre las manos y besarla. La había besado de muchas formas distintas. Con dulzura, con avidez, con pasión... Pero era la primera vez que la besaba como si fuera lo más importante que pudiera hacer en el mundo. Al retirarse, el corazón de Bess latía frenéticamente.

–¿Te sientes mal? –le preguntó él.

–No, Nick. Debería sentirme mal, pero no es así.

Como tampoco se había sentido culpable años atrás.

–Bien –volvió a besarla y apoyó la frente contra la suya–. Ahora tenemos que inventarnos una historia convincente sobre mí. ¿Cuál será mi nombre? ¿A qué me dedico?

Bess no había pensado en ello.

–¿Qué tiene de malo el nombre de Nick Hamilton?

–Junior –dijo él, dirigiéndose al salón–. ¿Soy mi propio hijo? ¿Mi padre se largó cuando yo era un crío y me dejó con mi madre?

–Tal vez no te dejó –repuso Bess tranquilamente–. Tal vez murió.

Nick se volvió hacia ella.

–¿Eso crees?

Bess asintió al cabo de un momento.

–Que yo no lo supiera no significa que nadie más lo supiera, Nick.

Él no dijo nada. Fue hacia las puertas correderas y salió al exterior. El sol de la mañana arrancaba destellos dorados en su piel, que conservaba un bronceado permanente fuera cual fuera su estado corpóreo. Bess lo siguió y se apoyó en la barandilla. La brisa le sacudió los cabellos.

Nick contemplaba el mar. El Atlántico no podía compararse con las azules aguas del Caribe, pero aquel día la superficie tenía un tono menos verdoso. La espuma coronaba las olas como relucientes ribetes de encaje blanco y hasta la arena parecía más brillante.

–Volví al pueblo para trabajar durante el verano –dijo Nick con un deje de emoción en la voz.

Bess le puso una mano en el hombro.

–Sí. Necesitabas un lugar para quedarte y yo…

–Me alquilaste una habitación en tu casa porque conociste a mi padre.

–Sí.

–Y el resto no es asunto de nadie…

–Exacto –corroboró ella con una sonrisa.

Nick volvió a mirar hacia el agua.

–Tendré que encontrar un maldito trabajo donde se me pague en negro, ya que no tengo ningún documento de identidad.

Bess no se sorprendió de que Nick supiera cómo conseguir una identidad falsa. Le agarró el brazo y se lo apretó. Su tacto era tan fuerte y sólido como siempre. Nick había sido enteramente real desde su regreso, aunque no comiera, durmiera ni respirara.

–Todo saldrá bien.

Él sonrió, sin apartar la vista del océano.

–Sí, supongo.

Tenía que salir bien. ¿Quién podría creerse que Nick Hamilton había vuelto de la muerte para follar con ella?

–¿Qué te parece si nos vestimos y nos vamos al pueblo? Podemos ir paseando por la playa. Conozco algunos sitios donde contratan a gente sin papeles. Y podemos hacer algunas compras.

–Se me ocurre que antes podríamos hacer otras cosas… –la forma con que se relamió los labios no dejaba lugar a dudas sobre sus intenciones.

La llevó al cuarto de baño y la metió en la ducha, donde descolgó la alcachofa de la pared para rociarle el cuerpo con el chorro de agua caliente.

–Nunca me cansaré de ti –le dijo mientras le separaba los labios vaginales con el dedo.

–Espero que no.

–Lo digo en serio, Bess.

–Está bien –lo besó y se abrazó a él con todas sus fuerzas para recibirlo en su interior con un gemido ahogado–. Te creo.

Capítulo 22

Antes

–Entonces, ¿cuándo voy? –la voz de Andy sonaba débil y apagada en la distancia.

O tal vez solo se lo parecía a ella.

Bess no tenía un calendario a mano.

–¿Cuándo quieres venir, Andy?

Durante los tres últimos veranos, Bess había trabajado en Bethany Beach, y en ese tiempo Andy solo la había visitado dos veces. Se excusaba diciendo que ella no solía librar los fines de semana y que no le apetecía ir hasta allí para estar solo. No quería dormir en el sofá ni en el suelo, y no era posible compartir la habitación de Bess estando su familia en casa. Bess había creído que una estancia gratis en la playa compensaría cualquier otro inconveniente, pero al parecer, Andy no pensaba del mismo modo y, consecuentemente, ella dejó de insistirle para que fuese a verla. Y, como era lógico, en cuanto ella dejó de pedírselo, él decidió que ya era hora de hacerle una visita.

–Trabajo todos los fines de semana –añadió antes de que él pudiera responder–. Y la casa va a estar ocupada lo que queda de verano. Supongo que podrías dormir en el porche…

–Muy graciosa.

Bess no lo decía en broma.

–Me parece una tontería que vengas solo para dos días cuando ni siquiera voy a tener tiempo libre.

–¿No puedes tomarte algunos días libres?

–Soy encargada –le explicó por cuarta o quinta vez–. Y necesito el dinero.

–Sí, claro… El dinero –Andy no había tenido problemas de dinero en su vida–. Pensaba que como no nos vemos desde mayo, querrías que fuera a hacerte una visita.

–Íbamos a vernos para ir juntos al concierto de Fast Fashion –le recordó ella. Hasta una semana antes no se habría atrevido a sacar el tema, pero ahora parecía empeñada en provocarlo–. ¿Cómo estuvo, por cierto?

–¿Aún sigues enfadada por eso? –la carcajada de Andy le crispó los nervios.

–¿Te refieres a haberle ofrecido mi entrada a otra chica para ver a mi grupo favorito? ¿Por qué iba a enfadarme por eso, Andy?

–No seas tan resentida.

–¿Por qué será que cada que vez que te llamo la atención sobre algo que has hecho me acusas de ser una resentida? –miró hacia el salón, donde un nuevo grupo de familiares se sentía felizmente como en casa.

Aquella semana les tocaba a su prima Danielle, a su marido, Steve, y a sus tres adorables pero agotadores hijos. Bess ya se había ofrecido a cuidar de ellos una noche, una oferta no tan generosa como podría parecer, teniendo en cuenta que Danielle y Steve estaban dispuestos a pagarle casi tanto como lo que cobraba en Sugarland.

–¿Quieres que vaya a verte o no?

–Quería que me llevaras al concierto.

–Por Dios, ¿es que vas a seguir siempre con eso?

–Supongo que sí.

Andy soltó un largo suspiro.

–Si hubiera sabido que ibas a incordiar tanto…

–Te lo podrías haber imaginado, Andy –lo interrumpió ella–. Sabías que quería ir contigo a ese concierto. Sabías cómo podría sentarme que me dejarás de lado. Lo sabías y aun así lo hiciste.

Lo que más le dolía no era que hubiese invitado a otra chica, sino que ella le hubiera expresado sus sentimientos y él los hubiese ignorado. Y no era la primera vez.

–Lo siento, ¿vale?

–¡No, no vale! –gritó ella.

–¿Qué quieres que haga? ¡Lo hecho hecho está! ¡Ya no puedo hacer nada por cambiarlo!

–Tienes razón. No puedes hacer nada.

–Te he dicho que lo siento, Bess.

Lo más fácil habría sido perdonarlo y olvidarlo todo, pero Bess no dijo nada y el silencio se alargó entre ellos. No podía saber lo que Andy estaba pensando, pero ella no podía dejar de pensar en Nick.

–Te quiero –dijo Andy.

–¿Ah, sí? ¿En serio?

Andy colgó, y ella se quedó mirando unos segundos el auricular antes de colgar también. El estómago le ardía de furia e indignación y las manos le temblaban, pero no lloró.

Se retiró a su habitación, minúscula y sin apenas espacio, pero siempre limpia y ordenada. Sacó una caja de sobres del cajón de la mesa con la letra E estampada en relieve. Era la inicial de su nombre, Elisabeth, y los sobres se los había regalado una tía por Navidad, mucho tiempo atrás. Bess nunca los había usado porque no se identificaba con su nombre completo y porque tenía la costumbre de escribir ella misma en el sobre. Sacó una hoja y un bolígrafo.

Querido Andy,
Ya no te quiero.
Andy, te odiaría si pudiera sentir algo por ti, pero has dejado de importarme.
Andy,
Me he acostado con otro y me he corrido de tal manera que creo estar enamorada de él. Así que ya puedes llevarte a ese chochito del trabajo a todos los conciertos que quieras.
Querido Andy, no sé cómo decirte esto, salvo contándote la verdad. Creo que ya no te quiero, y estoy segura de que tú tam-

poco me quieres, porque si lo hicieras me habrías llevado a mí al concierto de Fast Fashion en vez de a una chica a la que acababas de conocer. Sé que te parece absurdo enfadarse por un concierto, y tal vez tengas razón, pero no se trata del concierto en sí. Se trata de la elección que tomaste. Se trata de que elegiste a otra persona por encima de mí.

Escribió una línea tras otra, sin parar. Al final, mordió el extremo del boli, metió las hojas garabateadas en el sobre y lo guardó en el cajón, sin escribir dirección ni destinatario.

Capítulo 23

Ahora

–¿Listo? –Bess se había puesto un vestido de color claro con una rebeca a juego, sobre un sujetador de encaje y unas bragas semitransparentes. Llevaba las sandalias en la mano, en vez de calzarlas para caminar por la playa.

Nick estaba mirando al mar por las ventanas.

–Sí.

Aún era temprano y casi todas las tiendas estarían cerradas cuando llegaran al pueblo, pero el sol ya estaba muy alto en el cielo. Bess había perdido la noción del tiempo mientras estaban en la ducha, y tampoco sabía cuántas veces habían hecho el amor.

Cerró la puerta tras ellos, se guardó las llaves en el bolso y siguió a Nick por el estrecho sendero de arena que conducía a la playa. La arena estaba caliente, pero la sensación en los pies era muy agradable. Levantó la cara para que la brisa fresca le acariciara el rostro y le sacudiera el pelo.

–Creo que voy a comprarme un sombrero para el sol.

Nick la miró.

–Entonces no te saldrán más pecas.

–Ni cáncer de piel, con suerte.

Él se giró del todo para mirarla mientras caminaba hacia atrás.

–Me gustaban tus pecas.

–Claro… –se rio ella–. Las pecas son muy sexys.

–Mucho. Sobre todo las que te aparecen en la nariz.

Bess volvió a reírse.

–Si tú lo dices…

Caminaron pegados a la orilla para evitar las sombrillas y mantas de los pocos valientes que se atrevían a bañarse. El agua aún estaba fría en esa época del año. Nick se agachó para agarrar una venera negra con forma de abanico, sin ninguna mella ni grieta. Encajaba perfectamente en su palma y le pasó el pulgar por encima antes de ofrecérsela a Bess.

En la casa había muchos jarrones con veneras de todas las formas y colores, pero Bess aceptó aquella y se la guardó en el bolsillo de la rebeca. Era el primer objeto material que Nick le había dado.

Aún estaba sonriendo cuando él se arrodilló.

–¿Nick?

Él se encorvó y enterró una mano en la arena mientras con la otra se aferraba el estómago. Una ola avanzó hasta la orilla y se arremolinó alrededor de sus dedos, dejando al retirarse un montón de algas y una breve capa de burbujas.

Bess se arrodilló a su lado y apoyó la mano en su hombro.

–¿Qué ocurre, Nick?

Él sacudió la cabeza. Sus oscuros cabellos cayeron hacia delante, ocultándole los ojos. Gimió. Otra ola se acercó y mojó las perneras de sus vaqueros y el vestido de Bess. Ella rodeó con el brazo sus rígidos hombros.

Nick tomó impulso en la arena y se arrastró unos pasos hacia atrás. Se detuvo, temblando, y volvió a impulsarse. Las huellas que iba dejando parecían las de un cangrejo. Bess lo siguió. El vestido se le pegaba a la arena mojada y le arañaba las piernas, pero ignoró el picor.

–Nick… Dime qué te ocurre.

Él la miró. Tenía el rostro muy pálido.

–Duele –se soltó el estómago y volvió a ponerse de rodillas.

Bess lo ayudó a levantarse. Permanecieron uno frente al otro, con las manos agarradas y las cabezas agachadas, como si estuvieran examinando que hubieran encontrado en la arena. Una blanca cicatriz discurría por la base del pulgar derecho de Nick, y un mapa de venas azules cubría el dorso de su mano. Eran unas manos reales, tangibles y sólidas.

–¿Qué ha pasado?

–No podía seguir. Era como si me hubieran sacado las tripas...

Ella asintió, aunque no podía entender la sensación.

–¿Te sientes mal? ¿Estás... estás enfermo?

Él torció la boca y ella se sintió como una estúpida por preguntárselo.

–No.

–¿Entonces? –le apretó las manos.

Nick negó con la cabeza. Alrededor de sus pies las olas avanzaban y retrocedían. Ella había soltado las sandalias, pero no se giró para comprobar si el mar las había arrastrado.

–Vamos –dijo él.

Se dio la vuelta, soltando una de las manos de Bess, y siguió caminando por la orilla. Ninguno de los otros bañistas parecía haber advertido nada raro y nadie les prestaba atención. Nick tiraba de Bess mientras avanzaba por la fina superficie de agua que lamía la orilla. Ella miró sus sandalias, a salvo de las olas, y vio como el agua borraba las huellas que habían dejado en la arena, como si nunca hubieran pasado por allí.

Dejaron atrás la casa y la franja de playa que había delante y que habría sido el patio de una vivienda tradicional.

–Cuenta –dijo Nick, soltándole la mano.

–¿Qué?

Nick dio un paso adelante.

–Cuenta mis pasos.

A diez pasos de donde se había quedado Bess, se dobló por la cintura con un gruñido. Al undécimo, se tambaleó. Al duodécimo, soltó un gemido que le puso a Bess los pelos de punta.

–¡No, Nick, por Dios!

Al decimotercer paso, Bess descubrió horrorizada que podía ver a través de él. Se lanzó rápidamente en su persecución e intentó agarrarlo por la camiseta para tirar de él hacia atrás, igual que una vez tiró de Connor para evitar que lo atropellara un coche. En aquella ocasión la cabeza también le palpitaba y lo único que podía ver era la mano con que agarraba la espalda de Connor. Aquel día consiguió poner a su hijo a salvo, pero al extender el brazo hacia Nick sus dedos atravesaron el cuerpo sin tocar tela ni carne.

–¡Nick!

El viento se llevó el nombre de sus labios. Nick se tambaleó hacia atrás y Bess palpó finalmente el suave tejido de la camiseta.

Tiró con todas sus fuerzas. La camiseta se rasgó y Nick cayó de espaldas, con Bess encima. Se giró de costado, gimiendo y retorciéndose, pero estaba allí. Su cuerpo era sólido. Seguía siendo real.

Volvió a arrastrarse hacia atrás y formó un ovillo en la arena seca. Bess se arrodilló junto a él y se colocó su cabeza en el regazo. Una sombra se cernió sobre ella y la hizo estremecerse con un escalofrío.

–¿Está bien? –una chica con coletas rubias y bikini azul le ofreció una cantimplora–. ¿Necesita agua?

Nick rodó encogido por la arena y se puso en pie con dificultad. Tenía la cara llena de arena, pero la sonrisa que le dedicó a la chica fue tan arrebatadora que la enamoró al instante.

–Estoy bien. Me ha dado un tirón, eso es todo –puso una mueca y estiró una pierna mientras movía un poco la cintura–. Duele horrores.

La chica no pareció muy convencida, pero otra sonrisa de Nick bastó para tranquilizarla.

–Vale. Solo quería asegurarme.

Miró a Bess sin el menor asomo de interés, lo cual era lógico estando junto a Nick. Bess le sonrió y asintió con la cabeza, y la chica dio un paso atrás, luego otro y finalmente se alejó, aunque mirando de vez en cuando por encima del hombro. Se sentó en su toalla, dejó la cantimplora en el suelo y agarró su libro, pero seguía mirando a Nick.

Él dejó de sonreír y se dirigió hacia la casa sin decirle nada a Bess ni esperar a que lo siguiera. Sus pies dejaban huellas poco profundas en la arena seca, sin nada que las hiciera desaparecer salvo el tiempo.

Al cabo de unos instantes, Bess lo siguió.

–Espera, Nick.

Él no se detuvo hasta llegar al garaje y apoyarse junto a la puerta. Estaba temblando, pero se recuperó con más rapidez que antes y asestó un puñetazo tan fuerte contra la pared que se despellejó los nudillos.

–Joder, joder, joder –gritó de dolor.

–Níck, mírame… háblame, por favor.

–No puedo dormir, pero sí que puedo sentir dolor –su sonrisa parecía más un feo rictus que una mueca de humor–. ¿No te parece gracioso?

Bess alargó la mano hacia él, pero Nick se soltó y tiró de la puerta. Esta no se abrió, lógicamente, ya que estaba cerrada con llave. Se hizo a un lado para que Bess la abriera y entró como una exhalación. Atravesó rápidamente el vestíbulo y se metió en la pequeña habitación junto al aseo. Volcó la silla del escritorio y fue hacia la ventana. No daba al mar, sino a la valla que separaba la casa del jardín vecino.

En la habitación solo había espacio para la mesa, la silla, la lámpara en el rincón y el sofá cama. El pequeño armario no tenía puerta, porque la mesa estaba pegado al mismo.

Bess permaneció en el umbral, temblando y en silencio. Nick golpeó el marco de la ventana con tanta fuerza que hizo vibrar el cristal. Golpeó una segunda vez, más suavemente, y se volvió hacia ella.

–No puedo marcharme.

–No lo entiendo –no quería entenderlo. Levantó la silla del suelo y la pegó a la mesa.

–La noche que salí a nadar. Te dije que no pude alejarme de la orilla. Hoy ni siquiera he podido alejarme más de doce pasos de tu playa.

–No es mi playa…

–¡Es esta casa! –agitó una mano en el aire–. ¡Y la playa que está delante! Estoy convencido de que si intentara alejarme por la calle no conseguiría dar más que unos pocos pasos antes de que algo me atravesara la garganta, me sacara las tripas y...

–¡Basta! –exclamó ella. Se llevó las manos a los oídos y soltó una temblorosa exhalación–. Basta ya, Nick.

Se miraron el uno al otro como dos lobos acechando la misma presa, hasta que Nick hundió los hombros y se sentó en la cama con la cabeza en las manos. Bess se sentó a su lado y le rodeó los hombros con el brazo, y él no intentó apartarla.

–Encontraremos la solución –era lo que siempre les había dicho a sus hijos cuando se enfrentaban a un problema aparentemente irresoluble. En aquellos momentos le pareció la respuesta más apropiada.

–No hay ninguna solución –murmuró él–. No puedo marcharme, Bess. Si lo intento, volveré a morir.

Bess no creyó que supiera que había empezado a desvanecerse ante sus ojos. Y no estaba segura de querer decírselo.

–Lo siento.

Nick levantó la cara de las manos.

–¿Lo sientes? ¿De verdad?

–¿Qué significa eso?

–Creo que sabes muy bien lo que significa.

Bess no se dejó amedrentar por sus duras palabras. Además, sabía de qué estaba hablando, aunque él no lo admitiera.

–No quiero que te marches, pero si estás insinuando que me alegra que no puedas ir más allá de la playa...

–No quieres que me marche –repitió él en voz baja, sin mirarla–. La cosa está clara, Bess.

Ella no era la responsable de aquello. No lo era. No podía serlo. Nunca le habría deseado el menor sufrimiento a Nick.

–Siento que estés sufriendo –le dijo con voz débil y distante.

Él se encogió de hombros, sin decir nada. Ella apoyó la cabeza en su hombro y él se puso rígido por un instante. Pero entonces se relajó y Bess sintió una pequeña victoria cuando él se giró hacia ella, la rodeó con los brazos y la besó en la boca.

Y, sobre todo, cuando no le dijo que él quisiera marcharse.

Capítulo 24

Antes

Nick no pareció tener ninguna duda sobre la asistencia de Bess a su próxima fiesta cuando se presentó en Sugarland para decírselo. Y, en realidad, Bess tampoco tenía ninguna duda al respecto por mucho que Missy sí pareciera tenerlas. Su amiga estaba en el local, comiéndose un *pretzel* con mostaza, cuando Nick apareció para darles la noticia. Invitó a Brian y a Bess, pero la forma con que invitó a Missy fue más fría y distante. Incluso invitó a Eddie, aunque todo el mundo sabía que Eddie no iba a fiestas. Luego le hizo un guiño a Bess y se marchó de la tienda.

Brian se abanicó el rostro.

—Ese chico es como una aspiradora andante…

—¿Una qué? —preguntó Bess, riendo.

—Si lo que dices es que Nick Hamilton la chupa muy bien, tienes razón, Brian —dijo Missy.

—Ojalá lo supiera —declaró Brian—, pero lo que estoy diciendo, señorita Sabelotodo, es que parece aspirar todas las feromonas allí donde va y… Olvídalo —disgustado, entró en la trastienda.

Bess dejó de sonreír y se volvió hacia Missy.

—¿Se puede saber qué te pasa?

—A mí no me pasa nada. Pero, ¿no crees que Andy puede tener un problema?

—Andy no es asunto tuyo —Bess se puso a limpiar las mesas e intentó ignorarla.

–No puedo creerme que vayas a abandonar a tu novio solo por una aventura con Nick el Polla –la suavidad de su tono no le confirió ninguna sinceridad a sus palabras.

Bess se irguió y clavó una mirada fija en Missy.

–No lo llames así.

–¿Cómo, Nick el Polla? ¿Qué te parece Nick la Cola?

–No voy a hablar del tema contigo –rodeó el mostrador para escurrir el trapo.

–Tú misma… Luego no digas que no te lo he advertido –Missy se bajó del taburete para tirar el envoltorio a la papelera–. A Nick solo le interesa el sexo. Se folló a Heather y luego…

–Lo primero –la interrumpió Bess–: yo no soy Heather –dejó que Missy estableciera por sí misma la comparación–. Lo segundo: él no es mi novio y yo no soy su novia. Lo que hagamos no le importa a nadie salvo a nosotros, ¿vale? Y lo tercero: dice que fue Heather quien lo engañó a él.

Missy se echó el pelo por encima del hombro.

–Bueno…

–Sí, bueno –Bess puso los ojos en blanco–. Sea lo que sea, déjalo ya, Missy. Los celos te están nublando el cerebro.

Missy la miró boquiabierta, se puso colorada y volvió a echarse el pelo hacia atrás.

–Celos… ¡Claro!

Las dos se mantuvieron la mirada, hasta que fue Missy quien la apartó.

–A Nick solo le interesa meterla, pero tú eres mi amiga. No quiero que te hagan daño.

–Nadie va a hacerme daño, Missy.

Missy se hizo a un lado para dejar que una panda de adictos al helado se acercara al mostrador. Cuando Bess terminó de atenderlos, su amiga ya se había marchado.

Para aquella segunda fiesta se peinó y maquilló con mucho más esmero. Incluso eligió con cuidado la ropa interior y se puso un conjunto de satén verde esmeralda que se había regalado a sí misma por su cumpleaños.

–Estás muy guapa –le dijo Benji, el hijo mayor de su prima

Danielle, asomando la cabeza en el aseo. Solo había un lavabo, un espejo y un inodoro, pero al menos era privado. O casi.

–Gracias –usó un lápiz de ojos de color gris para que sus ojos parecieran más azules y brillantes y miró a Benji, que llevaba un pijama de Spiderman y tenía la boca manchada de chocolate–. ¿Qué estáis haciendo?

–Mamá y papá han dicho que tenemos que irnos a la cama –dijo Benji, claramente indignado.

Bess sonrió mientras se aplicaba un poco de brillo de labios.

–En ese caso será mejor hacerles caso.

–¿Tienes novio, Bess?

Bess le puso el capuchón a la barra de labios, metió sus escasos artículos de maquillaje en la bolsa y se volvió hacia su pequeño pariente.

–Algo así.

Benji se echó a reír y Bess le revolvió el pelo.

–Algún día, Benji, tendrás tantas novias que no sabrás qué hacer con ellas.

El chico arrugó el rostro.

–¿Y por qué no sabré qué hacer con ellas?

Era una buena pregunta.

–Créeme… –le dijo Bess–. Ya lo verás.

Mientras iba en bici a casa de Nick tuvo un *déjà vu*, pero se desvaneció en cuanto entró en su apartamento. Aquella fiesta era como una noche en la ópera, comparada con la escandalosa juerga de la vez anterior. Vio unas cuantas caras conocidas, como Brian, Missy y Ryan, pero el resto eran todos desconocidos.

Nick la recibió en la puerta.

–Pasa.

–Vaya… ¿Hay comida de verdad? –miró la mesa de la cocina, donde había una fuente de sándwiches y unos cuencos de patatas.

–Sí –respondió él, riendo–. ¿Tienes hambre?

Se estaba muriendo de hambre, pero no se atrevía a servirse ella misma. Nick la llevó a la mesa y le llenó un plato con comida. Sus miradas se encontraron por encima de las patatas y Nick le sonrió, pero el momento se rompió al cabo de un segundo cuando la gente entró en masa en la cocina.

Comieron, rieron y echaron una partida al Trivial Pursuit. La bebida se tomaba con moderación, y Bess acabó por darse cuenta de que era una fiesta de parejas. Contó mentalmente a los asistentes mientras intentaba abstraerse a la pregunta que Missy le hacía a otra chica sobre la Unión Soviética. Había un chico por cada chica. O, en caso de Brian, otro chico.

Y ella era la chica de Nick.

Las palmas empezaron a sudarle y una sonrisa tonta se dibujó de forma permanente en sus labios. No ganó la partida, pero tenía la cabeza muy lejos del Trivial Pursuit.

La fiesta acabó tarde, aunque mucho antes que la otra. Nick despidió a sus invitados, cerró la puerta y se volvió hacia Bess, quien seguía sentada junto a la mesa de centro.

–Te ayudaré a limpiarlo todo –se ofreció ella. No les llevaría mucho tiempo y ella no quería marcharse, y no sabía de qué otro modo sugerir que quería quedarse allí.

Nick sacó una bolsa de pan blanco del frigorífico y metió algunas rebanadas en la tostadora.

–¿Quieres unas tostadas?

–¿Todavía tienes hambre? –ella no podría tomar ni un bocado más.

–Sí –respondió él, sentándose en la encimera con las piernas colgando.

Bess se apoyó en la encimera justo enfrente de él. La cocina era tan pequeña que Nick le rozó con los pies el bajo de sus pantalones cortos. La tostadora expulsó el pan y él le dio un mordisco a la tostada, sin untarle nada.

–Las tostadas huelen a sexo –dijo con la boca llena.

–¿Qué? –preguntó ella, riendo.

Nick movió la rebanada delante de su nariz.

–¿No te lo parece?

–Si tú lo dices.

Él se acabó la rebanada, pero no se comió la otra. Bess se

acercó para sacudirle unas migas de los labios. La tensión creció entre ellos, tan espesa como una capa de miel.

Ya había sido atrevida con anterioridad, pero la advertencia de Missy seguía resonando en su cabeza. Quería colocarse entre las piernas de Nick y tirar de él para besarlo, pero las dudas la refrenaban.

Los ojos de Nick brillaron.

—¿Seguro que no quieres una tostada?

—No quiero tostada.

—Y… —le agarró el codo con una mano y con la otra le tocó la barbilla–, ¿qué otra cosa quieres?

Ella se rio y se acercó más.

—No tiene gracia si no quieres lo mismo…

—Si no lo quiero, te lo haré saber.

Envalentonada, se puso de puntillas para ofrecerle su boca, pero Nick le puso una mano en el hombro. El gesto fue sutil y delicado, pero suficiente para detenerla.

Bess dio un paso atrás.

—¿No?

Nick se bajó de la encimera y la llevó hacia atrás antes de que tuviera tiempo para preguntarle otra vez. En tres pasos habían llegado a la puerta del dormitorio. Nick la cerró con un puntapié, y un segundo después, Bess estaba en la cama con él encima, con su boca pegada al cuello y sus manos tirándole de la camiseta. En pocos segundos estaban los dos desnudos.

Le agarró el miembro y empezó a frotárselo mientras él llevaba los dedos a su entrepierna. La encontró húmeda y preparada. Más que preparada. Apretó los dedos contra el clítoris y Bess gimió de placer.

Nick sacó un preservativo del cajón y se lo dio a ella. Bess lo miró sin saber cómo reaccionar.

—Pónmelo tú. Yo te ayudaré —le agarró la mano y la movió a lo largo de su erección. Se mordió el labio cuando ella extendió la palma sobre el glande.

—Ya lo he hecho antes —dijo ella, riendo.

—Aun así te ayudaré —la voz de Nick se había vuelto ronca.

Le agarró la otra mano, la que sostenía el condón, y se colocó el anillo de látex alrededor de la punta. Juntos lo desenrollaron hasta abajo.

A Bess se le secó la garganta ante el momento tan increíblemente erótico que estaba viviendo. Cada movimiento le parecía intensamente especial y excitante. Estaba colocándole un preservativo a Nick para que pudiera penetrarla... ¡A ella! Iba a tener su erección dentro de ella.

Los pezones le palpitaban dolorosamente. El vientre y las mejillas le ardían. Miró a Nick mientras él se acostaba de espaldas y apartó la mano de su polla, enhiesta y enfundada. Se apoyó sobre las manos y rodillas junto a él y se tumbó boca arriba.

—Así.

Nick se giró para colocarse sobre ella y la penetró con facilidad. Se apoyó en las manos para mirarla a los ojos y empezó a moverse, al tiempo que ella se movía con él.

Bess contuvo la respiración a medida que la escalada de placer la llevaba al orgasmo.

—Di mi nombre.

Nick parpadeó con asombro y sacudió la cabeza.

—No...

—Sí...

Los músculos faciales de Nick se endurecieron al resistirse contra lo que Bess le estaba pidiendo. Ella movió las caderas para llevárselo más adentro. Él no apartó la mirada de sus ojos, y en aquel momento, justo antes de darle lo que ella quería, Bess supo que había ganado algo sumamente valioso.

Su nombre brotó de labios de Nick en un susurro débil y ronco que acompañó la eyaculación. Un instante después, ella apretó todo el cuerpo alrededor de su miembro, todavía erecto, y se corrió sin apartar la mirada de sus ojos. Más tarde, sin el preservativo usado y tras hacer sendas visitas al baño, Bess se tumbó junto a él para compartir la almohada y mirar el techo

—¿Vas a decírselo? —le preguntó él en voz baja.

—No lo creo.

Nick se movió.

–Es irónico, ¿no te parece?

–¿El qué?

Se miraron a los ojos.

–Que seas la primera chica con la que quiero estar y que tengas novio.

–Algo así –dijo ella, incapaz de ocultar una sonrisa.

Nick no sonrió.

–Escucha. No puedo prometer que vaya a estar contigo para siempre ni nada de eso…

Bess se incorporó.

–No espero que lo hagas.

Él también se incorporó.

–Pero sí puedo prometerte que eres la única chica con la que me estoy acostando.

La confesión sorprendió, agradó y asustó a Bess.

–Yo tampoco me estoy acostando con nadie más.

Nick sonrió.

–¿No?

–He roto con él –sonrió y dobló las rodillas para apoyar la barbilla encima. Andy tal vez no lo supiera, pero ella sí.

–Entonces tienes mucho tiempo libre… para estar conmigo –Nick le subió una mano por el muslo.

–Supongo que sí.

–Estupendo –dijo él, como si hubieran zanjado algo importante.

Algo que Bess no estaba segura de lo que era.

Capítulo 25

Ahora

Por primera vez en diecinueve años, Bess se había abierto su propia cuenta bancaria. Solo necesitó media hora en el banco y otros quince minutos en casa para instalar el software pertinente en el ordenador portátil. Debería haberse animado, o al menos tranquilizado, por las cifras que aparecían en la pantalla. Pero al mirar la prueba del cambio que estaba sufriendo su vida, lo único que sentía era tristeza.

–¿Qué pasa? –Nick se inclinó sobre su hombro para mirar la pantalla, pero la besó en la mejilla y se retiró antes de que ella pudiera comentarle nada–. Deja eso y ven a la cama.

–Acabamos de levantarnos –murmuró ella mientras tecleaba rápidamente. Había introducido sus facturas para los próximos meses–. Voy a tener que encontrar un trabajo.

Miró a Nick, quien estaba mirando por las puertas correderas. Cerró el programa y apagó el ordenador.

–Sí –dijo él al cabo de un momento–. Supongo que en ese asunto no puedo serte de mucha ayuda.

Ella no añadió que él tampoco iba a suponerle mucho gasto.

–No estoy preocupada por eso.

Él asintió a medias y siguió mirando a través del cristal.

–¿Qué clase de trabajo quieres buscar?

–He estado pensando en ello –admitió Bess con una risita–. Me han hecho una oferta.

–¿Ah, sí? –volvió a mirarla por encima del hombro–. ¿Quién?

–Eddie. Se nos ocurrió una idea para abrir un nuevo negocio y… creo que voy a decirle que estoy interesada –no se lo había propuesto en serio hasta que las palabras salieron de su boca,
pero una vez que lo hubo dicho supo que era la decisión correcta.

Nick se giró hacia ella y frunció el ceño.

–¿Qué clase de negocio? ¿Con Eddie? ¿Ese…?

Bess le lanzó una mirada de advertencia y Nick se calló.

–Eddie es empresario, Nick. Compró Sugarland y tiene experiencia para llevar un negocio. Y hemos pensado en algo no-
vedoso y especial, no en otra tienda de palomitas.

Nick movió los labios, pero apartó la mirada sin decir nada.
Bess se dio cuenta de que estaba celoso y no pudo evitar una sonrisa. Fue hacia él y lo abrazó por la cintura.

–Es solo un trabajo –le susurró con la boca pegada a su espalda.

–Está enamorado de ti –dijo él.

–Oh, no, no lo está –suspiró–. Eso fue hace mucho.

–Para mí no fue hace mucho –repuso él, sin moverse.

Bess lo hizo girarse lentamente.

–Fue hace mucho tiempo.

Él frunció el ceño, suspiró y la apretó contra su pecho.

–Muy bien. Si es eso lo que quieres…

Bess no necesitaba su permiso, pero no lo dijo.

–Creo que quiero intentarlo, Nick. Es una gran idea, y si conseguimos despegar será mejor que trabajar para otra persona.

Él le acarició el pelo.

–No quiero que trabajes. Quiero que te quedes conmigo
todo el día y que no nos levantemos de la cama.

–Estaría bien, ¿verdad? –se rio–. Lástima que esto sea la vida
real.

–Sí… Lástima.

Bess echó la cabeza hacia atrás para mirarlo.

–Quiero ir a hablar con Eddie y decirle que me gustaría poner en práctica la idea. ¿Estarás bien si te quedas aquí un rato?

Una sombra oscureció fugazmente sus ojos.

–Claro.

–No tengo que irme aún…

–Sí, sí tienes que irte. No puedes quedarte aquí todo el tiempo. Estaré bien. Veré una película o algo.

–¿Estás seguro? –insistió ella, aunque no podía negar que estaba deseando salir de casa. Las ideas para Bocaditos empezaban a brotar en su cabeza y quería contárselas a Eddie–. No tardaré.

–He dicho que estaré bien –espetó Nick, y se apartó con brusquedad de ella para ir al sofá. Agarró el mando a distancia y puso el canal de deportes.

–Vale –Bess no quiso discutir con él–. ¿Quieres que te traiga algo?

–No.

En vez de presionarlo, Bess optó por irse al dormitorio a vestirse rápidamente. Se aseguró también de no tener ninguna marca o chupón visible. Se recogió el pelo en lo alto de la cabeza y le dio un beso a Nick de camino a la puerta.

–Enseguida vuelvo.

–Tómate tu tiempo –dijo él, pero sin parecer muy convencido.

Bess volvió a besarlo.

–Pensaré en ti a cada segundo.

Nick esbozó una sonrisa forzada sin apartar la vista de la televisión.

–Claro.

–Quiero que estés listo para mí cuando vuelva… –le acarició el estómago y él tiró de la mano hacia abajo.

–Siempre lo estoy –la besó él también y tiró de ella para colocársela en su regazo–. No tardes.

–No lo haré –lo besó una vez más y se levantó, y Nick siguió mirando la tele.

Eddie estuvo encantado de dejar a Kara a cargo de la tienda y acompañar a Bess al Frog House, donde pidieron tortillas, patatas fritas y café.

–Podría desayunar a cualquier hora del día –dijo con un suspiro de deleite cuando les sirvieron los platos–. Bueno, ¿qué tienes en la agenda para hoy? ¿Vas a ir a buscar trabajo?

Ella negó con la cabeza y pinchó la tortilla con el tenedor, aunque estaba tan excitada que apenas podía tomar bocado.

–De eso quería hablarte precisamente.

–¿Sí? –Eddie sonrió y dejó su tenedor–. Cuéntame.

Bess soltó una risita nerviosa.

–He estado pensando en Bocaditos…

–¡Lo sabía! –exclamó él, sacudiendo un puño en el aire.

Extrañamente, Bess no sintió vergüenza alguna cuando varias cabezas se giraron hacia ellos. Volvió a reírse y siguió hablando.

–No tengo dinero, Eddie. Necesito un trabajo. Pero no sé si…

–Ya te dije que el dinero no es problema. ¿Cómo estás de crédito? –adoptó una expresión más seria, aunque sus ojos seguían brillando.

–Bien, creo –el corazón le latía con fuerza. Iban a hacerlo–. ¿Eso importa?

–Importa, si tu nombre va a aparecer en la línea de crédito… Esto va a ser fantástico.

Esa vez, Bess sí que se ruborizó.

–Me alegra que lo pienses.

–Estoy convencido –corroboró él con una amplia sonrisa.

–Tengo que hacer algo –dijo ella–. Mi último empleo fue en un centro de desintoxicación, pero las drogas ya no son las mismas de antes. Ahora la gente esnifa y se mete cosas de las que nunca había oído hablar. No creo que pudiera volver a ese trabajo.

–Claro que podrías –le aseguró Eddie–. Pero me alegro de que no lo hagas.

Bess se dejó contagiar por su entusiasmo.

–Las facturas no van a pagarse solas. Connor empezará la universidad después del verano, y con el asunto del divorcio… –se calló, pero Eddie no dejó que el silencio se hiciera incómodo.

–En otoño empezaremos con las reformas. Todo saldrá bien, Bess. Ya lo verás.

Lo dijo con tanta seguridad que a Bess no le quedó más remedio que creerlo.

–Lo sé.

El móvil de Eddie empezó a sonar y se lo sacó del bolsillo para mirar la pantalla.

–Es Kara. Tengo que volver a la tienda.

–Y yo debo volver a casa –agarró la cuenta antes de que él se le adelantara–. Pago yo.

–No. Invito yo.

–No –insistió ella, manteniendo la cuenta fuera de su alcance.

Eddie levantó las manos en un gesto de rendición.

–De acuerdo. Pero te debo una.

–¡No, no me debes nada! –exclamó, riendo–. ¡La última vez me invitaste tú!

Eddie sacudió la cabeza.

–¿Me dejarás que te invite a cenar alguna vez?

Una cena no era igual que un desayuno, y ambos lo sabían. Bess abrió la boca para responder, pero él la cortó amablemente.

–Si te parece demasiado pronto, lo entenderé. Quiero decir… con el divorcio y todo eso. Podría ser una cena amistosa, nada más.

–No estaba pensando en nada más –dijo Bess.

Eddie tenía una sonrisa realmente encantadora, y sus ojos azules brillaban permanentemente tras sus gafas de montura oscura.

–Lástima… porque iba a pedirte una cita.

Bess se removió incómoda en el asiento.

–Eddie…

–Piénsalo –se inclinó ligeramente hacia delante.

Ella lo miró a los ojos.

–No puedo, Eddie.

Esperó que no malinterpretara su rechazo, pero ¿de qué modo podía tomárselo? Ella no podía decirle la verdad, y Eddie no se merecía que le mintiera.

Eddie asintió, como si se hubiera esperado su negativa.

–De acuerdo –aceptó, sonriente–, pero si cambias de opinión, la proposición seguirá en pie.

Bess ladeó la cabeza para mirarlo de arriba abajo.

–Realmente has cambiado, ¿eh?

–Eso espero –se pasó una mano por el pelo y pareció encogerse por primera vez desde que volvieron a encontrarse–. Supongo que he crecido.

–Estás mucho mejor así –le dijo Bess, aunque enseguida deseó haberse mordido la lengua.

La sonrisa de Eddie, sin embargo, la tranquilizó.

–Gracias.

Se miraron el uno al otro durante medio minuto, sonriendo, hasta que Bess se levantó.

–Tengo que volver a casa. Gracias, Eddie, por… por todo.

Por darles trabajo a sus hijos. Por pedirle una cita y verla como algo más que una madre o una mujer separada. Por ser su amigo, aun después de veinte largos años.

–Aquí estoy para lo que me necesites –le dijo él, y Bess lo creyó.

Capítulo 26

Antes

Bess estaba maravillada por la facilidad con la que había sucedido todo, pero no se lo dijo a Nick. Él parecía asumir que era el orden natural de las cosas: primero el sexo salvaje y luego pasar juntos todo el tiempo libre. A Bess le daba un vuelco el estómago cada vez que cerraba Sugarland y se encontraba a Nick esperándola.

Claro que solo llevaban juntos tres semanas.

No paseaban de la mano por la playa y él no le llevaba flores ni le recitaba versos. Nick prefería tomar pizzas y batidos en su apartamento que invitarla a cenar en un restaurante. Ninguno de los dos tenía coche, por lo que para ir al cine dependían de la generosidad de sus amigos. Missy los ignoraba a ambos y Ryan hacía todo lo que Missy quería, de modo que las citas de Nick y Bess se limitaban a lo que pudieran hacer en el pueblo.

A ella no le importaba. Lo que más le apetecía tras un duro día de trabajo era tirarse en el sofá. Había estado haciendo tantas horas como podía, lo que a veces suponía cerrar el local y abrirlo a la mañana siguiente, con solo cuatro o cinco horas de sueño, para luego volver a cerrarlo.

No le daban un nombre específico a lo que había entre ellos. Ni siquiera se lo decían a nadie, aunque difícilmente podría ser un secreto. Brian había dejado de bromear con Bess sobre ello, lo que demostraba hasta qué punto debía de parecer algo serio. Pero con Nick nunca hablaba de una «relación», ni de «lo nuestro».

No había vuelto a hablar con Andy desde la noche que le colgó el teléfono, y cada día que pasaba sin que él la llamara más difícil le parecía llamarlo ella. Intentó sentir pena, remordimiento o enojo, pero ni en su cabeza ni en su corazón quedaba mucho espacio para el malestar. Nick la había colmado de otras cosas.

Ella no se trasladó a su apartamento, y raramente se quedaba a pasar la noche con él. Dejó un cepillo de dientes y una pequeña bolsa de aseo en su cuarto de baño, y le pareció algo tan significativo que no quiso comentarlo en voz alta.

El sexo era cada vez mejor. Lo hacían siempre que se veían, es decir, a diario, una o dos veces al día, e incluso en una ocasión memorable lo hicieron cuatro veces, dejándola con dolores durante varios días.

Tampoco hablaban de eso. Ni de cómo a Nick le gustaba sujetarle las manos sobre la cabeza o agarrarla por el pelo cuando ella se ponía de rodillas; ni de esos días en los que Nick la follaba nada más abrirle la puerta. Ni de todas las posturas que practicaban estando desnudos, si bien no habían vuelto a besarse en la boca desde la primera noche que pasaron juntos.

Aquella noche, Bess se dejó caer en la cama de Nick frente al ventilador. En su pequeña habitación tenía aire acondicionado, pero no comentó nada al respecto. Nunca llevaba a Nick a la casa de la playa. No quería tener que dar explicaciones, sobre todo porque Andy había sido una presencia constante en los eventos familiares y su reemplazo suscitaría muchos interrogantes que ella no quería responder. Bostezó y se acurrucó con una almohada bajo la mejilla mientras Nick hacía zaping perezosamente. Ya habían comido y hecho el amor, y Bess intentaba recuperar las fuerzas para ducharse y volver a casa en la bici.

Nick se detuvo en la escena de una mujer con el pelo largo y negro que le tiraba bolas de nieve a un chico rubio. Los dos cayeron en la nieve, riendo y besándose.

–¿Quieres ver esto? –le preguntó, pero dejó el mando a distancia sobre la cómoda sin esperar respuesta.

–¿*Love Story*? Claro –la había visto media docena de veces, y era perfecta para una noche en la que no quisiera pensar en nada.

Nick se acostó a su lado, desnudo también, y le puso una mano sobre la cadera. El vello del pubis le hacía cosquillas en el trasero. Bess entrelazó las piernas con las suyas y volvió a bostezar.

–Debería irme.

Nick la apretó momentáneamente con la mano.

–Dentro de un rato.

Bess estaba demasiado cansada después de dos orgasmos y no le apetecía montar en bici bajo un sol ardiente, de modo que no dijo nada y no se movió.

Se sabía de memoria los diálogos de la película, pero por alguna razón desconocida aquella noche la sumieron en una profunda melancolía.

–Menuda bazofia –masculló Nick–. ¿El amor significa no tener que decir nunca lo siento? Vamos…

–Es romántico.

–Es patético.

Ella se sentó para mirarlo.

–¿Por qué? Se aman el uno al otro.

–¿Crees que eso es amor?

–No he dicho que sea real –protestó ella, separándose un poco de él–. Solo he dicho que es romántico. A muchas personas les gusta.

Nick también se sentó.

–¿Como a ti?

–Puede ser.

Por primera vez, la risa de Nick no la contagió.

–Pues te estás acostando con el chico equivocado.

Era algo que Bess ya sabía, pero de todos modos apartó la mirada.

–Hey –dijo él–. Voy a por algo de beber. ¿Quieres tú también?

Ella negó en silencio con la cabeza, pero antes de que él se levantara lo agarró por la muñeca y se inclinó hacia delante con los labios separados.

Nick no la besó, y el momento se alargó entre ellos hasta romperse del todo. Él se levantó y salió de la habitación, y al volver, ella seguía sentada en la misma posición.

–Piensas demasiado –le dijo él, abrazándola–. No pienses tanto.

Bess, que se había pasado la vida pensando, se apartó lentamente de él y empezó a recoger su ropa. Él la observó en silencio, pero cuando ella se puso los shorts vaqueros, se levantó y la agarró del brazo.

–No te vayas.

–Tengo que trabajar mañana, Nick.

–Quédate a dormir aquí.

Ella negó con la cabeza. Los dedos de Nick se clavaron en su carne. Era el tipo de reacción que siempre le encantaba recibir, pero en aquel momento solo le provocó ganas de llorar.

–Así que… –dijo él–, ¿puedes quedarte cuando estamos follando pero no puedes dormir conmigo cuando hemos acabado?

–Así que… –dijo ella, mirándolo fijamente a los ojos–, ¿puedes meterme tu polla pero no puedes besarme en la boca?

Él la soltó del brazo y ella se agachó para recoger su camiseta y ponérsela por encima de la cabeza.

–¿Es eso lo que quieres? ¿Flores y paseítos por el parque? Para eso no sirvo, lo siento.

–No estoy hablando de eso.

Nick la siguió hasta el salón, donde Bess recogió su mochila.

–¿De qué estás hablando?

–¿Alguna vez vas a besarme cuando estemos follando?

Él frunció el ceño, pero se acercó a ella y le dio un sonoro beso en la mejilla.

Bess sacudió la cabeza.

–¿Alguna vez vas a besarme en la boca?

–Puede que para Navidad o para tu cumpleaños.

–Que te jodan, Nick –espetó ella. No sabía cómo había empezado aquella conversación ni por qué le estaba dando tanta importancia. Se giró sobre sus talones y se marchó.

Nick la alcanzó cuando solo se había alejado unos pasos, descalzo y con unos pantalones cortos y andrajosos, pero al menos no había salido desnudo a la calle.

—Faltan meses para Navidad —dijo él—. Y también para tu cumpleaños.

Bess se detuvo y volvió a apoyar la bici en el porche.

—¿Entonces?

Él se cruzó de brazos sobre el pecho.

—Que faltan muchos meses para eso, Bess.

Ella imitó su postura.

—Dentro de unos meses ya no estaré aquí.

Nick descruzó los brazos y le apartó el pelo de los hombros.

—Iré a verte.

Bess soltó una amarga carcajada.

—¿Ah, sí? ¿Lo harás de verdad?

Fue el turno de Nick para ponerse serio.

—Sí. Lo haré.

—¿Y me besarás en la boca en Navidad?

Él asintió y le tiró de la muñeca para acercarla.

—¿Y hasta entonces qué? —le preguntó ella con desconfianza.

—¿Es eso lo que realmente quieres? —le preguntó él al oído.

Bess se estremeció por el susurro.

—Que no quiera ser tu novia no significa que… que… —la boca de Nick moviéndose por su piel hacía casi imposible hablar.

—¿No significa qué?

—No significa que no sienta nada por ti —concluyó, y lo apartó con una mano en el hombro.

Él la miró y asintió lentamente con la cabeza.

—Entra conmigo.

—No. Tengo que irme a casa.

Nick la agarró por la cintura.

—Ven adentro conmigo, Bess.

Era lo que ella deseaba más que nada.

—No.

Nick la besó en el cuello y subió hasta la oreja.

—Entra y te besaré donde quieras…

–¡No quiero que lo hagas si no quieres hacerlo!

–Te dije que no creyeras saber lo que yo quiero. Entra.

Bess había dado dos pasos hacia el porche con él cuando las emociones la hicieron tropezar con los escalones. Nick la agarró rápidamente por el codo.

–Ten cuidado.

–Creo es que un poco tarde para tener cuidado.

Nick sonrió y la besó, allí mismo, en el porche, donde todo el mundo pudiera verlos. La besó en la boca. Donde ella quería.

Capítulo 27

Ahora

–¿Estarás bien? –no hacía ni media hora que Bess le había hecho la misma pregunta, pero no pudo reprimirla.

–¿Qué voy a hacer? ¿Montar una fiesta? –Nick la miró desde el sofá, donde había estado leyendo un ejemplar amarillento de *Un mundo feliz*.

–No sería la primera vez –dijo Bess con una sonrisa forzada.

Nick resopló y metió un dedo entre las páginas.

–Estaré bien. Solo vas a estar fuera dos días.

–Van a ser dos días muy largos.

–Pues ven aquí y dame un beso de despedida, porque cuando vuelvas a casa con tus hijos ya no podremos follar más en el salón.

Bess fue hasta el sofá y se inclinó para besarlo, pero Nick dejó el libro y la agarró para tirar de ella sobre él. La sujetó con fuerza, aunque ella no intentó resistirse, y la besó apasionadamente.

–Será mejor que te vayas –le dijo al fin, pero ninguno de los dos se movió.

Bess lo miró a los ojos, tan oscuros que parecía no haber separación entre el iris y la pupila. Aquel día llevaba un pañuelo atado a la cabeza para que el pelo no le cayera sobre la cara, y la imagen le resultó terriblemente nostálgica a Bess. Desnudo de cintura para arriba, con unos vaqueros caídos por la cintura, ofrecía un aspecto irresistible.

El bulto de la erección se apretó contra su vientre, a través de la tela vaquera y el vestido de algodón. Aquella mañana la había despertado con la mano entre sus muslos y la había hecho correrse dos veces antes de penetrarla. Se había frotado contra ella mientras Bess preparaba la bolsa de viaje y la había besado tantas veces a lo largo de la mañana que tenía los labios hinchados.

—¿Otra vez? —le preguntó ella.

—No quiero que me olvides.

—Como si eso fuera posible…

Nick le levantó el vestido y le frotó las bragas mientras la besaba.

—Estás caliente… Lo siento a través de los vaqueros.

Bess se movió para poner una mano entre ellos.

—Y yo siento lo duro que estás…

Nick metió la palma bajo las bragas para acariciar las nalgas desnudas.

—Quiero follarte hasta que no puedas tenerte de pie —le susurró al oído—. Quiero que pienses en mí cada paso que des, y que te pases los dos próximos días deseando que te la meta.

Bess estaba segura de que así sería, pero la boca de Nick le impedía responder con otra cosa que no fuera un gemido.

—¿Sabes lo que más me gusta de todo? —consiguió preguntarle cuando se separaron para respirar.

—¿Qué? —preguntó él mientras le recorría el cuerpo con las manos y le tiraba de las bragas.

—Besarte.

Nick detuvo las manos, la miró a los ojos y volvió a besarla hasta que la cabeza le dio vueltas. Era como si le hiciese el amor con la boca.

—¿Así?

—Sí.

Nick sonrió, enganchó los dedos en el elástico de las bragas y tiró de ellas hasta la mitad de los muslos. Llevó la mano rápidamente al clítoris y le provocó a Bess un respingo al empezar a frotarlo.

—Sé qué otras cosas te gustan… —le dijo en voz baja, y Bess

se olvidó de todo lo demás al quedar atrapada por la pasión y el éxtasis.

Salió de casa mucho más tarde de lo previsto. Al llegar a la vivienda que había compartido con Andy durante los últimos trece años, el corazón le palpitaba con fuerza y tenía los dedos agarrotados en el volante. Salió del coche y tuvo que cerrar los ojos para no desmayarse por un repentino mareo.

–¡Mamá!

Pestañeó unas cuantas veces y dibujó una sonrisa mientras Robbie se acercaba corriendo. Era demasiado mayor para abrazarla, pero se puso a bailar delante de ella como cuando era un niño pequeño y tenía algo importante que decirle.

–Hola, cariño.

Robbie sacó la maleta del coche sin que ella se lo pidiera, un gesto que llenó a su madre de orgullo, y la siguió hacia la puerta. Había crecido en las pocas semanas que habían estado separados, y a Bess se le rompía el corazón al pensar en la disolución de la familia.

–Creo que he bordado los exámenes finales –le estaba diciendo Robbie mientras ella abría la puerta.

La casa ya ni siquiera olía igual. Robbie dejó la maleta en el suelo, junto a la puerta, y Bess la agarró para dejarla junto a la escalera mientras su hijo, sin dejar de hablar, se dirigía a la cocina. Bess lo siguió, pues no se le ocurría otro lugar al que ir.

La encimera estaba cubierta de bolsas de patatas y *pretzels*, panecillos de hamburguesas y perritos calientes, salsas y encurtidos. Bess suspiró, pero al menos Andy había comprado comida para la fiesta de graduación de Connor que tendría lugar al día siguiente. Habían planeado celebrarla en el jardín, junto a la piscina, y habían contratado a un pinchadiscos. El jardín estaría rebosante de amigos y familiares, y con un poco de suerte, Bess no tendría que cruzarse con Andy para nada.

–¿Dónde está tu padre?

Robbie sacó un bocadillo envuelto del frigorífico, lo dejó en un hueco de la encimera y sacó un cuchillo del cajón.

–No sé… Trabajando, tal vez.

¿Un viernes por la noche? No era probable.

–¿Y tu hermano?

–Ha salido con Kent y Rick.

–Ah –Bess intentó quitarle importancia al hecho de que Connor no se hubiera quedado en casa para verla–. ¿No tienes planes para esta noche?

Robbie le mostró el bocadillo que se había cortado para él solo.

–Esto y la primera temporada de Expediente X. ¿Te animas?

Bess no había comido desde el desayuno, y la boca se le hizo agua al ver las gruesas lonchas de pavo y salami.

–Sí. Córtame un trozo.

Abrió una de las bolsas de patatas y echó unos puñados en los platos. Se llevaron la comida junto a una gran botella de refresco y un recipiente de helado al cuarto de estar, frente al inmenso televisor de pantalla plana. Robbie se fue a dormir a medianoche y Bess se puso a recoger los restos de la cocina esperando a que llegaran Andy y Connor.

La remodelación de la cocina había sido idea de Andy, aunque él decía que era para ella. Cuando hicieron la piscina en el jardín trasero, Andy quiso unas puertas correderas y para ello hubo que tirar la encimera y la pared. El proyecto fue creciendo y actualmente la cocina relucía con encimeras de mármol y todos los electrodomésticos posibles, incluso algunos que Bess jamás había usado. No echaría de menos nada de eso, y fue precisamente esa indiferencia lo que la hizo llorar.

Se secó rápidamente las lágrimas cuando oyó abrirse y cerrarse la puerta de la calle y las lentas pisadas acercándose por el pasillo. Se preparó para encontrarse con su marido, pero fue Connor quien entró en la cocina y fue directamente al armario para sacar un vaso y llenarlo de agua.

–Hola, cariño.

Connor se bebió el agua sin mirarla.

–Hola, mamá.

–¿Estás preparado para mañana? Es tarde –miró el reloj. Era más de la una, y Connor siempre había vuelto temprano a casa.

–Solo es una estúpida ceremonia. Ni siquiera obtenemos los diplomas –dejó el vaso en el fregadero y se giró para marcharse.

–Connor.

Se detuvo en la puerta y finalmente la miró. Tenía los ojos rojos y caminaba con un cuidado excesivo. La cuestión era ¿debería advertírselo ella?

–¿Te has divertido esta noche?

Él asintió.

–Escucha, Connor… –empezó Bess, pero su hijo levantó la mano.

–Ahórrate el sermón, ¿vale? Solo quiero acostarme para no estar grogui mañana.

–¿Qué has estado haciendo por ahí tan tarde? Estaba preocupada.

–Estoy bien.

–Ya lo veo –dijo ella, cruzándose de brazos.

–¿Y por qué no te preocupas mejor por papá? Él tampoco está en casa.

–Tu padre es adulto…

Connor soltó un bufido desdeñoso.

–Un adulto, sí.

–Vete a la cama, Connor –le ordenó ella severamente.

Esperó hasta que él se hubo marchado para irse a la salita e improvisar una cama en el sofá, pero esperó despierta lo que le pareció una eternidad, sin que Andy llegara a casa.

A la mañana siguiente se atrevió a subir a su cuarto para darse una ducha antes de que sus hijos la encontraran en el sofá. Sabían que ella y Andy se estaban separando, pero Bess no les había dicho que iba a ser una separación permanente. No quería echar a perder la fiesta de Connor, ni el verano para él y su hermano.

Andy estaba afeitándose delante del espejo, con el pelo mojado y una toalla alrededor de la cintura. La miró de arriba abajo cuando ella se detuvo en la puerta.

–¿Has dormido bien?

Bess miró la cama por encima del hombro. No parecía que nadie hubiese dormido en ella.

–Sí, muy bien.

Andy se limpió la espuma de la cara y se roció con colonia, mientras Bess pasaba a su lado para buscar una toalla limpia. Se tomó su tiempo porque, aunque había estado desnuda delante de Andy cientos de veces, no quería desnudarse delante de él en esos momentos. Por suerte, él se marchó antes de que ella tuviera que hacerlo. Tal vez, él tampoco quería verla desnuda.

La ceremonia de graduación duró mucho más de lo previsto, pero Bess estaba preparada para aguantarlo tras pasarse años asistiendo a conciertos y obras de teatro en la escuela de sus hijos. Robbie se sentó entre ella y Andy, y Bess se deleitó con el momento en vez de suspirar con cada discurso. Aquella sería seguramente una de las últimas veces que todos estuvieran juntos como una familia.

Nadie más parecía darse cuenta de que Bess se sentía como una extraña en su propio jardín. Andy la había sorprendido al contratar un servicio de catering para que se encargara de preparar los perritos y las hamburguesas, además de servirlo y limpiarlo todo. Bess intentó convencerse de que su marido intentaba ser considerado, pero la verdad era que se encontraba perdida al no tener que ocuparse de cocinar y lavar los platos.

Habían repartido tantas invitaciones que perdió la cuenta de los asistentes, pero en ningún momento se sintió abrumada por la constante afluencia de invitados. Echaría de menos todo aquello.

Nunca se le habían dado bien los cambios. No sabía arriesgarse ni confiar ciegamente en nada. Si algo funcionaba, se aferraba a ello con todas sus fuerzas.

Y también lo hacía cuando algo no funcionaba.

–¡Hola, Bess! –la saludó Ben, un primo segundo por parte de padre–. ¡Una fiesta genial! Mis padres están ahí.

Los señaló y Bess los saludó con la mano. Las relaciones familiares se habían vuelto un poco tensas desde que sus abuelos decidieron qué hacer con la casa de la playa, pero su prima Danielle nunca la hacía sentirse incómoda.

–Tenéis que venir a la playa este verano –le dijo a Ben–. Igual que antes.

Él se echó a reír. Era un hombre alto y de anchos hombros con un gran parecido al abuelo de Bess, pero ella lo seguía recordando como un niño pequeño con la cara manchada de chocolate.

–Si consigo librarme del trabajo unos días, iremos. Gracias.

Se alejó con su trozo de tarta y Bess comprobó automáticamente si necesitaba cortar más, pero el proveedor ya se estaba encargando de ello. Y lo mismo con las servilletas y vasos de plástico.

–No te preocupes tanto. Todo el mundo se lo está pasando bien.

Bess se giró y sonrió de oreja a oreja al ver el rostro familiar.

–¡Joe!

El hombre que tenía enfrente podría haber salido de la portada de una revista de moda masculina. Iba demasiado elegante, comparado con el resto de asistentes, pero Bess no podía imaginárselo con vaqueros cortos y camiseta. Joe y Andy habían trabajado juntos antes de que Bess y Andy se casaran, y los dos habían mantenido el contacto incluso después de que acabaran trabajando en bufetes distintos. Joe había asistido a los bautizos y cumpleaños de los niños y no era ninguna sorpresa verlo allí, pero de todos modos a Bess se le saltaron las lágrimas.

–El pequeño Connor se ha hecho un hombre –dijo él con su encantadora sonrisa–. Te saca una cabeza y tiene a un montón de chicas guapas comiendo de su mano.

–Sí, así es –Bess se rio, olvidando parte de su melancolía–. ¿Cómo te va en tu vida de casado?

La sonrisa de Joe se hizo más ancha.

–No me puedo quejar.

–Suerte que tienes –dijo ella. Buscó inconscientemente a Andy con la mirada, aunque no podía verlo por ninguna parte.

–Sobre eso, Bess… –empezó Joe, pero ella levantó una mano.

–Calla. No es tu problema.

Joe frunció el ceño.

–Lo sé, pero…

–Cállate, he dicho –repitió ella–. Eres amigo de Andy y no espero que tomes partido. Además, es mucho mejor así.

Joe asintió.

–¿Cómo están los chicos?

Bess miró hacia la piscina, donde Robbie y Connor jugaban al voleibol en el agua, cada uno en un equipo.

–Espero que bien, pero… ¿qué va a ser de ellos, si los estoy dejando sin la vida que conocían?

–Bess… –la voz de Joe, firme y suave, fue tan reconfortante como la presión de sus dedos en el hombro–. Los chicos tienen una gran capacidad de recuperación, y es mejor que aprendan cómo ha de funcionar una relación en vez de vivir en medio de una permanente ruptura. Es lo mejor para ellos, y para ti también.

Bess vio entonces a Andy. Estaba hablando con una mujer junto a la mesa del bufé. Bess no reconoció a la mujer, pero no le hacía falta. Se le formó un doloroso nudo en el estómago que la obligó a darse la vuelta.

–Gracias, Joe –su voz no insinuaba la agitación interna que sentía, pero Joe miró también hacia la mesa del bufé y volvió a apretarle el hombro.

En ese momento llegó la mujer de Joe con dos bebidas. Bess solo había visto a Sadie una vez, en la boda. No le quedaban ánimos para ponerse a charlar, de modo que se disculpó y entró en la casa. Cruzó la cocina, la cocina de Andy, y subió a su dormitorio para marcar un número de teléfono casi olvidado. Cerró los ojos y se imaginó la casa de la playa. El viejo teléfono amarillo con el cable extensible sonando y sonando, sin que nadie respondiera.

Colgó y oyó voces en el pasillo. Fue rápidamente a la puerta para cerrarla, y a través de la rendija vio a Andy y a la mujer delante de las fotos enmarcadas que Bess había colgado en la pared a lo largo de los años.

Andy señalaba algunas fotos de Connor y de Robbie mientras su compañera escuchaba con atención. No se tocaban, pero el lenguaje corporal hablaba por sí solo.

Bess cerró la puerta, haciendo el suficiente ruido para que la oyera, y esperó sentada en la cama. Medio minuto después entró Andy en la habitación.

–Bess…

Ella no dijo nada. Andy cerró la puerta tras él y se acercó a la cama. Los dos se miraron, y Bess no pudo evitar una perversa satisfacción al comprobar que estaba envejeciendo peor que ella. Andy empezaba a engordar y a quedarse calvo, pero aún era un hombre atractivo.

–Nos iremos cuando acabe la fiesta –dijo.

–No tienes por qué hacerlo –repuso él–. Sabes que puedes quedarte a pasar la noche y salir mañana temprano.

–No. Quiero irme hoy. Solo son cuatro horas de viaje, y los chicos también quieren irse. Ya se lo he preguntado.

Andy asintió lentamente.

–Escucha, Bess…

Ella esperó, pero él se quedó sin palabras.

–No, Andy. No hace falta que digas nada. No tenemos que pasar por lo mismo otra vez.

–¿Y ya está? –preguntó él con más brusquedad de la que Bess esperaba–. ¿Hemos acabado?

–¿Acaso no habíamos acabado ya?

Andy soltó un profundo suspiro y frunció los labios en un gesto que Bess siempre había odiado, porque lo hacía parecer viejo y estúpido. Apartó la mirada para no tener que verlo.

–No quiero que pienses que no estoy dispuesto a intentarlo.

–Ya lo hemos intentado –dijo ella.

–Pero podríamos volver a intentarlo.

Hubo un tiempo en que la sonrisa de Andy lo significó todo para ella. Pero hacía mucho que había dejado de creerlo.

–Déjame preguntarte algo –dijo Bess, con la voz clara y serena–. ¿La quieres?

Andy se puso a toser.

–¿A quién?

–No insultes mi inteligencia ni la de ella. ¿La quieres?

La negativa de Andy a responder se lo dijo todo, pero Bess no se levantó y siguió mirándolo fijamente.

–Estarás bien, Andy.

–¡Eso es lo que se dice siempre!

–Es la verdad. Estarás bien –se levantó, aunque aún había una distancia insalvable entre ellos–. Y ahora tienes la oportunidad de encontrar algo realmente maravilloso. No lo eches a perder.

–¿Como hice contigo? –preguntó él con una mueca.

Su honestidad la sorprendió, y también ella quiso ser honesta.

–Nunca me arrepentiré de haberme casado contigo, Andy, porque me diste dos hijos maravillosos a los que quiero más que nada en este mundo. Pero creo que ya es hora de que dejemos de engañarnos.

–Yo también quiero preguntarte algo, Bess.

Ella esperó pacientemente a que él dijera lo que necesitara decir.

–¿Fue todo un error?

–No, Andy –respondió ella en voz baja, incapaz de mantener la compostura por más tiempo–. No fue un error.

Entonces él la abrazó y Bess no tuvo que esforzarse por sentir la emoción del momento. Era la última vez que estaría en sus brazos, y eso era algo que ella jamás podría olvidar.

Capítulo 28

Antes

–No está aquí, Bess.

–¿Dónde está, Matt? –preguntó ella, apretando los dientes con frustración.

–Ha salido.

–¿Con ella? –golpeó el mostrador con los dedos y se enrolló el cable telefónico en las manos.

–No sé a quién te refieres –dijo Matt.

Bess suspiró, pero sorprendentemente no sintió el menor arrebato de ira. Tan solo un enorme alivio.

–¿Puedes dejarle un mensaje?

El hermano de Andy guardó un breve silencio y suspiró.

–Sí, claro. Deja que vaya a por un boli.

–No necesitas un boli.

Matty hizo un ruidito.

–Lo siento mucho, Bess. De verdad.

–No es culpa tuya –cerró los ojos y hundió los hombros–. Dile solamente que… adiós.

–¿Nada más?

–Si no lo entiende, tal vez tú puedas explicárselo.

–Vale –Matty volvió a suspirar–. Por si te sirve de algo, creo que es un imbécil.

–Gracias –respondió ella, sonriendo.

–De nada.

Bess colgó y se preparó para el inminente aluvión de lágrimas, pero estas se habían evaporado al igual que la ira. Levantó la mirada y vio a su tía Trish en la puerta.

–Ha venido alguien a verte, Bess.

La expresión de su tía no dejaba lugar a dudas sobre el género masculino del visitante. A Bess le dio un vuelco el corazón al pensar en Nick.

–Gracias.

Eddie la esperaba en la terraza. El escrutinio de la familia no parecía afectarlo lo más mínimo, pero se puso rojo como un tomate cuando vio aparecer a Bess en las puertas de cristal.

–Hola, Bess.

–¿Eddie? –Bess evitó las curiosas miradas de sus parientes–. ¿Va todo bien?

–Sí.

Algún tipo de explicación se hacía necesaria de cara a los demás.

–Eddie trabaja conmigo en Sugarland.

Aquello pareció satisfacer a todo el mundo. Eddie sonrió y también lo hizo Bess, aunque no se imaginaba qué hacía allí.

–Estaba dando un paseo –dijo él–. Y se me ocurrió pasarme por aquí para saludarte.

Habían trabajado juntos los tres últimos veranos y Eddie jamás se había pasado por su casa para saludarla.

–Muy amable.

Eddie se retorció ligeramente.

–¿Quieres pasear conmigo?

La invitación atrajo más miradas curiosas, por lo que Bess se apresuró a asentir con la cabeza para eludir cualquier pregunta.

–Claro.

Eddie dejó que fuera ella la primera en bajar los escalones hasta la arena. Bess lo esperó al pie de la escalera y descubrió que no podía mirarlo mientras caminaban hacia la orilla. Por primera vez comprendió lo que debía de sentir él al estar cerca de ella.

–¿Có… cómo estás? –le preguntó Eddie.

Había aparecido justo cuando ella más necesitaba a un amigo.

–Bien.

Él asintió, sin mirarla.

–Me alegro.

Bess se quitó las sandalias y avanzó hasta el borde del agua. Las olas le acariciaron los pies mientras contemplaba el mar. No se le ocurría nada que decir, y tampoco Eddie parecía dispuesto a hablar. Los dos permanecieron un largo rato en silencio, plantados en la orilla, viendo el flujo y reflujo de las olas.

–Gracias, Eddie –dijo ella finalmente.

–De nada –respondió él. La miró y ella también lo miró–. Cuando quieras.

Ahora

A ninguno de sus hijos pareció importarles que les dijera que tenía un inquilino en casa. Habían tenido estudiantes de intercambio otras veces y no les había molestado para nada. En aquel aspecto eran iguales que su padre. No se preocupaban por las cosas que no los afectaran directamente. Connor se había limitado a gruñir y a mirar por la ventanilla, y Robbie tampoco dijo mucho más desde el asiento trasero.

Bess se mordió la lengua para no seguir hablando del tema. Sus palabras o su tono podrían delatarla si hablaba más de la cuenta. En otras circunstancias habría sido sincera sobre la presencia de Nick en su vida, algo que Andy no había hecho. Pero sería pedirles demasiado a sus hijos que aceptaran como amante de su madre a un joven de veintiún años que había regresado de la muerte.

No quería admitirlo, pero tenía miedo de confesar la verdad. Si Andy era el único que tenía una amante conocida, Bess podría aparecer como la única inocente. Se avergonzaba de sí misma al pensar así, pero no podía evitarlo.

Cuanto más se acercaban a la casa de la playa, más rápido le latía el corazón. Al meter el coche en el garaje sudaba copiosamente y tenía todo el cuerpo agarrotado por la tensión.

Connor y Robbie se bajaron del coche antes que ella y sacaron sus bolsas del maletero. Bess les había dado una llave a cada uno y fue Connor quien abrió la puerta. Entraron y dejaron la puerta abierta tras ellos mientras Bess seguía junto al coche. Los nervios aumentaban por momentos. Tenía que convencerse de que Nick estaba allí y de que todo saldría bien. Pero si no entraba, no tendría que descubrir que se había marchado mientras ella estaba fuera. No tendría que enfrentarse a la realidad y…

–¡Mamá! –la voz de Robbie llegó desde la escalera–. ¿Puedes traer mi almohada?

Bess volvió a abrir el maletero y sacó la almohada de Robbie. Sin más excusas para demorarse, entró en la casa. Ante ella estaban las escaleras, y a su derecha la puerta del aseo y la del cuarto de Nick. Estaba cerrada. ¿Había estado abierta cuando ella se marchó? No podía recordarlo.

–¡Yo me quedo con la habitación grande!

–¡Ni hablar!

–¡Soy el mayor!

–¡Mamá!

–¡Ya voy! –gritó ella. Subió la escalera, le dio a Robbie su almohada y fue a su dormitorio a dejar el bolso. El alma se le cayó a los pies al ver que la habitación estaba desierta.

Ni rastro de Nick.

Se había marchado.

Lo sabía. Ella lo había abandonado durante dos días y Nick había vuelto a marcharse…

El rumor de unas voces procedentes del salón llegó a sus oídos, y durante un par de minutos se quedó tan aturdida por el alivio que no consiguió moverse.

Connor ya había saqueado la nevera en busca de refrescos. Robbie estaba sacando la videoconsola que Bess había llevado en un viaje anterior pero que nunca había enchufado.

Y Nick… estaba de pie en el salón, con unos vaqueros y una camisa con una camiseta blanca debajo. Bess le había comprado esa ropa basándose en los recuerdos que tenía de sus gustos, y la verdad era que le sentaban tan bien como si las hubiese escogido él mismo. La imagen de sus pies descalzos hizo que quisiera arrodillarse para besarlos.

–Hola, Bess –su despreocupada sonrisa y el gesto que le hizo con la mano no eran el tipo de saludo al que ella se había acostumbrado.

Tardó un poco en responder, y para entonces, Nick ya estaba examinando la videoconsola de Robbie.

–Bonito aparato.

–Gracias –dijo Robbie con una amplia sonrisa–. Tengo el nuevo juego de Bounty Hunter. ¿Quieres jugar?

–Claro.

–¡Es un negado, tío! Le vas a dar una paliza.

–No lo creo –dijo Nick.

–Ve… veo que ya habéis conocido a… a Nick –balbuceó Bess, ganándose una mirada suspicaz de Connor–. Nick, estos son mis hijos, Robbie y Connor.

Robbie sonrió.

–Y no soy un negado.

Connor fue al salón con la bolsa de patatas y el refresco y se acomodó en el sofá con los pies sobre la mesita.

–Claro que lo eres.

Robbie dejó de hacerle caso, acabó de desenredar la maraña de cables de la consola y le ofreció uno de los mandos a Nick.

–Mi madre ha dicho que vas a quedarte todo el verano. ¿En la habitación pequeña?

–Sí. He conseguido un trabajo como camarero en el Rusty Rudder, así que no me veréis mucho el pelo por aquí –aceptó el mando y pasó los pulgares sobre los botones.

Ninguno de los tres miró a Bess. Ella ya había sufrido en sus carnes la invisibilidad de la maternidad y no debería sentirse sorprendida ni decepcionada. Al fin y al cabo quería que los chicos aceptaran a Nick y que a él le cayeran bien. Entonces, ¿por qué se sentía como si la hubieran excluido de un club selecto o algo así?

Fue a la cocina a guardar la botella de refresco que Connor había dejado en la mesa. Del salón le llegaban los zumbidos y pitidos del videojuego, acompañados por las burlas de Connor y las réplicas de Robbie. Un rápido vistazo al frigorífico y los armarios le dijo que necesitaba hacer la compra. Con dos chicos más en casa no tendría comida ni para dos días.

Miró hacia el salón. El pelo negro de Nick contrastaba con los rubios cabellos de Robbie. Los tres reían como si se conocieran de toda la vida. Era lógico, pues Nick solo era unos pocos años mayor que ellos.

Y ella no quería quedarse en la cocina, sintiéndose mayor al compararse con su amante y sus hijos.

—Chicos, voy a la tienda a comprar unas cosas. ¿Queréis algo?

—Froot Loops —dijo Connor.

—Ho Hos —añadió Robbie.

Nick no dijo nada y siguió manipulando los mandos de la consola.

—¿Nick? ¿Quieres algo?

Por Dios… Parecía que era su madre.

—No, gracias.

Bess los dejó con el videojuego y se fue a la tienda. A diferencia de la última vez que estuvo allí, no tuvo que permanecer un rato en el aparcamiento preguntándose si había perdido el juicio. La chica de la playa había visto a Nick, y también lo habían visto sus hijos. Nick existía de verdad, aunque ella aún no supiera lo que iban a hacer con el resto de sus… de su… vida.

Aún no había tenido tiempo para leer los libros que había comprado en la tienda de Alicia, pero el título de un libro grueso y en rústica le llamó la atención junto a la caja registradora. *Guía de espiritismo*. Examinó el dorso, esperando encontrarse con algo sobre *New Age* o de los indios americanos, pero al parecer era una obra que abarcaba una amplia variedad de temas. Siguiendo un impulso dejó el libro en la cinta transportadora junto al resto de sus compras.

De vuelta en casa… no se le pasó por alto que había empezado a pensar en la casa de la playa como si fuera su casa, Connor y Robbie la ayudaron con las bolsas. Pero Nick había vuelto a desaparecer.

—Ha dicho que se iba a la cama —respondió Robbie a la pregunta de su madre.

No tenía ningún motivo de peso para comprobar si era cierto, así que tras vaciar las bolsas de la compra y guardarlo todo, también ella se fue a la cama.

Debió de quedarse dormida enseguida, porque estaba soñando cuando el crujido de la puerta la despertó. Se incorporó con todos los sentidos en alerta, consciente de que sus hijos estaban bajo el mismo techo que ella. La puerta volvió a cerrarse con un suave clic y una figura oscura se acercó a la cama. Al llegar junto a ella, Bess ya sabía que no era ninguno de sus hijos. Apartó las sábanas y se movió para hacerle sitio. Nick solo llevaba unos calzoncillos y una camiseta, que ella le quitó rápidamente.

No se hablaron. Había pasado mucho tiempo desde que Bess tuviera que hacer el amor en silencio. Al sentir la lengua de Nick en los pechos, el vientre y los muslos tuvo que morderse el puño para no gritar. El crujido de las sábanas podría delatarlos, pero cuando Nick se colocó sobre ella para penetrarla, lo hizo de una forma tan lenta y cuidadosa que la cama apenas hizo ruido.

Se movieron a la par y con las bocas pegadas. Nick se apretaba contra ella mientras metía y sacaba su polla. Nunca habían follado de aquella manera. Normalmente, Bess necesitaba que le tocase el clítoris para aumentar la excitación, pero aquella vez bastó con la presión del cuerpo de Nick. Los muslos le temblaban al rodearlo con las piernas, y la lengua de Nick imitaba en su boca los movimientos pausados y precisos del pene. El sudor la empapó. Clavó los dedos en la espalda de Nick y luego en su trasero, apretándolo más contra ella.

El orgasmo le sobrevino en pequeñas sacudidas, cada una más fuerte que la anterior. Se corrió una y otra vez, o quizá una sola vez, tan prolongada que parecía no acabar nunca. El roce de la pelvis de Nick contra el clítoris le provocaba una oleada de placer tras otra.

Siguió besándola cuando lo sacudieron las convulsiones de su propio orgasmo, ahogando cualquier sonido que pudiera brotar de sus gargantas. La oscuridad se llenó de relucientes estrellas que giraban frenéticamente alrededor de la cama. Bess intentó respirar, pero la boca de Nick se lo imposibilitaba.

Finalmente Nick se apartó y Bess se llenó los pulmones de aire con un sensual murmullo de agradecimiento. Fue el único sonido que emitieron, y Bess tensó el cuerpo por si sus hijos lo hubieran oído.

Nick se tumbó a su lado, posando la mano en su vientre. Bess miró el techo, donde ya no bailaban las estrellas. Sintió frío sin el calor de Nick sobre ella, pero no se tapó con la sábana.

Se giró para mirarlo, tan cerca de ella en la misma almohada. Nick le sonrió y sus blancos dientes destellaron en la oscuridad. Bess le puso la mano en la mejilla y también sonrió.

–Ha sido muy arriesgado –murmuró.

–Lo sé.

–No podemos hacerlo así.

–Lo sé –le besó la mano.

–No quiero tener que esconderme, pero…

–Lo sé –la besó en la boca–. Lo sé, lo sé, lo sé.

Su aceptación sentó peor a Bess que si se hubiera mostrado en desacuerdo.

–No será siempre así.

Nick no volvió a decir «lo sé». La besó por última vez y se levantó de la cama, dejándola a solas en la oscuridad.

Bess tardó un largo rato en volver a dormirse.

Capítulo 29

Antes

Nick no dijo una sola palabra cuando abrió la puerta y se encontró a Bess en su porche. Ella no le dio tiempo para hablar. Lo empujó hacia adentro, cerró la puerta tras ellos y lo besó y abrazó con toda la pasión de la que era capaz. Nick tardó unos segundos en reaccionar, y cuando la rodeó con los brazos, ella se derrumbó contra él con un débil suspiro.

–¿Estás bien? –le preguntó, acariciándole el pelo.

Ella asintió en silencio. No confiaba en su voz para poder hablar. Los latidos de Nick resonaban bajo su mejilla con una intensidad hipnótica. Parecían estar meciéndose al son de una música silenciosa.

Nick no protestó cuando ella enganchó los dedos en el bajo de la camiseta blanca y se la subió sobre el abdomen, ni cuando se agachó para besarle la piel desnuda. No dijo nada cuando le quitó la camiseta sobre la cabeza y la arrojó al suelo, ni cuando le abrió la hebilla del cinturón. Pero cuando intentó desabrocharle el botón y bajarle la cremallera, le puso una mano sobre la suya.

–Bess…

Ella alzó la vista. Tenía los ojos empañados. Nick entrelazó los dedos con los suyos, sin que ninguno de los dos se moviera.

–¿Estás segura de que es esto lo que quieres?

Bess respiró profundamente y pestañeó para aclararse la vista.

–Sí.

Lo llevó al dormitorio, donde lo empujó suavemente sobre la cama. Se sentó a horcajadas encima de él, con las manos en su pecho desnudo, y se miraron el uno al otro. La erección acuciaba debajo de ella, pero no hizo nada. Se limitó a seguir mirando.

–¿A qué esperas? –le preguntó él por fin.

–Simplemente quiero recordar todo esto.

–¿Por qué tienes miedo de olvidarlo?

Ella sacudió la cabeza y algunos mechones se le escaparon de la cola de caballo.

–No sé. Pero temo que lo olvidaré.

Nick se incorporó a medias y tiró de ella para besarla.

–No lo olvidarás –le dijo con la boca pegada a sus labios–. No podrías olvidarte de esto.

Ella se rio por su ego y dejó que la tumbase de espaldas.

–Estás muy seguro de ti mismo.

–Sí –la mordió en la barbilla y el cuello.

Bess lo empujó suavemente.

–¿Y tú?

–¿Yo qué?

Intentó besarla, pero ella giró la cabeza y el beso acabó en la comisura de los labios.

–¿Me olvidarás?

–Bess… –bajó una mano por su cuerpo hasta colocarla entre las piernas–. No tengo intención de olvidarte.

Entonces Bess le devoró la boca con un apetito voraz. Lo agarró del pelo y agachó la cabeza para morderlo en el hombro. Él gimió de placer y volvieron a darse la vuelta para que ella se colocara encima y pudiera quitarse la camiseta y el sujetador. Nick levantó las manos hacia sus pechos y le tocó los pezones, duros como guijarros. A Bess nunca le había gustado un roce áspero y agresivo, pero con Nick lo deseaba más que nada.

Terminaron de desnudarse con frenesí. Bess se lamió los labios y pensó en decir algo, pero las palabras podrían haber arruinado el momento y permaneció callada, confiando en que sus ojos, manos y besos le expresaran a Nick todo lo que sentía. Y deseando saber igualmente lo que él sentía.

Creyó que la follaría tan salvajemente como siempre. Y creyó que era eso lo que ella más deseaba. Pero debería haber sabido que nunca podría adivinar lo que Nick quería, porque él le hizo el amor de una forma deliciosamente lenta y sensual, sin dejar de mirarla a los ojos en ningún momento.

Y Bess descubrió que era eso lo que realmente quería.

Ahora

A través de la cristalera, Bess vio que Eddie los estaba esperando y le sonrió.

—Ahí está Eddie.

Robbie, peinado, afeitado y perfumado con colonia de hombre, asintió.

—¿Estás segura de que va a darme trabajo?

—Desde luego —le aseguró Bess. Se detuvo antes de entrar en la tienda y miró fijamente a su hijo. Al verlo tan mayor sintió ganas de llorar—. Pero no quiero que te sientas obligado a aceptarlo.

Robbie puso una mueca.

—Tranquilízate, mamá. No voy a ser un repelente como Conn, ¿vale? Si él quiere rechazar algo seguro, es su problema.

—Lo único que te digo es que no me enfadaré si decides buscarte algo por tu cuenta.

—Y yo te digo que quiero hacer esto.

Eddie ya estaba saliendo de la tienda para saludarlos. Sorprendió a Bess con un abrazo y un beso en la mejilla. Ella no supo cómo devolverle el gesto sin sentirse ridícula, pero, afortunadamente, Eddie no le dio tiempo para preocuparse y le tendió la mano a Robbie.

—Tú debes de ser Robbie… Eres idéntico a tu madre.

Robbie se echó a reír.

—No tanto.

Eddie también se rio.

–Te lo digo como un halago.

–En ese caso, gracias.

Eddie los invitó a tomar asiento en una de las mesas, donde había una carpeta llena de papeles.

–Así que estás dispuesto a trabajar para mí, ¿eh?

–Sí, señor –respondió el chico, sentándose obedientemente.

Eddie pareció gratamente sorprendido y le sonrió a Bess.

–Está bien educado.

–Mi madre puede ser peor que un sargento –dijo Robbie, y todos se echaron a reír.

Eddie empujó hacia Robbie los documentos y un bolígrafo.

–Solo tienes que rellenar estos papeles y podrás empezar hoy mismo. Kate llegará dentro de una hora y te ayudará con las tareas más importantes, pero estoy seguro de que lo harás muy bien.

–Robbie ha trabajado dos veranos en Hershey Park –explicó Bess, pero su hijo hizo una mueca y ella no alardeó más de él.

Eddie fue al mostrador, donde había seis taburetes y no solamente uno, como en tiempos pasados. En el mostrador había una cafetera y dos tazas.

–¿Seguro que tu otro hijo no necesita un trabajo? –preguntó mientras servía el café.

–Agradezco mucho tu oferta, pero Connor quiere buscarse algo por su cuenta –respondió ella honestamente.

Eddie asintió mientras añadía la crema y el azúcar a su taza.

–Lo entiendo.

–Conn es un poco… estirado –dijo Robbie detrás de ellos.

–Connor siempre ha sido un poco testarudo –declaró Bess.

Eddie sonrió.

–Bueno, si cambia de opinión avísame.

–Lo haré. Gracias.

Su amigo se inclinó un poco más hacia ella.

–¿Quieres que vayamos a desayunar cuando llegue Kara? Tenemos mucho de qué hablar.

A Bess le rugieron las tripas en ese momento. Mentiría si le dijera que no tenía hambre, pero no podía decirle a Eddie que estaba impaciente por volver a casa para tener sexo salvaje con un ser sobrenatural. Además, Connor aún estaría en casa, ya que no tenía sus entrevistas de trabajo hasta más tarde.

–Claro.

–Estupendo.

Estuvieron charlando mientras Robbie rellenaba los formularios. Bess se preguntó si Eddie siempre había tenido aquel encanto, oculto tras sus granos, o si lo había desarrollado igual que habían crecido sus hombros y piernas. No solo demostraba ser muy inteligente, sino también muy divertido.

Dejaron a Robbie con Kara y fueron a desayunar al Frog House. Eddie ya había hecho muchos estudios preliminares sobre el nuevo negocio, y le mostró a Bess las hojas de cálculo con todo el material que podrían aprovechar de la tienda y todo lo que necesitarían comprar. Bess escuchó atentamente, maravillada por las dotes empresariales de su antiguo compañero de trabajo.

–Y tendremos que conseguir los papeles para constituirnos en sociedad. Supongo que querrás que un abogado les eche un vistazo y… –la miró y vio que Bess sacudía la cabeza–. ¿Qué pasa?

–¿Estás seguro de que quieres que sea tu socia, Eddie? No puedo aportar capital al negocio.

Eddie se recostó en el asiento.

–¿Te sentirías mejor si fueras una socia industrial? Sin riesgo alguno.

–No, no es eso –tocó la carpeta de los documentos–. El riesgo es mucho mayor para ti que para mí. ¿De verdad me quieres a mí como socia? Quiero decir…

–Confío en ti –sonrió–. Pero si no quieres hacerlo…

–Claro que quiero –declaró con toda sinceridad.

–Y yo quiero que lo hagas.

Bess se puso colorada.

–¿No te da miedo?

–En absoluto –Eddie cerró la carpeta–. Me parece que es muy emocionante.

–Puede ser emocionante y dar miedo también, ¿no?

Eddie pareció pensarlo un momento.

–Pues sí.

–Será un gran cambio para mí –dijo ella–. Hace años que no trabajo –se avergonzó por el temblor de su voz y deseó no haber dicho nada–. Durante mucho tiempo solo he sido madre y esposa.

Eddie volvió a sonreírle.

–Pues quizá sea hora de cambiar, ¿no?

No era tan fácil como parecía, pero Bess también sonrió.

–Sí. Quizá lo sea.

Capítulo 30

Antes

–Tengo que irme –Nick recogió el envoltorio de los sándwiches que había llevado y lo arrojó en el contenedor de basura–. Lou ha llamado para decir que estaba enfermo, así que solo tengo media hora libre.

Bess se terminó el refresco y arrojó el vaso de plástico a la basura. Nick se frotó las manos contra los vaqueros antes de agarrarla por la cintura y tirar de ella. El gesto la hizo reír, aunque le gustó mucho.

–¿Qué? –protestó Nick–. Las patatas estaban grasientas… ¿Es que prefieres que te manche la ropa?

–Claro que no –dejó que la apretara contra él–. Solo estaba pensando en lo afortunada que soy por no tener que lavar tu ropa sucia.

–Ojalá no tuviera que hacerlo yo… –se quejó él.

Bess le echó los brazos al cuello.

–Podemos hacerlo luego, cuando salga de trabajar, ¿quieres?

–¿Y por qué no vamos desnudos, mejor? Podríamos hacer que se pusiera de moda.

Bess se rio mientras los labios de Nick le trazaban un dibujo húmedo en la piel.

–Claro… Seguro que estaría muy bien.

Nick le frotó el trasero.

–A mí me gustaría. Si estuvieras desnuda todo el tiempo…

–¿Be… Bess?

Ella miró por encima del hombro y vio a Eddie en la puerta, rojo como un tomate y con la mirada fija en el suelo. Se soltó de Nick y se volvió hacia la puerta.

–¿Sí?

–Ne… necesito ayuda con el inventario.

–De acuerdo. Enseguida voy.

Eddie no se retiró enseguida. Miró a Nick, luego a Bess, y volvió a entrar en la tienda. Bess se giró hacia Nick para darle un último beso, pero se detuvo al ver su ceño fruncido.

–¿Qué pasa?

–Está enamorado de ti.

Bess no pudo evitar reírse, aunque Nick tenía razón.

–Qué va –dijo, intentando quitarle importancia.

–Lo está –insistió Nick–. Ese tontaina está colado por ti.

–¿Y qué? –lo abrazó por la cintura, pero era como llenarse los brazos de leña–. ¿Por qué te preocupa?

–No me preocupa. ¿Por qué debería preocuparme? ¿Acaso hay algo entre tú y ese Eddie?

La vehemencia de sus palabras la sobrecogió y la hizo retroceder.

–Claro que no, Nick. ¿Se puede saber qué te pasa?

–No me pasa nada. Tengo que irme.

–Te veré esta noche, ¿verdad? –de repente parecían estar pisando un terreno peligrosamente resbaladizo.

–Sí –respondió él mientras echaba un último vistazo a la puerta, y se alejó por el callejón sin besarla ni mirarla siquiera.

Bess dejó escapar un suspiro y entró en la tienda. Eddie había apilado en el suelo unas cajas de vasos de plástico y había sacado los albaranes. Se suponía que tenía que cotejarlos con las cajas entregadas antes de colocar los vasos en el armario. Era una tarea muy simple que había realizado cientos de veces.

–¿Cuál es el problema? –preguntó Bess de mala manera.

–Estos vasos no son los que pedimos siempre –explicó Eddie–. Y hay muchos menos de los que figuran en el albarán.

Bess comprobó la caja y la lista.

—Cinco hileras en la caja, cinco en la hoja.

—Pero tiene que hacer cincuenta vasos en cada hilera —insistió Eddie—. Y en tres de ellas solo hay cuarenta y siete.

Bess volvió a mirar, debatiéndose entre la admiración por la escrupulosidad de Eddie y la irritación porque aquel estúpido problema hubiese provocado un roce con Nick, aunque fuese indirectamente.

—Anótalo y le dejaré una nota a Ronnie. Él se encargará de hablar con el suministrador.

Eddie asintió y garabateó algunos números en la lista.

—Vale.

—¿Eso es todo?

Él volvió a asentir, sin mirarla. Bess oyó las voces que le llegaban de la tienda, pero no estaba lista para salir a atender a los clientes aun sabiendo que Brian y Tammy necesitaban supervisión. Eddie seguía examinando las cajas. Sus movimientos eran torpes y cada vez estaba más colorado.

—Él no es bueno para ti —dijo con una voz casi inaudible.

—¿Quién? —era una pregunta ridícula, porque sabía muy bien a quién se refería Eddie.

El muchacho se enderezó y la miró con una extraña expresión.

—Nick. No es bueno para ti.

Bess se cruzó de brazos.

—¿Ah, no?

Eddie negó con la cabeza, pero no apartó la mirada aunque el rostro le estaba ardiendo.

—No.

Bess sintió una punzada en el pecho.

—No es asunto tuyo, Eddie.

—Solo te lo estoy diciendo, nada más. Puede que nadie más te lo diga, pero yo sí.

—Para tu información, no eres la única persona que me previene contra él, ¿vale? Y no es asunto tuyo ni de nadie. Me da igual su reputación, Eddie. Me da igual lo que haya hecho o dejado de hacer. Lo que hay entre Nick y yo solo nos incumbe a nosotros.

–No me refiero a su reputación –dijo Eddie. Los dos seguían hablando en voz baja–. Casi todo lo que se dice no son más que falsos rumores.

Hasta aquel momento, Bess no se habría imaginado que Eddie supiera algo de los cotilleos locales, pero la seguridad con la que hablaba le confirmó que, aunque no participara en las juergas y fiestas, conocía todo lo que se cocía en el pueblo.

Y por la expresión de sus ojos tampoco parecía muy impresionado.

–Entonces, si todo lo malo que se dice de él es mentira… ¿por qué no es bueno para mí?

–Porque –repuso Eddie tranquilamente– te hace dudar de ti misma.

Bess abrió la boca para protestar, pero la lengua se le había pegado al paladar y una mano invisible le oprimía la garganta.

–Es así –corroboró Eddie.

Siguió con el recuento de los vasos y Bess, sin nada que pudiera decir, volvió al mostrador a seguir con su trabajo.

Capítulo 31

Ahora

–¿Connor? –Bess llamó a su hijo mientras subía las escaleras–. ¡Ya estoy en casa!

Connor estaba saliendo de su habitación cuando Bess entró en el salón. Llevaba un polo azul celeste y unos pantalones cargo de color caqui, y tenía el pelo mojado alrededor del cuello. Se dirigió a la cocina y sacó una caja de cereales y un cuenco. Apenas le dedicó una mirada a su madre.

–Estás muy guapo –le dijo ella de todos modos–. ¿Por qué no tomas un sándwich, mejor? He comprado pavo y ensalada de col. Es la hora de comer.

Connor levantó la mirada del cuenco.

–Me apetecen cereales.

–Muy bien –aceptó ella, mordiéndose el interior de la mejilla. Si le hubiera preguntado: «¿por qué no tomas un tazón de cereales, Conn?», él se habría decantado inmediatamente por un bocadillo o cualquier otra cosa.

Connor engulló los cereales a toda velocidad y metió el cuenco y la cuchara en el lavavajillas. Dejó los cereales y la leche en la mesa, pero Bess no le dijo nada. Era evidente que Connor buscaba un motivo para discutir con ella. En ese aspecto era igual que Andy, y Bess se preguntaba si sería un rasgo heredado o aprendido.

–¿Dónde tienes la entrevista?

–En Office Outlet.

–¿La tienda de artículos de oficina? –preguntó Bess sin poder ocultar su asombro.

–Sí. ¿Hay algún problema?

–No. Creía que buscarías un trabajo en la playa, eso es todo.

–Es un trabajo en la playa, mamá. Estamos en la playa.

–Pero tendrás que usar mi coche...

–Sí.

Bess suspiró, intentando llenarse de paciencia.

–Connor, creía que te buscarías un trabajo en el pueblo para que pudieras ir andando o en bicicleta.

–No quiero servir helados ni vender recuerdos –arguyó él, alzando un poco la voz–. Office Outlet paga más que la media y me darán una prima si me quedó hasta final del verano. Solo serán un par de meses.

–Dos meses muy largos –observó Bess.

La expresión de Connor se ensombreció.

–Tendría que haberme quedado con papá. Dijo que me compraría un coche.

–¿Eso dijo? –encaró a su hijo, aunque los diez centímetros que Connor le sacaba hacían difícil intimidarlo–. ¿Tu padre te dijo que podías quedarte con él?

Connor no respondió, pero su mirada lo dijo todo.

–Cariño, no voy a fingir que esto vaya a ser fácil para ninguno de nosotros...

–Pues hazlo fácil para mí –replicó él con dureza–. ¡Déjame usar tu coche, mamá! ¡Déjame usar el maldito coche y déjame hacer ese jodido trabajo!

Bess guardó silencio, pero no porque no supiera qué decir, sino para no perder la poca calma que le quedaba. Connor tampoco dijo nada más, aunque tenía la mandíbula apretada y parecía ligeramente arrepentido.

–Encontraremos una solución –dijo ella finalmente. Se refería a algo más que el trabajo o el coche, y estaba segura de que Connor lo sabía.

Él asintió, y su expresión resentida le recordó tanto a Andy que Bess tuvo que apartar la mirada.

–Vale. ¿Puedo llevarme el coche ahora?

–Sí. Pero llama si te dan el empleo. Tengo que saber cuándo llegarás a casa. Y –añadió antes de que él pudiera decir nada–, no vas a poder llevarte el coche todos los días. Tendré que llevarte y recogerte yo. No puedo estar sin mi coche todo el tiempo, Connor.

–Sí, ya lo sé –hizo ademán de marcharse–. ¿Puedo irme ya?

–Sí.

Se apartó para dejarle paso. Cuando oyó el portazo y el motor del coche, se sentó en la mesa de la cocina y hundió la cara en las manos.

–Hola –la saludó Nick.

–Hola –respondió ella, alzando la mirada. No sabía cuánto tiempo había estado así.

Él le masajeó los hombros para aliviar toda la tensión acumulada hasta el momento.

–Ven.

Bess dejó que la llevase de la mano al dormitorio. Tras correr las cortinas y cerrar la puerta, Nick la desvistió muy lentamente y le frotó la piel de gallina. Retiró la colcha de la cama y la hizo tumbarse boca abajo.

–Cierra los ojos –le ordenó.

Ella obedeció y esperó. La tensión volvió a sus músculos mientras escuchaba unos ruiditos en la fría penumbra. El susurro del tejido sobre la piel, el chasquido de una cremallera, las pisadas de unos pies descalzos en la alfombra y el crujido de los muelles de la cama al recibir el peso de Nick.

Suspiró al recibir su tacto. Nick le recorrió los omoplatos y la espalda con unas manos deliciosamente suaves y cálidas, deteniéndose en aquellos puntos donde se acumulaba la tensión. La masajeó a conciencia con los dedos, nudillos y palmas hasta que Bess gimió de goce.

Tardó unos minutos en darse cuenta de que había dejado de masajearla para limitarse a acariciarla. Abrió los ojos y giró la cabeza. Él interrumpió las caricias con una mano en la base de la columna.

–Gracias –le susurró con una voz inesperadamente ronca.

Nick se tumbó a su lado y la estrechó entre sus brazos, y Bess se acurrucó contra él para aspirar su calor y su exquisito olor.

–Hueles siempre muy bien –le dijo, metiendo una pierna entre sus muslos y apoyando la mejilla en su pecho.

Nick la apretó contra él.

–Es mejor que oler mal, ¿no?

–Mucho mejor.

Satisfecha, Bess volvió a cerrar los ojos. Nunca había tenido la costumbre de dormir la siesta, pero en aquellos momentos se sentía invadida por una deliciosa modorra. Pegada a Nick, más relajada de lo que había estado en muchos meses, y sin otro ruido que el suave zumbido del aire acondicionado, la idea de echar una cabezada le pareció irresistiblemente tentadora.

–No hacemos mucho esto –murmuró.

–¿El qué?

–Estar… juntos, sin más.

Nick se rio suavemente.

–Te refieres que siempre estamos follando como leones.

Bess bostezó y se apartó lo suficiente para mirarlo.

–Supongo.

Él también se movió para mirarla.

–Estoy encantado de complacerte, si es eso lo que quieres.

El cuerpo de Bess respondió con un hormigueo a la insinuación.

–No digo que no me guste…

Nick la besó en los labios.

–Ya sé lo que quieres decir.

–¿Cómo lo sabes? –le preguntó ella seriamente.

–Simplemente lo sé –respondió, acariciándole la pantorrilla con los dedos del pie.

Bess bajó una mano por su pecho.

–Todo es… distinto.

Nick se puso boca arriba con un brazo bajo la cabeza. Con la otra mano agarró la de Bess y la apretó, pero no dijo nada.

Bess permaneció de costado, mirándolo.

—No es algo malo.

Nick giró la cabeza hacia ella.

—No he dicho que lo sea.

—No has dicho nada.

Él sonrió.

—Es distinto. ¿Es eso lo que querías que dijera?

Bess se incorporó, superado el sopor anterior, y apagó con el pie la salida de aire acondicionado del suelo. Recogió la ropa para empezar a vestirse, pero antes de que pudiera ponerse las bragas, Nick se había levantado y la había agarrado por la muñeca. Bess se sobresaltó por la rapidez de sus movimientos, pero el grito de susto quedó ahogado por el beso de Nick. Le introdujo la lengua entre los labios y llevó los dedos a su entrepierna para hacer lo mismo. Ella se agarró a sus hombros y dejó caer la ropa al suelo.

La llevó hacia atrás hasta que su trasero chocó con el borde de la cómoda. Aquel era el Nick que ella recordaba. El que la tocaba donde tenía que tocarla. El que no usaba palabras bonitas. Le metió los dedos varias veces seguidas y luego le mojó el clítoris con su propia humedad.

Entonces le hizo rodearle el miembro con la mano y juntos frotaron la erección. Sus besos se hicieron más ávidos y apasionados, pero a ella le encantaban. Siempre le habían encantado las reacciones que él provocaba en su cuerpo.

Nick le separó los muslos y llevó el pene a su interior. La cómoda tenía la altura apropiada y Bess se valió de una mano para apoyarse mientras con la otra se agarraba al hombro de Nick. El espejo vibraba con la fuerza de las embestidas, al igual que el plato de cristal con pendientes y monedas que Bess tenía en la cómoda. Nick le agarró la mano que tenía en su hombro y la llevó entre sus cuerpos para que se frotara el clítoris. Entonces la soltó y la agarró por las caderas para empujar con más fuerza y rapidez.

El ritmo se hizo frenético. Con cada empujón, a Bess se le resbalaban los dedos sobre el clítoris, hasta que se quedó inmóvil y dejó que él la moviera. Echó la cabeza hacia atrás y se mordió el labio inferior para no gemir demasiado fuerte. El borde de la cómoda se le clavaba en los muslos, y las manos de Nick la apretaban de tal manera que quería retorcerse de placer y dolor.

El orgasmo fue como una explosión de fuegos artificiales en el cielo negro de sus emociones. El nombre de Nick se le atragantó en la garganta, se le pegó a la lengua, le raspó los labios y le dejó un sabor a sangre. Clavó las uñas en la madera de la cómoda. Abrió los ojos. Los destellos del orgasmo seguían arremolinándose en torno a su visión como un torbellino multicolor.

—Te quiero —las palabras brotaron en un débil susurro al tiempo que él cerraba los ojos y se abandonaba al clímax. No estaba segura de que la hubiese oído.

Ni estaba segura de que eso importara.

Cuando Nick volvió a mirarla y le sonrió, fue como si el corazón de Bess volviera a latir tras haberse detenido sin que ella se hubiera dado cuenta.

—No todo es distinto —dijo él—. Hay cosas que no cambian.

La besó en la boca, pero no le quitó el sabor a sangre.

Capítulo 32

Antes

El verano había llegado a su ecuador. Normalmente, a esas alturas, Bess ya contaba los días que faltaban para dejar el uniforme de Sugarland y la playa y volver a la universidad. A su vida. A Andy.

Pero aquel año había sido tan diferente que cuando arrancó el mes de julio del calendario tuvo que ahogar los sollozos que se elevaban por su garganta. Año tras año, la pizarra de corcho se llenaba de fotos, copias de su agenda, mensajes y los extractos bancarios de su nómina. Aquel verano solo la ocupaban el calendario, con los días tachados con tinta roja, y unos cuantos menús de pizzerías y hamburgueserías.

¿Por qué?

Por culpa de Nick.

Los días que normalmente habría empleado en ir a la playa con los amigos los había pasado con Nick. Y lo mismo pasaba con las noches en que solía ir a discotecas o que hacía alguna actividad en familia. Nick había consumido un verano que se acercaba a su fin.

−¿Bess? −su tía Carla la llamó desde lo alto de la escalera−. ¿Quieres venir a comer algo?

−¡Voy enseguida! −se secó rápidamente las lágrimas que habían traspasado sus defensas. Su tía Carla tenía un ojo de halcón y nada se le pasaba por alto.

Aquella semana la casa de la playa estaba ocupada por la tía Carla, el tío Tony y sus tres hijas. Angela, Deirdre y Cindy eran las típicas modelos de playa y se pasaban el día tostándose al sol. Por la noche salían a la caza de chicos guapos por el paseo marítimo, y no le hacían el menor caso a ella a menos que quisieran refrescos gratis en Sugarland.

Tía Carla, en cambio, se había propuesto ocupar el lugar de su madre. No parecía importarle que Bess hablase con sus padres una vez a la semana, ni que hubiera trabajado en la playa los tres últimos veranos ni que llevase tres años en la universidad, y que por tanto no viviera con sus padres desde los dieciocho años. Tía Carla tenía la costumbre de cuidar a todo el mundo, por lo que a Bess no debería sorprenderla que hiciese lo mismo con ella. Pero, teniendo en cuenta que a sus hijas les permitía volver a la hora que quisieran, no parecía muy razonable que esperase de ella un comportamiento ejemplar.

La comida, al menos, estaba muy buena. A diferencia de otros miembros de la familia, a tía Carla no le gustaba hacer todas las comidas fuera. Ni siquiera estando de vacaciones en la playa. El desayuno y el almuerzo eran ligeros, pero para la cena cocinaba casi todas las noches. Aquel día había chuletas con patatas al horno, mazorcas de maíz, ensalada y galletas recién hechas. A Bess le rugían las tripas mientras seguía el delicioso olor escaleras arriba. Tío Tony roncaba en el sillón, y sus primas hablaban en su cuarto con la radio encendida. Debían de estar preparándose para salir en cuanto acabasen de cenar, mientras que tío Tony y tía Carla se dedicarían a leer en la terraza o a pasear por la playa.

En cuanto a ella no tenía ningún plan para esa noche.

Hacía tres días que no veía a Nick. Desde que Eddie los interrumpiera detrás de la tienda. Aquel día, Bess había ido a verlo después del trabajo y no lo había encontrado en casa. Él no fue a verla al día siguiente y ella no había vuelto a su apartamento. No era tan tonta ni estaba tan desesperada como para ir siempre tras él.

–Estás muy guapa, cariño –le dijo tía Carla con una sonrisa–. ¿Te importa llevar la fuente de la ensalada? He pensado que podíamos comer en la terraza. ¡Tony! ¡Despierta!

Tío Tony abrió los ojos y se levantó pesadamente del sillón.

–¿Qué pasa? ¿Qué ocurre?

–La cena, Tony –le dijo tía Carla con una mueca–. Llama a las niñas.

Bess se llevó la ensalada a la mesa de la terraza, donde su tía ya había colocado los platos y cubiertos. Las servilletas se agitaban bajo una gran caracola. Bess dejó la fuente y miró a través de las puertas de cristal a sus tíos y primas, que llevaban el resto de la comida. También se vio a sí misma reflejada en el cristal, con el cielo y las nubes detrás de ella. Era como una visión espectral. Un parpadeo y veía a su familia. Otro parpadeo y veía a la chica frente a la ventana…

Apartó la mirada de la fantasmagórica imagen y fue entonces cuando vio a Nick. Estaba en la arena, con las manos en los bolsillos, mirando hacia la terraza. A Bess le dio un vuelco el corazón y sonrió. Lo saludó con la mano, pero él no hizo ningún gesto.

–¿Bess, cariño? –la voz de tía Carla sonó tan cerca de su oído que dio un respingo–. ¿Es amigo tuyo? ¿Por qué no lo invitas a cenar? Hay comida de sobra.

Bess se había agarrado a la barandilla para no volver a saludarlo después de que él no lo hubiese hecho. Nick se había girado hacia el mar y estaba arrojando una piedra a las olas.

–Oh… no, no –sacudió la cabeza–. No hace falta.

Ya era bastante malo no haberlo visto en tres días, pero ¿saber que estaba rondando su casa sin hacerle caso? Bess se dio la vuelta y le sonrió a su tía, quien no insistió a pesar de mirar con desconfianza hacia la playa.

El nudo que se le había formado en el estómago le impidió disfrutar de la cena, pero de todas formas se obligó a comer. Unos trocitos de chuleta, media patata y un par de mordiscos al maíz. Hacía semanas que no probaba nada tan bueno, y maldijo a Nick por no poder saborear la comida.

–Te vas a quedar en los huesos –la reprendió tía Carla mientras Bess la ayudaba a quitar la mesa.

Sus primas ya se habían escabullido para retocarse el maquillaje y el peinado. Tío Tony se había retirado al cuarto de baño
con el periódico. A Bess no le importaba ayudar con los platos,
ya que no tenía otra cosa mejor que hacer.

Estuvo leyendo un rato en su habitación. El libro, una maltratada novela en rústica sobre unos gemelos con un secreto,
había formado parte de la biblioteca de la casa desde que Bess
podía recordar. Se la había leído todos los veranos desde que
era niña, pero en aquella ocasión, y por primera vez, los capí-
tulos no le provocaron la menor emoción. En parte se debía a
su edad. Las descripciones de criaturas hermafroditas y dedos
cercenados en estuches le habían parecido horripilantes cuando
era más pequeña, pero la televisión por cable le había enseñado
cosas mucho más inquietantes.

Dejó el libro en la mesa. La cama estaba llena de bultos, la
almohada estaba aplastada y había que lavar las sábanas y la colcha. Pensó en masturbarse, pero no consiguió reunir las ganas.

No se molestó en ponerse los zapatos ni el sujetador. Nadie
le vería los pechos a oscuras, y de todos modos no pensaba ir
muy lejos. Solo necesitaba salir del cuarto. Agarró una sudadera con cremallera y siguió el sendero arenoso hasta la playa. Los
destellos de la televisión provocaban sombras danzarinas en las
ventanas de la casa, y la noche no era tan oscura como para que
no pudiera verse nada. A poca distancia de la casa ardía una hoguera y se oían las risas sobre el murmullo de las olas. Pero en
la orilla podía permanecer invisible a todo el mundo.

Salvo a una persona.

Nick estaba sentado al borde de la arena mojada con los brazos alrededor de las piernas. Junto a él tenía el pañuelo y un pack
de cervezas. No miró a Bess cuando se sentó a su lado. La fría
arena la hizo estremecerse y se arrebujó con la sudadera.

–Lo siento –dijo él antes de que ella pudiera hablar–. He sido un idiota.

Bess desplazó la mano sobre la arena y encontró una piedra
lisa y una venera rugosa. Frotó los bordes de cada una y las apretó en la palma.

–No entiendo por qué te enfadaste de aquella manera… Eddie no es más que un amigo para mí.

–No le gusto.

Bess soltó una pequeña carcajada.

–A ti tampoco te gusta él, ¿y qué?

Nick se giró para mirarla.

–Ha intentado prevenirte contra mí, ¿verdad?

Bess se mordió el labio antes de responder.

–Sí.

–Y es amigo tuyo –Nick abrió una de las latas de cerveza–. A lo mejor tengo miedo de que le hagas caso.

–Oh, Nick –le puso una mano en el hombro–. Yo tomo mis propias decisiones. Ya deberías saberlo.

Él tomó un trago y dejó la lata en la arena. La besó y le llenó la boca con el amargo sabor a cebada. Subió una mano bajo sus cabellos para agarrarla por la base del cráneo mientras entrelazaba sus lenguas.

–¿De verdad te importaría? –le preguntó ella cuando dejaron de besarse.

–El verano no se ha acabado.

No era la respuesta que ella le estaba pidiendo.

–Nos queda otro mes por delante. Tengo que volver justo después del Día del trabajo.

Nick volvió a beber, pero esa vez no la besó.

–Cuatro semanas y te habrás ido.

–Sí.

«¿Te molesta?», quiso preguntarle. Pero no lo hizo por temor a no oír la respuesta que quería.

–¿Se lo dirás a tu novio cuando regreses?

Bess negó con la cabeza y Nick masculló por lo bajo.

–Claro. Será mejor que no.

–¿Has estado aquí sentado toda la noche? –se arrimó un poco a él, y aunque Nick no la apartó, tampoco la rodeó con el brazo.

–Salvo el rato que fui a por las cervezas.

–¿Para verme? –se odió a sí misma por el tono tan esperanzado de la pregunta.

Nick volvió a mirarla.

—Es posible.

—¿Tanto te cuesta decir que sí?

—Sí —respondió él—. He venido a verte.

Era la respuesta que ella quería, pero no la satisfizo del todo.

—Esto no es asunto de Andy.

—Porque romperá contigo —murmuró él.

—Quizá porque rompa yo con él. O quizá porque ya lo haya hecho y aún no te lo he dicho.

—¿Por qué no ibas a decírmelo? —le preguntó Nick con una mirada escrutadora.

—Porque si no tuviera a otra persona… si de repente estuviera sola y disponible, te largarías tan rápido y tan lejos que nunca más volvería a saber de ti.

Nick perdió la mirada en el océano.

—Eso no es verdad.

—¿No? —Bess se puso de rodillas delante de él, sin importarle la arena mojada—. Mírame a la cara y dime que no es verdad.

Nick la miró y sonrió con desdén.

—No es verdad.

—No es suficiente. Dime que seguirías interesado por mí aunque no tuviera novio.

—Bess… —suspiró—, seguiría interesado por ti.

Sacudida por un vuelco emocional, se abalanzó sobre él y su boca. Al principio lo besó con suavidad, pero luego fue aumentando de intensidad mientras lo obligaba a estirar las piernas para sentarse encima y le agarraba las manos para metérselas bajo la sudadera y la camiseta. Entrelazó los dedos en sus cabellos y le sujetó la cabeza para lamerle los labios y capturar sus gemidos.

Lo miró a los ojos, dos destellos plateados en la noche, y volvió a besarlo.

—Un mes puede ser mucho tiempo…

Las palmas de Nick le cubrieron los pechos y le endurecieron los pezones. Bess se frotó contra sus vaqueros y le rodeó la cintura con las piernas. No supo muy bien cómo consiguió quitarle el pantalón ni cómo entre los dos la despojaron de sus shorts, pero si supo el momento exacto en que se deslizó sobre su erección. Nick gimió sin despegar la boca de la suya. Sus manos estaban muy frías al tocarle el trasero desnudo, pero a ella no le importó. Lo apretó más fuertemente con las piernas y siguió frotándose.

Se oyó un grito procedente de la hoguera y un objeto plano aterrizó en la arena, a unos pasos de ellos. Separaron sus bocas y los dos se giraron para ver al chico corriendo en busca del disco volador. Sus pisadas arrojaron arena sobre las manos y las pantorrillas de Bess, pero el muchacho apenas les dedicó un vistazo fugaz.

Aquello excitó sobremanera a Bess. Estar follando en la playa sin más intimidad que la que proporcionaba la oscuridad. Clavó las uñas en la espalda de Nick al correrse y enterró la cara en su cuello para ahogar los gritos. Él la penetró con más fuerza que nunca, pero no fue hasta que Bess se apartó que se acordó del condón.

O, más bien, de la ausencia del mismo.

No dijo nada al respecto. Se limitó a recoger la ropa y vestirse mientras Nick se abrochaba los vaqueros. Volvió a sentarse junto a él y esa vez sí que la rodeó con el brazo. La noche se había enfriado y Bess se abrió la sudadera para abrigarlo a él también.

–¿De qué tienes miedo? –le susurró cuando parecía que la noche iba a durar para siempre.

–De nada.

Estaba mintiendo y ambos lo sabían. Bess apoyó la cabeza en su hombro, lo tomó de la mano y sincronizó la respiración con la suya.

–¿Confías en mí? –le preguntó él al cabo de un momento.

–Sí –respondió ella sin dudarlo.

–No deberías –le advirtió–. Te joderé igual que he jodido a todo el mundo.

–No me lo creo.

Nick le apretó los dedos.

–No confío en ti, Bess.

–¿Confías en alguien?

Él tardó unos segundos en responder.

–No.

–En mí puedes confiar, Nick –le besó la mano–.

Nick se rio por lo bajo.

–Sí, claro… Todo el mundo es digno de confianza. Confié en mi madre cuando me prometió que no volvería a colocarse ni a traer desconocidos a casa. Confié en la trabajadora social que me dijo que mis tíos cuidarían de mí. Confié en Heather cuando dijo que no iba a acostarse con nadie estando conmigo.

–Yo no soy ninguna de esas personas.

Nick se levantó y echó a andar por la playa. Bess lo alcanzó y tiró de su mano para detenerlo y girarlo hacia ella.

–¡Yo no soy esas personas! –gritó.

Nick escupió en la arena antes de mirarla.

–No quiero tu jodida compasión.

–¡No me compadezco de ti, Nick! –la acusación la horrorizó–. Por Dios, si lo que dices es cierto…

–¿Por qué iba a mentir? –sonrió con ironía–. A menos que solo esté jugando contigo.

–No me extraña que te cueste confiar en las personas –le soltó la mano para poner los brazos en jarras–. Pero eso no es excusa para ser un cretino.

–Soy un cretino –declaró él, como si fuera su signo del zodiaco.

–No me importa –insistió ella.

–Debería importarte.

–¡Pues no me importa! –soltó una brusca carcajada y levantó el rostro hacia el cielo estrellado–. Me da igual que seas un cretino y me da igual lo que diga la gente, ¿vale? ¡Me da igual!

Nick también se rio.

–¿Sabes que estás loca?

–Sí que lo sé –se abalanzó otra vez hacia él y le cubrió la cara de besos. Nick la sujetó y los dos giraron sobre sí mismos hasta caer a la arena en una maraña de brazos y piernas–. Estoy completamente loca, Nick.

«Por ti».

No lo dijo en voz alta, pero no porque no confiase en él. Quería que él también confiase en ella, y la confianza era algo que no podía imponerse. Se daba o no se daba.

Nick la besó y la hizo rodar por el suelo, pero a Bess no le importó llenarse la ropa y el pelo de arena. Se quedaron abrazados y riendo mientras miraban las estrellas.

—Orión —señaló Nick—. Es la única que conozco.

—La Osa mayor —dijo Bess—. Y la Osa menor. ¿Sabes qué es lo mejor de las estrellas?

—¿Qué?

Bess se giró de costado para mirarlo, y él hizo lo mismo.

—Que son las mismas las mires desde donde las mires. Pueden moverse o parecer que están en sitios diferentes, pero siempre son las mismas.

Nick levantó el rostro hacia el cielo.

—¿Y?

—Que si estás muy lejos de la persona con la que quieres estar, puedes mirar las estrellas y saber que esa persona está contemplando lo mismo.

Nick parpadeó y la miró con expresión muy seria. La hoguera se había apagado y la luna no era más que una pálida uña en el cielo, pero Bess no necesitaba ninguna luz para imaginarse los rasgos de su rostro.

—Menudo rollo romántico... —dijo él, pero se rio y la abrazó cuando ella intentó pellizcarlo.

—No hay nada malo en un poco de rollo romántico de vez en cuando.

Nick hundió la cara en sus cabellos y aspiró profundamente.

—Tu pelo huele muy bien. Puedo olerte en mi almohada cuando no estás. Y no puedo dejar de pensar en tu olor cuando no estoy contigo.

Un hormigueo la recorrió por dentro, pero Nick no había acabado.

—También pienso en ti cuando oigo alguna canción por la radio.

Bess se acurrucó contra su pecho. La arena estaba fría y del mar soplaba una brisa fresca, pero los brazos de Nick eran cálidos y reconfortantes.

–Y ahora también pensaré en ti cuando mire las estrellas… ¿Estás contenta?

–Sí…

–Mujeres… –murmuró él con disgusto.

–Hombres… –dijo ella con una mueca.

Él la besó hasta dejarla sin aliento.

–Se hace tarde. Será mejor que vuelvas a casa. Mañana tengo que trabajar.

–Yo también.

Nick la acompañó a casa. En la puerta, dejó el pack de cerveza en el suelo y le ató el pañuelo alrededor del pelo. Luego volvió a besarla y le levantó una pierna para frotarse contra ella.

–Entra –le susurró al oído–, antes de que lo hagamos aquí mismo. Ya nos hemos arriesgado bastante esta noche.

Así que también él lo había pensado…

–Lo sé.

–Te veré mañana –dijo él. La soltó y se alejó.

–¡Nick!

Él se detuvo y se giró.

–Puedes confiar en mí –le dijo ella–. Lo digo en serio.

Nick volvió junto a ella. Bess creyó que iba a besarla y levantó la cara para recibir su boca, pero él se limitó a mirarla.

–Todo el mundo dice eso, Bess.

–Ya lo sé… –siguió tentándolo con la boca levantada–. Pero yo lo digo en serio.

Nick la besó finalmente, pero fue un beso lento y suave.

–Te creo –le dijo al separarse, y se marchó sin mirar atrás.

No fue hasta mucho más tarde, tras haberse duchado, puesto el pijama y acostado, que Bess se preguntó a qué se refería Nick al decirle que la creía. ¿Creía que podía confiar en ella? ¿O solo que ella se lo decía en serio?

Aunque al fin y al cabo… ¿qué importaba?

Capítulo 33

Ahora

Cuando sus hijos eran pequeños, las vacaciones habían sido cualquier cosa menos relajantes. A Andy le gustaban los grandes viajes a las Bahamas, al Gran Cañón o al Parque Yellowstone, e insistía en visitar un sitio nuevo cada vez a pesar de que Connor y Robbie eran demasiado pequeños para apreciar nada. Cuando los chicos empezaron el instituto, sin embargo, los viajes en familia se acabaron por completo. Al parecer, Andy había decidido que no merecía la pena compartir la experiencia con unos hijos adolescentes que no iban a apreciarlos más que cuando eran unos críos, pero que se habían vuelto mucho más insolentes a la hora de decidir quedarse en casa. Él y Bess solamente hicieron un viaje los dos solos. Fue a un complejo turístico en México, de donde ella volvió con graves quemaduras y él, con una intoxicación alimentaria.

Ninguno de los dos había expuesto sus motivos para no aprovecharse de la casa de la playa que los padres de Bess habían heredado de sus abuelos. Andy ni siquiera hablaba de la casa, ni siquiera cuando los padres de Bess murieron y la casa pasó oficialmente a ser de ella. Bess tampoco había sacado el tema, aunque Connor y Robbie se mostraron más entusiasmados con la casa que con la visita al Monte Rushmore.

Los chicos habían estado en muchas playas a lo largo de sus vidas, pero parecían haber nacido para las aguas del Atlántico.

Tres semanas después de su llegada los dos habían adquirido una dura rutina de trabajo, pero el resto del tiempo lo pasaban tostándose al sol en la arena. Como era lógico, se hicieron muy populares entre las chicas e hicieron un montón de amistades a las que llevaban a casa para tumbarse en la terraza y devorar las hamburguesas que Bess compraba. La casa de la playa se había convertido en el lugar de reunión para los jóvenes que trabajaban en el pueblo durante los meses de verano.

A Bess no le importaba. Su otra casa siempre había sido el lugar favorito para todos los chicos del barrio y ella siempre tenía un cajón lleno de cepillos de dientes para los que se quedaban a dormir. Era la madre con la que siempre se podía contar para hacer palomitas de maíz, pedir una pizza durante un maratón de películas de terror y para llevar a casa a cualquiera que lo necesitara.

No expresó en voz alta el alivio que sentía de que Connor y Robbie estuvieran recreando la misma vida que habían tenido en casa. Era la prueba de que se estaban adaptando al cambio, a pesar del vuelco que habían sufrido sus vidas por culpa de sus padres.

El inconveniente de alojar a los jóvenes del pueblo era, naturalmente, la falta absoluta de intimidad. Hasta el momento, ni Connor ni Robbie parecían haberse dado cuenta de que Nick casi nunca salía de casa, y que cuando lo hacía no iba más allá de la pequeña franja de playa que había enfrente. Tan ocupados estaban con sus trabajos y sus nuevos amigos que apenas le prestaban atención. De vez en cuando, Nick jugaba con ellos a la videoconsola o a las cartas en la terraza, pero la mayor parte del tiempo se la pasaba en su pequeño cuarto con la puerta cerrada.

Bess no le preguntó qué hacía encerrado tantas horas, pero a juzgar por los libros que faltaban en las estanterías debía de estar leyendo. Ella también lo hacía… y al igual que le había pasado años atrás, había estado contando los minutos para que sus hijos estuvieran fuera de casa a la misma hora.

Habían sido tres semanas angustiosamente largas, en las que

Connor iba a trabajar por la mañana y Robbie lo hacía por la tarde, de manera que la casa estaba siempre llena con los amigos de uno o de otro. Pero por fin los dos habían cuadrado sus horarios de manera que los dos se marchaban por la mañana, si bien Connor salía antes que Robbie, quien usaba la vieja bici de su madre para ir al trabajo.

—¿Qué haces? —le preguntó Robbie con la boca llena de cereales.

Bess levantó la vista de los folletos.

—Me aseguro de que la casa esté preparada para el invierno. Hasta ahora solo se ha ocupado en verano, y si vamos a vivir aquí tengo que hacer algunos cambios.

—Sí, como darme a mí la habitación más grande. Connor estará en la universidad y no le va a hacer falta.

Bess se rio.

—Podríamos sacar las literas de tu cuarto y comprarte una cama y una mesa nuevas, si quieres. Así tendrías más espacio. IKEA tiene unas buenas rebajas al final del verano.

—Vale.

Bess hojeó los folletos de aires acondicionados y calefactores. La casa de la playa tenía una caldera y todas las ventanas habían sido cambiadas menos de cuatro años antes, cuando sus padres estuvieron considerando la posibilidad de instalarse allí permanentemente.

—Esta casa es mucho más pequeña que la otra —dijo.

Robbie se levantó y metió el cuenco en el lavaplatos.

—Sí, pero solo estamos tú y yo.

La indiferencia con que lo dijo le hizo más daño a Bess que si hubiera estado enfadado.

—Robbie... ¿Te parece bien todo esto?

Su hijo se puso a manosear algo de la encimera.

—Claro. La gente se divorcia todo el tiempo. Solo quiero que tú y papá seáis felices.

Bess se levantó y se acercó a la encimera. Robbie estaba frotando una manzana una y otra vez, sin duda para tener las manos ocupadas y no tener que mirar a su madre.

–Sabes que puedes hablar conmigo.

–No tengo nada que decir –la miró de reojo y le ofreció una sonrisa poco convincente.

–Bueno… Si quieres hacerlo, ya sabes que puedes contar conmigo.

–Ya lo sé, mamá.

Robbie siempre había sido su peluche particular. El hijo que le llevaba piedras coloreadas con rotulador y matojos que arrancaba del jardín. El que se acostaba con ella para ver los dibujos animados por la mañana, después de que Andy se fuera al trabajo. El que siempre le hablaba de las chicas que más le gustaban. O al menos así había sido hasta unos años antes.

–Ya sé que lo sabes –repuso ella amablemente.

Robbie la miró de frente y sonrió aún más.

–Ya sé que sabes que lo sé.

Bess se rio y lo echó de la cocina.

–Vete a trabajar, vamos.

–Ya voy –arrojó la manzana al aire, la agarró al vuelo y besó a su madre en la mejilla–. Hasta luego.

–¿A qué hora volverás?

–Acabo de trabajar a las nueve, pero volveré más tarde. He quedado con Annalise.

Annalise debía de ser la chica morena y bajita o bien la pelirroja con coletas, pero Bess no intentó sonsacarle más información.

–Que te diviertas.

Apenas se hubo marchado Robbie cuando Nick subió las escaleras con una sonrisa más elocuente que las palabras. Bess pensó que algún día el corazón dejaría de darle brincos cada vez que lo viera. Pero al parecer no iba a ser aquel día.

Se encontraron en medio del salón con sus manos y bocas. Dos semanas eran mucho tiempo para aguantar con miradas furtivas y poco más. Bess ya le estaba desabotonando la camisa cuando oyeron unas pisadas en la escalera.

Debía de ser Robbie, que habría olvidado algo, pero fue el rostro de Connor el que apareció sobre la barandilla. Los miró a los dos con una expresión inescrutable, advirtiendo sin duda la escasa distancia que había entre ambos o el pelo alborotado de su madre.

–Connor… –dijo ella con voz jadeante–, ¿qué haces aquí?

–He hecho un turno extra y me han dado dos descansos. He venido a por algo de comer –miró a Nick–. Hola, tío. ¿No tienes que trabajar hoy?

–Más tarde –respondió Nick.

Connor no volvió a mirarlos y fue a la cocina a prepararse un sándwich. Bess miró a Nick y vio que él también observaba a Connor con los ojos entornados.

–Estaré en mi habitación por si me… necesitas –le dijo.

Recalcó tanto la última palabra que Bess volvió a mirar a Connor por si lo había notado. Su hijo había ocultado la cara tras el periódico y Bess miró de nuevo a Nick con el ceño fruncido.

–De acuerdo –dijo, asegurándose de que su hijo la oyera.

Nick sonrió, la besó rápidamente en el cuello y se alejó por la escalera. Bess se quedó jadeando en mitad del salón mientras Connor hacía crujir las hojas del periódico. Bess se puso a quitar el polvo y poner un poco de orden, lo que era del todo innecesario, ya que sus dos hijos eran bastante pulcros para ser adolescentes.

Connor acabó de comer, recogió los platos y dejó el periódico en la mesa. Fue a su habitación y reapareció unos minutos después con una mochila. Sin decirle nada a Bess, se dirigió hacia la escalera.

–Conn.

Él se detuvo, pero no la miró.

–¿A qué hora volverás a casa?

–No lo sé –respondió hoscamente–. Voy a salir después del trabajo.

–¿Con quién?

–Con amigos.

–¿Los conozco?

Connor la miró. Tenía los mismos ojos azules que Andy, y

Bess tuvo que contenerse para no dar un paso atrás ante las llamas que despedían.

–No.

No quería empezar una discusión sobre los amigos de Connor, cuando en el fondo no estarían discutiendo de eso.

–¿Qué pasa con el coche?

–Lo traeré después del trabajo.

–Entonces te veré, al menos.

Los ojos de Connor ardieron de furia.

–Sí, supongo.

Bess suspiró y se despidió con la mano.

–Que tengas un buen día.

Connor no dijo nada más y bajó rápidamente la escalera. Bess esperó a que el coche hubiese girado en la esquina antes de llamar a la puerta de Nick.

–Pasa.

Estaba tendido en la cama con un libro en las manos. Bess entró y cerró tras ella.

–Te podría haber visto –lo acusó, refiriéndose al beso en el cuello.

Nick bajó el libro y le dedicó una sonrisa torcida.

–Tu hijo no es tonto, Bess.

–No he dicho que lo sea.

–¿De verdad crees que no sabe lo nuestro?

–Te dije que quería esperar a que te conocieran mejor y…

–Lo sabe desde el primer día –la interrumpió él–. Puede que Robbie no sospeche nada, pero Connor sí que lo sabe.

Se miraron el uno al otro en silencio, hasta que Bess se cruzó de brazos y Nick se levantó.

–Sabes que tengo razón –dijo él–. Tu hijo sabe que estoy follando contigo…

–¡Basta! –espetó ella–. ¿Tienes que ser siempre tan grosero?

–Discúlpame… ¿Acostándome contigo? ¿Chingando? ¿Copulando? ¿Cómo prefieres que lo diga? Ah, ya sé…. ¿Haciendo el amoooor? Tu hijo no es un jodido idiota, Bess. Cualquiera que nos viese sabría que estamos follando. Olemos a sexo.

—Basta —repitió ella—. Eso es…

—Es cierto. Y lo sabes.

—¡Es más que eso!

Rápido como un rayo, Nick la tuvo en sus brazos antes de que pudiera reaccionar. La sujetó con fuerza para que no pudiera moverse y movió la boca por su cuello.

—¿Te sentirías mejor si tu hijo supiera que entre nosotros hay algo más que sexo?

Bess no intentó soltarse.

—Creo que es demasiado pronto para que mis hijos sepan nada.

Nick se rio.

—Claro.

Ella lo empujó para obligarlo a mirarla.

—Son mis hijos, Nick. Para mí son lo más importante que hay en el mundo. Es normal que quiera protegerlos.

Nick parpadeó un par de veces, completamente inexpresivo.

—¿Crees que alguna vez les dirás la verdad sobre nosotros?

Bess respiró hondo.

—¿Qué verdad?

—¿Qué verdad? —repitió él con una media sonrisa—. Bonita manera de decirlo… Respóndeme —la apretó con más fuerza.

—Sabes que no puedo —dijo ella.

Nick volvió a parpadear y la soltó, tan bruscamente que ella se tambaleó hacia atrás. Se sacudió las manos en los vaqueros, como si se hubiera manchado al tocarla.

—Ni siquiera sabemos lo que va a pasar —insistió ella, avanzando a la vez que él retrocedía. La habitación era demasiado pequeña para moverse, pero Bess se detuvo justo antes de tocarlo.

—Admítelo. Te importa una mierda lo que vaya a pasar. Te da igual que yo vuelva a desaparecer. Lo único que te preocupa es que nadie descubra tu secreto.

Bess le dio la espalda.

—Nunca les dirás nada, porque tienes miedo —la acusó, como si ella acabara de abofetearlo.

—Dame… dame un poco de tiempo.

–Tiempo… –se rio amargamente–. ¿Tiempo para qué?

–Para pensar en la mejor manera de decírselo… y para saber si vas a quedarte o no.

–No voy a irme a ninguna parte –declaró él–. Lo he intentado y no puedo hacerlo.

–Lo sé. No puedes ir más allá de…

–No, quiero decir que he intentado volver a la niebla gris de donde vine, pero no puedo.

–¿Has intentado volver? –la confesión la había dejado helada–. ¿Por qué?

–Porque nunca les dirás a tus hijos ni a nadie que soy tu novio, Bess. Y aunque lo hicieras… ¿qué pasará dentro de diez años cuando yo siga teniendo este aspecto? La gente vendrá a por mí con estacas y antorchas.

–No –dijo ella, tocándole la mejilla–. Eso no sucederá.

No estaba tan segura, pero le pareció lo más apropiado para decir.

Nick se sentó en la cama.

–Cuando volví pensé que cualquier cosa era mejor que la niebla gris. Pensaba que estar contigo… Dios, no podía pensar en otra cosa. En estar contigo de nuevo.

La miró, pero ella no se sentó a su lado.

–Creía que todo sería mejor cuando volviéramos a estar juntos, pero no es así. Esto es peor que una prisión. No puedo ir a ninguna parte. No puedo hacer nada. Puedo estar follando todo el día y toda la noche, pero no puedo estar contigo de verdad.

–¡Eso no es cierto! –la voz se le quebró. Alargó el brazo para tocarle el pelo y Nick tiró de ella para apretar la cara contra su estómago–. Estás conmigo… Y te quiero.

Él no dijo nada.

–Se lo diré –decidió Bess.

–¿Qué les dirás? –le preguntó sin mirarla–. «Eh, chicos, aquí tenéis a vuestro nuevo padre, y, por cierto, ha estado muerto veinte años».

–Empezaremos haciéndoles saber que estamos juntos, y ya nos ocuparemos del resto más tarde.

Nick se estremeció y levantó la vista hacia ella.

–¿De verdad vas a decírselo?

–Como tú mismo has dicho, Connor ya lo sabe. No tenemos que decirles nada –añadió, sentándose junto a él–. Lo averiguarán por sí mismos.

Nick sonrió brevemente.

–¿Estás lista para ello?

–No, pero no soporto verte mal.

Nick se miró las manos, unidas en su regazo.

–Todo es un lío.

–Lo superaremos –le aseguró ella, con más confianza esa vez–. Encontraremos la manera.

–Desde luego… –murmuró él con un ligero bufido.

–Eh… –lo agarró de la mano y esperó a que la mirara–. Encontraremos el modo para que esto funcione. No voy a dejar que te escapes otra vez.

–Pareces muy segura de ti misma.

–Nick… Confía en mí.

Él se inclinó para besarla y la estrechó entre sus brazos.

–Confío en ti.

Bess también lo abrazó y deseó con todas sus fuerzas no defraudarlo.

Capítulo 34

Antes

Si había sido su primera pelea, al menos había servido para aclarar muchas cosas.

No importaba el nombre que le pusieran a su relación. A Bess le parecía algo demasiado intenso y bonito para limitarlo a una definición.

Aquello era amor.

Otras veces en su vida había creído saber lo que significaba el amor, si bien cada vez era distinta y cada vez que se enamoraba de alguien nuevo estaba convencida de que aquel iba a ser el definitivo.

Tardó en comprobar que no había nadie con quien descubrir lo que era el amor verdadero.

No le había dicho a Nick que lo amaba. No sabía cómo hacerlo. Aquellas dos palabras que tan fácilmente habían brotado siempre de sus labios no parecían adecuadas para describir la fuerza y amplitud de sus emociones cuando estaba con él. O sin él.

Nick le recordaba su marca favorita de chicle y su color favorito, como el de la nueva toalla de baño que él le había llevado. Nick sabía lo mucho que le disgustaban las jaulas de cangrejos ermitaños delante de las tiendas de recuerdos y cuánto le gustaban las bengalas en la playa por la noche. La agarraba de la mano sin importarle quién estuviera mirando, y la besaba una y otra vez.

El amor que sentía por él era como un *collage* de emociones en el que cada pieza tenía su lugar e importancia. Desde el sonido de su risa hasta la sensación de tener su mano en la espalda cuando se dormían en la arena. Todo tenía un sentido, y no podría renunciar a nada de ello.

Pero aún no le había dicho que lo quería.

La primera vez que se quedó a dormir en su casa y se despertó junto a él, pensó que tal vez eso cambiaría las cosas y que el siguiente paso, quedarse con él después del sexo, transformaría la relación en algo que ella pudiera soportar. Dormir en su cama y despertarse a su lado le había parecido más significativo que cualquier declaración de amor.

Eddie tenía razón. Nick la hacía dudar de sí misma.

Bess abrió los ojos y miró la cómoda junto a la cama. A su lado oía la profunda y tranquila respiración de Nick. Era temprano y tan solo hacía unas horas que se habían dormido. Los dos tenían que trabajar, pero aún no tenía ganas de levantarse. No quería ducharse ni lavarse los dientes, porque entonces perdería el sabor y el olor de Nick.

Él deslizó una mano sobre su vientre y más abajo, entre sus muslos. Se movió para colocarse encima y ella dejó escapar un suave gemido cuando la penetró. Los condones le parecían una medida absurda después de aquella noche en la playa. Ella estaba tomando la píldora, ninguno de los dos se acostaba con nadie más y, por insistencia de Nick, habían ido a la clínica de la salud de la mujer para hacerse las pruebas pertinentes.

La mordió en el cuello y empujó más adentro. Bess estaba un poco dolorida de la noche anterior y emitió un débil siseo. Él se detuvo, empezó a moverse más despacio y le acarició el clítoris hasta que los dos tuvieron su orgasmo con pocos segundos de diferencia.

–Buenos días –le susurró al oído.

–Buenos días –le sonrió–. Tengo que prepararme para ir al trabajo.

–Y yo –se apartó y se tumbó boca arriba mientras ella se levantaba. Se apoyó en un codo y vio como buscaba ropa limpia en su mochila.

Bess fingió que no le importaba, pero su intenso escrutinio la puso nerviosa y en la ducha se puso a reír como una tonta. Se lavó con el jabón y la esponja de Nick, usó la pasta de dientes y la toalla de Nick, piso la alfombrilla de Nick y se sentó en el inodoro de Nick.

Nunca había sido así con Andy, con quien solo había llegado a compartir habitación. Aquella especie de… convivencia la hizo pensar en casitas con jardín y otras imágenes idílicas. No quería pensar en el futuro, pero no podía evitarlo.

Sobre todo cuando vio las tortitas.

–¿Puedes sacar el sirope de la nevera? –le pidió Nick, apuntando al frigorífico con la espátula.

–¿Has preparado el desayuno?

–Sí. Siéntate.

Había puesto la mesa con platos y tazas desemparejados, pero había doblado las servilletas y colocado los cubiertos. Incluso había servido zumo de uva, pues sabía que a ella no le gustaban las naranjas.

–Cocinas…

–No pongas esa cara de asombro –Nick frunció el ceño y llevó las tortitas a la mesa–. He tenido que cocinar para mí desde que tenía ocho años, más o menos.

–No me refería a eso –lo agarró por la muñeca para tirar de él y besarlo–. Me refería a que es un bonito detalle que cocines para mí.

–¿Ves como no soy un completo inútil? –preguntó él con una sonrisa. Se sirvió una generosa cantidad de tortitas y las roció con abundante sirope. Bess lo imitó y gimió de placer con el primer bocado.

–¿Has usado una mezcla preparada?

–No. Es muy fácil hacerlas si tienes los ingredientes –se encogió de hombros como si no fuera gran cosa–. Huevos, leche y harina. A veces era todo lo que teníamos en casa…

Habían hablado muy poco de su infancia, pero suficiente para que Bess supiera hasta qué punto había sido distinta de la suya.

–Están muy buenas –le dijo sinceramente.

–Estarían mejor con beicon.

–Están muy buenas así –repitió.

Él la miró y ella le dedicó una sonrisa. Nick también sonrió.

–Deja de mirarme así.

–¿Así cómo? –preguntó ella en tono inocente.

Él se lo demostró batiendo las pestañas y poniendo ojitos cándidos.

–Así.

Bess se echó a reír y agachó tímidamente la cabeza.

–No puedo evitarlo.

–Vas a alimentarme el ego.

–Como si necesitaras a alguien para eso… –se burló ella, y levantó las manos para defenderse cuando él empezó a hacerle cosquillas.

–Cómete esto –le ordenó, partiendo un trozo de tortita con el tenedor y llevándoselo a la boca–. Si tienes la boca llena no podrás decir tantas tonterías.

Bess atrapó el trozo con los dientes y volvió a agarrar la muñeca de Nick cuando él cortó otro pedazo. Se lamió el sirope que chorreaba por sus labios y se regocijó con la mirada de Nick.

–Eres una chica mala –dijo él.

Bess arqueó una ceja y volvió a relamerse.

–Creía que te gustaba…

–Sigue haciendo eso y los dos llegaremos tarde al trabajo.

Por tentadora que fuese la idea, Bess no pudo evitar una pequeña mueca de resignación.

–Está bien, está bien.

Nick volvió a sentarse y pinchó sus tortitas con el tenedor, pero sin comer.

–Te he hecho daño, ¿verdad?

–No pasa nada –Bess tomó un trago de zumo y se secó la boca.

–No quiero hacerte daño.

–Te he dicho que… –entonces comprendió a lo que se refería realmente–. No vas a hacerme daño, Nick.

Él observó su plato y tomó unos cuantos bocados mientras ella lo observaba.

–Mis tíos no eran parientes míos. Mi tía se casó con el primer marido de mi madre… quien no era mi padre.

Bess tomó otro pedazo de tortita y lo acompañó con un trago de zumo.

–Me acogieron cuando los servicios sociales me separaron de mi madre. No querían hacerse cargo de mí. Tenían cuatro hijos y uno adoptivo. No les quedaba espacio para mí.

–Lo siento –era una respuesta muy trillada, pero no se le ocurría qué más decir.

–No fueron crueles conmigo ni nada de eso, pero siempre supe que no me querían en su casa. Cuando cumplí los dieciocho me dijeron que tenía que empezar a pagar el alquiler –se rio–. Cuatrocientos dólares al mes por compartir un cuchitril con otras cuatro personas… Me fui de casa, encontré un trabajo y me gradué en el instituto, aunque ellos no creían que pudiera hacerlo. También habría ido a la universidad, si me lo hubiera podido permitir.

–¿Qué habrías estudiado?

–Me habría gustado hacer Trabajo Social.

Bess parpadeó con asombro.

–¿En serio? Yo estoy estudiando Trabajo Social y Psicología.

Nick sonrió y acabó las tortitas.

–¿Me tomas el pelo?

–En absoluto. Deberías echar un vistazo al programa de la Universidad de Millersville.

–No tengo dinero.

–Se conceden muchas becas y ayudas, Nick –la idea de que fuera a su misma universidad la excitó tanto que casi derramó el zumo–. El campus es genial y hay mucha oferta laboral. Deberías pensártelo seriamente.

–Hum… –murmuró él–. ¿Lo crees de verdad?

–Sí, lo creo de verdad.

Nick ladeó la cabeza para observarla.

—Solo estás intentando que vaya a tu universidad, ¿verdad?

Bess tardó unos segundos en darse cuenta de que se estaba burlando de ella.

—Tal vez.

—Pfff —resopló mientras ponía los ojos en blancos—. Eres muy transparente.

—Si de verdad quieres hacerlo, deberías intentarlo —le dijo ella, poniéndose seria.

Nick se limpió la boca con el dorso de la mano.

—Sabes que si fuera a tu universidad…

—Sí.

Él se encogió de hombros como si no le diera importancia, aunque ella sabía que no era así.

—Podríamos seguir viéndonos.

La sonrisa de Bess se extendió por su rostro tan rápidamente como el sirope sobre las tortitas.

—Sí, así es.

—Qué lata, ¿verdad?

Bess le arrojó una tortita. Nick era rápido, pero ella fue más rápida y huyó de la mesa antes de que pudiera agarrarla.

La atrapó en el salón, donde no tenía escapatoria, y le hizo un placaje que acabó con ambos en el sofá. Ella gritó mientras se retorcía, pero sin demasiada fuerza. Las manos de Nick le estaban haciendo algo más que cosquillas… Cuando la besó, ella ya lo esperaba con la boca abierta. El forcejeo apenas había durado unos segundos, pero el beso duró mucho más, hasta que ambos se quedaron sin aliento.

—Habría que trabajar mucho —dijo él.

—Pero merecería la pena —respondió ella mientras se arreglaba la ropa y el pelo—. Si de verdad quieres ir a la universidad, Nick, debes intentarlo con todas tus fuerzas.

Se levantó del sofá y lo miró desde arriba un momento, antes de arrodillarse ante él.

—Pero tienes que estar seguro de que lo haces por ti —le susurró—. Por mucho que me gustara oírte decir que lo harías por mí, tienes que pensar en ti antes que en nadie.

En vez de hacer un comentario irónico, como era su costumbre, Nick la sorprendió con otro beso.

—¿Crees que puedo hacerlo?

—Por supuesto que sí.

En ese momento llamaron a la puerta. Nick frunció el ceño y se levantó. Aún no se había duchado, pero se había puesto unos pantalones de chándal, de modo que abrió la puerta descalzo y con el torso desnudo y el pelo alborotado, como si acabara de levantarse de la cama.

Bess se acercó por detrás. Sentía curiosidad por saber quién llamaba a la puerta de Nick a esas horas.

—¿Está Bess?

Nick abrió la puerta del todo y la miró por encima del hombro.

Bess se quedó boquiabierta y enmudecida al ver al joven que estaba en el porche, cuya expresión pasó de la curiosidad a la resignación y luego a la ira.

Era Andy.

Capítulo 35

Ahora

Nick tenía razón. Connor ya sabía que Nick no era solo un inquilino. Robbie, en cambio, no sospechaba nada.

No hicieron pública su relación, y Nick la sorprendió con una actitud discreta. Robbie acabó por enterarse. Y si tardó más que su hermano, su reacción fue mucho menos moderada.

–¿Mamá? –estaba sentado en el otro extremo de la mesa de la terraza y la miraba con una expresión de perplejidad.

Bess lo miró y al momento supo que había descubierto lo que su hermano ya sabía. Nick le había puesto momentáneamente la mano en el trasero mientras la ayudaba a quitar la mesa. Era un gesto inocente que no insinuaba nada.

Bess miró a Nick, que sostenía un montón de platos de plástico, y miró otra vez a su hijo, cuya expresión de enorme congoja le encogió el corazón.

–Robbie…

Su hijo no le dio tiempo a decir más. Se levantó, entró en casa y bajó corriendo las escaleras. Bess lo vio alejarse por la playa desde la terraza, pero antes de que pudiera ir tras él, Nick le puso el montón de platos sucios en las manos.

–Voy yo.

–No creo que…

–Voy yo –repitió él con firmeza.

Bess asintió. El alma se le había caído a los pies y era incapaz de moverse. Vio cómo su amante iba a enfrentarse con su hijo y se preguntó si habría sangre.

Robbie estaba de espaldas a la casa, al borde del agua, con las manos en las caderas. Nick tardó un poco en llegar hasta él. No era tan alto ni tan ancho de hombros como Robbie.

–¿Qué pasa? –preguntó Connor, saliendo a la terraza mientras se quitaba el polo. Lo tiró a una butaca y estiró los brazos.

–No lo dejes ahí –le ordenó su madre–. Ponlo en el cesto de la colada.

–Sí, mamá.

–Ahora, Connor –Bess se llevó la basura a la cocina y la metió en el cubo bajo el fregadero. Connor la encontró atando la bolsa, pero la había llenado tanto que se atascaba contra las paredes del cubo.

Connor la hizo apartarse y acabó él la tarea mientras Bess se lavaba las manos en el fregadero.

–¿Qué hacen Nick y Robbie en la playa? –dejó la bolsa llena junto a la puerta y Bess le tendió una vacía.

–Nick está hablando con él.

Connor se echó a reír mientras colocaba la bolsa en el cubo.

–Robbie siempre ha sido un poco lento…

–No tiene gracia, Connor –lo reprendió Bess.

Él se irguió y la miró fijamente a los ojos. Ella le sostuvo la mirada y ninguno de los dos la apartó.

–Estoy con él –dijo Bess sin el menor temblor ni duda en la voz–. Y espero que podáis entenderlo. No sé si lo entenderéis, pero es lo que espero.

Connor se apoyó en la encimera.

–¿Qué pasa con papá?

–Tu padre y yo hemos intentado salvar nuestro matrimonio, pero es imposible –sacudió la cabeza–. Eso no significa que no os queramos a ti y a Robbie.

–Mamá –dijo él en tono desdeñoso–, no hace falta que lo pintes de rosa. Mucha gente se separa. Yo estaré bien, y Robbie también lo estará.

Para Bess no supuso ningún alivio que le dijera aquello.

–No quiero que pienses que mi relación con Nick tiene algo que ver con tu padre.

–No es asunto mío –bufó y se apartó de la encimera para irse.

–Tienes razón. No es asunto tuyo. Pero tendría que haberos dicho la verdad a ti y a tu hermano desde el principio en vez de ocultarla. Lo siento.

Connor se detuvo y se encorvó ligeramente antes de volver a erguirse.

–No pasa nada –dijo, sin mirarla.

–Lo siento, Connor –lo sentía de verdad, pero la brecha que se había abierto entre ella y su hijo mayor se hacía cada vez más ancha–. Lo quiero.

–¿Lo quieres? –se giró para encararla–. ¿Solo han sido... cuánto, tres semanas? ¿Y ya lo quieres?

Bess no podía confesar que había sido mucho más tiempo.

–Como ya he dicho, no espero que puedas entenderlo.

–¿Y quieres que me crea que no tiene nada que ver con que te estés separando de papá, pero que lo quieres? ¿Qué es esto, un jodido chiste, mamá?

Bess se encogió, pero no tanto por el lenguaje de su hijo como por la vehemencia que lo alimentaba.

–Connor...

Él levantó las manos.

–¿Qué es, dos años mayor que yo? ¿Y qué está haciendo contigo? ¿Qué espera conseguir?

Bess nunca había imaginado que su hijo creyera a Nick capaz de intentar engañarla.

–¡No espera conseguir nada!

–¿Ah, no? ¿Y por qué no trabaja? ¿De dónde saca el dinero? ¿Es tu... tu qué, tu macho de alquiler? –torció el gesto como si hubiera mordido un limón–. No me digas que lo quieres, por favor. No soy un niño. Puedo soportar que te hayas buscado a un semental para hacerte compañía...

Bess nunca les había pegado a sus hijos cuando eran pequeños, pero las ganas de abofetear a Connor por su insolencia fueron tan fuertes que tuvo que descargar un manotazo en la encimera. La mano le escoció por el golpe, pero al menos sirvió para que Connor se callara.

–No sabes nada de nada –le dijo en una voz más fría de la que nunca había usado con su hijo–. No te creas tan listo, Connor Alan, porque no lo eres.

Connor parpadeó frenéticamente, y Bess vio horrorizada que estaba reprimiendo las lágrimas.

–Tendrías que habernos dicho la verdad, mamá.

–¿Por qué, Connor? ¿Acaso me hubieras creído entonces, o habrías sacado las mismas conclusiones que ahora? No puedo explicarlo, simplemente es así. Sé que no es fácil para ti ni para tu hermano –tragó saliva con dificultad–. Tampoco va a ser fácil para mí y para Nick. Pero no puedes elegir de quién te enamoras, cariño. Sucede sin más.

–Pero sí puedes elegir de quién no enamorarte –arguyó Connor con una perspicacia que Bess nunca habría imaginado.

–No quiero elegir no estar enamorada de Nick –respondió honestamente.

Al menos las cartas ya estaban sobre la mesa. Bess respiró hondo y se tranquilizó un poco. Lo peor había pasado.

Connor frunció el entrecejo y salió de la cocina.

–Me largo de aquí –exclamó por encima del hombro.

Al parecer, lo peor no había pasado. Bess pensó que Connor solo se largaba de la cocina, pero cuando volvió a los pocos minutos con una mochila y su bolsa de viaje, el estómago se le volvió a revolver.

–¿Adónde vas? –le gritó cuando él atravesó la cocina en dirección a la escalera.

–A casa de Derrick. Está buscando un compañero de habitación. A lo mejor me quedo con él lo que queda de verano.

–Connor, espera… –pero él no se detuvo y bajó los escalones de dos en dos. Su bolsa golpeó una foto enmarcada que llevaba colgada en la pared desde que Bess era niña. El cristal se hizo añicos al caer a la escalera, pero Connor siguió andando. Bess lo siguió hasta el garaje, donde los dos se quedaron mirando el Volvo–. No vas a llevarte mi coche.

Connor no había previsto aquel contratiempo, pero se recompuso rápidamente. Sacó el móvil del bolsillo y marcó un número.

–Derrick, ¿puedes recogerme en mi casa? Sí. Gracias, tío.

Los chicos se comunicaban entre ellos de una forma muy distinta a como lo hacían las chicas. Unas pocas palabras y punto. Connor volvió a guardarse el móvil y salió a la calle.

–¡Connor! ¿Qué pasa con tu trabajo? –le preguntó Bess, corriendo tras él.

–Derrick y yo podemos hacer los mismos turnos. Iré con él al trabajo.

–¿Y puedes contar con él para eso?

Connor se detuvo, se volvió hacia ella y dejó la bolsa en la acera. A Bess le recordó las rabietas que tenía de niño.

–Sí… Creo que puedo confiar en él –recalcó cruelmente la última palabra.

–Solo hace unas semanas que lo conoces.

Connor arqueó una ceja. Era otro gesto que había heredado de su padre.

–¿Y qué? Para algunas cosas unas pocas semanas es más que suficiente…

Volvió a girarse y Bess hizo lo propio. Estaba preparada para dejarlo marchar al final del verano, pero también podía hacerlo en esos momentos.

Nick estaba en la cocina, poniendo detergente en el lavavajillas. Lo puso en funcionamiento y la estrechó en sus brazos.

–Connor… –fue todo lo que ella dijo.

–¿Tan mal ha ido? –le acarició el pelo–. Tranquila, Bess… No pasa nada.

–¿Dónde está Robbie?

–En la playa, supongo.

Bess levantó la cabeza.

–¿Qué le has dicho?

–La verdad.

–¿Qué verdad?

Nick le apartó el pelo de la cara y la besó.

–Le he dicho que estoy enamorado de su madre y que quie-

ro hacerla lo más feliz posible todo el tiempo que pueda, y que
si él tenía algún problema al respecto que me diera un puñetazo, porque yo no iba a irme a ninguna parte.

–¿En serio?

–Sí.

–¿Y te dio un puñetazo?

Nick sonrió.

–No. Pensé que iba a hacerlo y temí por mi integridad. Tu hijo es muy fuerte. Pero no lo hizo. Robbie es un buen chico.

–Sí que lo es –afirmó Bess–. Connor se ha marchado. Dice
que se va a vivir con un compañero del trabajo.

–Que se vaya. Ya es bastante mayor.

Bess se mordió la mejilla y se apartó suavemente de Nick.
Lo dejó en la cocina y se fue al dormitorio, donde se sentó en la
cama a luchar contra las lágrimas.

Nick entró en el cuarto unos minutos después y se sentó a su
lado. La tomó de la mano y entonces ella se abandonó definitivamente al llanto. Estuvo llorando un rato, pero más que nada
porque le sentaba bien hacerlo al estar apoyada en el hombro de
Nick. Igual que le sentaba bien que él la tumbara suavemente
en la cama y la abrazara mientras seguía acariciándole el pelo.
Estar con él le sentaba bien. Muy bien.

Todo era diferente a como había sido antes. En tantos aspec-
tos que no podría ni definirlos.

–No lo lamento –le dijo, mirándolo.

–Está bien –él le sonrió y la besó, pero no le preguntó qué
era lo que no lamentaba.

–No me lamento por nada –dijo ella–. Ni antes… ni ahora.

–No sé si te entiendo.

–Quiero decir… –le costaba encontrar las palabras–. No lamento cómo fueron las cosas en el pasado. Porque si todo hubiera sido diferente, ahora no estaríamos aquí.

Nick frunció el ceño, pero no se apartó.

–O puede que sí.

–No. No estaríamos como estamos ahora, Nick. Lo sabes
tan bien como yo.

Él guardó un largo silencio, y cuando volvió a hablar lo hizo con una voz grave y profunda que recordaba el murmullo de las olas y el canto de las aves marinas. Un sonido triste y solitario, pero también hermoso.

–Te esperé. Pero tú no me esperaste. Y sin embargo aquí estamos, después de tantos años.

–Aquí estamos –susurró ella.

–Puede que tengas razón –dijo él–. Tal vez lo nuestro no hubiera funcionado.

–Nunca lo sabremos.

–No necesitamos saberlo. Porque no importa lo que hubiera sido, sino lo que es. Lo que tenemos ahora, Bess.

Ella lo besó y se abrazó a él con todas sus fuerzas, y juntos escucharon el sonido del mar.

–Puede que tú no lo lamentes, pero yo sí –dijo él cuando Bess casi se había quedado dormida–. Siento no haberte dicho la verdad cuando tuve la ocasión. Y siento no haber venido a por ti como te dije que haría.

–No tuviste elección. No te culpo por ello.

–Ahora no, pero sí me culpaste, ¿verdad?

–Sí –admitió ella–. Durante un tiempo sí te culpé. Pero luego dejé de hacerlo.

–Y entonces volviste –tenía la boca pegada a sus cabellos, pero parecía estar sonriendo–. Y aquí estás.

–Aquí estamos.

Él suspiró y volvieron a quedarse callados, pero no era un silencio incómodo.

–Ojalá pudiera saber… por cuánto tiempo –dijo él.

Bess se apoyó en el codo para mirarlo.

–¿Por qué no puede ser para siempre?

–Porque nada es para siempre.

Ella le acarició la mejilla.

–Entonces que sea todo el tiempo que podamos aprovechar.

Pero cuando volvió a acurrucarse contra él, también ella se preguntó cuánto tiempo sería.

Capítulo 36

Antes

–¿Qué haces aquí? –preguntó Bess rodeando a Nick, quien se apartó para dejarla pasar.

–¿Qué haces tú aquí? –preguntó a su vez Andy.

–Iba de camino al trabajo –no era del todo cierto.

–Missy me dijo que estarías aquí –Andy miró a Nick, quien estaba apoyado en el marco de la puerta con una ligera sonrisa–. ¿Quién es?

–Si Missy te ha dicho que vinieras aquí, te habrá dicho también quién soy –repuso Nick.

Andy contrajo los músculos faciales, pero ignoró a Nick y miró otra vez a Bess.

–¿Qué demonios está pasando?

A Bess todo le daba vueltas y tuvo que apoyarse en la barandilla del porche.

–Nick, ¿te importa ir a por mi mochila?

Sintió las miradas de los dos hombres, pero no fue capaz de mirar a ninguno de ellos. Al cabo de unos segundos Nick respondió, pero por su tono ya no parecía estar sonriendo.

–Claro.

Volvió enseguida y le puso la mochila en la mano. Bess levantó la mirada del suelo, pero Nick no la miraba a ella, sino a Andy. Y Andy lo miraba a él. Bess agarró con fuerza las correas de la mochila y se la colgó al hombro.

–Tengo que ir a trabajar –le dijo a Andy–. Puedes acompañarme, si quieres –se giró hacia Nick–. Hablaremos después, ¿vale?

Nick se encogió de hombros.

–Lo que tú digas.

Bess se encogió, dolida por su sarcasmo.

–Luego te veo.

–Lo que tú digas –repitió él. Le dedicó una gélida sonrisa y le cerró la puerta en la cara.

Bess desató la bici de la barandilla y echó a andar sin molestarse en comprobar si Andy la seguía. Él lo hizo al cabo de unos momentos, con la bicicleta interponiéndose entre ellos.

–¿Qué demonios está pasando? –volvió a preguntarle.

Ella no le respondió y él la agarró del brazo, pero Bess se zafó y siguió caminando.

–¿Qué haces aquí, Andy?

–He venido porque quería verte –volvió a intentar agarrarla, pero ella no se lo permitió–. Quería descubrir lo que estaba pasando y pensé que te daría una sorpresa. Y parece que lo he conseguido…

–Sí –la mochila le golpeaba el costado y se detuvo para colocarla en la cesta de la bici.

–Llamé a tu casa y tu prima me dijo que estabas con Missy, así que la llamé a ella.

–Seguro que estaba encantada de que la despertaran tan temprano.

–No.

Bess lo miró. Andy no parecía avergonzado en absoluto, pero tampoco furioso.

–Dejaste de llamarme –lo acusó ella.

–Creía que estabas enfadada conmigo –le dedicó una triste sonrisa que no valió para ganarse su simpatía.

–¿Y por eso dejaste de llamar? ¿Qué estabas intentando demostrar?

Nick vivía más cerca de Sugarland que ella. El trayecto no duraría mucho y Bess quería zanjar la conversación antes de ponerse a trabajar. Pero no quería tener una escena en medio de la calle. A pesar de la hora ya había gente haciendo footing y paseando a los perros.

–No intentaba demostrar nada. Por Dios, Bess, ¿es que no puedes parar y mirarme?

–Tengo que ir a trabajar, Andy. No tengo tiempo para discutir contigo ahora.

–¿No tienes tiempo o no quieres hacerlo?

Bess se detuvo.

–No quiero hacerlo. No quiero discutir contigo de esto.

–¿Así que todo es culpa mía? Conduzco cuatro horas para ver a mi novia y la encuentro en casa de otro… ¿Y es culpa mía?

–¡Yo no he dicho eso!

Andy frunció el ceño.

–Ni falta que hace.

–No hables por mí, Andy –empujó la bici hacia la plaza mayor de Bethany. A su izquierda estaba el alto tótem que llevaba años allí plantado. Pareció que le lanzaba una mirada ceñuda a Bess. Y con razón.

–No estoy hablando por ti. ¿Quieres pararte y hablar conmigo de una vez?

–¡No quiero hablar contigo! –no pretendía gritar de esa manera, pero se sintió mejor al hacerlo–. No quiero hablar contigo de esto, Andy. Ni ahora ni nunca.

–He conducido cuatro horas…

–¿Y qué quieres? ¿Una medalla? Has conducido cuatro horas para venir a verme cuando has querido hacerlo, pero cuando yo te lo pedí hace semanas no te mereció la pena el esfuerzo.

Se detuvo y lo encaró, apretando con tanta fuerza el manillar de la bici que los nudillos le palidecieron. Andy parecía tan avergonzado y abatido que Bess estuvo tentada de creerlo, pero no se dejó convencer, si bien se mordió la lengua para no escupirle más acusaciones.

–He venido por ti –dijo él, como si con ello pudiera solucionarlo todo.

–Quizá deberías haber venido antes.

–¿Te estás acostando con ese tío?

–¿Qué te ha hecho venir para averiguarlo? Te pedí que vinieras una docena de veces, y siempre tenías una excusa para no hacerlo.

–¡Lo siento!

Su arrepentimiento parecía tan sincero que Bess optó por creerlo.

–Por Dios, Andy. ¡Rompí contigo y ni siquiera te diste cuenta!

Él parpadeó unas cuantas veces y tragó saliva, y Bess se quedó sorprendida al ver que lo había herido en sus sentimientos. Una mezcla de remordimiento y placer se apoderó de ella.

–¿Rompiste conmigo?

–¿Es que no recibiste mi mensaje?

–Sí, pero creí que Matty estaba intentando fastidiarme. No pensé que estuvieras rompiendo conmigo.

–Y sin embargo ni siquiera me llamaste… Vaya, sí que debió de importarte.

–¿Estás ahora con ese otro tío?

–Se llama Nick. Y… no sé si estoy con él.

La expresión de Andy se oscureció.

–Te estás acostando con él.

–¿Y eso qué te importa, Andy? ¡Tú has estado acostándote con otras todo el verano! Puede que incluso desde antes. ¿De verdad creías que no iba a enterarme?

–¡No me he acostado con nadie! –declaró, pero sus ojos decían otra cosa.

–Por favor… No soy tonta, Andy. Al menos podrías admitirlo.

–No significó nada para mí –murmuró. No lo negó, pero tampoco llegaba a admitirlo.

–Bueno, pues para mí sí que significó algo –bajó la mirada al suelo y se sorprendió al ver una lágrima cayendo en sus zapatillas. No se había percatado de que estuviese llorando.

–¿Y por eso has querido vengarte de mí? ¿O qué? –parecía estar realmente confuso.

Bess lo miró. Las facciones de Andy estaban borrosas, pero seguía siendo el rostro que ella había amado durante y tantos años.

—No lo he hecho para vengarme de ti, Andy. Simplemente sucedió. Y sí, he estado acostándome con él. A diferencia de ti, yo sí puedo decirte la verdad.

Andy se estremeció visiblemente y apartó la mirada. Se quedó tan aturdido que no la siguió cuando ella reanudó la marcha, pero sí la alcanzó en el callejón, detrás de la tienda, cuando Bess se disponía a abrir la puerta.

—¿Y ya está? ¿Hemos... acabado?

A Bess se le habían secado las lágrimas mientras caminaba y lo miró fijamente a los ojos.

—Sí. Eso creo.

—¿Por qué tienes que decidirlo tú sola? —Andy se pasó las manos por el pelo y apretó los puños—. ¡No es justo!

—¿Y a ti qué más te da? —gritó ella. Odiaba montar aquella escena. Lo odiaba a él. Y se odiaba a sí misma.

—¡Porque te quiero!

La declaración le traspasó la piel como el aguijón de una avispa.

—Tengo que trabajar.

—Creía que tú también me querías —parecía estar muy enfadado, aunque seguramente no fuese su intención.

—¡Te quería! —gritó Bess—. ¡Yo te quería, Andy!

—¿Pero ya no? —su expresión se tornó suplicante, algo a lo que ella no podía resistirse, y él lo sabía.

En ese momento apareció Eddie con su bicicleta al final del callejón. Bess quiso que se la tragara la tierra. O mejor, que se tragara a Andy.

—No lo sé —respondió con toda la sinceridad que pudo—. Este verano han cambiado muchas cosas.

—¿Como lo de ese tío? —bufó Andy—. Es curioso cómo funcionan esas cosas...

Enfrentada a su ira, a Bess le resultó más fácil contener la suya propia.

–Sí, es muy curioso –abrió la puerta para que Eddie pudiera entrar, pero ella se quedó en el callejón.

Eddie se detuvo en los escalones.

–¿E… estás bien, Bess?

–Sí, muy bien, Eddie. Entra.

–¿Quién es este? –preguntó Andy con desdén–. Esto no es asunto tuyo, chaval.

Extrañamente, Eddie no se dejó intimidar.

–¿Te… te está amenazando?

–Piérdete –le ordenó Andy–. Te he dicho que no es asunto tuyo.

Andy no la estaba amenazando, pero a Bess la conmovió que Eddie se preocupara por ella y que estuviese dispuesto a defenderla. Le sonrió y lo tocó en el hombro.

–¡No me digas que también te lo estás tirando a él! –se burló Andy.

–Cierra la boca, Andy.

Eddie siguió sin moverse.

–Creo que lo mejor será que te pierdas ti… chaval.

–¿O qué? –Andy le sacaba un palmo y al menos diez kilos a Eddie–. ¿Qué vas a hacerme?

–Basta ya –Bess extendió los brazos para separarlos, aunque ninguno de los dos se había movido–. Andy, te estás comportando como un crío.

–Dime una cosa, Eddie. Ese es tu nombre, ¿no? ¿Eddie? Dime, ¿cuánto tiempo lleva Bess acostándose con ese tío del pelo largo?

Eddie se puso colorado.

–Lárgate, tío. Ella no quiere verte, ¿es que no te enteras?

–¿Cuánto tiempo? –volvió a preguntar Andy, acercándose a ellos como si pretendiera intimidarlos. Bess sabía que nunca levantaría una mano contra ella, pero Eddie no podía saberlo. Sintió el temblor de su hombro bajo la palma, pero afortunadamente no se movió–. ¿Todo el verano?

–No le respondas, Eddie.

–¿Por qué no? ¿No quieres que lo sepa? Te resulta muy fácil echarme la culpa, pero no quieres admitir que eres tan culpable como yo.

Eddie se adelantó mínimamente.

–Oh, sí, eso es. Ven por mí, desgraciado –lo provocó Andy–. Será un placer darle una paliza a alguien… Vamos.

–No, Eddie. Esta pelea no es tuya –la firmeza de Bess los detuvo a ambos–. Ya basta, Andy. Eddie, ve adentro.

Eddie dudó un momento, pero hizo lo que ella le decía. Andy se quedó respirando agitadamente y Bess se cruzó de brazos.

–He venido hasta aquí solo para verte –le dijo él, como si no lo hubiera repetido ya bastantes veces–. ¿No podemos hablar de ello, al menos?

–De acuerdo. Hablaremos. Pero ahora tengo que trabajar –no sabía cómo conseguiría concentrarse en el trabajo, pero no le quedaba otro remedio–. Hoy acabo a las cinco.

Andy asintió.

–Vendré a recogerte a esa hora.

–Aquí no. Deja que primero vaya a casa. Recógeme a las siete.

Por un momento pareció que Andy iba a protestar, pero se controló y volvió a pasarse las manos por el pelo.

–¿Qué voy a hacer hasta entonces?

–Puedes ir a la playa.

–¿Todo el día? –preguntó con una mueca de desagrado.

–Andy… –suspiró–, me da igual lo que hagas, ¿vale?

Él volvió a asentir, y por primera vez desde que apareció en la puerta de Nick, su aflicción pareció sincera.

–Lo solucionaremos, ¿verdad?

–No lo sé.

–Lo solucionaremos –repitió, como si diciéndolo muchas veces fuera a hacerlo realidad.

–Todo se acaba solucionando de algún modo u otro, Andy. Pero ¿quién sabe?

–Yo lo sé –dijo él con una confianza absoluta.

En vez de responder, Bess se dio la vuelta y entró en la tienda.

Capítulo 37

Ahora

Bess esperó dos días antes de ir a buscar a su hijo. Tenía un buen motivo para ir a Office Outlet, pues necesitaba un *router* inalámbrico para el ordenador portátil y una impresora para reemplazar la que había dejado en la otra casa. Pero aun así experimentó una fuerte aprensión al atravesar las puertas de la tienda.

–Disculpa, estoy buscando a mi hijo. Connor Walsh –le dijo al joven vendedor con un polo rojo y un pendiente en la oreja que llevaba acosándola desde que entró en la sección de impresoras.

La sonrisa falsa del vendedor se desvaneció al instante.

–Está en el almacén.

–Gracias –respondió ella, pero el joven ya se había alejado en busca de otra presa.

Encontró a Connor inclinado sobre una caja de artículos de escritorio.

–¿Tienen impresoras Bs?

Él alzó la vista y se irguió bruscamente. Siguiendo el instinto maternal, Bess buscó alguna señal de desnutrición o de desaliño en su ropa. Connor se mantuvo impasible.

–Todavía no me he puesto con eso.

–He venido a por una impresora y un *router*. ¿Puedes ayudarme?

–Creo que es Roger el que se ocupa de esa sección.

–Vamos, Connor –suspiró–. Confío en tu opinión, y seguro que te vendrá bien la comisión.

Connor hizo un gesto de indiferencia con los hombros y dejó la caja. Bess esperó y él acabó cediendo finalmente, aunque por su expresión no parecía dispuesto a perdonarla. No importaba. Podría vivir con ello.

Lo siguió por los pasillos hasta donde estaban los *routers*, colgados en sus envoltorios de plástico. Connor le mostró varios modelos y le explicó cuál sería el mejor para el ordenador portátil, un Apple iBook que ya tenía unos cuantos años. También la ayudó a elegir una impresora sencilla y funcional que se ajustara a su presupuesto.

–A mí me hacen un descuento –le dijo en tono adusto–. Puedo comprarlos esta noche y dejárselos a Robbie.

–¿Lo harías? –se aseguró de no mostrar ningún entusiasmo–. Puedes pasarte por casa, si quieres. Y cenar con nosotros.

Connor asintió. Movió la caja del *router* en sus manos una y otra vez, sin mirar a su madre.

–A lo mejor. Si tengo alguien que me lleve.

Bess se detuvo a tiempo para no ofrecerse a recogerlo.

–¿Cómo te va compartiendo vivienda?

–Bien –respondió él, aunque por su tono también podría significar todo lo contrario. Ella nunca lo sabría, porque su hijo no estaba dispuesto a decirle nada.

–Connor…

Él levantó una mano y miró alrededor para cerciorarse de que nadie les prestaba atención.

–No, mamá.

Bess se tragó la proposición para que volviera a casa. Quizá dos días no fueran suficientes para hacerlo cambiar de idea.

–Está bien. Entonces, ¿comprarás tú estas cosas y me las llevarás a casa?

–Se las daré a Robbie.

Bess no insistió y le dio el dinero.

–Toma.

–Es demasiado.

–Quédatelo –dijo Bess en un tono que no admitía discusión.

Connor vaciló un momento y se lo metió en el bolsillo.

–Gracias.

–Connor… –suavizó el tono y esperó a que la mirase–. Lo siento.

Él se encogió de hombros en silencio. Era un muchacho que intentaba convertirse en hombre, pero aún era su hijo y a Bess se le encogía el corazón por saber que le había hecho daño. Por culpa de su egoísmo había abierto aquella brecha entre ambos.

Le dio a Connor una palmadita en el brazo y salió de la tienda antes de que pudiera avergonzarlos a los dos. Su intención era volver a casa inmediatamente, con Nick, pero al pasar frente a la tienda de Bethany Magick aparcó delante sin pensarlo y entró en el local. Alicia estaba sentada tras la caja registradora, leyendo un libro.

–¡Bess! ¡Hola!

–Veo que te acuerdas de mí… –dijo Bess, sonriendo.

–Pues claro que me acuerdo. ¿Tuviste suerte con los libros?

–¿Suerte? –se rio tímidamente–. Tengo que admitir que aún no he podido leerlos.

Alicia le sonrió.

–Vamos… Estamos en plena temporada de playa. Deberías estar ahí fuera, tostándote al sol y leyendo libros.

–Lo sé, lo sé.

Alicia tenía razón. ¿De qué le servía tener una casa en la playa y no estar trabajando si no se aprovechaba de ello? Cuando empezara a trabajar en Bocaditos echaría la vista atrás y se lamentaría por no haber hecho más cosas en su tiempo libre. Aunque por otro lado, recordaría en qué había empleado ese tiempo libre y no se arrepentiría en absoluto.

–Solo por curiosidad… –dijo Alicia al cabo de un breve silencio–, ¿a qué se debe ese repentino interés por los espíritus?

–¿Qué te hace pensar que fue repentino?

Alicia se echó a reír.

–Una intuición. No pareces una seguidora del movimiento

New Age, por lo que algo debió de despertar tu interés por el otro lado.

–No estoy segura –la mentira salió de sus labios sin el menor esfuerzo–. Simplemente me pareció interesante.

Alicia asintió, como si la respuesta tuviera sentido.

–A veces sucede de esa manera. Yo empecé a interesarme por este mundo a partir de un tablero de güija.

Bess estaba observando las piedras dispuestas en el mostrador, pero levantó rápidamente la cabeza.

–¿En serio?

–Sí. Estaba en una fiesta, hace muchos veranos, y había un chico y una chica con un tablero. Te juro que sentí un escalofrío por la columna. Era la primera vez que realmente creí en los espíritus.

Bess también sintió un escalofrío.

–¿Y qué pasó?

–Empecé a estudiarlo en serio. Decidí aprender más sobre la Wicca y descubrí que tenía un talento especial para las runas. Ahora que lo pienso, fue una experiencia reveladora que me cambió la vida para siempre.

A Bess se le había secado la garganta y le costó hablar.

–¿Recuerdas el nombre del chico? ¿Y de la chica?

–No conocí a la chica, pero el chico se llamaba Nick.

Bess dejó escapar el aire que había estado conteniendo.

–¿Qué podría traer a un espíritu de vuelta?

Alicia dejó de reír, pero un atisbo de sonrisa permaneció en sus labios.

–Una emoción muy fuerte, por ejemplo.

–¿Cómo el amor?

–Sí, o la ira o el odio. Pero el amor también.

Bess volvió a mirar las piedras.

–¿Crees en una vida después de la muerte?

–Sí, creo –respondió Alicia–. ¿Y tú?

–Nunca he creído. Quiero decir… Nunca he estado segura. No he pensado en ello. Ni siquiera estaba segura de creer en Dios.

–¿Y ahora? –arrancó una ramita de romero de la maceta que tenía tras ella y se la entregó a Bess. La tienda se impregnó con su fragancia olorosa.

Bess se lo pasó entre los dedos y se lo llevó a la nariz.

–Sigo sin estar segura. Pero si hay una vida más allá de la muerte… ¿no sería un lugar mejor para un espíritu que estar atrapado aquí?

–He oído que algunos espíritus permanecen atrapados en este mundo. Pero otros eligen quedarse, por la razón que sea. No sé mucho de exorcismos, pero conozco a personas que han compartido un espacio con algún espíritu durante años sin sufrir el menor daño. Mi vecina jura que tiene un fantasma en su apartamento, pero lo único que hace es revolverle los cojines del sofá.

Bess esbozó una ligera sonrisa.

–No es exactamente en lo que estaba pensando.

–Deja que lea las runas para ti –rodeó el mostrador–. Vamos. Será algo rápido.

–Oh, no sé…

–No te diré el futuro. Normalmente las lecturas ni siquiera te dicen nada que no sepas. Pero pueden ayudarte a aclarar lo que ya sabes.

–Supongo que podría serme útil –Bess se rio y la siguió a la otra habitación, donde Alicia agarró la bolsa de terciopelo.

–Escoge tres y ponlas hacia arriba en la mesa.

Bess así lo hizo.

–Esta es Nied. Representa el pasado, pero al estar al revés significa que has cometido un error. La siguiente runa es Dagaz, que me dice que estás asumiendo las consecuencias de las elecciones que tomaste, algunas para bien y otras para mal. Estás creciendo. Las elecciones configuran tu presente, por lo que también las negativas se añaden al resultado positivo. Y la última runa, el futuro… –se calló un momento mientras examinaba las runas–. Esta es Uruz, y está hacia arriba, lo que representa la fuerza. Lo que puedo ver es que vas a tener que tomar otra decisión y que no sabrás si es un error o no. Las dudas te invadirán, pero al final encontrarás la fuerza para hacer lo correcto.

Bess se mordió el labio y guardó un largo silencio. Finalmente asintió y le sonrió a Alicia.

–Gracias. Me has ayudado mucho.

–Eso espero. Puedes venir en otro momento y consultaremos las runas con más calma, si quieres.

–Gracias, puede que lo haga.

Pero en realidad no necesitaba consultar más las runas, pensó mientras se despedía y salía de la tienda. Alicia tenía razón. Tenía la fuerza y la seguridad para saber qué decisión tomar.

Al llegar a casa la recibió una oscuridad silenciosa. En la terraza ardía una vela y se apreciaba la figura de Nick en una de las sillas. La brisa agitaba la llama, pero sin llegar a apagarla.

Bess se sentó en una silla junto a él y lo rodeó con los brazos. Apoyó la barbilla en su hombro y aspiró el olor a arena y mar.

–Hola –lo saludó.

–Hola –giró la cabeza a medias para dejar que lo besara en la mejilla–. ¿Has conseguido lo que querías?

–Connor comprará las cosas con un descuento y se las dará a Robbie.

–Bien.

–¿Llevas mucho rato aquí sentado?

–No, tan solo unas horas.

Bess detectó un tono jocoso y lo pellizcó ligeramente en los costados. Él se retorció, riendo, y la sentó en su regazo.

–¿Estás bien? –le preguntó ella.

Él no le respondió enseguida.

–Sí, estoy bien. Es solo que… –no acabó la frase.

–¿Qué?

–Es el océano –perdió la mirada a lo lejos, sobre el hombro de Bess, sobre la barandilla y sobre la arena.

–¿Qué pasa con el océano? –le preguntó, colocándose delante de sus ojos.

–Nada. Esta noche hace mucho ruido, ¿verdad?

Bess ladeó la cabeza para escuchar.

–A mí me suena muy bien.

Nick se sacudió ligeramente y volvió a mirarla. Su sonrisa no borró el escalofrío que se propagaba por el interior de Bess, pero al menos ayudó a mitigarlo.

–¿Quieres dar un paseo conmigo?

A Bess le rugió el estómago de hambre.

–Enseguida, ¿vale? Antes quiero tomar algo.

–Claro, claro –dijo él distraídamente.

Ella lo besó y él la besó, pero su abrazo fue frío y distante. Bess intentó que no la afectara. Se levantó de su regazo y fue adentro, donde saqueó los armarios en busca de algo que la satisficiera pero que no le llevara mucho tiempo prepararlo. Se conformó con un paquete de galletas con mantequilla de cacahuete y un vaso de leche. Cuando volvió a la terraza, Nick había desaparecido.

Miró por encima de la barandilla, pero la playa estaba demasiado oscura para ver nada. Abrió la boca para llamarlo, pero en vez de gritar bajó los escalones hasta la arena.

Nick estaba al borde del agua, mirando el mar. Cuando Bess llegó junto a él y lo agarró de la mano, permaneció inmóvil. Por primera vez sus manos estaban frías.

–Es eterno, ¿verdad? –dijo él sin mirarla–. Nunca se acaba.

Bess miró también hacia el mar, intentando ver lo que él veía.

–Se acaba, Nick. En algún lugar, el mar se acaba.

Nick le apretó los dedos.

–No me refería al mar.

Y porque ella era una cobarde no le preguntó a qué se refería. Estaba segura de que ya lo sabía.

Capítulo 38

Antes

Nunca una jornada laboral se le había hecho tan larga. A las cinco en punto, Bess salió de la tienda nada más entrar Ronnie. Ni siquiera se molestó en despedirse, y cuando Eddie intentó llamarle la atención, ella no le hizo caso. Se sintió mal por ignorarlo, pero no tanto como para detenerse y escuchar lo que tuviera que decirle.

Pedaleó lo más rápido que pudo y no perdió tiempo en atar la bici al porche de Nick. La dejó caer al suelo y llamó frenéticamente a la puerta. Él no respondió enseguida y Bess pensó que no estaba en casa. Volvió a aporrear la puerta, con más fuerza, y finalmente le abrió. Su imagen la dejó anonadada, como si hubiera recibido un puñetazo en el estómago. Por unos segundos fue incapaz de respirar, y cuando recuperó el aliento pronunció el nombre de Nick con voz débil. Y luego otra vez, más alto.

Él no se movió.

—Tengo que hablar contigo —dijo Bess.

Nick sacudió la cabeza, pero salió y cerró la puerta tras él. Se apoyó en la barandilla y encendió un cigarro.

—Habla —la acució, expulsando el humo hacia ella.

Un muro invisible pero infranqueable se había levantado entre los dos. Mirar a Nick era como mirar una roca.

—No sabía que él iba a venir…

—Ya. Eso me lo he imaginado yo solo.

No parecía que fuese a ceder ni un ápice. La miró a través del humo del cigarro, sin delatar la menor emoción.

—Ha dicho… que me quiere.

Nick entornó los ojos y giró la cabeza para escupir un trozo de tabaco.

—Seguro que sí.

—Nick… Lo siento.

Sentía que Andy se hubiera presentado de forma inesperada, y sentía no haber tenido el valor para hacerle ver que había roto con él. La situación había alcanzado un punto crítico.

—No te molestes —dijo él.

—¿Qué? —dio un paso hacia él, pero se abstuvo de intentar tocarlo—. Pero…

Nick tiró la colilla al suelo y la apagó con la punta del zapato.

—He dicho que no te molestes, Bess. Vete con tu novio. Tengo cosas que hacer.

—Pero no he venido para… —empezó a protestar, pero él pasó junto a ella y la golpeó con el hombro, haciéndola tambalearse hacia atrás—. ¡Eh!

Él ni siquiera la miró y empujó la puerta. Bess lo siguió al interior. La puerta golpeó la pared con tanta fuerza que rebotó hacia atrás y golpeó a Bess en el codo, pero ella ignoró el escozor y fue tras él a la cocina.

—¡No me ignores cuando te estoy hablando! —nada más decirlo se arrepintió de sus palabras.

Nick había sacado un vaso del armario para llenarlo de agua del grifo. Al oír el grito de Bess, se giró con tanta brusquedad que el agua se le derramó al suelo y le chorreó por los dedos.

—No me digas lo que tengo que hacer —le advirtió en voz baja y amenazadora.

—Lo siento —Bess sacudió la cabeza, intentando recuperar el control—. No quería que fuera así…

—No me digas.

—¡No te pongas chulo conmigo! —no quería gritar, pero no podía evitarlo.

El vaso se hizo añicos contra la pared de la cocina, dejando una mancha de humedad en la pintura junto al destello de las esquirlas de vidrio. El estrépito resonó en la cabeza de Bess, pero no fue hasta que sintió el frío de sus palmas en las acaloradas mejillas que se dio cuenta de que se había tapado los oídos con las manos. Un segundo después se chocó de espaldas contra el marco de la puerta, arrinconada por Nick.

—Eso es lo que soy... —le murmuró al oído—. ¿O es que lo has olvidado?

La había arrinconado y le había susurrado al oído muchas veces, pero en esa ocasión no se apretó contra ella ni la besó. Aun así, Bess se encogió y se apartó de él como si la hubiera golpeado.

—Vete con él —espetó Nick—. Ya que tanto te quiere.

Era el momento perfecto para huir, pero Bess no intentó escapar. Lo que hizo fue girar la cabeza para hablarle al oído, igual que había hecho él.

—No he venido para decirte que vaya a volver con él.

—Pero vas a verlo. No vas a decirle que se vaya a paseo, ¿verdad? No vas a decirle que salga de tu vida para siempre.

—No —repuso ella tranquilamente—. Al menos le debo una explicación, ¿no crees?

Nick se apartó para mirarla a la cara.

—No sé. ¿Se la debes?

—Ha dicho que me quiere —no era una excusa muy apropiada, pero aunque su moral podía justificar la infidelidad, no le permitía ser deliberadamente cruel.

—¿Ah, sí? —Nick se apartó aún más—. ¿Y qué pasa conmigo?

—¿Qué pasa contigo? —repitió ella.

Él no dijo nada.

—Nick —le puso una mano en la mejilla—. ¿Qué pasa contigo?

Él movió ligeramente la cabeza y ella apartó la mano. Tenía un nudo en la garganta y los ojos le escocían por las lágrimas contenidas. No quería que Nick la viese llorar.

—Si sientes algo por mí, ahora es el momento de decírmelo.

Nick negó con la cabeza y dio otro paso atrás. La miró con

ojos inexpresivos, como si fueran unos desconocidos. Peor aún, como si nunca se hubieran visto.

–No siento nada por ti.

Bess parpadeó con doloroso estupor. No era lo que ella quería que le dijera, ni lo que creía que iba a decirle. Su dura respuesta la desgarró por dentro y liberó el torrente de lágrimas.

–No te creo –se obligó a decir, pero tenía la voz tan quebrada como el vaso que Nick había arrojado contra la pared.

Nick se limitó a mirarla fijamente con ojos inescrutables. Su frialdad le dolió más que una bofetada. Bess retrocedió hasta el salón, se secó la cara y respiró hondo, pero no le sirvió de nada.

–Me está esperando –dijo–. Y aun así he venido aquí antes que nada. ¿No quieres saber por qué, Nick? ¿No quieres que te diga por qué he venido aquí en vez de ir con él? ¿No quieres saber lo que he venido a decirte?

Nick negó con la cabeza. Acto seguido, se dio la vuelta y se metió en su habitación. No cerró con un portazo, pero el clic del pestillo fue tan definitivo y fulminante como si la hubiera echado a gritos.

Capítulo 39

Ahora

–Tengo que ver a Eddie para hablar del negocio –Bess abrazó a Nick por detrás y lo besó en el cuello.

Él asintió, sin prestarle apenas atención mientras movía el ratón por la pantalla.

–Vale.

–¿Qué estás mirando? –intentó leer el texto de la pantalla, pero su diminuto tamaño y la horrible combinación de colores lo hicieron imposible.

–Nada –murmuró él. Volvió al motor de búsqueda y cliqueó en el recuadro vacío, pero no escribió nada–. ¿A qué hora volverás?

–No sé. No muy tarde. ¿Quieres que traiga una peli o algo?

–Claro –respondió sin apartar la vista de la pantalla.

No era propio de Nick ser tan complaciente.

–¿Estás bien?

–Sí, muy bien. Vamos, vete –se giró para besarla y le puso las manos sobre los brazos, que ella aún tenía sobre sus hombros. El beso amenazó con aumentar de intensidad y Bess se apartó, riendo.

–De verdad tengo que irme. Eddie me está esperando.

Fue un error decir eso. Nick asintió sin hacer ningún comentario y se volvió de nuevo hacia el ordenador con los labios apretados.

Bess se apartó, muy contrariada.

–¿Quieres que te traiga algo?

–No.

–¿Estás seguro?

Nick la miró con el ceño fruncido.

–No me hace falta nada.

–Vale. Solo preguntaba –apartó las manos y se marchó antes de que empezaran a discutir.

Le había prestado el coche a Connor durante un par de días, hasta que él pudiera disponer del suyo. Al parecer, Andy iba a comprarle un coche. Con gestos como ese la había impresionado a ella tiempo atrás, pero ahora solo servían para irritarla, pues formaban parte de un juego que ella no podía permitirse.

Y además no estaba dispuesta a jugarlo, pensó mientras sacaba una de las bicicletas del trastero. Ella no necesitaba comprar el cariño de sus hijos. Tampoco Andy, si dedicara más tiempo a pensar en ello, pero ella no iba a intentar hacérselo ver. Si él quería comprarle un coche a Connor o un par de esquís a Robbie, ella no le pondría ningún impedimento. El dinero nunca había sido su mayor preocupación, pensó mientras pedaleaba por unas calles que de nuevo volvían a resultarle familiares. El trabajo social no era una profesión muy remunerada, y tampoco preveía que fuera a enriquecerse en un futuro próximo.

Pero levantar el negocio de Bocaditos con Eddie había sido el trabajo más emocionante y gratificante que había tenido nunca. Desde conseguir los préstamos a esbozar el plan de negocio, Bess había aprendido muchas cosas sobre sí misma que nunca hubiera sospechado. Iba a ser su propia jefa, y estaba preparada para ello.

Cuando llegó al pueblo, ya se le habían ocurrido media docena de ideas para compartir con Eddie. Dejó la bici detrás de Sugarland, atada al aparcabicicletas del callejón, y se detuvo al tener una extraña sensación de *déjà vu*.

La misma bici, el mismo callejón, el mismo contenedor de basura… Se miró las manos, con las mismas líneas y lunares, y sintió la misma brisa agitándole los mismos mechones. Hasta la falda vaquera que le llegaba por la rodilla y los zapatos Keds blancos podrían haber sido los mismos. Todo era igual que veinte años antes. Cerró los ojos y se preguntó qué vería cuando los abriese.

No tenía ningún motivo para demostrar que no tenía veinte años. ¿Se encontraría en el pasado? ¿Y qué haría entonces?

Si así fuera, iría a ver a Nick y le diría la verdad. No esperaría para decirle lo que sentía por él. No le mentiría, ni tampoco a sí misma. Si hubiera vuelto al pasado, y realmente parecía que así era, aquello sería lo que hiciera sin dudarlo un solo instante.

Cuando abrió los ojos al oír abrirse la puerta trasera, supo que no había viajado en el tiempo. No podía cambiar el pasado ni tener una segunda oportunidad. Solo podía cantar la segunda estrofa de una canción cuya letra le era desconocida.

Robbie salió con una bolsa de basura. Al verlo, la inquietante sensación de estar atrapada en un recuerdo se desvaneció como una ligera neblina.

–Hola, mamá. ¿Estás bien?

–Sí. Hace mucho calor hoy, ¿verdad? –sonrió y comprobó que, efectivamente, hacía calor. El trayecto en bici la había dejado más sudorosa y jadeante de lo que pensaba–. Tengo que beber algo.

Se tambaleó ligeramente y Robbie la agarró del brazo.

–Mamá, ¿estás bien? Vamos dentro.

En la trastienda apenas hacía más fresco que en el callejón, pero al sentarse en una de las sillas plegables y tomarse un vaso de refresco helado empezó a sentirse mejor. Robbie la observaba atentamente con sus ojos azules llenos de preocupación. El sol le había teñido de mechas doradas sus cabellos color trigo, recordando lo avanzado que estaba el verano y lo cerca que estaba de acabar.

–Hola, Bess. ¿Estás bien? –le preguntó Eddie.

–La ha afectado el calor –respondió Robbie por ella–. He tenido que darle algo de beber.

Eddie le dio una palmadita en el hombro a Robbie y se sentó frente a Bess.

–Buen trabajo. ¿Puedes sustituirme en la caja?

–Claro –le echó una última mirada a su madre y se marchó al mostrador.

–No te imaginas lo contento que estoy de haberlo contratado –le confesó Eddie a Bess. Se arrimó con la silla y le puso una mano sobre la suya, presionándole los dedos en la muñeca–. El pulso te late muy rápido. Bebe despacio.

–¿Tan mal aspecto tengo? –el pulso se le aceleró aún más bajo los dedos de Eddie y retiró delicadamente la mano. Tomó otro trago de refresco, frío y azucarado, y sintió que volvía a pisar terreno sólido.

–No. Solo parece que hayas visto un fantasma.

–No solo lo he visto –dijo antes de poder detenerse.

–¿Cómo? –le preguntó Eddie con una sonrisa divertida.

–No importa –le sonrió ella también–. ¿Nos vamos?

–Sí –se levantó y le ofreció la mano.

Bess la aceptó, aunque realmente no necesitaba ayuda para levantarse. El azúcar y la cafeína habían barrido los restos del mareo.

La mano de Eddie era fuerte y sólida. Real.

–Hace calor fuera… He venido en la bici, y supongo que ya no estoy en tan buena forma como antes.

–A mí me parece que estás en buena forma –declaró Eddie.

Un carraspeo incómodo les llamó la atención. Robbie, tan rojo como un tomate, le tendió a Eddie un montón de correo.

–Kara lo ha traído del buzón.

–Gracias –el momento pasó y Eddie se quedó con los sobres–. Tu madre y yo vamos a hablar del negocio. Me llevo el móvil, por si me necesitas, pero Kara sabe cómo encargarse de todo.

Robbie puso los ojos en blanco.

–Sí, ya lo sé.

–No dejes que te haga pasar un mal rato –le dijo Eddie, riendo.

–Como si tuviera elección –se quejó Robbie, pero en tono jocoso.

Bess bebió un poco más y se sintió recuperada casi del todo.

–¿Listo? –le preguntó a Eddie con una sonrisa cuando Robbie se marchó.

–Vamos en mi coche. No quiero que camines con este calor.

–No me importará tener a mi propio chófer –bromeó ella.

Fueron hasta el coche de Eddie y él le abrió y cerró la puerta. El caballeroso gesto le provocó a Bess un hormigueo que trató de ignorar, mientras veía como Eddie rodeaba el vehículo con grandes zancadas.

–¿Qué? –preguntó él al sentarse al volante. La miró antes de poner el coche en marcha–. ¿Me he dejado algún pelo sin afeitar?

–No –giró la cabeza hacia la ventanilla para que Eddie no pudiera ver su sonrisa tonta.

Estuvieron charlando de muchas cosas de camino al restaurante. Hablar con Eddie era tan fácil que en ningún momento decayó la conversación. Con su sentido del humor conseguía hacerla reír con temas tan aburridos como los préstamos y los créditos, pero sin ocultar lo mucho que sabía del asunto.

–Me siento mal –dijo ella cuando entraron en el Rusty Rudder. No había esperado a que Eddie le abriese la puerta del coche, pero no pudo impedir que le abriese la puerta del restaurante.

–¿Todavía? A lo mejor solo necesitas comer algo.

–No –negó ella mientras Eddie le daba su nombre a la camarera, quien los condujo a la mesa reservada–. Quiero decir.... Sí –de repente se sentía muerta de hambre–. Pero no me refería a eso.

–¿Entonces a qué te referías?

Bess se echó a reír ante su mirada de preocupación.

–Es solo que tú sabes lo que haces, mientras que yo estoy de más.

–No digas tonterías.

–Es cierto –hicieron un paréntesis en la discusión para pedir una botella de vino–. Tú eres quien tiene el plan de negocio y quien entiende de cifras y todo lo demás.

–Pero tú eres quien tuvo la idea, que por cierto es genial. ¿Te lo había dicho ya?

Bess se rio y se puso colorada.

–Sí, unas cuantas veces.

Eddie le sonrió. En los dos últimos meses le había crecido el pelo y le caía sobre la montura de las gafas. Bess se sorprendió imaginando el tacto de sus greñas y se puso aún más colorada. No sería como el pelo de Nick, suave como un manto de satén. Al pensar en Nick agachó la cabeza para examinar la carta.

–Pues es cierto –corroboró Eddie, echando un vistazo superficial a su carta–. Ya sé lo que voy a pedir.

–Yo no me decido –dijo ella, ojeando las listas de entrantes, ensaladas y sándwiches.

–¿Qué te entra por los ojos?

–¿Así decides tú? ¿Por el aspecto?

–Sí –le dedicó una sonrisa que la hizo estremecerse de los pies a la cabeza–. Así es como decido.

Los dos se quedaron en silencio, pero en ese momento llegó la camarera con el vino para tomarles nota. Eddie pidió solomillo y Bess apuntó a ciegas con el dedo.

–Langosta… ¡Oh, no! Es demasiado…

–Pídela –insistió Eddie con firmeza, levantando su copa.

Bess obedeció y levantó también su copa cuando se marchó la camarera.

–¿Qué estamos celebrando?

–No quería decírtelo hasta ahora… Nos han concedido el préstamo –sonriendo, alargó el brazo sobre la mesa para brindar con ella.

Bess no se percató de la tensión con que había esperado la confirmación hasta que la noticia le quitó un enorme peso de los hombros.

–¡Eddie! ¡Es genial!

–¡Y tanto que lo es! –sonrió aún más–. Podemos hacerlo, Bess. Sugarland permanecerá abierto hasta final de la temporada y entonces nos pondremos con las reformas. Tengo una cita con una agente inmobiliaria para hablar del local vecino, y me ha dicho que va a buscar otros locales en venta. Para finales de mayo podremos tenerlo todo listo.

—Falta menos de un año para eso… –Bess bebió un poco de vino para intentar asimilar la información–. ¡Va a ser una realidad!

—Va a ser una realidad –repitió Eddie.

Volvieron a brindar. Bess le propuso algunas ideas y Eddie escuchó atentamente, hasta las más extravagantes. Siguieron hablando animadamente durante la cena sobre las horas que podrían dedicarle al negocio y sobre la necesidad de tener o no uniformes y un logotipo.

—Hay mucho que pensar –dijo Bess cuando volvieron al coche–. Hace solo dos meses era una idea absurda, y ahora…

—Ahora es una realidad –Eddie se detuvo con la mano en la puerta del copiloto.

Estaban muy cerca. El caluroso día había dejado paso a una noche fresca, pero no era eso por lo que Bess temblaba. Y tampoco por el vino, a pesar de haber tomado unas cuantas copas.

—¿Te he dicho lo contento que estoy de que hayas vuelto al pueblo?

—Yo también lo estoy –lo miró fijamente a los ojos, azules y brillantes detrás de aquellas gafas que tan familiares le resultaban ya–. ¿Cómo es que nunca me he dado cuenta de que tienes unos ojos preciosos?

Eddie sonrió.

—Son para verte mejor.

Bess se rio, pero no se arrepintió de lo que le había dicho.

—Será mejor que nos vayamos.

Eddie miró calle abajo.

—¿Qué te parece si vamos al Bottle and Cork? Esta noche tienen música en vivo.

—Hace mucho que no salgo por el pueblo. ¿Quieres ir a un pub?

—Puedes acreditar que eres mayor de edad, ¿no? –le preguntó él con un guiño.

—Claro, no vaya a ser que me confundan con una jovencita

–le reprochó Bess. Nunca había estado en Bottle and Cork, pero había oído el anuncio por la radio–. ¿Quién toca?

–¿Y eso qué importa? Vamos, será divertido.

Ella titubeó. Nick estaba en casa, esperándola. Entonces se dio cuenta de que no había pensado en él en varias horas. Varias horas sin imaginarse su rostro...

–Vamos allá.

El Bottle and Cork estaba tan atestado como cabría esperar un jueves por la noche en verano. Los teloneros eran un ruidoso grupo que tocaba toda clase de instrumentos, desde bajos caseros a cajas chinas. No era el tipo de música que Bess solía escuchar, pero no sintió el menor pudor en imitar los silbidos y palmas de Eddie.

No necesitaba alcohol para sentirse ligeramente ebria. Ya le bastaba con la gente moviéndose frenéticamente a su alrededor, con el brazo de Eddie protegiéndole por los hombros y con la deliciosa sensación de estar con alguien que la hacía reír.

Una hora después de que el grupo dejara paso a un disc-jockey que estuvo alternando temas clásicos del country con canciones de heavy-metal, se anunció por los altavoces que iban a servirse las últimas copas en la barra antes del cierre.

–¿Quieres que salgamos antes de que lo haga la gente? –le gritó Eddie al oído para hacerse oír sobre la música.

Bess asintió. El camino de regreso al coche fue más largo de lo que pensaba, posiblemente porque medía cada uno de sus pasos sin atreverse a dar el siguiente.

–Lo he pasado muy bien –le dijo en el coche.

–Los oídos me siguen zumbando –comentó él, riendo–. Pero ha sido muy divertido. Gracias por acompañarme.

–Gracias por pedírmelo.

La conversación se fue apagando de camino a casa. Bess sabía que era por su culpa. Los chistes de Eddie seguían haciéndole gracia, pero ella no contaba ninguna anécdota de las suyas. Miraba continuamente por la ventanilla los hoteles, moteles y restaurantes, y luego la larga carretera bordeada por las dunas de arena. Acababan de pasar por la torre de vigilancia construida durante la Segunda Guerra Mundial cuando Bess se dio cuenta de que Eddie se había quedado en silencio. Le pareció sumamente incómodo decir algo. Y cuanto más tiempo permanecían callados, más incómoda se sentía. Al llegar a su casa tenía las palmas sudorosas.

Eddie apagó el motor, pero en vez de salir del coche y abrirle la puerta se giró en el asiento y le puso la mano en el hombro. A Bess se le había soltado el pelo tantas veces que finalmente había optado por dejárselo suelto, y Eddie le acarició las puntas.

–¿En qué piensas? –le preguntó.

–Me lo he pasado muy bien esta noche –respondió ella, sin atreverse a mirarlo.

Desde el coche podía ver la pequeña ventana del cuarto de Nick. No tenía persiana ni cortinas, y brillaba como un ojo sin párpados entre las sombras del garaje.

Eddie se inclinó hacia delante para mirar por el parabrisas.

–O Robbie no está en casa o ya se ha acostado.

Bess miró la luz que salía por la ventana de la cocina, procedente de la única lámpara que ella había dejado encendida en el salón.

–¿Qué hora es?

Eddie miró la hora en la radio.

–Es tarde. Pero Robbie tiene mañana el segundo turno, así que quizá haya salido con los amigos.

–Es posible –por primera vez en la vida de su hijo, Bess no estaba preocupada por él ni por lo que estuviera haciendo–. Seguro que se encuentra bien.

La mano de Eddie seguía en su hombro. Bajó un poco por el brazo y los dedos le rozaron el borde de la camiseta bajo el suéter, antes de seguir bajando por la manga. Le agarró suavemente la mano y la giró con la palma hacia arriba para buscarle con los dedos el pulso en la muñeca.

–El corazón te vuelve a latir demasiado deprisa –dijo él.

Bess no podía mentir y fingir que la sorprendió el beso de Eddie. Su rigidez instantánea no la provocó el asombro, sino la repentina emoción que se desató en su interior.

Emoción y también deseo.

Los labios de Eddie eran cálidos y suaves. No la presionó ni intentó que abriera la boca, y cuando ella no le devolvió el beso se retiró con una pequeña sonrisa.

–Te mentiría si te dijera que lamento haberlo hecho –murmuró–. Pero lamento que tú no quieras que lo haga.

–No es eso, Eddie –la voz le salió tan ronca que tuvo que aclararse la garganta.

Fuera cual fuera el tono, hizo que Eddie se echara hacia atrás en el asiento.

–No tienes que darme explicaciones, Bess. No pasa nada.

–Es que aún no estoy… preparada para esto –balbuceó.

–Me ha costado veinte años dar este paso –dijo él–. Creo que podré esperar un poco más.

–Oh, Eddie… –se miró las manos, entrelazadas en su regazo–. Vamos a ser socios. No creo que…

–No –la interrumpió él. Estaba muy serio, a pesar de su sonrisa–. Tal vez no debería haberte besado, pero no intentes buscar una excusa. Si no es esto lo que quieres, dímelo sin más.

En cualquier otra circunstancia sí lo habría deseado, pero cuando abrió la boca para decírselo vio una sombra moviéndose en el garaje.

–Lo siento, Eddie. No es lo que quiero.

La mentira salió de sus labios con una facilidad asombrosa, gracias en parte a que no miró a Eddie a la cara mientras la decía. Sí oyó, en cambio, su honda inspiración.

–Lo siento –repitió, antes de salir del coche.

No había nada ni nadie esperándola en el garaje, pero podía sentir la presencia de Nick. Su olor impregnaba el aire. Bess no se giró para despedirse de Eddie cuando él sacó el coche al camino de entrada.

En vez de entrar, rodeó la casa y cruzó las dunas para ir a la playa, donde la brisa marina barrería cualquier otro olor y sabor.

Capítulo 40

Antes

–No quería que acabara así.

Era lo último que Andy le había dicho, mientras se subía a su coche para marcharse. Habían hablado y hablado hasta que fue hora de que Bess volviera al trabajo. Era la primera vez que llamaba para decir que no iría a trabajar, y ni siquiera se molestó en decir que estuviera enferma. Ser una empleada modelo tenía sus ventajas, porque el señor Swarovsky no le pidió ninguna explicación.

Ella y Andy habían discutido, reído y llorado. Él no intentó besarla ni nada, y de todos modos ella no se lo hubiera permitido.

–Aún me quieres –insistió él.

–¿Por qué me sigues queriendo? –le preguntó ella–. He estado con Nick todo el verano…

–¿Él te quiere? –murmuró Andy, y Bess tuvo que responderle que no.

No le preguntó si ella quería a Nick.

–Tú no quieres romper conmigo –añadió–. Si quisieras romper, ya lo habrías hecho.

Aquello le confirmaba a Bess que Andy no la conocía tan bien como creía. Y así se lo dijo ella, aquella nueva Bess que les hacía proposiciones deshonestas a los chicos.

–Pues déjame conocerte de nuevo –le pidió él, con una expresión tan angustiosamente sincera que Bess no tuvo el valor para decirle que era demasiado tarde.

Porque, en el fondo, no era demasiado tarde.

Había creído estar enamorada de Andy. Y ahora estaba segura de amar a Nick. Nunca había creído que pudiera sentir lo mismo por dos hombres diferentes ni al mismo tiempo, pero el amor no podía encenderse o apagarse como si fuera una lámpara. Uno no se lo podía quitar de encima como una chaqueta vieja. El amor era algo más profundo y complicado, algo que Bess siempre había creído entender hasta el día que vio a Andy alejándose en su coche. El día que Andy le dijo que esperaría a que ella cambiase de opinión.

De repente ya no sabía qué era el amor. ¿Amar a alguien significaba hacer lo que esa persona quería aun a costa de sacrificar la propia felicidad? ¿Eso era amor? ¿O había algún truco secreto para que una relación funcionara?

Quedaban tres semanas para volver a la universidad. Andy la estaría esperando en Pensilvania, mientras que Nick no la había esperado. Le había puesto la elección en bandeja, y sin embargo ella seguía sin poder decidirse. No le había dicho que sí a Andy, pero Nick no le había dado la oportunidad para decirle que sí a él.

Las buenas noticias se propagaban rápidamente, y las malas aún más. Bess no debería haberse sorprendido al enterarse de las fiestas de Nick. A medida que se aproximaba el final del verano, era costumbre incrementar el ritmo de la diversión, la bebida, los escarceos y las rupturas. Las relaciones que habrían necesitado un mes entero para empezar y acabarse, se condensaban en el plazo de una frenética semana. Tampoco debería haberse sorprendido por lo que Missy le contó, pero así fue.

–No te imaginas con quién lo he hecho –los ojos de Missy brillaban de regocijo al inclinarse sobre el mostrador–. En la mesa de la cocina.

Sugarland estaba vacío, aunque por poco tiempo. Los turistas también sufrían la desesperación propia del final del verano y consumían el doble de palomitas y helados.

La pregunta no era con quién lo había hecho Missy, pensó Bess, sino con quién no lo había hecho. Se puso a limpiar el mostrador con un trapo mojado, obligando a Missy a apartarse para no empaparse los codos con agua enjabonada.

–Con Darth Vader.

Missy soltó un bufido. Considerando que apenas le había dirigido la palabra a Bess durante el último mes y medio, la noticia debía de ser de suma importancia.

–Zorra.

Bess dejó el trapo en el fregadero y se giró con las manos en las caderas.

–¿Sabes? Estoy harta de que me llames zorra.

Brian, que estaba haciendo un estropicio al intentar llenar la máquina de batidos, se echó a reír.

–Amén, hermana.

Missy alzó las cejas en un gesto que hizo que Bess se sintiera realmente como una zorra.

–Lo siento.

–Dile a quién te has tirado, Missy –la apremió Brian–. Todo el mundo lo sabe, y no es probable que vaya a descubrirlo por su cuenta.

Missy sonrió con sarcasmo y el mundo pareció apagarse poco a poco. Bess oyó un intenso zumbido en los oídos y tuvo que obligarse a respirar.

–No lo has hecho –murmuró–. Él jamás lo haría…

Missy volvió a sonreír.

–Ryan y yo hemos roto.

Nick no lo habría hecho con Missy. Era imposible. Bess se llevó una mano al estómago, traspasado por una punzada de hielo.

–Lárgate, Missy –le dijo Brian, interponiéndose entre Bess y el mostrador–. Te estás comportando como una guarra.

Missy hizo un mohín con los labios.

–Vamos, Brian. A Bess no le importa. En realidad no están juntos ni nada.

Las palabras de Missy hicieron mella en Bess. No habían estado realmente juntos. Solo había sido una farsa, una broma, un mero entretenimiento. Seguramente Nick estaría riéndose de ella igual que se había reído de otras.

—Missy, eres una cerda —oyó que Brian decía, pero el chillido de indignación de Missy no sirvió para consolarla.

Los ásperos escalones de cemento de la puerta trasera le arañaron los muslos desnudos, pero el sol los había calentado y Bess agradeció el calor, pues estaba temblando. No intentó contener las lágrimas, porque habría sido una batalla perdida. Hundió la cara en las manos y se puso a sollozar desconsoladamente sin importarle quién pudiera oírla o burlarse de ella. Ya nada le importaba.

No tenía derecho a sentirse traicionada. Y quizá hasta merecía serlo. Tal vez aquel fuera el justo castigo por su debilidad, su infidelidad y sus mentiras.

Se le había quedado grabada la perversa sonrisa de Missy. No quería creerse que dos personas a las que había considerado amigas suyas podrían ser tan crueles, o peor aún, que ella no les importara en absoluto. Sabía que Missy iba detrás de Nick, pero ¿por qué lo había hecho él?

No quería saberlo. No quería odiar a Nick.

La puerta trasera se abrió y Eddie se sentó en silencio a su lado. Bess no se movió y siguió sollozando con la cara en las manos. Las lágrimas ya le habían empapado el bajo de los shorts y formaban un pequeño charco en los escalones.

Eddie la rodeó con el brazo.

No le recordó que ya se lo había advertido ni que estaba teniendo lo que se merecía. No le dijo que Nick era un cerdo y Missy una zorra. No hizo que se sintiera como una estúpida. Se limitó a abrazarla y a acariciarle el pelo mientras ella lloraba en su hombro. Y cuando Bess dejó de llorar, él le dio un puñado de pañuelos y un vaso de agua con hielo, como a ella le gustaba, y la dejó sola para que recuperase la compostura antes de volver al trabajo.

Y finalmente eso fue lo que hizo.

Capítulo 41

Ahora

Volvían a tener la casa para ellos solos, pero el silencio se hacía casi insoportable. Estaban los dos en el sofá, Nick enfrascado en uno de los libros que Bess había comprado en Bethany Magick, y ella trabajando en algunas ideas para Bocaditos. La constante tensión sexual había empezado a templarse y era lógico que hicieran tareas por separado, como cualquier otra pareja.

Era lógico, pero a ella no le gustaba nada.

–Hey –cerró el ordenador portátil, lo dejó en la mesita y tiró hacia abajo del libro que Nick estaba leyendo–. Robbie no volverá hasta dentro de unas horas.

–¿Ah, sí?

Él no hizo ademán de acercarse, y tampoco lo intentó ella.

–Sí.

–A ver si lo adivino… Quieres un poco de acción –la sonrisa de Nick la llenó de alivio.

–Algo así…

Nick no se movió, de manera que fue ella quien se inclinó hacia delante para besarlo en los labios. Él abrió la boca y Bess se animó a subirse a su regazo y sujetarle el rostro entre las manos. Se tomó su tiempo para besarlo, lenta y profundamente, hasta que sintió el bulto de su erección y cómo la apretaba por las caderas.

–Eso está mejor –le susurró casi sin separar los labios de su boca.

–Estoy para servirte –murmuró él, metiendo las manos bajo la camisa para apretarle las nalgas.

No era la primera vez que la dejaba tomar la iniciativa a ella, pero sí la primera vez que parecía estar dejándose llevar de manera mecánica más que participando con entusiasmo. La penetró, acarició y entrelazó la lengua con la suya. Le susurró su nombre y se estremeció mientras ella lo montaba. Y la apretó contra él cuando ella se corrió. Pero cuando Bess lo miró a los ojos vio que estaba mirando a través del cristal, hacia el mar.

No dijo nada mientras ella se levantaba y se arreglaba la ropa. Nick se levantó al cabo de un minuto, se subió los pantalones y se pasó las manos por el pelo, sin mirar por la ventana ni mirarla a ella.

–¿Adónde vas? –no le gustó nada el tono malhumorado, pero Nick no pareció advertirlo.

–A dar un paseo.

–¿Quieres que vaya contigo? –se acercó y le agarró la mano.

Nick bajó la mirada a sus dedos entrelazados y luego la miró a la cara.

–No, no hace falta.

Bess dejó caer la mano y Nick, sin sonreír ni fruncir el ceño, volvió a mirar por la ventana.

Caminó lentamente hacia la puerta y salió.

–Nick –lo llamó ella, siguiéndolo.

Él se detuvo en lo alto de la escalera, sin decir nada. Bess se quedó en el umbral.

Al cabo de un momento, Nick empezó a bajar los escalones hacia la arena.

–¡Espera, Nick!

–Solo voy a dar un paseo –espetó él–. ¿Es que no puedo hacerlo, joder?

–Creía que… –empezó, pero no sabía lo que realmente creía. Ni tampoco sabía qué decir.

Una vez más, había empezado a dudar.

–¿Qué? ¿Qué tenías que vigilarme? Sabes muy bien que no puedo ir a ninguna parte.

Lo dijo casi gritando, y Bess miró instintivamente a las casas vecinas. Nick se dio cuenta y escupió en la arena.

–No tienes que preocuparte por mí –dijo en tono desdeñoso–. Volveré enseguida para complacerte en todos tus deseos.

–No era eso lo que iba a decir.

Bajó los escalones, pero él se apartó de ella y Bess no intentó tocarlo.

–¿Qué ocurre, Nick? –le preguntó, intentando que la voz no le temblara.

–Nada.

–Te pasa algo –dio un paso adelante y él lo dio hacia atrás.

–Solo quiero dar un paseo por mi cuenta. Quiero estar solo un rato, sin que estés enganchada a mí.

–Creía que te gustaba que estuviera enganchada a ti –el pobre intento por aligerar la situación no consiguió arrancarle el menor atisbo de sonrisa Nick.

–Sí, ya –dijo él–. ¿Acaso tengo elección?

Bess reconoció su mirada. Ya la había visto otra vez, mucho tiempo antes. Saber que la estaba apartando a propósito no lo hacía menos doloroso. Se lamió los labios y por primera vez, él ni se inmutó ante los movimientos de su lengua.

La brisa le sacudió los cabellos de la frente y los rodeó con el murmullo del océano, pero esa vez fue Bess quien se giró hacia el agua.

–Vete, si es eso lo que quieres –le dijo–. No dejes que yo te lo impida.

Nick hizo un gesto de disgusto y echó a andar. Bess lo vio alejarse, pero no lo siguió.

Capítulo 42

Antes

No fue la última fiesta del verano, pero sí la última a la que Bess asistió. Ya había guardado las cosas en el coche, y la casa de la playa había quedado vacía y silenciosa, sin el constante flujo de parientes que pasaban allí las vacaciones. Al día siguiente volvería al pequeño y feo apartamento que había alquilado en Pensilvania. Al día siguiente acabaría todo lo que había empezado en Bethany Beach.

Iba con Eddie, quien nunca acudía a ninguna fiesta, pero ese día había insistido en acompañarla a aquella. No era tan descarado como para intentar agarrarla de la mano, pero lo habría hecho si ella se lo hubiese permitido. Bess no había olvidado el consuelo de su abrazo o de cómo le acarició el pelo sin decir nada cuando el silencio era exactamente lo que ella necesitaba.

El apartamento de Brian estaba casi vacío de muebles y enseres, pues también él se marcharía al día siguiente. Sin nada que romper o manchar, era el lugar perfecto para celebrar una fiesta. Y si además le cobraba un par de dólares a cada uno, tendría dinero suficiente para costearse la gasolina hasta Nueva Jersey. Su ingenio era digno de admiración.

Bess estaba tomándose una cerveza cuando Missy pasó ante ella fingiendo no verla, lo cual fue mejor así. Bess no estaba allí para discutir con nadie.

En realidad, no sabía por qué estaba allí hasta que vio a Nick,

apoyado en la pared del fondo, con la gorra de beisbol cubrién-
dole los ojos. Casi la misma imagen que tuvo de él la primera
vez que lo vio.

Seguía deseándolo tanto que su mera imagen aún la hacía
temblar. Mucho más que antes, ya que ahora sabía el placer que
podía sentir con él. Era como una droga, una peligrosa adicción
por la que estaría dispuesta a arriesgarlo todo aun sabiendo lo
perjudicial que resultaría para ella.

–¿Estás bien? –Eddie la tocó en el codo y siguió la dirección
de su mirada–. ¿Quieres marcharte?

–No, a menos que tú quieras –Bess le sonrió y se alegró de
que Eddie no bajara la mirada o se ruborizara, como siempre
hacía.

Eddie negó con la cabeza.

–No. Pero si quieres irte, dímelo.

La estaba protegiendo, y Bess sintió ganas de abrazarlo aunque no sintiera ninguna necesidad de protección.

–Estoy bien, Eddie. En serio.

Él asintió, muy serio.

–Vale.

La gente seguía llenando el minúsculo apartamento de Brian
y la cerveza manaba sin cesar. Eddie desapareció entre la multitud para buscarle otro trago a Bess y no regresó enseguida. Bess
lo vio en la pequeña cocina, rodeado por un grupo de chicas, demasiado jóvenes para beber y demasiado ebrias para que eso les
importara. Debían de ver a Eddie como un buen partido. Bess
esperó otros cinco minutos y fue ella misma a por otra cerveza.

No le gustaba nada el sabor ni el olor de la cerveza, pero se
la bebió de todos modos. El regusto que le dejó en la lengua y la
garganta le hizo desear un trago de agua fría. Pero para ello tendría que abrirse camino entre la enfebrecida multitud, lo cual
no le apetecía nada. En vez de eso optó por tomar el aire y salió
a la terraza. No daba directamente a la playa, pero si se estiraba
el cuello sobre la barandilla se llegaba a atisbar el mar.

Durante el día, al menos.

Nick estaba en la terraza, como era lógico, pues así funcio-

naba su naturaleza solitaria. Bess lo vio enseguida y lo reconoció por la forma de sus hombros y el olor a tabaco, aun no vién-
dole la cara.

Las dos cervezas que se había tomado no se le habían subido
a la cabeza, pero sí le insuflaban una falsa seguridad en sí misma. Apoyó las manos en la barandilla, junto a Nick. Él no pareció inmutarse. La miró y lo único que ella vio fue la punta encendida del cigarro.

—Te marchas mañana —le dijo él. No era una pregunta.

—Sí.

Nick dio una última calada y tiró la colilla en la lata de arena
que Brian había puesto en la terraza para los fumadores. Bess
vio como ardía brevemente y no levantó la mirada cuando se
apagó ni cuando Nick volvió a hablar.

—Porque él te quiere tanto, tanto, tanto…

No necesitaba mirarlo a la cara para imaginarse su mueca
de desdén.

Se quedaron callados, librando una batalla silenciosa y ro-
deados por la música de la fiesta, el murmullo de las conversaciones y el lejano sonido del océano.

—¿No sabes que el amor es una mierda? —le preguntó él,
siendo el primero en ceder.

Bess no habría imaginado que la victoria fuera a tener un sabor tan amargo.

—Puedes creer lo que quieras.

Lo miró y él también la miró.

—Te deseo buena suerte —dijo Nick, sin parecer sincero.

—Y yo a ti con Missy —respondió ella en el mismo tono hipó-
crita.

—¿Missy? ¿De qué estás hablando?

Su máscara de impasibilidad pareció resquebrajarse por fin,
y Bess sintió una enorme satisfacción al ver su estupor.

—Me contó lo vuestro.

Nick sacudió la cabeza, se quitó la gorra y se pasó las manos
por el pelo. Después sacó un paquete de cigarros del bolsillo de
la camisa, pero no encendió ninguno.

–¿Qué te contó?

–Que lo habíais hecho en la mesa de la cocina –mantuvo un tono tranquilo e indiferente, como si no le importara.

Nick frunció el ceño.

–Te ha mentido.

–¿En serio? –Bess se cruzó de brazos–. Normalmente, cuando Missy me dice que se ha tirado a alguien no miente.

–Pues esta vez sí lo ha hecho –volvió a guardarse el tabaco.

Bess le sostuvo la mirada.

–Ha dicho que lo hicisteis.

–Y yo te digo que no lo hicimos –se giró y agarró con fuerza la barandilla–. Maldita sea, Bess, sabes muy bien que yo no...

–Ha roto con Ryan –los cotilleos se lo habían confirmado.

–Me da igual –la miró por encima del hombro–. Si dice que me la he tirado...

–En la mesa de la cocina –puntualizó ella.

Nick volvió a girarse y la agarró por los brazos.

–Es una zorra mentirosa, Bess. Y tú lo sabes.

–¡Yo no lo sé! –gritó ella–. ¡Me dijo que lo hicisteis! ¿Y sabes qué, Nick? ¡Que en el fondo no importa!

–¡Pues debería importarte! –replicó él.

–No me importa –insistió ella al cabo de un momento–. Porque se supone que los dos sois mis amigos, y uno de vosotros me está mintiendo.

–No soy yo –se puso a andar de un lado a otro de la pequeña terraza.

–Me da igual –mintió ella–. No me importa.

Se miraron y fue Nick el primero en apartar la mirada. Bess hizo ademán de marcharse, pero la voz de Nick la detuvo en la puerta.

–No me puedo creer que vayas a volver con ese imbécil.

Bess se giró de nuevo hacia él.

–No es asunto tuyo, pero te diré que aún no lo he decidido.

–¿Así que solo vas a volver con él a falta de algo mejor? –la risa de Nick se le clavó en la piel como una docena de espinas–. Seguro que le encantará saberlo.

–No te hagas ilusiones. Si decido volver con Andy será porque quiera tener otra oportunidad con él.

A través de la puerta de cristal vio a la gente moviéndose por el diminuto apartamento de Brian. En cualquier momento querrían salir a la terraza, y no había espacio para todos ellos. Agarró la manija de la puerta, pero no se abrió.

–¿Se supone que eso debería hacerme sentir mejor? –le preguntó él.

–¡Tú eres incapaz de sentir nada, ni bueno ni malo!

Le pareció que la risa de Nick era más temblorosa e insegura, o quizá solo fuera su imaginación.

–¿Qué quieres que diga?

–Me da igual lo que digas –espetó ella–, pero dame una razón para que pueda decidirme.

Esperó un minuto, y luego otro, sin recibir nada más que silencio.

–Ya… –murmuró–. Justo lo que pensaba.

No esperó a que él hablase ni a que se le rompiera el corazón. Era demasiado tarde para que nada de eso supusiera la menor diferencia para ella.

Capítulo 43

Ahora

–¿Bess?

Bess alzó la vista y vio a Eddie en el garaje, mirándola con preocupación. Miró un momento a lo lejos con los ojos entornados y volvió a mirarla a ella.

–¿Estás bien?

–Sí –no se giró para mirar a Nick.

–¿Seguro? He oído gritos.

–He dicho que estoy bien.

Eddie los había oído discutir. Tal vez no había oído toda la conversación, pero sí lo suficiente. En sus ojos solo se apreciaba inquietud, no reproche, pero ella se sintió culpable.

–He venido a preguntarte si querías cenar conmigo y hablar del negocio…

Bess abrió la boca, pero ninguna palabra salió de sus labios. ¿Qué podía decir después de que él la hubiera besado y ella le hubiese dicho que no lo deseaba? ¿Cómo era posible que Eddie siguiera interesado?

–Solo para hablar –dijo él, como si le hubiera leído el pensamiento–. Te lo prometo –añadió con una cálida sonrisa.

Bess miró por encima del hombro, pero las dunas le tapaban la vista. No importaba. Nick tenía razón. No podría ir muy lejos, aunque quisiera. Volvió a mirar a Eddie y tomó una decisión.

–De acuerdo. Estaría bien.

No la llevó a un lugar elegante, sino a un local con música blues de fondo y un delicioso olor a barbacoa, lo bastante informal para convencerla de que no se trataba de una cita romántica. Había temido que la relación con Eddie se volviera tensa o incómoda, pero él le abrió la puerta igual que siempre. Aun así, Bess se sintió en la obligación de pedirle disculpas.

—No te preocupes —le dijo él mientras repasaban todo el papeleo.

—No es que no me gustes, Eddie…

Él levantó una mano para hacerla callar.

—No lo hagas más difícil, Bess.

—Lo siento —volvió a disculparse ella, riendo.

—He dicho que no te preocupes —insistió él, riendo también.

—Es que…

—Ya lo sé —le aseguró él, con la misma naturalidad con la que la había abrazado por los hombros tanto tiempo atrás—. No pasa nada. Robbie me dijo que estabas saliendo con alguien, pero supongo que me resistía a creerlo.

—Eddie…

Él desvió ligeramente la mirada.

—Bess, no es asunto mío. No sabía que él había vuelto al pueblo. Y la verdad es que no debería sorprenderme.

Bess tragó saliva.

—¿Robbie te ha dicho quién era?

—Nick Hamilton —respondió él en un tono excesivamente despreocupado—. Parece que no se lo tragó la tierra.

—¿Te ha dicho Robbie algo más? —el suelo pareció oscilar bajo la silla y Bess tuvo que agarrarse a la mesa ante la repentina sensación de vértigo.

—No, nada más —la expresión de Eddie volvió a tornarse preocupada—. ¿Estás bien?

Ella asintió y bebió un poco de agua.

—Solo quiero que estemos bien, Eddie —se obligó a sonreír—. Eso es todo.

—¿Te importa si te digo, con toda la sinceridad del mundo, que prefiero ser tu amigo a no ser nada? —le preguntó, y Bess guardó un largo silencio antes de responder. Nadie le había dicho nunca algo así.

—No —contestó finalmente—. No me importa.

—Bien —Eddie asintió y volvió al montón de formularios y documentos que tenían que firmar para poner Bocaditos en marcha—. Porque es la verdad.

Capítulo 44

Antes

Cuando el teléfono sonó en mitad de la noche, Bess supo quién estaba llamando antes incluso de levantar el auricular.

–¿Lo has decidido?

–Sí, Nick. Lo he decidido –lo había decidido semanas antes.

Esperaba un silencio como toda respuesta, pero esa vez no fue así.

–No puedo dejar de pensar en ti.

Bess se había equivocado al pensar que su corazón no podría romperse más cuando terminó con Nick. Porque al escucharle decir eso se le volvió a romper.

–Es demasiado tarde –dijo entre lágrimas. La oscuridad hacía que fuese más fácil llorar.

–No digas eso, Bess.

–Ya te lo he dicho.

–Pero en el fondo no lo piensas.

–No –admitió ella. La oscuridad también facilitaba la confesión.

–Te echo de menos –declaró él–. Muchísimo.

–No parezcas tan sorprendido –le dijo ella–. No lo soporto.

Nick se rio. Ella había olvidado lo mucho que le gustaban sus risas, sobre todo por ser tan escasas.

–Lo siento. Ya sabes cómo soy.

–No es para que te sientas orgulloso.

–No me siento orgulloso.

Bess lo creyó, en contra de su buen juicio.

–¿Por qué me llamas a las dos de la mañana?

–No podía dormir.

De fondo se oyeron unas risas y música.

–Claro. ¿Sueles dormir en medio de una fiesta?

–Solo si son aburridas. ¿Cómo sabes que estoy en una fiesta?

–Porque se oye.

Se quedaron callados unos segundos.

–¿Eres… feliz? –le preguntó él, lo que volvió a partirle el corazón.

–No estoy con Andy, Nick –dijo ella. No podía seguir haciéndole creer lo contrario–. Y no, no soy feliz.

–Puedo estar ahí en tres horas.

–No sabes dónde vivo.

–Brian me dio tu número. ¿Crees que no me dijo también dónde vives?

–Él no sabe mi dirección.

–Te encontraré, Bess –dijo él en un tono tan serio que no dejaba lugar a dudas.

Fue lo más excitante que nadie le hubiera dicho en su vida.

–Pareces un acosador.

–Sería un acosador si tú no quisieras que te encontrara.

–Lo próximo que me digas será que me estás llamando desde la gasolinera que hay al otro lado de la calle… –la cabeza le daba vueltas y no sabía muy bien lo que decía.

–Así que hay una gasolinera al otro lado de la calle…

–No tendrás que buscarme. Te diré cómo llegar hasta aquí. Ven rápido.

–Todo lo rápido que pueda –le prometió él–. Estaré ahí en tres horas.

Pasaron tres horas, y seis, y toda la noche y el día siguiente. Bess no fue a clase y se quedó sentada junto a la ventana. Pero ninguno de los coches que pasaba por la calle era el de Nick.

Capítulo 45

Ahora

Al entrar en el garaje la recibió una música a todo volumen y un fuerte olor a parrillada. Subió las escaleras y se encontró con el caos. Alguien había instalado un proyector láser en la mesita del salón y los círculos rojos bailaban frenéticamente por las paredes y el techo.

El salón estaba atestado de jóvenes, casi todos con vasos de plástico en la mano. La música hacía vibrar los cristales y retumbaba dolorosamente en sus oídos. La cocina era un completo desastre, llena de cajas de pizza y bolsas de patatas. Los restos de galletas saladas crujían bajo sus pies. No vio ningún barril de cerveza ni botellas de alcohol, pero nada le garantizaba que los vasos solo contuvieran refrescos.

La fiesta tenía el inconfundible sello de Nick, pero fue Connor quien entró de la terraza con una amplia sonrisa.

—¡Mamá!

—Connor, ¿qué demonios es todo esto?

—Una fiesta —respondió él, como si hiciera falta explicarlo—. Han venido algunos amigos a darme una fiesta de despedida.

Bess se acercó a él, pero aunque Connor tenía los ojos sospechosamente brillantes no olía a alcohol.

—¿Dónde está tu hermano?

—Por ahí —alargó un brazo para agarrar una lata de cola del fregadero lleno de hielo—. ¿No quieres saber dónde está Nick?

–Lo que quiero es que bajes la música antes de que los veci-nos llamen a la policía.

Connor abrió la lata y tomó un trago tan largo que a Bess le sorprendió que no se atragantara.

–Está en la terraza.

–¿Ah, sí?

Connor se secó la boca con la mano.

–Sí.

Bess se abrió camino entre los jóvenes hacia la terraza, pero Robbie salió a su encuentro a mitad de camino.

–¡Mamá!

–Bonita fiesta –dijo ella mientras alguien saltaba a su lado per-siguiendo un balón de playa–. Tú y Connor vais a pagar cualquier cosa que se rompa.

Robbie sonrió avergonzadamente.

–Casi todos son amigos de Connor. Pero no estamos bebien-do ni nada.

–¿Crees que soy tonta, Robbie?

–No –dijo él, y le cortó el paso cuando ella intentó avanzar.

–¿Qué ocurre?

–Nada.

Robbie nunca había sido un embustero como su hermano. No había heredado de su padre aquella habilidad para mentir sin el menor esfuerzo ni escrúpulo.

–Robert Andrew, ¿hay un barril de cerveza en la terraza? ¿Sa-bes en qué lío me puedo meter si unos menores de edad beben en mi casa?

–No hay ningún barril. Algunos han estado bebiendo en la pla-ya, pero aquí no.

Ta vez también Robbie hubiese heredado la picardía de Andy y le estuviese ofreciendo una pequeña verdad para distraerla de una mentira mayor.

–¿Qué está pasando? ¿Alguien se está drogando?

–No.

–Robbie –lo llamó Connor, poniéndole una mano en el hom-bro a su hermano–. Annalise te está buscando.

Bess vio la lucha que se desataba en el interior de Robbie. Por un lado, el imperioso deseo de estar con la chica de la que llevaba colado todo el verano, y por otro, la necesidad de proteger a su madre. La lucha tenía un claro vencedor, naturalmente, y Robbie se marchó en la dirección que le indicaba Connor.

La terraza también estaba abarrotada de jóvenes, algunos de ellos sentados peligrosamente en la barandilla. El instinto maternal de Bess la acuciaba a ordenarles que se bajaran, pero no era tan conservadora como para hacerlo. Alguien asaba hamburguesas en su parrilla, pero la carne no procedía de su nevera. Al menos los amigos de Connor habían llevado su propia comida a la fiesta.

Unos segundos después lo vio. Una chica rubia con una falda tan corta que se le veían las bragas le estaba comiendo la boca. Nick tenía las piernas abiertas, con el trasero de la chica entre ellas, y con una mano la agarraba por la nuca mientras con la otra le acariciaba el muslo. Era la chica del bikini azul que le había ofrecido agua a comienzos del verano, el día que Nick intentó alejarse de la playa y cayó al suelo.

Bess permaneció unos instantes sin moverse. Quería darse la vuelta, pero entonces él abrió los ojos e interrumpió el beso para sonreírle.

Para sonreírle.

Bess se giró sobre sus talones, entró en el salón y tiró con fuerza del cable del equipo estéreo para desenchufarlo de la pared.

—Fuera todo el mundo —ordenó sin necesidad de gritar, pues era obvio que todo el mundo la oía—. Ahora.

Hubo algunos murmullos y miradas, pero nadie se atrevió a discutirle.

—Tú también —le dijo a Connor—. Y llévate a tu hermano.

—¿Adónde voy a ir? —preguntó él en tono lastimero.

—No lo sé —respondió ella entre dientes—. Súbete al bonito coche que te ha comprado tu padre y búscate cualquier lugar para pasar unas cuantas horas. Me da igual dónde sea, pero márchate.

Connor tragó saliva y miró hacia la terraza, donde ya había llegado la noticia de que la fiesta había acabado.

–Mamá…

–Márchate, Connor. Ya tienes lo que querías. Ahora vete de aquí.

Él obedeció y a los quince minutos la casa se había vaciado de jóvenes. También la rubia se marchó, aunque Bess no supo si la había echado Nick o si solo estaba siguiendo al resto.

Oyó como se abría y cerraba la puerta corredera.

–No gusta tanto cuanto te lo hacen a ti, ¿verdad? –le preguntó Nick.

–¿Por eso lo has hecho? ¿Porque creías que me estaba acostando con Eddie?

–Sí.

Bess se giró hacia él.

–Vaya, gracias por tu sinceridad. Pero no me estoy acostando con Eddie.

–Pero te gustaría hacerlo.

–Nick… –suspiró y se tapó los ojos con la mano–. Es mucho más que eso.

–Ya lo sé –dijo él. Bess sintió su aliento en la cara y apartó la mano–. Y por eso mismo lo he hecho.

La besó, o quizá fue ella quien lo besó primero. No importaba. Entraron juntos en el dormitorio, donde Nick vaciló un instante, hasta que ella le agarró las manos y se las puso encima.

La lengua de Nick descendió por el cuello abierto de la blusa, hasta encontrar los pezones, duros y erectos. Gimió contra su piel y le subió la falda para agarrarle los glúteos y apretarla contra el bulto de los vaqueros. Su ansia voraz la emocionó, pero Bess lo agarró ligeramente por la nuca para que levantara la cabeza. Él le lamió la boca mientras la miraba fijamente a los ojos, y no se apartó cuando ella le rozó los labios con los suyos en una caricia tan suave y ligera como un suspiro.

–Te quiero –le dijo ella–. Creo que te he querido desde el primer momento que te vi, y durante veinte años te he seguido queriendo aunque no sabía dónde estabas. Te quiero y siempre te querré, Nick. Pase lo que pase, nunca dejaré de quererte.

Él cerró los ojos y la boca, como si la verdad fuera demasiado dolorosa para poder oírla sin estremecerse. Bess le acarició los pómulos con los dedos y bajo hasta su boca. Se sabía de memoria hasta el más insignificante de sus rasgos, pero volvió a palparlo a conciencia, muy lentamente, sabiendo que aquella sería la última vez.

Le quitó la camiseta por encima de la cabeza y vio como se le ponía la carne de gallina. Se la calentó con su aliento y sus caricias. Desde la clavícula hasta las muñecas, luego el torso y después el vientre, cuando se arrodilló ante él y le desabrochó los vaqueros. Le sacó el miembro, erecto y carnoso, y lo agarró por la base para metérselo en la boca. Él le puso las manos en el pelo, pero no tiró de ella ni la empujó. Bess lo chupó despacio y poco a poco fue aumentando el ritmo, como sabía que a él más le gustaba. Nick pronunció su nombre en un suspiro ahogado de placer.

Siguió masturbándolo con la boca y las manos hasta que él le agarró los cabellos y sus gemidos se convirtieron en una súplica. Entonces ella se levantó y se quitó la ropa mientras él la contemplaba con ojos brillantes.

—¿Qué ves? —le preguntó al quedarse desnuda ante él.

Nick pasó la mano por los cabellos que le caían sobre los hombros y examinó la curva de las caderas y el vientre, las estrías que le quedaron de la maternidad y las arrugas alrededor de los ojos.

—A ti.

Era una dulce mentira que ella no iba a contradecir.

—Te sigo viendo a ti —añadió él en voz baja.

Bess extendió los brazos y él la tumbó en la cama para colocarse sobre ella, con los brazos y piernas entrelazados.

—Cuéntame lo que ocurrió —le pidió ella.

—Quería salir a buscarte enseguida, pero estaba en la fiesta y había bebido —su risa la envolvió como las olas espumosas—. Si no lo hubiera hecho, no creo que te hubiese llamado.

Ella lo abrazó con más fuerza.

—Quería subirme al coche y conducir hacia ti. No podía pensar en otra cosa. Solo en llegar hasta ti. Pero sabía que no podía conducir en mi estado, así que fui a la playa con idea de despejarme. El agua estaba fría… muy fría. Se me ocurrió que un baño me sentaría bien. Tan solo un chapuzón para espabilarme. Unos pocos minutos en el agua antes de salir a buscarte…

Su voz se arrastraba como un débil zumbido sobre un manto de seda. Bess sintió el calor del agua salada en sus ojos y labios.

–Fui un estúpido –susurró Nick.

–No lo sabías –susurró ella.

–Perdí pie, y solo podía pensar en ti, esperándome, y en que otra vez iba a defraudarte.

–Shhh –lo consoló ella–. No te culpo por nada de lo que pasó.

Yacieron en silencio un largo rato.

–Tengo que irme –dijo él finalmente.

–Lo sé.

Nick meneó lentamente la cabeza, acariciando la almohada con sus cabellos.

–Quiero marcharme. Lo siento, Bess. Lo siento de veras, pero quiero marcharme.

Bess tenía un nudo tan grande en la garganta que no creía que pudiera hablar, pero consiguió pronunciar las palabras.

–Lo sé, Nick. Lo sé.

Bess se había convertido en el océano que rompía contra las rocas, pero que siempre permanecía inmutable. Y su amor también era el océano, infinito y cambiante, y sin embargo eterno.

Nick se movió sobre ella y dentro de ella, y Bess se aferró a él con todas sus fuerzas. Pero el placer no podía contenerse, por mucho que deseara no sentirlo. El placer también era un océano que la rodeaba y colmaba, y en el que ambos nadaban juntos sin reprimir ninguna emoción.

Bess quería dormirse en sus brazos, pero era un deseo egoísta que no podía satisfacer.

–Ese hora de irse, amor –le dijo.

–No sé cómo.

Bess lo besó.

–Yo sí.

Lo llevó a la playa, donde el agua helada anticipaba la llegada del invierno. La espuma formaba pequeños remolinos alrededor de sus tobillos. Lo sostuvo de la mano y lo llevó mar adentro. El agua les llegó a las rodillas y a los muslos. A Bess le castañeteaban los dientes, pero no se dio la vuelta. Sin soltar la mano de Nick, se zambulló en el agua fría y oscura del océano y dejó que los arrastrase hacia el fondo.

Capítulo 46

Ahora

Ahogarse no era tan fácil como había imaginado. Su boca no quería abrirse y sus pulmones se resistían a aceptar agua en vez de aire. Su cuerpo luchaba por sobrevivir.

La boca de Nick se pegó a la suya en el beso más intenso que jamás le hubiera dado. Bess separó los labios, pero en vez de recibir la lengua de Nick fue un soplo de aire lo que bajó por su tráquea hasta los pulmones.

Asomó la cabeza a la superficie, jadeando y batiendo frenéticamente los brazos y piernas. Nadó con todas sus fuerzas, hasta que las olas la voltearon y la arrastraron por el fondo arenoso. Nadó y nadó, hasta que el océano la arrojó a la orilla, donde yació con todo el cuerpo dolorido, resoplando agónicamente en busca de aire y los dedos hundidos en la arena fría y mojada mientras se preguntaba si estaba viva o muerta.

–¡Mamá! –oyó dos voces gritando y sintió el picor de la arena que despidieron los pies de sus hijos al arrodillarse a su lado.

–Mamá, ¿estás bien? –a Connor le temblaba la voz mientras la zarandeaba–. Por favor, mamá, ponte bien…

Estaba llorando. Y también Robbie. Sus dos hijos estaban llorando, y aquello bastó para que Bess se sobrepusiera al dolor y la angustia y se incorporara para abrazarlos y asegurarles que se encontraba bien. Que no se había marchado y que no los abandonaría hasta que ellos estuvieran listos.

Finalmente dejó que la ayudaran a levantarse.

–Estoy bien –les dijo una vez más–. Id a casa. Yo voy enseguida.

No querían dejarla, naturalmente, pero ella insistió y acabaron por obedecer. Bess miró entonces al mar, siempre mutable y siempre inalterable, y dejó que el agua se llevara no solo su dolor, sino también, y por fin, a Nick.

Desde la terraza, Bess observaba las luces rojas y azules de la patrulla costera. Connor había insistido en llamar a la policía, y Bess no se había negado aun sabiendo que no serviría de nada. Les había dicho la verdad: ella y un hombre llamado Nick Hamilton habían ido a bañarse. La corriente los había arrastrado y ella había conseguido nadar de vuelta a la orilla.

Le habían pedido más información, que ella fingió no saber. Tal vez le hicieran más preguntas más adelante, pero de momento podía quedarse sentada en la terraza, envuelta en su vieja rebeca descolorida, viendo como los agentes recorrían la playa hasta que finalmente se marcharon, dejando las huellas de los neumáticos en la arena.

Ni siquiera una crisis de semejante magnitud podía acabar con el apetito de dos adolescentes. Connor y Robbie le preguntaron si quería ir con ellos a tomar pizza, pero ella rehusó la invitación. Tampoco quiso que ninguno de los dos se quedara con ella. Les aseguró que no necesitaba nada y ellos la creyeron y se marcharon, confiando en que las madres siempre tenían razón.

–¿Bess?

La voz de Eddie la hizo girar la cabeza, pero sin levantarse de la tumbona. Lo que sí hizo fue hacerle sitio para que se sentara con ella.

–Robbie me llamó y me contó lo sucedido.

Bess se metió las manos heladas en los bolsillos y un objeto pequeño y rugoso le hizo cosquillas en la palma.

–Me ha dicho que… estabas con Nick –siguió Eddie en voz baja y suave–, y que se ahogó.

Bess asintió. Se sacó del bolsillo la venera negra que Nick le había dado. Le había arañado la base del pulgar, pero sin hacerle sangre. Esperó a recibir las preguntas que no podría contestar, pero Eddie no dijo nada más. La rodeó con el brazo y Bess encontró el calor y el consuelo que necesitaba al pegar la cara en su hombro.

Lloró durante un largo rato, y al acabar, Eddie seguía allí, una presencia tangible, sólida y real. Era su amigo. Podría ser mucho más que su amigo, si ella así lo deseara. Y aunque Bess no estaba segura de estar lista para ello, no iba a intentar convencerse de que nunca más lo estaría.